Kristen Heitzmann

DAS ERBE DER MICHELLIS

Kristen Heitzmann

Das Erbe der Michellis

francke

Über die Autorin:
Kristen Heitzmanns Liebe zum Geschichtenerzählen erwachte im Grundschulalter und führte sie über das Studium der Englischen Literatur in den Beruf der Schriftstellerin. Sie lebt mit ihrem Mann und vier Kindern am Fuß der Rocky Mountains.

Bibliografische Information Der Deutschen Bibliothek
Die Deutsche Bibliothek verzeichnet diese Publikation in der
Deutschen Nationalbibliografie;
detaillierte bibliografische Daten sind im Internet
über http://dnb.ddb.de abrufbar.

ISBN 978-3-86827-332-8

Originally published in English under the title *Unforgotten*
by Bethany House Publishers, a division of Baker Publishing Group,
Grand Rapids, Michigan, 49516, USA

35037 Marburg an der Lahn
Deutsch von Dorothee Dziewas
Umschlagbilder: © iStockphoto.com / martin-dm
© iStockphoto.com / franckreporter
Umschlaggestaltung: Verlag der Francke-Buchhandlung GmbH /
Christian Heinritz
Satz: Verlag der Francke-Buchhandlung GmbH
Druck und Bindung: CPI Moravia Books, Korneuburg

www.francke-buch.de

Deshalb habe ich ihnen auch die Herrlichkeit gegeben,
die du mir anvertraut hast,
damit sie die gleiche enge Gemeinschaft haben wie wir.
Ich bleibe in ihnen, und du bleibst in mir.
Genau so sollen auch sie ganz eins sein.

Johannes 17,22-23

Prolog

1931

Eine mondlose Nacht lädt zur Täuschung ein,
wenn der leere Himmel die Sterne mit Selbstherrlichkeit überhäuft.

Das Kratzen meines Federhalters verstummt, während ich meine Augen aufhebe und in die kalte Nacht blicke, die durch mein Fenster hereinschlüpft. Ich warte; ich lausche. In Nonnos Radio sind keine Klänge von Kate Smith zu hören, nur das heisere Jaulen zweier ineinander verfangener Katzen und der pochende Refrain der Zikaden.

Ich sollte mich zusammenrollen und schlafen und das Gefühl ignorieren, dass jenseits meiner Gedanken etwas herumschleicht, aber ich habe einen bitteren Geschmack im Mund wie vom Kummer. Und Papas Worte verfolgen mich. „Nimm Nonno und versteck dich, wenn es Ärger gibt." Was für Ärger, Papa? Aber ich kenne seinen Namen.

Arthur Tremaine Jackson. Augen ohne Tiefe, wie Zinnteller, die aussehen, als wüsste er alles und hätte das Recht dazu. Papa widersprach nicht, als ich das sagte. Er antwortete nur: „Manche Menschen wollen zu viel."

Ich will nicht zu viel – nur das, was ich habe. Aber in letzter Zeit stelle ich fest, dass ich einen Weinstock mit seiner Pracht weißer Blüten ansehe, die sich in Trauben verwandeln werden, oder einen Weg, den ich schon tausendmal gegangen bin, und vor allem Papa, und dann ein Gefühl des Verlusts verspüre.

Aber jetzt, wo sich die Härchen in meinem Nacken aufstellen und mir die Hände von meinen Mutmaßungen ganz kalt werden, habe ich Angst davor. Meine Mundwinkel sind trocken wie Kreide. Dieses Gefühl hatte ich zuletzt, als Mama starb. Bei der Erinnerung daran ballen sich meine Hände zu Fäusten.

Als ich draußen ein Geräusch höre, springe ich auf. Reifen in der Auffahrt und das Brummen eines Motors. Ich packe mein Tagebuch – keine neugierigen Augen werden es zu sehen bekommen –, lösche das Licht und eile zum Fenster, das nach vorne hinaus geht. Ein Auto kommt, aber es ist nicht Papas

Ford. Es streift den Rand der Auffahrt und kommt unter den Bäumen an der Seite näher. Der Motor wird abgestellt; die Scheinwerfer erlöschen.

Aber ich kenne die Form des Packard-Cabrios. Jemand steigt auf der anderen Seite aus. Obwohl ich sein Gesicht nicht erkennen kann, sehe ich ihn mit heimlicher Zielstrebigkeit sich bewegen, wobei er im Schatten bleibt. Der Fahrer steigt aus, beinahe unsichtbar zwischen den Bäumen, aber als ein Streichholz hinter vorgehaltener Hand in der Nähe seines Mundes aufflammt, sehe ich das Glänzen von Arthur Jacksons Haar, seine scharfen Züge. Er lehnt sich an den Kotflügel und blickt hoch. Obwohl man mich am dunklen Fenster nicht sehen kann, durchbohrt mich sein metallener Blick.

Will er uns zeigen, dass er hier ist? Das könnte geplant sein; ein Treffen mit Papa vielleicht. Oder soll Papa überrumpelt werden? Alles in mir zieht sich zusammen. Ich muss ihn warnen!

Aber seine Anweisungen waren eindeutig. „Wenn es Ärger gibt ..." Ist das hier Ärger? Es fühlt sich zumindest wie Ärger an.

Mein Tagebuch schiebe ich in den Bund meines Rocks und renne hinunter, während ich bei jedem Schritt bete, und dann in den Raum hinter der Küche, wo Nonno wohnt. Ich rüttle ihn wach, und die Worte zittern auf meinen Lippen. „Komm, Nonno. Beeil dich. Es gibt Ärger!"

Er schlägt die Augen auf, und in ihren Tiefen erkenne ich Verwirrung. „Ärger?"

Das Herz schlägt mir bis zum Hals, als jemand an der Haustür rüttelt. „Sie sind da. Wir müssen uns verstecken. Schnell!" Ich werde Nonno in Sicherheit bringen, und dann überlegen, was ich wegen Papa unternehmen soll.

Nonno schiebt die Beine aus dem Bett, aber langsam, ganz langsam bis zum Boden. Ich suche seinen Stock, während er die Füße in seine Schuhe schiebt, aber wir haben keine Zeit. Ich lege seinen Arm um meine Schultern. Wir stürzen uns aufeinander und gehen so durch die Küche, die noch nach warmem Brot und Knoblauch duftet.

Die Haustür wird aufgestemmt.

„Beeil dich, Nonno!" Ich helfe ihm in die Speisekammer und schließe die Tür hinter uns, während ich kaum zu atmen wage. Zusammen wühlen wir uns durch eingemachte Tomaten, Marmeladengläser, eingelegte Paprika, Käseräder und Würstchen, die von der Decke hängen. An der hinteren Wand taste ich mit der Hand nach den untersten Regalbrettern. Da. Meine Finger gleiten in das Loch, finden den Hebel und lösen den Haken, der die Wand öffnet.

Ich werde Nonno im Keller in Sicherheit bringen. Aber Papa wird kommen und dann ...

Mein Herz macht einen Satz, als Schritte in der Küche ertönen, heimliche, bösartige Schritte. Ich schließe die Wandverkleidung hinter uns, sodass nur eine Speisekammer zurückbleibt. Aber in der Schwärze auf der anderen Seite lehne ich mich an die Wand und lausche. Entweder lehnt er auch dort und lauscht oder der Eindringling ist weitergegangen. Er wird niemanden im Haus vorfinden und das Arthur Jackson berichten. Und dann verschwindet! Geht weg, bevor Papa nach Hause kommt!

Im Keller gibt es kein Gas und keinen elektrischen Strom, also zünde ich die Petroleumlampe an, die an einem Haken hängt, und blicke hinunter in die Dunkelheit, in der wir uns nach Papas Anweisung verstecken sollen. Ich habe es versprochen, aber wie kann ich mich verstecken, wenn er vielleicht in eine Falle tappt, sobald er nach Hause kommt? Ich schlucke den Kloß in meinem Hals herunter. Eins nach dem anderen.

Nonno ist zu alt zum Rennen und zu wackelig, um zu kämpfen. Ich packe mir eine Metallstange, die in der Ecke lehnt, und stecke ein Ende in das Getriebe. Dann klemme ich das andere Ende an der Wand fest und drücke und schlage mit den Händen darauf. Niemand wird durch diese Tür zu Nonno gelangen.

Mit der Lampe in einer Hand und Nonno schwer auf mich gestützt, begebe ich mich in den Keller, in dem Regale mit rotem Cabernet und Pinot Grigio stehen. Die Weinstöcke der DiGratias tragen trotz der Prohibition Früchte, und Nonno lässt nicht zu, dass sie verderben. Unsere letzten Abfüllungen haben wir für kirchliche Zwecke verkauft, aber Papa und Nonno haben sich über die Ernte dieses Jahres gestritten, die dank zusätzlicher Wochen mit Sonnenschein, ohne Frost und ohne modernde Nässe reichlich ausfiel.

Und deshalb wartet der Wein. Papa will ihn nicht billig verkaufen; Nonno weigert sich, einen illegalen Verkauf in Erwägung zu ziehen. Papa erklärt ihm, dass Regierungen sich an Narrheit betrinken und dass kein Überfluss in Sicht ist.

Ist dies der Ärger, von dem er gesprochen hat? Hat der Bankier Arthur Jackson Papa einen lukrativeren Markt für unseren Wein versprochen? Ich könnte es mir vorstellen, aber wenn er hier wäre, um eine Lieferung abzuholen, hätte Papa nicht gesagt, dass wir uns im Keller verstecken sollen, und dann wäre niemand in unser Haus eingebrochen, um sich dort auf die Lauer zu legen ... Denk nicht daran. Konzentriere dich auf Nonno.

Wir sind am Fuß der Treppe angekommen. „Komm, Non –"

Die Worte bleiben mir im Halse stecken, als oben ein Geräusch ertönt, als würden Murmeln sich auf Fliesen ergießen, eine unregelmäßige Folge scharfer, wütender Knaller. Papa! Ich fahre herum, aber Nonnos Griff wird fester. Sein Gesicht ist von Schmerz gezeichnet. „Nonno, es ist Papa. Er muss es sein." Schluchzer steigen in meiner Kehle auf.

Er schüttelt den Kopf und zieht mich hinter sich durch den Keller, humpelnd und schwankend. Papa ... Trauer überflutet meine Augen. Ich muss wissen, was los ist, aber Nonno lässt nicht los. In dem schummrigen Licht tasten wir uns in dem gewölbten Tunnel bis ans Ende des Kellers vor, und ich errate, was er vorhat. Wir gehen auf dieser Seite hinaus und –

„Nonno?"

Er packt sich an die Brust und fällt gegen die Wand, während er sich den Arm hält und auf die Knie sinkt.

„Nonno, was ist los?" Ich stelle scheppernd die Lampe ab und klammere mich an ihn. „Nonno, warte. Halt durch – ich hole Hilfe!"

Er hält mich fest und keucht: „Nein, Antonia. Sie dürfen dich nicht finden."

Nicht finden? Was ... Schüsse. Arthur Jackson. Die Wirklichkeit erdrückt mich.

„Antonia." Er hat zu viel Mühe zu sprechen. „Unter ..." Er sackt zusammen.

„Nonno?" Ich lege die Hände um seinen Kopf und fühle jeden seiner zittrigen Atemzüge in einem schwachen Heben und Senken seiner Brust. Seine Augenlider flattern wie der langsame Schlag zerfledderter Schmetterlingsflügel, dann schließen sie sich.

Oben ist etwas Schreckliches geschehen, und in meinen Armen geht es weiter. Nonno! Papa! Aber da ist nur der Geruch von Angst und Trauer, während ich auf den Knien hin- und herschaukle und lautlos wehklage.

Im Dunkel des Kellers gibt es keine Zeit, nur den Puls meiner Trauer. Aber langsam dringt mein Name zu mir durch, nicht gebrüllt, sondern eindringlich geflüstert.

Nonno? Sein Kopf auf meinem Schoß fühlt sich kalt an.

Wieder ertönt das Flüstern, und jemand tritt in den Schein der Lampe. Erleichterung mischt sich mit Verwirrung. „Marco? Was machst du ...?"

„Schhh." Er lässt sich neben mir nieder, berührt Nonno Quillans Hals, um zu erfahren, was ich bereits weiß, dann begegnet er meinem tränenreichen Blick. „Wir müssen gehen."

„Gehen? Ich kann doch Nonno nicht –"

Er packt mich an den Schultern, und der Blick der dunklen Augen in seinem grimmigen Gesicht ist drängend. „Du kannst nichts mehr für ihn tun."

Wo sind die lachenden Augen, der leidenschaftliche Mund? Marco, der sorglose Verehrer. Was macht er hier? „Wie bist du hereingekommen? Woher wusstest du…?" Der Keller ist unser Familiengeheimnis. Er konnte ihn nicht einfach so gefunden haben.

„Vittorio hat es mir gesagt."

Papa hat Marco davon erzählt?

Er schiebt Nonnos Kopf von meinem Schoß und verschränkt ihm die Arme über der Brust.

Nein. Lass ihn in Ruhe. Leg ihn nicht hin wie einen Toten. Ich unterdrücke ein Schluchzen. „Man hat auf Papa geschossen. Ich habe es gehört."

Er zieht mich hoch. „Komm, wir gehen."

„Ich muss hierbleiben."

„Das kannst du nicht."

Meine Hand brennt von der Ohrfeige. „Sag mir nicht, was ich kann:"

Er packt meinen Arm, aber ich hole noch einmal aus. Marco duckt sich, umklammert mich, hält meine Arme fest und zischt: „Er wird vermuten, dass du alles gesehen und gehört hast."

„Ich habe es gesehen!" Ich schlage um mich. „Arthur Jackson –"

Er hält mir den Mund zu. „Sag das nicht. Erzähl niemandem, was du weißt." Ich trete nach ihm und winde mich, aber er zerrt mich den Tunnel entlang zu dem Tor, das er offen gelassen hat. Noch nie habe ich eine solche Wut verspürt.

Das Tagebuch bohrt sich in meine Rippen, während ich kämpfe. Marco verstärkt den Druck seiner Arme noch und schiebt mich durch das Tor, das sich hinter uns schließt. Woher kommt seine plötzliche Kraft, diese Grausamkeit? Ich reiße meinen Kopf los und beiße ihn in die Hand; ich will ihn bewusst verletzen, mehr als alles andere.

Er zieht scharf die Luft ein und reibt sich schmerzvoll die Hand. „Glaub mir, Cara. Es geht nicht anders."

Ihm glauben? Ich kenne ihn nicht, habe diesen Mann, der mich packt und mich zwingt, die Menschen zu verlassen, die ich liebe, noch nie gesehen. Was, wenn Papa es ihm gar nicht gesagt hat? War das in der Küche am Ende Marco?

Panik gibt meinem Kampf neue Energie. Wütend wirft er mich über seine Schulter und hält meine strampelnden Beine mit bärenstarkem Griff fest. Das

Tagebuch drückt sich in meinen Bauch, während er die Treppe hochgeht und in der Garage auftaucht. Mein auf den Kopf gestellter Blick wandert über Bretter, die einmal Stallwände waren, über Werkzeuge und Eimer und mechanische Geräte. Dann lässt Marco mich hinunter.

In dem Augenblick, als meine Füße den Boden berühren, hole ich aus und trete ihm gegen sein Knie. „Wie kannst du es wagen!"

Er zieht eine Grimasse, umfasst sein Bein. Ich stoße ihn heftig. Mit ausgestreckten Armen landet er auf dem Rücken.

„Geh mir aus den Augen." Ich balle die Fäuste und wünschte, er könnte nicht sehen, wie ich zittere.

Marco richtet sich auf, als die Tür aufgeht und Joseph Martino hereinschlüpft. Joseph wird nicht erwarten, dass ich gehe, wenn Nonno ... Aber er blickt zwischen mir und Marco hin und her, und etwas geschieht zwischen ihnen, als Joseph kaum merklich den Kopf schüttelt.

„Was ist?" Was bedeutet dieses Kopfschütteln?

Marco humpelt auf mich zu. „Wir müssen hier weg."

Ich wende mich an Joseph. „Nonno Quillan ist tot."

Josephs Miene verzieht sich vor Schmerz. „Quillan?"

Ich zeige auf die Luke. „Sein Herz ..." Meine Worte enden in einem Schluchzen. Joseph wird meinen Kummer verstehen. Er wird ihn teilen. Und er hat Tränen in den Augen, so wie ich. Aber jetzt sehe ich Blut an Josephs Hand.

Mein Blick geht schlagartig zum Haus hinüber. „Papa?"

Joseph verstellt mir den Weg zur Tür. „Er ist tot, Antonia. Und Marco hat recht. Wir müssen hier weg."

Ein Stöhnen durchfährt mich. Sie werden Papa finden und ermitteln. Aber was ist mit Nonno? Wenn sie den Keller mit dem Wein finden, werden sie glauben, dass Papa etwas Böses getan hat und dass er den Tod verdient hat.

Aber Nonno ... Mir dreht sich der Kopf. Ich konnte ihn nicht retten. Der Schmerz erstickt mich, aber plötzlich weiß ich es. Ich konnte sein Leben nicht retten, aber ich kann sein Geheimnis bewahren. „Ich muss Nonno beerdigen."

„Du bist verrückt", bellt Marco und greift nach meinem Arm.

Ich stoße seine Hand fort und durchsuche mit den Augen die Garage. Mein Blick fällt auf die Bretter. Ich habe die Tür zur Speisekammer verbarrikadiert, und jetzt gibt es nur noch einen Weg hinein. Wenn ich den auch versperre ... „Der Keller wird sein Grab sein."

„Antonia ..."

Ich funkle Marco an, packe ein Brett, schleppe es zur Luke und klemme es zwischen die Treppe und die Unterseite des Bodens. Ich drehe mich um, aber Joseph ist schon mit dem nächsten Brett neben mir. Hin und her, bis wir drei die letzten Bretter in das Gewirr gepresst haben. Auf Marcos Stirn glänzt der Schweiß. Ich mache die Luke zu, und obwohl die quadratischen Pflastersteine sich lückenlos in den restlichen Boden einfügen, bin ich noch nicht zufrieden. „Jetzt Erde. Damit niemand die Luke sieht." Wie ein Grab, das im Wüstensand verloren ist.

Marco packt meinen Arm und zischt: „Wir haben keine Zeit."

Joseph nimmt meine andere Hand. „Bitte, Antonia. Geh jetzt." Er dreht sich um und nimmt die Schaufel. „Ich decke den Boden ab. Niemand wird ihn stören." Dabei kann ich seine Angst riechen.

Fest drücke ich seine Hand. „Versprochen?"

Er presst unsere beiden Hände an seine Brust. „Mit der Treue, die ich Nonno Quillan schulde, verspreche ich, dass ich seinen Ruheort verstecken und bewachen werde, bis du wiederkommst."

Die Tränen strömen mir über die Wangen, während ich aufhöre, mich gegen Marcos Ziehen zu wehren. Sein Studebaker steht genau vor der Tür, mit laufendem Motor, ein großes, knurrendes Tier, das mich verschlingt, als Marco mich auf den Beifahrersitz schiebt, um den Wagen herumläuft und sich hinters Steuer setzt.

„Wohin bringst du mich?" Meine Stimme ist mit den Menschen, die ich zurücklasse, gestorben.

„So weit weg wie nur möglich." Er legt den Arm über die Lehne des Sitzes und setzt den Wagen zurück.

Während wir die Auffahrt hinunterfliegen und das einzige Zuhause, das ich jemals hatte, hinter uns lassen, presse ich die Hände in meinen Bauch und fühle den leeren Rockbund. Kein Tagebuch. Marco wird nicht umkehren, das weiß ich. Ich muss es bei unserem Kampf verloren haben. Ich presse die Finger an meine Stirn. Aber was macht es schon? Dieses Leben ist vorbei, diese Antonia tot. So tot und vorbei wie alles, was ich liebe.

Kapitel 1

Man sagt, der Blitz schlägt nie zweimal ein, aber Lance hoffte drauf, dass der erste Einschlag genügte, um die Sache zwischen ihm und der Frau, die steif im Taxi neben ihm saß, weitergehen zu lassen. Er hoffte, es würde reichen, um sie seiner Familie vorzustellen, seine Schattenseite zu offenbaren; den Ort, die Menschen, die ihn geprägt haben – und wegen denen er noch immer verwundbar war. Er sah Rese an. Liebe und Bedürfnis, eine riskante Sache.

Während sie LaGuardia verließen, wunderte er sich darüber, dass sie die Pension eine Woche lang geschlossen hatte, um ihn zu begleiten. Dass sie ihn überhaupt begleitete! Sie hatte ihm eine zweite Chance gegeben, aber die zweite Chance bedeutete, dass er es diesmal nicht wieder vermasseln durfte, sonst konnte er alles vergessen. Und wie groß war die Chance, dass er es nicht vermasselte?

Er hatte seine Mission allein und im Geheimen begonnen, auf Drängen von Nonna Antonia hin. Wenn er sich darauf konzentriert hätte, wäre er ohne Rese nach Hause zurückgekehrt, aber er hatte sie mit einbezogen – oder sie ihn. So oder so saßen sie in einem Boot. Und es würde keine Geheimnisse mehr geben. Diesmal würde er ehrlich sein und alles richtig machen – oder jedenfalls so gut er es konnte. Er stand auf wackligen Füßen, aber er stand. So war es bei ihm immer.

Rese starrte zum Fenster hinaus, während sie durch Queens fuhren und dann über die Triborough-Brücke in die Bronx, wo der Ausblick weniger hübsch war. Nachdem sie im mondänen Sausalito gelebt, nur in den vornehmsten Gegenden von San Franzisko gearbeitet und ihren Weinberg in Sonoma gekauft hatte, musste dieser Anblick eine Enttäuschung sein.

Belmont war zu einem altmodischen Anziehungspunkt verkommen. Es gab nicht viele italienischsprachige Amerikaner in der dritten Generation, die in diesem Viertel blieben und es als ihr Zuhause betrachteten, so wie er es getan hatte, bis Nonnas Bitte ihn quer durch das Land zu Rese' Pension geführt hatte.

Er hatte in Sonoma seinen Platz gefunden, bei Rese ... wenn er es diesmal richtig anstellte. Er kannte sie erst seit drei Monaten, aber das war lange im Vergleich zu seinen Eltern, die sich beim Tanzen kennengelernt hatten, wo sein Vater seiner Mutter noch am selben Abend einen Antrag gemacht hatte, und zwar mit den bemerkenswerten Worten: „Also, ich glaube, wir sollten heiraten – was meinst du?"

Als sie durch die Bronx, am Pelham Parkway vorbei zur Fordham Road und bis in sein Viertel fuhren, warf Lance einen Blick zu Rese hinüber, die jetzt die Architektur der Belmont Avenue und danach die von Hughes betrachtete, während sie die 186. Straße hinunterfuhren bis zu dem vierstöckigen Haus, das seiner Familie gehörte. Keine Fenster mit Gittern davor, kein Graffiti, und die Ziegel und Sandsteine waren schön, vor allem unterm Dach.

Rese bemerkte all das mit geübtem Auge, aber ihre Gedanken konnte er nicht lesen. Sah sie, dass seine Familie das Gebäude, das sie seit den dreißiger Jahren besaß, liebevoll pflegte? Oder sah sie eine heruntergekommene Gegend, die sich an ihre Vergangenheit klammerte?

Das Taxi hielt am Straßenrand und der Fahrer öffnete den Kofferraum. Lance trat auf den Gehweg, auf dem er früher mit Kreide gemalt, Knallfrösche geworfen und Zigarettenkippen hinterlassen hatte. Mehr noch: Dieser Gehweg war der Ort, wo er und seine Freunde gesungen hatten, wenn man sie vor die Tür geschickt hatte, nur um jemand anderem zur Last zu fallen.

„Hey, Lance!"

Er drehte sich um, als er seinen Namen hörte.

Frankie Cavallo beugte sich aus dem Fenster eines Eiswagens, von dem eine Melodie ertönte, die die Kinder von überall her anlockte. „Was machst du denn in 'nem Taxi? Wo ist deine Maschine, die so laut war, dass meine Musik nicht mehr zu hören war?"

Lance grinste. Wenn mit dieser Melodie nicht so viele schöne Erinnerungen verbunden gewesen wären, wäre sie die reinste Tortur gewesen. Man musste einen Typen, der sie den ganzen Tag hörte und immer noch als Musik bezeichnete, einfach bewundern. Wahrscheinlich war er taub.

Als Rese ausstieg, zog Frankie die Augenbrauen hoch. „So ist das also." Er zwinkerte und fuhr langsam weiter, um die Kinder mit dem cremigen Vergnügen zu locken, für das sie nie zu alt sein würden.

Aber der Schaden war angerichtet, und Lance musste an seine Harley denken, die in Rese' Schuppen stand. Er seufzte. „Wir hätten das Motorrad nehmen sollen. Die Straße, die sich vor uns erstreckt, der Wind in unseren Haaren –"

„In *deinen* Haaren; ich trage einen Helm."

Lance hievte ihren Seesack heraus und stellte ihn auf dem Gehweg ab. „Baxter in meinen Armen ..."

Als Nächstes sein Rucksack. „Hast du seine Miene gesehen, als wir ihn zurückgelassen haben?"

„Er hatte das Gesicht in Michelles Hand vergraben."

„Sie hat ihn bestochen." Der arme Hund. Lance tat das Tier von Herzen leid.

„Es hätte zu lange gedauert, wenn wir das Auto genommen hätten. Ich habe Verpflichtungen." Rese verschränkte die Arme vor der Brust.

Sie beide hatten Verpflichtungen. Obwohl es ihn nicht wunderte, dass sie das nicht sagte. Rese sah aus, als würde sie am liebsten wieder ins Taxi steigen und ihn mit der Frage zurücklassen, ob seine Zeit in Sonoma nichts als ein Traum gewesen war – die Art Traum, bei dem man schweißgebadet aufwacht, verzweifelt nach Luft schnappt und dann den Kopf unter kaltes Wasser hält, um die Bilder zu verscheuchen. Er hatte sich in eine Frau verliebt, die ihm vielleicht nie wieder vertrauen würde. Dass sie sein Können brauchte, war das Einzige, was für ihn sprach.

Er beugte sich zu dem Fahrer hinunter, um zu bezahlen, dann drehte er sich um und sah Rese' Miene, die seinen Blick sofort zu ihrem Mund wandern ließ. Er konnte diesen Mund erweichen, aber als Michelle ihm in der Auffahrt zur Pension das verlorene Tagebuch seiner Großmutter hingehalten und ihn dabei unterbrochen hatte, wie er Rese geküsst hatte, war ihm die warnende Hand Gottes sehr deutlich bewusst gewesen. Mit ihren feinen Gesichtszügen passte sie in sein warmherziges Viertel und der stoischen Haltung genauso wenig wie italienische Salami auf Schwarzbrot. Es war ihm richtig erschienen, sie mit hierherzubringen. Aber das setzte voraus, dass er in der Lage war, kluge Entscheidungen zu treffen, und nicht schon zu springen, bevor sein Kopf ihm sagte, wie weit.

Und da er fast alles, was er getan hatte, seit er Rese kennengelernt hatte, falsch angefangen hatte, saß er bereits in der Klemme. Es war nicht seine Absicht gewesen, ihr wehzutun, aber das Wesen seiner

Nachforschungen hatte sie miteinander in Konflikt gebracht. Erstaunlich, wie blind man sein konnte, wenn man etwas so sehr wollte, dass es einen metallischen Geschmack im Mund hinterließ.

Und er hatte ihr wehgetan, weil er nicht gewusst hatte, wie er aus der Sache herauskommen sollte, nachdem er erst einmal dringesteckt hatte. Irgendwann würde er lernen, wie Schwierigkeiten von vorne aussahen anstatt von mittendrin.

Der Gurt ihres Seesacks grub sich in ihre Schulter, und Rese hatte das Gefühl, als würden Stahlstangen ihren Kopf mit dem Rücken verbinden. Warum hatte sie sich auf diese Reise eingelassen? Hatte sie noch immer nicht gelernt, dass sie in eine Richtung geführt wurde, in die sie nicht gehen wollte, wenn sie auf Lance hörte?

„Ich muss Nonna Antonia zeigen, was ich gefunden habe, damit sie beruhigt ist. Aber es hat auch mit dir zu tun, Rese. Ich möchte, dass sie dich sieht und erfährt, was du mit dem Haus machst, wie deine Pläne aussehen.“ Wie immer hatte seine Idee Wurzeln geschlagen, und jetzt war sie am anderen Ende ihres Heimatlandes mit einem Mann, dem sie nicht vertrauen konnte, dem sie aber trotzdem nicht widerstehen konnte.

Wann würde sie es endlich lernen, Nein zu sagen? Es war nie ein Problem gewesen, bevor dieser Mann mit den dunklen Augen und der goldenen Zunge in ihre Pension gekommen war, voller Ideen, die ihre einfachen Pläne auf den Kopf stellten. Und das Schlimmste war, dass sie es ihm erlaubt hatte – so wie jetzt und wahrscheinlich auch in Zukunft wieder.

Dies war nicht ihr Normalzustand. Dies war das Chaos, das Lance Michelli angerichtet hatte. Sie rückte ihren Beutel zurecht und blickte zu dem roten Steingebäude hinauf – etwa 1935, den Art-Deko-Motiven nach zu urteilen: weiße Steinbögen über den höchsten Fenstern mit einem herausragenden Schlussstein, der Maya- oder ägyptische Elemente andeutete, wie sie bei der Pariser Weltausstellung von 1925 zu sehen gewesen waren.

Das gleiche Motiv aus weißem Stein bildete ein horizontales Muster unterhalb des obersten Stockwerks und schmückte die Ränder der beiden mittleren Geschosse. Die unteren Fenster waren mit einem bootförmigen Kopfstück versehen, das der gleiche verlängerte Schlussstein zierte. Irgendwie zerstörte die metallene Feuerleiter, die an der Fassade herunterführte, die Wirkung nicht.

Lance warf sich seine Tasche über die Schulter und führte sie an einem Ladengeschäft vorbei, auf dessen Markise *Bella Tabella* stand, zu einer mit Metallbeschlägen versehenen Tür. Er schloss auf, und sie folgte ihm durch einen Flur, in dem mehrere Fahrräder standen. Oben, wo die Wände auf die hohe Decke trafen, waren Risse zu sehen, und ein gestrichenes Rohr führte daran entlang – eine später installierte Abwasserleitung oder eine Reparatur, die so billig wie möglich und auf wenig ästhetische Weise vorgenommen worden war. Rese juckte es in den Fingern. Das alte Haus hatte etwas Besseres verdient.

Aber es gab auch schöne Elemente. Die Marmortreppe im hinteren Teil hatte geometrische Muster am Treppenpfosten, die der Epoche entsprachen, und die Lampen aus Beaumont-Glas schienen Originale zu sein. Mit ein bisschen Liebe konnte das Gebäude wieder in einen hervorragenden Zustand versetzt werden.

Aber was dachte sie da eigentlich? Sie war nicht mehr im Renovierungsgeschäft, sondern im Gastgewerbe tätig, und deshalb brauchte sie Lance. Deshalb hatte sie eingewilligt, mit seiner Großmutter zu sprechen, um alle Hindernisse auszuräumen. Hier ging es um ihre Pension *Wanderers Einkehr*. Das musste sie immer im Blick behalten.

Sie gingen die erste Treppe hoch, ein Stück den Flur entlang bis zur zweiten Tür, und Lance steckte einen weiteren Schlüssel ins Schloss. Das war also seine Wohnung, die er sich mit Chaz und Rico teilte. Auch wenn es nicht so düster aussah wie einige Gegenden, durch die sie gekommen waren, hatte sie sich ein anderes Szenario für ihn vorgestellt.

Hinter der Tür stellte er seinen Rucksack in die Ecke, legte ihren Seesack darauf und brüllte: „Mama! Hier ist jemand, den ich dir vorstellen möchte."

Rese erstarrte. *Mama?*

Eine Frau trat aus einem Seitenzimmer in den Flur und kam näher, während sie sich mit einer Hand durchs Haar fuhr. „Wie, du sagst mir nicht, dass du jemanden mitbringst? Willst du nicht, dass ich gut aussehe, wenn du mir jemanden vorstellst?"

Er beugte sich vor und küsste sie auf die Wange. „Du siehst gut aus, Mama."

Mehr als gut. Die Frau hatte eine tolle Figur, eine klassische Sanduhrform, mit olivefarbenem Teint und schulterlangem mahagonifarbenem Haar, das mit Silber durchsetzt war. Sophia Loren in einem Hauskleid. Rese' Kehle war wie zugeschnürt.

Lance zog sie am Ellbogen näher. „Das ist Rese Barrett."

„Rese?" Seine Mutter blickte verwirrt drein.

„Theresa, aber sie wird Rese genannt."

Seine Mutter wandte sich ihr zu. „Thérèse von Lisieux oder Teresa von Avila?"

„Einfach nur Rese", brachte sie heraus. Sie sollten seine von einem Schlaganfall gelähmte Großmutter treffen, die Sache mit der Pension erklären und einen Geschäftsplan erstellen. Und jetzt sah seine Mutter sie mit dem erwartungsvollen Blick einer Katze an, die vor dem Mauseloch hockt.

„Du bist das Geheimnis, das er nicht verraten wollte, was?"

Tod durch Erschlagen. Wo war ein Hammer, wenn sie einen brauchte? „Tut mir leid, dass ich unerwartet hier auftauche."

„Ach, macht doch nichts." Die Frau nahm sie in ihre Arme und gab ihr einen Kuss auf die Wange. Rese stand stocksteif da, während Mrs Michelli sie auf die andere Wange küsste. Dann warf sie ihrem Sprössling einen tadelnden Blick zu. „Ich hätte ein schönes Essen gemacht; und ich hätte mich umgezogen."

Er grinste, und Rese konnte den kleinen Jungen sehen, der er einmal gewesen war, den Jungen, der gelogen hatte, nur um zu sehen, ob er damit durchkam – und den Mann, der sie angelogen hatte. Oder waren es die Geheimnisse? Er hatte ihr eigentlich nichts Falsches erzählt; er hatte ihr nur nicht alles erzählt – so wie er seiner Mutter nicht gesagt hatte, dass sie mitkommen würde.

„Wie geht es Nonna? Kann ich sie sehen?"

„Sie schläft. Ich war gerade bei ihr."

Er nickte. „Ich bringe Rese nach oben. Wir sehen uns später." Dann nahm er seinen Rucksack, sie packte ihren Beutel und zusammen gingen sie durch den Flur zurück zur Treppe.

Als sie das nächste Stockwerk erreicht hatten, zischte sie ihm zu: „Du hast ihr nicht gesagt, dass ich komme?"

Er stellte seinen Rucksack ab. „Ich habe sie geschont."

„Wie bitte?"

Er schloss die nächste Tür auf. „Wenn ich ihr gesagt hätte, dass ich dich mitbringe, hätte sie jeden Quadratzentimeter dieses Hauses geschrubbt, sich die Haare färben lassen, fünf Pfund abgenommen und genug Essen gekauft, um dich ein Jahr lang durchzufüttern."

Rese öffnete den Mund, aber es kam keine Antwort heraus. Sie konnte sich nicht vorstellen, dass jemand einen solchen Aufwand wegen ihr betreiben würde. „Also ... sie ... ich weiß nicht einmal, wie sie heißt."

„Doria, aber nenn sie einfach Mama. Das tun alle."

Rese funkelte ihn an. „Du hast nicht gesagt, dass wir deine Mutter treffen. Du hast gesagt, wir erzählen –"

„Das tun wir ja auch. Aber ich konnte dich wohl kaum mit nach oben schleifen, ohne dich vorzustellen. Frankie hat dich gesehen, also weiß es jetzt das ganze Viertel, und in der nächsten Stunde wird Mama elf verschiedene Versionen der Geschichte hören."

Rese runzelte die Stirn. Das Problem war eigentlich nicht, was er tat, sondern wie er es tat. Man hatte keine Zeit, sich zu ducken.

Er stieß die Tür auf und ließ sie in einen schmalen Raum treten, der eine hohe Decke und einen Linoleumboden hatte. Wie im restlichen Gebäude waren die Türen und Leisten mit siebzig Jahren weißer Farbe gestrichen, unter der das Holz erstickt wurde. Ein dunkelblaues Sofa stand in der Mitte des Zimmers, daneben zwei cremefarbene Sessel und Glastische mit Edelstahlgestell. Die bunt gemischten Kunstwerke an den Wänden sahen aus wie Originale, hatten aber kaum Museumsniveau. Weiche rote und beigefarbene Teppiche sorgten dafür, dass die Wohnung nicht hart und kalt wirkte. Und in der Ecke standen natürlich ein Schlagzeug, ein Keyboard und weitere Gegenstände, die zu einer Musikausrüstung gehörten.

Ihr Blick blieb am Ende des Zimmers hängen. „Eine Kochnische? Lance Michelli mit einer Kochnische?"

Er zuckte mit den Schultern. „Meistens koche ich unten."

„In der Küche deiner Mutter?" Vor ihrem geistigen Auge entstand ein merkwürdiges Bild.

„Ganz unten. *Bella Tabella*, Nonnas Restaurant." Er ging zum Fenster, das auf die Straße hinausging. Im Fenster links daneben befand sich eine Klimaanlage, aber sie war nicht eingeschaltet.

Lance machte es auf und ließ den Geruch von Verkehr und Bürgersteig herein. „Im Moment ist da unten nicht viel los, aber wenn das Restaurant aufmacht, stehen die Leute Schlange, während sie auf ihren Tisch warten. Es ist wie ein Familientreffen. Von hier oben aus kannst du sie streiten und angeben hören und so ziemlich alles, was Menschen so erleben. Mehr, als dir lieb ist."

Die Angelegenheiten der Leute wurden weitergereicht wie die Grippe.

Lance lehnte sich mit der Hüfte ans Fenster. „Bist du noch sauer?"

„Ich sollte es sein." Er hatte sich in Sachen Kommunikation offensichtlich nicht gebessert. Wenn man bedachte, wie viel er redete, sollte man meinen, er würde die wichtigen Dinge weitergeben, zum Beispiel: *„Ich bringe einen Gast mit"*, und: *„Sobald du mein Viertel betrittst, wirst du meine Mutter kennenlernen."* „Du hättest es sagen müssen."

Er hob die Hände. „Wenn die Nachricht erst mal rum ist, wird es ziemlich chaotisch. Ich dachte, es wäre einfacher für dich, wenn nicht der ganze Trupp an der Tür wartet und die Leute sich vordrängen, um dich als Erste zu küssen."

„Wie schlimm wird es?"

„Ungefähr dreißig neugierige Verwandte, würde ich sagen. Ich dachte, es wäre dir lieber, sie nach und nach kennenzulernen."

Sie musste zugeben, dass seine Logik Sinn ergab. Die einzige Alternative wäre gewesen, ihr die ganze Wahrheit zu sagen, und das konnte er natürlich nicht.

„In der Zwischenzeit kannst du es dir bequem machen." Er führte sie zu drei Türen am Ende des Zimmers; ein Schlafzimmer, das wohl für Chaz und Rico gedacht war, ein Bad und dann ein weiteres Schlafzimmer, das früher vielleicht seins gewesen war, jetzt aber eindeutig von Star bewohnt wurde. Leuchtende handgroße Skulpturen in Form von tropischen Fröschen reckten sich, hockten oder hingen von der Decke herab, und haufenweise dünne, bunte Kleidung schmückte das restliche Zimmer.

„Sieht aus, als würde Star hier schlafen. Du kannst dir das Zimmer mit ihr teilen. Ich schlafe auf dem Sofa."

Plötzlich fühlte sie sich eingesperrt. Sie hatte viele Nächte in Stars Gegenwart verbracht, als sie aufwuchs, aber nicht auf so engem Raum wie hier, mit fünf Personen in derselben Wohnung. Lange waren Dad und sie allein im Haus gewesen und selbst in der Pension wohnten die

Gäste oben, während ihre eigenen Zimmer im Erdgeschoss ihre private Zuflucht waren.

Er blickte zur Diele hinüber. „Es sei denn, du möchtest lieber oben bei einer meiner Schwestern übernachten, aber da ist es schon ziemlich voll.“

„Sie wohnen auch hier? Die ganze Familie?“ Vielleicht hatte er das gesagt, aber sie hatte sich nicht vorgestellt, dass sie alle unter einem Dach wohnten.

„Monicas Familie teilt sich das oberste Stockwerk mit Lucy und ihrer Familie. Sofie wohnt bei Nonna auf der anderen Seite des Ganges. Die beiden Zimmer ganz hinten sind für Dom und Vinnie. Sie sind nicht mit uns verwandt, aber sie haben ihre Wohnung verloren, und Papa hat ihnen ausgeholfen.“ Er zeigte auf eine gebeugte Frau mit einem schwarzen Schleier, die auf einem Gartenstuhl auf dem Gehweg saß. „Stella wohnt auf der anderen Straßenseite, aber sie mag lieber den Schatten auf unserer Seite. Sie füttert alle Katzen in der Umgebung.“

Rese starrte ihn an. Von dem Augenblick an, als sie aus dem Taxi gestiegen waren, hatte er Angewohnheiten und Ausdrücke an den Tag gelegt, die zu seiner Umgebung passten und Rese wieder einmal vor die Frage stellte, wer er eigentlich war. Kein Wunder, dass er so gut darin war, andere zum Narren zu halten.

„Abgesehen von Nonna, die ihr Restaurant im Blick haben und alles mitkriegen will, was auf der Straße passiert, werden die Alten nach hinten raus untergebracht, damit sie in den Hof hinausgucken können. Komm mit, ich zeige ihn dir.“ Er nahm ihr den Seesack ab und ließ ihn im Schlafzimmer fallen. Dann ging er mit ihr in den Flur. Oben weinte ein Kind, als er sie die Treppe hinunter zu einer Hintertür führte, wo er die Türverriegelung zweimal umdrehte, bevor sie hinausgehen konnten. Im Hof stand ein Baum. Eigentlich waren es drei Bäume, obwohl zwei sehr dünn waren und keiner besonders viele Blätter trug. Der Hof war ein schmaler, gepflasterter Platz, umgeben von den Nachbargebäuden, und ein Teil davon war in Gartenbeete umgewandelt worden, so wie die, die Lance in ihrem eigenen Garten hinter der Pension angelegt hatte. Sie hatte keine Ahnung vom Gärtnern, aber die Pflanzen sahen eher aus wie Gemüse anstatt Blumen. Tauben bewegten ruckartig die Köpfe und pickten rund um eine metallene Bank in einer Ecke, nahe einem schildkrötenförmigen Plastiksandkasten.

Über ihnen öffnete sich ein Fenster, und eine Frau rief: „Lance! Sag Nicky hallo, damit er aufhört zu schreien und ich ihm die Schuhe zubinden kann."

Lance legte den Kopf in den Nacken und brüllte: „He, Nick. Was soll der Krach?"

Am Fenster im vierten Stock erschien ein kleines Gesicht und selbst aus dieser Entfernung konnte Rese sehen, dass der Junge strahlte. „Ich will mit dir spielen."

„Dann zieh deine Schuhe an und hör auf, deine Mama zu ärgern."

Das Fenster darunter ging auf, und ein grauhaariger Mann lehnte sich mit einem Zigarrenstumpf zwischen den Zähnen heraus. „Das musst du gerade sagen." Der Rauch waberte um seinen Kopf. „Deine Mutter ist eine Heilige."

„Das ist mein Job." Lance lächelte. „Mama in den Himmel zu bringen."

Rese wandte den Blick ab, als der alte Mann sah, wie sie ihn beobachtete.

„Wer ist das?" Er deutete mit der Zigarre, die er aus dem Mund genommen hatte, auf sie.

„Rese Barrett. Meine Geschäftspartnerin."

„Geschäft! Was ist los? Hast du keine Augen im Kopf?"

„Doch. Natürlich."

Der alte Mann schüttelte den Kopf, schob sich den Zigarrenstummel wieder zwischen die Zähne und schloss das Fenster. Rese versuchte, sich nicht auszumalen, was der Rauch der Farbe und den Stoffen antat.

Lance drehte sich um. „Das war Vinnie, und meine Schwester Monica kommt gleich mit meinem Neffen runter. Sie wird versuchen, ihn bei mir abzuladen und dich allein zu fassen zu kriegen, damit sie dir jede Einzelheit unserer Beziehung aus der Nase ziehen kann."

Was eine echte Leistung wäre, weil die Einzelheiten eindeutig undefiniert waren. Rese sah ihn an. „Du hast zu Vinnie gesagt, es sei eine Geschäftsbeziehung."

„Willst du das ändern?" Er hatte ihr versichert, dass er nicht in der Lage sein würde, auf einer rein sachlichen Ebene mit ihr umzugehen, aber in den letzten zwei Wochen hatte er sich ausgesprochen korrekt verhalten.

„Wir sind hierhergekommen, um mit deiner Großmutter zu sprechen." Um die Sache mit der Pension zu klären, die früher das Zuhause seiner Großmutter gewesen war, aber jetzt ihr gehörte. Wenigstens der Besitzurkunde nach, die sie hatte. Aber natürlich gab es auch eine Urkunde mit dem Namen seiner Großmutter.

„Genau." Er lächelte, und in seinem Lächeln lag nur ein Hauch von Enttäuschung, für die sie nicht die Verantwortung übernehmen würde.

Die Tür wurde aufgerissen, und das Kind rannte herbei und klammerte sich an Lance' Beine. Die Turnschuhe des Jungen waren ordentlich geschnürt, aber seine Haare waren eine wilde, blonde Lockenpracht. Er trat zurück und boxte Lance gegen den Oberschenkel. „Ich habe dich vermisst." Dann umklammerte er wieder die Beine von Lance und drückte sie fest.

„Wenn du ihn fest genug schlägst, bleibt er vielleicht." Monica kam kopfschüttelnd aus dem Haus.

Lance hob den Jungen hoch und deutete auf seine eigene Brust. „Komm, zeig mir, was du draufhast."

Nicky schlug auf ihn ein.

„So kommst du nie in den Ring. Vielleicht gehst du besser aufs College."

Er nahm den Jungen in den Schwitzkasten und prustete ihm mit einem hässlichen Geräusch in den Nacken. Der Junge lachte und wand sich und strampelte, bis Lance ihn wieder auf den Boden stellte. Dann gab Lance seiner Schwester einen Kuss: „Wie geht es dir?"

„Jeden Morgen gebe ich mein halbes Frühstück von mir und mache länger Mittagsschlaf als Nicky."

„Wann ist der Termin?"

„Das dauert noch sieben Monate."

„Soll ich mir Bobby vorknöpfen und ihm sagen, er soll die Finger von meiner Schwester lassen?"

Sie lachte und drehte sich um, sodass Rese zum ersten Mal die Gelegenheit hatte, sie genauer zu betrachten. Monica war mindestens zehn Jahre älter als Lance, und die Züge, die an ihm attraktiv aussahen, wirkten bei ihr ein wenig hart. Aber ihre Figur war weich und wohlgeformt und würde in den nächsten sieben Monaten sicher noch fülliger werden.

Lance streckte die Hand aus. „Das ist Rese Barrett. Rese, meine Schwester Monica."

Rese hielt ihr die Hand hin, aber Monica lehnte sich vor und küsste Rese auf beide Wangen.

Nicky schob sich zwischen sie. „Ich auch."

Rese vermutete, dass er die Zuwendung seiner Mutter suchte, aber als Monica ihn hochhob, streckte der Kleine die Arme aus und drückte der fremden Frau ebenfalls zwei Küsse auf die Wangen.

Mit dem Blick auf Lance verdrehte Monica die Augen. „Er ist wie du, küsst jedes Mädchen, das in Reichweite kommt."

Lance zog eine Grimasse. „Vielen Dank." Er drehte sich um. „Du darfst nicht glauben, was die Leute in diesem Viertel erzählen. Es sind alles *scherzi*."

„Kein Witz." Monica versetzte seinem Arm einen Stoß. „Er hat an seiner Wand eine Strichliste geführt."

„Du, Nick." Lance sah den Jungen an. „Ich glaube, Mama will im Sandkasten buddeln, was meinst du?"

„Nein, du." Nicky streckte sich nach Lance aus und wäre seiner Mutter vom Arm gefallen, wenn Lance ihn nicht aufgefangen hätte.

„Klar, du kleiner Verräter. Verschwört ihr euch ruhig gegen mich." Er trug das Kind zum Sandkasten.

Monica blickte ihnen eine Weile nach, dann sagte sie: „Habt ihr schon einen Termin festgelegt?"

Rese wandte sich um. „Wofür?"

„Du meinst, er hat dir noch keinen Antrag gemacht?

Antrag? Eine Szene stieg so lebendig vor ihrem geistigen Auge auf, dass sie spürte, wie die Röte in ihre Wangen zog: Lance am Straßenrand, die Hände in die Hüften gestemmt, und laut brüllend: *„Willst du mich heiraten?"*

„Wir sind Geschäftspartner. Eine Pension, Übernachtung mit Frühstück, in Sonoma."

Monica zog eine Augenbraue hoch, so wie Rese es gerne gekonnt hätte. Die Geste zeigte zugleich Ungläubigkeit, Respektlosigkeit und Humor.

Es ärgerte sie, dass sie so gemustert wurde. „Deshalb wollen wir mit eurer Großmutter sprechen. Es ist kompliziert."

„Verstehe." Monica wandte sich wieder ihrem Sohn und ihrem Bruder zu, die im Sand spielten.

„He, sieh mal", rief Lance, als Nicky eine 25-Cent-Münze hochhielt.

„Wenn du genug davon ausbuddelst, kannst du zu Idas Bonbonladen gehen und dir eine Schokomilch holen."

„Er versteckt sie", sagte Monica. „Das macht er immer. Nicky kapiert nicht, warum er nie irgendwelche Münzen findet, wenn Lance nicht da ist."

Rese dachte darüber nach. „Du könntest sie verstecken."

„Und ihn verwöhnen? Das überlasse ich Lance." Monica fuhr sich mit den Fingern durchs Haar. „Also, wie funktioniert das mit eurer Partnerschaft?"

Rese wandte ihre Aufmerksamkeit wieder diesem Thema zu. Bisher hatte sie noch nicht viel Zeit gehabt zu sehen, wie es funktionieren würde. Der Plan war gerade erst entstanden, als sie erfahren hatte, dass Lance unter einem Vorwand gekommen war. Daraufhin hatte sie ihn vor die Tür gesetzt. Seit zwei Wochen waren sie wieder halbwegs versöhnt. Nun hatten sie eine Buchungslücke ausgenutzt, um herzukommen und die Angelegenheit mit seiner Großmutter zu regeln. „Lance kocht und führt das Geschäft."

„Und was machst du?"

„Ich habe das Haus renoviert. Mir gehört die Pension."

„Das heißt, er arbeitet für dich?"

Rese schüttelte den Kopf. „Nein. Ich habe ihn zu meinem Partner gemacht." Obwohl sie weniger denn je wusste, was das bedeutete.

„Steck das nicht in den Mund, Nicky", rief Monica.

„Er holt sich nur seine Portion Dreck", rief Lance zurück.

„Ja, man muss im Leben auch mal Dreck gegessen haben." Monica hob warnend den Zeigefinger. „Du bezahlst aber seine Zahnarztrechnungen, wenn er glaubt, er könnte Steine essen."

„Ich habe ihm erzählt, dass die Leute früher auf Münzen gebissen haben, um zu sehen, ob sie aus Gold waren."

„Wenn du im Sandkasten Gold findest, setzen wir uns alle zur Ruhe." Sie wandte sich wieder Rese zu. „Trägst du deine Haare immer so kurz?"

Rese berührte die Fransen über ihren Ohren. Sie konnten eigentlich wieder einen Schnitt vertragen. „Wenn man auf einer Baustelle arbeitet, will man nicht, dass irgendetwas im Weg ist."

Monica sah sie neugierig an. „Na ja, du hast die Ohren für einen Kurzhaarschnitt. Sie stehen nicht ab."

Rese berührte eines ihrer Ohrläppchen, das sie bei einer Wette mit

Lance hatte durchstechen lassen. Es war ihr immer egal gewesen, wie ihre Ohren oder sonst irgendetwas mit den kurzen Haaren aussah. Es war einfach praktisch.

Lance ließ seinen Neffen im Sandkasten zurück und gesellte sich wieder zu ihnen. „Und, hast du alles erfahren, was du wissen wolltest?"

„Mama glaubt, du hättest eine potenzielle Braut mit nach Hause gebracht."

Er neigte den Kopf und sein Blick musterte Rese von oben bis unten. „Klar. Warum nicht?"

Rese hob abwehrend die Hände.

Er sagte: „Willst du mich heiraten?" Die Reue, die er an den Tag legen sollte, war hier in seiner Heimat offenbar verflogen.

Sie warf ihm einen düsteren Blick zu. „Diese Frage habe ich schon beantwortet."

Er drehte sich zu Monica um und sagte: „Sie hat gesagt, vergiss es."

Monica lachte.

Ja, toller Witz. Rese kochte innerlich.

Lance berührte sie am Ellbogen. „Komm, wir sehen, ob Nonna wach ist." Er ging zur Tür und winkte sie zu sich. Sie stapfte an ihm vorbei, aber am Fuß der Treppe zog er sie beiseite. „Monica ist meine älteste Schwester. Bei ihr bekommen die Begriffe herrschsüchtig und hinterhältig eine ganz neue Bedeutung. Wenn sie das Gefühl hätte, dass ich es ernst meine, würde sie uns verfolgen und jedes nur erdenkliche Szenario planen, um uns zusammenzubringen." Im Dämmerlicht des engen Treppenhauses streichelte er sie mit seinem Blick. „Ich bevorzuge meinen eigenen Zeitplan."

Er hatte von Anfang an keine Zeit verschwendet.

„Außerdem sind aller guten Dinge drei. Wenn ich das nächste Mal frage, sagst du ja."

Und plötzlich gab es im Haus keine Luft mehr zum Atmen.

Kapitel 2

Der Geruch von zerquetschten Trauben hängt in der Nachtluft.
Grillen zirpen aus den Weinbergen in den Nebel hinein.
Eine andere Stimme gesellt sich in zarten Klängen dazu,
ein Herz, das das andere ruft.

Antonia erwachte. Sie wollte nicht. Jede Erinnerung im Traum war kostbar, und mit jedem Mal wurde sie kostbarer. Solch eine sorglose Zeit. Was für glückliche Tage und liebliche Nächte – bis zu dem Tag, als Marco den Weg heraufgekommen war, gekleidet wie ein Model aus einer Modezeitschrift, komplett mit schiefem Filzhut, seine gebogene Nase in die Höhe gereckt wie ein Kran …

Er bewegt sich mit dem Gang eines Menschen, der seinen Platz im Leben kennt und ihn einzunehmen gedenkt, und mein Interesse wird nur von meinem plötzlichen Wunsch gedämpft, ihm einen Strich durch die Rechnung zu machen.

Er tippt sich an den Hut und lächelt. „Guten Tag. Ich suche Vittorio Shepard. Bin ich hier richtig?"

Ich stoße mit meiner Ferse die Schaukel auf der Veranda an. „Vittorio Shepard ist mein Papa. Was wollen Sie denn von ihm?" Ich gefalle mir in meiner Unhöflichkeit, aber dann kommt Nonno Quillan zur Tür heraus.

„Wo ist denn deine Gastfreundschaft, Antonia? Es ist heiß. Biete dem jungen Mann etwas zu trinken an."

Jung? So jung ist er gar nicht. Und in letzter Zeit betrachte ich Papas Freunde mit Vorsicht. Ohne aufzustehen, frage ich: „Möchten Sie vielleicht etwas trinken?"

In seiner Arroganz ignoriert er mich und wendet sich stattdessen an Nonno. „Vittorio Shepard?"

„Ich bin Quillan Shepard. Vittorio ist mein Sohn." Er stützt sich auf seinen Gehstock mit dem silbernen Knauf. „Er ist in der Stadt bei der Arbeit, aber er müsste bald zurückkommen." Eine sanfte Brise hebt Nonnos volles weißes

Haar von seinen Schultern und lässt in meinem Herzen die Liebe zu ihm aufwallen.

Der Mann kommt näher und streckt seine Hand aus. „Ich heiße Marco Michelli."

Unter Nonnos prüfendem Blick umfassen sich ihre Hände, während seine grauen Augen Einzelheiten bemerken, von denen dieser Marco nicht weiß, dass er sie preisgibt. Aber dann richtet Mr Michelli den Blick auf mich, und jeder Gedanke fliegt auf wie eine Wachtel, die aus dem Gebüsch aufgescheucht wird.

„Etwas Kaltes wäre sehr nett." Er lächelt.

Ich lasse mir Zeit beim Aufstehen und gehe dann hinein, um meine Pflicht zu tun. Ich presse Zitronen aus und süße den Saft, dann nehme ich Eiswürfel und füge kaltes Wasser hinzu. Ich hätte ihm einfach Wasser geben können, aber ich will ihm zeigen, dass wir etwas Besseres sind. Selbst ein Vagabund, der die Auffahrt hinaufwankt, bekommt etwas Besonderes von den DiGratia-Shepards.

Ich trage das Glas hinaus und reiche es ihm, dann kehre ich zu meinem Platz auf der Schaukel zurück, während Nonno und der Fremde über das Wetter, die Wirtschaft und die politische Landschaft reden. „Quillan Shepard." Mr Michelli schnipst mit den Fingern. „Der Dichter?"

Nonno neigt den Kopf. Ich hätte gerne gefragt, was der Mann gelesen hat, er soll beweisen, dass er das Werk meines Großvaters kennt. Aber dann würde ich ja Interesse zeigen – und das habe ich nicht, trotz der verstohlenen Blicke, die ich mir nicht verkneifen kann. Was hat er wohl mit meinem Papa zu tun?

„Antonia schreibt auch", sagt Nonno, und ich runzle die Stirn, weil Mr Michelli mich jetzt erneut mustert. „Und sie ist eine ausgezeichnete Köchin."

„Du klingst, als wolltest du mich verkaufen." Aber so ist er nun einmal, immer bemüht, die Aufmerksamkeit von sich selbst abzulenken – ganz anders als Mr Michelli, der sie wie ein ausgetrockneter Schwamm aufzusaugen scheint.

Sowohl Nonno als auch der Fremde lachen, und ich muss zugeben, dass es ein angenehmes Lachen ist. Er stellt mir ein paar höfliche Fragen über meine Schreiberei, die kaum mehr ist als ein Tagebuch mit Gedichten und Gedankenschnipseln und Geschichten, die mir in den Sinn kommen.

Mr Michelli nickt. „Das Talent liegt also in der Familie."

„Was für ein Talent interessiert Sie denn an meinem Vater?" Ein kurzes Flackern in seinen Augen verstärkt meinen Verdacht.

Er sagt: „Geschäfte."

„Warum besuchen Sie ihn dann nicht in der Bank?"

Nonno schnalzt mit der Zunge, um mich zu tadeln, aber Mr Michelli hält jetzt meinem Blick stand, und ich frage mich, ob ich mir die Unsicherheit vorhin eingebildet habe. „Diejenigen, die ich vertrete, bevorzugen Anonymität."

Ich runzle die Stirn. „Jemand aus der Unterwelt?"

„Antonia", schimpft Nonno.

„Wäre Ihr Vater denn dann der richtige Gesprächspartner?"

Ich springe auf. „Wenn Sie diese Frage stellen müssen, haben Sie gar nichts mit ihm zu tun. Trinken Sie aus und verschwinden Sie."

Er zieht die Augenbrauen hoch, macht aber keine Anstalten, sein Glas zu leeren oder die Veranda zu verlassen. „Sie sind diejenige, die vermutet, dass ich einen Ganoven vertrete, Miss Shepard. Ich frage mich natürlich, warum Sie so etwas annehmen sollten."

Ich reibe mir die Hände an meinem Rock und überlege, dass ich Papa in letzter Zeit mit fragwürdigen Leuten gesehen habe. Und dass er die Privatwelt eines Menschen betreten hat, dem ich zutiefst misstraue. Aber nichts von dem zeige ich dem Fremden. „Jemand, der legale Geschäfte mit meinem Vater machen will, würde ihn in der Bank besuchen." Ich richte mich so hoch auf, wie ich kann.

„Und wo würde ihn jemand aufsuchen, der illegale Geschäfte mit Ihrem Vater machen will?"

Ich stoße scharf die Luft aus und balle die Hände zu Fäusten. „Sie können jetzt gehen."

Er hebt das Glas und leert es, dann hält er es mir hin. „Das war köstlich, vielen Dank."

Ich nehme das Glas mit genau dem Gefühl der Demütigung, das er beabsichtigt hat, da bin ich sicher. „Suchen Sie sich jemand anderen für Ihre Drecksarbeit. Mein Papa ist nicht käuflich."

Als Lance mit dem Knöchel an die Tür klopfte, wappnete Rese sich, um die Frau kennenzulernen, deren Geheimnisse ihn ursprünglich zu ihrer Villa geführt hatten. Nonna Antonia, seine Großmutter. Da er die Kiste mit den Sachen, die er für sie gefunden hatte, nicht bei sich hatte, würde er jetzt wahrscheinlich nicht ins Detail gehen, aber trotzdem würde die Begegnung schwierig sein.

Sachte stieß Lance die Tür auf. „Nonna?“

Die Frau in dem Sessel muss einmal eine Schönheit gewesen sein; das konnte Rese sehen, trotz der Entstellung durch den Schlaganfall. Ihre Hände sahen zerbrechlich aus, aber nicht rheumatisch, denn die blassen Finger waren dünn und weich. Ihr Haar war zu einem Knoten zurückgebunden, der die Länge ihrer Nase, die ausgeprägten Wangenknochen und ein spitzes Kinn betonte – Züge, die Lance ebenfalls trug, obwohl Alter und Krankheit sie bei seiner Großmutter verschärft hatten.

Ihre sanften blauen Augen sahen nichts außer Lance, als er zu ihr trat und sie küsste, wobei er einen Augenblick zu lange verweilte, so als verspürte er das Verlangen, auf ihren Schoß zu klettern und sich dort anzukuscheln. Irgendwie war es trotzdem überhaupt nicht unmännlich. Rese hielt sich im Hintergrund, denn sie spürte, dass dieser Augenblick ihnen allein gehörte, aber sobald er seine Nonna losgelassen hatte, wandte die alte Frau sich ihr zu.

„W…er?“

„Nonna, das ist Rese.“ Lance streckte die Hand aus und zog sie näher.

„*Come è bella*.“

Rese nahm die Hand, die sich ihr ruckartig entgegenstreckte und deren Haut sich anfühlte wie zu Boden gefallene Blätter. Sie wusste nicht, wie sie antworten sollte, weil sie die Begrüßung nicht verstanden hatte, aber sie wollte auch nicht, dass die Frau sie wiederholte.

„Das bedeutet ‚wie hübsch‘“, sagte Lance.

Kein Wunder, dass sie es nicht verstanden hatte. Es war kein Englisch.

Die Frau hob die andere Hand, um Rese’ beide Hände zu halten. „K…ommen S…ie …ich w...ill Sie s...ehen.”

Rese versuchte nicht zu zucken, als die blassen Augen sie musterten. Vielleicht waren sie schwach, weil die Frau sie näher zog und dann noch näher. Sie berührte Rese’ Wangen mit ihren papiernen Lippen, dann machte sie mit dem Daumen ein Kreuzzeichen auf ihrer Stirn und ließ darauf ebenfalls einen Kuss folgen.

Rese richtete sich langsam auf, merkwürdig berührt von dieser Gefühlsäußerung und nicht annähernd so verlegen, wie sie es bei den anderen gewesen war. Vielleicht gewöhnte sie sich daran, oder das Alter und die Würde dieser in sich zusammengefallenen Frau verliehen der Geste eine besondere Bedeutung.

Lance drehte sich um. „Das ist meine Nonna Antonia, Rese. Ihren Großvater habe ich beerdigt."

Rese nickte. „Es freut mich, Sie kennenzulernen." Diese Frau war also in der Villa aufgewachsen, die Rese gerade renoviert hatte. Für diese Frau war Lance bereit, zu lügen und zu betrügen. Sie schüttelte den Gedanken ab. Jetzt, wo sie die beiden zusammen sah, erahnte sie das Band, das ihn angetrieben hatte. Sie erahnte es, auch wenn sie es nicht verstand.

Oder verstand sie es doch? In ihren Gedanken tauchten Bilder von ihrer eigenen Mutter auf und der leidenschaftlichen Liebe, die sie für sie empfunden hatte. Hatte sie nicht alles getan, sogar ihren Vater angelogen, nur um ihre Mutter zu beschützen? Sie wollte nicht daran denken. Sie musste Entscheidungen treffen, was die Versorgung ihrer Mutter betraf, aber nicht jetzt, nicht hier.

Die Tür ging auf und eine junge Frau kam herein, schlanker und hellhäutiger als Monica, aber ihr ähnlich genug, um eine Verwandtschaft zu erahnen. „Non –" Sie verstummte. „Lance!" Sie stellte ihre Aktentasche ab, kam näher und drückte ihn fest, eine ehrliche Umarmung ohne Wangenküsse. Es gab keinen großen Altersunterschied zwischen ihnen, aber Rese sah in der Miene der jungen Frau eine Lebhaftigkeit und Intelligenz, die sie bei Monica nicht gesehen hatte.

Mit ausgestrecktem Arm hielt Lance sie von sich und betrachtete sie. „Wie geht es dir?" Seine Stimme klang zärtlich, und auch das war anders als bei seiner älteren Schwester.

Sie legte den Kopf schief und zuckte mit den Schultern.

„Sofie, das ist Rese."

Und plötzlich bemerkte die Schwester sie. Sie drehte sich um. „Hi. Sorry. Ich war so überrascht, Lance zu sehen." Sie streckte ihr die Hand entgegen.

Rese schlug ein. „Hallo."

„Krankenschwester oder Therapeutin?"

Rese blinzelte, aber Lance sagte: „Sie gehört zu mir."

Die Augenbrauen schossen nach oben. „Oh." Dann kamen die Küsse, einer für jede Wange. Rese musste ein Lachen unterdrücken. Bis jetzt war Lance der Einzige, der sie nicht geküsst hatte. Es wäre vielleicht doch einfacher gewesen, alles auf einen Rutsch hinter sich zu bringen. Aber andererseits war es auch nett.

Sofie beugte sich über Antonia und küsste sie. „*Come stai*?“

„*Bene, cara.*“ Sie schien Italienisch zu sprechen, ohne dass sie ins Stocken geriet oder die Wörter in die Länge zog.

„Brauchst du etwas?“

„*No, grazie.*“

Sofie richtete sich auf. „Also, erzähl. Weiß Mama Bescheid?“

Lance lachte. „Fang nicht an, irgendwelche Pläne zu machen.“

Sofie wandte sich zu Rese um. „Lässt er sich lange bitten?“

Das war etwas, das man von Lance nun wirklich nicht behaupten konnte.

„Wir sind Geschäftspartner“, sagte er.

„Geschäft?“

„Geschäft.“ Er betrachtete seine Schwester. „Hast du Sommerferien?“

„Nein, die Kurse gehen im Sommer weiter – keine Pause.“

„Sofie schreibt ihre Doktorarbeit über Verhaltensstörungen.“

Rese nickte. „Das klingt nach viel Arbeit.“ Und nach der Art Gehirnjogging, mit der sie selbst sich nie beschäftigt hätte, jedenfalls bis vor Kurzem, seit sie versuchte, den Zustand ihrer Mutter zu verstehen – und vielleicht auch ihren eigenen.

„Es ist schwierig.“ Ein Schatten legte sich über Sofies Züge, als sie ihre langärmelige Bluse auszog, sie über die Rückenlehne eines Stuhls hängte und dann in ihrem ärmellosen Top ans Fenster trat. Sie öffnete das Fenster, das auf die Straße hinausging. „Was macht Mama zu essen?“

„Ferragosto.“

„Madonna mia!“ Lachend wandte Sofie sich an Rese. „Ferragosto ist das Straßenfest in Belmont. Oper, Volkstänze, Clowns und jede Menge Essen. Mama wird wahrscheinlich etwas ähnlich Aufwändiges für dich auffahren.“ Dann an Lance gewandt: „Du gehst besser und hilfst ihr.“

„Ich habe Urlaub.“

„Dann darfst du dich auch nicht beschweren.“

„Würde ich das jemals tun?“

Sofie schnaubte verächtlich. „Nur jeden Tag deines Lebens.“

Lance deutete mit dem Kinn zu Rese. „Sie ist nicht wählerisch.“

„Deshalb kommt sie mit dir aus, was?“ Sofie stieß ihm den Ellbogen in die Rippen.

„Zweifellos.“

Mit einem Seufzer nahm sie ihre Tasche. „Schön, dass wir uns kennenlernen, Rese. Jetzt muss ich lernen.“ Sie ging ins Nachbarzimmer und schloss die Tür.

Rese blickte wieder zu der Großmutter hinüber, deren Blick erneut – oder noch immer – auf ihr ruhte.

Lance sagte: „Nonna, wir müssen reden.“

„Sp…äter.“ Sie hob die Hand und ließ sie wieder fallen.

Er nahm ihre Hand in seine. „Nonna …“

„N…icht jetzt.“

Mit den Lippen berührte er ihre Finger. „Gut. Kann ich irgendetwas für dich tun?“

„Das h…ast du schon.“

Antonia zitterte, als die Tür sich hinter ihnen schloss. Warum ließ Lance die Sache nicht auf sich beruhen? Sie wollte seine Fragen nicht beantworten. Es war genug, dass Nonno Quillan begraben war. Sie hatte getan, was sie konnte. Mehr konnte sie nicht tun. Sie konnte die Vergangenheit nicht ändern. Konnte nicht …

Ich starre auf seine Nachricht, fassungslos angesichts seiner Kühnheit.

Liebe Miss Shepard,
ich fürchte, unsere erste Begegnung war ein wenig unglücklich. Da Ihr geschätzter Großvater, Quillan Shepard, mir wohlgesonnen scheint, hoffe ich, dass Sie mir erlauben, die Gelegenheit zu ergreifen und mein Bedauern über meine unklugen Äußerungen zum Ausdruck zu bringen. Würden Sie mich heute Abend empfangen?
Mit freundlichen Grüßen
Marco Michelli

Entschlossen gehe ich zum Sekretär und nehme mir ein kleines Blatt Briefpapier. Mit dem feinen Füllfederhalter, den Nonno mir vor einigen Tagen gegeben hat, schreibe ich:
Lieber Mr Michelli,
wegen Nonno müssen Sie sich keine Sorgen machen. Er ist sehr modern und offen. Mein Papa ist derjenige, den Sie überzeugen müssen, und da er ebenso klug ist wie ich, sind Ihre Chancen eher gering.
Hochachtungsvoll
Antonia DiGratia Shepard

Der junge Mann, der die erste Nachricht gebracht hat, nimmt meine Antwort mit, obwohl Mr Michelli hätte zum Telefon greifen und meine Abfuhr sofort entgegennehmen können. Glaubt er, seine förmliche und altmodische Methode würde mich beeindrucken?

Aber der Wagen kommt kurz darauf zurück, und der junge Bursche gibt mir meinen eigenen Brief zurück. Ich bin erstaunt und dann verärgert, als ich feststelle, dass Marco Michelli seine Antwort auf die Rückseite geschrieben hat.

Schöne Antonia,
ich bin der Aufgabe gewachsen, das versichere ich Ihnen. Ich werde heute Abend um acht Uhr bei Ihnen sein.
Ihr leidenschaftlicher Verehrer
Marco Michelli

Leidenschaftlicher Verehrer? Er macht sich über mich lustig. Ich blicke auf, um eine mündliche und deutlich weniger höfliche Antwort zu geben, aber der Junge ist schon ins Auto gestiegen und fährt davon – zweifellos so, wie man es ihm aufgetragen hat. Ich nehme die Nachricht mit nach oben und koche vor Wut.

Schöne Antonia. Leidenschaftlicher Verehrer. Ich habe seine Selbstverliebtheit nicht übertrieben. Bene. Ich werde ihn um acht Uhr empfangen und ihm seine Sicht der Dinge zurechtrücken. Papa wird dann zu Hause sein, und zusammen werden wir Mr Michelli etwas Demut beibringen.

Aber Papa ist noch nicht zurück, als Marco Michelli um acht Uhr in demselben olivfarbenen Studebaker Dictator erscheint, den sein Bote zuvor gefahren hat. Ich habe Nonno die Polenta gemacht, die er so liebt, und ihn in sein Zimmer gebracht, da er im Laufe des Tages immer wackliger wird und die alten Verletzungen im Bein ihm zu schaffen machen. Jetzt werde ich Marco

Michelli allein gegenübertreten, und das ist noch besser. Niemand wird mich zwingen, höflich zu sein.

Aber als er mit einem Strauß Veilchen in der einen und seiner Mandoline in der anderen Hand aus dem Auto steigt, habe ich Mühe, mich an meinen Zorn zu erinnern. Er nähert sich der Veranda und hält mir die Blumen hin, an denen ich ohne nachzudenken rieche. Süße Veilchen, süßer als jede Rose … Die Melodie erklingt in meinem Kopf und entlockt mir ein Lächeln. Hätte er mir ein großes, angeberisches Bouquet gebracht, hätte ich es verachtet.

Er sagt: „Wir könnten doch gut im Pavillon sitzen."

„Woher wissen Sie von dem Pavillon?"

„Ihr Papa hat ihn vorgeschlagen. Als er mir die Erlaubnis gegeben hat, Sie zu besuchen." Er lächelt.

Hat der Mann Nerven! Aber als er mir seinen Ellbogen hinhält, hake ich mich ein. „Sie haben also Geschäfte mit Papa gemacht?"

„Ich habe sie angestoßen."

„In der Bank." Wir gehen um das Haus herum.

„In der Stadt."

Der Tweed seiner Jacke fühlt sich unter meinen Fingern rau an. Ich hätte mir etwas um die Schultern legen sollen. Abseits von der geschützten Veranda ist der Abend kühl. „Warum muss es ein Geheimnis sein?"

„Nicht jeder in diesem Land ist arm, Miss Shepard. Aber wenn so viele leiden, bevorzugen es Leute mit einem Haufen Geld, kein großes Aufhebens darum zu machen."

Ich blicke auf, als er das sagt. „Ist es wirklich Ihr Geld?"

Er legt den Kopf schief und lacht. „Ich gehe nicht davon aus, dass Sie hinter meinem Geld her sind, aber wenn doch, sollten Sie sich besser woanders umsehen."

„Mir ist völlig egal, wie viel Geld Sie haben."

„Oder nicht haben."

Der Weg führt zwischen den Kräuterbeeten hindurch, an der Garage vorbei, die einmal ein Kutscherhaus war, und bis zu dem Pavillon, von dem aus man über die Weinberge blickt, die jetzt nur noch ein Zehntel der ursprünglichen Fläche ausmachen. Wir können von Glück sagen, dass wir überhaupt noch etwas besitzen, nachdem alle Onkels und Cousins und Nachbarn verkaufen oder das Land der Bank überlassen mussten und in die Stadt gezogen sind; manche arbeiten für den Mafiaboss, dem es gehört. Wenigstens hat Papa nichts damit zu tun, obwohl er mehr als einmal gefragt wurde.

Mit seiner Hand an meinem Ellbogen hilft Marco mir die Stufen hinauf. Ein Mann, der ein paar Jahre mehr auf dem Buckel hat als die sorglosen Jugendlichen, die ich sonst treffe, hat etwas für sich. An drei Seiten des Pavillons befinden sich Bänke, aber ich stelle mich an das Geländer und blicke in Richtung Westen über die Felder.

Marco nimmt die Mandoline von seinem Rücken und legt sie auf eine Bank. Dann zieht er seine Jacke aus und legt sie über meine Schultern. „Meglio?“

„Ja, besser, danke.“ Mein Herz hämmert. Obwohl sein dunkler Teint eine südliche, bäuerliche Herkunft nahelegt, ist er groß und gut gebaut mit einer römischen Haltung. Ich bin zu drei Vierteln Italienerin, und als er in der Sprache spricht, die ich auf Nonna Carinas Schoß gelernt habe, hat dies eine verheerende Wirkung auf meine Entscheidung, ihn zu verachten.

Und als er dann noch die Mandoline zur Hand nimmt und „Che Gelida Manina“ aus Puccinis La Bohème singt, weiß ich, dass der Pavillon nie mehr nur aus Holz und Nägeln bestehen wird; er wird immer die Klänge beherbergen, die er in die Nacht hinaussendet und die ihm mein Herz zu Füßen legen, wie er es vorausgesehen hat.

Lance schloss frustriert die Tür zu Nonnas Wohnung. „Sie gibt dem Wort Sturheit eine ganz neue Bedeutung.“

Rese blickte auf. „Wieso?“

„Sie will nicht, dass ich ihr erzähle, was ich gefunden habe.“

„Ich dachte, sie wollte, dass du es findest.“

Er atmete hörbar aus. „Das dachte ich auch.“ Aber allmählich hatte er den Verdacht, dass er ein Problem damit hatte zu erkennen, was man von ihm erwartete.

Auf dem dämmrigen Flur steckte er den Schlüssel ins Schloss, um seine eigene Wohnung aufzuschließen. Von oben drangen die Stimmen seiner Nichten und Neffen herunter, die wegen der beginnenden Sommerferien ganz aufgedreht waren und Lance' Schwestern wahrscheinlich den letzten Nerv raubten. Unten erklang aus Mamas Stereoanlage die Arie „O Mio Babbino Caro“ aus *Gianni Schicchi*. Opern hörte sie nur dann, wenn sie ihre Rolle als italienische Mama spielte, diesmal ausgelöst dadurch, dass er ein Mädchen mit nach Hause gebracht hatte.

„Ist es hier immer so laut?“, fragte Rese.

„Das ist noch gar nichts." Es konnte viel lauter werden. Als seine Eltern noch jung gewesen waren, als es noch keine Klimaanlagen gegeben und die Fenster immer offen gestanden hatten, war es noch schlimmer gewesen.

Er umfasste den Türgriff, drehte ihn aber nicht. Als er so dort stand, mit Puccinis Musik, die aus dem ersten Stock heraufdrang, hätte er Rese am liebsten in den Arm genommen und sie geküsst. Warum hielt er sich überhaupt zurück? „*Come è bella*", hatte Nonna gesagt und damit nicht nur das Offensichtliche bemerkt, sondern auch Zustimmung ausgedrückt.

Er betrachtete ihr Gesicht – braune Augen mit dichten Wimpern ohne Mascara; milchig glatte Wangen, die so weich waren, wie sie aussahen; ein starkes, entschlossenes Kinn und darüber ein Mund, der so … Er beugte sich vor, aber im Treppenhaus am Ende des Ganges ertönte ein Quieken, Sekunden später gefolgt von einem Farbenrausch. Rese drehte sich um und erwiderte Stars Umarmung.

Lance begrüßte Rico mit eingehakten Fingern und dem rituellen Faustschlag. „Hi, Kumpel. Gutes Timing." Er ließ sie alle in die Wohnung.

Rico pfiff, als Star Rese in ihr Zimmer zog. „Du hast mehr Leben als eine Hindukatze."

„Kaum."

„Du schaffst es immer wieder, Mann."

Lance blickte zu dem Zimmer der Mädchen hinüber. „Wenn sie mich in der Pension nicht brauchen würde, wäre ich der letzte Dreck."

Rico legte ein Buch auf den Tisch, und Lance' Blick fiel auf den Titel. *Beliebte Sonette?*

Rico erriet seine Gedanken. „Star mag Shakespeare. Ich lese ihr was davon im Park vor."

Lance ließ die Kinnlade fallen. „Du kannst lesen?"

„Sehr witzig."

„Immer noch zölibatär?"

Rico grinste.

„Unmöglich."

Er hob die Hände. „Ich bin ein neuer Mensch."

Lance dachte daran, wie Star erst vor wenigen Wochen ausgesehen hatte, von blauen Flecken übersät, die von einem Freund stammten, den sie „nicht aufgeben konnte". Kurz darauf hatten sie und Rico eine Beziehung begonnen, die völlig anders war als alle seine anderen Liebschaften. Es gab Probleme, vor allem bei Star, aber Rico schien sie nicht zu sehen. Er hatte die Warnung, ihr nicht wehzutun, wie eine Berufung aufgefasst, obwohl Lance nur wollte, dass Star sich in Ruhe von ihren schlechten Erfahrungen erholte. Er hatte nicht erwartet, dass Rico – dessen Leben sich zwischen Schlagzeug und Schlafzimmer abspielte – es unbegrenzt lange durchhielt.

Aber wer gab ihm das Recht, ihn zu verurteilen? Vielleicht lag es daran, dass Tony nicht hier war, um es zu tun. Hier in der Stadt war Tonys Abwesenheit besonders deutlich zu spüren. Es war schon zu lange her, dass die Zwillingstürme eingestürzt waren. Der Schmerz hatte inzwischen nachgelassen. Aber Lance hätte seinem großen Bruder gerne die Frau vorgestellt, die er mit nach Hause gebracht hatte. Er hätte gerne zu ihm gesagt: *„Die hier wird mich nicht in Schwierigkeiten bringen; sie macht mich besser."* Und das war für jeden eine echte Leistung, wenn man bedachte, wie oft er die Dinge vermasselte.

Seine Kehle war wie zugeschnürt, als er sich ausmalte, wie er sie Tony vorstellen würde. Keine andere Begegnung würde so viel bedeuten. Er stellte sich Tonys Miene vor, seine Fähigkeit, den Charakter eines Menschen zu sehen. Er hätte es entdeckt, dieses Besondere in ihrem Wesen, das ihn berührte und festhielt.

„Das ist es, Tony. Ich weiß es einfach."

„Dann vermassle es nicht."

Das werde ich nicht. Eine Welle des Verlangens erfasste ihn, nicht die Art, die in Versuchung führte, sondern die Art, die in einem Menschen eine Sehnsucht weckte. Als Rese und Star aus ihrem Zimmer kamen, musste er sich in Erinnerung rufen, dass sie lediglich einer Geschäftsbeziehung mit gelegentlichen Nackenmassagen zugestimmt hatte. Seine Verwandten würden mehr dahinter vermuten – dass er sie nicht hergebracht hätte, wenn sie nicht wichtig wäre. Sie würden sehen, was sie ihm bedeutete.

Und Rese würde sehen, wer er war. Bis jetzt schien sie noch unter Schock zu stehen. Obwohl sie auf Baustellen groß geworden war, auf denen ihr Vater Häuser renoviert hatte, und sich zu einer Partnerschaft mit ihm hochgearbeitet hatte, waren es erstklassige Projekte gewesen, und Sausalito war nicht die Bronx.

Stars dünnes Kleid wehte und schmiegte sich an sie, als sie zu dem kleinen Kühlschrank ging und sich in der Wohnung bewegte, als wäre sie schon länger als nur zweieinhalb Wochen hier. Aber andererseits hatte sie sich auch in der Villa in Sonoma sofort zu Hause gefühlt. Sie holte eine Limonade aus dem Kühlschrank. Viel mehr gab es darin sowieso nicht, weil sie täglich auf dem Markt und in der Bäckerei frische Lebensmittel einkauften.

Ihm widerstrebte der Gedanke, was Mama alles für heute Abend besorgt hatte. Das mit Ferragosto war ein Scherz gewesen, aber Mama würde etwas kochen – und zwar reichlich. Leider hatte Quantität noch nie sein Bedürfnis nach Qualität befriedigt, wie Sofie es einmal gesagt hatte – ein Grund, warum er Nonnas Küche jeder anderen vorzog.

Nicht, wie Mama dachte, weil er Nonnas Verachtung für alles, was südlich vom Piemont seinen Ursprung hatte, geerbt hätte, sondern weil man die Küche jeder Region ruinieren konnte, und in ihrem Haus passierte das öfter mit den südlichen Speisen. Mama war eine vollendete Tänzerin und eine begabte Lehrerin, aber sie behandelte ihre Küche wie das Mitglied einer Strafgefangenenkolonne; zu viel Gewürz, vielleicht um für die zu dickflüssig geratenen Saucen, die klebrige Pasta und die steinharten Gnocchi zu entschädigen. In der Küche fand sie einfach nicht die Leichtigkeit, die ihr auf dem Tanzboden mühelos gelang.

Wenn Nonna gesund wäre, hätte sie das Restaurant geschlossen und ein Schild ins Fenster gehängt, auf dem stand: Heute nur Familie. Dann hätte sie den Raum mit den köstlichsten Düften gefüllt und Rese mit üppigen Portionen *coscia di agnello* begrüßt, in Knoblauch und Olivenöl marinierte Lammkeule mit zusammengebundenen Rosmarinzweigen, und mit *coniglio in porchetta*, mit Wurst gefülltem Kaninchen, das nach wildem Fenchel duftete. Risotto und Polenta als Beilage, die aber nie das Hauptgericht übertönten. Nonnas Restaurant war das einzige norditalienische Lokal im Viertel, und sie hatte es aus Selbstschutz eröffnet.

Jetzt war es auf unbestimmte Zeit geschlossen, bis jemand entschied, was damit geschehen sollte. Er lehnte sich an die Wand und beobachtete, wie Rese und Star sich unterhielten, wobei Star überschwänglich erzählte und Rese nüchtern antwortete. Nach allem, was er über ihre Vergangenheit wusste, erstaunte es ihn immer noch, dass ihre Freundschaft Bestand hatte. Er und Rico hatten ihre Meinungsverschiedenheiten gehabt, aber sie waren in denselben Straßen, Schulen und Religionsgemeinschaften aufgewachsen. Bei Star und Rese fand er einfach keine Gemeinsamkeit, außer vielleicht, dass sie beide jemanden brauchten.

Rico boxte gegen seinen Arm. „Lust auf ein Spiel?"

Lance zuckte mit den Schultern, da er vermutete, dass die Frauen noch eine Weile unter sich bleiben wollten, und weil er wusste, dass Rico gesprächiger war, wenn er sich bewegte. Im Park gab es einen Sportplatz, aber er und Rico gingen nach unten und spielten mit einem kleinen Ball gegen die Mauer. Damals, als der Rest des Landes den Atari entdeckt hatte, waren Rico und er noch da draußen gewesen und hatten mit abgesägten Besenstielen Schlagball gespielt oder mit Kreide ein Feld für das typische New Yorker Spiel Skelly auf die Straße gemalt. Oder sie hatten mit nichts als ihren Händen und einem Ball gespielt.

Rico schlug auf. „Juan ist wieder da."

Zuerst hatte es merkwürdig geklungen, als Rico seinen Vater als Juan bezeichnete, aber der Mangel an Beziehung oder auch nur gemeinsam unter einem Dach verbrachter Zeit erklärte es. Dies hier war inzwischen Ricos Familie; dies war sein Zuhause. Das hatte er schon vor der dritten Klasse erkannt.

„Wann ist er rausgekommen?" Lance wehrte den Aufschlag mit einem harten, hohen Schlag ab, um den Ballwechsel zu gewinnen.

Rico jagte dem Ball nach, dann warf er ihn in einem lockeren Bogen zurück. „Vor einer oder zwei Wochen. Weiß nicht genau."

„Bewährung?"

„Bei dem Mann gibt es nur zwei Zustände. Im Knast oder auf Bewährung draußen."

Jetzt war Lance mit dem Aufschlag dran. „Hast du ihn gesehen?"

Obwohl sein Elternhaus keine drei Kilometer entfernt war, schüttelte Rico den Kopf. Interessant, wie selbstgerecht Rico sein konnte, obwohl sie selbst oft genug im Schlamassel gesteckt hatten und nur Tonys Einfluss sie vor dem Knast bewahrt hatte. Aber das sagte Lance nicht. In den nächsten paar Minuten konzentrierten sie sich auf das Spiel. Rico war klein, aber schnell und gerissen. Obwohl er selbst auch kein Riese war, hatte Lance die Oberhand, wenn es um Kraft und Statur ging.

Sie beendeten ein Spiel, und Rico hielt den Ball fest. „Was machst du in Wirklichkeit hier?“

Lance reckte sich und ballte die Faust. „Ich will Nonnas Angelegenheiten regeln und das hat etwas mit Rese zu tun. Ich wollte, dass sie herkommt, um –“ Ricos Blick ließ ihn verstummen. „Was denn?“ Er legte den Kopf schief. „Ich muss sie nicht absegnen lassen. Wir sind hier nicht in Neapel.“

„Für deine neapolitanische Familie könnte es aber genauso gut Neapel sein.“

„Neapolitanisch, kalabrisch, aus dem Piemont, und, wie ich vor Kurzem erfahren habe, zum Teil reinrassig amerikanisch.“ Sein Ururgroßvater Quillan Shepard hatte keinen Tropfen italienischen Blutes in sich gehabt.

„Und du bist ein pflichtbewusster Sohn.“

„Das solltest du mal Papa erzählen. Er hält mich für einen Versager.“ Er seufzte. Sein Anliegen war es, Nonna alles zu erklären und ihre Zustimmung zu den Plänen für die Pension zu bekommen. Obwohl er erst vor drei Monaten bei dem Anwesen aufgetaucht war, hatte es ihn sofort angezogen. Er liebte zwar auch dieses Viertel in New York, seine Verwandten und Freunde und Traditionen, die es zu etwas Besonderem machten. Aber Nonnas Wurzeln waren in Sonoma, und dort war seine Ruhelosigkeit gestillt worden.

Kapitel 3

Wie sanft sein Wesen ruht in meinem Sinn,
als wär' es dort zu Haus.
Mein Herz hat er umstellt, erhöht,
mein Hoffen bloßgelegt.

Als Marco das nächste Mal kommt, bin ich vorbereitet. Beim ersten Mal wusste ich nicht, wie schwierig es sein würde zu widerstehen, aber das weiß ich jetzt, und als er vorschlägt, zum Pavillon zu gehen, sage ich zu ihm: „Ich würde lieber auf der Veranda sitzen." Ich stoße die Schaukel an, bis er so nah kommt, dass der Sitz entweder sein Knie trifft oder ich sie vorher anhalten muss.

„Darf ich?" Bevor ich antworten kann, nimmt er neben mir Platz. Die Schaukel protestiert mit einer leise knarrenden Stimme, aber er ignoriert das und sagt nur: „Das hier ist auch ein schöner Platz."

Hibiskus und wilde Rosen erfüllen die Luft mit ihrem Duft, zu dem sich jetzt ein Hauch von seiner Pomade gesellt, die er offenbar nur sparsam verwendet, denn sein Haar ist davon kaum gebändigt. „Sind Sie immer so kühn?"

„Zieh keine Handschuhe an, wenn du nicht in den Ring steigen willst."

Ich hebe das Kinn. „Ist das hier ein Kampf?"

„Nur eine Redeweise, Antonia. Ein Rendezvous ist eine ernste Angelegenheit."

Ich lehne mich auf der Schaukel zurück. „Wie kommen Sie darauf, dass dies ein Rendezvous ist?"

Er lächelt. Ich wende mich ab, bevor sein Lächeln seine ganze Wirkung entfalten kann. Ich habe in meinen Träumen sein Lächeln seziert, über seine kräftigen, weißen Zähne nachgedacht, die unvollkommen genug sind, um nicht unecht zu wirken, die vollen rosigen Lippen, die zugleich einen trockenen Humor und Begeisterung ausdrücken, und den Schatten eines Bartes, der vom Rasiermesser kaum verscheucht wurde.

Als Papa sich zu uns auf die Veranda gesellt, wird es anders. Jetzt werden wir ja sehen, ob Marco Schneid besitzt. Er steht auf und gibt Papa die Hand, *und ich spüre eine Spannung zwischen ihnen, aber das ist normal bei Verehrern und Vätern.*

„Ich finde, wenn Sie Zeit mit meiner Tochter verbringen wollen, sollten wir uns unterhalten."

Marco nickt. Ich entscheide, mit wem ich Zeit verbringe, und ein Wort von mir wäre ein K.O.-Schlag, bevor der Gong ertönt ist. Aber ich sehe ihnen nach, wie sie die Treppe hinuntergehen und dann die Auffahrt zum Studebaker entlangschlendern und daran vorbei. Papa gefällt es bestimmt, dass Marco ein eigenes Auto hat. Wenn ein Mann Dinge besitzt, denkt Papa, ist er verantwortungsbewusst und ehrbar.

Ich brauche kein Auto, weil ich nie so weit wegmöchte, dass ich den Wind in den Weinbergen nicht mehr höre oder die Spatzen im Obstgarten oder das Flüstern der blassen, schmalen Olivenblätter. Ich kenne die Sterne, die über unserem Land wachen, die mein Fenster in ein diamantenverziertes Mustertuch aus schwarzem Samt verwandeln. Der Geruch des Nebels in der Nacht, die feuchte Erde am Morgen. Marco Michellis Auto bedeutet mir nichts.

Es ist das dunkle Espressobraun seiner Augen, der Klang seiner Stimme. Es ist die vanità, mit der er sich mir nähert. Er ist ein Mann, der weiß, was er will, und kein Baby, das von mir gesagt bekommen will, was es braucht. Und sosehr ich auch versuche, ihm zu widerstehen, erregt mich das doch. Wir sind hier nicht in der alten Heimat; es sind nicht die alten Zeiten, aber wenn Papa sich besser fühlt, weil er mit Marco gesprochen hat, dann soll es mir recht sein. Ich kann mich später darüber lustig machen, wenn Marco mit Papas Anerkennung gemästet ist. Ich weiß, wie ich den Augenblick auskosten kann.

Stars Körper zitterte, als sie beschrieb, wie sie in der U-Bahn-Unterführung gesungen und Rico dazu Chaz' Steeldrum gespielt hatte. Mit ihrem changierenden Lidschatten und dem Lipgloss mit Kirschgeschmack, der so stark roch, dass die ganze Wohnung davon erfüllt war, sah sie wie eine Zwölfjährige aus, die sich als Zwanzigjährige ausgibt. Obwohl sie zwei Monate jünger war, hatte Rese sich immer wie eine große Schwester gefühlt. Sie waren nicht miteinander verwandt, aber Star erwartete von Rese die Streicheleinheiten, den Trost und die Freiheiten, die einer kleinen Schwester zustanden.

Sie gab nur, was sie wollte, alles zu ihren Bedingungen. Aber Rese war froh, dass sie da war. Auch wenn sie flatterhaft und unberechenbar war, hatte Star sich doch als die einzige Konstante in ihrem Leben erwiesen – abgesehen von Gott. „*Wenn alle anderen dich im Stich lassen, er wird es niemals tun.*" Früher war seine Gegenwart so greifbar gewesen, sie hatte ihre Gedanken erfüllt und ihr Kraft gegeben, ums Überleben zu kämpfen. Aber das war Jahre her, und erst vor Kurzem hatte sie beschlossen, daran zu glauben. Bis jetzt fühlte es sich nur wie eine Entscheidung an, nicht mehr.

„Die Trommel löst diese Schwingungen aus, die man ewig hört." Star ahmte mit ihrer Stimme den Wind nach. „Und so singe ich dann. Ohne Worte, nur Schwingungen, die in dem Betontunnel widerhallen. Es ist unheimlich harmonisch."

Harmonische Schwingungen.

„Und die Leute geben uns Geld dafür. Manche bleiben stehen und hören zu, andere werfen im Vorbeigehen etwas hinein." Star imitierte das sorglose Wegwerfen von Wohlstand. „Es ist verrückt."

„Ich dachte, Rico hätte einen Agenten. Warum singt ihr in der U-Bahn?"

Star warf ihre Locken zurück. „Ohne Lance will der Agent nicht so richtig. Er wollte die ganze Truppe: Ricos Trommel, Lance' Texte, Chaz und die tausend Instrumente, die er spielt."

Würde Rico wieder Druck machen, um Lance in die Band zurückzuholen? Die U-Bahn klang nicht nach Lance' Art von Musik, aber …

„Rico will uns in der Unterführung aufnehmen. Er hat dem Agenten erzählt, dass wir diesen Enya-Sound haben, und er meint, der Typ könnte anbeißen."

„Was ist mit deiner Malerei?"

„Machst du Witze? Wir sind in New York. Ich kann machen, was ich will." Sie klang schon fast wie die New Yorker. So positiv hatte sie schon lange nicht mehr geklungen.

Rese lehnte sich zurück. Nach dem, was sie aus dem Fenster sehen konnte, waren sie weit vom Lincoln Center entfernt, aber wenn der Agent ihren neuen Sound mochte … Star hatte als Kind für ihr Leben gern Rockstar gespielt, aber Rese war nicht bewusst gewesen, dass sie wirklich singen konnte, bis zu dem Abend auf dem Dachboden, als sie sich Lance' Mikrofon geschnappt hatte. „Das ist toll." Sie lächelte.

Warum konnte Star so einfach von einer zur nächsten Sache schweben? Weil sie kein Fels war. Sie musste nicht stark und stabil sein, damit andere sich an sie klammern können. Rese stand auf und ging ans Fenster, um auf die belebte Straße hinauszublicken. Lance war ihr mit dem Diamant im Ohr und seinen Referenzen europäischer Köche so weltoffen erschienen.

Star trat neben sie und strich ihr über den Arm. „*‚Wie ward zum schaurig öden Winter mir die Trennungszeit von dir.'*"

Klar. Als Nächstes würde Star zum Broadway gehen. Warum nicht? Das hier war New York. Star konnte tun, was sie wollte.

„Es waren doch nur ein paar Wochen", sagte Rese. Obwohl es ihr im Moment wie eine Ewigkeit vorkam, seit Star zusammen mit Chaz und Rico die Villa verlassen hatte, um mit dem braunen Lieferwagen voller Soundtechnik in die Bronx zu fahren. Und es war erst wenige Stunden her, dass Rese mit Lance in das Flugzeug gestiegen war, aber schon jetzt sehnte sie sich nach der Villa, dem Garten zwischen dem Haupthaus und dem Kutscherhäuschen, den duftenden Kräuterbeeten und Blumenkübeln, nach den Mandel- und Olivenbäumen, wo Baxter gerne herumschnüffelte oder sich schwanzwedelnd im Schatten räkelte. Sie vermisste die hellen, hohen Räume mit den bodentiefen Fenstern, und das warme, glänzende Holz, das mit ihren eigenen Schnitzereien verziert war.

Die Pension war ihr Geschäft, ihr Projekt, aber sie war auch ihr Zuhause. Fremde übernachteten und speisten dort und reisten wieder ab. Sie küssten sie nicht auf die Wange oder überhäuften sie mit Fragen. Außerdem war es Lance' Job, ihre Fragen zu beantworten – wenn sie ihn jemals dazu bringen konnte, wieder zu seiner Arbeit zurückzukehren.

Rese runzelte die Stirn. Lance hatte gesagt, er wolle mit seiner Großmutter über die Pension sprechen und der alten Frau zeigen, was er gefunden hatte, und ihr von ihren Plänen erzählen. Aber es war offensichtlich, dass er auch noch andere Absichten hatte. Er wollte, dass seine Familie sie akzeptierte.

Was er da verlangte, wusste er nicht. Er hatte nicht mit einer Frau zusammengelebt, deren Verhalten unberechenbar und destruktiv gewesen war, deren Krankheit zu einer genetischen Veranlagung bei zukünftigen Generationen führte. Lance glaubte, er wollte eine gemeinsame Zukunft mit ihr. Ihm war nicht klar, dass sie vielleicht keine Zukunft hatte. So schlimm Stars Vergangenheit auch war, sie konnte jedenfalls mit ihrem restlichen Leben tun, was sie wollte. Rese war angelogen und beinahe getötet worden, aber was als Nächstes geschah, könnte noch schlimmer sein.

Lance wollte, dass seine Verwandten etwas akzeptierten, das sie nicht wussten. Sie wusste es natürlich auch nicht und würde es erst wissen, wenn die ersten psychotischen Schübe kamen. Warum ging sie automatisch davon aus, dass sie welche haben würde? Dass ihre emotionslose Selbstbeherrschung, ihr Mangel an sozialer Kompetenz symptomatisch waren?

Lance und Rico kamen herein, schweißgebadet und lachend. Lance fing ihren Blick auf. „Hast du es dir bequem gemacht?"

„Könnte man sagen." Sie hatte ihre Sachen in die Kommode geräumt, die größtenteils leer war, weil Star sich nicht die Mühe machte, sie zu benutzen. In mehreren Schubladen waren Sachen, die Lance hiergelassen hatte, als er auf seiner Harley und nur mit einem Rucksack nach Sonoma gekommen war. Würde er die restlichen Dinge mitnehmen? Oder hatte Rico ihn davon überzeugt zu bleiben?

Sie hörte ihn sagen: „Ich dusche nur schnell. Dann haben wir noch eine gute Stunde für einen Spaziergang, bevor die Geier über uns herfallen."

Rese stellte sich die Szene bildlich vor. Seit ihre Mutter die Aufmerksamkeit des ganzen Viertels auf sie gezogen hatte, indem sie mit ihr auf dem Dach getanzt, den Rosenstrauch des Nachbarn angezündet und andere Dinge getan hatte, an die Rese sich lieber nicht erinnerte, hatte sie immer selbst bestimmt, wie viel Aufmerksamkeit sie bekam. „Würdest du nicht viel lieber in ein Flugzeug nach Sonoma steigen?"

Er lächelte. „Ich bin gleich wieder da."

Als Lance erfrischt und nach Rasierwasser duftend aus der Dusche kam, wünschte sie sich sehnlichst, in der Pension zu sein, wo sie einen Meißel oder besser noch eine Säge oder ein Schleifgerät schwingen konnte. Sie musste sich an einem Stück Hartholz abreagieren.

Lance steckte sich den Schlüssel in die Hosentasche. „Bist du so weit?"

„Brauche ich Pfefferspray?"

„Nicht, wenn du mit mir unterwegs bist."

Sie hatte erwartet, dass er spotten würde.

„Wenn wir in Ricos Gegend herumlaufen müssten, würde ich uns beide bewaffnen, aber dies ist Little Italy. Alles ist in Ordnung, solange du *ciao* sagen kannst und freitags Fisch isst."

Sie schüttelte den Kopf. „Nie im Leben würde ich als Italienerin durchgehen."

Er grinste. „Das brauchst du auch nicht."

Die Verspannung in ihrem Nacken lockerte sich ein wenig, als er sie durch die altmodischen und bunten Straßen mit ihren Schildern und den Markisen führte, auf denen die Namen der Geschäfte standen. Die Läden selbst waren winzig, und manche verkauften nur ein einziges Produkt, wie die D'Auria-Brüder mit ihrer Wurst, die vor Ort hergestellt wurde und von der Ladendecke herunterhing. Mild oder scharf. Das war die Auswahl. Und die beiden Brüder, denen das Geschäft gehörte, hatten es von ihrem Vater übernommen, der es im Jahr 1938 eröffnet hatte.

Sie verspannte sich, als sie daran dachte, dass sie die Firma ihres Vaters verkauft hatte, vor allem, seit Brad ihr erzählt hatte, dass die neuen Eigentümer nicht mehr Dads Standards gerecht wurden. Das Geschäft mit ihrem Vater, ihrem Helden Vernon Barret, war ihr Leben gewesen, bis zu dem Unfall. Jetzt hatte sie eine Pension – und einen neuen Geschäftspartner.

Bei ihrem Vater hatte sie gewusst, woran sie war. Niemand auf der Welt war berechenbarer gewesen, mehr auf Routine bedacht. Aber selbst er hatte sie überrascht. Lance stand ständig unter Strom, es war nur eine Frage der Zeit, bis es zum Kurzschluss kam. Was sollte sie von ihm erwarten? Nichts. Sie würde sich auf sich selbst verlassen. Das war die Rese Barrett, die sie kannte; nicht diese Fremde, die Ohrringe trug und ihrer Mutter viel zu ähnlich sah.

Sie wandte ihre Aufmerksamkeit wieder dem Viertel zu, das Lance ihr zeigen wollte. Addeo und Söhne verkauften Brot und Gebäck. DeLillo hatte winzige Käsekuchen im Angebot, dazu ein mit Creme gefülltes Gebäck namens *Cannoli* und andere kleine Kuchen und Torten. *Egiddios Bäckerei* war kaum mehr als eine lange Glastheke mit Plätzchen, aber als sie an dem Keks knabberte, den Lance ihr reichte, verstand sie, warum.

„Ciao, Lance." Zwei grauhaarige Männer, die vor dem Fischmarkt ihre mobile Imbisstheke mit Muscheln und Zitronenschnitzen aufgebaut hatten, winkten ihnen vom Gehweg aus zu. Unverhohlen musterten sie Rese. „Willst du uns nicht vorstellen?"

„Je weniger sie über euch weiß, desto besser." Aber Lance wandte sich zu ihr um. „Das hier sind Joe und Mario, Rese. Meine Herren, Rese Barrett."

Rese gab ihnen die Hand.

Mario schüttelte ihr die Hand. „Nimm dieses Mädchen, *paesano*. Sie ist die Beste bisher."

Einen Augenblick lang dachte sie, er würde sie küssen, aber dann ließ er ihre Hand los, und sie atmete erleichtert auf. Als sie einen Schritt zurücktrat, bemerkte sie etwas, das sich bewegte – ein Fass, in dem Krebse krabbelten, wie die Beschriftung verriet. „Die leben ja noch."

„Sicher", sagte Mario. „Schmecken besser so."

Sie hoffte, dass sie die Tiere nicht bei lebendigem Leibe aßen, aber sie wollte lieber nicht fragen. Es war, als wäre sie mit einer Zeitmaschine in ein anderes Land und ein anderes Jahrhundert versetzt worden.

Joe sagte: „Da war die mit den grünen Augen."

„Eine Krabbe?" Mario sah ihn verwirrt an.

„Keine Krabbe. Eine Frau. Die Lance aus der Stadt mitgebracht hat, mit den langen Beinen." Er zeigte auf seine eigenen Beine. „Fesseln wie Streichhölzer."

„Ach ja ..." Mario nickte. „Was ist aus ihr geworden, Lance?"

„Wir gehen lieber." Lance nahm Rese beim Ellbogen und ging an den beiden lachenden Männern vorbei.

„Bis bald, Rese", rief Joe. „*Buona fortuna*."

„Das bedeutet viel Glück." Lance führte sie an einem Mann vorbei, der gerade den Gehweg vor seinem Haus mit einem Schlauch reinigte.

Sie warf ihm einen seitlichen Blick zu. „Brauche ich das?"

„Kann nicht schaden." Ein Auto mit defektem Auspuff fuhr an ihnen vorbei und hinterließ eine dunkle Abgaswolke. Langsam holte er durch die Nase Luft. „Ah! Der Sommer in der Großstadt." Er winkte einer stämmigen älteren Frau mit einem Karren zu, deren Gesicht von tiefen Falten gezeichnet war. Sie rief ihnen zu: „*Buona sera*!"

Kein Wunder, dass Lance sich mit Evvy so gut verstanden hatte, überlegte Rese. Die meisten Bekannten von ihm waren über sechzig – abgesehen von dem Mädchen aus der Stadt.

Sie legte den Kopf schief. „Grüne Augen, hm? Schmale Fesseln?"

Er lächelte und blickte stur geradeaus.

„Blond oder rothaarig?"

Er überlegte einen Augenblick. „Irgendwie beides."

„Eine Rotblonde oder eine Blondine und eine Rothaarige?"

Er zuckte mit den Schultern. „Ist nicht so einfach, den Überblick zu behalten."

Sie reckte das Kinn vor. „Dann vermute ich, es spielt keine Rolle, dass ich in Brad verknallt war."

„Das kommt darauf an."

„Worauf?"

„Ob es vorbei ist."

„Hmm."

Sie machte einen Schritt nach vorn, aber er griff sie am Ellbogen und zog sie zurück vor das Fenster des Käseladens. Dann versperrte er ihr mit den Armen den Weg.

„Er hat dir Dinge verschwiegen, weißt du noch?"

Hatte er sie etwa ernst genommen? Ihre jugendliche Schwärmerei war beendet gewesen, als sie und Brad sich beide um die Führungsrolle des zweiten Arbeitstrupps bewarben und sie den Job bekommen hatte. „Brad hatte es meinem Vater versprochen." Versprochen, nicht zu verraten, dass ihre Mutter noch lebte und in einer Psychiatrie war – ein winziges Detail, das jetzt ihr Leben erschütterte.

Lance sah sie prüfend an. „Dann haben wir wohl eine *Vendetta*."

„*Vendetta*?"

„Ich werde ihn zu den Leichen in meinem Keller hinzufügen müssen."

Sie richtete sich auf. „Das ist nicht witzig. Vor allem nach der letzten Leiche." Die Gebeine seines Ururgroßvaters in dem dunklen Tunnel unter dem Kutscherhaus zu finden, war eine der furchterregendsten Erfahrungen ihres Lebens gewesen.

„Dann musst du schwören, seinen Namen nie wieder zu erwähnen."

Sie schnaubte verächtlich.

Zärtlich umfasste er ihr Kinn und hob ihr Gesicht, um sie zu küssen, so als gehörte ihr Mund auf seinen, und sie konnte nichts dagegen tun. Dann aber ließ er sie los und ging weiter. „Ich werde mit dem *padrone* sprechen und ihm sagen –"

„*Padrone*?" Sie holte ihn ein.

„Dem Boss. Ich sage ihm, dass es eine Fehde gibt. Meine Ehre steht auf dem Spiel."

Als wenn jemand wegen ihr eine Fehde anfangen würde. Selbst Lance hatte gesagt, sie sei männlich; kühn und direkt, emotionslos – bis sie zusammengebrochen war und ihn vollgeheult hatte.

Was die Sache noch absurder erschienen ließ, war der Gedanke an Brad, vierzehn Jahre älter als sie und der Freund und Vertraute ihres Vaters. Obwohl er angedeutet hatte, dass er für sie auch etwas empfunden hatte, glaubte sie ihm nicht. Er hatte es nur auf ihr Talent und ihre Schnitzereien abgesehen. Für seine Renovierungsprojekte. Er wollte, dass sie ihm dabei half, gut dazustehen.

Lance stieß ihr den Ellbogen in die Rippen. „Keine Antwort?"

„Ich glaube, eine Fehde funktioniert. Brad hat auch ein paar Tricks auf Lager, das kannst du mir glauben."

„Du glaubst, ich mache Witze. Aber es ist mein Ernst. Wenn die Frau, die ich liebe –" Er verstummte plötzlich, und sie erkannte, dass der Scherz eine Richtung genommen hatte, die er nicht beabsichtigt hatte. Schweigend ging er weiter.

Sie kamen zu einem schattigen Park mit einem sechseckigen gemauerten Toilettenhaus, zwei Spielplätzen für Kinder und ein paar Spielfeldern. Der Park war weder groß noch elegant, aber er bot eine nette Abwechslung zu den Straßen und Gebäuden. Der Eiswagen stand dort und spielte seine blecherne Melodie, und der Fahrer hatte den Kopf zurückgelehnt und schnarchte eine Begleitung dazu.

Sie warf Lance von der Seite einen Blick zu. „Ich habe einen Witz gemacht."

„Ich weiß." Aber er sagte nicht, dass er auch einen gemacht hatte.

Kapitel 4

Was ist der Schatten, wenn nicht Dunkelheit, die sich nach Licht sehnt?
Was ist die Angst, wenn nicht Mut, der nach Hoffnung sucht?

Papas Gesicht sieht im Morgenlicht grau aus. Ich frage mich, ob er wieder nicht gut geschlafen hat. Die Angst streckt einen Finger nach meinem Rückgrat aus. Was hat es mit dieser Vorahnung auf sich, diesem Gefühl, dass es Papa nicht gut geht? Seine Arbeit bei der Bank ist sicher, mehr noch als früher, seit er private Dinge für Arthur Jackson erledigt. Auch wenn ich diesen Mann nicht leiden kann, er ist mächtig und sieht Papas Fähigkeiten, seine Gewissenhaftigkeit. Und die werden natürlich mit größerer Verantwortung und mehr Vertrauen belohnt.

„Geht es dir gut, Papa?"

Er blickt von seinem Kaffee auf, einem doppelten Espresso. „Natürlich, mir geht es gut."

„Crostata?"

Er schüttelt den Kopf. „Nein, danke. Ich muss in die Bank."

„Warum lässt er dich so viel arbeiten? Was glaubt Arthur Jackson eigentlich, wer er ist? Gestern warst du so lange weg, und heute Morgen schon wieder."

Nachdem er in den vergangenen drei Wochen zum dritten Mal mit Marco gesprochen hatte, war Papa gegangen und, erst lange nachdem ich zu Bett gegangen war, wiedergekommen.

„Führst du jetzt meine Geschäfte, ragazza?", fragt er lächelnd, aber es liegt eine gewisse Schärfe in seinen Worten.

Vielleicht nicht, aber wer sagt denn sonst etwas? Warum äußert Nonno sich nicht und fragt seinen Sohn, wo er so spät noch war? Aber er nickt nur, als Papa aufsteht, um seinen Tag zu beginnen, wieder einen langen, an dem er wer weiß was für Arthur Tremaine Jackson tun wird. Der Mann hält sich für einen König und glaubt, er könne Papas Leben kontrollieren. Sicher sind es keine Bankgeschäfte, die sie die ganze Zeit machen. Welches Recht –

„Kommst du?" Nonno greift nach seinem Gehstock.

„Natürlich." Es ist Mittwoch. Da gehen wir doch immer zum Grab. Wäh-

rend er in sein Zimmer geht, um sein Tagebuch zu holen, laufe ich nach oben und hole mein eigenes, dann packe ich ein Mittagessen aus Brot und Käse, Oliven und Paprika ein. Ich helfe Nonno ins Auto und krabble auf den Rücksitz. Papa setzt sich ans Steuer. Keiner sagt mehr etwas über gestern Abend, über die Dinge, die mir Sorgen machen, die Dinge, die wichtig sind.

Wir halten bei der Bank und er steigt aus. Dann schiebt er den Sitz vor, damit ich mich nach vorne setzen und weiterfahren kann. „Ich komme schon allein nach Hause." Er gibt mir einen Kuss auf die Wange und hält mein Kinn noch eine Weile länger fest als sonst, um mir zu zeigen, dass ihm meine Bedenken leidtun. „Mach dir keine Sorgen um mich. Kümmere dich um Nonno."

Ich nicke, aber er hat unrecht. Auch wenn Nonno schwach ist, seine Seele ist wenigstens mit Gott im Reinen. Ist Papas Seele in Gefahr? Ich blicke ihm nach, wie er sich mit diesem gewissen Gang entfernt, mit den selbstbewussten Schritten, die mich jetzt an Marco erinnern. Ich seufze. Wenn Papa wichtig genug ist, um Geschäfte mit irgendeiner anonymen Person zu machen, die im Geld schwimmt, dann ist meine Angst vielleicht unbegründet, und ich verdränge sie, während ich fahre.

Nonnos unsicherer, aber selbstbewusster Gang führt ihn zwischen die Gräber. Nonnas eleganter Grabstein steht in der eingezäunten Familiengruft der DiGratias. Links davon ist Mamas Grab, aber ich kann mich nicht gut an sie erinnern. In den Stürmen des Lebens habe ich mich immer an Nonnas Knie geklammert. Nonno sinkt auf die Steinbank, wo er seinen Stock und seine Seufzer ablegt. Vielleicht macht er sich doch auch Sorgen.

„Nonno ..." Ich will meine Befürchtungen nicht äußern, damit sie keine Substanz bekommen.

Nonna Carina kannte das Unglück aus eigener Erfahrung, aber ihr Glück hatte sich gewandelt, als sie Nonno gefunden hatte. Ich wünschte, ich könnte mit ihr reden. Sie hätte nicht den Mund gehalten, wenn sie gesehen hätte, dass ihr Sohn auf die schiefe Bahn geriet. Meine Kehle ist wie zugeschnürt. Ist Papa auf die schiefe Bahn geraten?

„Habe ich dir schon mal von dem Tag erzählt, an dem dein Papa geboren wurde?" Nonnos Stimme ist klangvoll.

Ich setze mich neben ihn. „Erzähl mir davon." In meinen Gedanken sehe ich Nonna Carina, wie er sie zuerst kennengelernt hatte, mit welligem schwarzem Haar und dunklen Augen, mit den ausgeprägten Wangenknochen und den auffälligen Zügen, die sie zu einer wahren Schönheit machten, selbst in den späteren Jahren noch, an die ich mich erinnere.

„Ich wusste, dass etwas nicht stimmte. Carina war den ganzen Vormittag ungehalten gewesen. Das war für eine so sanfte Person mit einer so sanften Zunge ungewöhnlich."

Ich lache. Nonna Carina hatte ein feuriges Temperament, das sich meistens gegen Nonno Quillan wandte. Ich sah ihnen für mein Leben gern bei ihren Wortgefechten zu, und ich wusste, dass auch Nonno sie genoss, weshalb er seine Frau mit kleinen Sticheleien provozierte, die sie aus der Reserve lockten.

„Ich wusste es, bevor die Schmerzen anfingen. Ich versuchte ihr zu sagen, sie solle sich ausruhen und mit dem Putzen aufhören. Aber sie hatte Angst. Sie hatte Angst, weil das erste gestorben war."

Ich starre ihn an. „Das erste?"

Nonno nickt. „In Crystal, in Colorado. Ich hatte nicht gewusst, dass sie schwanger war. Ich war fort." Er sagt es mit so viel Kummer in der Stimme, dass ich ihn nicht nach Einzelheiten fragen mag. Er hat mir nie erzählt, dass es vor Papa schon ein Kind gegeben hat. Nonna hat es mir auch nicht erzählt, und das weckt in mir eine ängstliche Neugier. Ich dachte, ich wüsste alles, was es von Nonna zu erzählen gab.

„Ich war für die Transporte zuständig. Ich habe Güter und Dynamit zwischen den Lagern hin- und herbefördert. Da war ich lange unterwegs. Ich habe meine Arbeit gemacht, aber vor allem bin ich davongelaufen. Ich hatte Angst, an einem Ort zu bleiben. Ich hatte Angst, meine Frau zu lieben." Wellen des Kummers strömen aus ihm.

Ich nehme seine Hand.

„Ich wusste nicht, wie viele Schwierigkeiten sie sich bei den Bergleuten eingehandelt hatte. Ich wusste nicht, dass ein anderer Mann, Alex Makepeace, mein Bergbauingenieur, ihr erlaubt hatte, sich einzumischen. Ich wusste nicht, dass sie mein Kind unter ihrem Herzen trug." Er schloss die Augen. „Sie haben sie geschlagen und sie hat das Baby verloren."

Ich kann kaum atmen.

Nonno öffnet die Augen und starrt das Grab an. „Damals habe ich geschworen, dass nichts und niemand ihr je wieder wehtun würde. Aber als die Schmerzen anfingen, war ich hilflos. Ich hätte mein gesundes Bein abgehauen, um die Schmerzen zu beenden. Aber sie lag unendlich lange in den Wehen. Der Arzt hatte gesagt, sie könne vielleicht nie Kinder bekommen, wegen der Verletzung. Aber keiner von uns beiden hatte daran gedacht angesichts der Freude, dass wir wieder neues Leben gezeugt hatten und es in ihr heranwuchs."

Seine hagere Kehle bewegt sich, die Haut springt auf und ab. „Als ich ihre Schreie hörte, wünschte ich, ich hätte sie nie angefasst. Ich wollte es rückgängig machen, aber es gab kein Zurück mehr.“ Sein Atem entweicht mit einem leisen Seufzen. „Du weißt, dass ihr Vater Chirurg war und dass er mein Bein und mein Leben gerettet hat.“

Ich nicke.

„Als Carina keine Kraft mehr hatte, hat er das Baby mit einem Messer herausgeholt. Die Gebärmutter seiner Tochter hat er ebenfalls entfernt. Sie hatte geblutet und würde keine weitere Schwangerschaft mehr überstehen. Das Wunder war, dass sie überlebte und mein Sohn mit ihr.“

Deshalb hat Papa also keine Geschwister. Das habe ich mich schon öfter gefragt, wo die Liebe meiner Großeltern doch so dick und süß war wie Honig in der Wabe.

Nonno bleibt lange in dieser Erinnerung und sagt dann: „Zu wissen, dass er alles war, was wir jemals haben würden, hat ihn zu kostbar gemacht. Wenn ich streng mit ihm war, hat Carina ihn getröstet. Wenn sie sich über ihn geärgert hatte, gab ich ihm ein Bonbon. Ich habe ihn nie geschlagen, obwohl er es verdient hätte. Ich musste immer daran denken, dass wir ihn hätten verlieren können. Ich hätte alles verlieren können.“ Nonno schüttelt den Kopf. „Es hat keinen Sinn, Kinder ängstlich großzuziehen. Er hat die Schwäche gespürt und sich gewehrt.“

Stellt er Papa deshalb nicht zur Rede? Hat er immer noch Angst, ihn zu verlieren?

„Wir hätten Flavio nicht zu seinem Patenonkel machen sollen. Er hat ihm die Unzufriedenheit in den Kopf gesetzt.“

„Ich dachte, das war Mama.“ Die schöne Frau, die Papa geheiratet hatte, mit Haaren wie gesponnenes Gold und Augen, die so grünblau waren wie das Meer und genauso unberechenbar.

Er nickt. „Ja, sie auch. Aber Gleiches gesellt sich zu Gleichem. In ihm war ein Loch, so als hätte er gewusst, dass es noch ein anderes Kind hätte geben sollen, das die Last unserer Liebe mit ihm teilt.“

„Wie kann man ein Kind zu sehr lieben, Nonno?“

Er lächelt schwach. „Das wirst du irgendwann wissen.“ Seine Augen füllen sich mit Tränen, als er den Stein mit Carinas Namen darauf anstarrt. „Manche Lieben klammern sich an deine Seele.“

Der Duft aus der Küche war ganz annehmbar, und als Lance den Kopf zur Tür hereinstreckte, sah er auch, warum; seine Schwester Lucy war Mama zu Hilfe gekommen. Ihre achtjährigen Zwillinge, Lisa und Lara, drehten Teig zu Stöcken, während die kleine Nina sich irgendetwas in den Mund stopfte. Seine Cousinen Rita, Marianna und Gigi hackten Fenchel und Champignons, und Mama sah aus wie ein Filmstar in ihrem schwarzen, ärmellosen Pullover und der Perlenkette. Lance zog sich schnell zurück, bevor sie ihn sahen. Es hatte keinen Sinn, die Panik zu früh anzuzetteln.

Monicas Mann Bobby stand am Fenster und ließ den Rauch seiner Zigarette hinausziehen, während er sich mit Lucys Mann Lou stritt. Beide hatten Rese noch nicht gesehen, aber das war nur eine Frage der Zeit. Ein halbes Dutzend Kinder saß um ein Monopoly-Spiel, weil Mama keine Videospiele erlaubte, und er konnte seine Cousins Frank und Franky im Hof Handball spielen hören.

Er berührte Rese' Arm mit den Fingern, um sie in den Raum zu lotsen. Sofort richtete sich Zia Annas Verkupplungsradar auf sie, und kurz darauf waren sie von allen vier Tanten umringt. Er stellte ihnen Rese vor: „Meine Tanten Anna, Dina, Mimi und Celestina. Das ist Rese Barrett." Die Nummer mit der Geschäftspartnerin versuchte er erst gar nicht. Es würde nicht funktionieren.

Die Wangen von Rese röteten sich von ihren Lippenstiftküssen. Um den Überschwang seiner Tanten etwas zu drosseln, stellte er sich strategisch zwischen sie und Rese und drückte ihnen selbst Küsse auf ihre gepuderten Wangen. Rese hatte inzwischen sicher Lust, ihm eine zu scheuern.

„Ist sie es?", fragte Anna mit leuchtenden Augen. „Die dich endlich zur Ruhe bringt?"

„Er ist hoffnungslos, Anna, das weiß ich." Celestina fasste sich an die Schläfe, um die anderen daran zu erinnern, dass ihr Status als unverheiratete Frau ihr ein besonderes Gespür in dieser Hinsicht verlieh.

Dina zuckte mit den Schultern. „Warum sollte er heiraten, wenn die Kuh keine Milch mehr gibt?"

„Dina!" Mimi schlug sich die Hände vors Gesicht. „Sie meinte nicht dich, *cara*."

„*Meglio un uovo oggi che una gallina domani.*" Dina lächelte wissend.

Lance schob Rese zur Seite und nahm sie aus der Schusslinie. Sie war angespannt wie ein Flitzebogen. Er hatte einmal erlebt, wie sie explodiert war, und die blauen Flecken an seiner Seite hatte er noch tagelang gespürt. Nicht von den Schlägen, sondern vom Griff ihrer Finger, während sie geschluchzt hatte.

„Ich wusste nicht, dass deine Verwandten eine fremde Sprache sprechen."

„Nur, wenn sie clever sein wollen." Lance überlegte, ob ein Gespräch ohne peinliche Bemerkungen ablaufen würde, und beschloss, dass sie dafür gehen müssten, aber jetzt würden sie nicht mehr davonkommen.

„Und was hat sie gesagt?"

„Ein altes italienisches Sprichwort. Lieber heute ein Ei als morgen ein Huhn." Er konnte erahnen, was sie dachte. „Es ist alles im Spaß gemeint. Vor allem wollen sie mich damit demütigen. Und sehen, was für eine Reaktion sie dir entlocken können." Eine Herausforderung, wenn man Rese' Temperament bedachte.

Die Tür ging auf, und sein Vater kam mit Gina und den Kindern herein. Mama musste ihn gebeten haben, sie nach der Arbeit abzuholen. Lance gab Gina einen Kuss und boxte seine drei Neffen. „Wie geht es euch allen?" Aber er wusste die Antwort schon, die Müdigkeit in Ginas Blick verriet es ihm. Drei Jungen allein großzuziehen, war nicht einfach, selbst mit der Opferentschädigung, die sie bekamen. Mit dem Geld konnten sie in ihrer Wohnung in Manhattan wohnen bleiben, aber ihre Söhne hatten keinen Vater.

„Gina, Papa, das hier ist Rese Barrett."

Gina streckte Rese die Hand entgegen, zu vornehm, um sie zu küssen, und Papa betrachtete sie mit einem Nicken, offenbar zu abgestumpft, um zu glauben, dass dies nicht wieder einer der Schicksalsschläge war, auf die sein Sohn hereingefallen war.

„Freut mich, Sie kennenzulernen", sagte Rese, und er hörte die Anspannung in ihrer Stimme. Es war bestimmt nicht einfach für sie, wenn man bedachte, dass sie normalerweise Menschenansammlungen und Vertraulichkeiten mied.

Bobby und Lou unterbrachen ihren Streit und kamen herüber. „Hi, Lance. Wer ist denn diese heiße Nummer?"

Was hätte die schwangere Monica, der ständig übel war, wohl zu der Frage gesagt? „Rese, dies ist Bobby, Monicas Mann." Er war sich sicher, dass sie sich niemals an alle erinnern würde. „Und Lucys Mann Lou. Die beiden ‚Lus'." Das würde sie nicht vergessen.

Rese streckte ihm die Hand entgegen, aber Bobby ließ sich die Gelegenheit nicht entgehen. Beide Wangen und so nahe am Mund, dass Lance ihm am liebsten einen Kinnhaken verpasst hätte. Lous Küsse landeten eher in der Nähe ihrer Ohrläppchen. Nach diesem Abend brauchte Rese wahrscheinlich eine Therapie.

Bobby hob anerkennend den Daumen in Richtung Lance. „Bei dieser beeilst du dich besser, schlimmer Junge."

Lance konnte den Grappa riechen, der seinen Schwager waghalsig werden ließ. „Halt die Klappe, Robert."

„Willst du etwa sagen, es stimmt nicht? Wie lange hast du es denn bisher mit einer ausgehalten?" Warnend schwenkte er den Zeigefinger vor Rese' Nase. „Er nippt an vielen Flaschen. Aber keine trinkt er aus."

Lou schlug mit dem Handrücken leicht gegen Bobbys Arm. „Hör auf, bevor er dich umbringt."

Bobby warf ihm einen verächtlichen Blick zu, aber Lou hatte recht. Meistens mochte Lance Bobby, aber in diesem Augenblick nicht. Er hätte dem Mann mit einem gezielten Schlag die Nase brechen können. Entschlossen nahm er Rese in den Arm. „Wie wäre es mit frischer Luft?"

Sie flohen durch das große Fenster hinaus auf die schwarze, eiserne Feuertreppe, von wo aus sie einen freien Blick auf den Gehweg und die Straße hatten. Der Abend hatte gerade erst begonnen, aber Rese holte tief Luft und atmete langsam wieder aus.

Er ließ sie los. „Alles in Ordnung?"

Sie nickte. Es war keine gute Idee gewesen, sie zu sich nach Hause mitzunehmen. Ihre Verschiedenheit trat allzu deutlich zutage. Rese war eine Insel; er war für alle der Hafen im Sturm. Nachdenklich rieb er sich die Stirn zwischen den Augenbrauen und seufzte.

„Was ist los?", wollte sie wissen.

Er lehnte sich an die Hauswand und stemmte einen Fuß dagegen. „Ich will nicht, dass du das hörst."

„Was?"

„Mein Leben. In allen Einzelheiten."

„Was Bobby gesagt hat?"

Er warf ihr einen schrägen Blick zu. „Das ist das Problem mit Menschen, die einen von Geburt an kennen."

„So früh hast du schon angefangen zu flirten?"

Er lachte. „So ungefähr. Aber nicht so, wie es bei ihm geklungen hat."

Sie sah ihn mit einem Blick an, den er als versteinert bezeichnet hatte, als er sie kennengelernt hatte, aber jetzt sah er alle möglichen Nuancen darin; Zweifel, Sorge, Verärgerung. Er wollte von ihr verstanden werden. Das Problem war wohl, dass genau das passierte.

„Als wir Kinder waren, war Rico klein und vorlaut, eine natürliche Zielscheibe also. Weil ich sein Freund war, musste ich auch sein Beschützer sein. Den Mädchen gefiel das und die Mädchen gefielen mir." Das war ein Understatement. Er war von ihrer weichen Haut, ihren Fingernägeln, dem Schwingen ihrer katholischen Schulröcke fasziniert gewesen.

„Ich hatte den Ruf, dass ich anderen half. Jedem, der irgendeinen Schicksalsschlag erlebt hatte. Tränen?" Er blies die Luft zwischen den Lippen hervor. „Keine Chance, dann ist es um mich geschehen."

Er erntete ein langsames Blinzeln, aber keine Erwiderung. Schließlich hob er die Hände. „Italienische Liebestragödien. Wir wissen, dass wir verliebt sind, wenn es wehtut. Und so war ich jede Woche verliebt." Und jetzt würde sie denken, dass es mit ihr dasselbe war. Aber er hatte beschlossen, keine Geheimnisse mehr zu haben, und alle anderen würden es ihr sowieso erzählen. Um ihn aufzuziehen, natürlich, aber auch, um Maß zu nehmen und zu sehen, wie ernst sie es meinte. Eine Frau, die mit seiner Vergangenheit nicht fertig wurde, verdiente auch nicht seine Zukunft. Die Familie als Beschützerin – außer in Bobbys Fall, der einfach nur gerne andere provozierte.

„Hast du wirklich an deiner Wand eine Strichliste geführt?" Ihr Ton und ihre Miene waren bewusst gleichgültig.

„Du meinst mit den Mädchen, die ich geküsst habe? Ja." Er wandte den Blick ab. „Hast du schon mal von Dion und den Belmonts gehört? Die haben in den Fünfzigern Doo Wop gesungen."

Sie schüttelte den Kopf. „Ich glaube nicht."

„Jedenfalls sind sie hier im Viertel wahre Helden. Sie kamen von hier und hatten einen Riesenerfolg. Rico und ich … eine Menge Leute dachten, wir würden der nächste große Hit. Das dachten wir selbst auch. Wir haben angefangen, in Greenwich zu spielen, die angesagten Locations gebucht. Haben viel Aufmerksamkeit bekommen." Er sah ihr in die Augen. „Alle Arten von Aufmerksamkeit."

Sie hielt seinem Blick stand. „Ich dachte, das lässt sich mit deinem Glauben nicht vereinbaren."

Er fuhr sich mit der Hand durchs Haar. „In dieser Gegend ist Religion wie Einatmen. Man tut es, aber man macht sich nicht ständig Gedanken darüber. Du weißt, wenn du gegen Gott gesündigt hast. Du weißt es, aber du hörst nicht immer damit auf, also beichtest du es und erhältst die Absolution – Vergebung – und natürlich sollst du nicht weitersündigen, weil es Gott kränkt; es verletzt Jesus, der schon genug gelitten hat. Das ist das Prinzip. Aber dann kommt die Versuchung, und du redest dir ein, dass man das alles umgehen kann. Es ist vielleicht nicht richtig, aber du kannst es später wiedergutmachen."

Er trat an das Geländer. „Dann passiert etwas – etwas so Einschneidendes, dass es den Rest deines Lebens dauern wird, das wiedergutzumachen."

„Es ist nicht deine Schuld, dass Tony gestorben ist."

„Das weiß ich." Seine Knöchel traten weiß hervor, als er das Geländer umklammerte. „Aber es war, als hätte Gottes Urteil den falschen Sohn getroffen."

„Michelle sagt, Jesus hat sich um all das gekümmert."

Er drehte sich halb zu ihr um. „Wann hat sie das denn gesagt?"

„Bei Evvys Beerdigung. Oder vielmehr bei der Party anschließend. Obwohl Party wahrscheinlich nicht das richtige Wort ist."

„Doch, das ist es." Er lächelte, als er an Evvy dachte, die nörgelnde Nachbarin, die ihn bei jeder Gelegenheit, die sich ihr bot, in die Ecke gedrängt hatte. „Hast du es geglaubt?"

Rese nickte. Kein Wunder, dass sie ihm eine zweite Chance gegeben hatte. In den vergangenen zwei Wochen in der Pension hatten sie nicht oft über die Vergangenheit gesprochen. Sie hatte in ihrer Werkstatt gearbeitet. Er hatte seine Arbeit gemacht und versucht, sie nicht zu verärgern. Aber die Anspannung war spürbar gewesen, weil es so ruhig gewesen war.

Rese runzelte die Stirn. „Ich bin mir nicht sicher, was es bedeutet."

„Wichtig ist, was hier drin ist." Er presste die Faust auf seine Brust. „Wenn es wehtut, etwas Unrechtes zu tun, dann ist das Herz auf einer Linie mit Gott."

Ihre Miene verriet nichts. „Ist das die italienische Sache?"

„Die menschliche Sache."

In den Armen ihres Sohnes ließ Antonia sich hinuntertragen. Eine Party, um Lance' Freundin willkommen zu heißen, obwohl er sie nicht als seine Freundin bezeichnet hatte. Die Frau war nicht so herzlich und leidenschaftlich wie Lance. Vielleicht sein Gegenteil, und sie wusste, dass Gegensätze sich anziehen konnten.

Roman schnaufte auf dem Weg nach unten, aber sie konnte nicht mehr tun, als sich festzuhalten. Ihr Körper ließ sie im Stich, die Kraft in ihren Beinen war beinahe ganz verschwunden. Wie bei Nonno. Es tröstete sie, ein Leiden mit jemandem zu teilen, den sie so von Herzen geliebt hatte. Sie dachte daran, wie er vor Nonna Carinas Grab auf der Steinbank gesessen hatte. Nachdem er ihr von Papas Geburt und von dem ersten Baby erzählt hatte, das sie verloren hatten, hatte er sein Tagebuch genommen und war in Schweigen verfallen. Dieses Schweigen aber brachte Worte auf die Seiten seines Tagebuchs, die niemals über seine Lippen kommen würden.

Trotz all der Arbeiten, die von ihm veröffentlicht wurden, war sein Tagebuch etwas sehr Persönliches für ihn. Sie hatte sich geehrt gefühlt, dass er ihr erlaubte, neben ihm zu sitzen und die Gedanken, die mit den von ihm hervorgerufenen Bildern kamen, in ihr eigenes Tagebuch zu schreiben.

Wer wäre dieses erste Baby gewesen? Wie hatte Nonna ihren Kummer überlebt? Und die schreckliche Geburt von Papa! Ein Baby mit einem Messer zu holen. Und trotzdem hatte Nonno es als Wunder bezeichnet.

Antonia seufzte, als sie an all die Dinge dachte, die sie damals geschrieben hatte. Was war mit diesem Tagebuch geschehen, mit den Seiten, die ihre Unschuld enthielten? Es spielte keine Rolle. Das war lange vorbei. Dies war jetzt ihr Leben.

Roman hatte die Tür aufgestoßen und trug sie jetzt hinein in die Menschentraube. Ihre *famiglia*. Die Frucht ihrer Liebe. Tief atmete sie ein. „S…etz mich in d…ie Mitte."

„Natürlich, Mama. Ich weiß." Roman setzte sie auf das Sofa. Er hatte den ganzen Tag gearbeitet und war in einen Bienenkorb zurückgekehrt. Doria war höchstwahrscheinlich aufgelöst, sofern sie das in ihrer affektierten Art überhaupt sein konnte. Nicht so praktisch veranlagt wie Roman. Eine Tänzerin. Nonna lächelte mit der Seite ihres Mundes, die noch funktionierte. Konnte eine Schwiegertochter jemals gut genug für den eigenen Sohn sein? Dann war es merkwürdig, dass sie diese seltsame Frau, die Lance sich ausgesucht hatte, mit Wohlwollen betrachtete.

Oh, er hatte nicht gesagt, dass sie die Auserwählte war. Aber sie wusste es. Sie sah sich im Zimmer um und fand sie draußen auf der Fluchttreppe. Sie waren offensichtlich geflohen. Wer konnte auch diesen Schwarm auf einmal verkraften? Die Kinder kamen herüber und drückten sich mit ihren kleinen Händen und Gesichtern an ihre Knie. Ihre Urenkel. Sie lauschte und tätschelte sie und versuchte nicht zu reden, denn ihre langsamen Worte verunsicherten die Kinder.

Als Sofie hereinkam, bemerkte Antonia die zusammengepressten Lippen, die Falten zwischen den Augenbrauen. Aber es war Zeit, sich um die Tische zu versammeln, die überall im Wohnzimmer aufgestellt waren, und erfreut stellte sie fest, dass Rese neben ihr Platz nahm. Zweifellos hatte Lance es so eingerichtet, dass das Mädchen wenigstens von einer Seite in Ruhe gelassen wurde. Sein Beschützerinstinkt hatte dafür gesorgt.

Er versuchte sich links neben sie zu setzen, aber Monica drängte sich dazwischen, rechthaberisch wie immer. „Ich hatte noch keine Chance, sie kennenzulernen. Setz dich auf die andere Seite."

Die wortlose Kommunikation zwischen Rese und Lance bestätigte Nonna, was sie schon wusste. Diese Frau bedeutete ihm mehr als die anderen.

Monica breitete die Serviette auf ihrem Schoß aus. „Erzähl doch mal von der Pension, die du und Lance zusammen führt."

Und Antonia verstummte und hörte, wie ihr Zuhause in solchen Einzelheiten beschrieben wurde, dass sie das Gefühl hatte, noch einmal tröstend von ihm umfangen zu sein …

Die Veranda liegt im Dunkeln, während ein leichter Regen fällt, und nur das Licht aus dem Wohnzimmerfenster dringt heraus. Marco war in den vergangenen Wochen regelmäßig zu Besuch, aber er hat keine Annäherungsversuche gemacht. Ich bin mir unsicher, was ich davon halten soll. Ist es ihm ernster als den Verehrern, die zu stürmisch vorgehen, oder ist er nicht so interessiert, wie er tut?

Er lehnt sich an den verputzten Pfeiler und spielt leise auf der Mandoline. Es ist erst das zweite Mal, dass er sie mitgebracht hat, und diesmal singt er nicht dazu, sondern betrachtet mich nur mit ernster Miene.

„Was ist?", flüstere ich.

Er schüttelt sich, so als würde ihm erst jetzt klar, in welchem Zustand er gerade gewesen ist, und es ist, als setze er eine Maske auf, ein Lächeln, das so dünn ist wie Zellophan. „Du siehst schön aus in diesem Licht."

„Das waren nicht deine Gedanken."

„Bella Antonia, wenn ein Mann alles sagen würde, was er denkt, würde er zu oft eine Ohrfeige bekommen."

Ich hebe mein Kinn. „Auch das hast du nicht gedacht. Ich glaube, du hast überhaupt nicht an mich gedacht."

Sein Blick wird dunkler. „Du bemerkst so etwas sofort, oder? In meiner Gegend nennt man das den sechsten Sinn."

„Wo ist deine Gegend?"

Er legte die Mandoline auf das Geländer. „Manhattan. Mulberry Bend." Als er meinen verständnislosen Blick sieht, fügt er hinzu: „In New York – auf der anderen Seite des Landes."

„Ich weiß, wo Manhattan ist. Ich frage mich nur, warum du hier bist."

„Das habe ich dir doch erzählt. Geschäfte."

„Und daran hast du gerade gedacht?"

„In gewisser Weise." Er kommt zu mir und setzt sich auf die Schaukel.

Ich rutsche nicht an den Rand, sondern lasse mein Knie dort, wo es seinen Oberschenkel berührt. „Ist es bald beendet, das Geschäft, das du mit Papa gemacht hast?"

„Könnte sein." Er ist so schwer zu durchschauen, weil er in einem Moment leidenschaftlich und sorglos ist und im nächsten schrecklich ernst.

„Und dann gehst du fort?"

„Daran möchte ich nicht denken."

„Was möchtest du dann?" Ich komme ihm näher und kann spüren, dass er mit sich ringt. Anders als sonst scheint er diesmal nicht zu wissen, wie er sich entscheiden soll.

Ich beuge mich noch ein bisschen näher, damit mein Arpège-Parfüm ihm bei der Entscheidung hilft. „Ich finde, du solltest mich küssen."

Er schluckt. „Das kann ich nicht."

„Warum nicht?"

„Ich habe es deinem Vater versprochen."

Papa versprochen? „Papa entscheidet nicht für mich.“ Jedenfalls seit zwei Jahren nicht mehr.

„Er hat mich gebeten, es nicht zu tun.“

„Weil du weggehst?“

Er wendet den Blick ab.

Ich rutsche noch dichter an ihn. „Mich hat er nicht gebeten, es nicht zu tun.“

„Antonia …“

Ich berühre zum ersten Mal seine Wange, fühle seine rauen Bartstoppeln. Marco wird nicht der erste Mann sein, den ich küsse. Und trotzdem zögere ich, als ob … als ob nichts. Ich ziehe sein Gesicht näher zu mir und atme einen Hauch von Pomade ein und von dem Minzblatt auf dem Käsekuchen, den ich ihm gegeben habe. Unsere Düfte vermischen sich, als seine Lippen meine berühren.

Seine Arme schließen sich um mich. „Cara …“ Und dann küsst er mich.

„Nonna?“

Sie zuckte zusammen. Lance’ Miene verriet ihr, dass er offenbar schon eine Weile auf ihre Reaktion gewartet hatte. „W…as?“

„Morgen früh reden wir.“

Welchen Nutzen hatten Worte? Worte konnten verloren und durcheinandergeworfen und zu Unsinn zusammengesetzt werden. Es blieb nur das, was innen war. Aber Lance wollte nicht hören. „*Bene*. W… wir reden.“

„Was ist, Mama?“ Lance quetschte sich zusammen mit seiner Mutter in die winzige Speisekammer. Mamas Hang zur Dramatik war nicht schwächer geworden.

„Ich muss es wissen: Wo schläft sie?“

„In meinem Zimmer. Zusammen mit Star. Ich schlafe auf der Couch.“

„Männer und Frauen sollten nicht in derselben Wohnung schlafen.“

„Star ist schon mit Chaz und Rico dort.“

„Die gehören aber nicht mir. Du bist mein Sohn.“

„Mama, ich bin beinahe dreißig."

„Wenn du sie schwängerst, kannst du nicht in der Kirche heiraten."

„Das ist nicht wahr, und im Übrigen schlafe ich nicht mit Rese." Er wollte dieses Gespräch mit seiner Mutter nicht Nase an Nase in der Speisekammer führen. Vor allem, wenn sie ihn so misstrauisch ansah. Er fuhr sich mit den Fingern durchs Haar. „Ich habe sie nicht angefasst."

„Warum nicht?"

„Was?"

„Weil sie zu kalt ist?"

Er atmete aus. „Sie ist nicht kalt, Mama."

„Du bist ein Mann mit Herz." Sie presste ihre Hand auf seine Brust. „Du brauchst eine Frau im Bett, die dich dort halten kann."

Hatte er nicht richtig zugehört, oder hatte sie gerade die Seiten gewechselt? „Ich bin mir sicher, wenn sie mich jemals nehmen sollte –"

„Sie hat dir einen Korb gegeben?"

Die Entrüstung einer italienischen Mutter über eine Kränkung ihres Sohnes, sei sie echt oder eingebildet, sollte man niemals unterschätzen. Vielleicht war eine verschmähte Frau eine untragbare Strafe, aber eine beleidigte Mutter war ein noch größerer Schrecken.

„Ich habe sie nicht so gefragt, dass sie es ernst nehmen konnte." Er versuchte noch immer, seine Fehler wiedergutzumachen.

„Was heißt ernst nehmen? Du fragst; sie sagt Ja. Was gibt es sonst noch?"

Die Kleinigkeit, dass sie ihm vertrauen können muss, und die Tatsache, dass sie nie gesagt hatte, sie teile seine Gefühle. Vielleicht wollte sie wirklich nicht mehr als die Partnerschaft in der Pension. Sie alle unterstellten ihm, sie hätten eine Beziehung, nur weil sie hier mit ihm erschienen war. Und Letzteres bereute sie mit Sicherheit längst.

„Können wir jetzt hier raus?" Er öffnete die Tür der Kammer und schob seine Mutter hinaus.

Sie schniefte. „Das kommt davon, dass du dich überall in der Welt herumtreibst."

„Wo ich Gräben aushebe und Häuser für Menschen baue, die in Pappkartons leben."

„Und von dem geheimnisvollen Getue mit Nonna."

Das stimmte. Er und Nonna hatten weder Mama noch sonst jemandem von der Suche erzählt, die ihn zuerst zu Suora Conchessa nach Ligurien und dann zu Rese nach Sonoma geführt hatte. Sie wusste weder etwas davon, dass sie Nonnas Großvater beerdigt hatten, noch von den Dingen, die er gefunden hatte.

Papa kam herein. „Wo bleibt das Dessert? Die Kinder werden unruhig."

Werden unruhig? Lance hörte mindestens zwei Babys weinen sowie ein lautes Stimmengewirr und polternde Möbelstücke und Eltern, die entnervt ihre Kinder anbrüllten. „Warum lassen wir das Dessert nicht aus und schicken sie alle nach Hause?"

„Das Dessert auslassen!" Mama sah gekränkt aus.

Verärgert schob Papa ihn zum Wohnzimmer, in dem es zuging wie im Zoo der Bronx. „Mach dich mal nützlich. Das tust du doch heutzutage, oder?"

Ja, das tat er. Aber mit den armen Kindern in Südamerika kam er eindeutig besser zurecht als mit seinen aufgekratzten Nichten und Neffen im Wohnzimmer seiner Mutter. „*Basta!* Alle, die kleiner sind als eins fünfzig, raus in den Garten! *Spicciatevi!*"

Schreiend und kreischend drängten sie zur Tür hinaus; ihre stampfenden Füße auf der Treppe hätten das Haus zum Einsturz bringen können. Er sah zu Tonys ältestem Sohn Jake hinüber, der sich nicht von seinem Platz auf Papas Lehnstuhl gerührt hatte. „Was ist mit dir? Ist der Hintern festgeklebt?"

Jake lächelte beinahe. „Ich bin nicht kleiner als eins fünfzig."

Lance warf Gina einen Blick zu, sah ihre verkniffene Miene und wandte sich dann wieder an seinen Neffen. „Beweise es."

Mit langsamer Lässigkeit stand Jake auf.

Lance schluckte. Wann war aus dem Jungen ein Riese geworden? Er würde mit Jake reden müssen, bevor er abreiste. „Bei dir mache ich eine Ausnahme."

Jakes Blick wanderte zur Wand, aber er antwortete nicht und rührte sich auch nicht.

„Komm schon. Ich habe die Reiter der Apokalypse losgelassen. Jemand muss die Folgen unter Kontrolle halten." Lance schnappte sich ein Baby aus Lucys Arm und sagte zu Jake: „Los, wir sorgen mal für Ordnung, Kumpel."

Jetzt gesellte sich Jake zu ihm und blickte an ihm hoch – aber nicht mehr weit –, bevor er zur Tür ging. Lance sah zu Rese hinüber, aber Monica redete gerade mit ihr, und so ging er allein zu der lärmenden Menge im Hof.

Kapitel 5

Chaz saß über sein Buch gebeugt an dem kleinen Tisch in der Kochecke. Das Licht der Lampe vergoldete die Seiten, als Rese die Wohnung betrat. Namen und Gesichter gingen in ihrem Kopf durcheinander – Stimmen, Fragen, Sturmböen. Die Stille, die Chaz umgab, war wie ein Schock, und sie sog das warme Licht und die friedliche Atmosphäre in sich auf.

Mit seinem breiten Lächeln sah er sie an und stand auf, um ihr einen Stuhl zu holen. In dem engen Raum wirkte er wie ein gutmütiger Riese. Mit seinem jamaikanischen Tonfall sagt er: „Du hast die Familie kennengelernt."

„Das ist keine Familie; das ist eine Horde."

Er lachte leise, ein Lachen, das sie in ihrer kurzen gemeinsamen Zeit in Sonoma schätzen gelernt hatte.

Erschöpft ließ sie sich auf den Stuhl fallen. „Wie verwirrt sehe ich aus?"

„Wie am ersten Morgen ohne Lance."

An dem Morgen, nachdem sie ihn rausgeschmissen hatte und sich mit undankbaren Gästen hatte befassen müssen, die Lance' Küchenkreationen und die abendliche Unterhaltung erwarteten, die sie auf ihrer Internetseite angepriesen hatte. Chaz und Rico hatten zu ihr gehalten, obwohl sie Lance' Freunde waren. Chaz' sanfte Art, Ricos Pfannkuchen und Stars Geplapper hatten sie davon abgehalten, jemanden zu verprügeln.

Die Situation heute Abend war angespannt gewesen. Die ganze Zeit hatte die Panik wie ein Klumpen Erdnussbutter in ihrer Kehle gesessen, und Lance war zu sehr in die Familienstrukturen eingebunden gewesen, um es zu bemerken. Wenn sie gewusst hätte, worauf sie sich da einließ, hätte sie ihn allein zu seiner Großmutter geschickt. Sie hatte genug eigene Probleme, und das Letzte, was sie brauchte, waren missbilligende Mütter und neugierige Schwestern, vielsagende Tanten und aggressive Schwager und so viele Kinder, dass sie nicht mehr wusste, wo ihr der Kopf stand.

„Entspann dich“, sagte Chaz leise.

Sie presste die Finger an die Schläfen. „So etwas habe ich noch nie gehört. Sie sind so …“ Sie schüttelte den Kopf. „Ich bin nicht wie sie.“

„Das musst du auch nicht sein.“

„Ich glaube, ich soll hier irgendetwas beweisen.“

„Du bist eine Tochter des Königs. Was hast du zu beweisen?“

Sie legte den Kopf schief. „Eine Tochter des Königs.“

„Genau.“ Chaz blätterte und hielt dann inne. „‚*Gottes Geist selbst gibt uns die innere Gewissheit, dass wir Gottes Kinder sind. Als seine Kinder aber sind wir – gemeinsam mit Christus – auch seine Erben.*‘“

Das war schön und gut, aber bis jetzt war sie als Kuh und als Ei bezeichnet worden und hatte Gespräche in ohrenbetäubender Lautstärke ertragen, und wenn sie irgendeine Erbin war, dann schien niemand außer Chaz das zu wissen. Sie runzelte die Stirn. „Lance hat mir erzählt, dass wir mit seiner Großmutter über die Pension sprechen würden. Warum kann er mir nie die ganze Wahrheit sagen?“

„Ich glaube, er sieht die ganze Wahrheit nicht. Er ist ein Träumer, ein Visionär. Er sieht das, was er sehen will.“

Ihr kritischer Geist durchdachte diese Worte. Sah Lance es wirklich nicht oder wollte er nicht, dass sie es sah? Im Augenblick war sie geneigt, zu seinen Gunsten zu entscheiden. „Ich wäre nicht mitgekommen, wenn er es mir erzählt hätte.“

„Aber jetzt bist du hier.“

„Gibt es einen Notausgang? Eine Falltür? Mir würde nicht einmal das eine oder andere Skelett etwas ausmachen.“

Chaz lachte. „Du könntest den Speiseaufzug probieren. Aber er geht nur bis in den Keller.“

„Nicht weit genug.“

„Dann musst du dich mit den Umständen abfinden.“

Sie seufzte. „Aber wie?“

„‚*Was auch immer geschehen mag, meine lieben Brüder und Schwestern: Freut euch, weil ihr zum Herrn gehört! Ich werde nicht müde, euch das immer und immer wieder zu sagen.*‘“

Rese erschrak. Freuen, was auch immer geschehen mochte? Das war ja genauso schlimm wie Lance’ Bibelvers, in dem es hieß, man solle sich des Leidens rühmen, weil es den Charakter stärke. Am Ende dieser Veranstaltung würde sie makellos sein. „Woher hast du das alles?“

Er tippte auf das Buch. „Gottes Wort ist meine Universität."

Die Tür ging auf und Lance kam herein. „Darf ich mitspielen?" Er lächelte, als er sich auf einen Stuhl setzte und damit kippelte, während er die Schultern nach hinten schob, um seine Muskeln zu lockern.

Sie verspürte den deutlichen Wunsch, den Stuhl mit ihrem Fuß zum Umkippen zu bringen.

Er zog die Augenbrauen hoch. „Immer noch gesund und munter?"

„Natürlich."

„Ich habe Haare verloren und ein Kilo Gewicht, aber meine Zähne sind noch intakt."

„Du hast im Hof ja auch das Schlimmste abgekriegt."

„Das hast du gesehen?"

„Ich nehme an, du warst derjenige, auf den sich alle gestürzt haben." Sie hatte vom Badezimmer aus, wo sie sich lange genug versteckt hatte, um ihren Ohren eine Pause zu gönnen, durch das Fenster hinuntergespäht.

„Es ist schön, geliebt zu werden." Lance rieb sich eine rote Stelle an seinem Arm.

Ja, das war es, dachte Rese. Bei all den Sticheleien, den Witzen und dem Herumbrüllen, trotz der spielerischen und dann wieder nicht so spielerischen Streitereien gab es einen Zusammenhalt in seiner Familie, um den sie ihn einfach beneiden musste. Lance konnte kaum Luft holen, ohne dass jemand nach seiner Aufmerksamkeit verlangte oder ihn damit überschüttete. Nur sein Vater war distanziert geblieben. Aber vielleicht war das für die beiden normal. Obwohl sie und ihr Vater Geschäftspartner gewesen waren, hatten sie neben der Arbeit, die sie beide liebten, keine besonders tiefe Beziehung gehabt.

„Bilde dir nichts darauf ein." Chaz zeigte mit seinem schmalen Finger auf ihn. „Besser ein einfacher Stein als ein begehrtes Juwel."

Lance sah ihn an. „Jamaikanisches Sprichwort? Oder eins von Chaz?"

Chaz lachte. „Ein Stein wird zum Bauen benutzt. Ein Juwel verursacht Streit."

Rese ließ ihren Blick zwischen den beiden hin und her schweifen. Sie wusste, was Chaz meinte, aber sie wusste auch, dass Lance die Aufmerksamkeit, die er bekam, nicht verlangt oder gar gewollt hatte. Im Gegensatz zu Bobby, der immer dominanter und aufgeblasener geworden war, hatte Lance sich auf alle anderen konzentriert, so wie er es getan hatte, als sie sich kennengelernt hatten. Er hatte sie aus der Reserve gelockt, wie noch niemand es getan hatte. Und ihr Gefühle entgegengebracht wie noch niemand zuvor.

Sie wollte diese Gefühle nicht erwidern, aber wie konnte sie es verhindern? Er hatte etwas an sich, das ihm eine natürliche Anziehungskraft verlieh, trotz all seiner Fehler. Vielleicht auch wegen dieser Fehler, wenn an der Sache mit dem Leiden und dem Charakter etwas dran war. Sie sagte: „Ein Juwel ist auch ein Stein. Es kommt nur darauf an, was man damit gemacht hat."

„Das" – Chaz hob einen Finger – „ist ausgezeichnet beobachtet. Die verwandelnde Kraft der Widrigkeiten." Und er lächelte ihr verstohlen zu.

Sie verstand, was er meinte, aber es gefiel ihr nicht. Das Abendessen war eine Qual gewesen, und sie fühlte sich danach keineswegs besser. Lance mochte sich darüber beklagen, dass sie ihn zu gut kannten, aber die Gespräche hatten ihm Energie verliehen. Er war genau der Richtige, um die Pension zu führen. Er mochte Menschen.

Sie fühlte sich ausgelaugt. Lance war ihr geschwätzig vorgekommen, als sie ihm das erste Mal begegnet war, aber er war nichts gegen all die anderen, zumindest, wenn sie alle zusammen waren. Nonna Antonia zu ihrer Rechten hatte geschwiegen, aber links von ihr hatte Monica ununterbrochen über ihre Kinder, ihren Bobby und ihre Übelkeit geredet, und alle anderen hatten von ihren Plätzen aus mit ihr gesprochen und hatten ihr durch den Lärm Fragen zugebrüllt. Wie sollte sie da etwas essen?

Aber irgendwie hatte sie doch ein paar Happen zu sich genommen. Sie war satt, auch wenn sie keine Ahnung hatte, was sie gegessen hatte. Rese' Blick wanderte zum Schlafzimmer, wo es ruhig und abgeschirmt sein würde, auch wenn sie nicht würde schlafen können. Aber nein, sie teilte sich das Zimmer ja mit Star. Andererseits … wo waren Star und Rico eigentlich?

„Die machen Aufnahmen in der U-Bahn-Unterführung", sagte Chaz ihr, als sie fragte. Während er Lance über das neueste Projekt der beiden aufklärte, floh sie ins Schlafzimmer. Die Abende mit ihrem Vater nach einem langen Tag auf der Baustelle, nachdem sie ihm etwas zu essen gemacht und er sich vom Stuhl erhoben hatte, um fernzusehen, ohne auch nur Danke gesagt zu haben, schienen ihr jetzt normal oder zumindest relativ unanstrengend. Die lebhaften Diskussionen, die sie auf dem Bau gehabt hatten oder auf gemeinsamen Fahrten oder Spaziergängen, waren verebbt, sobald sie nach Hause kamen.

Es war, als schwebte ihre Mutter unsichtbar zwischen ihnen, und keiner von beiden wusste, was er ohne sie tun sollte. Ihrem Vater lag das Geheimnis um Mamas Einweisung auf dem Magen, und sie hatte so viele Dinge vor ihm geheim gehalten, wenn er nach Hause gekommen war und sie ausgefragt hatte, als wäre sie eine Erwachsene, dass es einfacher war zu schweigen. Im Gegensatz dazu hatte sie heute während einer einzigen Mahlzeit wahrscheinlich die gesamte Familiengeschichte der Michellis kennengelernt.

Sie zog ihre kurze Pyjamahose und ein T-Shirt an, nahm ihr Waschzeug und ging durch die Seitentür ins Bad, wo sie die anderen beiden Türen abschloss. Drei Eingänge in ein Badezimmer, das genauso lang war wie die Schlafzimmer, die danebenlagen, nur schmaler. Eine praktische Lösung, die durch die schwarzen und blauen Art-Deko-Fliesen und Armaturen, von denen sie vermutete, dass sie Originale waren, einen besonderen Reiz hatte. Lance badete in einem Museumsstück. Ob ihm das bewusst war?

In der Decke und am Boden gab es Risse, aber das Gebäude war einigermaßen gut erhalten. Abgesehen von einigen herumliegenden Dingen, die Star gehörten, war das Bad sauber und ordentlich. Welcher der Männer sorgte dafür, dass es so blieb? Sie vermutete Chaz oder Rico, aber sie konnte sich auch irren, obwohl sie sich darin geschult hatte, die Stärken und Schwächen von Menschen zu beurteilen. Auf Lance war sie nicht gefasst gewesen, und sie fragte sich, wie viele andere Menschen sie schon falsch eingeschätzt hatte.

Sie wusch sich und putzte sich die Zähne, fuhr sich mit den nassen Fingern durchs Haar und bemerkte, wie müde sie aussah. Schlaf wäre wunderbar, aber sie ging nicht davon aus, dass sie würde schlafen können. Jetzt erkannte sie die Angst, die sie jahrelang wach gehalten hatte – die Angst, dass sie sterben würde, wenn sie sich dem Schlaf überließ, eine Angst, die sie in der Nacht überkommen hatte, in der sie beinahe gestorben wäre. Sie glaubte, dass ihr Leben in Gottes Hand lag. Aber die Wahrheit zu wissen, änderte nicht auf einen Schlag die Gewohnheit vieler Jahre. Die besten Nächte waren die gewesen, wenn Lance sie in den Schlaf gesungen oder geredet hatte. Aber daran wollte sie jetzt nicht denken.

Wie auf Kommando klopfte es an der Tür, und Lance fragte: „Brauchst du noch etwas?“

Sie hätte schwören können, dass der Mann Gedanken lesen konnte. Sie öffnete die Tür einen Spaltbreit. „Nein, danke. Ich habe alles dabei.“

Er legte den Kopf schief. „Eine Nackenmassage?“

Ihr Nacken fühlte sich an wie Stahldrähte, aber sie blickte an ihm vorbei zu Chaz und seiner „Universität“ und schüttelte den Kopf. „Geht schon.“

„Ich hätte dich vor alldem warnen sollen.“

„Das hättest du.“

„Du weißt gerne, was dich erwartet.“

„Stimmt.“

Er lehnte sich an den Türrahmen. „Aber du hast es überlebt.“

„Darin bin ich gut.“

„Die stärkste Frau, der ich je begegnet bin.“

Sie neigte den Kopf ebenfalls. „Und das will was heißen.“

Er zog eine Grimasse. „Na ja …“

„Und Monica sagt, es waren nicht alles Frauen, die von Schicksalsschlägen getroffen waren.“

„Woher will sie das wissen?“

„Manche direkt aus den Hochglanzzeitschriften, sagte sie.“

„Kann eine Hochglanzfrau keine Probleme haben?“

„Monica sagt, du seist verwöhnt. Wenn drei große Schwestern, Cousinen, Tanten, Mutter und Großmutter dich alle wie einen Prinzen behandeln, wie solltest du dich da jemals für ein Mädchen entscheiden?“

„Monica als Quelle der Weisheit? Ich würde eher sagen: Schwestern, Cousinen, Tanten, Mutter und Großmutter, die mich allesamt herumkommandieren, ausschimpfen, drücken und küssen. Da könnte man glatt Mönch werden.“

Rese zog die Augenbrauen hoch. „Dann bräuchtest du auch nicht zu wählen.“ Sie hatte recht daran getan, seinem Charme zu widerstehen. Er machte keine Unterschiede.

Nachdenklich nahm er ihre Hand und verschränkte ihre Finger miteinander. „Manchmal hast du keine Wahl. Du machst die Augen auf, und die Wahl wurde schon für dich getroffen.“

Er sagte es mit einer tiefen Ernsthaftigkeit, die nur Lance an den Tag legen konnte und die eine verheerende Wirkung auf ihr Innerstes hatte. Aber sie zeigte keine Regung. Niemand traf für sie die Entscheidungen, und schon gar nicht Lance, der ihr nicht einmal die ganze Wahrheit sagen konnte.

Sie entzog ihm ihre Hand. „Gute Nacht, Lance."

Lance setzte sich zu Chaz und seufzte. „Meinst du, ich kriege es irgendwann mal hin?"

„Du hättest ihr sagen sollen, was sie erwartet."

„Dann wäre sie nicht mitgekommen."

„Du hättest ihr die Entscheidung überlassen sollen."

Chaz hatte recht – wie immer. Müde lehnte Lance sich zurück und schloss die Augen. „Warum sehe ich es immer erst hinterher?"

„Weil du vorher nicht hinguckst."

Er wollte widersprechen, aber er hatte Rese mit Absicht im Dunkeln gelassen, denn wenn er ihr die Situation beschrieben hätte, wäre sie skeptisch gewesen – nein, sie hätte sich rundheraus geweigert. Er hatte sich vorgestellt, wie sie hier mit Nonna saß, wie sie gemeinsam über ihre Pläne sprachen, ihre Hoffnungen. Dabei hatte er seine Familie ganz ausgeblendet. Er liebte sie alle, aber er hatte den Gedanken verdrängt, wie es sein würde, wenn sich einer nach dem anderen auf Rese stürzte.

Das Abendessen war ein Fehdehandschuh gewesen. Er hatte widersprochen, aber Monica hatte recht damit, dass sie sich alle für ihn verantwortlich fühlten. Sie konnten ihre Fürsorge nicht abstellen; sie war seit frühester Kindheit anerzogen. Noch ein Grund, in Sonoma zu bleiben. Dort konnte er erwachsen werden.

Er griff nach der Bibel von Chaz und fand die Stelle, die er suchte. *„Als Kind redete, dachte und urteilte ich wie ein Kind. Jetzt bin ich ein Mann und habe das kindliche Wesen abgelegt."*

Er war weggelaufen, als Tony gestorben war, weil er nicht wusste, wie er solch ein Mann werden sollte, wie sein Bruder einer gewesen war. Er hatte sich in Projekte gestürzt, um der Welt zu helfen, eine gute Sache nach der anderen, und war dann weitergezogen, bevor er die Gelegenheit hatte zu versagen. Er hatte es immer abgestritten, aber vielleicht hatte seine Mutter ihn doch nach dem Ritter benannt, der treu und mit Einsatz kämpfte, aber am Ende Camelot in den Ruin trieb.

Sie hätte ihm einen guten italienischen Namen geben sollen wie Frank oder Dominik oder Vinnie oder Roman, wie sein Vater hieß. Warum hatte sie solche seltsamen Anwandlungen gehabt, als sie ihn gleich nach der Geburt zappelnd auf dem Arm gehalten hatte? Papa hätte sie überstimmen können, aber was kümmerte es ihn? Er hatte Tony.

Lance blickte auf.

Chaz begegnete seinem Blick. „Hast du gefunden, was du suchst?"

„Bin ich immer noch der Typ, der mit einem Hammer in der Kirche deines Vaters auftauchte und dachte, er könnte die Welt retten?"

Chaz lächelte langsam. „Ja und nein." Er drehte das Buch um, um die Stelle zu lesen, dann sagte er: „Du dachtest, dein Hammer könnte etwas bewirken, und das hat er auch. Er hat Menschen, die kein Dach über dem Kopf hatten, ein Dach gebaut. Du hast Gräben gegraben und Rohre für sauberes Wasser verlegt, um Krankheiten zu verhindern. Du hast Menschen gezeigt, wie sie Essen zubereiten müssen, um das Risiko der Verunreinigung gering zu halten und so geschwollene Bäuche, Wunden und Ausschlag zu vermeiden. Durch deinen Einsatz hast du ihr Leid gelindert."

Lance senkte den Blick auf die Tischplatte. Er wollte nicht beglückwünscht werden, nur damit er wusste, dass er etwas bewirkt hatte. Das hatte er. Papa sah es vielleicht nicht. Er war nicht so ein Mann geworden, wie Papa und Tony es waren, aber durch all seine Wanderungen hatte er seinen Weg gefunden. Vor allem durch Nonnas Suche. Er hatte sich frech und erwartungsvoll in das Abenteuer gestürzt und gelernt, dass das Leben nicht so funktionierte. Aber sein Herz war immer noch voller Erwartung. Er schien nicht in der Lage, die Hoffnung auszulöschen. Sein Blick ging zu Rese' Tür. Er hoffte, aber manchmal lag das, was geschah, nicht in seiner Hand.

Antonia seufzte, als sie am nächsten Morgen in ihrem Sessel saß. Lance würde sie zwingen, sich an Dinge zu erinnern, an die sie nicht erinnert werden wollte. Über Dinge zu sprechen, die sie im Schlaf verfolgten. Er wollte Antworten, aber sie hatte keine. Nur Traurigkeit. Nur Schande.

Sie erinnerte sich viel zu gut an das Stechen in ihrem Rücken, an ihre Nerven, die vor Zweifel und Sorge angespannt und gereizt waren. Papas Aktionen mitten in der Nacht, wenn er den Wagen bis zum Ende der Auffahrt schob, damit sie nicht hörte, wie er wegfuhr …

Ich erzähle Nonno von meiner Angst, aber er sagt nur: „Vertraue auf das, was du weißt, Antonia", und presst die Hand auf seine Brust.

Aber die Liebe, die ich für Papa empfinde, ist in Angst gefangen. Zwei Männer sind in den letzten Monaten ermordet worden, und die Polizei hat nichts herausgefunden. Etwas Dunkles ist nach Sonoma gekommen. Tief innen weiß ich, dass es Arthur Jackson ist. Warum kann Papa nicht einfach Darlehen bei der Bank vergeben? Warum hat er die Stelle in der Personalabteilung angenommen?

„Ich habe Angst, Nonno. Ich fühle sie tief in mir."

Er nickt, während er am Rand dessen steht, was vom Weinberg noch übrig ist. „Alles hat ein Ende, Cara. Du musst lernen loszulassen."

Ich schüttle den Kopf. „Ich will aber nicht. Ich werde nicht loslassen." Ich stampfe mit dem Fuß auf.

Er lächelt, und sein Blick wandert in die Vergangenheit. „Du bist ihr so ähnlich, dass ich manchmal vergesse, dass du nicht sie bist."

Obwohl ich blond bin und sie dunkelhaarig war, weiß ich, was er sieht, wenn er mich mit diesem fernen Blick ansieht. Nonna Carina hätte nicht geschwiegen. „Wenn sie hier wäre, würde sie Papa sagen, dass er aufhören soll."

„Das würde sie, aber er würde trotzdem nicht aufhören. Ein Mann muss seinen eigenen Weg gehen."

„Warum? Warum kann ein Mann tun, was er will, auch wenn es seiner Familie schadet?"

Nonno senkt das Kinn. „Vittorio will dir nicht schaden, Antonia. Du bist sein Ein und Alles."

„Wenn das wahr wäre, würde er auf mich hören. Er würde mich nicht betrügen."

„Nur weil er dir nicht alles sagt, bedeutet das nicht, dass er dich betrügt."

Ich balle die Fäuste. „Sich nachts davonschleichen? Den Wagen schieben?"

Nonno lächelt. „Er will nicht, dass du ihn hörst und dir Sorgen machst."

„Warum erzählt er mir nicht, was er macht?"

„Weil es dich nichts angeht."

Ich schnaube. „Es geht mich nichts an! Es wird mich etwas angehen, wenn wir das hier verlieren." Mit meiner Armbewegung schließe ich das, was wir sehen, ein. „Wenn ich nicht mehr mit erhobenem Haupt herumlaufen kann."

Nonno runzelt die Stirn. „Schämst du dich etwa für deinen Papa, Antonia?"

Ich hole Luft, kann aber nicht antworten.

„Dann kennst du ihn nicht." Nonno dreht sich um und geht auf seinen Stock gestützt langsam davon ...

Antonia zuckte zusammen. Das Klopfen an der Tür war sacht, aber trotzdem biss sie die Zähne zusammen. *Geh weg. Überlass mich meiner Schande.* „Herein."

Lance öffnete die Tür, aber er hatte Rese bei sich. Er würde doch wohl nicht ihre Geheimnisse vor einer Fremden ausbreiten, egal, was die Frau ihm bedeutete. So gefühllos, so unsensibel würde Lance nicht sein. Das entsprach nicht seinem Wesen. Oder etwa doch?

„*Buon giorno*, Nonna." Er küsste sie auf die Wange. Judas, der sie verriet.

Sie sah ihm ins Gesicht. Seine Augen leuchteten, obwohl sie so dunkel waren. Sie hatten immer so ein Glänzen gehabt, etwas Lebendiges in ihrer Tiefe, als könnte der Eifer, mit dem er in die Welt hinausblickte, nie gedämpft werden. Es tat weh zu sehen, dass er glaubte, was er jetzt tat, sei gut und richtig.

Sie hätte am liebsten um sich geschlagen und ihm gesagt, er solle das, was er wusste, für sich behalten. Warum musste er sie zwingen, all das noch einmal durchzumachen? Aber dann bemerkte sie, was er bei sich hatte. Ihr Blick heftete sich auf die Kiste, ihre Kiste von vor langer Zeit, ein Schreibset, das Papa ihr zu ihrem fünfzehnten Geburtstag geschenkt hatte. Es hatte früher Papier und Stifte und ein kleines Schreibpult für den Schoß enthalten. Damit hatte sie Briefe an ihre Cousine Conchessa in Ligurien geschrieben, die Lance nach Sonoma geschickt hatte. Sie hatte nur gewollt, dass er Nonno fand und ihm das Begräbnis gab, das dieser verdient hatte.

Mit der Kiste unter dem Arm zog er für Rese einen Stuhl heran und dann einen für sich selbst. „Ist Sofie hier?"

Antonia schüttelte den Kopf.

Er stellte die Kiste auf den Tisch neben seinem Stuhl, und trotz ihres Widerstands war sie gespannt, als er den Deckel öffnete. Sie hatte nichts in die Kiste getan, das Papa in Schwierigkeiten gebracht hätte. Vielleicht gab es doch nichts zu befürchten …

Er hielt den Deckel so, dass sie nicht hineinsehen konnte, also wartete sie mit angehaltenem Atem, als er die Hand hineinsteckte. Er reichte ihr zwei Fotos; ihre Mutter und Nonno Quillan. Es war so lange her, dass sie Mama angesehen hatte. Eine schöne Frau mit dem blonden Pagenkopf, der damals so modern gewesen war. Eine Frau, die den Männern den Kopf verdrehte; die Papa den Kopf verdreht hatte und die nie aufgehört hatte, sein Herz in Beschlag zu nehmen, aber die mit einer Tochter nicht viel anfangen konnte, so als hätte es von Anfang an eine Rivalität zwischen ihnen gegeben.

Nonna Carina war diejenige gewesen, an die sie sich gewandt hatte, wenn sie Kummer hatte und Trost brauchte. Von Nonna hatte sie die Dinge gelernt, die sie später zu schützen wusste: eine andere Sprache als die, die in der Schule gesprochen wurde, den Sinn für Schönheit – nicht für den nutzlosen Tand, den ihre Mutter wollte –, sondern für die Schönheit von Musik und Literatur und Natur, die Schönheit der Liebe. Sie hatte gelernt, ihre Meinung zu sagen und in jeder Situation selbstbewusst zu sein.

Von Nonna hatte sie gelernt, Liebe zu geben und anzunehmen. In der Beziehung ihrer Großeltern sah Antonia, was bei Mama und Papa gefehlt hatte, und sie schwor sich, ihr Herz nur an einen Menschen zu binden, der ihr seines ebenso überließ. Offener Hass konnte nicht schlimmer sein als unerfüllbare Wünsche, zwei Leben, die ständig in unterschiedliche Richtungen zogen. Als sie jetzt das Bild ihrer Mutter ansah, empfand sie keinen Verlust, sondern nur Bedauern, dass sie diese Frau nicht gekannt hatte, dass ihre Mutter sie nicht gekannt hatte.

Dann wanderte ihr Blick zu dem Foto von Nonno, der mit seiner weißen Mähne Mark Twain in den Schatten stellte. Nonnos Gesicht war zugleich edel und leidenschaftlich. Das Bild fing die Wärme in seinen Augen nicht ein und auch nicht seine Fähigkeit, zärtlich zu sein, und nicht die bodenlose Trauer am Ende. Ohne Nonna Carina wartete er nur, bereit zu sterben, und fand in diesem Warten noch mehr Kummer.

Sie schloss die Augen und erinnerte sich. *Nonno.* Seine letzte Sorge um sie. Und sie hatte seinem Wunsch entsprochen. Sie war nicht gefunden worden, war nicht vernichtet worden wie alles, was sie liebte. Sie schlug die Augen auf, und Lance reichte ihr die Briefe, die sie damals in der Kiste verstaut hatte.

Ein Brief von Flavio, den Nonno ihr gegeben hatte und in dem er sein Amt als Pate annahm. Als sie an dem Tag vom Grab nach Hause gekommen waren, hatte Nonno ihn ihr überreicht und gesagt: „Du musst wissen, dass jede Entscheidung, die du triffst, Kreise zieht. Meine Carina wollte es“, sagte er achselzuckend. „Vielleicht um ihr Gewissen zu beruhigen oder um Flavio zu helfen, seinen Weg zu finden. Er hat nie geheiratet; wie konnte er, nachdem er Carina geliebt hatte? Also war Vittorio wie ein Sohn für ihn. Und er hat nie aufgehört, mit mir um sein Herz zu wetteifern. Ist es da ein Wunder, dass Vittorio innerlich so zerrissen ist?“

Antonia nahm den nächsten Brief zur Hand, von Papa zu ihrem Geburtstag. Eine wohlige Wärme breitete sich in ihr aus, als sie seine Worte las. Sie hatte nie an seiner Liebe gezweifelt, nur an seiner ... Antonia unterdrückte ein Schluchzen. Es war von nirgendwo her aufgestiegen und überraschte sie. Manchmal spürte sie die Emotionen nicht kommen. Sie überfielen sie aus den Schatten ihrer Gedanken. Mit zitternder Hand legte sie den Brief ab.

Der letzte Brief war eine Nachricht von Marco, in der er behauptete, er sei der Aufgabe, sie zu erobern, gewachsen. Eine neue Wärme, mit dem Duft der Liebe versehen. Sie holte bebend Luft und sah die beiden jungen Leute vor sich an. Die Anwesenheit von Rese erschien ihr mit einem Mal nicht mehr verkehrt. Sie war eins mit Lance' Herz, auch wenn sie es noch nicht wusste.

„Das hier erkennst du vielleicht.“ Lance holte ein Buch hervor.

Sie sog scharf die Luft ein. „M...ein Ta –“

Er reichte es ihr, und sie fuhr liebevoll mit der Handfläche über den Einband. Wie hatte er es gefunden? Wo? Fragen verstopften ihre Gedanken.

„Das wurde für dich sicher aufbewahrt, zusammen mit dem hier.“ Er legte ein Blatt Papier obenauf. „Es ist die Besitzurkunde zu dem Haus, das Ralph Martino für dich treuhänderisch verwaltet hat.“

Antonia starrte auf die Urkunde, und Tränen trübten ihren Blick. Martino. Ralph musste mit Joseph verwandt sein, dem lieben Joseph, der die Falltür mit Erde bedeckt hatte, um Nonnos Ruheort zu verstecken, die dumme Forderung eines verstörten Mädchens, das keine andere Möglichkeit gesehen hatte. Er musste ihr Tagebuch gefunden haben, wo sie es verloren hatte, und es für sie aufgehoben haben. Hatte er geglaubt, sie würde zurückkehren?

„Nonna? Weißt du irgendetwas über diese Urkunde?"

Sie sah sich das Papier noch einmal an und schüttelte den Kopf. Nonno musste sie Joseph gegeben haben, damit er sie aufbewahrte. Hatte er doch gewusst, dass es Ärger geben würde, und mit Hilfe eines Mannes, dem er mehr vertraute als seinem Sohn, entsprechende Vorkehrungen getroffen? Warum sonst hätte er Joseph die Urkunde geben sollen, wenn er nicht gewusst hatte, dass sie würden fliehen müssen? Aber Nonno war nicht mit ihr gegangen. Er hatte lieber sein Herz stillstehen lassen, als das Haus zu verlassen, in dem er mit Carina gelebt hatte. Sie schluckte den Schmerz herunter.

Lance sagte: „Rese hat das Anwesen guten Glaubens gekauft. Sie hat die Villa renoviert und die Schäden, die die Zeit angerichtet hat, beseitigt. Sie möchte eine Pension dort führen. Keiner von uns wusste von deiner Urkunde, und ich weiß nicht, welche vor Gericht Bestand hätte."

Wovon redete er? Gericht? Antonia sah Rese an, ihr starkes, kluges Gesicht. Sie blickte auf die Hände, schwielig und kräftig, die muskulösen Unterarme. Sie hatte die Villa restauriert? Vielleicht, aber würde sie jemals begreifen, was der Ort für die junge Frau bedeutet hatte, die gezwungen worden war zu fliehen? Dass er ein Symbol für ein verlorenes Leben war?

„Nonna." Lance legte seine Hände auf ihre. „Rese und ich sind Geschäftspartner. Mit deinem Einverständnis möchte ich dorthin zurückgehen. Einen Erfolg daraus machen."

Rese erschrak, als hätte sie nicht erwartet, das zu hören, und ihre ruhige Miene erhielt einen Riss, der groß genug war, dass man die Anspannung darunter sehen konnte. Ah. Ihre Stärke lag also im Verbergen, ihre Angst und Unsicherheit zu verstecken. Sie war sich nicht sicher, was Lance betraf, überhaupt nicht sicher. Und wer konnte ihr das verübeln, wo er sich doch seiner selbst nicht sicher war?

Sie wollten aus ihrem Zuhause eine Pension machen, aus ihrer Zuflucht einen Schlafsaal für Fremde. Sie schloss die Augen und stellte sich den Ort vor, den sie und Nonno so geliebt hatten. Die Weinstöcke voller Trauben, die Mauern Zeugen von Leben, Liebe und Lachen. Und Trauer und Tod. Wellen des Kummers schlugen über ihr zusammen. Konnte es sein, dass ihr Enkel, den sie so liebte, das Anwesen zurückgewann, das sie verloren hatte?

Wenn das alles war, was sie wollten, dann wussten sie es vielleicht nicht. Vielleicht ... Sie nahm die Urkunde und drückte sie ihm in die Hand. Rese hatte das Anwesen vielleicht gekauft, eine Fügung des Schicksals, aber Lance würde diese Urkunde aus ihrer Hand erhalten. Sie legte seine andere Hand darauf und sagte: „D...eins."

Lance sah ihr in die Augen. „Danke, Nonna. Aber rechtlich gesehen gehört das Haus Rese."

Warum ließ er die Sache nicht auf sich beruhen? Er war stur, dieser Mann. So stur wie sie selbst.

„Sie hat eins Komma acht Millionen Dollar dafür bezahlt. Und das in einem verfallenen Zustand. Seitdem hat sie eine Menge investiert."

Rese wandte sich um. „Woher weißt du, was ich bezahlt habe?"

„Das Grundbuchregister." Er lächelte schwach.

Eins Komma acht Millionen Dollar? Eine solche Summe konnte Antonia sich gar nicht vorstellen. Aber andererseits hatte sie den Dingen nie einen finanziellen Wert beigemessen. Wichtig war, was es für sie persönlich bedeutete. Und diese Villa bedeutete Jugend und Unschuld, Liebe und Schmerz. Wünschte sie Lance das? Sie blickte zwischen ihm und Rese Barrett hin und her. Ob sie es wünschte oder nicht, die beiden steckten sowieso schon mittendrin.

Antonia nahm die Hand von Rese und legte sie auf die von Lance, der immer noch die Urkunde hielt. „Deins." Und wenn sie dachten, sie meinte die Urkunde, *bene*. Sie würde geben, was ihr nicht mehr gehörte, und sie würden ihr dankbar sein.

Rese sagte: „Danke." Und in ihren Augen schimmerten Tränen. Augen, die nicht schnell weinten, die sich vor der Welt verschlossen. Etwas hatte sie verletzt. Aber so war das Leben nun mal.

„Da ist noch etwas, Nonna."

Lance' Worte ließen sie erstarren. *Nein*. Der Rest sollte verborgen bleiben. „N...ichts mehr."

„Ich will dich nicht aufregen."

Aber das würde er. Er hielt das, was er tat, für richtig, und wie David würde er es mit jedem Riesen aufnehmen. Auch mit seiner schwachen

Nonna, die, wie er wusste, keinen schwachen Geist hatte. Sie warf ihm einen scharfen Blick zu, der ihre Missbilligung zum Ausdruck brachte. Selbst als kleiner Junge hatte er diesem Blick widerstanden; jetzt als Mann ignorierte er ihn einfach.

„Ich weiß, dass du nicht darüber sprechen willst, aber ich verstehe nicht warum." Ein Versuch, sie einzuwickeln.

Sie funkelte ihn an. „L… ass es."

Er legte die Urkunde auf den Tisch und holte ein Bündel Banknoten aus der Kiste. „Davon habe ich im Keller bei Nonno Quillan einen ganzen Stapel gefunden. Silberzertifikate. Sie sind eine Menge wert."

Geld im Keller? *„Antonia, unter …"* Waren es Nonnos Ersparnisse, oder hatte Papa es dort für irgendwelche hinterhältigen Zwecke versteckt?

„Und die hier habe ich auch gefunden." Er holte einen Stapel Umschläge aus der Kiste und legte sie so, dass sie die Namen darauf lesen konnte; manche erkannte sie, auch wenn sie es nicht wollte; Männer, die mit Arthur Jackson in Verbindung standen, manche, die so wie Papa auf ihn hereingefallen waren, andere, die ebenso böse waren wie er.

Ein wütender Geysir stieg in ihr auf. *Halt! Hör auf!* Reichte es nicht, dass Papa umgebracht worden war? Musste er nun auch noch vor den Augen seines Enkels und ihren eigenen entehrt werden?

Lance lehnte sich zurück. „Wieso hat Nonno Marco nie erzählt, dass er ein Geheimagent war?"

Der Geysir erstarb so schnell, wie er losgesprudelt war. Marco ein Agent? „Was?"

„Ich habe hier einen Brief, in dem steht, dass Marco Michelli ein Bundesagent war und dein Papa, Vittorio, zusammen mit ihm verdeckt ermittelt hat."

Antonia sank zurück, jede Faser ihres Körpers geschwächt. Das konnte nicht sein.

Aber er holte den Brief aus der Kiste. „Ich habe ihn von der Urenkelin von Arthur Johnson."

Als sie den Namen hörte, blieb ihr beinahe das Herz stehen. Sie weigerte sich, das Blatt zu nehmen, das er ihr hinhielt. Nichts, das von Arthur Jackson beschmutzt war, würde sie anfassen.

„Ich glaube, deshalb wurde Vittorio ermordet."

Ihre Hände zitterten. Ihre Lippen bebten. Die Muskeln in ihrem Gesicht erschlafften. Er wusste also alles. Ein Schmerz durchfuhr sie.

„Nonna? Alles in Ordnung?"

Sie konnte ihn hören, aber sie konnte nicht antworten.

„Nonna? Rese, hol Mama." Lance nahm das Tagebuch von ihrem Schoß und rieb ihre Hände. „Sprich mit mir, Nonna. Bitte. Es tut mir leid, dass ich dich aufgeregt habe."

Ihr Blick trübte sich, und ihr Körper fühlte sich steif an. Ihr Kopf war wie ein summender Bienenkorb.

Lance ging auf die Knie und nahm sie in die Arme. „Bitte, Nonna. Tu mir das nicht an. Es tut mir so leid."

Sie wollte ihn trösten, wollte ihm sagen, dass dieser Schmerz nichts mit ihm zu tun hatte. Dass er ihre Freude war. Dass er alles, was sie verloren hatte, wert war. Aber die Worte kamen nicht heraus.

Dann beugte Doria sich über sie. „Mama?" Ihre Schwiegertochter, die in ihre Welt eingetreten war, als sie Roman geheiratet hatte; die sich jetzt um die alte Frau kümmerte, die nicht mehr allein essen, sich anziehen oder aufstehen konnte. Wie schlimm würden die Folgen diesmal sein?

Wenn sie sich das fragen konnte, war das doch sicherlich ein gutes Zeichen, oder? Beim letzten Mal war sie mit einem zerbrochenen Geist und einem verkrüppelten Körper aufgewacht. Sie war nicht bewusstlos. Vielleicht war es diesmal nicht so schlimm. Vielleicht.

Lance raufte sich die Haare und stand wie eine der gequälten Seelen aus Dantes Inferno da und gab sich selbst die Schuld. Verdammte sich selbst.

„M…ah." Das war nicht der Laut, den sie brauchte.

„Versuch nicht zu sprechen, Mama." Doria berührte ihre Stirn mit einer kühlen Hand.

Sie musste sprechen, musste Lance sagen, er solle sich keine Sorgen machen, sich nicht schuldig fühlen. Aber die Laute, die sie von sich gab, machten ihm nur noch mehr Angst. Also hörte sie auf. Versuchte es nicht länger. Hörte auf zu kämpfen.

„Ich habe den Arzt gerufen."

Nein. Keine Ärzte mehr. Kein Krankenhaus. Sie wollte ihre Familie und nicht irgendwelche Fremden, die sie abholten. Früher hatte sie die Leute in Sankt Barnabas ebenso gut gekannt wie den Käsehersteller und den Bäcker und den Schuster und den Uhrmacher. Jetzt arbeiteten dort Menschen, die sie noch nie gesehen hatte, die nicht wussten, dass sie einmal hübsch und intelligent gewesen war. Sie sahen nur ihren entstellten Körper.

Sie schloss die Augen. *Lasst mich in Ruhe. Lasst mich.*

Kapitel 6

Lance spürte bei jedem Atemzug, wie das Messer in der Wunde umgedreht wurde, während er auf dem Flur vor Nonnas Tür stand. Jedes Mal, wenn er dachte, er mache etwas richtig und tue Gottes Willen … Rese stand neben ihm, aber seine Gedanken kreisten nur um eines: *Alles ist meine Schuld.*

Er kämpfte gegen die Enge in seiner Kehle an. Er hatte vielleicht nichts damit zu tun gehabt, dass die Türme über Tony eingestürzt waren, aber für Nonna war er unmittelbar verantwortlich. Er hatte sie gedrängt, obwohl sie ihn gebeten hatte, es nicht zu tun. Er hatte ihr Dinge erzählen wollen, die sie nicht hören wollte; hatte sie gezwungen, sich an Dinge zu erinnern, über die sie nie gesprochen hatte. Vielleicht hatte sie nicht einmal gewusst, dass ihr Vater ermordet worden war. Was hatte er sich nur dabei gedacht, so damit herauszuplatzen?

Der Arzt war gekommen. Er gehörte zu denen, die dazu bereit waren, bei einer alten Schlaganfallpatientin einen Hausbesuch zu machen. Er war gerade in der Nähe gewesen, und sechs Häuserblocks waren für ihn kein großer Umweg. Besser, als einen Krankenwagen kommen zu lassen und ein Bett zu belegen. Er kannte Antonia Michelli.

Alle außer Mama hatte er aus dem Zimmer geschickt, und Lance war froh darüber. Er wollte den Schaden nicht mitansehen, denn er wusste, dass es seine Schuld war. Aber jetzt im Flur sagte Dr. Stern: „Mrs Michelli hatte etwas, das wir als Mini-Schlaganfall bezeichnen. Die Medikamente, die sie nimmt, haben offenbar das Schlimmste verhindert."

Lance schluckte. „Ist sie bei Bewusstsein?"

„Ja. Aber sie darf auf keinen Fall gestört werden."

Genau. Nötige deiner geschwächten Großmutter keine Informationen auf.

„Immer nur eine Person." Er kannte die Michellis. „Sie braucht Ruhe. Wenn sie die hier nicht bekommt, muss ich sie ins Krankenhaus einweisen."

„Sie wird ihre Ruhe haben." Lance wollte ihr nur sagen, wie leid es ihm tat und dass er sie nie wieder mit alldem behelligen würde. Die

Sache mit Marco und Vittorio und Arthur Jackson konnte für immer ruhen. *Basta*. Genug.

Nachdem der Arzt gegangen war, runzelte Rese die Stirn. „Ich weiß, was du tust."

„Was?"

„Du gibst dir die Schuld daran."

„Sie hat gesagt, ich solle aufhören."

„Und das ist nicht gerade deine Stärke."

Die Untertreibung des Jahres. Sein Handy klingelte, und er unterrichtete Monica über den Stand der Dinge und was der Arzt verordnet hatte. Sie hatte sich alle Kinder geschnappt und war mit ihnen in den Park gegangen; jetzt würden sie sich etwas einfallen lassen müssen, um sie wenigstens in den nächsten paar Tagen zu beschäftigen. Kein Gewimmel um Nonna herum. Immer nur eine Person. Und er war nicht der geeignete Kandidat dafür.

„Bete für sie", sagte er zu Monica. Und das sollte er auch tun. Er beendete das Gespräch und sah Rese an. „Können wir in die Kirche gehen?"

„Natürlich." Sie sah sogar erleichtert aus. Er musste wirklich grimmig dreinblicken.

Zusammen gingen sie die Treppe hinunter und auf die Straße hinaus, um die paar Blocks zur Kirche zu laufen. Mount Carmel war in diesem Viertel der Mittelpunkt des Lebens, seit die zweigeschossige Kirche 1907 fertiggestellt worden war. Jetzt würde der mit drei Bögen versehene Eingang zwischen den beiden rostroten Backsteintürmen ihm Zuflucht bieten. Rese und er betraten das Gebäude, als die *donne anziane*, die alten Frauen in ihren schwarzen Stolen und dicken Strümpfen, nach der Mittagsmesse die hellen Steinstufen herunterkamen. Viele von ihnen grüßten ihn, und er zwang sich zu einem Lächeln, während er Rese hineinführte.

Er senkte den Kopf und ließ sich auf einer Kniebank nieder. Wie oft war er schon hier gelandet, in der Hoffnung, dass Gott etwas richten würde, was er verbockt hatte? Bestimmt hielt er einen Rekord im Vermasseln. In Sonoma, als alles aufgeflogen war, hatte er versucht, Rese alles zu geben: die Urkunde, das Geld, er hatte versucht sie loszulassen, weil er glaubte, das sei Gottes Wille. Aber als sie wollte, dass er blieb, war es ihm richtig erschienen, alles zu Nonna zu bringen, deren

Zustimmung ihm jetzt mit achtundzwanzig ebenso wichtig war wie damals mit acht Jahren.

Aber Nonna hatte um Hilfe gebeten und nicht um eine Schlacht. *Herr.* Er verdiente die Gardinenpredigt, die nur sie halten konnte. Aber konnte sie es überhaupt noch? Wie viel von den Fortschritten war verloren, und wie frustriert würde sie sein? Er faltete die Hände vor dem Gesicht. *Herr, bitte heile sie. Ich werde die Vergangenheit ruhen lassen. Ich brauche keine Antworten. Bring sie nur zurück.*

Er senkte die Stirn auf seine Hände und beugte sich vor, immer noch auf die Kniebank gestützt. Er erinnerte sich daran, wie Mama ihn dafür gescholten hatte, dass er sich so hängen ließ. „*Halt den Rücken gerade für den, dessen Rücken für dich ausgepeitscht wurde.*"

Seine Haltung war kein Zeichen von Respektlosigkeit, aber trotzdem richtete er sich wieder auf. Er spürte den Weihrauch in den Mauern, nicht vom Verbrennen des grauen Pulvers, sondern von den Gebeten, die in wortloser Erwartung und Glauben gen Himmel geschickt wurden. Er konnte beinahe das Flüstern in den Dachsparren hören und fügte sein eigenes hinzu.

In deinem Herzen, deiner Hand geborgen.
Mit allem, was ich bin, mit meinen Sorgen.
Sela, oh Herr, sela. In der Stille findest du mich.
Sela, oh Herr, sela. In der Ruhe läutere mich.

Seine eigenen Worte. Das Problem war, dass er nicht zur Ruhe kam, die Stille nicht fand. Er brauchte die Straße. Er stand auf und ließ Rese vor sich hinausgehen. Gott hatte ihn gehört, dessen war er sich sicher. Aber er wusste nicht, wie die Antwort lauten würde. Und er konnte nicht so lange stillsitzen, bis er es herausfand.

Lance' Schritte, mit denen er die Kirche verließ, verhießen nichts Gutes. Er hatte offensichtlich keinen Frieden und Trost dort gefunden, obwohl sie über die Schönheit im Innern des Gebäudes gestaunt hatte. Rese hatte weder diesen Überfluss an Bleiglasfenstern und Marmorpfeilern noch die geschnitzten und gemalten Szenen an Wand und

Decke erwartet. Nie hätte sie gedacht, dass sie so etwas in einer Stadtkirche finden würde.

Aber sie hatte auch sonst nichts von dem erwartet, was bisher geschehen war. Ein kurzer Bericht ihrer Pläne, ein ernst gemeinter Versuch, alles wiedergutzumachen, eine Gelegenheit für Lance, den Auftrag, den er für seine Großmutter erledigt hatte, zum Abschluss zu bringen – das hatte sie erwartet. Und jetzt hatte sie Mühe mitzukommen, während sie die Treppenstufen vor der Kirche hinunterliefen.

„Lance?", keuchte sie.

Er antwortete ihr nicht, während sie zwei Häuserblocks entlangeilten, auch nicht, als sie bei seiner Wohnung ankamen. Er durchsuchte die Schlüssel, die am Schlüsselbrett hingen, und hielt Rico, der mit Star zu seinen Füßen gerade ein Schlagzeugsolo übte, wortlos einen Schlüsselring hin. Rico nickte nur, ohne sein Spiel zu unterbrechen.

Als er wieder unten war und das Haus diesmal durch die Hintertür verließ, schloss er mit dem Schlüssel von Rico einen Schuppen im Hof auf. Dann schob er eine Kawasaki heraus, die schon bessere Tage gesehen hatte. Seine Harley erschien dagegen wie ein Luxusschlitten.

Rese fiel die Kinnlade herunter. „Was ist denn das?"

„Ricos Maschine."

„Ich dachte, er hätte einen Lieferwagen – den, in dem er das ganze Equipment nach Sonoma gebracht hat."

Lance wischte den Staub vom Sitz. „Den leiht er sich immer, wenn er einen Auftritt hat. Das hier ist sein fahrbarer Untersatz."

Wieder musterte sie das Motorrad, auf dessen verbeultem Metall kaum lesbar das Wort *Vulcan* stand. Das Ding sah aus, als hätte es einen Wiedereintritt in die Erdatmosphäre hinter sich. Lance bockte es auf, verschwand kurz im Schuppen und kam mit einem Helm heraus, der nicht annähernd so schnittig war wie der schwarze Helm, den er für sie gekauft hatte.

„Rico hat einen Helm?" Sie hätte gedacht, er würde sich nichts daraus machen, so wie Lance.

„Es ist ein alter Helm von Tony. Wir schnallen ihn bei dir fester."

„Lance, ich werde nicht –" Aber als er ihr den Helm auf den Kopf setzte, bemerkte sie, dass seine Hände zitterten. Sie hatte schon erlebt, dass er aufgebracht war, aber so gezittert hatte er noch nie. Er brauchte diese Fahrt. Sie zog den Helm auf und befestigte den Kinnriemen, aber als er das Motorrad anließ, zuckte sie zusammen. Der Auspuff spuckte grauen Schaum, bevor der Motor in ein asthmatisches Brummen verfiel.

Er brüllte: „Steig auf."

„Lance …" Sie hatte sich gerade erst an seine Harley auf den ruhigen Straßen von Sonoma gewöhnt.

„Komm schon." Mit dem Kinn deutete er auf den Sitz hinter ihm, während der Motor ächzte und knatterte.

Sie wusste, was er von ihr wollte, aber auf diese Maschine konnte sie sich nicht setzen. Damit war ein Unfall vorprogrammiert. Hörte er das nicht? Was fand er nur an dieser klapprigen Höllenmaschine?

Er blickte auf, und als er ihre Miene sah, ließ er die Schultern hängen. „Ist schon gut. Du musst nicht." Er kramte nach seinen Hausschlüsseln und hielt sie ihr hin. Mit der anderen Hand betätigte er das Gaspedal und brachte den Motor zum Aufheulen.

Er würde ohne sie fahren, und wäre ihr das nicht lieber? Nicht, wenn er so aufgebracht war, dass er zitterte. „Lance … nicht …" Ach, was nützte es schon? Sie schloss die Augen, stieg auf das Motorrad und schlang die Arme um seine Taille. Sie hatte weniger Platz als auf der Harley, und der Sitz war so, dass sie etwas höher saß als er und sich nach vorne lehnen musste. Als er beschleunigte und die Auffahrt entlang bis zur Straße fuhr, klammerte sie sich fester an ihn. Ricos Maschine hatte nicht den satten Klang der Harley. Sie brauchte dringend einen Schalldämpfer, und hatte sicher auch andere Motorschäden, die nach einem Mechaniker riefen.

Während sie sich durch den Verkehr schlängelten, musste sie all ihren Mut zusammennehmen, um Lance nicht zuzurufen, er solle sie zurückbringen – falls er sie überhaupt hören konnte. Sein ruckartiges Anfahren und Bremsen und seine Ungeduld in den Staus und vor den roten Ampeln zeigten ihr, wie angespannt er war. Sie wusste, wohin er wollte: die Straße außerhalb der Stadt, Geschwindigkeit. Sie erinnerte sich mit erschreckender Klarheit an jene erste Fahrt, bei der er ihr mit voller Absicht eine solche Angst eingejagt hatte, dass sie sprachlos gewesen war.

Als er jetzt auf die Autobahn in nördlicher Richtung nach Connecticut fuhr, spürte sie keine Wut in ihm, aber eine ähnliche Heftigkeit. Der Wind schlug ihr ins Gesicht und raubte ihr den Atem. Sie hasste das Gefühl, seinen Reflexen und seinen Entscheidungen ausgeliefert zu sein. In dieser Stimmung bestand Lance aus purer Emotion und nackter Reaktion.

Sie hatte die Kontrolle aufgegeben. Es wäre nicht ganz so schlimm, wenn sie wüsste, dass wenigstens einer von ihnen alles unter Kontrolle hatte, aber sie wusste, dass es ein Blindflug war. Sie presste ihm die Arme in die Seiten und schrie: „Langsamer!"

Stattdessen lehnte er sich nach links, kurz vor einem Fahrzeug, auf das er dicht aufgefahren war, und schwenkte in die Gegenspur und zurück, bevor ein Minivan aus entgegengesetzter Richtung an ihnen vorbeirauschte. Sie verbarg den Kopf hinter seinen Schultern. Sie konnte sterben ... oder Schlimmeres.

Wie war es wohl, im Koma zu liegen? Oder gelähmt zu sein? Wie sehr würde es wehtun, wenn jeder Knochen im Körper gebrochen war? Wie würde es sich anfühlen, Lance alle Knochen zu brechen? Aber nachdem er bei seiner Großmutter einen Rückfall verursacht hatte, versuchte er wahrscheinlich, das selbst zu erledigen. Niemand konnte sich so gut Selbstvorwürfe machen wie Lance Michelli.

Während sie auf die Straße hinabblinzelte, die unter ihr dahinflog, versuchte sie, sich nicht auszumalen, wie sie mit ihm zusammen durch die Luft flog und diese schrecklichen Sekunden durchlebte, in denen sie darauf wartete, dass Schotter sich in ihre weiche Haut grub, auf gerissene Muskeln und Schreie, bevor der Hals mit einem gnädigen schnellen Knack brach. Und jetzt war sie wütend. „Halt an, Lance!"

Aber das tat er nicht. Kilometer um Kilometer Autobahn flogen an ihnen vorbei, bewaldete Regionen, urige Städte und weiß umzäunte Anwesen. Sie wusste nicht, ob Lance irgendetwas davon sah. Dies war seine Methode, mit etwas fertigzuwerden, so wie sie ihr Werkzeug nehmen und sich in einem Projekt vergraben würde, bei dem sie etwas einriss oder aufbaute, jeder Schnitt perfekt, jede Passung genau, jede Einzelheit überlegt und ausgeführt. Sich selbst verlierend. Und vielleicht ebenso auf der Flucht, wie Lance es war, nur ohne die Geschwindigkeit und die Gefahr.

Gefahr. Das Bild einer blutbespritzten Wand blitzte vor ihr auf, die Schreie ihres Vaters, der warme, kupferne Geruch von fliehendem Leben. Sie zwang sich langsam zu atmen, während sie sich darüber ärgerte, dass diese Bilder wiederkamen, ohne dass sie durch das Geräusch und den Geruch einer Säge auf Holz ausgelöst wurden. Nur Gedanken an den Tod. Einen qualvollen Tod. „Lance!"

Er nahm eine Hand vom Lenker, umfasste ihr Knie und drückte ihr Bein an seines. Sollte es sie etwa beruhigen, dass er jetzt einhändig fuhr? Sie hätte am liebsten geschrien, aber stattdessen brüllte sie: „Wir müssen anhalten!"

Er hatte sie gehört, das erkannte sie an der plötzlichen Verlangsamung, und einen Augenblick später ließ er ihr Knie los und zeigte mit dem rechten Arm an, dass er von der Autobahn abfahren wollte. Sie atmete tief ein, als der Fahrtwind nachließ. Als sie in die Kleinstadt Darien fuhren, wurde er deutlich langsamer. Eine Mischung aus viktorianischer, kolonialer und edwardianischer Architektur umgab sie mit hübschen, von Büschen gesäumten Wegen aus Kopfsteinpflaster, die einen auffälligen Kontrast zu den trostlosen Straßen der Bronx boten.

Ihre Muskeln entspannten sich, als er durch die Stadtmitte und die Bilderbuchviertel bis zu einem Strand fuhr, der ebenso hübsch war wie alle Strände, die sie an der Westküste gesehen hatte. Ausflugsboote schaukelten auf dem Wasser, das in sanften Wellen ans Ufer schlug, und weiße Möwen schwebten über ihnen. Die Luft roch frisch … Na gut, da waren immer noch die Abgase von Ricos Motorrad, und ihre Wut kehrte zurück, als Lance das Ungeheuer anhielt und abstieg.

Sie riss sich den Helm vom Kopf und funkelte ihn an.

„Was ist?"

„Da fragst du noch?"

„Ich habe doch gesagt, du musst nicht mitkommen."

„Und wo wärest du dann jetzt?"

„Weiter weg."

Sie stieg von der Maschine. „Das Ding ist ein Wrack."

„Sieht nur so aus."

„Und was ist mit dem grauen Rauch, den es ausstößt, und dem lauten Knattern?"

Lance tätschelte den Lenker. „Ein bisschen eingerostet. Rico fährt wohl nicht viel, wenn meine Harley nicht da ist, mit der er sich messen kann."

Sie schüttelte den Kopf. „Was geht nur in deinem Kopf vor? Was bringt dir diese wahnsinnige Raserei denn?"

Sein Blick wanderte fort. „Es sind die Kilometer, die Bewegungen der Straße."

„Es ist eine Flucht."

„Vielleicht." Er legte die Stirn in Falten. „Eigentlich kann ich gar nicht weit genug fahren. Aber ich muss es versuchen."

Sie seufzte. „Musst du denn so schnell fahren?"

„Auf einem Motorrad fühlt es sich schneller an."

Möglich. Ihre Fahrerfahrung beschränkte sich auf einen Chevy mit Allradantrieb. Und viel Blech.

Sie blickte auf den von Bäumen gesäumten Strand hinaus, den goldenen Sand, das kobaltblaue Wasser. Nach dem Lärm und Gestank und den Abgasen in der Stadt war es ein unglaublicher Anblick. Beinahe konnte sie froh darüber sein, dass sie hierhergekommen waren. Eindeutig froh war sie darüber, dass sie angehalten hatten. „Ist das der Atlantik?"

Er blickte auf, als würde ihm erst jetzt bewusst, wo er war. „Long Island Sound."

Wo wären sie gelandet, wenn es ihr nicht gelungen wäre, zu ihm durchzudringen? Kanada? Sie hatte das verrückte Bedürfnis zu lachen – wahrscheinlich ein Anfall von hysterischer Erleichterung. Dann legte sie den Kopf schief und sagte trocken: „Wo ist das Picknick?" Jetzt, wo der Schrecken vorüber war, hatte sie einen Bärenhunger.

Er schnaubte. „Picknicks sind gefährlich."

„Picknicks mit mir, meinst du." Sie erinnerte sich an den wutentbrannten Höhepunkt ihres ersten Versuchs, als Lance sie auf seine Harley gelockt hatte, die Taschen voller Erdbeeren und Käse, die sie an den Hängen in der Nähe von Sonoma gemeinsam gegessen hatten. Sie hatte ihm gesagt, dass sie nie mit Angestellten ausging, aber hatte er das gehört? Hörte er überhaupt jemals zu?

Er ging in Richtung Strand. „Wir könnten Muscheln suchen."

„Nein, danke." Sie folgte ihm. „Keine schleimigen Meerestiere."

„Schon mal probiert?"

Sie schüttelte den Kopf. „Ich mag, was du kochst, aber –"

„Sag das noch mal."

Sie boxte seinen Arm. „Ich werde nicht dein Ego streicheln."

„Du schlägst wie ein Mann."

„Gut."

Mit einem ruhelosen Blick, bei dem sie sich fragte, ob er jemals diesen Drang nach Geschwindigkeit und Entfernung überwinden würde, blieb er am Ufer stehen. Aber eigentlich wusste sie die Antwort schon.

Die Straße reichte nicht. Vor dem, was er Nonna angetan hatte, konnte er nicht weglaufen. Es ging nicht mehr nur darum, etwas wiedergutzumachen, sondern darum, wie viele Menschen er dabei verletzte.

Er hätte nicht darauf bestehen sollen, aber es war, wie Rese es gesagt hatte: sich zurückzunehmen war nicht seine Stärke. Er hatte Nonna dazu gezwungen, ihn anzuhören. Natürlich war er sanft gewesen, hatte es mit Schmeicheln versucht, aber er hatte nicht aufgegeben.

Italienisches Machogehabe. Und er hatte gedacht, das Gen wäre ihm nicht vererbt worden. Es wirkte sich anders aus als bei Papa und Tony. Er war sensibler, aufmerksamer, aber im Kern war er ebenso entschlossen und fordernd. Versonnen starrte er aufs Wasser hinaus.

Er fühlte sich wie das ausgelaugte Treibholz, das mit der Flut angeschwemmt wurde. Warum erkannte er die Dinge immer zu spät? Nonna vertraute ihm, und er hatte dieses Vertrauen missbraucht, um sie zu zerbrechen.

Rese hockte sich auf den Boden und berührte die Kiesel im Sand. Ihr Schweigen ließ ihn vermuten, dass sie ihn verstand, aber sie hatte nicht erlebt, wie es war, wenn Menschenleben so miteinander verwoben waren, dass jeder Schritt wie ein Tanz auf einem Spinnennetz war. Er hatte Nonna losgerüttelt, und das zerbrechliche Gewebe, das sie hielt, machte ihm Angst. *Herr …*

Aber er konnte nicht nach Gott pfeifen und ihm befehlen, sich nach ihm zu richten. Es war stolz, das zu denken und dies von Rese und Nonna zu erwarten. Liebe zwang anderen nicht den eigenen Willen auf. *„Liebe verletzt nicht den Anstand und sucht nicht den eigenen Vorteil, sie lässt sich nicht reizen und ist nicht nachtragend.“* Diese Worte hatte er von Nonna gelernt, als er mit einem blauen Auge an ihrem Tisch gesessen und ihr erzählt hatte, wie er sich an den Idioten rächen würde, die Rico angegriffen hatten.

„Sie beschützt immer, raggazzo mio.“

„Aber ich habe ihn doch beschützt.“

Sie waren überrumpelt worden, aber das würde ihm nicht noch einmal passieren.

„Die Liebe sucht keine Rache.“

„Ha!“ Er hatte die Fäuste geballt. *„Auge um Auge, Nonna.“*

„Du bist ein Kind und du redest wie ein Kind. Irgendwann wirst du ein Mann sein.“

Er stöhnte. Rese blickte auf, aber keiner sprach. Er hatte sich auf die Lauer gelegt und auf den Gemeinsten der Kerle gewartet, und am nächsten Tag hatte er ihn allein erwischt und ihn ordentlich verprügelt. Er hatte gesagt, er hätte es für Rico getan, aber es hatte keine Rechtfertigung, keine Befriedigung darin gelegen. Versuchte er immer noch zurückzuschlagen? Aber wer war sein Gegner?

Er rieb sich das Gesicht. „Wir sollten etwas zu essen für dich organisieren.“

Rese erhob sich. „Was ist mit dir?“

„Ich habe keinen Hunger.“

„Komm schon, Lance. Du weißt, dass Essen mehr ist als nur etwas gegen den Hunger.“

Er zog die Augenbrauen hoch. „Zum Beispiel?“

„Verbindung, Akzeptanz, Freundschaft.“

Seine eigenen Worte. Aber im Moment fühlten sie sich an wie Gift. „Vielleicht können wir ein bisschen laufen.“

Sie bückte sich und zog ihre Sandalen aus, ließ sie in ihrer Hand baumeln und ging ans Wasser.

„Das solltest du vielleicht besser nicht tun.“

„Wieso?“

„Es ist kalt.“

Sie ließ mit den Zehen einen Fächer funkelnder Tropfen aufspritzen, dann tauchte sie die Hand ein und spritzte ihn nass.

Er prustete. Noch ein Schwall Salzwasser, und als er einen Schritt vor machte, um sie zu packen, lief Rese den Strand entlang. Das Überraschungsmoment kostete ihn Zeit, aber er rannte hinter ihr her. Ihre Beine waren muskulös und schnell. Als sie die Bäume erreichte, erfasste sie einen Silberahorn und schwang sich um seinen Stamm.

„Du glaubst doch nicht etwa, dass du so davonkommst, oder?“ Er näherte sich ihr, ein wenig außer Atem.

Sie verschränkte die Finger um den Baum. „Ich mochte Ahorn schon immer."

Er blieb einen halben Meter vor dem Baum stehen. „Du hast Glück, dass ich dich mag."

„Sonst was?"

„Sonst würde ich dich ins Wasser schmeißen."

Sie hob das Kinn. „Dann hast du mich auf der Rückfahrt ganz durchnässt an dir kleben."

Er erlaubte seinen Gedanken nicht, bei diesem Bild zu verweilen. Aber er würde ihr auch nicht das letzte Wort überlassen. Behutsam legte er die Hand an den Stamm und lehnte sich vor. „Vielleicht ist es das ja wert." Er machte einen Schritt um den Baum herum und blieb stehen. Was tat er hier eigentlich? Dann schloss er die Augen. Nonna lag im Bett und er spielte am Strand? Er ließ seine Stirn gegen ihre sinken. „Ich weiß, was du tust."

Sie antwortete ihm nicht.

Er blickte auf und sah ihr in die Augen. „Es ist meine Schuld, Rese. Ich denke immer, ich mache etwas richtig und dann …"

„Was würde sie wollen?"

„Mir eine runterhauen."

Rese betrachtete ihn eine Weile, dann zuckte sie mit den Schultern. „Das könnte ich übernehmen."

Er trat zurück. „Klar."

Sie zog die Augenbrauen hoch. „Du glaubst, ich kann das nicht? Frag Sam und Charlie."

Mit vierzehn hatte sie die beiden Idioten, die sie angefasst hatten, fertiggemacht. Lance legte den Kopf schief. „Also gut, dann gib dein Bestes." Er wartete. „Komm schon. Ich schlage nicht zurück."

Sie schüttelte den Kopf und wandte dann den Blick ab. „Ich kann nicht."

„Warum nicht?"

„Weil ich nicht wütend bin. Und weil du es bist."

„Denk einfach an all die Gelegenheiten, bei denen ich dich so richtig geärgert habe."

Sie funkelte ihn an. „Ich werde dich nicht schlagen, Lance."

„Was bist du – ein Mädchen?"

Jetzt schlug ihm ihre Wut entgegen. „Ja. Hast du damit ein Problem?"

Er grinste und spürte, wie sich seine Anspannung ein wenig löste. „Machst du Witze? Ich mag Mädchen."

Rese fuhr sich mit der Hand über die Haare. „Hör mal, ich kann das nicht gut."

„Was denn?"

„Ich weiß nicht, trösten. Einen anderen Blickwinkel aufzeigen."

Er wollte keinen Trost, und sein Blickwinkel war so klar wie Glas. Er seufzte. „Ich will es nur zurücknehmen, etwas so Idiotisches ungeschehen machen ... Ich würde alles geben, wenn ich noch eine Chance hätte."

„Du wirst deine Chance bekommen."

Er verbarg das Gesicht in seinen Händen. „Und was ist, wenn nicht? Was ist, wenn ich ihr nicht sagen kann, wie leid es mir tut?

Rese zog seine Hände herunter. „Sie weiß es."

„Woher denn?"

„Sie kennt dich."

Interessiert betrachtete er sie und spürte, wie er ein wenig Trost in sich aufnahm. Nonna würde ihm eher vergeben als er sich selbst. Dann musste er lächeln. „Du machst das besser, als du glaubst."

Sie zuckte mit den Schultern. „Du übertreibst halt gerne, wenn du so voller Feuer und Gefühl bist."

Er lehnte sich mit einem Arm gegen den Ahornbaum. „Ja?"

Sie nickte. „Aber bei dem restlichen einen Prozent stellst du dich gar nicht so dumm an." Sie stieß sich von dem Baumstamm ab und lief wieder den Strand entlang.

Kapitel 7

Wie doppelt belichtete Fotografien überschneiden die Bilder sich;
Bettpfosten und weiße Wände.
Vom Sonnenschein des Weinlandes vergoldet,
das Treiben einer Menschenmenge, der Duft von Staub …

Ein völlig zerlumpter Junge versucht Nonno zu beklauen, aber Nonno packt ihn am Kragen, bevor er in der Menge verschwinden kann. Ich kann die Freundlichkeit in Nonnos Augen, als er den Jungen ansieht und seine Hand ausstreckt, kaum fassen. Obwohl er dünn und mager ist, ist der Junge älter als ich mit meinen vierzehn Jahren, vermute ich. Er würde abhauen, wenn nicht Nonnos Blick wäre und das Menschengewirr auf der Plaza.

Sein Kehlkopf hüpft auf und ab, als er die Brieftasche in Nonnos Hand knallt, die nicht den Stock hält, um einen alten Mann zu stützen. Dieser Jugendliche muss Nonno für eine leichte Beute gehalten haben, aber wenn er das denkt, kennt er Quillan Shepard nicht. Er windet sich ein bisschen unter Nonnos Blick, scheint aber zu spüren, dass dieser Mann keinen rachsüchtigen Geist hat.

„Wie heißt du?"

Er will seinen Namen nicht sagen, aber irgendwie kann er nicht anders. „Joseph Martino."

„Suchst du Arbeit?" Nonnos Worte überraschen selbst mich. Es sind schwere Zeiten und man findet nicht leicht Arbeit. Und er bietet jemandem, der ihn gerade ausrauben wollte, einen Job an?

„Was hast du denn, alter Mann?" Das Gesicht des Jungen ist nicht so raubeinig wie seine Worte.

„Dein Leben", sagt Nonno, „in meiner Hand."

Wieder schluckt der Junge. Ein abgebrühter Verbrecher hätte gespottet. Aber nur wenige Männer spotten, wenn sie mit Nonnos Güte konfrontiert werden. Was wird Papa dazu sagen, wenn er sieht, dass Nonno wieder mal einen Streuner mit nach Hause gebracht hat? Andere sind weitergezogen, aber zwi-

schen diesen beiden geschieht etwas, das mich stutzig macht. Nonno hätte ihn der Polizei übergeben können. Stattdessen erlöst er ihn.

Vielleicht sieht Nonno in ihm sich selbst – einen verbitterten, ungeliebten Jungen, der in Schwierigkeiten geraten ist. Was auch immer es ist, er sagt: „Kannst du Trauben schneiden?"

Der Junge zuckt mit den Schultern. „Ich kann es versuchen."

Die Bilder laufen ineinander wie bei einem Film, Saison nach Saison, Hacken, Beschneiden, Ernten. Joseph, der Nonno wie einen Vater verehrt.

Und dann verzerrt der Schmerz sein Gesicht, als ich ihm sage, dass Nonno tot ist. Quillan Shepard ist gestürzt und kann nicht mehr aufstehen. Joseph Martino steht da mit einer Schaufel in der Hand und verspricht, unserem gefallenen Helden ein Grab, eine Ruhestatt zu geben. Dann ist er fort.

Der Studebaker bricht aus und schlittert die Auffahrt hinunter in stille Straßen. Die Leute schlafen und ahnen nichts von der Gewalt, dem Kummer, der in meiner Brust hämmert.

Papa! Nonno! Signore, warum?, frage ich, aber was nützen mir Antworten, die nichts ändern können? Ich will, dass alles anders ist. Vielleicht wurde Papa doch nicht erschossen. Habe ich ihn gesehen? Ich habe nur das Geräusch gehört und meine Vermutung und Marcos Worte. Und die schreckliche Leere. Papa. Oh, Papa.

Und Nonno. Seine letzen Worte, seine letzten Atemzüge, als sein großes Herz aufgegeben hat. Zu viel Kummer; zu viel Verlust. Vielleicht hört meins auch bald auf zu schlagen.

Ich richte den Blick auf die Straße. Obwohl ich weiß, dass Nonno dort seinen Platz findet, kann ich nicht zum Himmel hinaufblicken, kann nicht durch die Sterne zu dem Thron sehen, wo Engel Loblieder singen. Diese Nacht ist zum Weinen da und dazu, mir auf die Brust zu schlagen und mich gegen das Schicksal aufzulehnen. Ich presse die Hände auf meine Augen und schluchze.

Rese hatte gehofft, sie könnte mit Lance, Star, Rico und mit Chaz, falls der nicht arbeitete, in Ruhe zu Abend essen. Aber sobald Lance auf Ricos lebensgefährlicher Maschine vorfuhr, winkte ihm schon seine Mutter vom Fenster aus zu und rief: „Kommt rauf, ihr beiden. Ich koche Spaghetti."

Lance stellte den Motor aus. „Brauchst du Hilfe?"

Doria stützte sich auf ihre Hände. „Ich kann Spaghetti kochen."

„Ich habe auch nicht behauptet, dass du es nicht kannst." Er klang erschöpft. Der Tag hatte seinen Tribut gefordert.

Seine Mutter wedelte mit der Hand vor ihrer Nase herum. „Dieses Motorrad riecht nach verbranntem Öl."

„Vielleicht guckst du besser mal nach dem Herd."

Sie wollte ihm widersprechen, doch dann drehte sie sich um und verschwand.

Rese stieg ab, und Lance schob das Motorrad auf die Plane im Schuppen. Es stank wirklich, obwohl es offenbar mit einigen seiner Probleme während der Fahrt fertiggeworden war. So wie Lance? Auf dem Rückweg war er vorsichtig gefahren, aber Rese war trotzdem froh, als sie den Helm über den Griff hängte und er den Schuppen wieder abschloss. Lance hatte sich abreagiert und sie waren immer noch am Leben.

Er zog die Augenbrauen hoch. „Spaghetti?"

Mit Familie. „Ich wünschte, sie würde sich nicht so viel Mühe machen." *Wirklich.*

Er fuhr sich mit den Fingern durch sein vom Wind zerzaustes Haar und blickte zu dem leeren Fenster hinauf. „Sie wird beleidigt sein, wenn wir nicht mit ihr essen."

Das verstand sich von selbst. Offensichtlich war sie empfindlich. Es erinnerte sie an Lance während ihrer ersten gemeinsamen Tage, als er sich ständig wegen irgendwelcher Kleinigkeiten aufgeregt hatte. Ihre Mundwinkel zuckten, als sie an die Situationen dachte, in denen sie ihn wütend gemacht hatte, ohne es auch nur zu merken. Sein Temperament war offenbar vererbt.

„Natürlich essen wir mit ihr. Mmm, Spaghetti."

Er lächelte. „Du hast Hunger."

„Ich bin völlig ausgehungert."

Als sie hinaufgingen, um sich frisch zu machen, war die Wohnung leer, also wäre ein Essen mit Star, Rico und Chaz sowieso keine Alternative gewesen. Mit Lance allein zu essen, hätte schön oder schwierig werden können. Das hing ganz von seiner Stimmung ab. Die Tatsache, dass er vergessen hatte, auf dem Weg etwas zu essen einzukaufen, war ein Beweis für eine ernsthafte Unausgeglichenheit. Also wappnete sie sich für das Chaos, um nicht zu verhungern.

Aber nur Lance' Mutter und seine Schwester Sofie waren da, als sie ankamen. Ein starker Tomatenduft, der nicht unangenehm war, lag in der Luft, und aus der Stereoanlage war Geigenmusik zu hören. Rese hatte das Gefühl, als hätte sie sich auf einen Angriff vorbereitet, der nicht kam – aber sie rechnete immer noch damit.

Lance wandte sich mit hoch gezogenen Augenbrauen an seine Mutter. „Wie geht es ihr?" Nonna Antonia war das Erste und Einzige, was ihn interessierte.

Doria zuckte mit den Schultern. „Sie ist nicht sehr klar. Schläft die meiste Zeit."

„Bewusstlos?"

Doria schüttelte den Kopf. „Nicht wie beim letzten Mal."

Rese nahm das Glas Rotwein, das Sofie, die an der Küchenzeile stand, ihr reichte. Wenn sie auf leeren Magen Wein trank, dürfte sie in Kürze betrunken sein. Doria nahm eine Auflaufform mit großen Champignons aus dem Ofen, über die eine grüne Sauce mit Stückchen gegossen worden war. Es war schwierig, sich einen weniger appetitanregenden Anblick vorzustellen.

„Portobello mit Pesto." Doria warf Lance einen schnippischen Blick zu. „Sofie hat das Pesto gemacht."

„Ist schon gut." Er nahm das Glas mit Wein, das seine Schwester ihm hinhielt, und ein Stück Champignon. Letzteres hielt er ihr hin und Rese blieb nichts anderes übrig, als es zu nehmen.

Der Pilz war gummiartig, aber erstaunlich schmackhaft. Der Hunger machte sich bemerkbar, und sie aß die Vorspeise mit nur zwei Schlucken Wein. Dann nahm sie eine zweite Scheibe, die ihr angeboten wurde, als Lance' Vater hereinkam.

„Hast du das Brot, Roman?", rief Doria.

„Ich habe das Brot." Er reichte ihr eine braune Papiertüte, und ein warmer Hefeduft stieg von dem knusprigen Brot auf, als sie es herauszog.

Rese dachte, sie müsse in Ohnmacht fallen.

„Gut, es ist noch heiß." Doria legte es in einen Korb und faltete ein Tuch darum wie um ein Baby.

Sofie trug den Korb zum Tisch. Noch immer hatte sie kein Wort gesagt. Offenbar war Monica die Gesprächige. Und Lucy. Und alle die Tanten. Und verschiedene Cousinen, Onkels und Schwager, Nichten, Neffen und sogar Lance. Aber im Augenblick war es so ruhig, dass Rese nachdenken und beobachten konnte, und was sie bemerkte, war eine Beule in der Küchendecke, die nichts Gutes verhieß. War es höflich, die Familie darauf hinzuweisen? Wahrscheinlich nicht.

„Du solltest nach der Pasta gucken, Mama." Lance deutete mit dem Kinn auf den dampfenden Topf.

„Ich weiß, ich gucke."

Lance zog eine Grimasse, als sie einen Klumpen Spaghetti aus dem Topf hob.

„Ein bisschen mehr als al dente."

„Soll ich sie abgießen?" Er nahm den Topf und leerte seinen Inhalt in ein metallenes Sieb in der Spüle.

„Die Sauce ist perfekt." Seine Mutter tauchte einen Löffel hinein und hielt ihn Rese hin. Da Doria keine Anstalten machte, das Werkzeug loszulassen, blieb Rese nichts anderes übrig, als sich vorzubeugen und die Sauce vom Löffel zu schlürfen.

Rese lächelte und nickte. Die Sauce war breiiger als alles, was Lance ihr vorgesetzt hatte, aber Hauptsache Essen ...

Ein lauter Wasserhahn wurde im Bad zugedreht, und Lance' Vater erschien. „Wie lange noch?"

„Alles fertig. Hast du deine Kinder schon begrüßt?"

„Sehe ich sie nicht jeden Tag?"

„Lance siehst du nicht jeden Tag und auch nicht seine ... Rese."

Roman schüttelte den Kopf und setzte sich auf seinen Platz am Tisch.

„Anstrengender Tag, Papa?" Sofie tätschelte seinen Kopf.

„Mhm." Er ließ die Hände auf beiden Seiten neben seinen Teller fallen.

Doria drückte Rese eine Schüssel mit Fleischbällchen in die Hand, die sie zum Tisch trug, wobei sie überlegte, wo sie sie hinstellen sollte. Sofie zeigte auf eine Stelle vor ihrem Vater. Lance brachte eine Schale mit Spaghetti und einen Krug mit der Sauce.

Doria folgte ihm mit einem bunten Salat. „Ist das schnell genug für dich?"

„Sicher." Hastig steckte sich Roman die Serviette in den Hemdkragen.

Doria zog sie wieder heraus und legte sie über seinen Schoß. „Wir haben Gesellschaft."

Er blickte auf. „Ich dachte, das wären unsere Kinder."

„Unsere Kinder und unser Gast.“

Unter seinen Blicken schob Rese sich auf den Stuhl, den Lance für sie hielt, und zog ihn unbeholfen vor. Lance saß ihr gegenüber. Sofie setzte sich neben sie, und Doria nahm gegenüber von Roman Platz. Das war alles? Nur sie fünf? Freude und Schrecken zugleich.

Sie sprachen alle zusammen mit Lance das Tischgebet, und Rese bewegte mit gesenktem Kinn die Lippen, so als kenne sie die Worte. Romans Serviette wanderte zurück in seinen Kragen, und dann löffelte er drei große Fleischbällchen auf seine Nudeln, um anschließend alles in Sauce zu ertränken. Rese nahm alles, was ihr angeboten wurde, auch ein kleines Schälchen mit etwas Öl darin.

„Für dein Brot“, erklärte Sofie ihr.

Das Brot war nicht geschnitten. Jeder brach sich ein Stück ab, als der Korb zu ihm kam. Rese nahm sich ein dickes Stück und beobachtete dann Sofie, die ihres in mundgerechte Stücke riss und diese in Öl tauchte.

„Wer ist bei Nonna?“ Lance’ Gedanken waren noch immer ausschließlich auf sie gerichtet.

„Celestina. Sie bleibt über Nacht.“ Doria blickte auf. „Weißt du, wen ich im Laden gesehen habe? Diesen komischen kleinen Mann, der nur noch ein Bein hat. Johnny Grope.“

Sofie runzelte die Stirn. „Es ist nicht nett, einen behinderten Menschen komisch zu nennen, Mama.“

„Aber er ist komisch. Er macht Witze über seinen Namen und sagt, er hätte zwar ein Bein weniger, aber dafür wenigstens zwei Hände.“

„Und einen eingeschlagenen Schädel.“ Roman biss herzhaft in die Pasta.

Die Menge an Essen auf dem Tisch war viel mehr, als sie bewältigen konnten, selbst mit Rese’ Hunger. Und es ähnelte eher etwas, das sie selbst hätte kochen können, als einer Kreation von Lance. Es schmeckte nicht schlecht; es lag nur schwer im Magen.“

„Ich habe eine neue Schülerin. Sie ist erst vier und hat schon Ausstrahlung.“ Doria wandte sich an Sofie. „Genau wie du in dem Alter, nur Hals und Beine.“

„Gut für Brühe, aber sonst nicht für viel.“ Lance jaulte auf, als sie ihm unter dem Tisch gegen das Schienbein trat.

Doria ließ noch eine Frikadelle auf Lance’ Teller fallen. „Wo wart ihr denn heute? Myrna Caravaggio wollte etwas von dir.“

„Myrna Caravaggio glaubt immer noch, ich wäre sechs Jahre alt. Sie drückt immer mein Gesicht und sagt, wie süß ich in meinem Tomatenkostüm war."

Rese warf ihm einen Blick zu, den er mit einem Zwinkern erwiderte.

„Du weißt doch, dass sie dich mag. Sie ist nur ein paar Mal im Jahr hier, und du warst ihre Lieblingstomate." Doria lachte.

„Ja, ja."

„Nimm noch etwas Brot, Theresa." Doria schob ihr den Korb zu.

Das Brot war köstlich, nachdem sie sich daran gewöhnt hatte, es in das Öl zu tunken. Rese nahm auch noch etwas von dem Salat. Er war frisch und schmackhaft, nur die schlaffen braunen Streifen legte sie beiseite, diese Anchovis hatten schon bessere Zeiten erlebt. Wenn man bedachte, dass sie seit dem Teilchen heute Morgen, bevor sie Lance' Großmutter besucht hatten, nichts mehr gegessen hatte, war diese Mahlzeit genau das Richtige für sie.

Sie brachte ihren Teller zu Lance, der an der Spüle stand. „Ich bin vollgestopft."

„Mamas Sauce hat ihre eigene Schwerkraft."

„Das habe ich gehört." Doria kam herein und stellte die Schüssel mit den Fleischbällchen auf die Arbeitsplatte.

„Bleibt an den Rippen hängen." Roman drückte sie von hinten. „Wie es sein soll." Er beugte sich über sie und liebkoste ihren Hals.

Rese versuchte, die beiden nicht anzustarren, aber war das normales elterliches Verhalten? Lance bemerkte ihren Blick und grinste.

„Nicht jetzt." Doria wand sich los.

„Was? Darf ein Mann seine eigene Frau nicht umarmen?"

„Sch." Sie lachte. „Ich habe zu tun."

Roman sah sich in der Küche um. „Ich würde sagen, es ist alles unter Kontrolle."

„Gäste waschen bei mir nicht ab."

Rese erstarrte, als Roman den Blick auf sie richtete. „Willkommen in der Familie." Er nahm Dorias Hand. „Komm mit. Wir gehen spazieren."

„Ich muss –"

„Wir gehen spazieren." Er zog sie federnden Schritts hinter sich her.

Rese starrte ihnen nach, bis die Tür hinter ihnen ins Schloss fiel. Hm. Lance war eindeutig der Sohn seines Vaters. Er sah sie nicht an, als sie sich umdrehte, sondern spülte weiter die Teller ab.

Spiegelte sich die Persönlichkeit ihres eigenen Vaters in ihr auch so deutlich wieder? Lance sagte, sie schlage wie ein Mann und laufe wie einer. Auf jeden Fall arbeitete sie wie ein Mann; sie hatte sich ins Zeug gelegt, um es in der Welt zu etwas zu bringen. Entschlossen griff sie zum Geschirrtuch und gab zu, dass es wohl Wunschdenken war, denn wenn die Leute in ihr nicht Vernon Barrett sahen, dann sahen sie vielleicht ihre Mutter.

Sofie hielt die Flasche über ihr Weinglas, um nachzuschenken, aber Rese schüttelte den Kopf.

„Ich kann dann nicht schlafen."

„Wein soll gut dagegen sein. Auch fürs Herz und so."

„Rese leidet unter chronischer Schlaflosigkeit." Lance reichte ihr einen gespülten Teller.

„Stress?" Sofie goss sich ein Glas ein.

Rese schnaubte. „Was für einen Stress sollte ich denn haben?" Und dann wurde ihr bewusst, wie das klingen konnte. „Ich meine …"

„Du meinst uns?" Sofia nippte an ihrem Wein.

„Nein." Jedenfalls nicht einzeln.

Sofie legte den Kopf schief. „Hast du schon mal Entspannungstechniken probiert?"

Das Einzige, was funktionierte, war Lance' Stimme, und dafür war eine intimere Situation nötig. Aber das wollte sie nicht wiederholen. Sie schwenkte das Handtuch. „Ist nicht so schlimm."

„Du wirst dich wundern: REM-Schlaf ist wesentlich fürs Wohlbefinden. Und Schlafstörungen können auf andere Ursachen hinweisen – oder sie auslösen."

Rese versteifte sich.

„Wie alt bist du, wenn ich fragen darf? Ich bin sowieso älter." Sie zog eine Grimasse. „Dreißig seit letzter Woche."

Rese trocknete den Teller ab und stellte ihn beiseite. „Ich werde im Juli fünfundzwanzig." Sie wollte nicht über ihr Alter, die Schlaflosigkeit oder ihre Veranlagung zur Schizophrenie sprechen. „Und dreißig ist doch nun wirklich nicht alt."

„Es ist immerhin so eine Zahl, bei der man sich angeblich verrückt macht."

Rese nickte. Wenn sie es ohne psychotische Schübe bis dreißig schaffte, würde sie das feiern.

„Sag mir jedenfalls Bescheid, wenn du Tipps brauchst, um besser zu schlafen."

Rese zuckte mit den Schultern. „Ich komme schon klar."

Sofie stellte den letzten Teller in den Schrank, und Rese hängte das Geschirrtuch zum Trocknen über die Stange. Auf der Arbeitsplatte und den Regalen sah es immer noch ziemlich unordentlich aus, aber Lance wünschte Sofie eine gute Nacht, und Rese ging mit ihm nach oben.

Vor Antonias Tür blieb er stehen und trat dann ein. Obwohl er sie nicht darum gebeten hatte, wartete Rese draußen und beobachtete vom Flur aus, wie er an ihr Bett trat. Antonia und seine Tante Celestina schliefen, Antonia von ihrem Bett fast verschluckt.

Lance schlich sich so leise hinein, dass keine von beiden sich rührte. Er hätte früher hinaufgehen können. Aber sie wusste, dass er Antonia sehen wollte, wenn sie ihn nicht sah, so als könnte schon sein Anblick einen neuen Schlaganfall auslösen. Hatte er nicht bemerkt, wie ihre Augen sich jedes Mal veränderten, wenn er sich ihr näherte? Wenn er einen Spiegel brauchte, sollte er dort hineinsehen.

Antonia schlief weiter, aber Lance stand lange neben ihrem Bett. Dann murmelte er: „Gute Nacht, *cara mia*", und in den Worten lag so viel Liebe, dass es wehtat.

Lance' leises Gute Nacht versuchte zu ihr durchzudringen, aber sie konnte die Augen nicht öffnen. Die Bilder jener schrecklichen Nacht liefen in ihrem Kopf ab, wie schon so viele Male vorher. Nur schien es jetzt verzerrt, wie Marco sie im Tunnel „gefunden" hatte und dass Papa es ihm „erzählt" haben sollte. Nicht als ein Verehrer, sondern als Verschwörer?

Es war unmöglich. Sie konnte nicht ihr ganzes Leben mit Marco verbracht haben, ohne es zu wissen, ohne davon zu erfahren. Marco hatte sie vor Papas Schwierigkeiten gerettet. Er konnte nicht Teil des Ganzen gewesen sein.

Er war im guten Glauben zu Papa gekommen, in Unkenntnis der heimlichen Verbindung zu Arthur Jackson. *„Sie sind es, die vermuten, dass ich einen Ganoven vertrete, Miss Shepard."* Er hatte von Papas *imbroglio* nichts gewusst, wollte nur Diskretion für seinen Klienten. Wie hätte er wissen sollen …? Wie konnte es sein, dass er …? Aber hatte sie sich das nicht immer gefragt? So viel an Marco war ein Geheimnis.

Wellenartige Schmerzen. Sie würde niemandem trauen, schon gar nicht einer Erbin von Arthur Jackson. Ein Geheimagent? Unmöglich. Das würde bedeuten, dass er über Papa Bescheid wusste, als er zu uns kam. Hatte er ihr den Hof gemacht, um Vittorio Shepard eine Falle zu stellen?

Konnte Marco Papa erschossen haben? Nein! Lance sagte, sie hätten zusammengearbeitet. Verdeckte Ermittlungen. Aber auch das konnte nicht sein. Papa würde niemals erlauben, dass er ihr zum Schein den Hof machte und sie nur benutzte.

„Ich finde, du solltest mich küssen."

„Dein Vater hat mich gebeten, es nicht zu tun."

Papa, der sich nicht einmischte, der ihr in Herzensangelegenheiten vertraute. Warum hatte er Marcos Werben um sie Grenzen gesetzt? Alle ihre Gespräche unter vier Augen. So viel gab es doch über sie unmöglich zu erzählen. Oder hatte sie in ihrer Naivität angenommen, dass sie für die beiden Männer das wichtigste Thema war? Sie war zwanzig, drehte sich um sich selbst und blühte unter Marcos Zuwendung förmlich auf.

Erschöpft stöhnte sie auf, ob im Schlaf oder nicht, konnte sie nicht sagen. Geheimagent. Der Begriff drehte und wendete sich in ihren Gedanken. Was hatte sie da angestoßen? Sie hatte die alte Geschichte wieder belebt, die sie jetzt auf ihrer letzten Wegstrecke quälte. Papa. Nonno. Marco. Ihr Herz schmolz wie weicher Käse, ein Herz, das gelernt hatte, stark zu sein, fiel zurück in diese dunklen Tage …

Marco sagt Dinge, die ich nicht hören will. „Ich soll dich heiraten?"

„Die Schwierigkeiten deines Vaters sind noch nicht vorbei."

„Was für Schwierigkeiten? Woher weißt du das? Was hat er dir erzählt?"

Marco schüttelt den Kopf. „Du weißt schon jetzt mehr, als gut ist." Er steht groß neben dem Auto und streckt nach so vielen Stunden Fahrt die Beine aus. Das Gras und der Farn duften würzig in der Nachmittagssonne. „Sagen wir so: Mit einem neuen Namen ist es für dich sicherer."

Benommen und wütend funkle ich ihn an. „Wie kann ich heiraten, wenn ich in Trauer bin?"

„Ein mildernder Umstand."

Meine Trauer ein Umstand? „Ich kenne dich doch gar nicht."

„Es hat schon Ehen gegeben, da kannten sich die Eheleute noch weniger als wir uns."

„Nicht für mich; so nicht. Ich will ..." Was für eine Rolle spielt es, was ich will? Mich packt die Wut. „Ich hasse dich."

„Antonia ..." Er nimmt meine Hand. „Ich möchte dir helfen."

Ich reiße mich los. „Mir ist egal, was passiert. Sollen sie mich doch töten."

„Das lasse ich nicht zu." Seine Worte umschließen mich wie die Angst, die mich packt. „Als Mrs Marco Michelli bist du in Sicherheit."

„Pah!" Ich mache eine abfällige Handbewegung. „Warum kümmert es dich überhaupt?"

„Du weißt, warum." Seine Augen sind unergründlich. Was, glaubt er, weiß ich?

„Was ist passiert? Warum sagst du es mir nicht?"

„Sie haben deinen Vater in einen Hinterhalt gelockt."

„Ich weiß. Ich habe sie kommen sehen."

„Deshalb bist du in Gefahr."

„Ich mache mir keine Sorgen um mich."

„Ich aber."

„Warum warst du dort? Wie hast du –"

Er nimmt meine Hände. „Hör auf zu fragen. Je weniger du weißt, desto besser."

Warum versuche ich nur, es zu verstehen? Was Marco sagt, könnte stimmen; es könnte aber auch gelogen sein. Aber was macht das schon für einen Unterschied?

Er setzt mich wieder ins Auto. „Wohin fahren wir?"

Er drückt meine Hand. „Nach Hause."

Kapitel 8

Lance erwachte mit dem Gesicht in den dunkelblauen Lederkissen und einem Kupfergeschmack im Mund. Seine Waden und Oberschenkel schmerzten, weil er stundenlang bis zu den Knien im Teer gewatet war. Er streckte die Hand aus, um sich die schmerzenden Muskeln zu reiben, und erkannte, dass das Bein gar nicht wehtat; es war der Traum, der ihn noch in seinem Bann hielt.

Er stützte sich auf den Unterarm und wischte den Schweiß von der Wange, während die Wirklichkeit des Tages ihn einholte. Er war losgezogen, die Vergangenheit zu entdecken, Fehler wiedergutzumachen und Frieden und Heilung zu bringen, aber mit jedem Schritt war die Sache komplizierter geworden, bis alles wie ein Kartenhaus zusammenzufallen drohte. Sein Magen zog sich vor Angst zusammen.

Nonna hatte im Schlaf friedlich ausgesehen, aber er wusste, wenn sie aufwachte, würde es nicht friedlich sein. Sie musste Angst haben, mutlos sein und wütend wie eine Katze, der man auf den Schwanz getreten war. Wie konnte er nur so gedankenlos sein? Er stöhnte.

Egal worin seine Familie verstrickt gewesen war, es war vorbei. Geschichte. Wenn sie wieder gesund war, würde es nichts geben, was sie aufregte oder unangenehme Gedanken in ihr anstieß. Er würde nie mehr davon sprechen. Sie konnte die Kiste behalten, oder am besten verstaute er sie irgendwo, wo Nonna sie nicht sehen und unter den Erinnerungen leiden konnte. Die Geheimnisse, die diese Kiste enthielt, würden mit der Zeit verblassen.

Er richtete sich auf und bemerkte Rico, der lautlos auf seinen Bongos trommelte, im Takt zu der Musik, die aus seinen Kopfhörern drang. Lance sah auf seine Armbanduhr. Es war früher, als er gedacht hatte, aber trotzdem das erste Mal, dass er länger geschlafen hatte als sein Freund. Natürlich hatte er sich den Großteil der Nacht hin und her gewälzt und sich Sorgen gemacht. Er hätte Sofie nach den Entspannungstechniken fragen sollen.

Sein Blick wanderte zum Schlafzimmer, und er fragte sich, ob Rese geschlafen hatte. Sie war gestern Abend nicht in der Stimmung für eine Nackenmassage gewesen und hatte es kaum erwarten können, die Tür zwischen ihnen zu schließen. Und wer konnte ihr das verübeln. Er war ein wandelndes Pulverfass. Wie man das eigene Leben auf einen Schlag zum Entgleisen bringt, davon verstand er was.

Rico schob einen Kopfhörer hinter sein Ohr, aber seine Hände stockten nicht. „Willst du einen Text dazu schreiben?“

Noch etwas verschlafen reckte sich Lance, setzte sich auf und trat die Decke zur Seite. Er räusperte sich. „Ich müsste es mal hören. Gucken, was kommt.“

Rico nahm den Kopfhörer ab und kam herüber. „Ist das bequem?“

Lance blickte auf die Couch hinunter. „Kauf dir nie ein Sofa, ohne vorher darauf geschlafen zu haben.“ Er setzte den Kopfhörer auf, lehnte sich zurück und ließ die Klänge der Steeldrum, Stars ätherische Stimme und die gelegentlichen Bongorhythmen auf sich wirken. Es klang schöner, als er es erwartet hatte. Die Musik hatte eine Energie und Klangtiefe, mit der er nicht gerechnet hatte.

Er ließ seine Gedanken um die Töne und Rhythmen fließen, während er nach Reim und Vers suchte. Aber es kamen nur einzelne Wörter heraus. *Nahrung. Lockend. Gefällig. Rührselig. Beraubt. Lebhaft. Chance.* Er sprach sie aus, wie sie ihm in den Sinn kamen, mit geschlossenen Augen, die Kopfhörer auf den Ohren. Nichts, das wirklich zusammenpasste. Keine spezifischen Emotionen oder Gedanken, die er mit den Wörtern in Verbindung bringen konnte, nur ein einfacher Fluss aus Sehnsucht und Hoffnung.

Er schlug die Augen auf und blickte in Ricos Gesicht.

„Mann, du musst es machen.“

Lance nahm den Kopfhörer ab. „Was soll ich machen?“

„Das. Das war klasse, unglaublich.“

Lance schüttelte den Kopf. „Es ist für jeden anders, Rico. Warum soll ich den Leuten sagen, was sie in der Musik finden? Jeder muss es selbst erfahren.“

Ausnahmsweise fing Rico nicht sofort an zu diskutieren, auch wenn es bedeutete, dass sie seine Mitwirkung bei ihrem Projekt gewonnen hatten.

Lance reichte ihm den Kopfhörer zurück. „Es hat Kraft, so wie es ist. Ich glaube, ihr habt da was entdeckt. Hat Saul es gehört?“

Er schüttelte den Kopf. „Das ist die erste Fassung. Ich wollte deine Einschätzung.“

„Mein Eindruck ist, ihr solltet was draus machen." Rico würde wissen, dass er so etwas nicht leichtfertig sagte. Er war ihr größter Kritiker gewesen, als sie Jugendliche gewesen waren, und noch mehr, als sie dann ernsthaft Musik gemacht hatten. Wenn er es schlecht fand, würde er es sagen.

Rico runzelte die Stirn. „Vermisst du es nicht?"

Lance senkte den Blick. Die Musik war ein wichtiger Teil ihrer Freundschaft, ihres Lebens gewesen. „Doch schon."

„Aber du kommst nicht zurück."

Ein langsames Kopfschütteln. „Vielleicht mache ich ein bisschen Musik in der Pension, wenn Rese es immer noch will." Falls sie jemals dorthin zurückkehrten. Wenn Nonna … wenn es Nonna besser ging.

Rico schob seine Bongos zur Seite. „Du könntest eine Solokarriere machen, Mann."

„Darum geht es nicht." Die Harmonien und die Energie, die sie gemeinsam aufgebaut hatten, waren das Beste an der Sache gewesen. „Es war klasse, mit euch zusammenzuarbeiten. Ich habe mich einfach weiterentwickelt." Er würde nicht über die Übel eines solchen Lebens predigen. Wenn er ehrlich war, könnte er mit Rico Musik machen *und* sein Leben ins Reine bringen. Wie Chaz es gesagt hatte: Man entschied selbst, ob man der Versuchung nachgab oder nicht.

„Vielleicht hast du recht, Mann." Rico zuckte mit den Schultern. „Star sagt, eine höhere Kraft hat uns zusammengebracht, um diesen Klang zu finden. Ich meine, sie hat vorher noch nie gesungen."

Star hatte sich um hundertachtzig Grad gewendet. „Weißt du, was sie vorher gemacht hat?"

Rico zuckte mit den Schultern. „Renaissance-Festivals. Shakespeare und so. Sie kann die ganzen Texte auswendig."

„Das habe ich gehört. Aber was ist mit ihrer Kunst?"

Rico runzelte die Stirn. „Was für Kunst?"

„Malerei." Lance dachte an das Gemälde, das jetzt im Kutscherhaus hing und an dem Star wie besessen gearbeitet hatte, um es ihm zu schenken. Seine Begeisterung für ihr Talent war echt gewesen. „Wie es aussieht, stand sie kurz vor dem Durchbruch, bevor Maury es vermasselt hat. Bevor er sie fertiggemacht hat."

Rico blickte zur Schlafzimmertür hinüber. „Darüber redet sie nicht. Sie will das hier." Er wandte sich wieder zurück. „Was?"

Lance schüttelte den Kopf.

„Was?", wollte Rico wissen.

„Wie es aussieht, zieht sie ihre Identität jetzt aus dir. So wie sie ihre Identität als Künstlerin in Maury gefunden hatte." Und wie sie ihre Identität aus Lance hatte ziehen wollen. Sie hatte sein Lob wie Nektar aufgesaugt, und als daraus nichts wurde, hatte sie sich auf Rico verlegt. Von jetzt auf gleich.

Rico wollte ihm widersprechen.

Lance hob die Hand. „Ich will euch keine Schwierigkeiten machen."

„Was meinst du dann?"

„Bei Star ist alles Theater, ihr Leben spielt sich auf einer Bühne ab und immer schlüpft sie in eine andere Rolle. Sie ist wie ein Phönix, der aus der Asche aufsteigt, um sich immer wieder neu zu erfinden, aber mit der Leidenschaft eines anderen Menschen."

Rico erhob sich und ging auf und ab. „Ich habe nicht gesagt, dass sie singen soll. Dir hat sie das Mikro aus der Hand gerissen."

Diese spontane Session auf dem Dachboden hatte sie alle überrascht – Stars tolle, kehlige Stimme, ihre Bühnenpräsenz. Aber sein Argument galt trotzdem. Die Musik war Ricos Leben, gehörte zu ihm wie sein Atem. Star hatte sich wie ein Parasit darauf gestürzt und sich daran festgeklammert. „Es ist eine große Verantwortung, Rico. Ich hoffe nur, dass du ihr gewachsen bist."

Ricos Miene verdüsterte sich. „Weißt du, was dein Problem ist? Du denkst zu viel."

Lance lachte. „Könntest du das für Rese aufnehmen? Sie ist ziemlich überzeugt davon, dass mir diese Fähigkeit völlig abgeht." Durch seine selbstkritische Äußerung gab Rico seine Verteidigungshaltung auf.

„Du hast auch alle Hände voll zu tun, Mann."

„Das stimmt." Aber es war anders. Rese stellte nicht infrage, wer sie war; ihre Unsicherheit bezog sich auf ihn. Entschlossen stand er auf und streckte sich. Dann schlich er ins Badezimmer, um sich zu waschen und anzuziehen.

Als er wieder auftauchte, war Rico noch immer der Einzige, der auf war. Er saß mit dem Kopfhörer auf dem Sofa, die Augen geschlossen. Mit ausnahmsweise ruhenden Händen wiederholte er. „Möglichkeit. Verantwortung."

Lance ließ ihn dort sitzen. Er würde in die Kirche gehen und dann kurz nach Nonna sehen. Irgendwann würde er ihr gegenübertreten müssen; er wollte nur nicht riskieren, dass er sie aufregte. Aber vor Nonnas Tür trat er in ein Hornissennest aus Tanten und Schwestern. Sie alle wandten sich zu ihm um. Obwohl der Tag gerade erst begonnen hatte, fragte er: „Was habe ich getan?"

„Nonna will dich sehen", erklärte Monica ihm.

Wahrscheinlich, um ihm die Leviten zu lesen.

„Sie lässt niemand anders zu sich. Kriegt einen regelrechten Wutanfall, wenn eine von uns auch nur einen Fuß ins Zimmer setzt."

Dina fügte hinzu: „Sie ist ganz außer sich. Bestimmt bekommt sie noch einen Schlaganfall."

Sein Herz zog sich zusammen.

„Ruf den Arzt", befahl Celestina.

„Wartet." Lance schob sich bis zur Tür vor.

Mama schmollte. „Was heckt ihr beiden denn da wieder aus?"

„Nichts. Das ist vorbei." Er machte die Tür auf und trat ein. Nonna sah aus wie ein Sturm in Bettlaken. „Was ist los, Nonna?"

Als er nah genug war, packte sie mit ihrer beweglichen Hand seinen Arm. Die andere war vor ihrer Brust eingerollt, und das Geräusch, das aus ihrem Mund kam, war halb Stöhnen, halb Knurren. Er konnte spüren, dass sie zitterte.

Liebevoll strich er das wellige silberne Haar aus ihrem Gesicht und streichelte die verzerrten Züge mit den Fingerspitzen. „Es tut mir so leid, dass ich dich aufgeregt habe, Nonna, aber jetzt ist es vorbei. Jetzt nicht mehr."

Sie stieß einen Schrei aus, und er fuhr unwillkürlich zusammen. „Was ist?" Ihr wildes Gestikulieren war gefährlich. „Sie holen den Arzt, wenn du dich nicht beruhigst." Und er würde sie ins Krankenhaus einweisen. Das musste Nonna wissen.

Ihr Griff lockerte sich. Mühsam blinzelte sie, als Zeichen dafür, dass sie verstanden hatte, wobei ein Augenlid scheinbar gelähmt war. Sie war viel klarer als beim letzten Mal. Vielleicht konnte sie noch keine Worte bilden, aber sie verstand alles.

Er drückte ihr die Hand. „Du weißt, dass ich alles tue, was du willst. Aber du musst dich beruhigen. Schaffst du das?"

Das Wort, das sie aussprach, war ganz klar und deutlich zu verstehen, und es war ein Wort, für das er eine Ohrfeige geerntet hätte. Aber ihr schien nicht bewusst zu sein, dass sie nicht einfach Ja gesagt hatte.

„Du willst mir also etwas sagen?"

Sie knurrte ein anderes Wort, von dem er sicher war, dass es vorher noch nie über ihre Lippen gekommen war. Entweder sie schimpfte ihn aus oder sie kommunizierte auf eine verrückte Art, die ihr Gehirn produzierte. Zwei deutliche Worte; vielleicht zwei entgegengesetzte Bedeutungen.

„Nein?"

Sie wiederholte das Wort.

„Soll ich dir etwas holen?" So wie beim letzten Mal, als er durch ihr Zimmer gegangen und Gegenstände hochgehalten hatte, die ihr vielleicht etwas bedeuteten.

Wieder das erste Wort, klar und deutlich. Er bezweifelte nicht, dass sie diese Ausdrücke kannte, aber als er sie aus dem Mund seiner Nonna hörte, hatte er Mühe, sich ein Grinsen zu verkneifen, denn dann würde sie ihm eine runterhauen, und wenn es das Letzte war, was sie tat.

Damals war es Conchessas Brief gewesen, den sie gewollt hatte, damit sie ihn nach Ligurien schicken konnte und er die Informationen erhielt, die sie ihm nicht mitteilen konnte. Aber sie hatte gesagt, er solle die Sache auf sich beruhen lassen. Nonno war begraben; mehr wollte sie nicht – abgesehen von dem, worum sie ihn jetzt bat.

„Etwas hier drin?" Er sah sich im Zimmer um.

Sie lehnte sich zu ihm, und ihre Hand ging zu ihrer Kehle, zu der Kette, an der ein Kreuz und einige Medaillons hingen und, wie er jetzt sah, auch ein Schlüssel.

Er berührte den Schlüssel. „Den hier?"

Sie sagte das erste Wort ganz nüchtern. *Ja, natürlich. Was glaubst du denn?* Seine Erleichterung war spürbar. Beim letzten Mal hatte es viel länger gedauert, herauszubekommen, was sie wollte, aber jetzt bahnte Gottes Wille sich einen Weg, als er die Kette von ihrem Hals löste und den Schlüssel davon heruntergleiten ließ. Er hatte eine ungewöhnliche Form, lang und flach mit rechteckigen Kerben und einer Identifikationsnummer sowie dem eingravierten Logo der National Safe Corporation. Obwohl er noch nie etwas so Wertvolles besessen hatte, das ein Schließfach nötig gemacht hätte, vermutete er, dass dieser Schlüssel zu einem solchen Schließfach gehörte.

„Du möchtest etwas von der Bank?"

Wieder das Ja-Wort. Das musste es bedeuten.

Er ging davon aus, dass es Regeln gab, wenn man ein Schließfach öffnen wollte, das einem nicht selbst gehörte, aber er würde von Pontius zu Pilatus rennen, um es zu schaffen. „Gut." Er nahm den Schlüssel in seine Hand, küsste ihre vertrocknete Wange und atmete erleichtert durch.

Sie packte seine Hand, mit der er den Schlüssel hielt, und drückte sie fest zusammen. Dann blickte sie zur Tür, vor der die anderen sich drängten, und flüsterte das Nein-Wort. Sie wollte, dass die Sache ihr Geheimnis blieb – wieder einmal.

„Gut", flüsterte er zurück. „Aber du musst brav sein."

Mühsam blinzelte sie ihn an, und er hätte schwören können, dass ihr Gesicht versuchte zu lächeln. Er wollte nicht, dass es sich aus Schmerz oder Wut oder Angst verzog.

„*T'amo.*" Ehrfürchtig küsste er ihre andere Wange.

Sie schloss die Augen.

Jetzt würde sie ausruhen. Jetzt würde sie gesund werden. *Bitte, Gott.*

Banken und Bankiers. Misstrauen und Angst. Kiste. Schlüssel. Bank. Bankiers. Angst.

Ich glaube nicht, dass Papa in der Bank gearbeitet hat, um Nonno Quillan zu widerlegen, aber er versucht eindeutig, ihn umzustimmen. Nonno gibt nicht nach. Er glaubt nicht ans Verleihen und Ausleihen, obwohl er sehr freigebig ist. Und er glaubt auch nicht daran, jemand anderem die Kontrolle über sein Geld anzuvertrauen.

Obwohl er schon einmal sein Vermögen bei einer Überschwemmung verloren hat und dann noch einmal, als sein Güterwagen mit allem Papiergeld, das er oberhalb der Achse versteckt hatte, abbrannte, hat er seine Meinung über die Banken nicht geändert. Er hat zu viele Bankleute kennengelernt, sagt er und zwinkert seinem Sohn zu. Papa versucht immer wieder, ihn von den Vorteilen zu überzeugen, wenn man das Geld durch Investitionen arbeiten lässt. Als Sachbearbeiter für Darlehen in Arthur Jacksons Bank nennt er Nonno alle Gründe, warum man sich Geld leiht und es nach und nach zurückzahlt.

Abgesehen davon, in günstige Anlagen zu investieren, könnten sie das

Haus renovieren, die Weinstöcke ausgraben und etwas anderes anbauen. Nonna Carinas Brüder und deren Söhne mussten alle ihr Land verkaufen oder haben es verloren, weil der Markt für Wein eingebrochen ist, und jetzt gibt es nur noch Nonnos Grundstück. Einige von Papas Plänen finde ich gut, und ich hätte nichts gegen neue Gardinen und Teppiche. Warum nicht Zinsen für das Geld bekommen, wenn die Bank von Sonoma sich so sicher ist, wie Papa behauptet? Musste er es nicht wissen?

Die günstigen Gelegenheiten gibt es jetzt, sagt Papa, wenn man kauft, während es billig ist. Sein eigenes Einkommen investiert er wohlüberlegt – abgesehen von dem, was er für Steuern und Ausgaben braucht. Uns geht es viel besser als den Leuten in der Stadt. Ich konnte die Männer, die in San Franzisko Schlange standen, kaum ansehen, als Papa dort ein Treffen mit jemandem hatte und mich mitnahm. Es sah aus, als würde jedes Gesicht von einem unsichtbaren Gewicht heruntergezogen.

Wenigstens hat Papa Arbeit, auch wenn Nonno nichts von seinem Beruf hält. Papa hält nicht viel von Gedichten. Sie lieben sich, aber sie sind ganz unterschiedlich. Ich liebe sie beide von ganzem Herzen, aber ich kann sie einfach nicht dazu bringen, einer Meinung zu sein. Es ist besser, wenn Papa Nonno nicht drängt, aber wenn er von einer guten Investition hört, versucht er Nonno zu überreden, seine Ersparnisse anzulegen. Er zitiert sogar aus der Bibel das Gleichnis von dem Diener, der sein Talent im Sand vergraben hat, und deshalb glaube ich, dass Nonno irgendwo Geld vergraben hat, aber ich weiß nicht wo.

Nonno sagt: „Alles zu seiner Zeit." Und Papa brüllt: „Jetzt ist die Zeit!" Sie sind so stur. Ich verdrücke mich und gehe zum Weinberg, froh darüber, dass Nonno die Weinstöcke nicht herausreißen wird. Dieser Wein, sagt er, ist sein Erbe, seine Verantwortung. Er hat mir erklärt, wie die Reben sich als resistent gegen die Schädlinge in der Erde erwiesen haben, von denen die anderen Sorten zerstört wurden, und wie mein Urgroßvater Dr. Angelo DiGratia experimentiert hat, bis er dieses Land gefunden und bebaut hat.

Ich setze mich zwischen die Weinstöcke. Früher habe ich mir vorgestellt, sie wären Bäume und ich wäre wie Alice im Wunderland, die sich in eine Riesin verwandelt hat. Manche Pflanzen sind jünger, aber die meisten sind alt und bringen eine kräftige Traube für einen guten Jahrgang. Ich versuche mir vorzustellen, wie an ihrer Stelle Mais wächst, aber es gelingt mir nicht. Nonno hat recht, was den Wein betrifft. Hat er auch recht in Bezug auf die Banken?

Papa sagt, die Schließungen sind vorbei, aber was ich in der Stadt sehe, lässt mich daran zweifeln. Wenn so viele Leute keine Arbeit haben, wie können sie der Bank Geld geben, das die dann wieder verleiht? Aber Papa behauptet steif und fest, dass Arthur Jackson wichtige Investoren hat. Ich mag Arthur Jackson nicht, obwohl ich nicht sagen kann, warum. Ein Schauer fährt mir über den Rücken, und ich schüttle den Kopf, bevor ich ihn in den Nacken lege, um meine Haut von der rötlichen Sonne erwärmen zu lassen, bevor sie im Westen versinkt.

Warmer, rötlicher Schimmer ...

Antonia fröstelte, als sie im Geiste Arthur Jackson vor sich sah, dessen Gesicht im Schein des Streichholzes aufleuchtete. Er hatte im Schatten gelauert. Um dabei zuzusehen, wie ihr Papa ermordet wurde? Was wäre gewesen, wenn nicht Marco sie gefunden hätte, sondern Arthur Jackson? All das ...

Sie sah sich in ihrem Zimmer um, das im Augenblick leer war, es aber nicht lange bleiben würde. Ihre Familie würde zurückkommen. Ihre Familie ... Sie schluckte mühsam. Um der anderen willen musste sie den Tatsachen ins Auge sehen. Lance musste es wissen. Er versuchte immer noch, es zu begreifen. Und vielleicht würde Gott zuletzt lachen; denn obwohl sie den Glauben praktizierte und weitergegeben hatte, konnte sie doch nicht ganz an einen gerechten Gott glauben.

Als Rese erwachte, lag Stars Arm über ihrer Kehle und ihre Schultern waren mit Stars roten Locken bedeckt, an deren Ansatz das Blond durchkam. Es war ein Déjà-vu-Erlebnis. Wie oft war Star nachts zu ihrem Fenster hereingeklettert, hatte sich zitternd in ihr Bett gedrängt und geweint: „Ich schaff das mit dem Leben nicht." Und Rese hatte ihr gesagt, sie könne es schaffen und sie würden es gemeinsam tun.

Es war eine merkwürdige Nähe, die auf nichts als schierer Bedürftigkeit basierte. Zwei kleine Mädchen, die sich danach sehnten, geliebt zu werden; Stars Bedürfnis nach Sicherheit und Rese' Bedürfnis, gebraucht zu werden. Die Vernünftige. Zuverlässige.

Sie gähnte, rieb sich die Augen und blickte auf die Uhr. Nach zehn. Es war ihr tatsächlich gelungen einzuschlafen, aber es war ein merkwürdiges Gefühl, in Lance' Zimmer aufzuwachen, in seiner Welt – und in seiner Nähe zu sein.

Die gestrigen Ereignisse hatten die Dinge verändert. Es würde keine einfache Lösung geben, keine sofortige Rückkehr nach Sonoma. Auch wenn sie eine ganze Woche ohne Reservierungen hatte, war Rese davon ausgegangen, dass sie lediglich ein paar Tage bleiben würden, nur so lange, wie es dauerte, um die Sache zum Abschluss zu bringen, um dann wieder zur Pension zurückzukehren. Antonia hatte ihr Unternehmen abgesegnet – was der Zweck dieser Reise gewesen war –, aber Lance konnte jetzt unmöglich abreisen, selbst wenn er sich nicht die Schuld an ihrem erneuten Rückfall gab. Er liebte seine Großmutter einfach zu sehr.

Das war in seiner Stimme gestern Abend deutlich zu hören gewesen. Alles, was Lance fühlte, war in seiner Stimme zu erkennen. Als er aus Nonnas Zimmer gekommen war, hätte sie ihn am liebsten in den Arm genommen und ihm gesagt, dass alles gut werden würde. Aber das war anders, als sich in Todesangst an ihn zu klammern, während er die Autobahn hinunterjagte. Er wäre ihr davongelaufen, und sie war nicht bereit für einen Endspurt. Sie wusste, wie es sich auf der Ziellinie anfühlte.

Also war sie hier. Seine Großmutter war krank, seine Familie machte sich Sorgen. Wenigstens würden sie sich nicht mehr auf Rese konzentrieren. Sie würde unwichtig sein, dank … Antonias Schlaganfall? Irgendetwas an dem Gedanken stimmte nicht, und so meinte sie es auch nicht. Wenn sie die Augenblicke, die Antonia so viel Kummer bereitet hatten, hätte ungeschehen machen können, hätte sie es getan.

Es gab vieles, das sie gerne ungeschehen gemacht hätte, aber wie konnte sie im Voraus sehen, was passieren würde? Schuldbewusst fuhr sie sich mit der Hand über die Augen, gepackt von Reue. Wenn sie gewusst hätte, dass die Steckdose nicht in Ordnung war, hätte sie die Arbeitsleuchte nicht eingestöpselt, die explodiert war. Dann hätte sie nicht aufgeschrien und ihren Vater damit erschreckt. Das Surren der Kreissäge; die Blutspritzer an der Wand.

Der Kummer traf sie wie ein Schlag in die Magengrube. Ihr Atem ging keuchend. Nicht jetzt! Entschlossen bezwang sie die Gedanken und Bilder. Zumindest gewann sie eine gewisse Kontrolle darüber. Sie war ihnen nicht hilflos ausgeliefert. Nicht mehr. Star pfiff durch die Nase, während Rese unter der Bettdecke hervorkroch und ins Bad ging.

Jemand hatte bereits geduscht. Tropfen hingen an der Wand, Dunstschwaden hingen in der Luft und der Boden war feucht. Sie atmete Lance' Duft ein. Was für ein Rasierwasser oder Cologne er benutzte, das wusste sie nicht, nur dass sie diesen Geruch immer mit ihm in Verbindung bringen würde. Sie war noch nie in einer Parfümerie gewesen und hatte es auch nicht vor. Sauber reichte ihr. Aber sie musste zugeben, dass sein Duft angenehm war.

Die Kacheln – die verlegt worden waren, bevor der Gesetzgeber die nicht glasierten Sorten empfohlen hatte – waren rutschig unter ihren Füßen. Sie liebte das glatte Gefühl, die ebene, makellose Oberfläche. Plötzlich erinnerte sie sich daran, wie die große Hand ihres Vaters ihre schlanken Finger über den Balken geführt hatte, den sie gerade abgeschliffen hatte.

„Wie fühlt sich das an?"

„Glatt. Nein, warte. Da ist ein Haken und da eine Beule."

„Schleif weiter, Rese. Mach ihn so glatt wie Samt."

Eine gute Erinnerung. Es gab sie, und sie waren nicht völlig verschüttet von dem, was seither geschehen war. Mit einem Handtuch trocknete sie sich die Haare – dank der wenigen Zentimeter Länge ein kurzer Prozess –, und schlüpfte in ihre Jeans und ein olivgrünes Stricktop. Sie schob ihre Füße in die Sandalen, die Lance an dem Tag gekauft hatte, an dem sie sich Ohrlöcher hatte stechen lassen. Nur als ein dünnes weißes Lederband zwischen ihren Zehen. Kein Schutz gegen herunterfallende Holzstücke oder Rohre oder Funken. Aber ihre Füße sahen darin schmal und zierlich aus.

Zierlich? Sie streckte die Hände aus, spreizte die Finger und beobachtete, wie die Sehnen unter der Haut sich bewegten. Nachdenklich betrachtete sie ihr Handgelenk, den muskulösen Unterarm. Ihre Arme hatten viel gearbeitet, aber sie waren immer noch feminin. Keine manikürten Nägel, keine Ringe oder Armreifen, aber eindeutig die Arme einer Frau.

Es enttäuschte sie nicht, wie es früher einmal gewesen wäre. Sie hatte bewiesen, was sie beweisen musste. Sie konnte ihre Arbeit so gut machen, wie ihr Vater es von ihr erwartet hatte. Nur dass es ohne ihn keinen Sinn mehr machte. Sie war nicht mehr *Barrett's Renovierungen.* Sie war … unschlüssig.

Langsam ging sie ins Wohnzimmer und an Rico vorbei, der lautlos zu der Musik aus seinen Kopfhörern trommelte, um sich zu Chaz in der Kochnische zu gesellen – seiner Universität. Lance hatte den Glauben mit Worten ausgedrückt, die sie verstand. Die Welt war ein Renovierungsprojekt. Sie stellte sich eine entkernte Struktur vor, die mit viel Liebe instand gesetzt worden, aber nicht vollkommen war, weil das Original so schwer beschädigt gewesen war. Um die Metapher weiterzuführen: Auch wenn die Dinge noch nicht gerichtet waren, war das in Ordnung; es war ein andauerndes Projekt. Nur dass ihre Zukunft so ungewiss war.

Sie hatte letzte Nacht von ihrer Mutter geträumt und ihr in diesem Traum dabei zugesehen, wie sie versuchte, ihren Weg aus einem Labyrinth aus rostfreien Stahlwänden zu finden, die so hoch waren wie Wolkenkratzer. Und jetzt konnte sie das Gefühl, gefangen zu sein, nicht mehr abschütteln. Es waren noch nicht einmal zwei Monate vergangen, seit sie erfahren hatte, dass ihre Mutter am Leben war, und sie musste wegen ihrer Betreuung eine Entscheidung treffen. Ihr Vater hatte das beste Heim für sie gefunden, das es gab, und seine Lebensversicherung deckte die Kosten ab. Aber sie spürte den nagenden Wunsch, ihre Mutter nach Hause zu holen.

Wäre sie in der Lage, ihre Mutter zu pflegen? Das würde sich mit der Zeit herausstellen. „Irgendwelche psychotischen Schübe?“ Der Arzt in der psychiatrischen Klinik hatte nicht gescherzt, als er sie danach gefragt hatte. Sie hatte nach dem Tod ihres Vaters einen Nervenzusammenbruch gehabt, hatte wochenlang kaum ihren Alltag bewältigen können. Schock hatten sie es genannt. Aber Katatonie war auch ein Symptom von Schizophrenie. Hätte es anders ausgesehen, wenn die Geschichte ihrer Mutter bekannt gewesen wäre?

Sie setzte sich und Chaz' klangvolle Baritonstimme begrüßte sie mit einem „Guten Morgen“.

„Weißt du von meiner Mutter, Chaz?“

Er hob das Kinn. „Ein bisschen.“

„Würde Gott wollen, dass ich so werde? Dass ich Schizophrenie bekomme?“

Chaz legte die Stirn in Falten. „Was Gott will, weiß ich nicht. Aber wenn ich weiß, wer er ist, dann kann ich das annehmen, was er für mich bereithält.“

„Wozu wäre ich denn gut, wenn ich Leute sehe, die es nicht gibt, und denen, die es gibt, dumme, gefährliche Dinge antue?“

„Gott wählt das, was in den Augen der Welt dumm ist, um die Weisen zu verwirren. Und er wählt die Schwachen, um die Starken zu beschämen."

Sie hatte gehofft, Chaz würde ihr sagen, dass Gott das nicht zulassen würde – dass es irgendwelche magischen Worte oder Zeremonien gab, um die Krankheit zu verhindern, jetzt, wo sie glaubte. Wäre es Gott nicht lieber, wenn sie vernünftig war und kooperativ? Sie arbeitete fleißig und war eine geübte Perfektionistin. Sie konnte viel erreichen, wenn sie die Gelegenheit dazu bekam.

Wenn sie wüsste, wer Gott ist, dann könnte sie annehmen, was er für sie bereithielt, das hatte Chaz zu ihr gesagt. Entschlossen richtete sie sich auf.

Also dann – wer *war* Gott?

Lance kam herein und sah wie Chaz und Rese ihre Köpfe zusammensteckten: Rese mit einer Miene, die ihn herausforderte und amüsierte und sie ihm so lieb machte. Plötzlich spürte er Eifersucht in sich aufsteigen.

Wie armselig war das denn? Er hatte ihr Vertrauen verspielt. Was konnte er ihr jetzt noch erzählen? Er hatte mit ihr über die Wahrheit gesprochen, während er sie die ganze Zeit in die Irre geführt und sich in Halbwahrheiten geflüchtet hatte.

Chaz war derjenige gewesen, der nie geschwankt war. Lance runzelte die Stirn. Er sollte sie in Ruhe lassen, aber er ging und setzte sich zu ihnen und stellte zufrieden fest, dass Chaz das Leseband einlegte, um die Stelle in seiner Bibel zu markieren.

„Wie geht es ihr?" Chaz musste den Lärm auf dem Flur gehört haben oder vielleicht erriet er auch nur, wo Lance gewesen war. Obwohl sie sich erst seit vier Jahren kannten und aus ganz unterschiedlichen Kulturen kamen, schien Chaz ihn manchmal besser zu kennen als er sich selbst.

„Sie flucht wie ein Seemann. Aber sie weiß es nicht." Er sagte ihnen die Worte, die Nonna als Ja und Nein benutzte. „Und sie ist nicht verwirrt. Es ist wie ein Code." Er fing Rese' Blick auf. „Was ist?"

„Nichts."

„Mir wachsen Tentakeln, oder ich häute mich? Was?“

Sie hob das Kinn. „Du hast das gerade gesagt, ohne dich darüber lustig zu machen. Meine Jungs auf dem Bau hätten sich einen Riesenspaß daraus gemacht.“

„Machst du Witze? Ich musste mich zusammenreißen, damit ich nicht laut loslache.“

„Aber jetzt hätte dich nichts davon abgehalten.“ Sie beugte sich vor. „Aber du hast es einfach als ein Symptom dargestellt.“

Worauf wollte sie hinaus?

Chaz schlug seine Bibel zu. „Ich denke, ich gehe mal duschen, solange das Bad frei ist.“ Er gab ihnen die Möglichkeit zu einer ungestörten Unterhaltung, obwohl Lance nicht wusste, worauf Rese hinauswollte. Rico hatte sich inzwischen ans Schlagzeug gesetzt.

Rese runzelte die Stirn. „Du hast keine Ahnung, wie es ist, wenn ständig auf deine Kosten gelacht wird oder wenn Leute sich über jemanden, den man liebt, lustig machen.“

Hatte sie etwa erwartet, dass er über Nonna spotten würde, dass er die Zerbrechlichkeit eines anderen Menschen ausnutzen würde? Andererseits hatte er sich ihr bis jetzt nicht gerade von seiner besten Seite gezeigt.

Rese faltete die Hände. „Du hast den Humor gesehen, aber du hast nicht hinter ihrem Rücken gelacht.“

Jetzt bauschte sie das Ganze aber zu sehr auf. „Das hätte ich vielleicht, wenn ich mir nicht solche Sorgen machen würde.“

„Glaub mir Lance, ich weiß, wie das ist, wenn man sich auf Kosten anderer amüsiert und ihre Schwächen durch den Dreck zieht.“

Ein Spötter oder Possenreißer war er nicht. Und er hatte ein Herz für Habenichtse und Pechvögel. Das bedeutete aber nicht, dass er ein Unschuldslamm war. „Sie hat mir das hier gegeben.“ Er holte den Schlüssel aus seiner Tasche und betrachtete ihn.

Rese beugte sich vor. „Ein Schließfachschlüssel?“

„Weißt du, wie so etwas funktioniert?“

„Wenn deine Unterschrift nicht hinterlegt ist, kommst du nicht dran.“

Er runzelte die Stirn. „Kann man das irgendwie umgehen?“

„Vielleicht, wenn ein Gericht dich bevollmächtigt.“

„Das würde zu lange dauern.“

Sie nahm den Schlüssel, berührte seine glatte Oberfläche und las die Gravur. „Ich glaube nicht, dass du ihn ohne sie benutzen kannst."

Er blickte auf. „Und was ist mit ihr?"

„Was meinst du?"

„Was ist, wenn sie ihnen sagt, sie sollen mich reinlassen?"

Sie blinzelte langsam. „Wenn sie es ihnen sagt?"

„Genau."

„Du lässt sie vor den Leuten in der Bank fluchen?"

Er hob die Hände. „Wer versteht das schon? Sie flucht auf Italienisch."

Kapitel 9

Kummer und Angst sind öliges Wasser.
Beide kann ich nicht in meinem Herzen bewahren.
Die Verzweiflung löscht die Angst aus,
denn wenn du nicht lieben kannst, was hast du dann zu verlieren?

Ich ziehe scharf die Luft ein, als Marco in ein Loch rutscht, das von Gebüschen verdeckt ist, und auf die Bremse tritt. „Was machst du?"

Er führt einen Finger an den Mund und bedeutet mir, still zu sein. Die Straße ist so kurvig, dass es eine Weile dauert, bis das Fahrzeug vorbeifährt. Marco sieht sich den Wagen, in dem zwei Männer sitzen, genau an.

„Wer ist das?", flüstere ich.

„Ich weiß nicht. Vielleicht niemand." Aber seine Finger umfassen das Lenkrad fester.

Schweigend warten wir und lauschen gespannt auf das Geräusch von Reifen und Motoren. Zuerst ist es so leise, dass ich nicht sicher bin, ob ich es mir eingebildet habe, aber das Auto kommt langsam zurück, und die Männer beugen sich vor und zeigen auf etwas. Marco drückt mich nach unten und zischt: „Unten bleiben."

Er öffnet die Tür und kurbelt langsam das Fenster herunter. Dann schlüpft er hinaus und kauert sich hinter die Tür, während er darüber hinwegspäht. Das andere Auto kommt näher, immer näher, dann verschwindet es hinter den Büschen, die uns verbergen. Wir können nur noch nach dem Geräusch gehen. Ich versteife mich, als der Motor verstummt und das Knirschen der Räder aufhört.

Meine Kehle ist ganz ausgetrocknet, und ich sehe zu Marco hinüber, der eine Waffe gezogen hat. Oh, Gott. Signore …

Er gibt mir ein Zeichen, still zu sein, aber die Stille wird von einem krachenden Kugelhagel zerrissen. Glas zerspringt, ich spüre wie die Splitter mich treffen und um mich herum aufschlagen. Verzweifelt halte ich mir die Ohren zu, während es neben mir kracht – Marcos Waffe, der das Feuer erwidert, einzelne Schüsse. Er hat die Wahrheit gesagt; jemand will, dass ich sterbe.

Und plötzlich ist es wichtig, wichtiger, als ich dachte. Ich will leben! Auch wenn ich meinen Verlust betrauern muss. Ich robbe mich vom Sitz und krabble hinter Marco aus dem Wagen. Er rührt sich nicht und beachtet mich auch gar nicht. Wie erstarrt sitzt er da, die Waffe im Anschlag, die Muskeln angespannt.

Zweige zerbersten, Marco springt auf, schießt, duckt sich wieder. Aber die Gegner erwidern das Feuer nicht; nur ein Krachen im Gebüsch, dann ein dumpfer Aufprall. Ich will sehen, was los ist, aber die schwere metallene Tür versperrt mir den Blick genauso, wie meine Naivität ihn mir vorher verstellt hat. Ich schmecke Erde und Blut und das Metall des Autos, an das ich mein Gesicht drücke.

Ein Ast bohrt sich in meine Wade, aber ich bewege mich nicht. Plötzlich spüre ich etwas hinter mir, mehr als dass ich es höre, also drehe ich mich um und schreie auf. Marco wirbelt herum. Zwei Schüsse ertönen. Der Angreifer fällt zeitgleich mit einer Stakkatosalve und die Waffe entgleitet ihm. Er windet sich und bleibt bewegungslos liegen. Ich schlage mir die Hände vors Gesicht, doch dann nehme ich sie wieder herunter, weil ich nicht anders kann, obwohl ich es nicht sehen will.

Marco packt mich an der Schulter. „Bist du verletzt?"

Ich kann nicht sprechen, sondern schüttle nur den Kopf. Aber im gleichen Moment schmerzt meine Haut wie ein Dutzend Nadelstiche, und ich sehe Blut an meinen Händen.

Er hebt mein Kinn zu sich auf. „Nicht reiben. Das sind Glassplitter." Er entfernt drei Splitter aus meinem Gesicht und zieht mich auf die Beine. Als er den mit Scherben übersäten Sitz sieht, fragt er: „Kannst du stehen?"

Ich kann; ich kann mich bewegen und ich kann atmen – im Gegensatz zu der Person hinter mir. Mit der Pistole im Anschlag geht Marco zu dem Mann, hockt sich hin und fühlt mit den Fingern nach dem Puls – wie er es bei Nonno gemacht hat.

Ich schluchze auf.

Langsam erhebt er sich wieder und blickt den Hang zur Straße hinauf, wo eine andere Leiche in ihrem Blut liegt. Das ist so unwirklich. Menschen tun so etwas nicht, sie … Ich dachte, Marco würde auch nach dem anderen Mann sehen, aber er scheint schon zu wissen, dass er tot ist, und ich denke lieber nicht darüber nach, woher er das weiß.

Mühsam öffne ich meine Lippen. „Was machen wir jetzt?"

Marco lächelt, nur ein winziges Zucken um seine Mundwinkel, dann wird sein Blick weich. „Braves Mädchen." Seine Augen funkeln geradezu. „Du bist 'ne tolle Lady."

„Wie kannst du mich in so einer Situation aufziehen?" Aber genau das tut er, entweder um mich aus meiner Schockstarre zu holen oder sich selbst. „Was machen wir jetzt?"

Er steckt die Waffe ein. „Das Glas vom Sitz entfernen." Entschlossen stapft er durchs Unterholz, tritt auf einen Ast und bricht das belaubte Ende ab.

Ich schüttle meinen Rock aus und sehe, dass meine Strümpfe zerrissen sind und feine Blutspuren über meine Beine laufen. Wahrscheinlich habe ich mich verletzt, als ich aus dem Wagen geklettert bin.

Marco macht sich mit dem Zweig an die Arbeit und bürstet das Glas nach draußen. „Pass auf, wohin du trittst."

„Fährt das Auto noch?"

„Die meisten Kugeln sind drüber weggeflogen, weil wir in einer Mulde sitzen. Ich glaube nicht, dass der Motor beschädigt ist, aber das werden wir sehen."

„Marco ..."

Er dreht sich um, als er meinen Tonfall hört.

„Was ist mit denen?"

„Ich rufe an, wenn wir weit genug entfernt sind."

„Bei der Polizei?"

Er nickt.

„Wird sie uns helfen?"

Während er meine Tür öffnet, klirrt das zersplitterte Glas. „Steig ein." Er stützt mich am Ellbogen. „Versuch, deine Haut nicht zu berühren; du hast überall Splitter."

Das Glitzern in seinen Haaren sagt mir, dass er in derselben Lage ist.

Wir waschen sie raus, wenn wir irgendwohin kommen.

Eifrig klettere ich auf den Sitz, und jetzt bin ich dankbar für sein Auto, für ihn. Und dann wird mir bewusst, dass er gerade zwei Menschen getötet hat. Es war Selbstverteidigung, aber trotzdem. Mein Magen dreht sich mir um. Das kommt von dem Blut und dem Schock, dass gerade zwei Männer vor unseren Augen gestorben sind, auch wenn es gewalttätige Männer waren, die mich umbringen wollten.

Ein kalter Schauer durchfährt meine Glieder. Das hätte ich sein können, die dort im Dreck verblutet. Mein Leben, das ausgelöscht wird. Wenn Marco nicht gewesen wäre – wer ist Marco? Warum hat er eine Waffe und weiß sogar, wie man damit umgeht?

Als könnte er meine Gedanken lesen, holt er die Pistole aus seinem Mantel und reicht sie mir. „Kannst du die bitte laden? Die Magazine sind unter dem Sitz."

Mit zitternden Händen hole ich die Schachtel mit der Munition hervor, aber ich habe keine Ahnung, wie man sie einlegt. Er gibt mir Anweisungen, während er fährt, und ich tue, was er sagt.

Vorsichtig lege ich die geladene Pistole zwischen uns auf den Sitz. „Aber sie sind doch jetzt weg, oder?"

„Lieber auf Nummer sicher gehen."

„Meinst du, es gibt noch mehr?"

Er zögert, dann: „Könnte sein."

„Warum hast du eine Waffe? Woher weißt du –"

„Zum Schutz." Und beschützt hat er mich.

„Sie hatten Maschinengewehre."

„Die machen einen Mann faul. Man jagt jede Menge Kugeln durch die Gegend, wenn ein platzierter Schuss reichen würde." Dabei steckt er den geladenen Revolver wieder in seine Jackentasche.

„Marco ..."

„Ich verwalte eine Menge Geld für wichtige Leute. Da muss ich wissen, wie man sich verteidigt. Und dich." Er wirft mir einen Blick zu. „Ich habe dir doch gesagt, dass ich dich in Sicherheit bringe."

„Ich verstehe nicht. Was ist denn los?"

Er schweigt so lange, dass die Frage zwischen uns steht.

„Dein Vater ist in etwas hineingerutscht, das ihm über den Kopf gewachsen ist, könnte man sagen."

Tränen brennen in meinen Augen. „Das ergibt keinen Sinn. Papa würde nicht –"

„Hör auf, dir selbst etwas vorzumachen. Du hast es doch gesehen, bevor ich kam. Das hast du am ersten Tag auf der Veranda gesagt."

„Ich meinte nicht –"

„Doch, das hast du, Cara mia. Erzähl mir doch nichts." Er bremst ab, als wir auf eine Kreuzung zufahren, dann gibt er wieder Gas. „Tut mir leid wegen deinem Papa." Seine Stimme klingt rau, als wäre es ihm wirklich nicht egal. „Hör zu, Kleines. So etwas kann jedem passieren. Ein Mann denkt, er hätte alles unter Kontrolle, aber er weiß nicht, worauf er sich eingelassen hat. Oder mit wem."

Ich sehe Arthur Jackson vor mir, wie er an sein Auto gelehnt dasteht, *sein Gesicht von der Flamme des Streichholzes erleuchtet. „Papa war nicht dumm." Aber warum dann, warum?*

„Das glaube ich auch nicht."

Mir kommen die Tränen. „Er würde es nicht riskieren ..." Meine Stimme überschlägt sich.

„Er kannte das Risiko. Warum sonst hätte er mir sagen sollen, wo ich dich finde?"

Schluchzer steigen in mir auf und die Tränen laufen mir über die Wangen, sodass die Schnittwunden in meinem Gesicht anfangen zu brennen. Ich schüttle den Kopf. „Das glaube ich nicht."

Marco sagt: „Das mit deinem Nonno tut mir auch leid."

Der Anwalt der Familie bestätigte, dass ohne Antonia kein Zugriff auf das Bankschließfach möglich sein würde, und er schien skeptisch zu sein, was ihre begrenzten Kommunikationsmöglichkeiten betraf. Nachdem Rese ihre eigenen Erfahrungen gemacht hatte, als sie die Angelegenheiten ihres Vaters zu regeln hatte, war auch sie eher zögerlich. Aber Lance bestand darauf, dass Antonias Absichten eindeutig seien, so als würden sie es dadurch, dass er den Anwalt überzeugte.

Lance raufte sich die Haare, während er telefonierte, als wollte er sie sich ausreißen. Sie kannte sein Bedürfnis, die Dinge wiedergutzumachen, wenn er der Ansicht war, dass er einen Fehler gemacht hatte. Damals in der Pension hatte er ihr detaillierte Rezeptkarten gegeben und ihr Anweisungen geschickt, damit sie das Frühstück in der Pension auch ohne ihn zubereiten konnte.

Jetzt war er ebenso entschlossen, aber der Arzt bestand darauf, dass Antonia Ruhe brauchte und in den nächsten Tagen nicht gestört werden durfte. Lance mochte das ganze Viertel davon überzeugen, dass sein Plan funktionieren würde, aber er konnte seine Großmutter nicht irgendwohin bringen, bevor sie kräftig genug dafür war. Natürlich bedeutete das nicht, dass er untätig herumsitzen würde. Sobald er aufgelegt hatte, nahm er Rese am Ellbogen und klimperte mit Ricos unheilvollem Schlüsselbund.

„Sei nett zu der Maschine." Rico warf einen Schlagzeugbesen in die Luft und fing ihn wieder auf.

„Ich tanke sie sogar voll", rief Lance ihm über die Schulter zu.

Sie würde nicht mit ihm diskutieren. Wenn Lance der Meinung war, dass Ricos Maschine verkehrstüchtig war, dann würde sie ihm das glauben. Er konnte sich nicht noch mehr Schuldgefühle leisten, und vermutlich würde ihr Tod ihm ein schlechtes Gewissen machen. Doch als er das Motorrad aus dem Schuppen schob, fühlte sie sich nicht mehr ganz so mutig. Hatte das Ding gestern auch schon so schlimm ausgesehen?

„Tut mir leid, dass ich keine Lederklamotten habe." Er reichte ihr den Helm.

„Kein Problem." Sie setzte sich den Helm auf.

Einen Augenblick lang stand er dort und musterte das Motorrad. „Ich wünschte, ich hätte meine Harley hier."

Rese schwenkte eine Hand in Richtung Kawasaki. „Und würdest diesen Traum von Maschine stehen lassen?"

„Tretend und schreiend hast du mir besser gefallen."

„Das kann ich mir vorstellen." Das Verhalten seiner Eltern war aufschlussreich gewesen. Wenn sie sich wehrte, hielt er dagegen. Aber wenn sie mitspielte, senkte das Lance' Drehzahl. Sie streckte sich. „Bist du so weit?"

Sie hatte sich auf die Geschwindigkeit und den waghalsigen Fahrstil des vergangenen Tages eingestellt, aber diesmal fuhr er in die Innenstadt, und die meiste Zeit schlichen sie durch die verstopften Straßen. Angesichts der Abgase und des lauten Aufheulenlassen des Motors, damit der nicht ausging, wäre ihr die todesmutige Jagd auf freier Strecke fast lieber gewesen.

Diesmal handelte er nicht aus einem Impuls heraus; er war fest entschlossen und sie ahnte schon, wohin er wollte, bevor der rechteckige Krater zu sehen war. Sie hatte gewusst, dass sie früher oder später an diesen Ort fahren würden. Die Fahrt gestern war eine Flucht gewesen; heute war es ein Eintauchen. Da er momentan die Dinge nicht weiter voranbringen konnte, wollte Lance alles auskosten, was in seinem Leben nicht stimmte.

Er fand auf Anhieb einen Parkplatz, ein Wunder, das er als sein gutes Recht zu empfinden schien, so als würde Gott es nicht wagen, ihm Steine in den Weg zu legen. Aber sein Selbstbewusstsein schwand, als sie an den Maschendrahtzaun traten und hindurchsahen, während sich die Passanten an ihnen vorbeischoben. Sie konzentrierte sich auf den Anblick des Ground Zero, weil sie den Ort zuerst sehen wollte, ohne dass Lance' Kummer ihre eigenen Eindrücke überlagerte.

Eine Lücke in den hoch aufragenden Gebäuden, ein freier Platz in einer Stadt, die so etwas nicht kannte. Betonrampen und Plattformen anstelle der Trümmer, die sich eingeprägt hatten, als die Bilder des Unglücks immer wieder abgespult worden waren. Wo war die Zerstörung? Irgendwie erwartete sie immer noch aufsteigenden Rauch. Dies hier sah sauber und ordentlich und geplant aus. Es wirkte, als gäbe es eine Absicht dahinter.

„Was ist das alles?" Sie erkannte die innere Struktur des gewaltigen Bauwerks, war aber mit den Plänen nicht vertraut.

„Der neue Komplex. Fünf Gebäude. Da drüben", er zeigte auf einen Punkt in der riesigen Baustelle, „wird der Freedom Tower 541 Meter in die Höhe ragen, mit einer Glasspitze, die in den Himmel zeigt. Den Plan kannst du dir im Weltfinanzzentrum ansehen."

Sie starrte auf die unterirdischen Plateaus und Schichten, die sichtbar waren. „Es ist ganz anders, als ich erwartet hatte."

„Die Leute, die jetzt hierherkommen, sehen Hoffnung und Entschlossenheit. Sogar Triumph." Er starrte in das Loch. „Ich sehe nur Tony."

Sie ließ ihren Blick über das Loch hinweg höher wandern, hin zu einem kunstvollen Gebäude, dessen Fassade zerstört und von der Explosion geschwärzt war, die Fenster herausgesprengt. Daneben stand ein weiterer Turm, der in schwarze Netze gehüllt war. Überall um sie herum fuhren Autos, liefen Passanten, wurden Geschäfte getätigt. Die Stadt würde das, was hier geschehen war, nie vergessen. Die Menschen, die jemanden hier verloren hatten, würden es nie vergessen. Aber das Leben ging weiter. Sie wandte sich um. „Irgendwann musst du nach vorne blicken, Lance."

Der Blick, mit dem er sie ansah, war hart. „Blickt Gina etwa nach vorne? Oder ihre Söhne?"

„Würdest du ihr Vorwürfe machen, wenn sie es täte?"

Lange starrte er in das Loch. „Nein."

„Warum machst du dir dann selbst Vorwürfe?"

Er warf ihr einen Blick zu. „Weswegen?"

„Weil du weiterlebst, während Tony es nicht kann."

Er hakte die Finger in den Zaun ein. „Vielleicht wenn mein Vater nicht jedes Mal so enttäuscht gucken würde, wenn ich auftauche, so als hoffte er, Tony würde an meiner Stelle kommen."

„Ach, komm."

„Denk mal darüber nach. Hat er gestern Abend auch nur ein Wort mit mir geredet?"

Vor ihrem inneren Auge ließ sie das Abendessen noch einmal Revue passieren. Er musste mit Lance gesprochen haben. Es hatte keine Feindseligkeit, keine Spannung zwischen ihnen gegeben. Oder doch? Aber sie konnte sich nicht daran erinnern, dass er etwas gesagt hatte. Für Lance, der so gerne redete, musste dieses Schweigen ohrenbetäubend sein.

Er schluckte. „Das Problem ist, dass es den falschen getroffen hat, Rese. Tony hatte drei Kinder, eine Frau. Die Menschen waren auf ihn angewiesen, nicht nur zu Hause. Er wurde von der Stadt New York für seine beispielhaften Verdienste ausgezeichnet. Er hätte so viel erreichen können."

„Du meinst, Gott hat es vermasselt?"

Er runzelte die Stirn. „Nein. Ja. Ich weiß nicht." Verzweifelt ließ er die Schultern sinken, während er, wie sie vermutete, den Albtraum vor sich sah, der für ihn so persönliche Züge trug.

„Es ist eine Renovierung, Lance. Kein Neubau."

Lange starrte er auf den Betonrand unter ihnen, aus dem in regelmäßigen Abständen Stahl herausragte. Dann sagte er: „Das weiß ich. Aber ich weiß auch, dass das Böse Unterschiede macht. Die Menschen wollen das nicht wahr haben. Aber der Teufel geht über die Erde wie ein brüllender Löwe. Er sucht sich die Klügsten und Besten aus. Und Gott sagt: ‚*Denk an meinen Diener Hiob.*'"

Sie wusste nicht, wovon er redete, aber seine Stimme hatte einen scharfen Unterton. „Du glaubst, Gott hat Tony ausgesucht?"

Lance zuckte mit den Schultern. „Ich glaube, wir sind Spielfiguren in einer Partie, die wir nicht sehen können. Die Züge werden gemacht und Figuren geopfert. Wir können Gott hassen und an ihm verzweifeln. Oder ihn trotzdem lieben."

Sie berührte seinen Arm. „Wofür entscheidest du dich?"

Er antwortete, ohne sie anzusehen. „Du weißt, wofür."

„Sag es."

Er schluckte. „Ich entscheide mich dafür, Gott zu lieben und ihm zu dienen."

„Dann darfst du nicht verzweifeln. Du kannst nicht beides haben."

„Vielleicht." Er krallte seine Finger am Zaun fest und starrte lange geradeaus. „Aber hier ist eine Welt, in der Helden sterben und Versager zurückbleiben, um die Scherben aufzusammeln."

Das Dumme, um die Weisen zu verwirren, die Schwachen, um die Starken zu beschämen. Sie hätte ihm gern erzählt, was Chaz ihr gesagt hatte, aber er schien nicht mehr mit ihr zu reden.

„Entweder akzeptiere ich, dass es Gottes Wille war, dass er vorhatte, Tony zu sich zu nehmen und mich hierzulassen, und dass es irgendwie richtig und gut ist, oder ich verzweifle daran und verfluche ihn." Seine Knöchel traten weiß hervor. „Ich wehre mich; ich habe Zweifel, aber nicht den Mut mich abzuwenden, weil ich lieber einen grausamen Gott liebe, als gar keinen Gott zu haben."

Er sagte das nicht, um sie vor den Kopf zu stoßen. Er liebte Gott und war loyal ihm gegenüber, obwohl da so viele offene Fragen waren. Sie war sich unsicher, ob Gott diese Loyalität überhaupt verdiente. Aber Lance konnte Gott nicht widerstehen, er wollte ihm dienen. Eigentlich sollte ihr das Angst machen, aber das tat es nicht. Sie streckte die Schultern. „Und was jetzt?"

Sie verließen den Ground Zero, aber nicht die Innenstadt. Vom Motorrad aus durchlebte Rese noch einmal ihren Traum, nur dass diesmal sie in dem Labyrinth war und nicht ihre Mutter. Die Wirkung der hoch aufragenden Türme war beeindruckend und beunruhigend zugleich. Und es schien kaum Raum zum Atmen zu geben, jeder Zentimeter Platz wurde genutzt. Sie war froh, als Lance vorschlug, die Fähre nach Staten Island zu nehmen.

Während sie die Freiheitsstatue umrundeten und die frische Meerbrise einatmeten, sagte sie: „In der sechsten Klasse habe ich ein Referat über diese Statue gehalten, darüber, wie sie in Stücken angeliefert wurde und zusammengesetzt werden musste, und über die Stärken und Schwächen von Kupfer als Baumaterial."

Lance warf ihr einen Blick zu, während er an der Reling lehnte.

„Die Lehrerin hat sich gefragt, ob es nicht passender gewesen wäre, wenn ich mich auf den Symbolgehalt der Statue für die amerikanische Geschichte konzentriert hätte."

Er lächelte schief.

Als sie wieder in South Ferry ankamen, gingen sie von Bord und machten sich auf den Weg nach Greenwich, wo Lance und Rico auf der Straße gesungen hatten, bis man sie entdeckt und für die Clubs gebucht hatte. Er deutete auf eine Tür, an der sie vorbeituckerten. „Da hatten wir unseren Durchbruch."

Der Club machte nicht viel her, und mitten am Nachmittag war dort nichts los. Aber sie konnte sich vorstellen, wie die beiden sich vorbereiteten, so wie Lance es im Speisesaal der Pension getan hatte, und wie aufgeregt sie gewesen sein mussten bei dem Gefühl, dass sie mit ihrer Musik etwas erreichten. Die Fassade eines Traums. Hatte Lance das wirklich hinter sich gelassen? Würde er in der Pension zufrieden sein?

Als sich ihre Mägen meldeten, zog Rese los, um bei *Gray's Papaya* Hotdogs zu holen, während Lance eine Runde um den Block drehte. Sie brauchte sich keine Gedanken um einen freien Tisch zu machen, weil es keine gab. Als Lance wieder erschien, kletterte sie hinter ihm auf den Sitz. Er hatte keinen Parkplatz gefunden und hielt in zweiter Reihe hinter einem Lieferwagen. Sie reichte ihm seinen Hotdog und biss in ihren eigenen. Das Brötchen war knusprig und die Wurst schmeckte saftig und aromatisch, obwohl Rese vergessen hatte, Zutaten darauf zu tun.

„Du magst deine Würstchen ohne alles?" Lance warf einen Blick über seine Schulter.

„Ich dachte, ich müsste im Fahren essen." Außerdem waren kulinarische Dinge seine Domäne. Sie blieb sitzen, aber er schwang ein Bein herüber und lehnte sich an das Motorrad.

Lächelnd biss er in seinen Hotdog. „Manchmal ist einfach am besten."

„Warum schmeckt es so gut?"

„Das liegt am Ort."

Skeptisch sah sie ihn an.

„Ein Hotdog, den du in New York isst, schmeckt besser als sonst auf der Welt."

Sie schnaubte, aber hier auf der Straße schmeckte der Hotdog wirklich besser als alle, die sie bisher gegessen hatte. Das gab sie allerdings nicht zu. Es würde ihm nur zu Kopf steigen.

Im Zentrum der Stadt betrachtete sie die Architektur: Bildhauerkunst an den Gebäuden, ganze Figuren oder nur Gesichter, Pflanzenmotive an Ecken und Türen, Kunst in Beton und Stein, die dem ähnelte, was sie selbst aus Holz herstellte. Vor vielen Gebäuden standen Baugerüste für die Renovierung, und sie bemerkte unwillkürlich einige, die sie selbst gerne in Angriff genommen hätte – wenn sie ihre Firma noch gehabt hätte. Wie bei Lance mit seiner Musik war es für sie auch nicht leicht, das alles zurückzulassen. Aber es war auch nicht leicht gewesen weiterzumachen. Nicht nach dem Unfall, nicht wenn das bloße Geräusch eines Sägeblatts …

Brad hatte sich gefragt, ob sie ihre Fähigkeiten noch besaß, und sie würde sagen, ja, da ihr die Verwandlung der verfallenen Villa in eine wunderschöne Frühstückspension gelungen war, aber sie würde die Anstrengung nicht vor der Crew verbergen können. Es war besser so, dass sie die Firma aufgegeben hatte.

Das Empire State Building mit den langen Touristenschlangen am Kartenschalter und den Aufzügen mied Lance. Stattdessen fuhr er mit ihr zu Saul Samuels Wohnblock. Der Pförtner gab ihre Bitte über die Sprechanlage weiter an den Agenten, den Rico aufgetan hatte und der Lance ebenfalls zu kennen schien.

Nach einer Minute ließ der uniformierte Angestellte sie ins Foyer eintreten. „Mr Samuels sagt, Sie sollen aufs Dach raufgehen. Er hat aufgeschlossen."

Kein Souvenirladen und keine Aussichtsplattform voller Touristen; Rese trat in einen Garten hinaus, von dem aus man über die Stadt blicken konnte. Bäume in Kübeln auf einem Dach. Wenn das nicht der Unterschied zwischen Lance' Küste und ihrer war, was dann? An der taillenhohen Brüstung starrte sie hinunter. Alle Juwelen dieser Welt waren unter ihr ausgebreitet. Aber als sie nach oben blickte, sah sie nur den rötlichen Schimmer des Himmels über ihr. „Keine Sterne?"

Lance stützte die Hände auf die Mauer. „Sie sind alle heruntergewünscht worden."

Sie blickte auf die heruntergefallenen Wünsche hinab und fragte: „Sind die Wünsche wahr geworden?"

„Vielleicht. Einige."

Wieder suchte sie den Himmel nach einem wenn auch nur winzigen Sternenblinken ab, einem schwachen Schimmer, um sich etwas zu wünschen. Aber sie wusste ohnehin nicht, was sie sagen sollte. „Was würdest du dir wünschen, Lance?"

Er schwieg lange. Nicht ein einziger Wunsch für sie beide? War das nicht traurig?

„Gibt es nichts, was du dir wünschst?"

Er schluckte. „Zu viel."

Natürlich. Lance war so ganz anders als sie. Er stand hier nicht wie sie, die sich fragte, was sie im Leben wollte, ungewohnt, sich etwas zu wünschen oder auf etwas zu hoffen, sondern immer nur gewappnet für das, was als Nächstes auf sie zukam, bereit, es anzupacken. Er war der Träumer, der nie genug bekommen konnte von der Hoffnung.

Der Verkehrslärm und die Sirenen der Stadt, die niemals schläft, schienen weit weg. Dass Lance so schweigsam sein konnte, das hatte sie nicht gewusst. Aber es war kein leeres Schweigen; es war gefüllt mit Gedanken und Gefühlen, als würde er der verpesteten Luft über ihnen die Wünsche anvertrauen, die er nicht aussprechen konnte. Sie würden sich bei der ersten Berührung durch das Morgenlicht wie ein Nebel, wie glitzernde Tautropfen niederlassen. Lance' Sternschnuppen.

Lance schloss das Motorrad wieder im Schuppen ein und drehte sich um. Er war nicht sehr gesprächig gewesen, aber Rese hatte die Lücken gefüllt. Das bedeutete ihm eine Menge. „Wie kommt es, dass ich mir heute gar keine Löcher habe stechen lassen? Keine Doppelringe in beiden Ohren, kein Piercing in der Nase?"

Ihre Augenbrauen schossen hoch. „Ich wünschte, ich wäre auf die Idee gekommen."

Er lachte. „Gut, dass es dir nicht eingefallen ist. Papa hätte mir diesen beinahe rausgerissen." Er tippte auf den kleinen Diamanten in seinem linken Ohrläppchen. „Wenn ich mit noch mehr nach Hause käme, würde er Hackfleisch aus mir machen."

„Du bist achtundzwanzig."

„Und er ist dreiundsechzig. Und wenn er mir mit dreiundachtzig noch die Ohren lang ziehen will, dann tut er das."

„Er würde dich ohrfeigen?"

„Nennen wir es körperliche Kommunikation."

Sie runzelte die Stirn. „Bei meinem Vater war die schlimmste Strafe sein Schweigen. Wenn er nicht mit mir redete, tat ich alles, um bessere Leistungen zu bringen."

Lance ging zur Tür und schloss auf. „Bei mir nutzen solche subtilen Methoden nichts."

Rese zögerte, bevor sie eintrat. „Würdest du deine Kinder schlagen?"

Lance lehnte sich mit der Hüfte gegen den Türrahmen. „Erst mal schlägt man keine Mädchen."

Sie reckte das Kinn vor, wie er es erwartet hatte. „Weil sie zu schwach sind?"

„Zu kostbar."

Sie funkelte ihn an. „Ich dachte, Söhne wären der wertvollere Nachwuchs."

„Vergiss es. Sie sind zu stur. Denen muss man die Vernunft einbläuen."

„Hast du eine Ahnung, wie das klingt?"

Er hob abwehrend die Hände. „Was hast du denn?"

Sie boxte ihn in den Arm. „Sei mal ernst."

Er ließ sie in den spärlich beleuchteten Flur eintreten. „Ich weiß nicht, Rese. Ich habe bisher nicht über Kinder nachgedacht. Ich meine, irgendwie schon, aber nicht über die Einzelheiten." Er zog die Tür hinter ihnen zu. „Bei Kindern steht zu viel auf dem Spiel, du hast ihr ganzes Leben in der Hand. Ich bin mir nicht sicher …" Er schob den Riegel vor. „Man kann es zu leicht vermasseln."

„Du meinst, du würdest keinen guten Vater abgeben?"

Er antwortete nicht.

„Das ist nicht dein Ernst, oder? Ich habe dich mit den Kindern gesehen, Lance. Mit deinem Neffen im Sandkasten."

„Kein Risiko. Die Kinder anderer Leute kann man schließlich nicht verderben."

Sie runzelte die Stirn. „Warum machst du das?"

„Was?"

„So tun, als wärst du anders, als du in Wirklichkeit bist."

„Ich sage doch nur –"

„In Sonoma hattest du auf alles eine Antwort. Es gab nichts, was du nicht konntest. Du wusstest genau, was ich brauchte, was Star brauchte. Selbst Evvy. Hier ist es, als hättest du das alles vergessen. Ist dir jemals der Gedanke gekommen, dass dein Vater sich irren könnte?"

Er starrte sie an. „Und was ist, wenn nicht?"

„Dann musst du damit leben."

Während er in ihr starkes, nüchternes Gesicht blickte, konnte er es sich beinahe vorstellen. Vielleicht brauchte er nur das richtige Gleichgewicht, die richtige Person an seiner Seite – auf Dauer. Dieser Gedanke setzte sich bei ihm fest. Bobby hatte recht, das war Neuland für ihn. Im Gegenlicht, das ihre Miene schroff wirken ließ, konnte er beinahe sehen, wie sie zusammen alt wurden.

Wenn er sie ernsthaft fragte, würde sie Ja sagen? Nach seinem Verhalten bis jetzt? Keine Chance. Aber das hielt ihn nicht davon ab, es sich zu wünschen. „Rese …"

Sie rieb sich den Nacken. „Danke für die Führung." Sie wandte sich in Richtung Treppe.

„Gern geschehen." Er stieg hinter ihr die Stufen hinauf. Er hatte verstanden. *Komm mir nicht zu nahe und werde nicht persönlich.* Er durfte nicht mehr wollen, als ihm zustand. Und er durfte nicht so tun, als gäbe es auch nur die leiseste Chance auf eine dauerhafte Beziehung.

Er musste aufhören, mehr in alles hineinzulesen, als es tatsächlich enthielt. Immerhin hatte sie „deine Kinder" gesagt und nicht „unsere".

Kapitel 10

*Der Schrecken schleicht auf gepolsterten Sohlen,
eine Totenmaske, die beim Schein einer Flamme leuchtet.
Ein winziges Streichholz zeigt, was ich nicht sehen will,
nicht ertragen kann zu sehen. Papa. Papa!*

Marco eilt im Dunkeln an meine Seite. „Schhh, Cara, schhh." In ein langärmeliges Unterhemd und Hosen gekleidet sitzt er auf dem Bett und drückt mich an seine Brust. Ich spüre mehr als Trost in seiner Umarmung. Ich spüre Angst, dass sie wiederkommen, hier in diese Pension oder in die nächste, die Mörder, die mir ein schnelles und endgültiges Ende bereiten wollen.

Mein Atem geht keuchend. „Ich kann meine Träume nicht ausschalten, Marco." Noch Tage später habe ich Glassplitter in meinen Haaren gefunden, obwohl die Schnittwunden verheilt sind und sich Schorf gebildet hat. Die schlimmste Gewalt wurde meinen Träumen angetan. Blutige Leichen mit Papas Gesicht.

Er starrt mich lange an. „Dann rutsch rüber."

Zitternd mache ich in dem durchgelegenen Bett Platz für ihn. In der drückenden Hitze hält er mich, meinen Rücken an seiner Brust, die Knie neben seinen, aber noch immer herrscht ein kaltes Loch in meinem Magen.

„Wenn du schreist, halte ich dir den Mund zu, aber jetzt wirst du nicht mehr schreien." Und seine Arme sind stark und fest um mich.

Es ist das erste Mal, dass wir so umschlungen liegen, das erste Mal, dass er mich hält, wie ein Mann seine Frau hält. Wie wird es sein, mit ihm in meinem Bett alt zu werden? Aber er ist schon alt, und ich werde es vielleicht nie. Die innere Kälte lässt mich zittern, aber er flüstert mir zu: „Schh, Antonia, schhh."

Der Richter heute Morgen scheint mir ganz weit weg, eine Szene wie auf einer Bühne, die ich ungläubig mit angesehen habe. Nach dem Angriff schien es richtig und notwendig, aber nach allem, was ich mir erhofft hatte? Die Schlösser, die ich in meinen Träumen gebaut hatte? Nicht eine hastige Eheschließung mit einem Mann, den ich nicht kenne, der aber alles zu können scheint.

Der Richter war störrisch, weil wir keine Geburtsurkunden hatten, bis Marco ihn beiseitenahm und ihm etwas ins Ohr geflüstert hat. Ein Telefonat wurde geführt; dann standen wir mit zwei Zeugen da und sagten: „Ja, ich will." Aber ich kann immer noch kaum fassen, dass das alles geschehen ist.

Als der Morgen anbricht, fühle ich mich so abgerissen wie mein mailändischer Petticoat, dessen Spitze hoffnungslos zerschlissen ist. Ich habe meinen Rock und meine Bluse gestern Abend im Waschbecken gewaschen, und jetzt sind sie trocken, aber knitterig. Ich kann es nicht ändern. Als wir den Frühstücksraum betreten, sieht die Frau, die das Gästehaus leitet, uns schief an. Keine Ringe an unseren Fingern, aber dafür unter unseren Augen.

„Sie glaubt, ich hätte dich gestern Abend geschlagen", murmelt Marco. „Sie sucht nach blauen Flecken."

Ich sehe in die Gesichter im Frühstücksraum. Haben sie alle meine Schreie gehört? „Ich könnte hinken", flüstere ich zurück.

Ein schnelles, schelmisches Grinsen huscht über Marcos Gesicht. „Und ein bisschen stöhnen, wenn du dich hinsetzt."

Ich recke mein Kinn vor. „Der Gedanke gefällt dir offensichtlich."

„Um Himmels willen."

Aber ich habe ihn mit einer Waffe gesehen, habe gesehen, wie er getötet hat. Hat er vielleicht doch eine gewalttätige Ader? „Wenn du mich jemals schlägst, wird es dir leidtun."

Er zieht die Augenbrauen hoch. „Würde ich ein Klassemädchen wie dich schlagen?" Aber wieder funkeln seine Augen belustigt. Er spielt mit mir, und ich werde ihm nicht die Genugtuung einer Antwort geben.

Dann führt er mich zum freien Ende des langen Tisches. „Soll ich dir etwas zu essen bringen?" Er zeigt auf den Toast und die Bratensauce auf dem Büffet.

Ich nicke, jede Faser meines Körpers ist erschöpft. Es sollte andersherum sein. Er sollte mit der Serviette im Kragen dort sitzen, während ich einen Teller vor ihn hinstelle. So wird es sein, wenn ... Der Gedanke wirbelt in meinem Kopf herum. Ich bin seine Frau. Wie ist das geschehen?

Der Kummer schmerzt wie der Schnitt eines Messers. Nonno, wo bist du? Papa? Sie sind die Männer, die ich kenne, die ich liebe. Ich hatte viel Spaß mit Marco, habe es genossen, wie mein Herz höher schlug. Es hat mir gefallen, ihn zu ködern, zu locken, aber jetzt ...

Er stellt einen Teller vor mir ab, und es hat wenig Ähnlichkeit mit der Art Frühstück, wie ich es sonst zubereitet habe. Das Land ist arm; das merkt man am Essen. Wie viel besser war es doch in Sonoma! Ich habe jeden Samstag ei-

nen Vierteldollar genommen und bin ins Kino gegangen. Meine Kleider waren sauber, meine Bettlaken mit Zitronenwasser besprengt. Wir hatten unseren Garten, Nonnos Weinberg. Wanderarbeiter sind zu uns gekommen. Bei uns bekamen sie Geld und konnten sich die Bäuche füllen.

Auch Bettler bekamen bei uns etwas. Weder Papa noch Nonno musste jemals in einer Essensschlange stehen oder zum Arbeitsamt gehen. Keiner von beiden ist von Ort zu Ort gezogen, auf der Suche nach Arbeit. Das habe ich inzwischen oft gesehen, die hilflosen Gesichter. Ich will, dass Marco mich nach Hause bringt. Wer wird die Paprika pflücken und den Wein ernten? Mir kommen die Tränen. Mein Zuhause, die Menschen, die ich liebe. Alle fort.

Marco setzt sich auf den Platz neben mir. „Lächeln", flüstert er. „Die Leute starren dich an."

„Das ist mir egal." Ich hasse jedes einzelne ihrer starrenden Gesichter.

„Die Leute werden sich an dich erinnern. Und wenn jemand kommt und fragt ..."

Männer mit Waffen und bösen Herzen. Es gibt Schlimmeres, als mein Zuhause zu verlieren. Ich setze mich auf und entschuldige mich. „Io l'ho fatto."

„Kein Italienisch, Liebling. Und es gibt nichts, wofür du dich entschuldigen müsstest." Er nimmt meine Hand und küsst meine Finger.

Ein warmes Gefühl breitet sich in meinem Bauch aus.

„Versuch so auszusehen, als würdest du unsere Flitterwochen genießen."

Ein anderes Paar kommt und setzt sich auf die Stühle neben uns. Marco kommt gleich mit ihnen ins Gespräch, aber meine Kehle hat sich um das Wort Flitterwochen geschlossen.

Er sagt: „Nein, wir sind nur auf der Durchreise. Wir dachten, wir gucken uns ein paar Häuser in Pennsylvania an."

„Da oben gibt es die Amish", sagt der andere Mann. „Mit Bärten und so."

Marco lächelt. „Wirklich?"

Er hat nicht direkt gelogen, da wir durch Pennsylvania fahren und vom Fenster des Studebakers aus viele Häuser sehen werden, aber je länger die Unterhaltung dauert, desto mehr wird mir bewusst, dass er sich gekonnt verstellt, dass nichts an seiner Sprache oder seinem Verhalten dem blassen Schweden, mit dem er redet, einen Hinweis darauf geben könnte, dass wir auf der Flucht sind und ich nichts besitze außer den Kleidern, die ich auf dem Leib trage.

Warum hat er gesagt, dass ich nicht Italienisch sprechen soll? Wenn ich ihn nicht La Bohème hätte singen hören, würde ich nicht glauben, dass er *ein Landsmann ist. Ich habe mein Erbe immer hochgehalten, eine Kultur, die sogar Nonno angenommen hat. Marco hat sich wie ein Chamäleon in jemanden verwandelt, den ich nicht kenne. Aber ich sehe die Waffe in seiner Hand vor mir, und mir wird klar, dass ich nichts an ihm kenne.*

Als der Mann nach seiner beruflichen Tätigkeit fragt, bleibt Marco vage und vermittelt nur den Eindruck, dass die schwierigen Zeiten für ihn nicht so schwierig sind wie für andere. Ich erröte, als er mich als seine junge Braut bezeichnet, nachdem ich ihn letzte Nacht nur angezogen in mein Bett gelassen habe, damit ich nicht mehr schreie. Was ist, wenn die Albträume weitergehen? Was soll ich dann machen?

Als wir wieder im Auto sitzen und weiterfahren, frage ich: „Sollen wir den Leuten erzählen, dass wir verheiratet sind?"

Er lächelt mir zu. „Sicher." Dann streckt er die Hand aus und tätschelt mein Knie. „Wir sind doch verheiratet."

Wie konnte ich das vergessen?

Rese gab es auf, sich schlaflos hin und her zu wälzen, und schob sich aus dem Bett. Ohne Fenster war es unmöglich, die Zeit zu schätzen, und das Ziffernblatt der Uhr war nicht beleuchtet. Sie wollte niemanden stören, aber sie war zu rastlos, um liegen zu bleiben. Zu Hause wäre sie jetzt in ihre Werkstatt gegangen und hätte ein bisschen geschliffen oder gehobelt oder gehämmert. Ihre Muskeln sehnten sich danach, sich an einem Stück Holz abreagieren zu können.

Hier gab es all das nicht, aber sie schlüpfte auf Zehenspitzen aus dem Schlafzimmer, um Lance, der auf dem Sofa schlief, nicht zu wecken. Aber er war schon wach, obwohl die Morgendämmerung gerade erst durchs Fenster schimmerte. Er blickte auf und legte seinen Bleistift hin.

„Was machst du?", flüsterte sie.

„Ich mache mir Notizen."

„Ein Lied?"

Er nickte.

„Kann ich es hören?"

„Es ist noch nicht fertig."

Sie nahm ihm gegenüber Platz, und plötzlich keimte Sorge in ihr auf. „Was willst du damit machen?"

„So ist das nicht." Er lehnte sich zurück und streckte sich. „Manchmal überkommt es mich einfach."

„Bist du damit aufgewacht?"

Er nickte.

Sie war nicht überrascht. „Bei mir ist es mit den Ideen genauso. Etwas, das mir tagelang keine Ruhe gelassen hat, ist mit einem Mal glasklar, wenn ich aufwache." Die Energie, die darauf folgte, war immer produktiv.

Lance lächelte. „Ich dachte, du brütest deine Sachen mitten in der Nacht mit elektrischen Werkzeugen aus."

Sie zog ein Bein hoch und schlug das andere darüber. „Das ist was anderes. Das mache ich, wenn ich weiß, was nicht stimmt, es aber nicht ändern kann."

„Ah." Er griff nach seiner Gitarre. Mit geschlossenen Augen zupfte er leise und formte lautlos Worte, die sie nicht hören konnte, gefangen in dem schöpferischen Moment, den sie unterbrochen hatte. Es machte ihr nichts aus. Wenn er so weit war, würde er sie daran teilhaben lassen.

Sie war unruhig gewesen, aber jetzt fühlte es sich richtig an, hier zu sitzen, ohne dass sie miteinander sprachen. Lance war seltsam, was das betraf, voller Worte, aber auch in der Lage zu schweigen. Abgesehen davon war er in Gedanken bei seinem Lied. Na gut, sie war neugierig. Normalerweise behielt er die Texte nicht für sich, selbst solche nicht, die viel über ihn persönlich verrieten. Und er hatte sonst improvisiert, ohne dass es „fertig" sein musste, bevor er es mit anderen teilte.

Warum war es diesmal geheim? Sie zuckte zusammen. Die Dinge, die er in der Vergangenheit für sich behalten hatte, hatten sie verletzt. „Lance?"

„Es handelt von gestern." Da war er wieder, so als hätte er ihre Gedanken gelesen. „Und davon, einen Sinn in allem zu finden."

Sein eigener Kampf. Es ging sie nichts an. „Tut mir leid."

„Was tut dir leid?" Er warf ihr einen sanften Blick zu.

Die Zweifel. Die Angst. Die Annahme, dass sie etwas damit zu tun hatte. „Dass ich mich eingemischt habe."

„Aber du hast dich nicht eingemischt."

„Gut."

Und jetzt war sie damit zufrieden, einfach ihm gegenüberzusitzen. Das schien ihm nichts auszumachen. Als es heller wurde, nahm sie einen historischen Bildband mit Fotografien über die Bronx zur Hand und blätterte darin. Lance' Welt. Seine Bemerkung über die Hotdogs hatte etwas offenbart. Er hatte New York vielleicht den Rücken gekehrt, es verlassen, aber diese Stadt würde ihn nie ganz verlassen. Ganze Kapitel des Buches erzählten von dem italienischen Einfluss und Erbe in diesen Stadtvierteln. Sie las vor allem die Bildunterschriften, aber so viel wurde selbst dabei deutlich.

Sie hatte bisher noch nie über ihre Herkunft nachgedacht und war sich nicht einmal sicher, was die Barretts ihr vermacht hatten, und von Moms Hintergrund wusste sie noch weniger. Da war Tante Georgie, Dads Schwester, aber wenn Mom irgendwelche nahen Verwandten hatte, kannte Rese sie nicht. Und sie bezweifelte ernsthaft, dass es Bücher gab, in denen der Beitrag ihrer Vorfahren beschrieben wurde. Sie hatte sich auf ihre eigenen Errungenschaften konzentriert und auf die ihres Vaters. Aber das sagte kaum etwas über ihre Abstammung aus.

Lance war Teil einer ... Überrascht blickte sie auf, als Star aus dem Schlafzimmer kam. „Du bist aber früh auf."

Star gähnte und hielt ihre Locken mit den Händen zusammen. „Wir singen im Java Cabana."

Star wollte so früh singen? Star, die sonst Tage und Wochen im Bett verbrachte?

„Du solltest mitkommen", sagte Star. „Wir erleichtern den Leuten den Einstieg in den Tag."

Rese runzelte die Stirn. Sie wusste einfach nicht, was sie denken oder tun oder sich wünschen oder erhoffen sollte. Das müsste eigentlich einfach sein, aber bei Lance war nichts einfach. Ihr ganzer Alltag war bei ihm nur die Oberfläche, und dann gab es dieses Meer der ... Ungewissheit.

Rico gesellte sich zu ihnen, und sein schwarzes Haar, das er mit einigen Strähnen umwickelt hatte, hing ihm bis auf die Schultern. In seinem weiten Hemd und der engen Lederhose sah er aus wie aus einer anderen Welt. Seine Finger trommelten leise auf den Bongos unter seinem Arm. Chaz' Steeldrum hing auf seinem Rücken wie ein musikalischer Schildkrötenpanzer.

„Komm doch mit." Stars Blick wanderte von ihr zu Lance, der mit leiser Wut auf seiner Gitarre zupfte.

Rese schüttelte den Kopf. „Ein andermal."

Star ließ die Haare über ihre nackten Schultern und das bauchfreie Top fallen, das ihre kleine Gestalt und ihren flachen Bauch betonte. Ihr Rock bestand aus blauen Streifen gebatikter Baumwolle, die sich teilten, wenn sie ging, und ihre dünnen Beine bis zu den geflochtenen Sandalen entblößte, die eher nach Kalifornien passten als nach Manhattan. Zusammen wirkten sie so fremdartig wie ihre Musik.

Als die Tür hinter ihnen ins Schloss gefallen war, sagte sie: „Kann Rico sie in dieser Aufmachung beschützen?"

„Das Java Cabana ist im Theaterbezirk. Da passt sie gut hin."

Rese war sich nicht sicher, ob er die Schauspieler oder die Straßenmädchen meinte, aber sie fragte lieber nicht. Nachdenklich blickte Lance den beiden hinterher.

„Was?"

Er kniff die Augen zusammen. „Ich suche immer noch den echten Rico."

„Vielleicht brauchte er nur die Fee mit den dunkelblauen Haaren, um aus ihm einen echten Jungen zu machen."

„Wahrscheinlich." Mit einem Seufzer legte er die Gitarre zur Seite. „Hilfst du mir, Frühstück zu machen?"

Sie blickte zu der Küchenzeile hinüber. „In Ordnung."

Aber sie verließen die Wohnung und gingen die Treppe hinunter zum Restaurant.

„Du meinst Frühstück hier unten? Machst du den Laden auf?"

„Das Restaurant bleibt erst mal geschlossen. Aber es ist Samstag und ich bin hier, da erwartet meine Familie, dass ich koche." Lance holte einen riesigen Karton mit Eiern aus der Kühlkammer.

Was bedeutete, dass das Frühstück ein Riesending sein würde. Sehnsüchtig blickte sie zur Tür. Warum hatte sie sich nicht mit Star aus dem Staub gemacht? Weil sie sich nicht aus dem Staub machte. Sie stand wie ein Fels und meisterte die nächste Herausforderung. „Und was gibt es? Crêpes?" Das Erste, was er ihr beigebracht hatte. Ihr erster Erfolg ohne ihn.

„Sie wollen bestimmt etwas Gehaltvolleres. Wir bereiten Omeletts vor."

Rese hackte die langen roten Paprika und die braunen Pilze, die Lance als *porcini* bezeichnete, während er hauchdünne Scheiben Parmaschinken schnitt, auch *prosciutto* genannt. Dann rührte er den Eierteig an und sprenkelte ein Kraut darüber, das er zwischen den Fingern zerrieb, sodass der Duft sich entfalten konnte.

Rese atmete ein. „Was ist das?"

„Nipetella, eine Art minzige Thymiansorte."

Er hielt ihr einen Zweig unter die Nase. Es roch holzig, und sie wäre nie darauf gekommen, es mit Eiern zu kombinieren.

„Es reichert die Pilze an."

Sie mochte es, wenn er Wörter wie *Pilze* und *anreichern* miteinander verband. Die Wochen in der Küche der Pension ohne ihn hatten sich so leer angefühlt, obwohl Star und Chaz und Rico da gewesen waren und all die Gäste, für die sie gekocht hatten. Die Küche war vielleicht das Herzstück des Hauses, aber Lance war das Herzstück der Küche.

Sie hatte gerade Spaß an der Sache gewonnen, als Monica mit ihrer Familie hereingestürmt kam.

„Oh, gut, du kochst. Eier? Nicky mag sie am liebsten ohne alles. Franky isst *prosciutto*, aber tu keine Paprika rein." Sie legte eine Hand auf ihren Bauch. „Und verschont mich mit dem Geruch von *porcini*."

Lance tat ihre Einwände genauso ab, wie er es bei Rese getan hatte, als sie keine Artischocken essen wollte.

„Mary und Johnny mögen auch keine Pilze. Kein Käse in dem von Bobby. Und nicht so viel Pfeffer."

Lance packte seine Schwester an den Oberarmen und schob sie vom Herd weg. „Du kannst deine Lippen in die andere Richtung bewegen – der Speisesaal könnte ein bisschen fächeln gebrauchen."

Monica wollte ihm eine Kopfnuss verpassen, aber Lance duckte sich und zwinkerte Rese zu. Ein warmes Gefühl durchströmte sie. Sie sollte eigentlich wissen, dass man ihm in der Küche nicht zu nahe kommen durfte.

Er arbeitete am Herd, füllte Omelettpfannen über niedriger Hitze. Aber dann kamen Lucys Kinder angerannt und klammerten sich an seine Beine. Sie schlugen auf ihn ein und der Lärmpegel stieg gewaltig. Er brüllte: „Rese, mach du weiter, während ich diese Kerle hier versohle."

Allmählich begann sie die Kommunikation mit dem Körper zu verstehen. Fäuste und Ringen und Lachen gehörten dazu. Während die Jungs ihrer Zuneigung Ausdruck verliehen, wandte sie sich dem Herd zu. Auch wenn sie in der Pension unter seiner Anleitung gebackene Frittata hinbekommen hatte, war ihr das, was er hier veranstaltete, zu hoch. Zum Glück kamen Lucy und Monica dazu, und gemeinsam falteten sie die Omeletts und platzierten sie auf vorgewärmten Tellern, die Lance bereitgestellt hatte. Rese runzelte die Stirn. Wieder einmal waren mehrere Personen nötig, um seine Rolle zu übernehmen.

Lucy schob mit dem Handgelenk ihre Brille auf der Nase nach oben. „Meine Kinder sind nicht immer so gewalttätig. Lance bringt das in ihnen zum Vorschein."

„Wer soll sie denn sonst für die Straße fit machen?", rief Lance, als Monicas Sprösslinge sich ebenfalls ins Getümmel stürzten.

„Selbst als Kind hat er immer gekämpft und die Kleineren verteidigt – oder die Klügeren." Lucy lachte.

„Ja", stimmte Monica zu, „aber manchmal hat er die Probleme auch mit Reden gelöst. Und mit diesen Augen."

Rese kannte die Wirkung von Lance' Augen. Sie waren ein unlauterer Vorteil.

Der Lärm war inzwischen ohrenbetäubend, als Bobby hereinkam und brüllte, er hätte Kopfschmerzen und bräuchte ein bisschen Ruhe.

Monica verdrehte die Augen. „An deinen Kopfschmerzen bist du selbst schuld, lass das also nicht an den Kindern aus."

Aber Lucy scheuchte sie aus dem Speiseraum, und Lance ging an den Herd zurück.

Bobby öffnete die Schranktüren und knallte sie wieder zu. „Gibt's hier kein Aspirin?"

Monica seufzte. „Ich hole dir welches. Pass solange auf die Kinder auf."

Er zog die Jeans über seinen schmalen Hüften hoch. „Ich hole das Aspirin. Pass du auf die Kinder auf."

„Du hättest arbeiten gehen sollen", rief sie ihm nach.

Lance sagte: „Gib deinen Kindern was zu essen. Volle Münder sind weniger laut."

Monica lud sich so viele Teller auf die Arme, dass ihre frühere Tätigkeit als Bedienung klar zu erkennen war. Rese bemerkte den Unterschied bei den Omeletts, die Monica in den Speisesaal hinaustrug.

Lance hatte trotz seiner Bemerkungen ihre Wünsche berücksichtigt. Wie hatte er alles behalten können? Offenbar konnte sein Verstand Chaos sortieren.

Dann war er wieder da und bereitete den nächsten Schwung für Lucy und ihre Kinder zu. Ihr Mann Lou war wohl arbeiten oder noch im Bett. Wenigstens hatte er sich in der Küche bislang nicht blicken lassen. Und Lance' Eltern waren auch noch nicht aufgetaucht.

„Kannst du das Obst rausbringen, Rese?" Lance deutete auf die großen Platten auf der Arbeitsplatte, auf denen verschiedene Melonenschnitze und Beeren arrangiert waren. Wann hatte er das gemacht? Oder vielleicht war das Lucy gewesen, die auch ein Händchen fürs Kochen zu haben schien.

Rese trug die Platten in den Speiseraum. Er war doppelt so lang, aber schmaler als ihr eigener in der Pension, und die Tische standen eng. Die alten Männer, die im hinteren Teil des Hauses wohnten, hatten sich an einen der beiden großen Tische gesetzt, die sie zusammengestellt hatten, und wurden von den Kindern belagert. Sie stellte auf jeden Tisch eine Platte, als Bobby zurückkam und sich allein an einen kleinen Tisch an der Wand setzte. Wenn er Kopfschmerzen hatte, warum blieb er dann nicht oben?

Sie ging in die Küche zurück und sah, wie Lance dastand, auf die Stange des Backofens gestützt und das Kinn auf die Brust gesenkt. Sie eilte zu ihm. „Was ist los?"

Langsam richtete er sich auf. „Ich habe nur gerade an Nonna gedacht."

Mitten in dem Durcheinander waren seine Gedanken bei seiner Großmutter. Allmählich begriff Rese, warum er sie so zielstrebig getäuscht hatte, wenn Antonias Wünsche es erforderten. Und diese Täuschung verlor etwas von ihrem Stachel.

Sie hätte ihn wahrscheinlich von vornherein in die Wüste geschickt, wenn er ihr erzählt hätte, dass die Villa seiner Familie gehört hatte und er etwas für seine kranke Großmutter suchte. Sie war damals nicht in der Verfassung gewesen, einen Fremden versöhnlich zu stimmen, sondern hatte alle Energie gebraucht, um nicht den Verstand zu verlieren.

„Du brauchst dir keine Sorgen um sie zu machen, Lance."

„Es ist so traurig, ohne sie hier drin zu sein." Er ließ seinen Blick durch die Küche wandern. „Dies war meine Zuflucht. Egal, was ich getan hatte, ich wusste, dass ich hier Trost finden konnte."

Aber Antonia war alt. Sie würde vielleicht nie wieder in dieser Küche arbeiten. Seine Welt veränderte sich, und Lance mochte keine Veränderungen. Er war durchdrungen von Traditionen, von den Ritualen seiner Familie. Er wollte das Bild festhalten, aber der Film lief weiter. Er holte langsam Luft und richtete seine Aufmerksamkeit wieder auf den Herd.

Rese sah zu, wie er Butter in die Pfannen tat, dann eine Schöpfkelle mit gequirltem Ei, um anschließend die verschiedenen Zutaten darüber zu streuen. „Kommen deine Eltern nicht zum Frühstück?"

„Samstags frühstücken sie auf dem Markt und treffen sich mit all ihren Freunden, die in andere Stadtteile gezogen sind, aber zum Einkaufen herkommen."

„Warum sind sie selbst nicht weggezogen?"

Er zuckte mit den Schultern. „Sie könnten das Haus für eine schöne Stange Geld verkaufen, vermute ich, aber dann würde die Familie zerstreut. Das würde Mama nicht ertragen."

„Oh." Eine Mutter, die ihre Kinder gerne um sich hatte und die keinen unsichtbaren Freund namens Walter hatte, der sie zum Morden anstiftete.

„Komm her." Lance zog sie zu sich an den Herd und drückte ihr einen Pfannenwender in die Hand. Dann umfasste er ihre Hand und sie falteten die nächsten Omeletts gemeinsam, während er die Bewegungen lenkte. Sein kratziges Kinn streifte ihr Ohr, während sie am Hals seinen warmen Atem spürte. Sie sollte ihn davon abhalten, aber dieses gemeinsame Kochen am Herd war so …

„Lance, hast du – Oh, tut mir leid." Sofie blieb in der Tür stehen. Ihr eichenfarbenes Haar war zu einem Pferdeschwanz gebunden und unterstrich so die auffälligen Züge, die sie von ihrer Mutter hatte. Obwohl Lance die dunklen Haare seines Vaters hatte, waren er und Sofie die beiden, die das gute Aussehen geerbt hatten.

Lance drehte sich um. „Was brauchst du, Sofie?"

„Ich muss weg. Ich wollte nur fragen, ob du mir etwas machen kannst, was ich mitnehmen kann."

„Gib mir zwei Sekunden."

Rese machte Platz, während er für seine Schwester ein Brötchen mit einem Omelett belegte und in weißes Papier wickelte. „Musst du lernen?"

„Ich halte am Montag ein Referat." Sofie hob ihre Mappe hoch. „Da muss ich noch was für tun."

Rese kannte diesen gehetzten Ausdruck, diese Unzufriedenheit mit allem, was nicht absolut perfekt war. Es war so, als würde sie sich selbst anschauen.

Lance nahm einen Salzstreuer und schüttelte ihn über der Schulter seiner Schwester. *„Al lupo."*

„Grazie." Sie lächelte.

„Prego." Dann reichte er seiner Schwester das Päckchen und gab ihr einen Kuss auf die Wange, der in seiner Zärtlichkeit beinahe peinlich war.

Sofie sagte nur: „Gib Nonna einen Kuss von mir."

„Ich kann erst mal nicht zu ihr gehen. Sie regt sich nur auf, wenn sie mich sieht und ich nicht getan habe, was sie will."

„Dann tu es."

„Das kann ich noch nicht."

Sie musterte ihn. „Okay."

Wieder bemerkte Rese Sofies Zurückhaltung. Sie versuchte erst gar nicht, mehr aus Lance herauszubekommen, als er sagen wollte. Sie respektierte ihre Grenzen – was in dieser Familie sehr ungewöhnlich war.

„Danke fürs Frühstück."

Rese erwiderte das kurze Lächeln, das Sofie ihr zuwarf, bevor sie ging. Lance blickte ihr einen Augenblick länger nach, als normal war. Etwas war mit Sofie los, aber Lance sagte nicht, was. Er kam zurück und fing an, die Omeletts auf Teller zu legen. Rese trug sie vorsichtig in den Speisesaal, wo Lucy ihr half, die Portionen zu verteilen.

Bobby nahm die Hände vom Gesicht und bedankte sich für den Teller, den Rese ihm reichte. „Danke."

„Gern geschehen. Ich hoffe, deinem Kopf geht es besser."

„Das Einzige, was meinem Kopf hilft, ist ein bisschen Ruhe."

„Im Büro wäre es ruhig", sagte Monica.

„Das glaubst aber auch nur du. Meinst du, Telefonmarketing wäre ruhig? Den ganzen Tag brüllen Leute mir ins Ohr und knallen den Hörer auf."

„Das bist du doch gewöhnt; du machst das schließlich schon seit fünfzehn Jahren. Und hast super Umsätze."

„Meinst du etwa, ich mach das gerne? Den ganzen Tag die Klagen anderer Leute anhören?"

„Da fühlst du dich doch wie zu Hause."

„Ha ha. Das ist wirklich sehr witzig."

Rese floh in die Küche. „Sind sie immer so?"

„Nur, wenn Monica Bobbys Bedürfnisse nicht befriedigt. Dann trinkt er zu viel und lässt sich gehen."

Rese zog die Augenbrauen hoch. „Ist das nicht ihre Privatangelegenheit?"

„Klingt es so, als würden sie es für sich behalten?"

„Eigentlich nicht."

„Hier gibt es nicht viele Geheimnisse."

Anders als in Sonoma, wo Geheimnisse bestens gedeihen konnten. Rese berührte den Haaransatz in ihrem Nacken. „Da ist Sofie."

Auf seiner Stirn traten die Adern hervor. „Das ist etwas anderes. Wir reden nicht darüber, weil sie es nicht tut."

Rese nickte. „Es geht mich sowieso nichts an."

„Komm her."

Sie ging zu ihm.

Behutsam hob er ihr Kinn. Diese Berührung hatte etwas unglaublich Sanftes an sich. „Alles geht dich etwas an. Ich wollte dich hierhaben, mitten in all diesem Durcheinander."

„Warum?"

„Weil ich dich liebe."

Rese starrte ihn an. Er hatte ihr schon gesagt, dass er etwas für sie empfand, und sogar, dass er dabei war, sich in sie zu verlieben, aber „Ich liebe dich"? Der letzte Mensch, der das zu ihr gesagt hatte, hatte sie ins Bett gesteckt und die Heizung manipuliert.

„Geh schlafen, Theresa. Morgen wird alles anders sein. Ich liebe dich, meine Süße. Du weißt doch, dass ich dich liebe."

Sie hatte diese letzten Worte verdrängt, hatte sich geweigert, die Liebe ihrer Mutter mit dem Verhalten in jener Nacht in Verbindung zu bringen. Aber jetzt nicht mehr. Sie sah den Dingen jetzt ins Auge. Keine Täuschung mehr, auch keine Selbsttäuschung.

Lance' Augen waren so intensiv wie die Nacht. Sie wusste, was er so gerne hören wollte, was ihm so leichtfiel, die Liebe und Zuneigung, die jede seiner Beziehungen durchdrang. Er war jede Woche verliebt, hatte er gesagt. Aber sie nicht, auch wenn ihr Herz gerade Ricos Bongoschläge nachahmte.

Er ließ sie los und drehte sich wieder zum Herd um. „Magst du auch was essen?“

„Wenn du es kochst.“ Sie hatte ihn enttäuscht, aber das konnte sie nicht ändern. Zweieinhalb Monate waren für ihn vielleicht lange genug, um zu beschließen, dass er jemanden liebte, aber für sie waren Stabilität, Dauer, Sicherheit wichtig. Und das Wichtigste war die Wahrheit.

„Ich dachte, du wärst inzwischen eine Expertin in der Küche.“

Sie schnaubte verächtlich. „Ich bin kein ausgebildeter Koch.“

Ganz langsam stieß er seinen Atem aus. Wie konnte leere Luft so viel aussagen?

„Was ist?“

„Ich auch nicht.“

Sie starrte ihn an. „Was meinst du damit?“

„Ich habe keine formelle Ausbildung gemacht. Ich habe alles von Nonna gelernt und von einer Tante, Suora Maria Conchessa. Aber … keine Kochschule, kein Abschluss, sondern nur eine altmodische Ausbildung zu Hause.“

Es sollte keine Rolle spielen. Schließlich änderte das nichts an seinen Fähigkeiten. Es war nur ein Titel, ein Stück Papier. Hatte er sich jemals als Koch bezeichnet? Sie hatte ihn auf ihrer Internetseite so angepriesen, und er hatte nicht widersprochen. Lance hatte ihr und allen anderen eine Lüge aufgetischt. Und sie hatte ihm geglaubt.

Wut flammte in ihr auf. „Ich muss die Werbung umformulieren.“ Sie hatte ihn zunächst ganz von der Website genommen, wollte ihn aber wieder aufnehmen, falls sie jemals wieder zur Pension zurückkehrten.

Die Sehnen in seinem Nacken traten hervor. „Vielleicht solltest du dir einen anderen Koch suchen.“

Wie bitte? Erst liebte er sie, und dann wollte er ihre Vereinbarung nicht einhalten? „Ich bin nicht gerade begeistert, dass du mich angelogen hast, und ich frage mich, was es noch alles gibt, aber du bist mein Partner, Lance.“ Und sie würde ihn nicht einfach aus dieser Verantwortung entlassen.

Krachend ließ er die Pfanne auf den Herd fallen. „Ich kann nicht einfach nur meine Arbeit machen. Das habe ich dir schon mal gesagt." Er war emotional aufgewühlt.

„Ich weiß, dass du dir Sorgen machst und dass im Moment alles in der Luft hängt. Lass uns einfach –"

Er packte sie an den Armen. „Ich habe gerade gesagt, ich liebe dich."

Die Gefühle sickerten durch, wurden stärker und schlugen über ihr zusammen. Sie zog die Mauern um sich herum genauso schnell wieder hoch, wie sie einstürzten. „Du bringst Liebe und Tragödie durcheinander."

„Ich bin nicht durcheinander." Sein Griff lockerte sich. „Ich mache mir Sorgen."

Sie nickte. „Ich weiß."

„Aber das bedeutet nicht, dass ich den Unterschied nicht kenne."

„Lance …"

„Ich möchte, dass du immer bei mir bist. Hier bei meiner verrückten Familie. Und in unserer Pension in Sonoma."

Hatte er „unsere" gesagt?

Er legte seine Hände um ihren Hals und strich mit den Daumen sanft über ihre Wangen. „Ich möchte mit dir streiten, wie Bobby und Monica es tun. Ich möchte dich so gut kennen …"

Sie versteifte sich. „Lass das."

„Du willst, dass ich dir etwas vorspiele?"

Sie warf ihm einen finsteren Blick zu. Ihr ganzes Leben war ein Trug, den jemand anders geschaffen hatte. „Ich bin noch nicht so weit."

„Ich auch nicht." Er ließ seine Hände höher wandern, bis sie ihr Gesicht umfassten, und die Muskeln in seiner Kehle zuckten. „Und ich werde es auch niemals sein."

Was?

„Ich werde es nicht hinbekommen. Ich werde nie alles richtig machen. Aber ich bin bereit, mit dir zusammen Fehler zu machen."

Ungläubig starrte sie ihn an. Das sollte gut sein?

„Ich bin bereit, es immer wieder zu vermasseln. Mich in die Nesseln zu setzen und dich wütend zu machen."

Ihre Kehle schnürte sich zusammen. Und das, obwohl er sich doch nichts sehnlicher wünschte, als seinen Weg zu finden und alles richtig zu machen?

„Ich habe noch nie eine Beziehung gehabt, die lange genug gedauert hat, dass jemand gesehen hat, was für ein Versager ich bin. Ich habe die Frauen mit dem Verlangen nach etwas zurückgelassen, was sie zu sehen glaubten, habe einen Mythos hinterlassen.“ Er ließ sie los. „Bei dir möchte ich echt sein.“

Sie brachte kein Wort heraus. Sie hatte darauf gewartet, dass er sich als vertrauenswürdig, zuverlässig, konstant erwies. Beständig, wie ihr Vater es gewesen war. Aber Lance Michelli konnte ebenso wenig beständig sein, wie sie Stars Leichtigkeit und Regenbogen sein konnte. Er bot ihr etwas anderes an. Die Realität.

Kapitel 11

„Komm zu mir, du traurigschönes Wesen.
Schmieg dich an und weine nicht.
Deine Ängste sind vielleicht nur dumm gewesen.
Du weißt doch, Schatz, ich liebe dich!“

Das Lied geht mir so monoton im Kopf herum wie das Grollen des Motors, während mein Blick in dem Raum umherwandert, der mein Leben seit Tagen bestimmt. Marcos Hände sind lang und knochig, und sie liegen auf dem Lenkrad. Seine Hemdsärmel sind am Ellbogen zerknittert, der dunkelblaue Hosenträger auf seiner Schulter verdreht.

Er wirft mir einen Blick zu und lächelt. „Das ganze Land ist bedrückt. Wir wollen es nicht sein.“

Er hat recht, aber ich kann nicht anders. „Tut mir leid. Es ist nur …“

„Habe ich dir eigentlich schon mal von dem zweibeinigen Hund erzählt, den ich hatte?“

Ich sehe ihn skeptisch an.

„Das stimmt. Er war ein gescheckter Mischling, weiß und braun, und seine Haare waren so drahtig, dass du mit ihm die Küche hättest schrubben können.“

„Haben seine Vorderbeine gefehlt oder seine Hinterbeine?“

„Von jedem eins, und zum Glück auf gegenüberliegenden Seiten.“

Ich glaube ihm nicht, aber ich kann nicht widerstehen. „Wie hat er die Beine verloren?“

„Keine Ahnung; ich habe ihn so gefunden, unten beim Güterbahnhof. Sein Besitzer muss schwarzgefahren sein und sein Hund hat den Sprung nicht geschafft.“

„Also hast du ihn mit nach Hause genommen?“

„So in etwa. Mama mochte keine Hunde, und dieser, der alles andere als hübsch war, hätte bei ihr keine Chance gehabt. Ich habe ihn auf der Straße gefüttert, bis er wusste, dass er mir vertrauen konnte.“

„Nicht viele Jungen hätten das getan. Wie alt warst du damals?“

„Oh … es ist schon ein paar Jahre her."

Ich ziehe die Augenbrauen hoch. „Du warst erwachsen? Ich meine, ein Mann?"

Er grinst. „Ja, ich bin schon eine ganze Weile ein erwachsener Mann."

„Wie alt bist du?"

„Du unterbrichst mich mitten in der Geschichte."

Ich lehne mich auf meinem Sitz zurück.

„Schon bald folgte dieser Hund mir, während ich Auslieferungen und so etwas erledigte."

„Für Leute mit einer Menge Kohle?"

„Das kam später. Dies waren niedere Tätigkeiten, also machte ich im Hafen oder am Güterbahnhof Geschäfte. Beim Grand Central hat der kleine Hund mir sogar das Leben gerettet."

Ich lehne mich gegen die Tür und werfe ihm einen wahrhaft verächtlichen Blick zu.

„Du glaubst mir nicht?"

„Wie konnte er denn laufen?"

„So wie du und ich. Einen Fuß vor den anderen. Er hatte gelernt, das Gleichgewicht zu halten und seine fehlenden Beine so gut zu kompensieren, dass er beinahe auf einem Drahtseil balancieren konnte."

„Marco …"

Er hebt die Hand, lässt sie dann wieder aufs Lenkrad fallen und schweigt so lange, bis ich nachgebe.

„Wie hat er dir das Leben gerettet?"

„Er hat sich vor einen Zug geworfen."

Ich ziehe scharf die Luft ein.

„Warum macht es dir etwas aus, wenn ich das alles nur erfunden habe?"

„Aber das hast du nicht, oder?"

Er streckt den Arm aus und drückt meine Hand. „Stimmt. Und er wurde nicht von einem Zug überfahren."

Erleichterung und Unmut zugleich.

„Er hat einem Mann die Achillessehne herausgerissen, der mir ein Messer an die Kehle hielt."

„Warum?"

„Weil ich ihn gut gefüttert habe."

„Nein, warum hat dir jemand ein Messer an die Kehle gehalten?" Ich boxe ihn in den Arm und wir machen einen kleinen Schlenker auf der Straße.

„Ach, das. Er wollte meine Lieferung."

Ich suche in seinem Gesicht nach Hinweisen. „Hast du deshalb jetzt eine Waffe?"

„Wenn ich überlege, habe ich die ungefähr seit der Zeit."

Ich muss lachen. „Du bist unmöglich. Was ist mit dem Hund passiert."

„Ich habe ihn an den Zirkus verkauft."

„Ach, komm!" Ungläubig starre ich ihn an.

„Doch, das habe ich. Sie haben ihm beigebracht, auf einem Ball zu laufen. Das mit dem Drahtseil hat er nicht wirklich hingekriegt, aber auf diesem großen roten Ball war er richtig gut."

Ich lasse frustriert die Fäuste auf den Schoß fallen. „Ich weiß nie, wann ich dir glauben soll."

„Du solltest mir immer glauben. Es ist mir schwergefallen, den kleinen Mischling abzugeben, aber ich hatte eine neue Stelle bekommen, bei der ich zu viel unterwegs sein würde. Beim Zirkus hatte er genug zu fressen, einen sicheren Schlafplatz, und bei zwei Vorführungen täglich war er eine Attraktion."

Ich lege die Stirn in Falten. „Wie konntest du dich von ihm trennen?"

Er richtet seine Aufmerksamkeit wieder auf die Straße. „Das ist immer der schwierige Teil, nicht wahr?"

Ja, dachte sie. *Ja*.

Eine Hand, die auf ihrer Schulter lag, holte Antonia in die Gegenwart zurück. Sie blickte auf den Teller, der auf einem Tablett vor ihr stand. Lance musste das Omelett zubereitet haben, obwohl Monica das Essen gebracht hatte. Aber sie hätte es zu stark gepfeffert, die Eier wären zu dick und schwammig gewesen. Sie kochte wie ihre Mutter.

Dieses Omelett enthielt Lance' Markenzeichen, das *Nipetella*, das die sanft geschmorten *porcini* so gut zur Geltung brachte, der Rand war golden und dünn, es duftete köstlich und regte ihren Appetit an. Monica setzte sich zu ihr und stach mit der Gabel hinein, ohne irgendetwas davon zu würdigen. Aber sie war freundlich und hilfsbereit, als sie die Gabel hob, und Antonia war auch für kleine Dinge dankbar. Sie konnte es nicht sagen, aber sie hoffte, dass die anderen es wussten. Sie hoffte, sie wussten es alle.

Während die Töne die Lance der Gitarre entlockte, verklangen, begann er mit dem Rhythmus und dann dem Text, und er war froh, dass die Wörter automatisch kamen, denn er konnte sich nur schwer konzentrieren. Der Morgen hatte gut begonnen, und am Ende hatte er mehr gesagt, als er beabsichtigt hatte, mehr als Rese hatte hören wollen. Ihr Partner; ihr *Geschäfts*partner. Warum bekam er das nicht in seinen Schädel? Chefkoch und Reinigungsfachkraft.

Das hatte sie ihm angeboten, als er versucht hatte, die Verbindung abzubrechen. „*Ich brauche ein Hausmädchen, aber ich nehme auch einen Partner.*" Warum interpretierte er in diesen Begriff irgendetwas anderes hinein? Partner … Ehefrau, Liebhaberin, Mutter seiner Kinder. Klar. Und das, obwohl sie ihm kaum über den Weg traute.

Er hatte sie anziehend gefunden, selbst mit ihren übergroßen Hemden und den Arbeitsschuhen, ihrem kurzen Haar, das ihre feinen Gesichtszüge zur Geltung brachte, ihrer versteinerten Miene, an der er vorbeizusehen gelernt hatte. Sie war nicht mehr versteinert, sondern interessant und geheimnisvoll. So wie er vielleicht beginnen würde, die Gedanken einer aus Marmor gehauenen Statue zu ergründen, fing er an, sie zu lesen.

Nur gefiel ihm nicht, was er da las. Wenn sie ein Mädchen aus der Nachbarschaft wäre? Drei Monate, dann hätte er sie so weit. Aber Rese ließ sich nicht so leicht beeinflussen. Sie hatte ihn festgenagelt, und daran war er selbst schuld.

Er hatte aufgehört, sie zu begeistern und alles zu sein, was sie brauchte. Er ließ sie in sein Innerstes sehen, zeigte ihr den wahren Lance Michelli. *So lebe ich. So bin ich. Ich schwitze in meinen T-Shirts; ich rede im Schlaf. Ich habe bei* Bambi *geweint und mein Vater hat mir eine gescheuert.*

Vielleicht hatte Rese recht damit, dass er heute Morgen wegen seiner Sorge um Nonna das Bedürfnis nach Nähe gehabt hatte. Dass er den Schmerz und die Schuldgefühle wegen ihres Rückfalls mit der Sehnsucht verwechselt hatte, die er für Liebe hielt. Vielleicht hatte er keine Ahnung, was in ihm vorging.

Er versuchte sich auf die Improvisation mit Rico und Chaz zu konzentrieren und sich von der Musik davontragen zu lassen, aber seine Gedanken blieben bei Nonna, bei den Dingen, die er gefunden hatte und über die sie nicht reden wollte, und bei der Art, wie er sie gedrängt hatte – so wie er Rese unter Druck gesetzt und ihr wehgetan hatte. Er verpasste den Einsatz für sein Solo, aber Chaz stieg stattdessen mit dem Keyboard ein.

Ricos Vorschlag, Musik zu machen, war eine Überraschung gewesen, da er und Star so in ihre neue Richtung vertieft waren. Aber natürlich hatte er Star eingeladen mitzumachen, und das veränderte die Dynamik. Lance sah, wie sie sich wiegte und summte, während er in eine Molltonart wechselte.

Er mochte Star, aber er verstand die Sache mit ihr und Rico nicht. Andererseits verstand er ja auch seine eigenen Angelegenheiten nicht. Er wusste nur, dass die Dinge sich geändert hatten. Vielleicht waren die Zeiten, als er mit Rico an Straßenecken gesungen hatte, wirklich vorbei. Nichts von alledem war ihm noch so wichtig wie früher. Er war es, der sich löste, wenigstens innerlich.

Er sah zu Rese hinüber, die im Schneidersitz auf dem Sofa saß und ihnen zusah. Wenn die Musik sie ergriff oder veränderte, zeigte sie es jedenfalls nicht. Hatte sie immer noch Angst, er könnte in die Band zurückkehren? Er sollte ihr die Wahrheit sagen, aber dann würde es darum gehen, was er stattdessen wollte, und das wiederum wollte sie nicht hören. Das hatte sie ihm deutlich zu verstehen gegeben.

Er hatte den Text vergessen und musste improvisieren. Chaz und Rico wechselten vielsagende Blicke. Sie waren ihm schon häufiger gefolgt, wenn er improvisiert hatte, und nur selten wich er auf „La la la" aus, aber die Worte, die herauskamen, waren nicht immer das, was er aufgeschrieben hatte. Er kam zum Refrain und sang ihn, während Ricos Oberstimme sich darüber erhob. Doch Star hatte mit eingesetzt und die Harmonien stimmten nicht.

Lance überließ ihnen den Gesang und bearbeitete stattdessen seine Gitarre. Das war das Schöne an der Musik, sie war lebendig. Hier etwas geben; dort etwas nehmen. Seine Finger tanzten in einer Gegenmelodie über das Griffbrett. Es war gut, etwas Neues. Er spürte einen gewissen Stolz auf seine Begabung. Das hatte er also nicht verlernt.

Als Rico ein Zwischenspiel begann, kam Lance' Vater herauf, blickte durch die offene Tür herein und ging wieder. Seine Miene sagte alles. Lance hörte auf zu spielen, zog den Gitarrengurt über seinen Kopf und stand auf. Chaz zog die Augenbrauen hoch, aber Star und Rico machten einfach ohne Text und Gitarrenbegleitung weiter. Der Fluss war ungebrochen. So einfach konnte Lance verschwinden.

„Komm, wir gehen“, murmelte er Rese zu, dann steckte er sich etwas Geld aus der Schale auf dem Bücherregal ein.

Sie sah ihn fragend an, aber er wollte ihr nicht sagen, dass die unausgesprochene Botschaft im Gesicht seines Vaters alte Erinnerungen geweckt hatte. „Warum suchst du dir nicht einen Job? Und machst was aus dir.“ Selbst als alles rosig aussah und sie viele Auftritte hatten, schüttelte Papa nur den Kopf. „Wer soll denn für deine Rente aufkommen?“ Es kam ihm gar nicht in den Sinn, dass sie genug Geld verdienen könnten, um für sie alle die Rente zu finanzieren.

„Wofür ist die Schüssel mit dem Geld?“, unterbrach Rese seine Gedanken, als sie auf den Flur hinaustraten.

Er schloss die Tür hinter ihnen. „Da sammeln wir, was übrig ist.“

Sie lächelte. „Ich mag eure Freundschaft.“

Er zuckte mit den Schultern. Sie hatten nicht beschlossen, ihr Geld zusammenzuschmeißen, es hatte sich so ergeben. Chaz verdiente im Restaurant Weston gut, aber das meiste schickte er nach Jamaika, weil er sich hier ein Zimmer mit Rico teilte und billig lebte. Rico hatte hin und wieder größere Summen Geld, aber die Musik war ein schwieriges Geschäft und nicht sehr verlässlich, egal, wie gut man war.

Und Rico war gut. Innovativ, aber genau wie ein Metronom. Er konnte eine komplette Unterhaltung führen, ohne auch nur einmal aus dem Takt zu geraten. Aber mit seinem Geld konnte er nicht besonders gut umgehen und schien immer knapp bei Kasse zu sein. Die Schale auf dem Regal war wahrscheinlich entstanden, als er die Wohnung nach herumliegenden Münzen durchsucht hatte. Lance hatte es sich angewöhnt, seine Taschen immer am selben Ort auszuleeren, Scheine und Münzen zusammen, damit Rico nicht in seinen Sachen wühlte.

Er führte Rese die Treppe hinunter und zwischen den Kindern hindurch, die im Treppenhaus spielten und ihm aufgelauert hatten. Jetzt folgten sie ihm auf die Straße. Als er ihnen ein paar Dollar gab und sie davonrannten, riefen sie: „Danke. Danke, Onkel Lance.“ Er liebte seine Rolle als Onkel.

„Ist es in Ordnung, wenn sie allein hier herumlaufen?“ Rese blickte ihnen nach.

Er zuckte mit den Schultern. „Sie wissen, dass sie in der Nähe bleiben müssen; der Kiosk, der Eiswagen. Die Babys schlafen, da sind Lucy und Monica wahrscheinlich froh über ein bisschen Ruhe.“

„Ich würde das kaum als Ruhe bezeichnen.“ Rese blickte über die Schulter zurück zum Haus, wo die Musik aus dem Fenster erklang.

„Das ist angenehmer Lärm. Jedes Baby im Viertel kann bei Ricos Trommeln einschlafen.“

Rese schnaubte. „Nicht gerade Brahms' Gutenachtlied.“

„Viel besser.“ Er grinste. Und dann stellte er sich vor, wie sein eigenes Baby zum Klang dieser Musik einschlief, und musste schlucken. „Möchtest du Kinder, Rese?“

Sie schwieg so lange, dass er den Kopf seitwärts wandte, um ihr Gesicht zu sehen.

Sie sagte: „Nicht, wenn ich die Schizophrenie meiner Mutter geerbt habe.“ Ihre Miene zeigte nichts als Ehrlichkeit, aber er wusste, dass der Gedanke an ihr nagte.

„Ich wüsste nicht, warum das so sein sollte.“

„Ja, Dad wusste es erst auch nicht, aber er merkte es, als Mom die Fenster mit seiner Unterwäsche zugehängt hatte. Seine Aufmerksamkeit war geweckt, als Nachbarn ihm verbrannte Büsche und Gartenstühle zeigten.“

„Wieso hat er dich mit ihr allein gelassen?“

Rese zuckte mit den Schultern. „Ich glaube, er wollte nicht zugeben, dass es schlimmer wurde. Erst im letzten Jahr war es richtig übel. Davor war sie oft ganz normal; nicht nur das, sie war wundervoll.“

„Aber du warst noch so klein.“

„Es kam mir nicht so vor. Oft war es, als wäre ich das Elternteil. Irgendwann gab mein Vater mir sogar Anweisungen. ‚Spielt heute nicht auf dem Dach, ja, Liebes?‘ Und sein ‚Wie war es heute?‘ bedeutete: ‚Hat Mom irgendetwas gemacht, was ich wissen muss?‘“

Er wollte sich Rese in dieser Situation gar nicht erst vorstellen, aber es erklärte ihre Selbstständigkeit, ihren Mut und ihre Entschlossenheit. „Das muss schwer gewesen sein.“

„Es war schwer, zwischen den Stühlen zu sitzen.“ Sie blieb an der Ecke stehen, wo der Wind ihr den Pony aus der Stirn wehte. „Ich wollte Dad nicht enttäuschen, aber ich hatte sie doch so lieb.“

Es war das erste Mal, dass sie das sagte, aber geahnt hatte er diese Loyalität ihrer Mutter gegenüber, die versuchte hatte, sie zu töten.

Ihre Stirn lag in Falten. „Ich glaube, ich wusste, dass ich sie nicht für immer bei mir haben würde. Die Dinge waren so heikel, so unsicher.“

Sie mochte Sicherheit. Keine Überraschungen. Nachdem sie ihre Mutter so lange für tot gehalten hatte, war es ein Schock gewesen zu erfahren, dass sie noch lebte. Er nickte. „Jetzt hast du sie wieder."

Sie drehte sich um. „Diese Reaktion habe ich jetzt nicht erwartet."

„Was hast du denn gedacht, was ich sagen würde?"

„Ich weiß nicht. Vielleicht: ‚Du bist ohne sie besser dran' oder ‚Gut, dass sie sie weggesperrt haben'."

„Warum sollte ich das sagen?"

„Weil die meisten Menschen nicht besonders scharf auf eine durchgedrehte Schwiegermutter sind."

Das Lächeln kam plötzlich. „Hast du gerade Schwiegermutter gesagt?"

Sie runzelte die Stirn. „Hypothetisch."

Zärtlich nahm er ihre Hand und führte ihre Finger an seine Lippen. „Ich würde deine Mutter gerne einmal kennenlernen." Dabei spürte er, wie ein Schauer sie durchfuhr.

Aber sie riss sich zusammen, ganz Vernon Barretts Tochter. „Meine Mutter kann man nicht kennenlernen, Lance. Sie könnte dich für den Präsidenten oder den Teufel halten. Vielleicht weiß sie nicht einmal, dass du da bist." Sie versuchte sich loszureißen.

Er hielt sie fest. „Das ist mir egal."

„Weil du sie nicht kennst."

„Du hast recht. Ich habe nicht mit ihr zusammengelebt. Aber jeder Mensch hat doch eine Macke oder leidet an etwas."

„Was? Was hast du denn, das ich unter keinen Umständen wollen würde …" Sie riss ihre Hand los und stapfte den Gehweg hinunter, und dabei erschien ihr Spiegelbild kurz im Fenster von *Borgatti's Pasta*, in dem die Urkunde der Feuerwehreinheit 38 hing, die den Borgattis für ihre Großzügigkeit während der dunkelsten Stunde in der Geschichte der New Yorker Feuerwehr dankte. Rese ging daran vorbei, ohne die Urkunde zu bemerken.

Er wandte den Blick von ihr ab und lief hinter ihr her. „Du magst es also, wenn viele Menschen auf einem Haufen zusammen sind? Du magst Lärm und die öffentliche Zur-Schau-Stellung von Gefühlen?"

Sie antwortete ihm nicht, sondern konzentrierte sich auf den Teil der Arthur Avenue, der authentischer war als Little Italy in der Mulberry Street in Manhattan. Lance wusste, wie sie aussah, diese kleine Enklave vergangener Zeiten und Menschen, die durch Geschichte und Tradition miteinander verbunden waren. Altmodisch. Fremd. Amüsant.

Lammköpfe bei *Biancardi's* mit Augen, Hirn und Zähnen. Religiöses und regionales Durcheinander, und jeder zweite Laden verkaufte Lebensmittel. Seine Heimat. Seine Leute. War es das, was Rese sah, was sie zu wollen glaubte?

„Jeder weiß über deine Fehler Bescheid, jede blöde Entscheidung wird von einer Küche zur nächsten weitergetratscht. Vorurteile, die seit Generationen bestehen. Erwartungen, die man nie erfüllen kann." *Papas leerer Blick.*

Rese verlangsamte ihren Schritt.

Er passte sich ihrem Tempo an. „Möchtest du Pizza?"

Sie schüttelte den Kopf, aber seit dem Frühstück hatten sie nichts mehr gegessen, und sie hatte Hunger, auch wenn sie es nicht zugab.

„Die von Giovanni ist gut." Er schob sie durch die Tür. „Was magst du? Quattro Formaggi? Cappriciosa?"

„Du sprichst eine Fremdsprache."

Er orderte zwei Stücke aus der Vitrine und trug sie zu dem kleinen, mit einem Wachstuch gedeckten Tisch. Die Bedienung namens Anita brachte ihnen die Getränke und grinste dabei schüchtern, sodass ihre hervorstehenden Zähne sichtbar waren. Lance dankte ihr.

Rese hob das dünne Pizzastück hoch. „Die ist aber dünn."

„Nicht mehr als zweieinhalb Millimeter in der Mitte, sonst ist sie nicht neapolitanisch." Er faltete seine Pizza und führte sie zum Mund.

„Ich dachte, in New York wäre die Pizza dick."

„Das ist die sizilianische Variante. Eine schlechte Nachahmung."

„Ach ja?"

„Ich muss es schließlich wissen. Die Hälfte meiner Familie stammt aus Neapel, wo die Pizza ursprünglich herkommt. Alles andere ist ein uneheliches Stiefkind."

Rese blinzelte. „Ist hier alles so schwarz-weiß?"

„Die italienische Flagge hätte eigentlich schwarz-weiß sein müssen. Aber dann würden wir uns darüber streiten, welche Farbe oben ist." Genüsslich biss er in die knusprige Pizza. „Hier in der Gegend hat man eine Meinung und verteidigt sie bis aufs Blut. Egal, ob man recht hat oder nicht."

„Wie die Jungs in meiner Truppe, die immer alles besser wussten, vor allem Brad. Ich habe Ahorn gesagt; er sagte Eiche. Ich sagte erhalten; er sagte abreißen. Ich glaube, er hat jedes Mal eine Kerbe in seinen Gürtel gemacht, wenn Dad seinen Vorschlag besser fand als meinen."

„Und wenn Vernon sich für deinen Vorschlag entschied?"

Sie blickte auf. „Es ging nicht darum zu gewinnen. Es ging darum, das Richtige zu tun."

„Also war Ahorn richtig und Eiche falsch?"

„Wenn Ahorn für das Projekt besser war." Sie trank ihren Eistee.

„Und das ist keine Ansichtssache?"

Sie stellte das Glas ab. „Er hätte alles gesagt, um mich rauszudrängen."

„Wenn sein Einwand nicht gerechtfertigt war, warum hat dein Vater dann auf ihn gehört?"

„Ich sage ja nicht, dass Brad nicht gut war. Er kannte sich aus. Aber er … er hatte was gegen mich."

„Warum?"

Sie schob ihren Stuhl zurück. „Wahrscheinlich hat er sich bedroht gefühlt."

„Du bist einschüchternd." Lance lächelte. „Das hat Brad selbst zugegeben. Aber er will dich trotzdem zurück."

Sie seufzte. „Das kann ich nicht glauben. Er führt irgendetwas im Schilde."

„Er weiß, was du kannst. Und er respektiert es."

Sie schnaubte verächtlich, aber Brad hatte in dem Gespräch, das er mit Lance geführt hatte, wirklich ernsthaft gewirkt. Niemand zweifelte an Rese' Fähigkeiten, sondern nur daran, ob sie nach dem tödlichen Unfall ihres Vaters weitermachen konnte.

„Deine Kunst kann man selbst mit ungeübtem Blick erkennen. Bei meinen Möbeln hast du großartige Arbeit geleistet."

„Dein Bett und deinen Schrank zu bauen, hat ja auch keine Erinnerungen geweckt."

Er wusste, dass sie den Unfall im Geiste immer wieder durchlebte, aber sie gab es nie offen zu. „Was meinst du, woran das liegt?"

„An dem Zusammenhang, vermute ich." Sie spielte mit der Kruste ihrer Pizza. „Die Perspektive ist eine andere."

„Du hast Talent. Und so kannst du es gut nutzen."

Sie fuhr sich mit der Papierserviette über den Mund. „Warum kann sonst niemand das zugeben?"

Lance kippelte mit seinem Stuhl. „Willst du den wahren Grund wirklich wissen?"

Das Zögern, bevor sie nickte, hätte ihn warnen müssen, aber er sprach trotzdem weiter. „Du nimmst immer das Schlimmste von Menschen an. Bei dir müssen sie kämpfen, um eine faire Chance zu bekommen. Und dann bist du so kompetent, dass sie dich schon aus Prinzip bloßstellen wollen."

Sie reckte das Kinn vor. „Mit anderen Worten, ich bin unausstehlich."

Er grinste. „So könnte man es sagen."

„Also … weil ich weiß, was ich von anderen zu erwarten habe, und nicht warte, bis sie mir beweisen, dass ich recht habe –"

„Siehst du, da ist es wieder. Du nimmst das Schlimmste an und gehst zum Angriff über. Der erste Blick, den du mir damals zugeworfen hast, war kampflustig."

„Du bist ohne Vorwarnung in mein Haus marschiert."

„Nein, ich habe zweimal geklopft und gerufen. Es war doch nicht meine Schuld, dass du in deiner eigenen Welt warst."

„Genau genommen … ach, egal."

„Genau genommen was?"

„Ich hatte an Dad gedacht. Die Szene wieder durchlebt." Tiefe Falten erschienen auf ihrer Stirn. „Du hast mich aus der Erinnerung gerissen und … ich habe reagiert."

Das erklärte eine Menge. Ihren Spott, weil er die Stelle als Zimmermädchen und Köchin haben wollte. Wie verächtlich sie seinen Ohrring betrachtet hatte und ihn erst. Mit dem Rücken zur Wand und ihre ganze Kraft auf die Renovierung der Villa konzentriert, ohne zusammenzubrechen, würde ein Zeuge ihrer Schwäche wie eine Bedrohung wirken. Das war nicht paranoid oder unausstehlich. Das war verständlich.

Er stützte sich auf seinen Ellbogen. „Habe ich dir eigentlich schon gesagt, dass ich dich toll finde?"

„Das Wort war unausstehlich."

Er lachte. „Das war dein Wort."

„Aber du hast zugestimmt."

„Ich habe dir versprochen, ehrlich zu sein."

„Dann revanchiere ich mich aber."

„Nur zu."

„Du hast mich absichtlich provoziert, indem du hereinspaziert bist, als gehörte dir das Haus, und dagestanden hast mit einer lässigen Haltung und einem aggressiven Gesichtsausdruck, als hättest du es auf Ärger abgesehen. Dann hast du mich gegen besseres Wissen überredet und die Tatsache genossen, dass ich der Versuchung nicht widerstehen konnte und das Risiko mit dir eingegangen bin."

Er hob die Hände, als wollte er zu seiner Verteidigung ansetzen.

Aber sie fuhr fort: „Du hast die Verantwortung abgeschoben, nach dem Motto: ‚He, ich habe dich gewarnt, aber du wolltest es ja so.'"

Na gut, da hatte sie einen wunden Punkt getroffen.

„Du bringst die Leute dazu, dass sie das Schlimmste von dir annehmen, aber es ist alles nur gespielt."

Er zog lachend die Augenbrauen hoch. „Erzähl das mal Papa."

„Das gehört auch dazu. Du konntest bei dem Wettbewerb um die Rolle des Lieblingssohnes nicht mit Tony mithalten, also hast du die Rolle des Verlorenen Sohnes übernommen."

Lance runzelte die Stirn. „Du meinst, ich will ein Versager sein?"

„Du willst tun, was gut und richtig ist. Wie Tony. Aber solange es Tony gab, war dein Gutes nicht gut genug. Jetzt ist Tony nicht mehr da, und keiner von euch weiß, wie er damit umgehen soll."

Lance starrte auf seinen Teller und biss die Zähne zusammen. Er hatte nicht erwartet, dass sie ihm so tiefe Wunden schlagen würde. „Was hat Chaz dir beigebracht?"

„Du hast mir die Geschichte vom Verlorenen Sohn erzählt."

„Ich kann mich aber nicht erinnern, dass ich sie auf mich selbst übertragen habe."

„Das ist doch offensichtlich."

„Ich weiß nicht – ich sehe meinen Vater nicht in der Rolle dessen, der mir einen Ring ansteckt und mir auf der Straße entgegenkommt." Und das würde er auch in diesem Leben nicht mehr erleben, egal was er tat oder nicht tat. Wie konnte er das erklären? „Wer du bist, wird hier in der Gegend praktisch entschieden, wenn du das Licht der Welt erblickst. Ich meine, sie haben mich hochgehoben und gesagt: ‚Sieh dir diese Augen an. Der Junge wird Ärger machen.'"

Sie nickte. „Das sind schon besondere Augen."

Er beugte sich vor. „Flirtest du etwa mit mir?"

„Wenn du fragen musst, muss es ja schlimm sein." Sie wurde rot.

Hatte er sie jemals erröten sehen? Vielleicht, wenn sie ihm am liebsten den Kopf abgerissen hätte, aber nie, weil sie selbst etwas gewagt und sich verletzlich gemacht hatte.

Sie schnaubte. „Ich kann mir nicht vorstellen, was sie bei meiner Geburt gesagt haben."

„Das werde ich dir sagen. ‚Die Kleine will nicht weinen; sie versteckt ihr wahres Gesicht. Aber jeder, der Augen im Kopf hat, wird ihre Schönheit, ihren Mut, ihre Stärke sehen.'" Er umschloss ihre Hand mit seiner. „‚Und der Mann, der sie nicht loslässt, wird wenigstens eine Sache im Leben richtig gemacht haben.'"

Kapitel 12

Rese hatte nicht vorgehabt, all das zu sagen. Mit Lance zu reden war so, als trete man zu dicht an ein schwarzes Loch; die Leere sog Worte aus ihr heraus, die sie nicht mehr zurücknehmen konnte. Es hatte in dem Augenblick angefangen, als er ihr Haus betreten hatte.

Sie war so unhöflich gewesen, dass er das Weite gesucht hätte, wenn er nicht für Antonia Zugang zur Pension hätte bekommen müssen. Er musste sich wirklich zusammengerissen und eine Selbstbeherrschung an den Tag gelegt haben, die sie in ihm nicht vermutet hätte. „Sag mal, wie gerne hättest du mir damals an dem ersten Tag eine gescheuert?"

„Ich finde es nicht richtig, Frauen zu schlagen." Er blickte unverwandt geradeaus, als sie *Giovanni's* verließen und die Straße hinunterschlenderten.

„Auf einer Skala von eins bis zehn."

„Welches Ende ist hoch?"

Sie lachte. „Ich wünschte, ich hätte gewusst, wie viel Mühe du dir gegeben hast."

Er wandte sich zu ihr um. „Damit du den Druck hättest erhöhen können?"

„Genau."

„Ah." Er nickte langsam. „Was ich für zwanghaften Ehrgeiz gehalten habe, ist in Wirklichkeit ein Hang zur Folter."

„*Du* warst derjenige, der nicht ehrlich war. Du hattest es verdient zu leiden."

„Du wünschst dir ja nur, es wäre noch schlimmer gewesen."

Sie holte Luft, um zu antworten, aber irgendwie konnte sie das Geplänkel nicht fortführen. Als sie sich daran erinnerte, wie er in ihrer Auffahrt gestanden hatte, bereit, alles aufzugeben, der Schmerz in jedem Wort, in jeder Bewegung offensichtlich, blieb sie stehen. „Ich möchte dich nicht verletzen, Lance." Das war das Persönlichste, was sie jemals zu einem Menschen gesagt hatte, und ihr Herz hämmerte vor Unsicherheit. Wo war die Frau geblieben, die von ihrer Arbeitskolonie als steinerne Göttin bezeichnet worden war?

Er sah sie an und nahm ihre Hände. „Das lässt sich nicht vermeiden."

Sie schüttelte langsam den Kopf, aber er nickte, um seine Aussage zu bekräftigen. „Das Leben tut nun mal weh. Wenn man zwei Menschen zusammentut, werden sie sich streiten." Er führte ihre Hände an seine Lippen. „Aber sich wieder zu versöhnen …"

Er tat es schon wieder – sie reichte ihm den kleinen Finger und er nahm die ganze Hand. Sie zog die Hände fort.

Eine Frau mit orangefarbenem Haar und einem Lächeln, das von zu vielen Zigaretten zerfurcht war, ging an ihnen vorbei. Lance winkte, dann wurde er wieder ernst, als er ihren schiefen Gang bemerkte. „Ich frage mich, wie es Nonna geht."

Rese war erstaunt, wie lange er es ausgehalten hatte, nicht über sie zu sprechen. „Ist deine Mutter bei ihr?"

Er blickte auf die Uhr. „Papa oder eine meiner Tante. Mama unterrichtet."

„Was unterrichtet sie?"

„Tanzen."

„Wirklich?" Aber sie konnte es sich vorstellen; die anmutige Art, wie sie sich bewegte, das Flair, die Figur.

„Papa hat eine Unterrichtsstunde genommen, nur um sie kennenzulernen. Und hat sie noch am selben Abend gefragt, ob sie ihn heiratet."

„Ihr Michellis verliert wirklich keine Zeit."

„Und uns gibt man auch keinen Korb. Du hast Geschichte geschrieben." Er lächelte schief. „Gina hat Tony nach der dritten Verabredung geheiratet.

„Du vergleichst also?"

„Dumme Angewohnheit."

„Ich will nicht, dass du Tony bist."

„Du hast ihn nicht gekannt."

„Ich kenne dich."

Er sah sie mit einem prüfenden Blick an. „Ach ja?"

„Jedenfalls, soweit das in drei Monaten möglich ist." Sie ruderte zurück, bevor er mehr in ihre Worte hineinlegen konnte, als sie beabsichtigte.

„Gina kannte Tony schon ihr ganzes Leben lang."

„Unlauterer Vorteil."

Lance ließ seinen Blick über sie wandern, aber seine Gedanken schienen weit weg zu sein.

„Was ist?“

„Ich frage mich, was Tony von dir gehalten hätte.“ Aber bevor sie antworten konnte, ging sein Blick ruckartig in eine andere Richtung. „Oh-oh.“

Sie folgte seiner Blickrichtung und sah zwei alte Männer, die sich auf der anderen Straßenseite anbrüllten. Lance lief hinüber und erreichte die beiden, als sie gerade mit Fäusten aufeinander losgehen wollten. Andere kamen aus dem Club, zwei von ihnen noch mit Billard-Queues in der Hand. Sie dachte, die anderen würden die Streithähne trennen, während sie ebenfalls die Straße überquerte, aber die meisten machten mit und schubsten sich gegenseitig oder schrien herum. Lance stellte sich zwischen die Gegner, die scheinbar auch auf ihn losgehen wollten, während er einen der alten Herren packte und aus dem Getümmel zerrte.

Obwohl ihm Blut aus der Nase lief, brüllte der alte Mann weiter Beleidigungen und ballte die Fäuste. Lance zog ihn von den Streitenden fort, die sich zwar noch anrempelten, aber nicht mehr mit Fäusten aufeinander losgingen.

„Porca miseria!“, brüllte der alte Mann, als Lance sein eigenes Hemd auszog und es auf die blutende Nase des anderen drückte.

„Du tust dir noch weh, Carmine, wenn du so weitermachst.“ Er setzte den Mann neben einem Hydranten auf die Bordsteinkante, und Rese sah einen dunklen Fleck hinten an Lance’ Schulter. Eine Prellung? Sie beugte sich vor, aber er drehte sich weg.

„Was fällt dir eigentlich ein, alter Mann?“, rief eine kleine dicke Frau in schwarzem Rock, Pullover und Umschlagtuch. Sie kam mit einigen Hunden und zwei anderen in Schwarz gekleideten Frauen den Gehweg hinunter.

Carmine hob die Faust. „Beim nächsten Mal kratze ich ihm die Augen aus.“

„Er hat keine Augen. Er ist so blind wie du.“

Lance trat zurück, als die Frauen seinen Schützling umringten. Er wischte sich mit dem Arm den Schweiß von der Wange, aber sein Hemd hatte er auf Carmines Nase gelassen. Rese sah, wie er sich Blut von der Lippe wischte.

„Alles in Ordnung?"
Er rieb sich das Blut mit der Handfläche ab. „Ja."
„Warum haben sie sich gestritten?"
„Sal und Carmine? Sie hassen sich. Nur gut, dass sie zu alt sind, um noch größeren Schaden anzurichten."
„Worum geht es denn bei diesem Streit?"
„Ich bin mir nicht sicher, ob sie das selbst noch wissen. Wahrscheinlich um eine Frau. Normalerweise hat so etwas immer mit einer Frau zu tun."
Sie dachte an die dicke schwarze gekleidete Frau und lachte laut auf. „Ist das dein Ernst?"
Er grinste. „Du solltest es besser glauben."
„Das ist doch lächerlich."
„Es ist eine *Vendetta*."
Er hatte das Wort schon einmal benutzt, aber es weckte Assoziationen von Gangsterfilmen und Mafiosi, die so wenig zu diesen alten Männern passten wie zu ihr selbst. „Jetzt sag mal im Ernst."
„Das ist mein Ernst." Er befühlte seine aufgeplatzte Lippe mit der Zunge. „Die Leute meinen, eine *Vendetta* sei immer schlecht." Er sah zu den Frauen hinüber, die Carmine auf die Beine halfen und Sal und den anderen vor dem Club die Fäuste zeigten. „Aber es bedeutet eigentlich nur, dass man sich selbst um die Dinge kümmert. Familien halten eben zusammen. Wenn jemandem Unrecht getan wird, dann haben die Angehörigen die Pflicht, dafür zu sorgen, dass dieses Unrecht wiedergutgemacht wird."
Sie blickte ihm ins Gesicht und wartete darauf, dass er das näher erklärte, aber er wendete sich von der Menschenansammlung ab und ging weiter den Gehweg entlang.
Wieder sah sie etwas an seiner Schulter und diesmal konnte sie es genauer sehen, als sie sich vorbeugte. Ein Kreuz und eine Dornenkrone auf seinem linken Schulterblatt. „Du hast eine Tätowierung?"
„Du bekommst keine, tut mir leid."
„Ich!"
Er zog einen Mundwinkel hoch. „Irgendwo muss Schluss sein."
Sie stemmte die Hände in die Hüften. „Ich hätte nicht einmal durchstochene Ohrläppchen, wenn du –"
„Komm." Er nahm ihren Arm. „Ich will nicht unnötig auffallen."

Sie sah sich nach den noch immer streitenden Kampfhähnen, den bellenden Hunden und den schimpfenden Frauen um. „Auf dem Bürgersteig herumzubrüllen, fällt nicht auf?“

„Nee. Aber ohne Hemd hier herumzustehen, das fällt auf.“ Und angesichts der Blicke, die er auf sich zog, glaubte sie ihm das.

Ihr Blick wanderte wieder zu der Tätowierung. Ein etwa acht Zentimeter großes Kreuz, und die Dornenkrone wand sich wie ein Kranz um die Mitte. „Warum lässt man ein Tattoo stechen und versteckt es dann?“

Er hob den Arm und rieb sich die Schulter. „Es ist etwas Persönliches.“

„Inwiefern?“

„Ich trage sein Kreuz auf dem Rücken, um mich daran zu erinnern, was er für mich getan hat, und um bereit zu sein, mein eigenes Kreuz zu tragen.“

Und sein Vater dachte, er wäre der Verlorene Sohn? Entweder war Tony absolut vollkommen, oder es gab hier ein ernstliches Missverständnis. Frisches Blut sickerte aus seiner Lippe.

„Tut es weh?“

„Nein.“ Erneut fuhr er sich mit der Zunge über die Lippen und berührte dann eine Narbe an seiner Seite. „Die da hat wehgetan.“

„Was ist passiert?“

„Stammt von einem Messer.“

„Du wurdest mit einem Messer angegriffen?“

Er legte seinen Arm um ihre Schultern. „Kommt vor.“

„Das kommt vor?“

„Wenn man mit Rico befreundet ist.“

Der Begriff Freundschaft gewann eine neue Bedeutung, wenn man ihn auf Lance und Rico bezog. Leidenschaftliche Hingabe. Verbundenheit. Jeder machte die Probleme des anderen zu seinen eigenen Problemen. Lance hatte ihr genug aus seiner Kindheit erzählt, um das zu verstehen. Aber sie war sich nicht darüber im Klaren gewesen, dass die Auseinandersetzungen lebensgefährlich gewesen waren.

Sie warf Lance einen Blick zu und stellte fest, dass ihm die Auseinandersetzung von eben scheinbar neue Energie gegeben hatte. Nicht dass er auf einen Kampf aus war, vermutete sie, sondern eher, was Lucy gesagt hatte, dass er sich gern für Schwächere einsetzte. Das hatte Jesus auch getan. Aber müsste man sich solch ein sinnträchtiges Symbol auf den Rücken stechen lassen? Was war er nur für ein Mensch?

Die Musik war verstummt, aber schon lange vorher wusste Antonia, dass Lance nicht mehr da war. Der Zauber war verschwunden. Talentiert waren sie alle, aber Lance und Rico zusammen ließen die Luft erzittern. Seit ihrer Kindheit war das, was sie gemeinsam taten, etwas Besonderes: Rico, dessen Hände immer in Bewegung waren, und Lance, der für alles und jedes einen passenden Reim fand.

Ja, sie waren manchmal etwas laut, aber selbst in den schnelleren Liedern spürte sie die Kraft. Und wenn ihre Stimmen miteinander verschmolzen und eine von Lance' Balladen zum Leben erweckten, geschah etwas zwischen ihnen, das unbeschreiblich war. Rico hatte den Rhythmus in den Knochen, aber die Begabung ihres Enkels übertraf das Gewöhnliche. Sie versuchte ein Lächeln, aber ihr Mund wollte nicht mitspielen. Sie war froh, dass niemand sie dabei beobachtete.

Anna schnarchte in ihrem Sessel. Offenbar hatten der Nachmittag und der Kamillentee, den sie gemeinsam getrunken hatten, ihre Tochter eingelullt, jetzt, wo der Lärm auf der anderen Seite des Flurs verstummt war. Für sie war es kein Lärm, aber Anna kannte die Herzen der jungen Leute ja nicht so. Sie hatte nicht mit angesehen, wie Lance' Finger auf den Saiten seiner Gitarren immer kräftiger geworden waren.

Antonia erinnerte sich an manchen Tag in der Küche, wenn er hereingestürmt war, um ihr einen neuen Akkord zu zeigen oder eine Melodie, die zu seinen poetischen Gedanken passte. Während sie frischen Fenchel schnitt oder zwei Zwiebeln hackte und ihr deswegen die Tränen übers Gesicht liefen, hatte er dort gesessen und geübt, und manchmal hatte sie ihm geholfen, einen Satz umzuformulieren, denn Nonno Quillans Poesie floss auch in ihren Adern.

Sie dachte an das goldene Licht in dem Pavillon zurück, und an die Zeit, als Nonno noch am Leben gewesen und kräftig genug war, trotz des Gehstocks mit dem silbernen Knauf, den er immer bei sich zu haben schien …

„Warum bist du Dichter geworden, Nonno?“

Er sieht mich an, seine grauen Augen sind voller Gefühl, und ich weiß, dass er mir die Wahrheit sagen wird. „Weil man manche Erfahrungen nicht in normale Sprache fassen kann.“

„Sind das alles deine eigenen Erfahrungen?“

„Meine und die von anderen Menschen um mich herum und vor meiner Zeit.“

„Wie die Bilder von Wolf?“

Er nickt und ich weiß, dass er die Bilder vor sich sieht, die sein Vater an den Wänden einer Höhle hoch in den Rocky Mountains gemalt hat. Er war als Kind von den Sioux gefangen genommen worden und hatte sein Leben an diesen Wänden dargestellt. Und jetzt erinnerte Nonno Quillan sich mit seinem bemerkenswerten visuellen Gedächtnis daran.

Ich bin ein Teil von ihnen. Der Gedanke schwillt in mir an.

Antonia trug das Gefühl in die Gegenwart zurück, konnte Nonno beinahe vor sich sehen. *Lance ist dir so unglaublich ähnlich, Nonno. Dein weiches Herz, dein suchender Geist. Deine und seine Erfahrung, ausgedrückt in ungewöhnlicher Sprache.* Sie konnte die Verbundenheit nicht leugnen, und als ihre Gedanken zu Papa wanderten, wusste sie, dass auch dieses Puzzleteil eingefügt werden musste. Ihr Herz zog sich zusammen. Warum brachte Lance ihr nicht, worum sie ihn gebeten hatte? Und konnte sie es ertragen, wenn er es schließlich tat?

Rauch hing um die Lampenschirme, und aus der Stereoanlage drang leise Bigbandmusik. Rese trat einen Schritt zurück und beobachtete Lance beim Poolbillardspielen. Sie vermutete, dass er nach dem Abendessen in den Club zurückgegangen war, um sich mit den Typen zu versöhnen, gegen die er am Nachmittag Partei ergriffen hatte – obwohl er selbst keine Schläge ausgeteilt hatte. Jetzt lachten und schmeichelten ihm dieselben Männer, die geknurrt, geflucht und um sich geschlagen hatten, als er Carmine aus ihren Fängen gezogen hatte. So als wäre er einer von ihnen.

Sal schlang einen Arm um Lance' Taille und packte ihn am Kinn, ein

Griff, der nur einen Hauch von Einschüchterung enthielt. „Wenn du jetzt triffst, kriegen wir das Doppelte."

Aber es war kein gewöhnliches Poolbillard, das sie spielten. Es waren ganz besondere Stöße, bei denen die Kugeln in einer bestimmten Reihenfolge eingelocht werden mussten, während der Spielball von Bande zu Bande prallte. Lance hatte ihr erklärt, dass der Club mehr als nur ein Ort zum Billardspielen war. Es gab auch ein Hinterzimmer für Aktivitäten, die vom Bundesstaat New York nicht gutgeheißen wurden und bei denen es um Spiele, Wetten und Geld ging.

Er und Sal lagen hundertzehn Dollar in Führung, und mit einem guten Stoß konnte er diese Summe verdoppeln. Sie wusste, dass manche Leute auf Poolpartien wetteten, indem sie ihre zehn Dollar auf den Rand des Tisches legten, und der Gewinner bekam sie. Aber dies funktionierte etwas anders, und auf jeden Fall waren die Einsätze höher.

Lance entzog sich Sals Griff und ging um den Tisch herum, um die Kugeln so vorsichtig wie rohe Eier an den vorgeschriebenen Stellen zu platzieren. Er schob eine Kugel kaum merklich dichter an eine andere und beugte sich vor, um die Anordnung zu überprüfen. Dabei blies er sich in die Hände und rieb sie und zwinkerte ihr zu. Dann rieb er seinen Queue mit Kreide ein und legte ihn auf dem Tisch ab.

Rese hielt die Luft an, als er den Queue zwischen seinen Fingern kaum mehr als einen Zentimeter hin- und hergleiten ließ. Dann, beinahe schneller, als sie sehen konnte, stieß er zu, und die Kugeln stoben in alle Richtungen wie aufgescheuchte Kaninchen. Alle außer der gelben Nummer eins, die noch am Rand der Tasche taumelte und dann liegen blieb, ohne hineinzufallen. Lance ließ die Schultern hängen.

Der Raum füllte sich mit Jubel und Flüchen. Lance ließ das Schulterklopfen und die Scherze ebenso über sich ergehen wie Sals Enttäuschung und dessen widerwilliges Eingeständnis, dass nicht einmal er einen solchen Stoß hinbekommen hätte. Sie hatten den Einsatz nicht verdoppelt, aber er und Sal konnten ihre fünfundfünfzig Dollar einstecken, und Lance weigerte sich, bei einer neuerlichen Wette mitzumachen: „Tut mir leid, Tino. Ich muss ins Bett."

Sie glaubte nicht, dass er es so gemeint hatte, aber alle Augen wandten sich ihr zu und eine Reihe unzweideutiger Bemerkungen ertönte.

„Verschwindet." Lance scheuchte sie davon, legte den Arm um ihre Schultern und schlenderte raus, wobei er seine lässige Haltung auch auf der Straße nicht änderte. „Ich habe fünfzig Dollar, die mir ein Loch in die Tasche brennen. Wollen wir sie ausgeben?"

„Ich dachte, du müsstest ins Bett."

„Das ist ein Überbleibsel aus der Zeit, als ich mit ihnen spielte. Um zwölf musste ich zu Hause sein, wenn ich nicht Mamas Zorn riskieren wollte."

„Wie alt warst du damals?"

„Elf."

„Und du durftest bis Mitternacht wegbleiben?"

„Nur an den Wochenenden. Sie wusste, dass jemand mich nach Hause bringen würde."

Die Nachbarschaftsfamilie.

Er umfasste ihre Schulter mit seiner Hand, während sie weitergingen. „Ich spiele schon Billard, seit ich über den Tischrand gucken konnte, aber die Truppe da drin wollte mich nicht mitspielen lassen, bevor ich mein Können unter Beweis gestellt hatte."

„Wie konntest du das, wenn sie dich nicht spielen ließen?"

„Ich habe sie herausgefordert. Einsatz gezeigt und nicht nur große Sprüche geklopft. Hundert Dollar für das Privileg, sie zu verlieren."

„Schlau."

Er lächelte. „Ich habe nicht immer verloren. Sal und Tino haben mich adoptiert. Haben mir gezeigt, wie man die Kugeln platziert und sie mit Effet spielt. Sal war damals viel besser. Er hat etwas von seiner Position verloren."

„Woher hattest du die hundert Dollar?"

„Trinkgelder vom Abräumen im Restaurant, Botengänge für alle möglichen Leute, Siegprämien bei irgendwelchen Wettbewerben." Er zuckte mit den Schultern. „Ich hatte den ganzen Sommer über gespart, und dann bin ich reingegangen und habe mein Spiel gemacht. Sie dachten, wenn ich alt genug bin, um im großen Stil zu verlieren, dann bin ich auch gut genug, um etwas zu lernen."

Sie kannte den Druck, sich beweisen zu müssen. Auch sie hatte das schon früh getan. Aber Lance hatte sich Respekt verdient und nicht Abneigung. Was hatte er nur an sich, dass bei ihm jeder fünf gerade sein ließ? Jeder außer einem, und der war ihm wirklich wichtig. Hatte er die älteren Männer besiegen wollen, um es seinem Vater zu zeigen? Oder hatten sie für ihn die Vaterrolle übernommen?

Vielleicht hatte sie so verbissen gearbeitet, um sich vor Brad und den anderen zu beweisen, weil sie unbedingt die Aufmerksamkeit ihres Vaters brauchte. Er hatte ihre Fähigkeiten respektiert, ihren Blick fürs Detail und ihren erbarmungslosen Perfektionismus. Aber sie war sich nie sicher, ob das alles war. Wahrscheinlich hatte es ihn geärgert, dass er ihretwegen gezwungen gewesen war, Mom wegsperren zu lassen, obwohl sie als Kind doch nichts davon gewusst hatte. Sie war nur diejenige gewesen, die das Kohlenmonoxid hatte einatmen müssen. Lance hatte recht, was Kinder betraf; man konnte es schnell vermasseln.

Seine Hand glitt von ihrer Schulter zu ihrem Nacken und er massierte die angespannten Muskeln, die er tasten konnte. „Habe ich irgendetwas Falsches gesagt?"

Sie schüttelte den Kopf.

„Oder irgendwas getan?"

Sie warf ihm einen Blick zu. „Es dreht sich nicht immer alles um dich."

„Ich hasse diesen Satz."

„Weil du willst, dass sich alles um dich dreht."

Er zuckte zusammen. „Wann hast du das denn herausgefunden?"

„Als du bei mir in der Pension aufgetaucht bist."

„Autsch."

Sie lachte und entspannte sich ein wenig. „Es ist nach Mitternacht. Wartet deine Mutter auf uns?"

„Wahrscheinlich."

Rese schüttelte den Kopf. „Wird sie glauben, ich sei schuld?"

„Nee, sie kennt mich." Er verlangsamte seine Schritte, als sie sich einer dunklen Ecke näherten, in der drei Personen zusammenstanden, ihre Stimmen durch die Geräusche der Stadt nur schwach zu hören. Lance schloss seine Finger um ihren Ellbogen und trat auf die Straße, wobei er mit einem Blick den entgegenkommenden Verkehr abschätzte. Kein Auto kam, sodass sie die Straße überqueren und weiter nach Hause gehen konnten. Sie wollte sich zu den Leuten an der Ecke umdrehen, aber er versperrte ihr die Sicht.

„Was ist denn?" Instinktiv senkte sie die Stimme. „Was machen die da?"

„Besser, wenn wir es nicht wissen."

„Irgendwas Illegales?"

Er antwortete nicht, sondern zog sie mit sich um die nächste Ecke.

„Drogen?"

„Vielleicht Bingo. Ich glaube, sie haben Bingo gespielt."

Sie schnaubte verächtlich. „Und alle stellen sich dumm?"

„Weißt du, es gibt Leute wie Tony, deren Job es ist, solche Dinge zu untersuchen. Und dann gibt es Leute wie uns, deren Job es ist, die Nacht zu überleben."

„Ich verstehe nicht, Lance. Wenn du weißt, dass da etwas Kriminelles passiert …"

„Und die Person, die bei dir ist, ist dir wichtig …" Er kramte in seiner Jeans nach dem Schlüsselbund.

„Dann rufst du die Polizei an und zeigst sie an?"

„Bis die kommt, sind sie schon lange weg."

Sie blieb an der Tür seines Elternhauses stehen. „Das heißt, wir tun nichts?"

„Wir haben etwas getan. Wir sind ohne Blutvergießen hier angekommen."

Sie schluckte. „Ich weiß nie, ob du es ernst meinst."

„Es ist mein voller Ernst. Wenn sie auf dich losgegangen wären, hätte ich bis zum bitteren Ende gekämpft. Aber wenn es nicht mein Kampf ist, lasse ich die Finger davon."

„Das heute war auch nicht dein Kampf."

Er schloss auf und führte sie den Flur hinunter. „Das war etwas anderes."

„Warum?"

„Jemand hätte verletzt werden können."

Sie ging hinter ihm die Treppe hinauf. „Auch du hättest verletzt werden können."

Er kratzte sich den Nacken. „Das ist Ermessenssache."

Sie sog scharf die Luft ein, während sie die Stufen erklommen. „Das sagt der Mann, auf den schon mal jemand mit dem Messer losgegangen ist?"

„Man sucht sich seine Schlachten aus. Aber man gewinnt sie nicht immer." Er ging den Flur entlang und schloss seine Wohnungstür auf.

Sie folgte ihm hinein. „Schaust du noch mal nach Antonia?"

Er blickte zu der Tür auf der anderen Seite des Gangs und schüttelte den Kopf. „Ich muss das Wochenende abwarten. Wenn sie am Montag kräftig genug ist, versuchen wir es bei der Bank. Aber ich will es nicht vorher erklären, sonst regt sie sich nur auf."

„Weiß sie denn nicht, dass du ohne sie nicht an das Schließfach kommst?"

Er zuckte mit den Schultern. „Ich glaube, sie hat mir den Schlüssel gegeben, weil sie dachte, dass ich es damit würde öffnen können. Ich vermutete, sie hofft, dass ich das ohne sie regeln kann. Sie hat ein gestörtes Verhältnis zu Banken."

Rese runzelte die Stirn. „Gestört inwiefern?"

Er lehnte sich mit der Schulter gegen den Türrahmen. „Sie … mag sie einfach nicht, nehme ich an. Papa regelt alle Bankangelegenheiten für sie."

„Warum fragt sie dann nicht ihn?"

Lance blickte noch einmal zu Antonias Tür und schüttelte den Kopf. „Ich weiß nicht. Manche Dinge … sind unser Geheimnis."

Als sie in die Wohnung kamen, saßen Star und Rico im Dunkeln. Die Fernsehbilder erleuchteten ihre Gesichter und eine Schale mit Sesamstangen stand zwischen ihnen. Star drehte sich um. „Kommt rein und macht die Tür zu. Edward mit den Scherenhänden schneidet gerade seine erste Frisur. Sie werden ihn lieben."

Edward mit den Scherenhänden, Stars Lieblingsfigur – unverstanden, verleumdet und alles andere als normal. Johnny Depp so abgedreht wie möglich.

Rese gähnte. Vielleicht würde sie ja schlafen. Die Geräusche des Fernsehers, die durch die Wand drangen, waren das, was Lance als guten Lärm bezeichnete. Sie warf ihm einen Blick zu, und aus seiner sorgenvollen Miene schloss sie, dass er mit seinen Gedanken noch immer bei Antonia war. Er schien von der Geschicklichkeit und dem Tempo von Edwards Scherenhänden nicht beeindruckt, obwohl kein Friseur der Welt damit mithalten konnte.

Er fing ihren Blick auf und tauchte aus seinen Gedanken auf. „Müde?"

Sie nickte. Wieder ein langer Tag, gefüllt mit Emotionen, Gewalt und einem ungeahndeten Verbrechen. Vielleicht hatte Lance recht, dass man sich entscheiden musste, wofür man kämpfte. Im Moment wollte sie sich nur zusammenrollen wie ein Igel und … ihm beim Singen zuhören?

„Bevor du dich zurückziehst, muss ich ein paar Sachen aus dem Zimmer holen." Er verschwand im Schlafzimmer und kramte in einer Schublade.

Rese wartete an der Tür. „Der Film hat gerade erst angefangen. Was hast du vor?"

Lance sah an ihr vorbei. „Ich nehme Ricos Bett. Er kann das Sofa haben."

Sie dachte an all die unbenutzten Betten in der Pension, an die vollständig eingerichtete Küche, an die Online-Reservierungen, die sie abrufen musste. Aber all das schien so weit fort. Sie war von den Freunden und Verwandten gefangen, die Lance wie ein Netz umfingen. Es fühlte sich schon fast normal an, zwischen der Wohnung, dem Zimmer der Großmutter, der Mutter unten, den Schwestern und Nichten und Neffen oben hin- und herzuwandern … Nun, normal war es nicht. Es war einschüchternd. Aber sie war anpassungsfähig. Sie war die Königin der Anpassungsfähigkeit. Sie konnte sogar… sich selbst täuschen. Schließlich lag das in der Familie.

Mit zwei frischen T-Shirts und Boxershorts unter dem Arm trat Lance neben sie. Sie sah in sein Gesicht und fand darin solche Sorge und Müdigkeit, dass sie wieder das Gefühl hatte, ihn in den Arm nehmen zu müssen. Aber darum ging es bei dieser Reise nicht. Oder versuchte sie die Dinge voneinander zu trennen, obwohl es nicht möglich war? Zumindest in Bezug auf Lance Michelli.

Für Lance war alles unmittelbar, Teil des Ganzen, wesentlich. Er hatte gesagt, dass er sie mittendrin haben wollte. Er hatte gesagt, dass er sie liebte, und sie glaubte ihm das. Er liebte alles und jeden. Er liebte die Menschen, bis es wehtat.

Und sie hatte keine Ahnung, wie sie damit umgehen sollte, also schob sie sich von der Tür ins Zimmer – der Hinweis für ihn, sich zu entfernen. Und er verstand den Wink. Er versuchte nicht sie zu küssen oder den Augenblick hinauszuzögern, sondern sagte nur: „Brauchst du noch etwas?"

Einen Flug nach Hause? „Alles in Ordnung."

Sanft berührte er ihre Wange. „Dann gute Nacht."

Sie schluckte. „Gute Nacht, Lance." Als er den Türrahmen nicht freigab, stützte sie sich mit einer Hand daran ab und zog die Augenbrauen hoch.

Er richtete sich auf und trat widerstrebend zurück. „Träum was Schönes."

Sie seufzte. „Ich hoffe, ich träume gar nichts." Nur tiefe, ungestörte Bewusstlosigkeit.

Kapitel 13

Rese hatte noch nie eine solch große Gruppe von Latinos, Jamaikanern, Kubanern, Asiaten, Albaniern und anderen Europäern gesehen, die in die Kirche im Viertel gingen. Der Mann, der sie an der Tür begrüßt hatte, hatte ihr die verschiedenen Leute gezeigt und ihr Herkunftsland dazu genannt oder, wenn es Landsleute waren, die italienische Region bis hin zu dem Dorf, das ihre Familie vor Generationen verlassen hatte.

Bei ihrem ersten Besuch in der Kirche hatte sie über die schöne Architektur gestaunt. Jetzt faszinierten sie die verschiedenen Akzente, die unterschiedlichen Hauttöne und Haarfarben und das komplette Altersspektrum, das hier vertreten war. Sie sah nichts Protziges oder Reiches an den Menschen um sie herum, obwohl alle Geld in den Korb taten, der herumgereicht wurde, auch wenn es nur kleine Münzen waren.

Ihre eigene Kindheitserfahrung schien irgendwie verwässert. Homogenisiert. Menschen, die durch Erfolg von ihren Wurzeln getrennt worden waren. Dad ganz oben in seiner Branche, ihre gut bezahlten Arbeiter, und vor allem die Leute, deren historische Häuser sie saniert hatten und deren Wochenendhäuser Lance' gesamte Familie hätten beherbergen können. Wozu brauchten diese Leute ein übernatürliches Wesen, das ihnen sagte, sie sollten sich an ihm festhalten?

Sie betrachtete das Kreuz und sah sich die Gemälde an, die das Leben Christi darstellten, und konnte nur staunen. Wie hatte Gott mitten in alldem ein kleines Mädchen gefunden und ihm den Atem gegeben, um zu leben? Lance streckte seine Hand nach ihr aus und drückte ihre – konnte er ihre Gedanken lesen? Oder vielleicht suchte er auch nur ihre Nähe.

Zwischen ihm mit seinem diamantenen Ohrstecker und Rico mit seinen großen Kreolen und den geflochtenen Haaren kam sie sich farblos und unauffällig vor, insbesondere im Vergleich zu den Gottesdienstbesuchern in den Reihen um sie herum – Ketten und Ringe und Ohrstecker und Haarspangen in allen möglichen Formen und Farben. Star hätte gut hierhergepasst, aber sie ging nicht in die Kirche. Nicht einmal Evvys Beerdigung hatte sie dazu bringen können, über die Schwelle eines Gotteshauses zu treten.

Dieser Gottesdienst war anders als alle, die sie bislang erlebt hatte. Er war strukturierter, liturgischer, wie Lance es nannte, ein traditioneller Ablauf, der seit Jahrhunderten so praktiziert wurde. Während sie die Gesichter um sich herum betrachtete, spürte sie die Macht dieser Versammlung, dieses Miteinander des Glaubens. Diese Ehrfurcht umfing sie, aber sie war wieder eine neue Facette von Lance' Leben, wie das Tattoo, das er unter seinem weißen Hemd trug, eingegraben in seine Haut, das ihn nicht nur an eine Schuld erinnerte, sondern ihm auch eine Verpflichtung war.

Ein Schauer durchfuhr sie. Sie glaubte daran, dass Gott ihr Leben und ihre Seele gerettet hatte. Aber wollte sie auch sein Kreuz tragen? Was war, wenn sie etwas so Schreckliches tragen musste, dass sie unter dem Gewicht zusammenbrach? Es war eine Sache, für Mom zu sorgen, aber eine ganz andere, so zu werden wie sie.

Und es gab nichts, was sie tun konnte, keine Entscheidung, die sie treffen konnte, keine Fähigkeit, die sie entwickeln konnte, und auch keine Willenskraft, mit der sie eine Wirklichkeit ändern konnte, die vielleicht in einem schwachen Moment zuschlagen und den Rest ihres Lebens bestimmen würde. Angst brach in ihr auf, als die Menschen nach dem Gottesdienst wieder auseinandergingen und sie und Lance die paar Blocks zu Fuß nach Hause gingen.

Rico und die meisten von Lance' Verwandten waren noch geblieben und unterhielten sich mit Freunden, aber Lance war vorgegangen, um sich um das Essen zu kümmern – eigentlich um das Restaurant zu öffnen. So wie es klang, würde das halbe Viertel da sein, einfach alle, die die Michellis kannten und liebten, und wie sollte sie da die Angst verbergen, die mit solch vulkanischer Kraft in ihr anstieg?

Lance hatte etwas bemerkt und blieb vor der Tür stehen. „Was ist los?"

„Nichts."

Er umfasste ihren Ellbogen. „Du möchtest mir nicht beim Kochen helfen? Zu viel Lärm?"

„Hör auf damit, meine Gedanken lesen zu wollen." Die Panik nahm zu. „Vielleicht gefällt dir nicht, was du dabei findest."

Sein Blick bohrte sich in ihre Gedanken und legte sie offen. „Wenn es dazu kommt, werden wir damit fertigwerden."

„Wir? Wer wir?“ Er war schließlich nicht derjenige mit der potentiellen genetischen Veranlagung.

„Du glaubst, es betrifft nur dich? So funktioniert das nicht. Wenn einer verletzt wird, leiden alle.“

Das war ein Gedanke, den sie nicht nachvollziehen konnte. Zu lange schon hatte sie sich als Einzelkämpfer durchgeschlagen und dafür gesorgt, dass niemand etwas von ihren Gedanken, Verletzungen und Kämpfen ahnte. Die Vorstellung, sich gegenseitig Trost zuzusprechen, war ihr völlig fremd.

„Wenn es passiert …“ Sein Griff wurde fester. „Dann werde ich da sein.“

Das wusste sie besser. Tante Georgie hatte gesagt, es hätte ihm das Herz gebrochen, aber Dad hatte Mom trotzdem eingewiesen. Er und das Gericht mit allen Zeugen. Er hatte die Entscheidung gefällt, die er fällen musste. Und eingesperrt mit Walter war Moms Haar weiß geworden.

Rese riss sich los. Ihre Kehle war so zugeschnürt, dass sie kaum atmen konnte. Sie konnte auf jedem Baugerüst und Dachfirst herumspazieren, konnte jeden Spott aushalten, selbst Schlangen und Mäuse in ihrer Brotdose, ohne mit der Wimper zu zucken, aber jetzt war sie mit etwas konfrontiert, das sie nicht ertragen konnte – ihrer eigenen Hilflosigkeit.

Sie hatte sich dagegen gewehrt, als Star sie als Fels in der Brandung bezeichnet hatte, weil der Glaube ihrer Freundin, nichts könne Rese Barrett erschüttern, sie ärgerte. Aber sie wünschte, es wäre so. Schweißperlen standen ihr auf der Stirn; sie fühlte sich klamm an, so als hätte die Sonne keine Kraft mehr, sie zu wärmen. Menschen, die nicht für sich selbst sorgen konnten, wurden weggesperrt, vergessen. Ihr Herz schlug noch schneller; ihr Atem ging flacher.

„Rese.“ Lance packte sie am Arm und zog sie von der Straße in den schmalen Flur seines Hauses. Hilflos versuchte sie sich ihm zu entziehen, aber er schloss sie in seine Arme und übernahm die Kontrolle. Ihr Widerstand schwand zusehends, während er seinen Gefühlen Ausdruck verlieh. Plötzlich spürte sie eine tiefe Verbundenheit mit ihm. Mit atemberaubender Klarheit erlebte sie, wie er sich unter ihre Last stellte.

Von Lance’ starken Armen umschlungen hörte sie kaum das Öffnen der Tür und das Klirren eines Schlüsselbundes, bis sein Vater unmittelbar vor ihnen stand. Er starrte sie an und ging dann weiter den Flur entlang. Rese ließ die Schultern hängen. Musste er ausgerechnet jetzt kommen. Welchen Eindruck hatte er nun von ihr?

Seine Mutter und eine andere Frau folgten ihm auf den Fersen. Die Frau tippte Lance im Vorbeigehen auf die Schulter, ein freundliches Lächeln auf dem Gesicht. „Schön dich zu sehen, Lance, und die Dame, die du da in deinen Fängen hast."

Er lächelte. „Hallo, Alelia. Das ist Rese Barrett, meine Geschäftspartnerin."

Rese stöhnte innerlich auf.

Die beiden älteren Männer, die im hinteren Teil des Hauses wohnten, schoben sich an ihnen vorbei. „Geschäftspartnerin", murmelte einer von ihnen. „Du kannst uns viel erzählen."

Rese versteifte sich, aber Lance sah belustigt aus. „Sieht so aus, als hätten wir unsere Tarnung auffliegen lassen."

„*Du* hast unsere Tarnung auffliegen lassen."

Er lockerte seinen Griff. „Geht es wieder?"

Die Panik schien überwunden zu sein, aber sie ballte die Fäuste. „Ich wünschte nur, ich wüsste vorher, wann es kommt, damit ich es aufhalten kann." Wenn sie noch nicht einmal diese Gedanken unter Kontrolle hatte, wie sollte sie dann mit der Wirklichkeit fertig werden?

„Immerhin haben wir eine Medizin dagegen gefunden." Er sah aus, als wollte er ihr noch eine Dosis verabreichen.

Es war doch zu ärgerlich! „Ich werde lieber selbst damit fertig."

„Tja, du bist eben auch nur ein Mensch." Seine Miene wirkte ekelhaft selbstgerecht.

Sie reckte das Kinn vor. „Nicht kugelsicher?"

Er lachte. „Das finden wir lieber nicht heraus." Dann nahm er ihre Hand und zog sie in die Küche.

Das Getöse, das aus dem Restaurant drang, konnte nur eins bedeuten – Lance kochte. Auch wenn Antonia zu schwach war, um an das offene Fenster zu treten und auf die Straße hinunterzublicken, hörte sie doch die Stimmen, die durch die offenen Türen unter ihr drangen.

Die meisten gehörten zur Familie, vermutete sie, dazu ein paar Nachbarn und Freunde. Lance würde kein Geld nehmen, da das Restaurant offiziell nicht geöffnet war, aber vielleicht ließen die Leute einen Hut rumgehen, eine Kleinigkeit für den Koch. Sie wussten, wie gut sie es hatten, wenn er zu Hause war. Sie seufzte.

Es würde nicht lange so bleiben. Er liebte sie alle, das wusste sie. Aber er war mit einem ruhelosen Geist geboren worden, schon als Kind hatte er sich gegen die Grenzen gewehrt, hatte sich Doria entzogen, bis sie ihm mehr Freiheit gelassen hatte als allen anderen. Er fand Aufnahme in Kreisen jedes Alters, jeder Herkunft. Aber selbst das war ihm nicht genug. Mit seinem Motorrad waren ihm Flügel gewachsen, die er auch ausgiebig gebrauchte. Kein Herumhüpfen im Nest, während er vorsichtig den Schnabel in den Wind hielt. Nein, er war kopfüber losgesprungen, hatte keine Angst gehabt abzustürzen. Für ihn hatte es kein Halten gegeben.

Sofie streckte den Kopf zur Tür herein, unaufdringlich wie ein Schatten. „Lance kocht, Nonna. Soll Papa dich holen?"

Antonia schüttelte den Kopf. Nicht so, gebeugt und stumm, wenn die Worte in ihrem Kopf durcheinandergerieten und ihr Mund sich verzog und sie sabberte. Eine einzelne Person konnte sie ertragen, aber nicht das Durcheinander der Gespräche, die gut gemeinten Wünsche und mitleidigen Blicke. Puh! Sofie müsste das eigentlich verstehen; sie, die das Rampenlicht mied, aber die Last von Mitgefühl und Verurteilung nur zu gut kannte.

Mit einer Grimasse, die ein Lächeln sein sollte, schickte Antonia sie hinaus und versuchte dann, sich im Bett aufzusetzen, indem sie sich langsam mit dem gesunden Arm abstützte. Sie musste nicht dabei sein, um das Bild vor sich zu sehen. Alle Männer außer Lance hatten sich versammelt und warteten darauf, bedient zu werden. Anna und Dina würden sich mit einer langen Liste von Krankheiten vor dem Helfen drücken und sich stattdessen hinsetzen und tratschen. Celestina würde die einzelnen Grüppchen manipulieren, während Doria ihre Sprösslinge um sich scharte und beide versuchten, das Unbeherrschbare zu beherrschen.

Es traf sie wie ein Schlag. Das Geräusch von Schüssen. Papa, der allein war und starb, während Nonno in ihren Armen zusammenbrach. Diese Angst und Wut und Hilflosigkeit. *„Nimm Nonno und versteck dich, wenn* *es Ärger gibt.*" Als gäbe es eine Fluchtmöglichkeit, wenn ihr eigener Geist sich gegen sie wandte und zu einem Dickicht wurde, das ihre Sprache, ihre Gedanken, die grundlegenden Bewegungen des Lebens behinderte, aber zugleich alles, was sie begraben hatte, offenlegte …

Gibt es etwas, das ich hätte tun können; mehr, das ich hätte sagen können? Die albtraumhaften Bilder quälen mich jetzt sogar bei Tageslicht. Sobald meine Gedanken abschweifen, packt mich der plötzliche Geruch von Blut, der Gedanke an Papa. „Hast du ihn gesehen, Marco? Hast du Papa gesehen? Weißt du –"

„Ja, Antonia." Er wird nicht gerne daran erinnert. „Ich habe versucht, zu ihm zu gelangen, aber es war zu spät." Das Auto rumpelt über die unebene Straße.

Meine Brust zieht sich zusammen und ich kann nicht atmen. Ich erinnere mich an die Schüsse und an die Gewissheit, dass Papa getötet wurde, und an Nonno, der meine Hand festhält. Daran, wie Nonno stürzt. Aber was, wenn … „Was ist, wenn Nonno gar nicht tot war? Wenn ich ihn lebendig begraben habe?"

Marco lenkt den Wagen an den Straßenrand und hält an. Er zieht mich in seine Arme und hält mich ganz fest. „Sie sind tot, Cara. Und es ist nicht deine Schuld."

Nicht meine Schuld. Nicht meine Schuld.

Sie wurde in die Gegenwart zurückgerissen, und Tränen liefen ihr über das Gesicht. Aber wessen Schuld war es dann?

Als Lance den trüben Blick in Rese' Augen sah, überließ er Mama und den anderen, die helfen konnten, das Aufräumen. Noch vierundzwanzig Stunden musste er mindestens aushalten, bevor er für Nonna holen konnte, was sie aus der Bank brauchte, und dann würde er Rese nach Hause bringen. Er hoffte, dass es keine bleibenden Traumata geben würde – für keine von beiden. Nachdem er im Flur seine Zuneigung zu Rese für alle sichtbar kundgetan hatte, mussten sie sich ein paar dumme Bemerkungen gefallen lassen, aber das war ihm egal, weil es ein so gutes Gefühl gewesen war, die Grenzen zu durchbrechen, die sie sich selbst gesetzt hatten.

Allerdings plante Mama jetzt schon die erste Taufe. Als hätte sie nicht schon genügend Enkel. Aber er musste seinen Beitrag diesbezüglich erst noch leisten, und sie fand, dass es höchste Zeit dafür wurde. Sie fand Rese vielleicht kalt und emotionslos, aber wenn er sich für sie entschied, dann sollten sie heiraten und in das Haus ziehen, wo sie ein Auge auf alles haben konnte.

Aber da irrte sie sich gewaltig. Er würde nicht bleiben, und Rese war alles andere als gefühlskalt. Es war ihre Zartheit, wegen der sie alles dafür tat, um hart zu wirken. Sie hatte einfach Tiefen, die die meisten Menschen nicht durchdringen wollten. Und das liebte er so an ihr.

„Komm mit." Entschlossen schob er sie zur Tür hinaus, als Rico gerade mit Star vorbeikam. Sie hatten gegessen und sich unter die Leute gemischt, aber jetzt waren sie ohne Trommeln oder Kostüme auf dem Weg irgendwohin. Lance tippte Rico auf den Arm. „Wo geht ihr hin?"

„In den Park."

„Zum Shakespearelesen?"

„Um den Vögeln zuzuhören, Mann."

Star kicherte.

Lance schüttelte den Kopf. „Ihr seid verrückt."

„Hey." Rico legte sich eine Hand auf die Brust. „Ich weiß eben die kleinen Dinge zu schätzen."

Lance lachte. „Körbe werfen?" Etwas Festes und Fassbares klang besser als Vögel.

„Muss erst einen Ball klauen."

„Klauen ist nicht nett." Lance ließ Rese vorgehen, als ihnen ein Touristenpaar entgegenkam. „Wir lassen die Kids mitspielen."

„Okay, Mann." Rico gab sich geschlagen.

Sie würden keine Schwierigkeiten haben, Mitspieler zu finden, das wusste Lance. Er beherrschte einen ganz ordentlichen Shortstop, spielte recht gut Handball und ausgezeichnet Pool, aber weder er noch Rico hatten die Körpergröße oder das Sprungtalent für Basketball. Und da im Viertel fast nur noch Riesen wie Chaz wohnten, würden die Kids Hackfleisch aus ihnen machen.

Das Spiel, das gerade im Gang war, konnte noch ein bisschen Dynamik gebrauchen, und so wurde ihr Angebot gerne angenommen, so wie er es erwartet hatte. Der große, schlaksige Lawon Johnson sah Rese an und fragte: „Spielst du auch mit?"

Sie zuckte mit den Schultern. „Warum nicht?"

Die Hände in die Hüften gestemmt starrte Lance sie an, als sie sich zu der gegnerischen Mannschaft gesellte. Er hatte nicht daran gedacht, Rese zu fragen, aber jetzt hatte er keine Zeit, sich darüber Gedanken zu machen. Der Ball war bereits in der Luft. Er schnappte ihn sich, passte zu Rico, aber Lawon kam dazwischen, drehte sich und warf.

Ignacio fing den Ball und spielte ihn zu Louis zurück. Während Lance losrannte, sah er Star aus dem Augenwinkel, die sich davongemacht hatte, als sie die Mannschaften eingeteilt hatten, und jetzt ein hüpfendes, wirbelndes Gefolge von Straßenkindern um sich versammelt hatte, die Finger gespreizt, den Kopf in den Nacken gelegt. Die Rattenfängerin von Hameln.

„Lance!" Rico spielte ihm den Ball zu.

Er fing den Ball mit der Brust auf, dribbelte damit und setzte zum Korbwurf an. Aber Rese fing den Ball ab und passte schnell zu Lawon, der weiterdribbelte und den Ball dann zu ihr zurückspielte, weil Ignacio ihn abblockte. Der Ball landete im Korb, noch bevor Lance und Rico überhaupt am anderen Ende des Platzes angekommen waren.

Keuchend wandte sich Lance an Rese. „Ich wusste gar nicht, dass du so gut spielen kannst." Er versperrte ihr den Weg, während Rico und Ignacio den Ball über das Spielfeld jagten und dieser dann auf dem Rahmen tanzte, bevor er neben dem Korb zu Boden fiel.

„Du hast mich ja auch nicht danach gefragt."

„Wir sollten an der Werkstatt einen Basketballkorb anbringen."

Sie lächelte schief. „Versuchst du mich abzulenken?"

Er umfasste ihre Taille. „Würde ich so etwas tun?"

Sie schnaubte verächtlich, entzog sich ihm mit einer schnellen Bewegung und sprang an ihm vorbei, um einen Pass anzunehmen. Rese Barrett spielte Basketball. Wahrscheinlich gab es noch tausend andere Dinge, die er nicht wusste. Es war ein merkwürdiges Gefühl, wenn er die meisten Menschen, die ihm vertraut waren, so gut kannte wie die eigene Westentasche. Rico sogar noch besser.

Seit dem Tag, an dem sie sich kennengelernt hatten, als Ricos Mittagessen in der Gosse gelandet war und er daraufhin sein Frikadellenbrötchen mit ihm geteilt hatte, hatte Rico an ihm geklebt wie eine Klette.

Lance hatte gleich erkannt, dass er keine Chance hatte, nicht einmal in seiner eigenen Familie. Sieben Kinder kämpften um das Wenige, was es an Essen und Habseligkeiten – und an Liebe gab.

Es war erbärmlich, wie sehr Rico sich abgemüht hatte, um die Aufmerksamkeit seines Vaters zu erlangen – etwas, das er und Lance gemeinsam hatten. Aber zwei Jahre, nachdem sie sich begegnet waren, endete sein Vater Juan im Gefängnis, weil er auf ein Mitglied einer verfeindeten Gang mit einem Messer losgegangen war. Er saß sechs Jahre, und als er zurückkam, brauchte Rico seine Aufmerksamkeit nicht mehr, was gut war, denn nur sieben Monate später saß Juan wieder hinter Gittern.

Lance nahm den Pass von Rico an und drehte sich um, sodass er direkt vor Lawon stand. Er duckte sich unter dessen Arm hindurch und spielte den Ball zu Ignacio, indem er ihn einmal aufsetzen ließ, aber Rese ging dazwischen, drippelte mit dem Ball über das Spielfeld und machte einen Korbleger. Rico konnte sie nicht aufhalten. Er tat, was er konnte, aber trotz seiner schnellen Reflexe und seiner Geschicklichkeit würde Basketball nie sein Spiel werden.

Rese und Lawon klatschten sich ab und Lance überlegte, dass der Korb an der Werkstatt vielleicht doch keine so gute Idee war. Würde nicht zum Ambiente passen. Sie liefen vor und zurück, und als Rese zu selbstsicher wurde, stahl Rico ihr den Ball, warf ihn Lance zu, dem ein Korb gelang. Beide grinsten wie ein Honigkuchenpferd.

Einer der jüngeren Mitspieler beschwerte sich darüber, dass Rese und Lawon ständig im Ballbesitz waren, und Lance nutzte die Gelegenheit, um durchzuatmen.

„Deine Frau ist heiß“, sagte Ignacio neben ihm.

„Ja, und komm nicht auf die Idee, dich an sie ranzumachen.“

Der Junge grinste.

Vier Stunden im Park – sie spielten Basketball, sahen Star zu, die mit einer Handvoll zukünftiger Mimen einen improvisierten Sketch aufführte, unterhielten sich mit Chaz und seinen Freunden, die sich zu ihnen gesellt hatten – lenkten Lance von dem Bankschließfach und dessen Inhalt ab. Beinahe hätte er auch Nonnas Rückfall vergessen und den Stress und die Verwirrung, die sie durchmachen musste.

Er wollte ihr nicht erklären, dass sie mit ihm zur Bank kommen musste. Wenn sie nicht zum Essen herunterkam, bedeutete das wahrscheinlich, dass sie nicht in der Öffentlichkeit gesehen werden wollte, solange sie noch nicht vollends wiederhergestellt war. Und das würde noch einige Zeit dauern.

Elliot Dobbs hatte ihm versichert, dass er ohne sie auf keinen Fall an den Inhalt des Schließfachs kommen würde. Dazu bräuchte er einen Gerichtsbeschluss, der möglicherweise nur ausgestellt wurde, wenn sie für unzurechnungsfähig erklärt wurde. Aber das wollte er auf keinen Fall. Nonna war geistig völlig klar, auch wenn sie ihre Gedanken nicht deutlich ausdrücken konnte. Sie wusste, was sie mit diesen Worten meinte, auch wenn die anderen es nicht wussten. Aber er konnte die Reaktionen anderer nicht beeinflussen. Sie konnten demütigend und unangenehm sein – genau das, was Nonna nicht gebrauchen konnte.

Plötzlich spürte er, wie der Beschützerinstinkt in ihm aufwallte. Warum hatte sie es nicht dabei bewenden lassen? Er selbst hatte alles losgelassen. Warum gab Gott ihm immer wieder zurück, was er aufgab?

Kapitel 14

Im Schlafzimmer, inmitten von Stars Froschskulpturen, die alle spöttisch zu grinsen schienen, runzelte Rese die Stirn. „Das ist nicht witzig. Es war schrecklich." Star war nach dem Park mit Rico ausgegangen, und Rese hätte sich ihnen gerne angeschlossen, aber sie und Lance waren bei Monicas Familie zum Essen eingeladen gewesen. Auch wenn diesmal weniger Personen dabei gewesen waren, hatte sich das in der Geräuschkulisse nicht widergespiegelt. Wenn Monica ihre Kinder zur Räson bringen wollte, war sie allein schon so laut, dass es für das Trommelfell gefährlich wurde. Und dann waren da die prüfenden Blicke, die neugierigen Fragen und das beharrliche Nachbohren. Rese kam sich vor wie ein Zahn, der ausgehöhlt und einer Wurzelbehandlung unterzogen wurde und jetzt völlig gefühllos war. „Ich mische mich doch auch nicht in das Leben anderer Leute ein; warum müssen sie jede Einzelheit über meins wissen?"

Star zog sich eine Spange aus den Haaren und ließ die Locken auf ihre Schultern fallen. „Du beherrschst eben nicht die Kunst der Ablenkung."

Rese schüttelte den Kopf. Lance hatte recht gehabt. Er hatte sie gewarnt: sobald seine Schwester eine Affäre witterte, würde sie sie nicht mehr in Ruhe lassen. Bobby war nicht viel besser gewesen mit seinen anzüglichen Bemerkungen in Richtung Lance, obwohl er sich vor den ganzen Kindern ein wenig zurückhielt … Das konnten unmöglich alles Kinder von Monica und Bobby gewesen sein. Rese hatte den Verdacht, dass sie ein paar von Lucy und vielleicht sogar das eine oder andere von der Straße aufgelesen hatten.

Rese presste die Finger gegen ihre Stirn. Jedes für sich mochte sie, vor allem Nicky, hinter dessen engelhaftem Gesicht sich ein kleiner Frechdachs verbarg, der sie an Lance erinnerte. Aber als sie zusammen um den Tisch saßen und sich Bobbys Belehrungen und Monicas Fragen gefallen lassen mussten und ihre Antworten immer mitten im Satz unterbrochen wurden, weil die Kinder sich ständig gezankt hatten und ermahnt werden mussten, da hätte sie sich am liebsten eine Zelle in einer Irrenanstalt gewünscht.

„‚Süß ist die Frucht der Widerwärtigkeit, die gleich der Kröte, hässlich und voll Gift, ein köstliches Juwel im Haupte trägt.'"

Rese runzelte die Stirn. Sie wollte diese Botschaft nicht schon wieder hören, und schon gar nicht von Star. Wozu brauchte sie noch mehr Widerwärtigkeit? Sie stöhnte. „Ich weiß gar nicht, warum ich überhaupt hier bin."

„Fügung." Star fuhr sich mit den Fingern durchs Haar. „Es sollte so sein, dass wir jetzt alle hier zusammen sind."

„Klar." Rese zog die Bettdecke gerade. „Du bist hergekommen, um mit Rico zusammen zu sein. Ich bin hergekommen, um etwas Geschäftliches zu regeln."

Star kicherte. „Und Lance?"

„Was glaubst du denn? Es ist sein Geschäft." Sie schüttelte das Kopfkissen auf und legte es zurück.

„Du bist wirklich lustig."

„Es stimmt doch. Die ganze Sache in Sonoma – das Skelett, um Himmels willen. Er versucht zu Ende zu bringen, was er angefangen hat, und er wollte mich dabeihaben, wenn wir Antonia unsere Pläne erklären. Es ist nur … bei Lance geht nichts so, wie man es erwarten würde."

Star fuhr herum und lachte. „Weil du nicht weißt, was du erwartest."

„Ich weiß genau, was ich erwarte. Aber Lance …" Dieses Mal konnte sie ihm noch nicht einmal die Schuld geben. Woher hätte er auch wissen sollen, dass Antonia sich so aufregen und einen Rückfall erleiden würde und ihn erneut brauchte?

Star sah sie mit ihren durchdringenden blauen Augen an. „Lance ist dein anderes Ich."

Rese schnaubte. „Ich behaupte ja nicht, dass er mir nicht wichtig ist. Nur … deshalb bin ich nicht hier."

Star lachte wieder. „*‚Du bist wie verzaubert von der Gesellschaft dieses Schelms.'*"

Rese hob Stars Kleider vom Boden auf und legte sie ordentlich zusammengefaltet in eine Schublade. „Da du also jetzt durch Fügung hierhergekommen bist, wirst du auch bleiben?"

Erschrocken sah Star sie an. „So denke ich nie." Entschlossen warf sie den Kopf nach hinten. „Ich bin ein freier Vogel, der mit dem Wind des Lebens segelt."

„Willst du denn niemals Pläne machen?“

Sie hob den Kopf. „Wir können das Schicksal nicht ändern. Ich bin nur froh, dass es mich in diesem Augenblick hierher verschlagen hat.“ Und die rührende Klarheit ihrer porzellanblauen Augen ließ Rese’ Atem stocken, als Star sich vorbeugte.

„Wärst du jemals mit mir hierhergekommen, Rese? Hättest du dieses alte Haus in Sonoma überhaupt jemals freiwillig verlassen?“

Rese runzelte die Stirn. „Vielleicht.“

Lachend warf Star den Kopf in den Nacken. „Niemals. Ich habe meinen Augen nicht getraut, als ich dich im Flur sah.“ Mit erhobenen Händen drehte sie sich wie in einer Pirouette. „Kapierst du das denn nicht? Es sollte alles so kommen. Rico und ich und du und Lance.“

„Star –“

„‚Wir gehören zusammen, du und ich.‘“ Stars Miene wurde ernst, und ihre Stimme klang unheilvoll. „‚*Zwei Seiten desselben Zaubers.*‘“

Rese erkannte die Zeilen aus dem Film *Das letzte Einhorn wieder*, den Star als Kind so oft gesehen hatte, und sagte grimmig: „Dann bin ich also die Harpyie.“

Star krümmte sich vor Lachen. „Du kannst dem Schicksal nicht ausweichen. ‚*Es gibt Gezeiten für der Menschen Treiben; nimmt man die Flut wahr, führt sie uns zum Glück, versäumt man sie, so muss die ganze Reise des Lebens sich durch Not und Klippen winden.*‘“

„Ich bin nur hier, um ...“

„Stopp.“ Star legte eine Hand auf ihre Lippen. „Führe die launischen Götter nicht in Versuchung. Die Gezeiten stehen auf Flut.“

Rese seufzte. „Ich habe Neuigkeiten für dich: Es gibt nur einen launischen Gott.“ Der es möglicherweise nicht nur zuließ, dass sie in die Fußstapfen ihrer Mutter trat, sondern es vielleicht sogar so bestimmte.

Star regte sich nicht, abgesehen von ihrer leichten chronischen Muskelzuckung, die sie so flüchtig wirken ließ. „Das ist einer zu viel.“

Rese seufzte. „Mir gefiel der Gedanke auch nicht. Aber ich kann mich ihm nicht mehr entziehen.“

„Das ist nicht dein Ernst.“

„Kannst du dich an die Nacht erinnern, als ich ins Krankenhaus gekommen bin, Star?“

Star ging zur gegenüberliegenden Wand des Zimmers.

„Ich hätte in jener Nacht sterben können. Dad war nicht rechtzeitig zu Hause."

„Er hat dich ins Freie gebracht; und du bist nicht gestorben, sondern bist jetzt hier."

Rese setzte sich auf die Bettkante. „Weißt du noch, wie du Feen gesehen hast, als es besonders schlimm war?"

„Ich kann nicht glauben, dass du sie auch gesehen hast." Sie schlang die Arme um ihren Oberkörper. „Rese Barrett sieht keine Feen."

„Ich habe nichts gesehen." Warum erzählte sie das alles jetzt, nachdem Star in all den Jahren nie gefragt hatte, wie sie diese schreckliche Nacht überstanden hatte? „Aber etwas anderes war da."

„‚Ein wandelnder Schatten nur, ein armer Schauspieler, der auf die Bühne tritt und dann nicht mehr vernommen wird.'"

„Ich glaube, es war Gott."

Alle Energie schien aus Star zu weichen. Sie fuhr sich mit der Hand an die Kehle. „Gott war in deinem Zimmer?"

„Ich habe seine Gegenwart gespürt, es war ..."

„Sag es nicht." Stars Stimme klang jetzt hart. „Ich persönlich hatte schon zu viele alte Männer in meinem Schlafzimmer."

Lance klopfte an die Tür, um Rese und Star eine gute Nacht zu wünschen. Es war ein Tag wie in einer Achterbahn gewesen, aber hoffentlich würde der nächste Morgen eine Lösung bringen. Plötzlich wurde die Tür aufgerissen. Star starrte ihn mit gehetztem Blick an und küsste ihn dann mitten auf den Mund. *„‚Es ist eine Krankheit, die nicht ohne Heilung ist. Man muss nur lernen zu bluten.'"* Dann rauschte sie an ihm vorbei und verschwand in der Nacht.

Mit offenem Mund wandte er sich an Rese. „Habe ich …"

„Du hast nichts gemacht." Rese trat ins Wohnzimmer, blieb stehen, die Arme verschränkt, den Rücken ihm zugewandt. „Ich habe versucht, ihr von der Nacht damals zu erzählen, von der Gegenwart Gottes, die ich im Zimmer gespürt habe."

Etwas so Persönliches würde Rese ihrer Freundin nicht leichtfertig erzählen. Er trat neben sie und fing an, ihren verspannten Nacken und ihre Schultern zu massieren. „Sie hat dir nicht geglaubt?"

„Sie wollte es nicht einmal hören."

„Warum?"

„Weil sie dann zugeben musste, dass ich auch schlimme Dinge erlebt habe."

„Das weiß sie doch."

„Nein, Lance. Sie glaubt, jene Nacht damals war meine Rettung." Rese neigte den Kopf, während er sie massierte. „Meine Widrigkeiten sind süß und nützlich, und nur ihre schlimmen Erfahrungen zählen."

Star hatte sie verletzt, auch wenn sie die Kränkung nicht so nennen wollte. Er massierte die Verspannung in ihrem Nacken mit den Daumen. „Nicht sehr gerecht."

Rese schnaubte. „Und jetzt ist sie weg, wer weiß, wo oder für wie lange. Aber sie wird wiederkommen und erwarten, dass ich mein Leben dort wieder aufnehme, wo sie es verlassen hat."

Mit seinen Handballen strich er über ihre Schultern.

Unter dem Druck zuckte sie zusammen. „Ich wollte sie nur davon überzeugen, dass es Ordnung geben kann. Dass sie nicht den Launen des Schicksals ausgesetzt ist." Rese ließ die Schultern hängen. „Ich hätte Gott nicht erwähnen sollen."

Lance massierte die Sehnen, die zu ihrem Kopf führten. „Du hast ein Recht darauf, über deine Erfahrungen zu sprechen. Ich hätte erwartet, dass Star das wissen will." Fühlte Star sich durch die Enthüllung bedroht oder machte ihr die Vorstellung, dass Rese verwundbar war, Angst? Sie wollte, dass Rese die Rolle spielte, die sie ihr gab. Aber warum versuchten alle, Rese in eine Schublade zu stecken? Er fuhr mit seinen Fingern durch ihr Haar und wünschte, er könnte sie vollständig befreien.

„Es ist so, als würde man mit einer Wolke reden. Puff. Und weg ist sie."

Und Rese war hier, so greifbar wie das Holz des Mammutbaums. „Man weiß nie, was hängen bleibt."

„Es hat sie abgestoßen, dass ich möglicherweise an Gott glaube."

„Vielleicht hat sie Angst davor, dass du dich veränderst."

Sie drehte sich um. „Menschen verändern sich nun mal. Ich kann doch aus den Schwierigkeiten lernen und als Persönlichkeit wachsen."

„Natürlich kannst du das."

„Mehr wollte ich doch gar nicht sagen. Dass es vielleicht etwas gibt, jemanden, dem Star auch vertrauen kann."

„Du hast eine ziemlich krasse Entwicklung durchgemacht.“

Nachdenklich schüttelte sie den Kopf. „Aber ich habe doch überhaupt keine Ahnung.“

Und doch hatte sie Vertrauen gefasst, als es wichtig war, und die Furcht des Herrn war der Anfang der Weisheit. „Chaz kann dir bestimmt weiterhelfen.“

Sie runzelte die Stirn. „Warum tust du es denn nicht?“

Weil er in der Umsetzung dessen, was er wusste, nicht besonders gut war. „Ich glaube nicht, dass ich das beste Vorbild bin.“

„Du hast mir doch schon dabei geholfen, den Glauben zu finden.“

Das würde Evvy gefallen. Sie hatte mit ihm geschimpft und ihn gedrängt, die Wahrheit zu sagen. Und das hatte er auch, aber sein Handeln passte nicht dazu.

Rese ballte die Fäuste, und ihre Enttäuschung war deutlich zu spüren. „Du hast es mir so erklärt, dass ich es verstanden habe. Durch dich wurde alles nachvollziehbar.“

„Aber ich habe dich angelogen.“ Und das stand zwischen ihnen wie ein Wachhund, der ihn auf Abstand hielt.

„Lance.“ Sie suchte in seinem Gesicht. „Können wir nicht … noch mal von vorne anfangen?“

Sein Atem stockte. Ein zweiter Versuch? Er hatte so gehofft, eine zweite Chance zu bekommen, ihr beweisen zu können, dass er es besser konnte. Aber noch einmal von vorn anzufangen, ohne Schuldzuweisungen und Schuldgefühle? Das war mehr, als er erwartet hatte, mehr als er verdiente. Und doch …

Ihre Miene war zugleich hoffnungsvoll und ernst. Rese meinte es ernst mit dem, was sie sagte. Er nahm sie in die Arme und drückte ihren Kopf an seine Schulter. Eine große Erleichterung erfüllte ihn und eine Dankbarkeit, die so tief war, dass sie seine Seele berührte.

Kapitel 15

Die Tür ging auf und Rico kam herein. „Wo ist Star?“

Rese löste sich aus Lance’ Umarmung, während Rico zwei DVDs auf den Tisch warf und dann eine Flasche Quellwasser und biologische Käsekugeln aus einer mitgebrachten Papiertüte holte. Sie hatten offenbar wieder einen Filmabend geplant, und während Rico losgezogen war, um Filme und Snacks zu besorgen, hatte Star sie alle sitzen gelassen.

Lance sagte: „Sie war aufgebracht und ist gegangen.“

„Wohin denn?“

Rese zuckte mit den Schultern. „Hat sie nicht gesagt.“ Das tat sie nie. Es war Teil der Strafe, dass sie sich Sorgen machten und auf sie warteten.

Rico blickte zwischen ihr und Lance hin und her, als ihm bewusst wurde, dass sie sich nicht bloß zurückgezogen hatte, um zu schmollen.

„So etwas macht sie eben, Rico.“

„Was meinst du damit, dass sie das macht? Sie hat das noch nie gemacht.“

Rese ging ans Fenster und blickte hinaus. „Eine Weile geht alles gut, und dann verschwindet sie.“

„Und sie hat nicht gesagt, wohin sie will?“

„Das tut sie nie.“ Rese drehte sich um. Nicht wohin oder warum oder mit wem, aber garantiert würde sie jemanden finden, der Mitleid mit ihr hatte. Die ersten paar Male, als Star verschwunden war, hatte Rese versucht herauszufinden, wo sie gewesen war, hatte versucht, ihr zu sagen, dass es gefährlich war, ganz allein davonzulaufen. Star hatte nichts davon hören wollen. Vielleicht war es die Gefahr, die sie reizte, oder die Sorge, die die anderen sich um sie machten. Es gab keine Entschuldigungen und keine Ausreden. Sie erklärte nichts, gab nichts zu, sondern erwartete nur, dass man sie hinterher ungefragt wieder aufnahm.

Rese hatte sich inzwischen daran gewöhnt, aber Rico nicht. Als sie ihn jetzt ansah, tat es ihr leid, dass sie zu dieser Situation beigetragen hatte, aber man konnte vorher nie wissen, was Star in Rage brachte.

„Vielleicht ist sie heute Abend ja wieder da." Aber das war unwahrscheinlich. Als sie Lance einen Kuss gegeben hatte, war das wie ein Abschiedskuss gewesen.

Innerlich stieg Wut in ihr auf. Was hatte sie ihr denn getan? Was hatte Rico ihr getan? Und trotzdem war Star jetzt irgendwo in New York City unterwegs, hatte wahrscheinlich schon jemanden aufgegabelt. Sie sagte vielleicht, dass sie von alten Männern genug hatte, aber trotzdem begab sie sich immer wieder in diese Situation.

Rico drehte sich um und ging zur Tür, wo er nur kurz stehen blieb, um zu Lance zu sagen: „Ruf an, wenn sie zurückkommt."

Lance musste doch wissen, wie unwahrscheinlich es war, dass Star schon bald wieder zur Tür hereinspaziert kam. Wenn sie niemanden gefunden hatte, der sie abschleppte, dann würde Rico ihr vielleicht über den Weg laufen, aber nur, wenn sie das auch wollte. Star war in vielerlei Hinsicht schwer zu fassen. Trotzdem gab er ihr sein Handy. „Ricos Nummer ist gespeichert."

Sie nickte, als er seinem Freund folgte. Lance würde die erfolglose Suche mitmachen. Das musste er. Schließlich ging es um Rico.

Sie setzte sich, klappte das Telefon auf und scrollte durch Hunderte von Namen, bis sie Ricos Nummer fand. Kannte Lance denn die ganze Welt? Schließlich klappte sie das Handy wieder zu und legte den Kopf in den Nacken. Wie standen ihre Chancen, nach Sonoma zurückzukehren, wenn Star nicht wieder auftauchte? In den nächsten paar Tagen? Schlecht. Und danach? Vielleicht etwas besser. Je nachdem, wie es Rico ging.

Vielleicht erkannte er irgendwann, dass sie zu anstrengend war. Natürlich war sie eine schillernde, furchtlose und lebenslustige Persönlichkeit. Und sie hatte sich für seine musikalischen Ambitionen begeistert. Vielleicht waren sie zusammen sogar gut. Aber Star war … Star. Rico hatte das nur noch nicht erkannt.

Rese schaltete den Fernseher ein und zappte durch die Sender. Nach etwa einer Stunde kamen die Männer zurück. Ohne Star. Sie hatten das Viertel durchkämmt, aber nachts gab es nicht so viele Orte, an denen sie suchen konnten.

„Wohin würde sie wohl gehen?", sagte Rico wie zu sich selbst.

„Gibt es einen Ort, an dem ihr beide zusammen wart und den sie vielleicht aufgesucht haben könnte?", fragte Lance.

Rico hob ratlos die Hände. „Wir waren überall, Mann."

Rese sah auf. „Das Theaterviertel?" Sie war sich nicht sicher, warum es ihr einfiel, aber der Times Square war genau der Platz, an dem Star sich verlieren könnte. Sie war mit Rico dort gewesen, um im Java Cabana zu singen. Und sie wusste, dass man sich in dieser Bar wunderbar verkriechen konnte.

Rico sah sie an. „Du glaubst, sie ist nach Manhattan gefahren?"

„Könnte sein."

Rico fluchte. Manhattan war schließlich groß und voller Menschen. Die Chance, dass er Star dort fand, war nicht sehr groß, besonders wenn sie nicht gefunden werden sollte. Aber offenbar war er nicht bereit, die Suche schon aufzugeben.

Lance zog seine Lederjacke wieder an. „Gehen wir." In seiner Stimme lag nur Sorge um Rico.

Warum verspürte sie kein Mitgefühl für Star? „Ich komme mit." Es war allemal besser, als den ganzen Abend allein herumzusitzen, und den beiden musste klar sein, dass es unnötig war, jemanden zu Hause warten zu lassen. Lance hielt ihr die Tür auf und ging dann voran zur Wohnung seiner Eltern.

Sie wartete mit Rico im Wohnzimmer, während Lance sich den Fiat seiner Mutter auslieh. Ricos Blick huschte hin und her, als könnte er Star wie eine Porzellanfigur auf einem der Regale finden. Als sie seine Besorgnis sah, wünschte sie, es gäbe einen Weg, um die Wirklichkeit zu verändern, aber wahrscheinlich dachte Star überhaupt nicht an ihn. Sie wollte etwas zum Ausdruck bringen, und ihr war egal, wer darunter litt. „Star wird sich nicht im Klaren darüber sein, dass sie dich verletzt hat, Rico."

Er wandte ihr seine dunklen Augen zu und sah sie unverwandt an. „Sie wird es wissen, *chiquita.*" Plötzlich spürte sie einen kalten Schauer. Hatte Star den Teil in Rico berührt, der zur Gewalt fähig war? Aber dann wurde ihr klar, dass sie in seinem Blick nichts als Hoffnung sah, Ricos entblößtes Herz.

Es war schwer, Star zu verstehen, ihren Mangel an Mitgefühl und diese innere Leere zu begreifen. Vielleicht hatte der Drogenkonsum ihrer Mutter diese Fähigkeit schon im Mutterleib zerstört; oder der Missbrauch hatte diese Gefühle so tief verschüttet, dass man nicht mehr an sie herankam. Sie war ganz und gar auf sich selbst bezogen. Rico hoffte vergebens.

Lance' Mutter betrat den Raum. Sie ging zu Rico und legte ihm die Hände ums Gesicht. „Sei vorsichtig." Sie musste seine Anspannung spüren.

„*Sí, mamacita.*"

„Provozier keinen Ärger." Dorias Sorge gründete sich wahrscheinlich auf vergangene Erfahrungen, und es konnte hässlich werden, wenn Rico überraschend bei Star auftauchte und sie in einer zwielichtigen Situation fand. Vielleicht glaubte er dann sogar, dass der andere Kerl schuld war. Aber Rese wusste es besser. Solche Typen reagierten immer nur auf das, was ihnen angeboten wurde.

„Wir passen auf, Mama." Lance tätschelte ihr den Arm und sie ließ Rico gehen. Dann warf sie Rese einen Blick zu, als könnte sie allein eine Katastrophe verhindern. Entschlossen richtete Rese sich auf. Sie hatte nicht vor, irgendeine Dummheit zu begehen.

Lance lenkte den Fiat genauso elegant und rasant durch den Verkehr, wie er Ricos Motorrad oder seine Harley fuhr. Jetzt wurde deutlich, dass er wie ein New Yorker fuhr. Rese lehnte sich zurück, um seinen waghalsigen Fahrstil besser zu ertragen. Sie hatte Rico den Beifahrersitz überlassen, damit er und Lance ihre Strategie besprechen konnten. Angestrengt überlegten sie, wo sie Star am ehesten finden könnten. Obwohl ihm sicherlich klar war, wie sinnlos ihre Bemühungen waren, war Lance für Rico da, engagiert und entschlossen.

Belmont war dunkel und ruhig gewesen, aber New York war auch nachts hellwach. Die Lichter am Times Square blendeten die Augen; grell weiße Leuchtreklamen überall, riesige elektronische Poster mit Reklame, die Gehwege, Restaurants, Theater und Geschäfte voller Menschen. Rese schüttelte den Kopf und wünschte, sie hätte den Mund gehalten.

Aber es war eindeutig ein Ort, der zu Star passte. Angestrengt starrte sie aus dem Fenster. Sollte Star doch dieses Viertel wochenlang in sich aufnehmen und zur Abwechslung einmal ahnungslosen Fremden die Kraft entziehen, anstatt ihre Freunde auszusaugen. Rese runzelte die Stirn. Sie war wütender, als ihr bewusst gewesen war.

Der Kuss hatte Lance nichts bedeutet. Es war die Botschaft, die dieser Kuss ausdrücken sollte, die zählte: Du hast nichts, was ich nicht verderben kann. Oder dir wegnehmen. Oder entweihen. Sie sah in Lance ein Symbol des Glaubens. Vielleicht war es Lance, den Star verletzen wollte. Aber letzten Endes wollte sie ihr, Rese, wehtun. Sie war der einzige Mensch, auf den Star einschlug, der einzige Mensch, zu dem sie immer wieder zurückkehrte.

Rese hatte schon vor langer Zeit gelernt, dass Star ihr Leben zu ihren eigenen Bedingungen führte, aber aus irgendeinem Grund schlossen diese Bedingungen die einzige Freundin ein, auf der sie immer wieder herumtrampeln konnte. Ihren Fels in der Brandung.

„Lass mich hier raus", sagte Rico an einer Kreuzung, weil er es nicht länger im Auto aushielt. „Du findest hier nie einen Parkplatz."

„Doch." Lance sah auf seine Uhr. „Wir treffen uns in einer halben Stunde hier an der Ecke. Dann sehen wir weiter."

Rico stieg aus, während das Taxi hinter ihnen laut hupte. Lance fuhr weiter. In diesem Viertel schien Gott ihm keinen Parkplatz schuldig zu sein. Rese hielt die Augen offen, aber trotzdem übersah sie einen frei werdenden Stellplatz, den Lance zielsicher ansteuerte. Als er den Wagen abgestellt hatte, stiegen die beiden aus und zogen gemeinsam los.

„Bist du bereit, Rese?"

„Wofür?"

Er legte den Kopf schief, als wollte er Maß nehmen. „Es ist vielleicht völlig umsonst, aber für Rico ist es wichtig."

Für Star spielte Rico in diesem Augenblick überhaupt keine Rolle. Außer sich selbst war ihr niemand wichtig. Sie war der einzige Stern am Himmel. Rese kochte innerlich.

„Ist es der Kuss?"

Sie warf ihm einen düsteren Blick zu. „Es ist so ziemlich alles."

Er blickte die Straße entlang und wartete darauf, dass Rese etwas sagte. Warum war sie überhaupt mitgekommen? Hatte sie wirklich gedacht, sie könnte irgendetwas bewirken?

Wütend ballte Rese die Fäuste und sagte: „Star könnte auch in Not sein, sich in einer gefährlichen Situation befinden oder schwerverletzt irgendwo liegen. Aber nein. Sie tanzt oder spielt Theater oder macht mit irgendwelchen Typen rum. Und wenn sie wüsste, dass wir die Stadt nach ihr absuchen? Sie würde laut lachen." Rese konnte ihre Bitterkeit nicht zurückhalten. Woher war dieses Gefühl gekommen? In Lance' Gegenwart brachen sich ihre Emotionen Bahn. „Ich bin es leid, immer nur das zu sein, was sie braucht. Ich gebe und vergebe ihr immer, ohne dass ich jemals etwas zurückbekomme." Als er ihr nicht antwortete, wandte sie sich ihm zu. „Ich bin ungerecht, oder?"

„Nein." Dabei schüttelte er den Kopf.

„Was dann?"

„Es gibt einen Namen für das, was du Star entgegenbringst. Bedingungslose Liebe."

Aber das wollte Rese jetzt nicht hören. Sie ließ so selten ihre Wut heraus, dass der Zorn jetzt durch alle Poren drang, als sie an Stars Abschiedskuss dachte. „Es war so absurd und gehässig."

„Ich weiß."

Und selbstsüchtig und melodramatisch. Sie wünschte, sie könnte einen Schlagbohrer schwingen, das Geräusch von Stahl auf Stahl hören und die Vibration spüren, die ihren Arm dabei erschütterte. „Was meinst du, wo sie ist?"

„Irgendwo in einer Ecke, wo sie mit nem Mann rummacht."

Seine Antwort nahm ihrer Wut die Schärfe, und sie legte mit einem erneuten Seufzen den Kopf in den Nacken. „Wir werden sie nicht finden."

„Hoffen wir um Ricos willen, dass das stimmt. Und um meinetwillen."

Sie sah ihn an. „Mach keine Dummheiten."

Er verzog den Mund.

„Es ist mein Ernst, Lance. Ich werde dir nicht schreiben."

Lachend legte er einen Arm um ihre Schultern. „So hartherzig kannst du gar nicht sein, Theresa."

Es stimmte. Sie würde ihm schreiben, ihn besuchen und eine Kaution für ihn hinterlegen. Bedingungslose Liebe.

Rico suchte etwas, auf das er einschlagen konnte; Lance konnte es an seinem Blick erkennen. Stars Flucht hatte er nicht vorhergesehen, hatte nicht geahnt, dass ihre Idylle schon bei der ersten Provokation enden würde; kein Wort der Erklärung, keine Rücksicht auf ihn. Sie suchten in U-Bahn-Schächten und Gängen, wo jugendliche Goths und Punks herumhingen, vorbei an Obdachlosen und Geschäftsleuten in maßgeschneiderten Anzügen. Rico durchkämmte die Bars und Restaurants und Theatertreffs, während seine eigene Verlassenheit in ihm brodelte.

Weil er ganz und gar treu war, erwartete er auch von anderen, dass sie treu waren – trotz all der Menschen in seinem Leben, die sich als untreu erwiesen hatten. Aber an Star konnte er keine Ansprüche stellen. Die Angst um ihre Sicherheit und ihre emotionale Verfassung standen bei ihrer Suche im Mittelpunkt, aber Lance wusste auch, dass Rico mit einer Zurückweisung rechnen musste.

Als sie irgendwann gegen drei Uhr morgens zurückgekommen waren, hatte Mama im Nachthemd ihre Tür geöffnet. Er hatte sich vorbeischleichen wollen, ohne sie zu stören, aber sie hatte einen sechsten Sinn, der sie immer dann aufwachen ließ, wenn einer ihrer Sprösslinge spät nach Hause kam. Und sie hatte wahrscheinlich ohnehin kaum geschlafen.

„Kein Glück gehabt?" Sie schien erleichtert, nicht etwa, weil sie sich um Star keine Sorgen machte, sondern sie war froh, dass Rico und Lance wohlbehalten zurück waren.

Lance schüttelte den Kopf und Rico war kurz davor zu explodieren, aber sie hatten auch nicht die geringste Spur von Star entdeckt. Wären sie fündig geworden, hätte es ein Feuerwerk gegeben.

Mama ließ ihren Blick zu Rese wandern, so als wäre sie der Schutzengel, der Lance und Rico vor dem Absturz bewahrt hatte. Rese zeigte nichts mehr von der Wut und der Kränkung, die sie zum Ausdruck gebracht hatte, als sie sich auf die Suche gemacht hatten; sie hatte nachgegeben und war mitgekommen, um eine Freundin zu suchen, die sie nur benutzte und die unersättlich war.

„Danke." Lance ließ den Autoschlüssel in die Hand seiner Mutter fallen. Rico war schon auf dem Weg nach oben.

„Möchtet ihr eine warme Milch?"

Er beugte sich vor und küsste sie. „Geh wieder schlafen, Mama. Wir brauchen nichts."

Sie wandte sich an Rese. „Komm auf einen Kaffee runter, wenn du auf bist. Dann plaudern wir."

„Gut." Rese nickte. Wortlos gingen sie die Treppe hinauf, aber an der Tür sagte sie: „Sie meint uns beide, oder?"

Rico hatte die Tür angelehnt gelassen. Lance stieß sie auf. „Sie meint dich.“ Im Schein der einzelnen Lampe drinnen sah er den Schrecken in ihrer Miene.

„Ich plaudere nicht.“

„Natürlich tust du das.“

„Lance, du weißt … du hast gesehen …“

„Das war bei Fremden, Monicas Familie.“ Er reckte sich. Rico musste sofort schlafen gegangen sein. Chaz war höchstwahrscheinlich von der Arbeit zurück und schlief schon. Nachdem er sich den ganzen Tag Sorgen um Nonna und jetzt noch um Rico gemacht hatte, war Lance so ausgelaugt, dass er ein Jahr lang hätte schlafen können, aber Rese nicht. Er nahm ihre Hand. „Willst du auch in einer Ecke herummachen?“

Ihre Miene verfinsterte sich. „Den Vergleich finde ich nicht sehr schmeichelhaft.“

Sie war also immer noch sauer. „Wie wäre es mit der Couch mitten im Zimmer?“

„Lance.“

Er nahm sie in den Arm und spürte ihre Anspannung. Sie würde noch lange nicht schlafen, vermutete er. „Eine Nackenmassage?“

„Brauchst du eine?“ Sie meinte es spöttisch, wollte sein Angebot ausschlagen, um zu beweisen, dass sie auch allein klarkam.

Aber er legte den Kopf schief. „Ja.“ Seine Antwort überraschte sie, aber er ging trotzdem zum Sofa. Die Kissen seufzten, als er sich darauf niederließ und wartete.

Chaz’ klangvolles Schnarchen drang durch die geschlossene Tür, als Rese sich widerstrebend neben ihm fallen ließ. „Ich kann das aber nicht besonders gut.“

„Mach die Augen zu.“ Er schloss seine ebenfalls. „Und jetzt fass meinen Hals an und fühl die Muskeln.“

Ihre Hand war kalt.

„Drück einfach Daumen und Finger auf die Stellen, die du fühlen kannst.“ Ihre Hände hatten Holz bearbeitet, und er spürte diese Kraft jetzt, als sie seine Muskeln massierte. Sein Nacken war zwar nicht verspannt, aber er genoss ihre Berührung.

Wie oft hatte er ihre Verspannungen gelöst, und noch nie hatte sie sich revanchiert. Als ihre Hände über seinen Nacken und die Schultern wanderten, spürte er ihren warmen Atem. Und plötzlich fiel ein Tropfen auf seine Schulter und er drehte sich unwillkürlich um.

Sie schniefte, verärgert, weil er ihre Tränen sah. „Gibt es so etwas wie emotionale Magersucht?"

Er musste lächeln. „Ausgehungerte Gefühle?"

„Eher eine Weigerung, etwas zu fühlen, bis man kaum noch weiß, was man fühlen soll."

Er ließ einen Arm locker auf ihrer Schulter ruhen. „Es ist völlig in Ordnung, was du fühlst."

„Aber ich fühle eben nichts, Lance. Ich mag Star, aber ich mache mir keine Sorgen. Rico tut mir leid, aber ich fühle keinen … Kummer. Selbst als du weggegangen warst –"

„Du meinst, als du mich rausgeschmissen hattest."

„Es hat so wehgetan, dass ich … einfach gar nichts gefühlt habe."

„Das ist deine Art, damit fertigzuwerden. Du hast schon früh im Leben eine Menge schwerer Erfahrungen gemacht und solltest emotionale Erwartungen erfüllen, mit denen ein Kind nicht umgehen kann."

„Was ist, wenn etwas in mir einfach kaputtgegangen ist?"

Er legte seine Hände um ihr Gesicht. „Du bist nicht kaputt. Was meinst du, warum du plötzlich Tränen in den Augen hast?"

„Ich weiß nicht."

„Weil du etwas empfindest."

Sie machte sich los und rutschte auf dem Sofa ein Stück von ihm weg. „Als wir Star gesucht haben, habe ich mir immer wieder vorgestellt, dass wir sie aus einer schlimmen Lage retten müssen. Ich habe mir sogar ausgemalt, wie es wäre, wenn sie tot sei. Und ich habe mich gefragt, was ich dann wohl fühlen würde. Ich war mir nicht sicher, Lance."

„Das ist reiner Selbstschutz. Du gehst auf Distanz zu ihr."

Lange saß sie schweigend da und drehte sich dann zu ihm um. „Warum kann Star das nicht? Warum begibt sie sich immer wieder so in Gefahr und scheut nicht vor demütigenden Situationen zurück, obwohl das doch der Grund dafür ist, warum sie so verkorkst ist?"

„Hast du schon mal gehört, dass Menschen sich ritzen?"

Rese runzelte die Stirn.

„Dabei wird körperlicher Schmerz benutzt, um emotionale Wunden zu verarzten."

„Aber …"

„Sofie kann das besser erklären. Sie kennt die wissenschaftlichen Hintergründe. Aber im Wesentlichen ist es so, dass die Verletzung etwas im Gehirn auslöst, das eine betäubende Wirkung hat. Du hast gesagt, dass Star keine Drogen nimmt, aber sie findet einen anderen Weg, um sich zu betäuben."

„Sex ist also eine Droge für sie?"

Er zuckte mit den Schultern. „Das vermute ich."

„So wie man mit dem Zeh gegen etwas tritt, wenn man sich auf den Daumen gehämmert hat?"

Er lächelte. „Genau. Wenn das, was du gesagt hast, bei ihr bestimmte Erinnerungen ausgelöst hat, dann ergibt ihre Reaktion einen Sinn."

Rese schüttelte den Kopf. „Aber Rico ..."

„Rico ist in Sicherheit, so wie du. Sie dagegen brauchte den Schmerz."

Sie legte den Kopf in den Nacken. „Aber wie kann man daran etwas ändern?"

„Ich weiß nicht." Er legte seinen Arm um sie und zog sie an sich. „Der Schmerz hat eine Eigendynamik und äußert sich oft auf unerwartete Weise. Selbst wenn du denkst, er ist vorbei."

„Aber was gibt es dann für eine Hoffnung?"

„Das versuche ich noch herauszufinden."

„Ich kann das nicht." Nervös ging Rese am nächsten Morgen in den sandfarbenen Cargoshorts, für die sie sich nach längerem Überlegen entschieden hatte, im Wohnzimmer auf und ab.

Lance zeigte keine Spur von Mitgefühl. Er saß auf der Armlehne des Sofas und sah sie belustigt an. „Es ist doch nur Mama, Rese. Sie wird sowieso die ganze Zeit selbst reden."

Frisch geduscht und lächelnd kam Chaz aus dem Bad. Auf seine gute Laune konnte sie gut verzichten. Wenn sie um drei Uhr morgens nicht etwas benommen gewesen wäre, hätte sie vielleicht Nein gesagt oder zumindest dafür gesorgt, dass Lance mit dabei sein würde. Warum sollte sie seiner Mutter allein gegenübertreten? Was wollte sie von ihr?

„*‚Diesen Tag hat Gott zum Fest gemacht.'*" Chaz strahlte. „*‚Lasst uns fröhlich sein und jubeln!'*" Er hatte ihren Streit offensichtlich mit angehört.

„Sie wartet." Lance' Tonfall war sanft, aber bestimmt. Er würde ihr nicht aus der Klemme helfen, außer vielleicht indem er sie energisch zur Tür hinausschob.

Gut. Sie würde das auch ohne ihn schaffen. Entschlossen stapfte sie zur Tür und ging in den Flur. Dann holte sie tief Luft und stieg die Treppe hinunter bis zur Wohnungstür seiner Eltern. Vorsichtig klopfte sie an.

„Es ist offen. Komm rein." Doria trug einen burgunderfarbenen Trikotanzug und einen Wickelrock. „In einer Stunde habe ich Unterricht."

Rese nickte. Sollte sie sich entschuldigen, weil sie so spät dran war? „Was unterrichten Sie denn? Ich meine, was für Tänze?" Nicht, dass sie die verschiedenen Arten hätte auseinanderhalten können.

„Oh, von allem etwas. Außer Breakdance. Dafür haben wir einen Mann."

Rese nickte wieder. „Ach so."

„Setz dich. Nimmst du Milch … Zucker?" Doria stellte ihr eine Tasse hin, mit Biscotti auf der Untertasse.

„Ja, danke." Rese setzte sich. Die Küche war übervoll mit Nippes und der Kühlschrank mit Fotos gepflastert. Kinder und Enkel, vermutete Rese. Sie erkannte mehrere von ihnen, ohne sie beim Namen nennen zu können.

Doria berührte ein Foto, als sie Rese' Blick bemerkte. „Das hier ist Lance."

Ein kleiner Junge mit großen braunen Augen, einem schelmischen Lächeln und einem Baseballhandschuh. Rese hätte am liebsten die Hand ausgestreckt und ihn festgehalten. Etwas geschah mit ihr, das sie nicht erwartet hatte, als Lance gesagt hatte, sie würden „die Sache mit Großmutter bereinigen".

„Und das hier war bei seinem Schulabschluss." Doria nahm ein Foto von der Fensterbank, das neben einer Urne stand. Insgeheim hoffte Rese, dass darin keine Asche enthalten war. Dem äußeren Anschein nach konnte das aber durchaus sein.

„Und sein Babyschuh." Sie nahm einen in Bronze gegossenen Schuh in die Hand.

Taten die Leute das? Rese nickte und lächelte, und dann wanderte ihr Blick wieder zur Küchendecke hinauf. „Haben Sie diese Beule mal nachsehen lassen?"

Doria blickte von dem Schuh in ihrer Hand zur Decke hoch. „Ich habe mit Roman gesprochen. Er hat keine Zeit. Lance und die anderen Jungen kümmern sich um solche Dinge, aber sie sind ja ständig auf Achse. Niemand hat Zeit."

„Ich könnte es mir ansehen."

Doria machte eine abwehrende Handbewegung. „Ein Gast meines Sohnes?" Entschlossen schüttelte sie den Kopf.

„Ich habe Erfahrung. Das ist mein Beruf ... oder war es jedenfalls. Renovierungen. Das sieht aus wie ein Leck. Es könnte etwas Ernstes sein."

„Roman wird schon irgendwann dazu kommen." Doria setzte sich wieder. „Tanzt du auch?"

„Nein."

„Lance ist der geborene Tänzer."

Natürlich.

„Aber er ist nicht dabei geblieben. Tony hat ihm gesagt, er sei nicht groß genug dafür."

„Lance hat große Stücke auf Tony gehalten."

„Das haben alle." Doria starrte auf die Tasse. „Aber was Lance betrifft, hatte er unrecht. In dem Jungen steckt Leben, das noch herauskommen muss. Warum sollte er nicht tanzen?"

Rese nippte an ihrem Kaffee und erschrak, als Doria mit einem Finger unter ihr Kinn fasste und es anhob.

„Du hast eine gute Figur. Du musst dich nur lockern." Sie bewegte das Kinn im Kreis. „Steh einmal auf."

„Ich bin wirklich nicht ..."

„Sch, sch." Doria zog sie auf die Füße und bedeutete ihr, sich umzudrehen.

Rese vollführte eine ungelenke Pirouette, die Arme eng an den Körper gepresst. *„Es ist nur Mama. Sie wird sowieso die ganze Zeit selbst reden."*

„Streck die Ellbogen von dir." Doria zog an ihren Armen, bis Rese' Hände auf ihren Hüften lagen. „Und jetzt das Kinn hoch." Wieder korrigierte ihr Finger die Haltung. „Perfekt für den Cha-Cha-Cha."

Rese schnaubte.

„Gib mir sechs Wochen, dann kannst du den beidseitigen Break mit Spirale."

Rese schüttelte den Kopf. „Nie im Leben."
„Du hast den nötigen Gleichgewichtssinn."
„Ich balanciere ja auch auf Dächern."
„Und gute Muskeln."
„Vom Hammerschwingen."
Sie lachten.
Doria drehte sich um. „Könntest du die Decke wirklich reparieren?"
Rese stellte sich unter die Beule, direkt vor die Spüle, und sah hinauf. „Bis jetzt gab es noch keine, die ich nicht hinbekommen habe. Zumindest könnte ich sie mir einmal ansehen und dann sagen, was gemacht werden muss."
Doria musterte sie eingehend und hob dann resignierend die Hände. „Also gut, das ist ja heute anders. Wenn eine Frau Klempnerin sein will, warum nicht?" Sie setzte sich wieder und tauchte ihren Keks in den Kaffee. „Was macht Lance denn so in der Pension?"
Rese setzte sich wieder zu ihr an den Tisch. „Wir haben noch nicht alle Einzelheiten geklärt. Kochen natürlich. Vielleicht irgendwas mit Musik. Und er kümmert sich um die Gäste." Mit anderen Worten: Er machte alles. Ohne Lance gab es keine Pension, selbst wenn sie ein paar Wochen lang das Frühstück vorgetäuscht hatte. Wenn sie auf sich allein gestellt war, würde das Unternehmen pleitegehen. Aber gemeinsam … Sie sollten eigentlich dort sein und sich etablieren, bevor die Herbsternte die Touristen in Scharen anlockte.
Doria runzelte die Stirn. „Es ist so weit weg."
Rese hielt inne. Zum ersten Mal dachte sie darüber nach, wie es für Doria war, wenn Lance am anderen Ende Amerikas wohnte. Diese Frau, die ihre Kinder um sich haben wollte, die extra hier im Viertel blieb, damit sie alle in ihrer Nähe hatte. „Sie können jederzeit kommen, wir haben genug Platz."
Doria nahm mit der Fingerspitze einen Krümel auf. „Wann fahrt ihr wieder?"
Sie waren jetzt seit sechs Tagen da, und es sah so aus, als würden sie noch ein paar Tage brauchen. Aber darum ging es bei Dorias Frage nicht, also sagte Rese: „Wenn Lance so weit ist."

Kapitel 16

Für Rudy Vallee ist das Leben eine Schale Kirschen.
Aber er hat sie nicht gepflückt; hat sie nicht angebaut.
Seine Liebe und Arbeit haben sie nicht genährt und gehegt.
Ach, könnte man doch über all das lachen.

In der Stadt Toledo versperrt eine Menschenmenge rund um das Rathaus die Straßen. „Was ist los?", frage ich, als Marco auf der Straße anhält und sich auf das Trittbrett stellt, um etwas zu sehen.

„Irgendeine Demonstration." Er blinzelt. „Ich glaube nicht, dass es ein Arbeiterstreik ist. Es sind auch Frauen und Kinder dabei. Wahrscheinlich die Bewohner eines Zeltlagers, die sich Gehör verschaffen wollen."

Ich steige aus und wir schieben uns durch die Menge, um die Demonstranten zu sehen. Einige tragen Schilder; andere haben Kinder auf dem Arm. Als ich in ihre Gesichter sehe, fühle ich mich mit meiner Trauer nicht mehr so allein.

„Was nützt das denn?"

„Gar nichts."

„Warum demonstrieren sie dann?"

Er zuckt mit den Schultern. „Wahrscheinlich wissen sie nicht, was sie sonst tun sollen."

Ich schüttle den Kopf. Als wir durch die Industriestandorte im Norden fuhren, habe ich Zustände gesehen, die viel schlimmer sind als alles, was ich mir vorstellen konnte. „Was ist passiert, Marco? Wie ist es zu dieser schlimmen Situation gekommen?"

Er erklärt mir, wie Papa es nie getan hat, die ungezügelte Spekulation, die zu völlig aufgeblasenen Aktienwerten geführt hat, und die Vorstellung der Regierung, die Liquidation werde den zusammengebrochenen Markt regulieren und neue Investitionen anstoßen, ungeachtet der Kosten für die Menschen. Aber wenn ich die Demonstranten ansehe, frage ich mich, wie irgendjemand die Folgen für die Menschen ignorieren und, was noch viel schlimmer ist, die Unglücklichen für ihre Not selbst verantwortlich machen kann. Diese Men-

schen sind an ihrer Lage ebenso wenig schuld wie ich, und doch sehe ich, wie man sie bespuckt. Das könnte ich sein. Jeder von uns. Ich habe auch alles in einer Nacht verloren …

„Was wird mit meinem Zuhause geschehen, Marco?"

„Ich weiß nicht."

Ich unterdrücke einen Schluchzer und flüstere: „Ich kann nicht mehr zurück." Das weiß ich bereits, aber es tut weh, als Marco mir zustimmt. Ich blicke mich noch einmal zu den Demonstranten um. „Ich weiß, wie diese Menschen sich fühlen."

Er streckt mir den Arm hin und hält meine Hand.

Mit Tränen in den Augen wende ich mich ab. „Du hältst mich für undankbar."

„Nein."

„Du hast so viel für mich getan."

„Antonia …" Seine Stimme klingt weich, verlegen.

„Du hast dein Leben aufs Spiel gesetzt." Ich schniefe. „Deine Arbeit. Warst du damit fertig?"

„Mach dir darüber keine Gedanken."

„Aber war alles erledigt?"

„Ja. Alles war erledigt."

Ich sehe ihn an. „Dann wärest du doch abgereist. Wenn Papa nicht …"

Er drückt meine Hand. „Lass das."

„Wolltest du dich verabschieden?"

Es dauert lang, zu lange, bis er antwortet. „So weit war ich noch nicht. Ich wollte dich nicht verlassen."

„Und jetzt hast du mich am Hals."

„Ich kann dich beschützen." Er sagt es leise.

Ich balle die Hände zu Fäusten. „Aber warum tust du es?"

„Weil ich es will." Aber da ist noch etwas in seinem Blick, etwas, das er schnell verbirgt. „Hör mal, wir suchen uns einen Weg, wie wir das alles umgehen können." Er meint die Demonstration, aber ich glaube, auch das Thema. Wir gehen zurück zum Auto, und er findet wirklich einen Weg. Darin ist er gut.

Ich sehe immer noch die Gesichter der Demonstranten vor mir; einige wütend, andere verbittert, die meisten erschöpft und niedergeschlagen. „Warum gibt es kein Geld vom Staat?" In der nächsten Stadt machen wir Halt, um dort zu übernachten, aber es ist, als wären die Demonstranten uns gefolgt.

„Die Kassen sind leer", sagt Marco. „Es gibt zu viele, die Hilfe brauchen."

„Aber die Kinder."
Er nickt.
„Ich wusste gar nicht, dass es so schlimm ist."
„Du hattest es ja auch ziemlich gut."
„Aber das verdanke ich nicht der Regierung oder ihren schrecklichen Gesetzen. Papa und Nonno haben darüber geschimpft, wie dumm sie sind, da waren sie sich einig, aber nicht darüber, was sie tun sollten. Nonno war davon überzeugt, dass die Gesetze wieder aufgehoben werden würden, sobald der gesunde Menschenverstand einsetzte, und weigerte sich auch nur ans Verkaufen zu denken. Stattdessen haben wir schon lange vor der Wirtschaftskrise den Gürtel enger geschnallt und uns mit weniger zufriedengegeben." Ich stellte mir mein geliebtes Elternhaus vor und war froh, dass Nonno nicht verkaufen wollte, auch wenn es mir jetzt nichts mehr nützte.
„Nonna Carina und ich haben unseren Garten vergrößert, bis wir mehr hatten, als wir essen konnten. Vieh zum Schlachten und Milch für den Käse. Und wir hatten Papas Einkommen, sodass wir das Land behalten konnten." Ich stelle überrascht fest, dass ich das sagen kann, ohne dass mir die Tränen kommen, aber der Anblick der Demonstranten hat mein Rückgrat gestärkt.
„Du hattest Glück."
Ich fühle mich nicht so. Während die Banken wie Dominosteine umfielen, wurde Arthur Jackson immer reicher – und Papa mit ihm. Es musste mit irgendwelchen krummen Dingen zu tun haben. Plötzlich hatte ich einen bitteren Geschmack im Mund und wünschte, Papa hätte nie einen Fuß in diese Bank gesetzt – auch wenn er dadurch in der Lage war, unsere Rechnungen zu bezahlen.
„Antonia." Marco nimmt meine Hände. Das Licht in unserem kleinen Zimmer ist schummrig und flackert. Durch die Schatten wirkt sein Gesicht kantig. „Ich bereue es nicht, dass wir geheiratet haben, obwohl ich es nie vorhatte. Durch meine Arbeit bin ich einfach zu oft weg, und ..."
„Musst du mich jetzt an einen Zirkus verkaufen?"
Er starrt mich einen Augenblick lang an, dann wirft er den Kopf in den Nacken und lacht. Anschließend nimmt er mich in die Arme, überschwänglicher, als ich ihn je gesehen habe. „Kannst du auf einem Drahtseil balancieren?"
„Ich habe es noch nie versucht."
„Dann werde ich dich wohl behalten müssen." Nachdenklich sieht er mir in die Augen und wird plötzlich ernst. „Und ich würde dich wirklich gerne küssen."

Mein Herz steht still. „Ich nehme an, du kannst so ziemlich alles machen, was du willst."

„Ich möchte es für dich nicht schlimmer machen. Ich habe dir doch gesagt, dass es nur auf dem Papier ist."

Plötzlich ist mir sein Duft bewusst, der schwache Geruch von Pomade, der Fisch, den wir zu Abend gegessen haben, die Seife, mit der er sich die Hände gewaschen hat. Mein Arpège-Parfüm ist verflogen und ich schmecke auch nach Fisch, aber ich habe mein Gesicht bereits zu ihm aufgehoben, und während ich die Augen schließe, verschmelzen unsere Lippen.

Als der Kuss mir die Tränen in die Augen treibt, hält Marco mich besorgt fest, streicht mir übers Haar und tätschelt mir den Rücken. Auf einmal verschwindet das Verlangen hinter einem anderen Gesicht, und ich staune über diesen Mann, der so viele Rollen spielen kann. Ich will so sein, wie er es will, aber mein Herz kann sich nicht zugleich öffnen und sich in einen Schutzpanzer hüllen.

„Es tut mir leid." Ich schniefe.

Er schüttelt den Kopf. „Ich hätte dich nicht bitten sollen."

„Nein. Ich bin ... Ich wünschte, ich könnte ..." Vergessen.

„Vielleicht war das nicht der richtige Weg." Er lässt mich los und geht im Zimmer auf und ab.

Er darf nicht unsicher sein. Es macht mir Angst, wie sehr ich mich inzwischen auf ihn verlasse, auf sein Wissen, seine Führungsrolle. Ich ergreife seinen Arm, als er an mir vorbeigeht. „Marco." Meine Stimme zittert. „Was passiert, wenn es nicht nur auf dem Papier ist?" Ich meine es nicht so, wie es klingt. Was ich meine, ist, wie unser Leben aussehen wird. Ich brauche einen Weg in die Zukunft.

Aber seine Miene ändert sich, und ich glaube, ich sehe den echten Marco, den Mann dahinter. Er möchte mich zu seiner Frau machen. „Ich vergesse immer, wie behütet du aufgewachsen bist."

„So sehr nun auch wieder nicht."

Er lächelt. „Ziemlich, im Vergleich zu manchen anderen Frauen."

Ich strecke mein Kinn vor. „Ich wollte keine Anleitung, sondern ... wenn unsere Ehe echt wäre, würde dir das gefallen?" Ich rücke dichter an ihn heran.

„Cara, nicht." Seine Stimme klingt belegt, und ich erkenne diesen Klang.

Ich weiß, welche Macht ich habe. Meine Fingerspitzen berühren seine Brust, und er umfasst sie.

„Antonia." Plötzlich wirkt er sehr verletzlich. „Es ist noch Zeit, die Zeremo-

nie zu annullieren. Wir haben genügend Regeln missachtet, um sie ungültig zu machen ..."

Ich lege meine Hand in seinen Nacken und ziehe sein Gesicht zu mir.

Sein Atem geht keuchend. „Cara mia ..."

Ich habe meine Entscheidung getroffen, und er trifft seine. Sein Mund ist fest, fordernd. Er wird mir gewachsen sein. Ich fühle mich sicher und habe doch zugleich Angst. Aber nachdem er mich zu seiner Frau gemacht hat, murmelt er: „La mia vita ed il mio amore." Mein Leben und meine Liebe.

„Ja", flüstere ich. „Ja."

Und deshalb war sie bereit, als Lance sie holen kam. Gestärkt durch die Erinnerung an Marcos Wesen, daran, wer sie selbst war, fuhr Antonia in ihrem Rollstuhl wie in einer königlichen Kutsche. Sie konnte vielleicht nicht laufen oder richtig sprechen, aber sie würde nicht wie eine gebrochene alte Frau in der Bank erscheinen, die sich so widerspenstig gab. Wenn Lance ihre Wünsche nicht kundtun durfte, dann würde sie es selbst tun.

Aber als sie sich dem Eingang näherten, bebte ihre Brust. *Oh, Marco.* Das EKG hatte ergeben, dass sie ein starkes Herz hatte, aber ihr war, als würde es gleich brechen.

Lance drehte sie um und stieß die Tür mit seinem Rücken auf und schob sie in die Eingangshalle der Bank. Roman erledigte schon so lange alle ihre finanziellen Angelegenheiten, dass sie sich nicht einmal mehr daran erinnern konnte, wann sie das letzte Mal hier gewesen war. Ihr war mulmig zumute.

Marco, Marco, Marco.

Der schlanke Mann, den Lance begrüßte, kam näher und gab ihm die Hand. Er sah aus, als wollte er ihr ebenfalls die Hand geben, doch dann winkte er stattdessen. Sie musterte ihn mit einem Blick, bei dem er seine Krawatte richtete und die Schultern straffte. „Also ..." Er zeigte auf sein Büro hinter ihm. „Lassen Sie uns doch hier hineingehen."

Lance hatte der Bank am Telefon ihr Anliegen bereits erklärt, aber dieser Mann musste sich nun noch selbst davon überzeugen. Er erwartete von einer alten Frau, dass sie ihr Krankenbett verließ, nur um etwas zu bekommen, das ihr Ehemann in seinem eigenen Schließfach für sie hinterlegt hatte. Dieser Bankangestellte sollte Respekt haben.

Lance sagte: „Seit dem Schlaganfall ist es für meine Großmutter leichter, wenn sie Italienisch spricht."

„Kein Problem." Der Mann deutete mit der Hand auf das Namensschild auf seinem Schreibtisch. Emmanuel S. Giordano. „Meiner Großmutter geht es genauso."

Lance verzog das Gesicht. „Oh."

Warum sagte er dem Mann nicht, was sie wollten, sodass sie es hinter sich bringen konnten? Sie grunzte.

Lance warf ihr einen Blick zu, aber sie wollte nicht sein beruhigendes Lächeln. „Bah …"

Er beschwichtigte sie mit einer Handbewegung. „Warte, Nonna."

Der Bankangestellte lächelte halbherzig. „Ich weiß, dies ist eine schwere Zeit für Sie."

Du weißt gar nichts, du Dummkopf. Dann zuckte sie zusammen. Was war das für ein gehässiger Geist? Angst. Es war Angst.

Lance holte den Schlüssel heraus. „Wie ich Ihnen schon am Telefon sagte, möchte sie dieses Schließfach öffnen."

„Ja, ich habe überprüft, dass ihre Unterschrift gültig ist. Der ursprüngliche Inhaber hat ihren Namen zusammen mit seinem hinterlegt und in seinem Testament festgesetzt, dass sie Zugang zu dem Inhalt erhält. Es ist jedoch nicht registriert, dass sie das Schließfach bei seinem Tod oder irgendwann danach geöffnet hätte."

„Jetzt würde sie es aber gerne tun." Lance hielt ihm ihren Ausweis und den Schlüssel hin.

„Ich muss mich vergewissern, dass es wirklich ihr Wille ist, Mr Michelli." Emmanuel Giordano wandte sich an sie. „Mrs Michelli, wie geht es Ihnen heute?"

Sie sagte nichts. Was glaubte er – dass er sich mit ihr über das Wetter unterhalten konnte?

Lance räusperte sich. „Am einfachsten sind Fragen, die sie mit Ja oder Nein beantworten kann."

Der Mann nickte und sprach lauter, so als würde sie plötzlich schlechter hören. „Mrs Michelli, möchten Sie das Schließfach öffnen?"

Sie antwortete.

Der Mann zog die Augenbrauen hoch, wippte auf den Fersen und wandte sich ein wenig ab. Er sprach aus einem Mundwinkel. „Hat sie wirklich gerade gesagt, was ich verstanden habe?"

Was? Was habe ich gesagt?

Lance antwortete: „Sie meint Ja. Der Schlaganfall hat ihr Vokabular ein bisschen durcheinandergebracht, aber sie weiß, was sie will." Als der Mann ihn skeptisch ansah, bat Lance ihn: „Fragen Sie sie etwas Offensichtliches."

Mr Giordano fragte: „Ist dies die Fourth Federal Savings Bank?"

Sie hatte keine Ahnung, wie die Bank hieß, zu der Lance sie gefahren hatte, aber sie antwortete.

Lance rieb sich über den Mund.

„Tut mir leid, aber daraus kann ich nichts entnehmen. Sie sagt dasselbe, aber …"

„Fragen Sie sie etwas Falsches."

Antonia funkelte ihn an. Was sollte das? Sie hatte ihm gesagt, was sie wollte.

„Ist … dieser Stift grün?" Er hielt einen schwarz-goldenen Stift hoch.

Hielt er sie für verblödet? „Nein."

Wieder riss der Mann die Augen auf. Er wandte sich an Lance.

„Das Wort bedeutet Nein. Es ist wie ein Code. Sie weiß, was sie sagt; die Wörter sind nur anders."

Wovon redete er da – andere Wörter?

Mr Giordano steckte den Stift wieder ein und stellte ihr weitere Fragen. Ob Frank Sinatra Präsident sei? Ob eine Woche sieben Tage habe? Und so weiter. Bei jedem Mal antwortete sie nachdrücklicher. *Lass mich an das Schließfach, du Trottel!*

Lance legte eine Hand auf ihre Schulter. „Ich glaube, das reicht jetzt aber."

Mr Giordano blickte betrübt drein, blieb aber standhaft. „Ich bin gesetzlich dazu verpflichtet, den Schutz dieses Schließfachs und seines Inhalts zu gewährleisten. Ich muss sie fragen, ohne dass Sie dabei sind, um sicherzustellen, dass sie nicht genötigt wird."

Lance beugte sich zu ihr. „Ist das in Ordnung, Nonna? Ich gehe kurz raus und du beantwortest noch ein paar Fragen?"

Sie wollte nicht, dass er ging. Er war ihre Kraft, ihre Freude. Noch mehr als ihr Sohn Roman. Lance war ihr Herz. Er war Marco so ähnlich. *Marco!*

„Es dauert nicht lange." Er gab ihr einen Kuss auf die Wange. „Nur ein paar Fragen." Er ging.

Nonna wandte erneut ihren Blick dem Bankangestellten zu. Wofür stand wohl das S in seinem Namen? Samuele? Salvatore? Sebastiani?

„Mrs Michelli – werden Sie gezwungen, das Schließfach gegen Ihren Willen zu öffnen?"

Was glaubte er denn? Dass ihr Enkel ein Gauner war? „Nein. Nein."

Der Angestellte fuhr sich mit der Zunge über die Lippen. „Wollen Sie den Inhalt des Schließfaches sehen?"

„Ja, das habe ich Ihnen doch gesagt. Ja!"

Der Mann zog eine Grimasse.

Sie schlug mit ihrer guten Hand auf die Armlehne des Rollstuhls. „Ja. Ja!"

Er richtete sich auf, lächelte ein künstliches Lächeln und bat Lance wieder in das Büro. „Auch wenn ihr Wortschatz … ungewöhnlich ist, glaube ich, dass ihre Absicht eindeutig ist."

Oh, grazie. *Selbst ein Maultier hätte das begriffen.*

Er sprach so, als wäre sie nicht da, aber das war ihr jetzt egal. Sie musste unbedingt aus dieser Bank raus. Sie schloss die Augen und stellte sich Arthur Jackson vor, glatt und selbstgefällig, und Papa wie ein Schatten in seinem Gefolge. Sie hasste Banken, und sie hasste Bankiers. Selbst der Geruch von Geld ließ schreckliche Gedanken in ihr aufsteigen. Warum war sie nur hierhergekommen?

Sie begaben sich in einen metallenen Raum, dessen Wände aus Schubladen bestanden. Der Bankangestellte benutzte einen Schlüssel und Lance gab ihm den anderen. Was war in der Kiste, die der Angestellte aus dem Schließfach nahm und zu dem winzigen Raum trug, wo er Lance und sie allein ließ?

Lance stellte die Kiste auf den Tisch und sah sie an. „Bist du dir sicher?"

Sie schloss die Augen. *Per piacere, Dio.* Sie schlug die Augen wieder auf. „Ja." Sie wusste, dass das, was sie sagte, nicht richtig klang. Es war ihr egal. Lance kannte ihr Herz.

Aber er öffnete die Kiste nicht. Er kniete sich neben sie und umfasste ihre Hände. „Meinetwegen brauchst du das nicht zu tun, Nonna."

Wovon redete er? „Auf…machen." So. Das hatte sie richtig ausgesprochen.

Er stand auf, hob den Deckel aus Metall an und nahm das Einzige heraus, was sich darin befand: einen zusammengebundenen Stapel

Papiere? Lange betrachtete er den Packen, dann legte er ihn auf ihren Schoß. Ihre Kehle war wie zugeschnürt. Auf der Titelseite stand nur: *La mia vita ed il mio amore*.

Kapitel 17

„Um das Ende zu verstehen, muss ich am Anfang beginnen, an dem Tag, als alles anfing. Es war warm und schön in Sonoma und der Himmel war so klar, wie ich ihn nur selten gesehen habe. Die Erde roch satt und erinnerte mich an die Höfe in der Bronx, nördlich von Manhattan, obwohl bei euch Weinstöcke wuchsen, zwischen blassen, sanften Hügeln mit vereinzelten mickrigen Eichen dazwischen.

Die Vögel sangen, als ich mich dem Haus näherte, das italienischer aussah als die Nachbarhäuser. Es war alt, aber gut erhalten in einer Zeit, in der Farbe ein Luxus war und ein Verschlag aus Wellblech und Pappe mit Sackleinen als Heim bezeichnet wurde, in der Menschen froh waren über den einen Wohnraum, in dem ihre ganze Familie untergebracht war, und in der heißes Wasser und eine Latrine bedeuteten, dass man zu den Wohlhabenderen gehörte.

Die Leute, die dort wohnten, gehörten nicht zu dem Viertel der Bevölkerung, das ohne Einkommen oder Vermögen dastand. Aber das wusste ich schon. Als ich mich dir näherte, während du dir die Zeit auf der Schaukel vertriebst, erinnerte ich mich daran, wer ich sein sollte, und redete entsprechend. „Ich suche Vittorio Shepard. Bin ich hier richtig?“ Ich hatte meine Frage bewusst angeberisch klingen lassen, und das erklärte vielleicht deine bissige Antwort.

„Vittorio Shepard ist mein Papa. Was wollen Sie denn von ihm?“

Das waren die ersten Worte, die du zu mir gesagt hast, und bald darauf stellte ich mir die gleiche Frage. Ich lernte deinen Nonno, Quillan Shepard, kennen, dort auf der Veranda, aber nicht deinen Papa. Vittorio hatte ich kennengelernt, indem ich ihn beobachtet hatte, und durch die Informationen, die ich über ihn erhalten hatte. Dir erzählte ich nichts davon, denn Heimlichkeiten waren mein Leben; Täuschung meine Aufgabe.“

In dem kleinen Raum in der Bank sog Antonia scharf die Luft ein. *Heimlichkeiten waren mein Leben; Täuschung meine Aufgabe.* Noch mehr Schmerz, frische, unbekannte Wunden. Wie konnte sie noch mehr ertragen? Gab es überhaupt noch etwas an ihr, das nicht verwundet war?

„Nonna?"

Sie öffnete die Augen und sah Lance an. Er hatte die Seite nicht gesehen, wusste nichts von den Worten, die seit Marcos Tod in diesem Schließfach gewartet hatten. *Täuschung meine Aufgabe.*

Nicht Marco. Sie bewegte den Kopf hin und her.

„Ist alles in Ordnung?"

Sie konnte ihm nicht antworten. Etwas in ihrem Innern schrie: „Nein!"

„Wir können die Unterlagen mitnehmen und die Kiste zurücktun. Mr Giordano wartet darauf, dass er wieder zusperren kann."

Ja, ja, Mr Giordano, dieser Wichtigtuer, Hüter von Geheimnissen. Sie nickte ihrem Enkel zu, der wie immer alles für sie tat. Einen Augenblick lang hätte sie die Blätter am liebsten wieder in das Schließfach gesperrt. Aber sie enthielten Marcos Worte. *Marco!* Und sie konnte es nicht tun.

Lance schloss die Metallkiste und gab sie Mr Giordano zurück. Dann schob er sie hinaus, während sie den Stapel Papiere fest umklammerte, der ihr ganz sicher das Herz brechen würde.

Papa kam ihnen an der Tür entgegen. Er musste zum Mittagessen nach Hause gekommen sein und sie vom Fenster aus gesehen haben. Lance suchte krampfhaft nach einem Grund, warum er mit Nonna ausgegangen war, aber Papa fragte nicht einmal. Als Lance den Packen Papiere von ihrem Schoß nahm, hob er sie aus dem Rollstuhl und trug sie die Treppe hinauf.

Manche Gebäude aus der Zeit hatten schon Aufzüge, aber ihres nicht. Lance hatte sie hinuntergetragen, und sein Plan war es gewesen, sie wieder hochzutragen, ohne dass jemand es mitbekam, da seine Schwestern und die Kinder in den Zoo gegangen waren. Er konnte es nicht ändern, dass das Viertel, die Bronx und ganz Manhattan wahrscheinlich inzwischen über ihren Ausflug Bescheid wussten. Aber er hatte fest vorgehabt, sie wieder in ihr Bett zu bringen, bevor die Familie etwas bemerkte.

Er sah auf die Zettel, die er in der Hand hielt, aber las nicht darin. Die Worte auf der Titelseite waren nur für Nonna gedacht. Aber ein Blick in ihr Gesicht, als sie zu lesen anfing, hatte ihm so viel Angst gemacht, dass er sie so schnell wie möglich wieder nach Hause hatte bringen wollen. Er musste einfach hoffen, dass sie wirklich das Richtige taten.

Schließlich klappte er den Rollstuhl zusammen und lehnte ihn an die Wand, dann folgte er seinem Vater die Treppe hoch. Nonna wirkte in Papas Armen wie eine Puppe; als Lance sie hinuntergetragen hatte, war er erstaunt darüber gewesen, wie wenig sie nur noch wog. Ihm war nicht bewusst gewesen, wie zerbrechlich sie inzwischen war. Irgendwie war sie alt geworden.

Lance schob den Packen Papier hinter die Lampe auf ihrem Nachttisch, während Papa sie in ihr Bett legte, anstatt sie in den Sessel am Fenster zu setzen. Der Ausflug zur Bank hatte sie Kraft gekostet. Er hätte noch einen oder zwei Tage warten sollen, aber als er ihr die Situation erklärt hatte, hatte sie es hinter sich bringen wollen. Wenn Nonna sich einmal entschieden hatte, schob sie die Sache nie hinaus.

Papa richtete sich auf und rieb sich den Nacken. „Willst du einen Kaffee?"

Lance verbarg seine Überraschung. „Musst du nicht zurück?"

„Mama geht es nicht so gut, da bin ich heute zu Hause geblieben."

Sie waren die ganze Zeit da gewesen. So viel zu dem Versuch, etwas vor der Familie geheim zu halten.

„Kopfschmerzen?"

Papa nickte. Mamas Migräne war das Einzige, was Papa von der Arbeit zu Hause hielt, obwohl er das Rentenalter schon erreicht hatte.

Lance wollte nicht mehr erklären als nötig. Aber vielleicht war es nicht richtig, sie alle im Unklaren zu lassen. Wenn er nach Sonoma zurückkehrte, mussten die anderen wissen, was mit Nonna los war. „Ich nehme gerne einen Kaffee, Papa."

Sie gingen nach unten. Sein Vater holte zwei Tassen aus dem Schrank und goss die dampfende Flüssigkeit ein, die auf der Warmhalteplatte vor sich hin zischte. Sie nahmen gegenüber voneinander am Küchentisch Platz, auf dem das gelbe Tischtuch mit den Gänseblümchen lag, das Lucy im Handarbeitsunterricht gestickt hatte. Der Minifernseher in der Ecke lief ohne Ton.

Papa goss ein wenig Milch in seine Tasse und umfasste sie mit beiden Händen. „Willst du das Mädchen heiraten?"

„So weit bin ich noch nicht." Er hatte schon zwei Versuche hinter sich, aber das brauchte er mit Papa nicht zu diskutieren.

Sein Vater nahm einen großen Schluck, als ob er sich für das Gespräch mit seinem jüngsten Sohn Mut antrinken müsste. Entschlossen stellte er die Tasse auf den Tisch. „Du solltest ernsthaft darüber nachdenken."

„In Ordnung."

„Jemand anders kann dich verändern, das solltest du eigentlich wissen."

„Inwiefern verändern?" Lance hielt sein Gesicht über seine Tasse, während der aufsteigende Dampf ihm zuflüsterte *klug, verantwortungsbewusst, ehrenwert.*

„Wenn du jemanden hast, der an dich glaubt, führt dies dazu, dass auch du wieder an dich glaubst."

Lance hob den Blick. Papas Stirn hatte in den letzten Jahren Falten bekommen; das Haar an seinen Schläfen und an seinem unrasierten Kinn glänzte silbrig. Immer noch hatte er den athletischen Körperbau, den er Tony vererbt hatte, und die großen Hände, die hart, aber großzügig waren.

Die braunen Augen waren weder hart noch großzügig, aber wenigstens waren sie nicht ausdruckslos. Papa sah ihm direkt in die Augen. „Zeit, erwachsen zu werden."

„Ich versuche es, Papa."

„Versuchen reicht nicht. Du musst es werden."

Lance trank einen Schluck Kaffee.

„Hör auf wegzulaufen." Papa lehnte sich über den Tisch. „Es ist höchste Zeit, endlich damit aufzuhören."

Nur mit Mühe hielt Lance seinem Blick stand.

Papas Hand schloss sich fester um seine Tasse. „Du kannst Tony nicht wieder lebendig machen."

Mit einem Ruck setzte sich Lance zurück und schloss die Augen. Papas Stuhl knarrte, als er sich zurücklehnte und wartete. Schließlich fragte Lance: „Was willst du, Papa?"

Sein Vater seufzte, weil er das, was er wirklich wollte, nie wieder zurückbekommen würde. „Hier geht es um dich. Darum, wo du sein solltest; was du in Angriff nehmen solltest."

Nachdenklich rieb Lance sich das Kinn. Wo er sein und was er tun sollte, das herauszufinden, dafür war er eine Woche lang in Belmont. Rese hatte er als Beschleuniger zwischen seiner Vergangenheit und seiner Zukunft mitgebracht. Und nun war er schon länger hier, als er vorgehabt hatte. Auch wenn für die nächste Woche keine Reservierungen vorlagen, war er doch davon ausgegangen, dass sie wieder zurück sein und sich mit ihrem Unternehmen beschäftigen würden, anstatt in die Michelli-Dramen verstrickt zu sein, die ihn sofort in Beschlag genommen hatten, so als wäre er nie fort gewesen.

Er traf seine Entscheidung. „Es wird nicht hier sein."

„Wo dann?"

„Sonoma. Nonnas Haus."

Papa runzelte die Stirn. „Wo?"

Jetzt erzählte Lance ihm alles: von Conchessa, von der Villa, von dem Keller, in dem er Nonno Quillan gefunden hatte, von dem Brief. „Könnte Nonno Marco ein Bundesagent gewesen sein? Beim Geheimdienst?"

„Ich weiß nicht." Papa nahm den letzten Schluck aus seiner Tasse. „Er war …" Er kaute auf der Unterlippe. „Vielleicht war er ein Geheimagent."

„Aber er war Polizist und das wusste jeder. Man ist doch kein Geheimagent, wenn man eine Uniform des New Yorker Polizeibezirks trägt."

„Das war später. Vorher ... Aber darüber weißt du nicht viel."

„Worüber weiß ich nicht viel, Papa? Sprich mit mir."

„Als du noch nicht geboren warst. Als ich noch ein junger Mann war, hat er was anderes gemacht, etwas, weswegen er manchmal wochenlang fort war. Oder sogar Monate. Dann kam er manchmal für eine oder zwei Nächte zu Hause vorbei." Papa runzelte die Stirn. „Und manchmal … manchmal war es so, als wüsste er selbst nicht, wer er war."

„Daran kann ich mich nicht erinnern."

„Mama sagte, er müsse beruflich viel reisen, aber einmal sagte sie, er sei in Chicago, aber ich habe ihn vor der Schule gesehen. Er war wie ein Penner gekleidet, und er hat mich den ganzen Weg bis zur Straßenbahn beobachtet."

Lance sah seinen Vater prüfend an. „Aber warum sollte er dich beobachten? Warum hat er nicht mit dir gesprochen oder ist mit dir mitgefahren?"

„Es war so, als würde er Wache stehen, und ich sollte nicht wissen, dass er da war. Ich habe ihn später danach gefragt, aber er hat einen Witz daraus gemacht. ‚Du glaubst, dein Papa ist ein Penner?' Dann hat er einen Ringkampf mit mir angefangen, und als wir mit Raufen fertig waren, war ich mir gar nicht mehr so sicher, ob ich ihn tatsächlich gesehen hatte."

Nonno hatte sich vielleicht vergewissern wollen, dass sein Sohn pünktlich die Straßenbahn erreichte, aber warum dann die Verkleidung? Es sei denn, er war in etwas verstrickt, was seinen Sohn in Gefahr bringen konnte, und er durfte seine Tarnung nicht auffliegen lassen, indem er offen mit ihm Kontakt aufnahm.

„Später habe ich mich gefragt, ob er vielleicht versumpft ist – du weißt schon, sich betrunken hat oder so. Aber … das passte irgendwie auch nicht zu ihm."

„Kann es sein, dass er so gut getarnt war, dass selbst Nonna nichts davon wusste?"

Papa zuckte mit den Schultern. „Damals war es einfach so: Wenn du dich mit der falschen Person angelegt hast, dann bist am Ende nicht nur du selbst im Fluss gelandet, sondern auch deine ganze Familie."

Papa sprach von Dingen, die es in Filmen gab. Aber dann musste Lance an die Unterlagen denken, die in Vittorios Keller versteckt gewesen waren. „Glaubst du, dass Nonno die Mafia unterwandert hat?"

„Nicht die Mafia, du Dummkopf."

Und dann wurde es ihm schlagartig bewusst. „Die Camorra? Aber das waren ja seine eigenen Leute."

Papa warf ihm einen finsteren Blick zu. „Das waren nie seine Leute. Neapel ist nicht Sizilien. Die Camorra diente niemandem außer sich selbst."

„Also hat Nonno …"

Papas Faust öffnete sich und er schlug mit der flachen Hand auf den Tisch. „Ich weiß es nicht, in Ordnung? Mit seinen Beziehungen könnte er sich eingeschleust haben."

Lance hatte gewusst, dass es diese Verbindungen gegeben hatte. Mama hatte oft Witze darüber gemacht, sie habe in die „Familie" eingeheiratet. Er konnte sich zwar beim besten Willen nicht vorstellen, dass Nonno in die Geschäfte der Camorra verstrickt gewesen war, aber konnte er ein Doppelleben geführt haben?

„Wäre es nicht noch schlimmer gewesen, wenn sie es gemerkt hätten?“

Papa zuckte wieder mit den Schultern. „Tot ist tot. Ich nehme an, sie haben es nicht gemerkt.“

Aber was hatte das alles mit Arthur Jackson zu tun? Bestimmt hatte er nicht zur Camorra gehört, obwohl die Bank die Tarnung hätte sein können. Oder sie hatte gar nichts damit zu tun.

„Die Frage ist …“ Papa blickte zur Decke hoch, als könnte er seine Mutter im Stockwerk darüber sehen. „Warum hat sie sich damit an dich gewandt?“

„Weil ich der Einzige bin, der nichts Gescheites zu tun hat.“ Warum legte er den Köder so aus?

Aber Papa schluckte ihn nicht, sondern sah ihn nur lange an: „Sie vertraut dir.“

Überrascht seufzte Lance. „Ich weiß nicht, was sie davon halten wird, wenn sie erfährt, dass ich dir das alles erzählt habe.“

„Sie hat ein Faible für Geheimnisse.“

„Ich glaube nicht, dass sie es wusste – das mit Nonno, meine ich. Sie hat die Nachricht nicht besonders gut aufgenommen.“

Papas Stirn legte sich in Falten. „War es das, was den Rückfall ausgelöst hat?“

Lance ließ die Schultern hängen. „Darüber habe ich noch nicht nachgedacht. Ich habe ihr nur erzählt, was ich herausgefunden habe.“

Papa murmelte etwas Unverständliches, während er aufstand und zur Spüle ging. Auf seine Arme gestützt sagte er mit gesenktem Kopf: „So was passiert eben. Du konntest es nicht wissen.“

Lance spürte, wie seine Kehle sich zusammenschnürte. Absolution? Von Papa? „Was machen wir jetzt?“

Sein Vater schüttelte den Kopf. „Hältst du mich für Gott oder was?“ Seine scharfen Worte gaben ihm zu verstehen, dass ihr Gespräch beendet war. Aber so lange und intensiv hatten sie schon lange nicht mehr miteinander gesprochen.

Rese blickte von der Fußleiste auf, als Lance hereinkam. „Alles klar?“

„Wir haben es geschafft.“

„Und?"

„Es war nur ein Brief oder eine Art Tagebuch für Nonna drin. Ich weiß nicht, warum Nonno es ihr nicht einfach gegeben hat."

Weil das offensichtlich und logisch wäre. So als würden Menschen immer tun, was andere von ihnen erwarteten. „Was steht drin?"

„Ich weiß nicht. Auf der ersten Seite stand eine Formulierung, die sie nur füreinander gebraucht haben. *La mia vita ed il mio amore.*"

Die Worte klangen schön, wenn er sie aussprach, vor allem, weil seine Stimme dabei weicher wurde und melodisch. Aber sie wusste nicht, was die Worte bedeuteten.

„Mein Leben und meine Liebe", antwortete er, bevor sie fragen konnte. Dann sah er, was sie machte.

„Sie ist verzogen und sitzt deshalb nicht mehr fest an der Wand."

„Du musst das nicht reparieren."

Natürlich nicht, aber während er unterwegs war, um Nonnas Probleme zu lösen, und Rico wieder nach Star suchte, hatte sie sich eine sinnvolle Beschäftigung gesucht. Die Schrauben werden besser halten als die Nägel, und bei den ganzen Farbschichten kann man sie gut versenken. Ein bisschen drüberpinseln, dann sieht man sie so gut wie gar nicht.

Er verzog den Mund. „Hast du Langeweile?"

Sie setzte sich auf. „Rico hatte eine Vermutung, wo Star sein könnte."

Lance blickte zum offenen Fenster hinaus, durch das der warme Sonnenschein auf den Boden fiel, wo sie saß. Außerdem kam ein leichter Windhauch herein. „Hat er gesagt, wo?"

„Nein." Vielleicht hätte sie ihn fragen sollen, aber Rico war nicht wirklich ansprechbar gewesen. „Er war ziemlich angespannt."

Lance runzelte die Stirn. „Ist Chaz mit ihm gegangen?"

Sie schüttelte den Kopf. „Er musste arbeiten."

Lance' Miene verfinsterte sich. „Bleibt sie normalerweise in der Nähe? Zum Beispiel im Viertel?"

„Sie kann überall sein, und sie kann sich gut verstecken." Die Kunst der Ablenkung beherrscht sie perfekt. „Eine regelrechte Entfesselungskünstlerin." Aber warum war sie dann nie verschwunden, bevor andere ihr etwas anhaben konnten? Warum lief sie erst hinterher davon, um sich an Rese' Schulter auszuweinen? Sie schüttelte den Kopf. „Selbst wenn er erraten hat, wohin sie gegangen ist, bezweifle ich, dass er sie findet. Star ist ein freier Vogel, Lance. Es gibt nichts, was sie wirklich hierhält."

Lance presste die Schulterblätter zusammen. „Wie lange ist Rico schon weg?"

Rese sah auf die Uhr. „Beinahe eine Stunde."

Langsam atmete er aus. „Wie groß ist die Chance, dass sie allein ist?"

Außer wenn sie sich in ihrem Zimmer einschloss, um tagelang zu schlafen oder zu weinen, hasste Star es, allein zu sein. „Ich vermute, dass sie bei jemandem ist. Aber das ist schließlich kein Verbrechen."

„Noch nicht. Rico ist ein Straßenjunge. Er geht auf seine Weise mit den Dingen um."

Sie legte den Schraubenzieher hin und ließ ihre Hände auf den Schoß sinken. „Er ist kein Verbrecher."

„Wenn man einen Menschen richtig provoziert, kann aus jedem ein Verbrecher werden." Lance lehnte sich mit der Hüfte an den Fensterrahmen. „Ich bin mir nicht sicher, was für eine Macht Star über ihn hat, aber es ist jedenfalls nicht normal."

Ein Schauer durchfuhr sie. Wenn Lance solche Dinge sagte, waren sie völlig glaubwürdig. Und Star hatte wirklich etwas an sich, das die Männer, auf die sie sich einließ, einfing und entflammte. Maury hatte ihr sicherlich Unrecht getan, als er gewalttätig geworden war, aber Rese vermutete, dass die Zeit mit Star auch bei ihm Narben hinterlassen hatte. Und wie Lance gesagt hatte, konnten Menschen auch über das erträgliche Maß hinaus provoziert werden.

Sein Kopf fuhr zum offenen Fenster herum, als das Geräusch von Ricos Motorrad ertönte. Es war deutlich aus dem übrigen Verkehr herauszuhören, nicht sehr dicht, aber schnell und wütend. Dem Röhren des schlecht gedämpften Motors folgte ein hässliches Quietschen von Bremsen und ein lautes Scheppern von Metall. Lance lehnte sich so weit aus dem Fenster, dass er bis zur Kreuzung sehen konnte, dann stieß er sich vom Rahmen ab und rannte überstürzt zur Tür.

Rese rappelte sich vom Boden auf und versuchte auch zu sehen, was er gesehen hatte, aber auf der Kreuzung sammelte sich bereits eine Menschentraube. Eilig folgte sie Lance die Treppe hinunter und auf die Straße. An der Ecke kauerte Lance schon neben Rico, der Blut und Flüche spuckte. Erleichterung wallte auf, bevor sie den Geruch von verbranntem Gummi und Blut bemerkte. Dann lähmte sie der Anblick von Ricos Arm und verschwommene Bilder von einem anderen blutüberströmten Arm tauchten vor ihr auf, dazu Dads Schreie und ihre eigenen.

Lance kniete auf dem Boden und hielt Rico an den Schultern fest, während er sein Handy aus der Hosentasche zog und es ihr entgegenstreckte. „Ruf Hilfe, Rese."

Rico fluchte. Aber er rührte sich nicht.

„Rese."

Ihr Puls raste, als sie das Telefon nahm und sich zwang nachzudenken. 9-1-1. Rote und blaue Lichter; Dad, den sie nach draußen trug. Rote und blaue Lichter, Dad, der in ihren Armen blutete; verblutete.

„Um was für einen Notfall handelt es sich?"

„Es hat einen Unfall gegeben." Die Stimme klang fest und beherrscht, und es dauerte einen Augenblick, bis ihr bewusst wurde, dass es ihre eigene Stimme war. Sie beschrieb die Situation und Ricos Zustand, so gut sie es konnte. War er bei Bewusstsein – ja. Bewegte er sich – ja.

Dann ließ sie den Blick über die Kreuzung schweifen und nannte die Straßennamen. Als sie den Anruf beendet hatte, nahmen die Gesichter um sie herum Formen an. Alte und junge, dunkle und helle und welche dazwischen. „Sie kommen", sagte sie zu Lance, dann hockte sie sich auf den Boden, das Handy auf ihrem Schoß. „Was ist passiert?"

„Ein Typ ist bei Rot rübergefahren. Die Bremsen am Motorrad waren weich."

Sie schloss die Augen, weil sie sich noch zu gut an Lance' Geschwindigkeit mit demselben Motorrad erinnerte – mit ihr hinter sich auf dem Sitz. „Hat er sich den Kopf verletzt?" Sie hätte Rico selbst gefragt, aber der biss vor Schmerzen die Zähne zusammen.

„Er war klug genug, mit runterzugehen."

„Mit runter?"

„Ein erfahrener Fahrer trennt sich bei einem Unfall nie von seiner Maschine. Dabei passieren nämlich die Kopfverletzungen, wenn der Fahrer loslässt und stürzt. Rico ist auf dem Motorrad geblieben, bis es am Boden lag."

Und wie es aussah, war sein Arm zuerst mit dem Boden in Kontakt gekommen. Eine Sirene ertönte. Ihr Magen drehte sich um. Näher und lauter. Sie zwang sich, an Rico zu denken. Durch die Schürfwunden war das Blut geronnen, oder vielleicht blutete ein Arm so, wenn die

Schlagader nicht durchtrennt war. Sie würgte bei der Erinnerung an ihre hilflosen Versuche, bei ihrem Vater die arterielle Blutung zu stillen.

Lauter. Näher.

Rese zwang sich, Rico anzusehen und sich bewusst zu machen, dass sein Leben nicht in Gefahr war, auch wenn an seinem Arm der Knochen zu sehen war und er schreckliche Schmerzen haben musste. Beim Aufheulen der Sirene biss sie die Zähne zusammen. Das scharfe Bremsen des Feuerwehrautos und das Blaulicht nahm sie wahr, obwohl sie den Kopf abwendete, und sie roch die Abgase in der Luft.

Lance machte Platz, als die Sanitäter übernahmen. Er zog sie an sich, während Rico sich dagegen wehrte, flach auf dem Rücken zu liegen. Noch mehr Sirenen. Rico wandte sich an die Polizeibeamten, die am Schauplatz erschienen, und sagte etwas auf Spanisch.

„Was hat er gesagt?"

Lance sagte leise: „Er will, dass sie den Idioten finden, der ihn von der Straße gedrängt hat, damit er ihm die Kehle durchschneiden kann."

Lance hatte sich das nicht ausgedacht. „Er ist also in Ordnung."

„Sein Arm sieht schlimm aus."

Es war kein schöner Anblick, aber die Hand war noch dran. Wie Chaz' Freund Ubaiah sagen würde, war es eine Frage der Perspektive.

Lance hatte den Arm um ihre Taille gelegt und hielt sie an sich gedrückt, während der Polizist seine Befragung fortsetzte. Wenn Rico hier auf der Kreuzung zum Halten gekommen war, konnte seine Geschwindigkeit nicht sehr hoch gewesen sein. Aber was sie vom Fenster aus gehört hatte, hatte nicht wie Abbremsen geklungen. Wahrscheinlich hatten beide das Stoppschild ignoriert.

Noch mehr Sirenen. Ein Krankenwagen war gerufen worden. Konnten sie ihn nicht zu Fuß ins Krankenhaus bringen? Oder ihn in einen Streifenwagen setzen und die wenigen Meter fahren? Aber sie wusste, dass sie wegen einer möglichen Rücken- oder Halsverletzung kein Risiko eingehen würden. Rote und blaue Lichter flackerten in ihrem Blickfeld. Lance packte sie fester, und vielleicht hatte sie deshalb Mühe zu atmen. Sie konnte dem Anblick der Trage nicht entgehen, ohne Rico zu ignorieren, und so zwang sie sich zuzusehen, wie sie ihn in den Krankenwagen hoben.

Als man Rico eine Maske aufdrückte, konnte sie beinahe selbst die süßliche, mit Sauerstoff angereicherte Luft riechen, die er einatmete. Genauso gut hätte sie diejenige sein können, die in einem Krankenwagen abtransportiert wurde. Oder Lance. Aber ihr wurde nicht schwindelig. Alles wurde ihr entsetzlich klar, die Gedanken fügten sich zusammen wie die Glieder einer geschmiedeten Kette. Hilfreiche Widrigkeiten. Wenn Star nicht verschwunden wäre, hätte Rico sie nicht gesucht. Wenn Rico nicht den Unfall gehabt hätte, wären sie und Lance vielleicht mit dem Motorrad gefahren. Weiche Bremsen. Weiche … Bremsen.

Gab es einen Grund für diesen Unfall, der vielleicht gar kein Unfall war? Gab es einen Zweck, einen Sinn hinter allen schlechten Dingen – nein, hinter *allem*?

Kapitel 18

Lance wartete nur darauf, dass Rese jetzt durchdrehte, aber das tat sie nicht. Als Rico im Krankenwagen ins St. Barnabas gefahren wurde, lockerte er seinen Griff. „Ist alles in Ordnung?"

Sie drehte sich in seinen Armen um. „Ja."

Während er ihr Gesicht musterte, ließ er sie los und seine eigene Angst legte sich. Jetzt kümmerten sich die Profis um Rico, und sie konnten im Augenblick nur eines tun: sich um seine Maschine kümmern. Lance fragte einen der Polizeibeamten, ob er das Motorrad von der Kreuzung holen könne.

Der Schaden schien reparabel zu sein, wenigstens würde Rico es versuchen wollen. Er hatte schon viel an der Maschine herumgebastelt, um einen Chopper daraus zu machen – ausgerechnet aus einer Kawasaki –, und hatte alle Extras abmontiert. Und auch alle notwendigen Reparaturen hatte er selbst vorgenommen. Lance versuchte jedoch erst gar nicht, es anzulassen. Er wusste, dass Rese ihm den Kopf abreißen würde, wenn er auch nur einen Meter mit dem Ding fahren würde.

Sie trat neben ihn. „Was machst du da?"

„Ich schiebe es nach Hause."

Sie starrte ihn mit offenem Mund an. „Du kannst doch unmöglich glauben, dass Rico noch mal damit fahren will."

Unbeirrt schob er das Fahrzeug um die parkenden Autos herum. „Vielleicht nicht." Aber Rico würde sein Bestes geben.

„Er hätte getötet werden können. Und wir auch."

Kein Wunder, dass sie diesen Schluss gezogen hatte. Er hätte die Bremsen nicht erwähnen sollen. Rico hatte wahrscheinlich beschleunigt oder rollen lassen oder das Stoppschild ignoriert – Verkehrszeichen waren seiner Ansicht nach sowieso eher Vorschläge, die man auch ignorieren konnte. Wenn Rico wütend oder enttäuscht war, ging er eben Risiken ein. Aber darauf hinzuweisen, würde nichts nützen. Rese konnte das Gleiche auch von ihm behaupten.

„Wir sind nicht getötet worden, und Rico ist auch nicht tot." Er hatte keine Kopfverletzung, weil er mit dem Motorrad zu Boden gegangen war, aber sein Arm sah nicht gut aus. Es wäre besser für ihn gewesen, wenn er sich ein Bein gebrochen hätte. Denn Rico verdiente seinen Lebensunterhalt mit den Armen, mehr noch: sie machten seine Identität aus. Wenn er nicht trommeln konnte ... Lance schüttelte den Kopf. *Auf keinen Fall, Herr.* Tu ihm das nicht an. Warum traf es immer die Menschen, die er liebte? Das Soll war erfüllt. Als sie den Hof erreicht hatten, schob er das Motorrad in den Schuppen und stellte es dort ab.

Rese presste eine Hand zwischen ihre Augenbrauen. „Er hätte sich schwer am Kopf verletzen können."

„Er wurde aber nicht angefahren. Es hat keinen Zusammenstoß gegeben."

Sie steigerte sich in die Sache hinein. „Er wird wieder, Rese." Sie würden ein CT oder MRT machen, um auf Nummer sicher zu gehen, aber Rico würde gesund werden. *Er wird gesund, Herr.* Weil Rico wie ein Bruder für ihn war, und Lance würde nicht noch einen Bruder verlieren. *Auf keinen Fall. Auf gar keinen Fall!*

Allmählich verlor auch er die Nerven.

„Versprich mir, dass du nie wieder mit dem Ding fährst."

Lance sah von ihr zu dem verbeulten Fahrzeug. Mit dem „Ding" war Ricos Chopper gemeint, und er sagte: „Ich verspreche es", und bevor sie ihre Forderung ausdehnen konnte, fügte er hinzu: „Wir müssen ins Krankenhaus." Der Gedanke allein verursachte bei ihm Magenkrämpfe. „Ich organisiere uns ein Auto. Rico wird wahrscheinlich keine Lust haben, nach Hause zu laufen."

Glaubte er wirklich, sie würden ihm ein Pflaster verpassen, ihm ein paar Medikamente geben und dann nach Hause schicken? Im besten Fall: ein Gips und eine Schlinge. Sich Rico eingegipst vorzustellen, war ein erschreckender Gedanke. Sein ganzes Leben war Bewegung. Seine Gedanken waren vom Rhythmus bestimmt. Er atmete Taktschläge.

Mit Sofies Wagen fuhren sie zum Krankenhaus. Die Nachricht hatte die Runde gemacht, und inzwischen hatte sicher auch jemand Ricos Mutter angerufen, aber Lance sah sie nicht. Ricos ältere Schwester Gabriella kam vorbei, aber niemand sonst von seiner engsten Familie, und während die Stunden quälend langsam verstrichen und Rico von der Notaufnahme in den Operationssaal gebracht wurde, blieb selbst Gabriella nicht. Es spielte keine Rolle. Wenn das Krankenhaus es erlaubt hätte, wäre das halbe Viertel hergekommen.

Rico konnte Schmerzen aushalten, aber wenn er seinen Arm nicht mehr benutzen könnte, wäre das der Tod für ihn. Lance spürte, wie seine Brust sich zusammenzog, wie wenn man sich für einen Kampf gürtet. *Diesmal nicht, Herr.*

Aber die ersten Informationen, die sie erhielten, waren gut. Verstauchungen und Prellungen, aber keine inneren Verletzungen. Und auch Rücken und Kopf waren unversehrt. Er hatte sich ziemlich heftig auf die Zunge gebissen, aber es gab keine inneren Blutungen. Jetzt warteten sie auf Nachricht wegen seines Arms. Rico musste den Arm ausgestreckt haben, um die schlingernde Maschine unter Kontrolle zu halten, so wie sie es auf den Staubpisten getan hatten, aber Asphalt war weniger nachgiebig.

Lance war im Dauergespräch mit Gott, und ein Teil davon waren Bitten. Rese hatte inzwischen sämtliche Zeitschriften von *Golfjournal* bis *Landlust* durchgeblättert, und sie las noch nicht einmal gerne. Diese Reise erwies sich als äußerst ereignisreich.

Nun kam Mama mit Sofie herein. „Wie schlimm steht es wirklich um ihn?"

„Du fängst besser an zu kochen."

Sie sank auf einen Stuhl. „Ich dachte, er hätte sich nur den Arm gebrochen."

„Es ist der Arm, aber es ist ziemlich übel."

Sie schüttelte den Kopf. „Und das, wo er keine Krankenversicherung und keine Arbeit hat."

Mama war richtig gut darin, das Schlimmste zu betonen. „Rico hat Arbeit; er hat nur keine geregelten Arbeitszeiten. Und er braucht beide Arme dafür."

Erschrocken fasste sich Mama mit den Händen an ihre Wangen, so als wäre ihr eben erst eingefallen, dass Rico ja nicht einhändig Schlagzeug spielen konnte.

„Und mach es für Rico nicht noch schlimmer, als es ohnehin schon ist. Wenn er rauskommt, sprich nicht vom Geld oder von der Zukunft. Es wird schwierig genug für ihn sein, den Arm eine Zeitlang nicht bewegen zu können."

„Gut. In Ordnung. Meinst du, ich weiß das nicht?"

Sie wusste es vielleicht, aber sie tat es trotzdem immer wieder. Falls jemand sich nicht völlig im Klaren über die Grube war, in der er saß, beschrieb sie ausführlich, wie breit und tief und dunkel sie war. Aber dahinter lagen Liebe und Sorge; und das wusste Rico.

Nach einer Weile stand Sofie auf. „Ich muss etwas essen." Die Dringlichkeit in ihrer Stimme lag zweifellos an ihrer Unterzuckerung, weil sie so lange nichts gegessen hatte. Wenn sie am Arbeiten oder Lernen war, aß sie manchmal den ganzen Tag nichts.

Mama sprang auf. „Ich habe Frikadellen im Ofen."

„Seit wann?" Lance zog eine Grimasse.

„Seit ich sie hineingetan habe. Kommt nachher auf ein Sandwich vorbei."

Er nickte. „In Ordnung, Mama."

Sie drehte sich um. „Rese, komm du schon mal mit nach Hause."

Er warf ihr einen Blick zu, um zu sehen, ob sie die Formulierung mitbekommen und ihre Bedeutung erkannt hatte. Nur Familienmitglieder gingen *nach Hause*.

Rese erwiderte seinen Blick, aber es machte ihr scheinbar nichts aus, mit Mama mitzugehen, eher schien sie besorgt, weil sie Lance nicht allein lassen wollte – ein weiterer Hinweis darauf, dass ihre morgendliche Unterhaltung zum Frühstück besser gelaufen sein musste, als Rese durchblicken ließ. Sie war nach oben gekommen und hatte auf der Stelle verkündet, dass sie nicht den beidseitigen Break mit Spirale lernen würde. Aber sie hatte nicht traumatisiert gewirkt.

Sanft drückte er ihr die Hand. „Geh ruhig. Ich bleibe noch eine Weile bei Rico, wenn er aufwacht."

Nicht lange nachdem sie gegangen waren, ließ man ihn in den Aufwachraum. Er hakte seine Finger bei Ricos gesunder Hand ein. „Wie geht's, Mann?"

Rico nickte, dann blickte er auf seinen Arm, der quer über seiner Brust festgebunden war. Er trug keinen Gips, sondern nur einen Verband vom Ellbogen bis zum Handgelenk. Eine Krankenschwester brachte einen Becher mit zerkleinerten Eiswürfeln und fütterte Rico ein paar Löffel davon, dann gab sie Lance den Becher. Als sie ging, sagte er: „Was meinst du, sollen wir abhauen?"

Rico lächelte, aber das Lächeln verwandelte sich in eine Grimasse, und er schloss die Augen. Vielleicht noch nicht.

Nach einer Weile erschien der Chirurg und erklärte die Maßnahmen, die er ergriffen hatte; das Handgelenk war am schlimmsten betroffen und an mehreren Stellen genagelt, und eine Schiene und Schrauben fixierten die gebrochene Elle, die er aus Ricos Arm hatte hervorstehen sehen. So viel Metall war schon ein halber Roboter. „Beim Flughafen gibt's für dich in Zukunft Leibesvisitationen, Kumpel."

Rico grinste, aber dann wurde er wieder ohnmächtig. Vielleicht hatte er morgen mehr Sinn für Humor – oder auch nicht. Lance ging nach Hause, nachdem sie ihn für die Nacht in ein anderes Zimmer verlegt hatten, und gesellte sich dann in der Wohnung seiner Eltern zu den anderen, wo es als Hauptgericht Beschreibungen gab, dass der Unfall viel schlimmer hätte ausgehen können, und als Beilagen andere Begebenheiten, bei denen es knapp gewesen war, vor allem seine eigenen Erlebnisse und sogar welche von Tony. In Mamas Küche erzeugte Unglück weiteres Unglück, bis Lance daran zu ersticken drohte.

Wie konnte einer einzigen Familie so viel Unglück widerfahren? Natürlich war der Refrain immer: „Es hätte schlimmer kommen können. Er hätte ums Leben kommen können wie der arme Tony. Was für eine Verschwendung." Und Tränen salzten dabei die Erinnerung.

Er musste hier aus. „Rico wird wieder gesund", sagte er. Dann folgten das Schulterklopfen und die gut gemeinten Beschwichtigungen für Lance, der alles so schwer nahm.

Chaz hätte es anders dargestellt. *Bestimmt haben die Engel ihn vor dem Auto beschützt. Was für ein Wunder, dass er sich den Kopf nicht verletzt hat.* Aber Chaz wusste noch gar nichts von dem Unfall. Er würde bis spät in die Nacht in dem vornehmen Restaurant in Manhattan bedienen. Mit seinen langen Arbeitszeiten unterstützte er halb Jamaika finanziell. Völlig ahnungslos würde er nach Hause kommen.

Chaz hatte während der Operation nicht gebetet, hatte Gott nicht angefleht, die Hände des Chirurgen zu leiten, Ricos Knochen wieder zusammenzuschustern, seinen Geist zu stärken. Chaz war nicht im Wald gewesen, als der Baum umgestürzt war. Was zu der Frage führte, wo Gott war. Fern, unbeteiligt und desinteressiert? Oder hatte er jedes Wort gehört, das Lance gesprochen hatte, und die Worte gegen seine Taten aufgewogen?

Lance schüttelte sich. Was waren das für Gedanken? Der Gott, dem er diente, der Gott, den er liebte, war nicht so. Es war seine eigene Einsicht, die unzureichend war. Aber mit seiner Einsicht war es schon seit Längerem nicht weit her.

Bobby und Lou waren inzwischen auf den Sportplatz gegangen. Den Kindern war die Unterhaltung längst langweilig geworden und sie scharten sich um den Fernseher im Wohnzimmer. Er sah Rese an.

Sie hatte die meiste Zeit geschwiegen. Sie wusste nicht, wie man sich, wenn nötig, gegen andere durchsetzte, um sich in die Unterhaltung einzumischen, und dass Lautstärke identisch war mit Wichtigkeit. Aber das war sowieso nicht ihre Art. Brad hatte gesagt, dass sie nach dem Unfalltod ihres Vaters wochenlang überhaupt nicht gesprochen hatte. Dies hier war nicht annähernd so schlimm, es gab keinen Toten und keine abgetrennten Gliedmaßen. Und sie hielt sich tapfer. Aber er musste sie hier rausbringen. *Er* musste hier raus.

Er stand auf, gab Mama, Sofie und Monica einen Kuss, und Lucys Wange war vom Weinen ganz nass – sie war diejenige, die nah am Wasser gebaut hatte, in weniger liebevollen Augenblicken von ihm auch Wasserhahn genannt. Papa grübelte am Ende des Tisches vor sich hin, und Lance versuchte nicht zu grübeln. Die anderen fanden es tröstlich, Tonys Namen auszusprechen, weil er dann in gewisser Weise bei ihnen war. Papa nicht.

Lance nahm die Hand von Rese, als sie die Treppe hochgingen und die leere Wohnung betraten. Kein Chaz, kein Rico und keine Star. Nur sie beide, eine Situation, die ihn hätte erregen können und Gedanken weckte, denen er besser keine Taten folgen ließ. Zum Glück war seine Stimmung zu düster für die Versuchung, und Rese sehnte sich bestimmt danach, allein zu sein. Er gab ihr einen Kuss auf die Wange, wie er es bei seinen Schwestern getan hatte, und schloss die Schlafzimmertür hinter ihr.

Im Krankenhaus hatten sie kaum miteinander gesprochen, hatten auch bei Mama kein Wort gewechselt. Er wusste nicht, was sie dachte, wie sie sich fühlte, auch wenn er selbst all den Schmerz der Welt deutlich zu spüren schien. Papas Verlust hämmerte in seinem Herzen, Mamas Ängste mischten sich in seine Gedanken, ihr Bedürfnis, sie alle um sich zu scharen, als könnte sie die anderen vor Verletzungen und Tod bewahren. Wusste sie denn nicht, dass sie alle nur Spielfiguren waren?

Hiobs ganze Familie war mit einem Schlag ausgerottet worden, damit Gott sehen konnte, wie er reagieren würde. Lance fuhr sich mit den Händen durchs Haar. *Hör auf. Lass das.* Er hatte früher schon eine solche Finsternis verspürt. Gottes Wege waren für ihn unverständlich.

Er konnte dem Herrn keine menschlichen Beweggründe zuschreiben. Und welche Rolle spielten dabei Ricos Entscheidungen? Die Welt war nicht perfekt, solange Menschen mit im Spiel waren.

Rese kam im Schlafanzug aus ihrem Zimmer und setzte sich zu ihm auf die Couch. „Ist alles in Ordnung?"

In Ordnung? Na, das war eine weitreichende Frage. „Ich denke nur nach." Trost hatte er nicht erwartet. Er hatte gedacht, ihre eigenen Ängste und Erinnerungen würden sie beschäftigen, und hatte es schuldbewusst vermieden, sie darauf anzusprechen. Für heute Abend hatten sie genug Kummer ausgegraben.

Sie zog ihre Beine an und umfasste sie mit den Händen. „Wenn du dir aussuchen könntest, was du sein wolltest, was wäre das?"

Mit dieser Frage hatte er am wenigsten gerechnet. Aber sie hatte ihm ihr offenes und freundliches Gesicht zugewandt und erwartete ganz offensichtlich eine Antwort. „Abgesehen davon, dass ich am liebsten mit dir zusammen bin?"

„Egal."

„Shortstop für die Yankees."

Sie verdrehte die Augen. „Typisch."

„Du hast wohl was Besseres vorzuweisen, oder?"

„Ein Wal."

„Was?" Er lachte.

„Warum nicht?" Sie ließ das Kinn auf ihrem Knie ruhen. „Stell dir mal vor, wie friedlich es da unten im Wasser wäre, wie einfach."

„Bist du gestresst?"

Sie zuckte mit den Schultern.

„Rese Barrett ein Wal. Das gibt's nicht."

Sie richtete sich auf. „Mom und ich haben immer so getan, als wären wir irgendwelche Tiere."

„Ach ja, der Regenwurm."

„Meistens waren es fliegende Tiere. Oder Meerjungfrauen. Tiere, die unter Wasser leben." Sie atmete langsam aus. „Das waren schöne Zeiten."

Liebevoll nahm er sie in den Arm. „Das freut mich." Er fand es wunderbar, dass sie in dem, was sie so verletzt hatte, immer noch etwas Gutes suchte. So wie er es auch tun sollte. So wie er es früher getan hatte.

Sie lehnte den Kopf an seine Schulter. „Wenn Rico gestorben wäre, würdest du Gott dann immer noch lieben?"

Sein Herz machte einen Satz. Die Vorstellung von Rico, der reglos dalag, ohne zu atmen, war vor seinem geistigen Auge aufgetaucht, als er zur Straßenecke gerannt war. In einem Augenblick ausgelöscht. Eine falsche Entscheidung – oder einfach Gottes Wille. „Daran kann ich einfach nicht denken."

Sie nickte. Sie würde die Antwort akzeptieren, aber dann sagte er: „Ich glaube, ich bin nicht in der Lage, Gott zu hassen. Manche Menschen werden wütend und wenden sich ab von ihm, aber das wäre so, als würde ich Rico oder dir den Rücken kehren. So bin ich einfach nicht."

„Und warum setzt du dich dann auf dein Motorrad, wenn die Dinge schwierig werden?"

Er dachte darüber nach, wollte, dass sie es verstand. „Es sieht vielleicht so aus, als würde ich weglaufen und bräuchte den Rausch der Geschwindigkeit. Aber eigentlich versuche ich näher zu kommen. Ich weiß, das klingt albern."

„Es ist nicht albern, Lance. So fühlst du nun einmal. Du musst nah dran sein."

„Manchmal will ich unbedingt wissen, warum, will verstehen, was los ist, was Gott sich dabei denkt! Ich möchte am liebsten in seine Haut schlüpfen." Er erwartete nicht, dass sie das verstand. Bis jetzt hatte er noch niemanden gefunden, der das nachvollziehen konnte. Nicht einmal Chaz spürte das Verlangen, Gott am Fußgelenk zu packen und mit ihm zu ringen.

Lance ließ Rese' Kopf an seinem Hals ruhen und fragte sich, was sie tun würde, wenn er sie so küsste, wie er es sich wünschte. Sie gähnte. Gleich würde sie aufstehen und die Tür zwischen ihnen schließen. Und deshalb ergriff er den Augenblick, den er hatte, und küsste sie auf den Mund. Oh, wie süß. Unendlich süß.

Lance küsste sie, als würde er nie wieder die Gelegenheit dazu bekommen. Er übertrug seine Sorge um Rico und alles andere, was sich in ihm aufgestaut hatte, auf ihre Lippen, und Rese erwiderte seine Gefühle voller Leidenschaft. Sie hatte Trost im Sinn gehabt, vielleicht Ablenkung. Aber jetzt verstand sie sein Bedürfnis nach Nähe, sein Verlangen nach Berührung, nach Verbindung, danach, eins zu sein mit einem anderen Menschen. *Ja.*

Es entsprach vielleicht nicht ihrer natürlichen Veranlagung, oder vielleicht doch. Möglich, dass Lance nötig war, um ihr wahres Ich herauszulocken. Verlangen wallte in ihr auf. Die Zeit stand still. Noch nie hatte sie dieses Gefühl gehabt, völlig verzehrt zu werden.

Lance hatte sie in seiner Gewalt, aber er zog sich zurück und stöhnte. „Runter vom Sofa. Geh ins Bett, Rese, sonst garantiere ich für nichts."

Der Schock erwischte sie kalt, bis sie die Anspannung sah, die seine Hände zittern ließ. Er blickte auf, als sie aufstand. „Es tut mir leid. Aber du bist mehr als eine Nummer an der Wand. Ich will das mit uns nicht vermasseln."

Sie wusste, was er meinte, aber selbst jetzt würde sie nachgeben, wenn er die Hand nach ihr ausstreckte.

Er fuhr sich mit gespreizten Fingern durchs Haar. „Ich hätte nicht anfangen sollen, tut mir leid."

„Wir waren schon mal an dieser Stelle." Damals hatte die Chemie unmittelbar verrückt gespielt und ihre ursprüngliche Abneigung nur verstärkt, aber schon bald war sie ein Leim geworden, den kein Lösemittel mehr aufbrechen konnte.

Er nickte. „Hol eine Schaufel und zieh mir eine über."

„Das habe ich hinter mir."

Er lächelte unsicher, nahm ihre Hand und betrachtete sie mit den Augen und den Fingern. „Mich hat es übel erwischt, Rese."

„Mich auch." Sie konnte kaum fassen, dass sie es zugegeben hatte, aber er wusste es sowieso schon.

Er führte ihre Hand an seine Lippen. „Bitte geh." Aber er ließ sie nicht los.

„Dazu ist eine räumliche Trennung nötig."

„Ich arbeite dran."

Sie holte bebend Luft. „Du arbeitest besser schnell."

Er stöhnte wieder und ließ sie los. „Und schließ die Tür ab", rief er ihr nach, als sie ihr Zimmer erreicht hatte.

Das tat sie, aber die Badezimmertür schloss sie nicht ab, und sie fragte sich, ob er nachsehen würde und ob sie sich das wünschte.

Kapitel 19

*Trauer ist ein Mantel, den man an- und ausziehen kann,
und man trägt ihn, bis er die Kälte des Verlusts erwärmt hat,
aber nicht so lange, dass er die Erinnerung schmelzen lässt.*

Ich würde es in mein Tagebuch schreiben, wenn es nicht in dem Kampf verloren gegangen wäre. Ich würde es in Tinte verewigen, um mich an diese Zeit zu erinnern, diesen Schmerz, der Krankheit und Leben zugleich ist. Etwas in mir möchte hoffen, aber wie kann ich das, wenn alles, was ich kenne, nicht mehr ist, wie es war?

Ich stehe mit verschränkten Armen am Straßenrand und warte. Wieder hat Marcos Auto eine Panne. Es sind die vielen Kilometer, sagt er, und das weiß ich wohl. Marco scheint unbekümmert, aber wenn er ehrlich wäre, würde er sich vielleicht wünschen, nie nach Sonoma gekommen zu sein. Ein Mann mit wichtigen Geschäften, geschlagen mit einer Frau, die jemand umbringen will. Ich schwöre bei mir, dass er es nicht bereuen soll, aber ist das überhaupt möglich?

„Du sorgst dir noch eine Beule in die Stirn." Lachend sieht er unter der Motorhaube hervor, die Ärmel hochgekrempelt, die Hände schmutzig. Mit einem Lumpen reibt er sie ab, dann winkt er mich zu sich. Seine Arme sind das Einzige, was mich zusammenhält.

„Was machen wir jetzt, Marco?"

„Wieder einsteigen und beten, dass es funktioniert."

Er weicht der schwierigen Frage aus und wirft den Lappen in den Kofferraum.

Als wir einsteigen, riecht er nach Öl, und ich weiß, dass er allmählich die Geduld verliert. Wenn der Wagen nicht anspringt, werden wir dann für immer hierbleiben, eine Hütte aus Ästen und Blättern bauen und die Passanten anbetteln? Albern. Aber alle nur erdenklichen Möglichkeiten tun sich vor mir auf; Dinge, die ich nie für möglich gehalten hätte, habe ich jetzt mit eigenen Augen gesehen. Ich hätte mir nicht vorstellen können, dass ich mit Marco Michelli hier bin und sonst keinen einzigen Menschen habe, der mir etwas bedeutet.

Ich habe mein Zuhause verloren, meine Familie, meinen Frieden. Warum nicht den Verstand? Ist das unvorstellbarer als Papa ... Nein. Ich kann immer noch nicht daran denken. Und mein Nonno, mein lieber, lieber Nonno. Es ist nicht richtig. Es ist nicht gerecht. Gott ... ist nicht gerecht.

Aber andererseits ist Marco da. Ich sage meinem Herzen, dass es dem Kummer ein Ende machen und das Gute akzeptieren soll, das geschehen ist. Aber ich habe den Eindruck, dass mein Herz nicht besonders gut auf mich hört.

Rese öffnete die Zimmertür, als Lance am nächsten Morgen anklopfte. Er hatte seine Fassung wiedergewonnen – jedenfalls weitgehend. Mit einem Lächeln auf dem Gesicht sagte er: „Ich habe Brot und Käse und Paprika und Wurst."

Verschlafen fuhr sie sich mit den Fingern durchs Haar und sah ihn mit müdem Blick an. „Willst du mich bestechen?"

„Eine Bestechung wären *sfogliatelli* und *trota al vino rosso*."

„Oh." Sie gähnte und reckte sich, wunderbar katzenhaft, ohne sich dabei ihrer Wirkung auf Lance überhaupt bewusst zu sein.

„Bedien dich, in Ordnung? Ich muss Rico abholen, bevor das Krankenhaus ihm noch einen Tag berechnet."

„Das war eine schwere Operation, und die entlassen ihn schon?"

„Er entlässt sich selbst." Rico hatte bei Tagesanbruch angerufen, nur halb zusammenhängend, aber entschlossen. Lance zuckte mit den Schultern. „Wir sind gerade alle nicht so gut bei Kasse."

„Aber –"

Er beugte sich vor und küsste ihren vom Schlaf ganz weichen Mund. „Es dauert nicht lange."

Mama hatte ihm ihren Fiat geliehen, und er kam gerade im Krankenhaus an, als die Ärztin jegliche Verantwortung ablehnte, falls Rico sich ihrer Fürsorge vorzeitig entzog.

„Ich erteile Ihnen die Absolution, Lady; und jetzt will ich hier raus." Rico sank ermattet in die Kissen, bis die Krankenschwester die Entlassungspapiere brachte. Seine linke Hand war genauso geschickt, wie die rechte es sonst war, aber seine Unterschrift sah krakelig aus, als er die Papiere zur Kostenübernahme unterschrieb und dabei leise fluchte. Wenn alle Rechnungen vorlagen, würde es übel aussehen. Seit Lance die Band aufgelöst hatte, hatte er dauerhaft keinen größeren Job mehr gehabt.

Sie hatten eine gute Regelung, was die Miete betraf, aber keiner von ihnen wollte Papa ausnutzen. Und sobald die Dinge in Sonoma geregelt waren, würde Lance ganz ausziehen. Rico musste irgendetwas tun, und sei es für andere Bands den Sound zu mischen. Das hatte er früher schon gemacht, und die Leute wussten, dass er es konnte. Aber es würde ihm in der Seele wehtun, jemand anders am Schlagzeug zu sehen.

Lance bezweifelte, dass Rico schon so weit dachte, als er sich bis zum Sessel im Wohnzimmer schleppte und wie ein Schiff darin versank. Chaz hatte die Auslieferungen seines zweiten Jobs erledigt und war ihnen am Fuß der Treppe entgegengekommen. Jetzt stellte er sich hinter Rico, legte beide Hände auf seinen Kopf und schloss die Augen. Lance hatte gebetet, als sie gestern gewartet hatten, aber von Chaz nahm Rico die Segensgeste eher an. Lance konnte den Mann umarmen, aber alles Superfromme … vergiss es. Rico kannte alle seine Fehler und Macken einfach zu gut.

Er setzte sich neben Rese aufs Sofa und versuchte nicht an die besondere Spannung des vergangenen Abends zu denken – was tagsüber in der Gegenwart von Chaz und Rico sicherlich einfacher war als nachts allein mit ihr. Sie mussten ihre Beziehung sortieren, mussten sich entscheiden, wie sie zueinander und zum Rest der Welt standen. Aber in diesem Augenblick bedrängte der Rest der Welt ihn so sehr, dass er kaum atmen konnte.

Er war sich noch nicht sicher, ob mit Nonna alles erledigt war, und Rico würde wenigstens in den nächsten paar Tagen noch seine Hilfe brauchen. Er sah seine niedergeschlagene Miene. „An dem Chopper muss ein bisschen was gemacht werden."

Rico lehnte sich zurück und grinste. „Dachte ich mir."

Völlig verständnislos sah Rese von einem zum anderen und schüttelte den Kopf. Vielleicht würde sie es nie verstehen, aber das war in Ordnung so.

Na gut, sie hatte noch nie von *Bloomingdale's* gehört. Für Rese war das keine Katastrophe, aber Monica starrte sie mit offenem Mund an. Sie war mit Brownies zu Rico nach unten gekommen – einige mit Löchern, wo Nicky mit dem Finger die Konsistenz und Widerstandskraft getestet hatte – und eins hatte zum andern geführt, bis Rese ihre Unwissenheit offenbart und Monica sich auf sie gestürzt hatte.

Lance erhob mit keinem Wort Protest, als sie seine Schwester Lucy zu Hilfe holte, Doria ihre sämtlichen Kinder überließ und Rese in die U-Bahn entführte. Vielleicht wollte er Zeit mit Rico verbringen – dem es nicht gut ging –, aber sie hatte den Verdacht, dass er diesen Ausflug für die allgemeine Situation ihrer Beziehung als segensreich empfand.

Die Schwestern hatten sie eingerahmt und redeten so laut auf sie ein, dass sie sogar die automatische Ansage im Zug übertönten, die den Passagieren die nächste Haltestelle ankündigte. *Dieser Zug der Linie 2 fährt nach Manhattan. Bitte treten Sie von den Türen zurück.*

„Monica sagt, du arbeitest auf dem Bau?"

Rese fuhr zusammen.

Lucy warf ihren Pferdeschwanz über die Schulter und blickte Rese mit ihren kurzsichtigen Augen prüfend an. Nachdem sich das Gespräch über sämtliche Kinder, jeden schlechten Lehrer und alle Macken ihrer Männer gedreht hatte, war nun Rese dran.

„Renovierung. Ich reiße zuerst ein."

Lucy warf Monica einen Blick zu. „Und dein Papa hat dich dazu gebracht?"

Offenbar hatte Monica ihr die wichtigsten Informationen zugespielt, warum also musste sie alles noch einmal von ihr hören? „Jetzt mache ich das nicht mehr. Ich habe das Unternehmen verkauft." Sie wartete, während die Pendler einstiegen und sich setzten. „Das Team ist nicht glücklich darüber, aber das ist nicht mein Problem."

„Du hast das Geschäft geführt?" Lucy rutschte auf der glatten blauen Plastikbank zur Seite, um Platz für einen gepiercten Mann mit Zöpfen zu machen, der ungefähr doppelt so viel wog wie sie. Er ließ sich auf den Sitz fallen und bewegte sich zu den Rhythmen in seinem Kopfhörer hin und her.

„Streng genommen war ich für die Arbeiter verantwortlich, und Brad war für die Baustellen zuständig." Es hätte andersherum sein müssen. Sie hatte die technische Expertise und das nötige Gespür; Brad konnte gut mit den Jungs. „Er musste mir gegenüber Rechenschaft ablegen, konnte aber selbstständig arbeiten." Der Grund für viele Spannungen.

„Und diese Arbeit hat dir Spaß gemacht?“

Rese nickte. „Ich mochte die Arbeit; die Mitarbeiter mochte ich nicht immer. Sie konnten richtig unausstehlich sein.“ Warum erzählte sie ihnen das? Aber die gebannten Mienen ließen sie weitersprechen, und sie beschrieb die Streiche, die sie ihr gespielt hatten, die Nickligkeiten, Brads Rivalität. Sie erzählte ihnen mehr, als selbst Star wusste, aber nicht das, was sie Lance erzählt hatte, den Zwischenfall mit Sam und Charlie.

In Monicas Gesicht war jetzt unverhohlene Bewunderung zu lesen, aber Lucy sagte: „Warum hast du die Firma verkauft?“

Rese wandte den Blick ab. „Es war zu schwer, nachdem mein Vater gestorben war.“

„Oh.“ Lucy drückte ihre Hand. „Das tut mir leid.“

Rese staunte über die Wärme in ihrer Stimme. Hatte Star jemals ehrliches Mitgefühl ausgedrückt, ohne in ein melodramatisches Pathos zu verfallen? Und hier saßen Lance' Schwestern, die sie kaum kannten, und hörten ihr voller Anteilnahme zu. Sie hatte keine Ahnung, was sie darauf sagen sollte.

„Die nächste Haltestelle ist Penn Station.“ Monica fasste ihre Handtasche fester. „Dort gibt es einen Eingang zu *Bloomingdale's*.“ Sie stand auf. „Du wirst begeistert sein.“

Rese bezweifelte das, aber sie würde das Beste daraus machen. „Wenn wir noch sehr viel länger hierbleiben, brauche ich ein paar Sachen.“

Beide Frauen sahen sie an, als die Bahn ruckartig hielt. „Ach, Schätzchen“, sagte Monica. „Bei *Bloomie's* kauft man nicht, da guckt man nur.“

Rese sah von einer zur anderen. Wozu shoppen gehen, wenn man nicht einkaufte, was man brauchte? Die beiden fingen an zu lachen, als sie ihre Miene sahen, aber selbst in Englisch sprachen sie eine Fremdsprache.

Es ist ein Segen, nicht zu wissen, was als Nächstes geschehen kann,
wenn man die Prüfung nicht sieht, bis sie da ist.
Dann kann man nicht mehr weglaufen.

Ich werde in Manhattan ersticken. Was haben sie sich dabei gedacht, so viele Menschen in eine Stadt zu pferchen? Wie kann Marco erwarten, dass ich hier lebe, atme? Das Haus seiner Mama ist überhaupt kein Haus; es ist ein Tunnel aus Zimmern, die mit den Zimmern anderer Leute zusammengestopft sind, zu nah, zu dünn. Ich kann alles hören.

„So ist das Leben", sagt Marco und lacht, als ich in unserem Schlafzimmer flüstere. Der Raum hat vier Wände und kein Fenster, sondern nur ein Foto von Marcos Hund mit drei Zirkusclowns ohne Zähne.

Ich löse mich aus seiner Umarmung. „Ich will nicht, dass sie uns hören."

„Dann denken sie aber, dass ich kein guter Liebhaber bin."

Er lacht noch mehr, als ich ihm mit der Hand den Mund zuhalte. Ich habe vieles gelernt, aber ich kann mir nicht vorstellen, dass ich lernen kann, so zu leben. Wir sind seit zwei Tagen in dem Haus, und bis jetzt habe ich seine Mutter noch nicht kennengelernt. Marco sagt, sie hilft bestimmt seiner Tante, die Frauenprobleme hat und der es nicht gut ging, als er abgereist war.

Wir wissen es nicht mit Sicherheit, weil es kein Telefon im Mietshaus gibt, wie Marco es nennt, seit das ursprüngliche Haus in mehrere Wohnungen aufgeteilt wurde. In jedem Stockwerk gibt es auch ein Badezimmer, und jeweils fünf oder sechs Familien teilen sich eines. Sein Papa arbeitet als Maurer irgendwo in der Bronx und kommt nur sonntags nach Hause. Er ist ein guter Handwerker, sagt Marco, aber er muss dorthin gehen, wo die Arbeit ist. Selbst für die Leute mit Arbeit sind die Zeiten hart.

Ich fühle mich wie ein Eindringling, weil ich in dem Haus wohne, ohne dass jemand weiß, dass ich hier bin, außer dem Mann, der mich hergebracht hat. Aber er nimmt meine Einwände nicht ernst, und eine Weile danach frage ich mich, ob wir im Schatten dieses Zimmers ein Kind gezeugt haben, während sein zweibeiniger Hund und die Clowns zugesehen haben …

Antonia öffnete die Augen und sah Lance vor sich. In seinem Gesicht lag eine solche Zärtlichkeit, dass sie einen Moment lang dachte, sie würde träumen. Seine Ähnlichkeit mit Marco, nicht nur äußerlich, sondern auch innerlich, hatte ihn ihr in besonderer Weise ans Herz wachsen lassen. Er wusste das, stellte es aber niemals zur Schau. Liebevoll lehnte er sich vor und küsste ihre Wange, und sein Lächeln reichte bis tief in die Augen hinein. „Hallo, Nonna."

Sie blinzelte und versuchte zu lächeln, weil sie wusste, dass ihre Worte nicht richtig herauskommen würden.

Mit dem Waschlappen, der auf dem Nachttisch lag, wischte er ihr die Feuchtigkeit aus ihrem Mundwinkel. „Was kann ich dir bringen? Macchiato und Biscotti? Polenta besciamella?"

Sie lachte. Der Versuch, ihren Bedürfnissen Ausdruck zu verleihen, war ein Witz.

„Ich weiß was. Ich überrasche dich." Er drückte ihre Hand und wollte aufstehen.

„L...ance." Das funktionierte besser als vorher. Der Schlaf musste geholfen haben.

Er setzte sich wieder. „Was denn, Nonna?"

Sie deutete mit dem Kinn auf den Stapel Papiere.

Sein Blick wurde weich. „Du musst erst etwas essen."

„N...achher." *Madonna mia.* Ihre Sprache war wieder da!

Eindeutig zögernd, aber ausnahmsweise gehorsam, nahm er den Papierstapel und hielt ihn ihr hin. Als sie den Kopf schüttelte, zog er die Augenbrauen hoch. „Du willst, dass ich es lese?"

„Ja." Jetzt kam das richtige Wort. Wenn sie noch ein bisschen gewartet hätten, hätte sie es dem Bankangestellten sagen können. Aber egal. Sie hatte, was sie brauchte.

Eher widerwillig – so erschien es ihr wenigstens – betrachtete er die Papiere, die er in der Hand hielt, auf der Suche nach den Geheimnissen darin. So vieles, was ungesagt blieb, aber auch unvergessen. Er runzelte die Stirn. „Ich finde, du solltest erst noch etwas kräftiger werden."

Sie wartete. Bald würden ihm die Argumente ausgehen. Sich an das zu erinnern, was vorher gewesen war, hatte sie vorbereitet auf das, was als Nächstes kommen würde. Egal was Marco zu sagen hatte, es würde nichts an dem ändern, was gewesen war. Sie kannte sein Herz. Sie kannte es nur zu gut.

Lance erwiderte ihren Blick und hielt ihm stand, dann seufzte er und blätterte die erste Seite um. Er las den Anfang, den sie in der Bank gelesen hatte, und ihre eigene anfängliche Reaktion spiegelte sich in seiner Miene. „Bist du dir sicher?"

Sie nickte, und er las laut weiter:

„Mein erster Eindruck von Vittorio Shepard war Intelligenz, verbunden mit einer grundlegenden Gutgläubigkeit, ein sehr enges Gewissen, zu eng für einen Mann in den inneren Kreisen, aber genug Ehrgeiz, um trotzdem nützlich zu sein – genau die Art von Männern, die Arthur Jackson suchte.

Als ich mit ihm Kontakt aufnahm, bezweifelte Vittorio weder meine Referenzen noch meine Informationen. Er hatte schon Verdacht geschöpft, was das Geschäft betraf, und angesichts der Beweise machte er sich Sorgen um dich und seinen Vater. Er würde mir helfen, sagte er, wenn ich deine Sicherheit garantieren könne. Von meiner Warte aus gesehen schuldete ich ihm nichts; seine eigene Entscheidung hatte dich in Gefahr gebracht. Trotzdem willigte ich ein, weil ich die Chance für eine gute Tarnung sah.

Als Verehrer konnte ich mit Vittorio sprechen, ohne Verdacht zu erregen. Im Gegenzug würde die Agentur deinen Schutz gewährleisten – ein Arrangement, das wir beide nicht ideal fanden, das aber funktionierte. Er gab klare Anweisungen, wie weit ich gehen durfte, wie ich es dir einmal erklärte, aber keiner von uns beiden hatte dein Wesen und deine Kraft berücksichtigt. Ich für meinen Teil war fasziniert und konnte nur beten, dass es mich nicht daran hindern würde, meine Arbeit gut zu machen.“

Lance blickte auf. Konnte er sie zittern sehen? Auch wenn sie Marcos Herz kannte, konnte sie diese Worte doch nicht ohne Schmerz hören. Der Gedanke, dass er sie von Anfang an getäuscht hatte … Und sie fühlte sich so schwach. „*Bene*“, sagte sie, „i…ch esse.“

„Gut.“ Lance legte die Zettel beiseite, offensichtlich erleichtert. Vorsichtig hob er sie hoch und trug sie zu ihrem Rollstuhl nach unten, dann schob er sie in ihr Restaurant und kochte für sie. Sie hatte gedacht, dass er den Laden übernehmen würde, und als sie ihm bei der Arbeit in der großen alten Küche zusah, wünschte sie es sich immer noch. Aber sein Herz war in Sonoma, in der Villa, die einmal ihr Zuhause gewesen war.

Kapitel 20

Als Rese eintrat, roch es wundervoll. Sie hatten sich unterwegs Brezeln zum Mittagessen gekauft – Monica konnte nicht einmal den Gedanken an etwas anderes ertragen –, aber das war kaum genug, um ihnen Energie für den Marathon durch die Geschäfte und Schnäppchenhallen zu geben.

„Lance kocht“, sagte Lucy.

„Woher weißt du, dass es Lance ist?“ Rese folgte ihr zum Eingang, der vom Hausflur ins Restaurant führte.

Lucy zuckte mit den Schultern. „Es riecht so gut.“

„Rede bloß nicht von Gerüchen.“ Monica hielt sich die Hand vor den Mund und stürmte die Treppe hoch.

Lucy stieß für Rese die Tür auf und sagte, ein wenig widerwillig: „Ich muss Mama von den Kindern erlösen.“

Rese ging hinein und stellte ihre Taschen auf eine Bar in der Ecke. Als sie um den Kühlraum herumging, sah sie, wie Lance Antonia mit einer Gabel fütterte.

Er sah auf und lächelte. „Spaß gehabt?“

„Genau genommen … ja.“ Nachdem ihr klar geworden war, dass sie in dem mehrstöckigen Riesenkaufhaus nichts kaufen musste, hatte sie nur über die Designerkleidung, den Schmuck und die Parfüms gestaunt und sogar Lucy und Monica ihren Spaß gelassen, die sich Kleider anhielten, sich Schals um den Hals legten, Hüte und Handtaschen ausprobierten und Schuhe anprobierten, die viel zu spitz waren, als dass man darin hätte laufen können.

„Hol dir doch einen Stuhl.“ Lance zeigte in Richtung Speisesaal.

Sie hatte die beiden nicht stören wollen, aber trotzdem zog sie einen Stuhl näher und lächelte Antonia zu. Sie war überrascht, dass diese ihr Lächeln auf ihre Weise erwiderte.

„Hunger?“ Er deutete mit dem Kinn in Richtung Herd.

„Das riecht gut.“

Normalerweise wäre er aufgestanden und hätte sie bedient, aber er war beschäftigt, und sie war froh, dass er nicht wegen ihr aufstand. Das einzige Mal, dass sie sich selbst bei Lance' Mahlzeiten bedient hatte, war gewesen, als sie seine Lasagne zum Frühstück aufgewärmt hatte. Diese Lasagne hatte himmlisch geschmeckt. Erwartungsvoll ging sie zum Herd und hob den Deckel hoch.

Ein geschrumpftes Hühnchen, aber ein wundervoller Duft. „Was ist das?"

„In Cognac geschmorte Wachtel mit *Polenta Besciamella*."

Rese holte sich einen Teller und tat sich den winzigen Vogel und etwas von der cremigen Beilage aus Maismehl auf. „Wachtel habe ich noch nie gegessen."

„Das ist Nonnas Lieblingsgericht." Er zwinkerte. „Wir müssen sie mästen."

Das zarte Geflügel schien dafür weniger geeignet als die schwere Spaghettisauce seiner Mutter, aber sie nahm einen Bissen und tauchte in den Geschmack ein. „Lance, das ist köstlich."

Er lächelte. „Ich hatte so gehofft, dass du wiederkommen würdest, bevor jemand anders sich über den Rest hermachen kann."

„Ich dachte nicht, dass es so lange dauern würde."

„Da kennst du meine Schwestern schlecht."

Nachdem sie sich bei *Bloomingdale's* angesehen hatten, was ihnen gefiel, hatten sie andere Geschäfte nach Imitaten und Schnäppchen durchstöbert, und Rese wusste nicht, was besser dazu geeignet war, das Wesen eines Menschen zu offenbaren. Sie hatte einige Dinge gekauft, die sie brauchen würde, wenn sie noch länger blieben. Und da sie nächste Woche noch keine Buchungen hatten, war es ja durchaus möglich. Danach wurde es kritisch. Sie musste im Internet nachsehen, welche Tage gebucht waren und würde dann eben ohne Lance zurückfahren. Aber was nützte das? Sie würde zwar seinen Hund haben, aber nicht auf seine Kochkünste zurückgreifen können.

„Hast du eigentlich mal mit Michelle gesprochen?"

Er nickte. „Baxter ist verliebt."

„Der Verräter." Jedes goldene struppige Haar an ihm.

„Das habe ich auch gesagt, als er sich in dich verguckt hatte, aber wenigstens hat er einen guten Geschmack."

Rese legte den Kopf schief. „Er ist auch vor Sybil auf dem Bauch herumgerutscht."

Lance zog eine Grimasse. „Na gut, er ist ein Weichei."

Sie probierte die Polenta und stellte fest, dass sie eine gute Ergänzung zu der Wachtel war. Lance machte mit Lebensmitteln das, wonach sie bei Sanierungsarbeiten strebte, nämlich dass sich jedes neue Element mit den anderen verband und ergänzte. „Ich bin froh, dass du Michelle erreicht hast. Ich hatte immer nur den Anrufbeantworter dran. Offenbar hat sie viel zu tun." Ihr fiel auf, wie wenig sie eigentlich über die Frau wusste, die nach Evvys Beerdigung auf der Veranda ihr Glaubensbekenntnis mit angehört hatte und jetzt in der Pension nach dem Rechten sah und sich um Lance' Hund kümmerte.

„Stell dir vor, Rese, ich habe mit Papa gesprochen."

Sie hörte auf zu kauen. „Wirklich?"

„Gestern nach der Bank."

Und kurz vor Ricos Unfall. Kein Wunder, dass er es noch nicht erwähnt hatte.

Er tupfte seiner Großmutter den Mund ab. „Was hältst du davon, Nonna? Papa und ich, von Mann zu Mann."

Sie nickte, und ihre Augen waren voller Wärme.

Rese schluckte. „Was hat er zu dir gesagt?"

„Im Wesentlichen … dass ich erwachsen werden soll." Er stellte den leeren Teller beiseite und sah Antonia an. „Ich habe ihm von Sonoma erzählt."

Antonia versteifte sich.

Rese ging es ebenso. „Lance …" Es war mehr ein Flüstern. Sie wusste, dass Antonia alles am liebsten nur zwischen ihnen beiden regeln wollte. In einer Familie, die normalerweise alles weitererzählte, hatte sie die Dinge, die Lance herausgefunden hatte, geheim gehalten – bis jetzt.

Er nahm Antonias Hände. „Wenn ich weggehe, müssen sie wissen, woran sie sind. Du kannst damit nicht allein fertigwerden."

Natürlich. Dasselbe hatte auch er zu ihr gesagt: *„Du kannst nicht mit allem allein fertigwerden."* Er war ein Gemeinschaftsmensch, und seine erste Reaktion war es, die Last mit anderen zu teilen. Er verstand nicht, dass es Dinge gab, die man ganz allein durchstehen musste. Und wie es aussah, wollte Antonia ebenso wenig etwas davon hören wie Rese damals. Auch wenn es stimmte.

Sie blickten sich an und saßen störrisch schweigend da, bis Lance leise sagte: „Vergibst du mir?"

Vernichtende Worte. Sie rissen wütende Mauern ein und ließen schützende Festungen einstürzen. Es war unmöglich, ihnen zu widerstehen, vor allem wenn Lance sie ehrlich meinte.

Antonia bemühte sich etwas zu sagen, und schließlich kam ein Wort heraus, das nicht richtig sein konnte. „J…akob."

Sie wusste nicht, wie er hieß?

Lance reagierte nicht darauf, oder es war ihm egal. Er zuckte nur mit den Schultern. „Papa musste es einfach wissen."

Antonias Augen funkelten. Rese hielt die Luft an. Hatte er denn nicht aus der Situation beim letzten Mal gelernt, als er sie so aufgeregt hatte? Warum nötigte er die Menschen dazu, immerzu weiter zu gehen, als sie selbst wollten? Doch sie sah die Anspannung in seiner Haltung. Scheinbar war er sich seiner Sache nicht so sicher, als er fortfuhr: „Jakob war vielleicht ein Gauner und Betrüger, aber Gott hat ihn trotzdem geliebt."

Wovon redete er denn da? Aber Antonias Mund zuckte. Sie hob einen Finger.

„Ich weiß." Er lächelte. „Ich habe alles, was du sagen willst, verdient."

Rese hatte gedacht, Antonias Verärgerung würde sich steigern, so dass sie einen neuerlichen Schlaganfall riskierten. Aber ihr Gesicht rötete sich vor Wärme – und Humor? Lance antwortete, und die Freude in seinen Augen war unverkennbar, wie der erste Sonnenschein am morgendlichen Horizont. Zwischen den beiden herrschte eine so fein abgestimmte Kommunikation, dass Worte überflüssig waren.

Wortlos beobachtete Rese die Unterhaltung. Ihr Herz hämmerte. Wie es wohl wäre, ihn auf diese Art zu lieben? So geliebt zu werden von jemandem, der so viel empfand, dass vielleicht sogar die dunkelsten Ängste und die düsterste Zukunft keine Rolle spielten?

„So." Er erhob sich und drehte den Rollstuhl vom Tisch weg. „Hat dir das Linsengericht geschmeckt?"

Antonia schlug nach seiner Hand.

„Vorsichtig, sonst geht mein Ziegenfell ab."

Was in aller Welt redete er da nur? Aber Antonia lachte. Was auch immer es war, sie verstanden sich und wussten, wovon sie sprachen.

Rese folgte ihnen zum Fuß der Treppe, wo er Antonia auf den Arm nahm. „Rese, kannst du bitte den Stuhl zusammenklappen, damit die Kinder nicht damit spielen?"

Er trug seine Großmutter in ihr Zimmer hoch und half ihr in den

Sessel am Fenster. Als er anbot, ihr Gesellschaft zu leisten, scheuchte sie ihn hinaus. „Sp…äter."

Während sie über den Flur in seine Wohnung gingen, fragte Rese: „Jakob?"

Lance wirkte erstaunlich selbstzufrieden. „Sie hat mich schon als Kind so genannt."

„Warum?"

„Es ist eine Art Witz." Er warf einen Blick in Ricos Zimmer, der von den Schmerzmitteln ruhiggestellt war, und schloss die Tür wieder. Chaz war sicher schon vor Stunden zum Restaurant losgezogen.

„Ich glaube nicht, dass sie Witze gemacht hat." Erschöpft ließ Rese sich in dem Sessel nieder, der dem Sofa gegenüberstand. Ihre Beine waren vom Einkaufsbummel so schwer, als wäre sie den ganzen Tag auf Dächern herumgelaufen, aber sie wollte unbedingt wissen, was zwischen Lance und Antonia gewesen war.

„Es ist eine Geschichte aus dem Alten Testament." Er nahm seine Gitarre vom Ständer und setzte sich auf die Couch. „Da waren diese Zwillinge, Jakob und Esau. Esau war zuerst auf die Welt gekommen, aber Jakob hatte sich an seiner Ferse festgehalten."

Sie stellte sich das lieber nicht zu bildlich vor.

Seine Finger fuhren sacht über die Saiten, während er sprach. „Der Erstgeborene Esau bekam das Erbe und das Recht, die Familie nach dem Tod des Vaters anzuführen. Aber er verkaufte das Geburtsrecht für ein Linsengericht an Jakob."

„Muss ein ungewöhnlicher Koch gewesen sein." Rese zog die Augenbrauen hoch. „Meinte Antonia das?"

Lance lachte. „Eigentlich nicht. Eher, dass Jakob meistens bekam, was er wollte."

„Oh."

„Und nicht immer mit einwandfreien Methoden."

„Er hat gelogen?"

Lance betrachtete seine Finger, mit denen er die Saiten zupfte, dann wanderte sein Blick durch den Raum. „Esau war ein echter Kerl, der Jägertyp, und der Lieblingssohn seines Vaters. Jakob hatte das Nachsehen."

Plötzlich sah sie, wie persönlich diese Geschichte werden konnte, und vielleicht auch, warum Antonia ihn so nannte.

„Gott hatte der Mutter der beiden gesagt, dass der Ältere dem Jüngeren dienen würde. Vielleicht dachte Jakob, es sei Gottes Wille, als er tat, was er tat."

„Er war der Meinung, Gott wollte, dass er betrog?"

„Esau hat er nicht betrogen. Sein Bruder hatte das Erstgeburtsrecht freiwillig aufgegeben. Aber der Segen seines Vaters hätte das ändern können. Also hat Jakob seinen Vater mit einem Trick dazu gebracht, versehentlich ihn zu segnen."

„Und was ist dann passiert?"

„Aus Jakob wurde Israel, der Vater der zwölf Stämme. Jesus stammte von ihm ab."

„Und es spielte gar keine Rolle mehr, dass er gelogen und betrogen hat?"

„Es änderte nichts an dem, was Gott mit ihm vorhatte." Seine Stimme schwankte. „Aber er hat dafür bezahlt."

„Wie?"

„Zum einen wurde er durch eine Täuschung dazu gezwungen, die falsche Frau zu heiraten."

Sie zog die Augenbrauen hoch.

„Nennen wir es Revanche." Er lächelte schief. „Deshalb musste er sieben Jahre länger arbeiten, um die Frau zu bekommen, die er wollte."

„Was ist mit der ersten passiert?"

„Sie hat ihm viele Kinder geboren."

„Er hat beide Ehefrauen behalten?"

„Und ein paar Mägde." Lance zwinkerte.

Sie verschränkte die Arme.

„Worum es geht, ist: Obwohl Jakob es vermasselt hat, wusste Gott, dass er gute Absichten hatte."

„So wie Antonia es bei dir auch weiß."

Lance hörte auf zu spielen. „Ich spreche von Jakob."

„Wirklich?"

Er begann die Saiten leicht anzuschlagen und stimmte die leise Ballade eines Mannes an, der schon zu viele Entscheidungen getroffen hatte und die Uhr nicht mehr zurückdrehen konnte.

Antonia sah zu, wie Sofie ihren Pullover auszog und ihn leise und sorgfältig über ihren Arm legte. Einen Augenblick lang stand sie reglos da, in ihre Gedanken versunken, die nur sie selbst jemals kennen würde. Antonia drängte sie nie. Im Gegensatz zu Lance, der es nicht ertragen konnte, sich nicht mitzuteilen, hatte Sofie es gelernt, ihre Gedanken für sich zu behalten.

Dann sah sie herüber. „Oh, Nonna, ich dachte, du schläfst."

Schlafen, wach sein; es schien alles gleich.

Sofie küsste sie auf die Wangen, die nach Mandeln dufteten, und ihre Haare fielen weich auf Antonias Gesicht. Antonia hob die Hand, um ihrer Enkelin über den Kopf zu streichen, aber ihr Arm zuckte nur nutzlos. Sie hatte vergessen, dass er nicht zu gebrauchen war.

Sofie nahm die Hand und führte sie sanft auf ihren Kopf, eine einfache Geste, die sie früher keinerlei Anstrengung gekostet hatte. „Soll ich dir jetzt ins Bett helfen?"

„I…ch bl…eibe." Sie würde am Fenster schlafen, und das Morgenlicht würde ihr Gesicht küssen, wenn sie aufwachte. Wie schwer sie den reinen goldenen Sonnenschein vermisste, den Nebel in den Weinbergen, den Geruch der weichen Erde und die süß duftenden Blüten, die voller Verheißung waren.

„Woran denkst du, Nonna?"

Antonia konzentrierte sich auf das Gesicht ihrer Enkelin. Sofie wusste, dass eine Antwort zu lange dauern würde, aber sie fragte trotzdem. So ein weiches und gütiges Herz. „S…on…nensch…ein."

„Mmm." Sofie schloss die Augen und legte ihre Wange an Antonias. „Heute Nacht ist es stürmisch. Aber vielleicht ist das schlechte Wetter bis morgen früh ja vorüber."

Stürmisch. Der Morgen würde grau und nass beginnen. Eine trostlose Straße unter ihr; ein schwerer Himmel darüber. Sie konnte es in den Knochen spüren. Der Sturm in ihrem Innern hatte sich ausgebreitet, hatte die ganze Welt berührt.

Sofie zog eine Chenilledecke vom Sofa und hüllte sie damit ein. „Sicher, dass du dich nicht hinlegen willst?"

Antonia schüttelte den Kopf. Sie musste wachsam sein, wachsam im Sturm. *Wenn es Ärger gibt … Ärger …*

Kapitel 21

Lance wachte mit üblen Kopfschmerzen auf. Das Essen mit den Tanten am Vorabend war zu einem Belastungstest zwischen ihren weisen Sprüchen, „*Egal, wie sehr man einen Esel schlägt, es wird nie ein Rennpferd daraus*", und Zia Dinas selbst gemachtem Grappa geworden. Offenbar dachte sie, sein Magen wäre aus Stahl. Kein Wunder, dass Zio Benitos Leber den Geist aufgegeben hatte.

Lance presste sich die Hände gegen die Schläfen und richtete sich mühsam auf. Dann schlich er sich ins Bad, zog sich aus und kletterte über den Rand der Wanne, um dann den Duschvorhang hinter sich zuzuziehen. Eine ausgiebige Dusche reinigte seine Poren vielleicht. Er hielt den Mund unter den Wasserstrahl, um den pelzigen Belag auf der Zunge loszuwerden, und ließ das heiße Wasser auf seine Zähne und sein Zahnfleisch prasseln. Nachdem er sich ordentlich eingeseift und abgebraust hatte, stellte er das jetzt lauwarme Wasser aus und trocknete sich ab.

Rese hatte Gott sei Dank nur einen Schluck von dem Killergebräu probiert und jeden weiteren abgelehnt. Zia wäre sauer und untröstlich gewesen, wenn er es ebenso gemacht hätte. Wie es aussah, würde er darüber hinwegkommen, oder, um es mit Zias Worten zu sagen: „*A tutto c'e rimedio, fuorchè alla morte.*" Für alles gibt es ein Heilmittel, außer für den Tod.

Er rasierte sich, kämmte sich die Haare, betrachtete den diamantenen Stecker in seinem Ohr und tauschte ihn dann gegen eine kleine goldene Creole aus. Es war ein Tag ohne formelle Verpflichtungen. Mit Jeans und einem sauberen T-Shirt bekleidet schlüpfte er in den Nieselregen hinaus und kaufte einen Espresso, der stark genug war, um den letzten Grappa abzutöten.

Nachdem er die Kirche wieder verlassen hatte, plauderte er mit einem Dutzend Ladenbesitzer, die ihre Waren für den Tag auslegten, erstand ein paar fangfrische Forellen, außerdem Trüffel und Kapern und einen knusprigen Laib Brot. An Tagen wie diesen fragte er sich, warum er jemals weggegangen war.

Chaz war gerade mit seiner morgendlichen Andacht beschäftigt, als er zurückkam. Von Rico oder Rese war noch nichts zu hören, also machte Lance sich daran, die Forellen und die Trüffel-Kapern-Sauce vorzubereiten. Er legte zwei Fische für Nonna und Rico beiseite und fing dann an, die anderen zu braten. An manchen Tagen genoss er die Erfahrung, mit den beschränkten Möglichkeiten von zwei Kochplatten und Pfannen auskommen zu müssen.

Nachdem er überlegt hatte, wie lange das Essen noch brauchen würde, klopfte er an die Tür von Rese. Als sie sich nicht rührte, klopfte er ein zweites Mal, öffnete die Tür dann und streckte den Kopf hinein. Sie stützte sich auf einen Ellbogen und sah – selbst zerzaust – viel zu gut aus.

„Das hier willst du nicht verpassen", lud er sie ein.

Sie gähnte und rollte sich zusammen. In diesem Augenblick beschloss er, wenn sie seinen dritten Antrag ablehnte, würde er anfangen, den vierten zu planen.

„Fünf Minuten." Er schloss die Tür, bevor der Gedanke, zu ihr ins Bett zu kriechen, zu verlockend wurde. Lautstark stieß er die Luft aus, als er in die Kochnische zurückging.

Chaz blickte auf. „Führe uns nicht in Versuchung."

Lance wendete die Forelle. „Und erlöse uns von uns selbst."

Chaz grinste. „Wenigstens weißt du, wo die Probleme anfangen."

„Das war mein erster bewusster Gedanke."

Rese seufzte. Sie war gestärkt von der gebratenen Forelle und der schmackhaften Sauce, dem knusprigen Brot, das höchstens vor einer Stunde den Ofen verlassen hatte, und den kühlen Tomatenscheiben mit frischem gehacktem Basilikum. Sie hatte noch nie ernsthaft in Erwägung gezogen, zum Frühstück Fisch zu essen, aber sie sagte zu ihm: „Daran könnte ich mich gewöhnen."

Chaz lächelte. „Ah, aber Wohlbehagen ist die Wurzel der Undankbarkeit."

Sie schüttelte den Kopf. „Nach dem, was ich im Leben schon gegessen habe? Auf keinen Fall." Sie sah Lance an. Er hatte ihr erst beibringen müssen, dass es in Ordnung war, bestimmte Dinge besonders gerne zu mögen, eine Mahlzeit zu genießen und dem auch Ausdruck zu verleihen. Aber es war eine Lektion, die sie erfolgreich gelernt hatte.

„*Das Auge isst mit*", hatte seine Tante Anna gesagt, als Dina gestern Abend die Lasagne auf den Tisch gestellt hatte. Sie und Lance hatten auf dem Heimweg über die ganzen Sprichwörter gelacht, aber das war ihnen besonders passend erschienen.

„So." Rese nahm ihren Teller und stand auf. „Ich mache mich wohl besser an die Arbeit."

Lance zog die Augenbrauen hoch. „Arbeit?"

„Die Decke in der Küche deiner Mutter." Sie hatte ihm absichtlich nichts davon erzählt, weil er sich dann selbst darum hätte kümmern wollen.

„Was ist damit?"

„Über der Spüle hängt sie durch."

„Und?" Er nahm ihren Teller und stellte ihn auf seinen.

„Ich glaube, da ist ein Leck."

Lance musterte sie. „Du hast Mama gesagt, dass mit ihrer Küche etwas nicht stimmt?"

„Das wusste sie schon. Ich habe nur angeboten, es zu reparieren."

„Und sie hat eingewilligt?"

Rese reckte das Kinn vor. „Warum denn nicht?"

Er öffnete den Mund und schloss ihn dann wieder. Nach einem Blick zu Chaz sagte er: „Es ist einfach nicht normal für sie, das ist alles." Entschlossen stellte er die Teller in die kleine Spüle.

Rese zuckte mit den Schultern. „Mir schien sie ganz normal – nachdem sie damit fertig war, mich für den Cha-Cha-Cha in Pose zu stellen."

Lance' Lächeln ließ sein ganzes Gesicht erstrahlen. „Wo ist die versteckte Kamera, wenn man sie braucht?"

Sie runzelte die Stirn, aber er nahm ihre Hand und zog sie näher. „Brauchst du bei der Decke Hilfe?"

„Du liest Antonia vor." Und je eher er diese letzte Sache mit ihr durchgestanden hatte, desto eher konnten sie nach Hause fahren. Obwohl ihr das nicht mehr so dringlich vorkam wie vorher. Wenn die Pension nicht wäre, könnte sie sich fast vorstellen …

Chaz brachte seinen Teller zur Spüle und sagte: „Ich kann mit anpacken."

„Musst du nicht arbeiten?“

„Erst heute Abend.“

„In Ordnung.“ Rese nickte. „Wenn ich mich nicht irre, besteht die Decke aus Holzstreben und Putz, also könnte es schwierig sein zu sehen, was darüber ist. Ich will nicht mehr aufbrechen als nötig.“

Chaz hob die Hände. „Gehen wir nachsehen.“

Sie warf Lance einen Blick zu, und er schien sich etwas außen vor zu fühlen, aber es war schließlich nicht ihre Schuld, dass es andere Menschen gab, die ihn brauchten. Und für diese Sache brauchte sie ihn nun wirklich nicht.

Der Schrank unter der Treppe enthielt eine erstaunlich gute Auswahl an Werkzeug, von dem vieles zwar alt, aber in ordentlichem Zustand war. Es deutete darauf hin, dass diese Familie ihre Probleme selbst löste. Sie hängte sich die mit einem Gummiband versehene Schutzbrille um den Hals. Es konnte sein, dass die Decke mit Rigipsplatten gebaut worden war, da die dreißiger Jahre eine Übergangszeit waren. Aber sie vermutete, eher nicht.

In einem türkisen eng anliegenden Top und schwarzen Caprihosen, öffnete Doria ihnen die Tür. Die Haare wurden von einem breiten Band zurückgehalten, und sie hatte große silberne Creolen angelegt. Wie konnte eine Frau ihres Alters nur so gut aussehen? „Ich habe Mokkakuchen im Ofen. Mögt ihr Tee oder koffeinfreien Kaffee? Der normale ist heute Morgen ausgegangen.“

Rese folgte ihr in die Küche, die Trittleiter in der Hand. Was sollte sie sagen? *„Ich will gar nichts; ich bin zum Arbeiten hier“*? Sie setzte sich die vergilbte Schutzbrille auf. „Es wird Dreck machen. Haben Sie eine Plane, um die Spüle und den Boden abzudecken?“

Doria ging hinaus und kehrte kurz darauf mit geblümten Bettlaken zurück. Chaz stellte den Koffer mit dem Werkzeug auf dem Küchenboden ab und nahm eine Tasse entkoffeinierten Kaffee an, während sie darauf warteten, dass der Kuchen fertig backte. Rese breitete die Laken aus, platzierte die Trittleiter unter der Beule in der Decke und stieg hinauf. Mit einem Cutter schnitt sie durch die dicken Farbschichten und fand, was sie erwartet hatte.

Während Chaz sich mit Doria unterhielt, nahm Rese den Meißel und stieß ihn in den halb bröckeligen, halb durchweichten Putz, der die zweieinhalb Zentimeter breiten Holzlatten bedeckte. Nachdem sie eine etwa dreißig Quadratzentimeter große Stelle freigelegt hatte, untersuchte sie ein Stück Holzlatte darunter. Das Material war zu weich und biegsam, und das hatte die Absenkung der Decke verursacht. Es hätte auch ohne ein Leck passieren können, aber sie vermutete, dass sie irgendwo darüber ein kaputtes Rohr finden würde. Keine Überschwemmung oder auch nur ein gleichmäßiges Tröpfeln, sonst hätte die Decke nicht gehalten. Vielleicht war es nur ein ganz leichtes Sickern, aber genug, um eine Umgebung der Fäulnis in der Decke zu schaffen. Sie würde die Latten an den Bolzen durchtrennen müssen, um die Reparatur an den Rohren durchführen zu können, und sie dann mit Dachlatten ersetzen, neu verputzen und streichen.

Sie fuhr zusammen, als Doria sie plötzlich an der Hüfte berührte und ihr einen Teller mit krümeligem Mokkakuchen entgegenhielt. Dass Lance' Mutter und Chaz noch da waren, hatte sie ganz vergessen. Eigentlich wollte sie in die Decke und sehen, womit sie es zu tun hatte, aber wenn sie den Kuchen ausschlug, wäre Doria beleidigt und Lance würde es erfahren, und Monica und Lucy und die Tanten und … es lohnte sich also nicht.

Wohl oder übel zog sie die Brille vom Kopf, stieg herunter und nahm den Teller lächelnd entgegen. „Danke." Es war beinahe eine Stunde her, seit sie die Forelle gegessen hatte. Und der Mokkakuchen sah gut aus.

Er schmeckte allerdings nicht so gut. Sie bemerkte einen scharfen, kreideartigen Geschmack, der sie an pulverförmigen Leim erinnerte, und wenn sie raten müsste, würde sie sagen, dass irgendeine Zutat in falscher Menge verarbeitet worden war. Sie hatte einmal bei einem Rezept von Lance statt eines Teelöffels versehentlich einen Esslöffel genommen; offenbar hatte Doria den gleichen Fehler gemacht wie sie.

Wenn es Chaz aufgefallen war, ließ er es sich jedenfalls nicht anmerken, also tat sie es ihm gleich. Außerdem hatte sie bei ihrer Mutter Schlimmeres gegessen. Sie akzeptierte eine Tasse koffeinfreien Kaffee, weil er schon aufgebrüht war, und verleibte sich beides so schnell wie möglich ein. Dann dankte sie Doria und stellte ihren Teller auf die Arbeitsplatte.

„Möchtest du noch ein Stück? Es ist ein besonderes Rezept. Lagert sich nur am Busen ab und nicht an den Hüften." Doria schwang die Hüften in einer tanzenden Bewegung, die kraftvoll und sinnlich war.

Kein Wunder, dass Roman jede Gelegenheit nutzte, mit ihr allein zu sein.

Rese lehnte dankend ab. Sie hatte gerade mal das Bedürfnis überwunden, ihre Figur in weit geschnittenen Hemden zu verstecken. Und sie wollte nicht, dass Chaz sie entsprechend ansah. Aber er schien Dorias Possen lustig zu finden.

Entschlossen setzte sie die Schutzbrille wieder auf. „Heute werde ich damit nicht fertig. Ich muss erst die Latten und Befestigungen besorgen."

Doria sagte: „Im Eisenwarengeschäft haben sie das alles. Die meisten Häuser hier wurden in derselben Zeit gebaut wie dieses."

Es war möglich, dass die Befestigungen in dem Geschäft vorrätig waren, aber das Holz musste bestellt werden und die Lieferung dauerte drei Tage – es sei denn, der Händler hatte für Reparaturen an den Gebäuden hier im Viertel extra welche auf Lager. „Gucken wir erst mal, wie schlimm es ist." Sie stieg die Leiter hoch und benutzte die Handsäge, um die freigelegten Latten zu durchtrennen, wo sie mit den Bolzen verbunden waren. Putzstücke bröckelten ab, und sie war froh über die Brille, aber eine Maske wäre schön gewesen, um den Staub abzuhalten.

Als sie die zweite Latte durchsägte, die noch von Putzresten mit der ersten verbunden war, fielen die losen Enden herunter. Aus dem Loch kamen ihr Mäuse entgegen, und sie schrie auf und hob die Arme, um sie von Gesicht und Schultern abzuschütteln. Ihr Atem ging keuchend, und ihre Arme zitterten. Ihr einziger Trost war, dass Doria anhaltend kreischte und wie ein spanischer Torero mit einem Handtuch nach den hin und her huschenden Nagetieren schlug.

„Ich wusste, dass es hier Mäuse gibt! Ich habe es ihm gesagt!"

Warum hatte sie dann vorher kein Wort zu Rese gesagt?

„Aber nein. In *diesem* Haus gibt es keine Mäuse. Bah!" Sie schlug mit dem Handtuch in eine Ecke und schrie dann, als das Tier einen Haken schlug und zwischen ihren Beinen hindurch ins Wohnzimmer floh.

Rese blickte hinunter und merkte, dass Chaz sie auf der Leiter festgehalten hatte. „Du kannst loslassen." Dabei warf sie ihm einen finsteren Blick zu. „Ich falle nicht runter. Ich falle nie runter." Sie schrie normalerweise auch nicht laut auf, aber diesmal hatte sie es getan.

Er ließ los.

Es war eben die Überraschung gewesen. Wenn sie nachgedacht und sich konzentriert hätte, anstatt Kuchen zu essen und … kräftig atmete sie aus. Jetzt spielte es auch keine Rolle mehr. Sie hatte nicht so laut oder lange geschrien wie Doria, obwohl sie scheinbar wie wild um sich geschlagen hatte, denn sonst hätte Chaz ja nicht gedacht, sie würde von der Leiter fallen.

Ihr Atem ging immer noch schnell, als sie in das Loch spähte, jetzt angespannt und vorgewarnt, falls sie auf weitere Tiere stieß. Ärgerlich schüttelte sie das Gefühl der kleinen Füße auf ihrer Haut ab. Sie konnte nicht fassen, dass sie durchgedreht war. Aber andererseits war es eine Weile her, dass sie sich vor Angriffen hatte schützen müssen. Sie war in mehr als einer Weise unvorsichtig geworden.

Doria brüllte ins Telefon: „Ich rufe den Kammerjäger." Sie drehte sich um und lehnte sich an die Küchenzeile, während ihr Blick über den Fußboden huschte. „Weil es hier Mäuse gibt, wie ich gesagt habe. Aber du hörst ja nicht auf mich."

Sie musste Roman angerufen haben. „Nein, du wirst sie nicht mit dem Luftgewehr erschießen! Ich rufe einen Fachmann. Wir haben Babys hier im Haus!"

Rese blickte zu Chaz hinüber, der Dorias Schulter tätschelte und murmelte: „Ist ja gut, Mama."

Dann bemerkte sie Dorias Tränen. Ihre Familie wurde bedroht – und sei es nur von Schädlingen – und sie kämpfte für sie. Der auffällige Kontrast zu ihrer eigenen Erfahrung machte sie sprachlos. *Denk nicht darüber nach.*

Rese blickte wieder zur Decke und überlegte, wie viel sie davon entfernen musste. Sie wusste nur zu gut, was wahrscheinlich über der Beule lag, und dass Doria es sah, war nicht ratsam. Abgesehen davon würde sie lieber allein weiterarbeiten. Der schwache Moment vorhin war genug für einen Tag. „Chaz!"

Er überließ Doria ihrem Streit mit Roman am Telefon. „Ja?"

„Bring sie hier raus", flüsterte sie. „Das wird hässlich."

Skeptisch zog er die Augenbrauen hoch. Wenn sie recht hatte, würde es Nester mit bissigen rosafarbenen Babys, Kot und anderem geben. Der Gedanke gefiel ihr auch nicht, aber sie konnte damit umgehen. Was sie hasste, waren Überraschungen. Mit Dingen, auf die man sich vorbereiten und mit denen man sich offen auseinandersetzen konnte, konnte sie umgehen.

Doria legte auf und starrte zu Rese, die systematisch Farbe und Putz von der nächsten Latte klopfte. „Was machst du da?"

„Ich trage die Decke ab."

Doria stand lange mit geöffnetem Mund da. „Du willst das reparieren?"

Rese blickte auf das Loch, das sie gerade geschaffen hatte. „So kann ich es doch nicht lassen."

„Roman kann das machen! Roman und Lance."

Vielleicht konnten sie es, aber Rese sah sie entschlossen an: „Sie wollten einen Fachmann. Sie haben einen."

Doria zog die Schultern zurück und blickte sie prüfend an. Dann nickte sie. „Also gut." Sie stemmte die Hände in die Hüften. „Ich warne die Mädchen vor der Invasion. Und ich rufe einen Kammerjäger." Entschlossen drehte sie sich um und stapfte hinaus.

Auf den Besenstiel gelehnt lächelte Chaz zu ihr hoch. „Du gürtest deine Hüften mit Kraft und machst deine Arme stark."

Kampflustig blickte Rese in das Loch. „Wenn ich auch nur ein Schnurrbarthaar sehe, ist das Biest Geschichte."

Lance war über den Flur zu Nonna gegangen und hatte sie in ihrem Sessel vorgefunden. Sie hatte von ihm verlangt, dass er weiterlas, aber zuerst hatte er sie mit der Forelle gelockt. Als sie den Teller sah, hatte sie den Kopf geschüttelt und ihn Jakob genannt, aber er hatte gelächelt und gesagt: „Damit kann ich leben." Dann hatte er sie gefüttert.

Jetzt nahm er den Stapel Papiere zur Hand. Rese musste irgendwann wieder zurück – beide mussten sie das –, aber diese Sache mit Nonna war noch nicht abgeschlossen. Und er war irgendwie darin verstrickt. Neugierig betrachtete er Nonno Marcos Handschrift auf der ersten Seite. *Was willst du ihr sagen, Nonno? Und warum konntest du es nicht früher tun?*

Wenn Nonno ein Bundesbeamter war und verdeckt ermittelt hatte und nicht einmal seine eigene Familie davon wusste, musste es einen guten Grund dafür gegeben haben. Viele Männer waren während der Weltwirtschaftskrise und in den folgenden Jahren dorthin gegangen, wo die Arbeit war, oder in den Krieg gezogen. Wie es schien, hatte

Nonno einen geheimen Krieg geführt, aber er war oft genug nach Hause gekommen, um fünf Kinder zu zeugen und um mit Nonna eine Ehe zu führen, in der die Zuneigung füreinander selbst den Enkelkindern nicht verborgen geblieben war. War das bei so vielen Geheimnissen überhaupt möglich?

Nonna berührte seine Hand, und Lance blätterte um und las.

„Auch ohne Vittorios Warnung, dass du unseren Plan durchschauen könntest, hatte ich deine Auffassungsgabe und deinen Mut bereits einkalkuliert. Es wurde eine Herausforderung – konnte ich dein Interesse aufrechterhalten, ohne dein Herz zu verleiten? Hättest du dich geweigert, mich zu sehen, hätte das unsere Pläne verkompliziert. Jedes Treffen mit Vittorio wäre von Arthur Tremaine Jackson hinterfragt worden, und diese Fragen wollte ich vermeiden. Aber mein Interesse an dir und damit Vittorios Interesse an mir würde niemand infrage stellen.

Ich wusste nicht, wie lange unsere verdeckten Bemühungen dauern würden. Ich ging nie mit bestimmten Erwartungen in eine Sache hinein. Meine Stärke war es, die Situation einzuschätzen, wenn sie sich entwickelte, und entsprechend zu reagieren. Also schlüpfte ich ohne Bedenken in die Rolle des Verehrers, auch wenn ich sie nicht geplant hatte.

Als Spezialagent des Geheimdienstes nutzte ich meine Möglichkeiten im Rahmen des Gesetzes, um meine Ziele zu erreichen. Von ungefähr 650 Beamten war ich einer der wenigen, die im Geheimen arbeiteten. Der geborene Schauspieler, hat Mama oft gesagt. Und diese Fähigkeit habe ich genutzt und viele Rollen gespielt, um das Vertrauen jener zu gewinnen, die ich überführen wollte, und dabei nahm ich mir die Zeit, die ich brauchte, um mich zu etablieren. Das war meine Aufgabe, und dafür war ich geschaffen."

Antonia schloss die Augen. *„Rollen, um das Vertrauen jener zu gewinnen, die ich überführen wollte."* Wie bei Papa? Wie bei ihr? Nein … Aber zuerst vielleicht schon. Ihr Mund bebte. Arthur Jackson war seine Zielscheibe gewesen, nicht Papa. *„Alle Möglichkeiten im Rahmen des Gesetzes." „Keine Bedenken."* Marco wurde ihr Verehrer, um Arthur Jackson in eine Falle zu locken – und vielleicht Papa mit ihm. Und sie war seine Tarnung gewesen.

Leise stöhnte sie auf. Warum erzählte er ihr das jetzt? Warum nicht damals, als sie ihre Entscheidung noch nicht getroffen hatte? *„Ein ge-*

borener Schauspieler.“ „Rollen gespielt.“ Sie stellte sich sein wechselhaftes Gesicht vor, wie er sich selbst damals, ganz am Anfang, von einem Mann in einen anderen zu verwandeln schien und sie damit immer wieder verunsichert, aber zugleich auch fasziniert hatte. Sie wollte glauben, dass sie ihn durchschaut hatte, aber erst nach Papas Tod hatte sie seine Identität in Frage gestellt; erst da hatte sie sich gefragt, wer dieser Mann war. Und da spielte es natürlich keine Rolle mehr.

Sie waren auf der Flucht. Marco war ihre einzige Hoffnung auf Rettung, der Mann, dem sie vertrauen und den sie lieben lernte. Marco, der eine Rolle spielte, die so echt gewirkt hatte … *Marco!* Panik stieg in ihr auf. Was, wenn sie bei all dem Stress den Verstand verlor?

Sie brauchte Zeit, damit seine Worte sich setzen konnten, ohne Groll und Angst. Ihr Körper hatte sie schon zweimal im Stich gelassen, und sie hatte Angst. Noch ein Schock würde sie vielleicht völlig außer Gefecht setzen. Vor dem Tod hatte sie keine Angst, aber sie wollte ihre letzten Tage nicht so verbringen, dass sie gar nichts mehr selbst tun konnte.

Vielleicht war das Stolz.

Aber sie kannte ihre Grenzen. Sie würde nicht allein weiterlesen, und sie würde auch nicht erlauben, dass Lance mehr las, als sie verkraften konnte. Sie würde Lance bei sich behalten, nicht nur als Beschützer ihres Körpers, sondern auch als geistlichen Beschützer. Der Junge hatte auch mit Schwierigkeiten zu kämpfen, aber sie wurzelten in seinem Bedürfnis zu helfen, den Becher auszutrinken, den jemand anders eingeschenkt hatte. Was auch immer es war, sie wollte ihn an ihrer Seite haben, während sie den Kelch der Tränen leerte, den Marco ihr aus dem Grab reichte.

Kapitel 22

Rese erhielt so viel von den ursprünglichen Latten und dem Putz, wie sie brauchte. Immer noch hustete sie von all dem verfaulten Material, das sie entfernt hatte, aber sobald sie an eine Stelle kam, die noch in Ordnung war, ließ sie sie intakt. Es ging ihr gegen den Strich, mehr als nötig von der ursprünglichen Substanz zu entfernen. Wo immer ein Gebäudeteil bestehen bleiben konnte, gab sie ihm die Chance dazu.

Doria rauschte mit ihren Töchtern und deren Kindern und den beiden alten Männern aus dem hinteren Teil des Hauses herein, außerdem sah sie noch ein paar Gesichter, die sie nicht erkannte. Sie alle wollten sehen, wo die Mäuse auf Rese heruntergefallen waren. Sie hatte kein Interesse daran, von ihrer Erfahrung zu berichten, aber Doria tat es an ihrer Stelle und mit weitaus mehr Einzelheiten als nötig. Rese ignorierte die ganze Truppe, solange es ging, und schickte sie dann hinaus. Und warum grinste Chaz wie ein Honigkuchenpferd?

Mit akribischer Sorgfalt hatte sie die Decke abgetragen, und sie hatte recht gehabt; über der durchhängenden Stelle war ein rostiges Rohr aus billigem Stahl, aber wenigstens war es kein Bleirohr. Chaz stellte das Wasser ab, und sie machte sich gerade an dem Rohr zu schaffen, als Lance mit dem Mittagessen hereinkam – einer knusprigen Pizza mit dünnem Rand, belegt mit dunklem Schinken, gegrillten Paprika und geschmolzenem Käse. Sie hatte keine Pause eingeplant, aber der aufsteigende Duft war genau das kulinarische Erlebnis, das ihr bei Dorias Kuchen gefehlt hatte.

Kurzerhand stieg sie von der Leiter. „Von Giovanni?"

„Nee, von Michelli."

„Bestechung ist nicht fair."

„Eine Arbeiterin hat auch Lohn verdient." Er nahm ein Stück in die Hand und schob ihr die papierdünne Spitze in den Mund.

Vielleicht gab es doch so etwas wie Parteilichkeit, denn dies war die beste Pizza, die sie jemals gegessen hatte.

Er lachte, bevor sie etwas sagen konnte. „Erwischt!"

„Jetzt weiß ich, warum Baxter dich mag. Es geht alles durch den Magen."

„Dem Magen könnte es deutlich schlechter gehen als das hier." Chaz nahm sich ein zweites Stück.

„Esst die hier ruhig auf; ich habe für Rico noch eine im Ofen." Lance sah auf die Uhr.

„Wie geht es ihm?" Sie hatte bisher keine Zeit gehabt, sich Sorgen um ihn zu machen, aber gestern Abend hatte er nicht gut ausgesehen.

„Besser, solange er mit Medikamenten vollgepumpt ist. Wenn die Wirkung nachlässt, fängt er an zu knurren." Lance sah zur Decke hoch. „Wie kommst du voran?"

„Trotz ständiger Unterbrechungen kann ich jetzt das kaputte Rohr raustrennen und ein neues kaufen gehen."

„Kaufen." Lance hob die Hände. „Was gibt es da zu kaufen?" Er blickte in das Loch, lächelte ihr dann geheimnisvoll zu und ging.

„Wir haben schon ein paar Reparaturen dieser Art gemacht", sagte Chaz.

Lance kam mit einem Kupferrohr und passenden Anschlussstücken zurück, genau das, was sie brauchte. Die Michellis waren sich offenbar einig, dass sie nicht nur das Problem lösen, sondern dabei auch den Zustand des Gebäudes verbessern sollten – eine Vorstellung, die sie motivierte. Sie schob sich das letzte Stück Kruste in den Mund und scheuchte beide hinaus. Chaz musste sich für die Arbeit fertig machen und Lance hatte eine Pizza im Ofen. Aber vor allem musste sie sich ihrer Aufgabe widmen.

Gerade als sie den beschädigten Teil der Decke abgetragen, das alte Stück Rohr entfernt hatte und das Kupferrohr anschließen wollte, kam Roman nach Hause.

„Was ist denn hier los?"

Rese zog den Kopf aus dem Loch und sah nach unten. Doria hatte es ihm doch erzählt, oder etwa nicht?

„Was machst du denn in meiner Küchendecke?"

„Renovieren." Sie schluckte. Mit einer Auseinandersetzung hatte sie nun gar nicht gerechnet.

Mit offenem Mund starrte er sie an. „Wer hat dir das gesagt?"

Dann kam Doria mit erhobenen Armen hereingerauscht. „Ich habe dir doch gesagt, dass wir Mäuse haben!"

Roman drehte sich zu ihr um. „Was macht ein Mädchen in meiner Decke?"

„Mädchen? Sie ist ein Fachmann!" Doria stemmte die Hände in die Hüften. „Hast du die Beule repariert? Hast du die Mäuse gehört? Hast du dir irgendetwas von dem, was ich gesagt habe, zu Herzen genommen?"

Er machte eine abschätzige Handbewegung. „Du hast die Freundin von Lance an meine Rohre gelassen."

„Deine Rohre! Was glaubst du denn, wessen Spüle das hier ist?"

Während sie diskutierten, wem was gehörte, kletterte Rese in das Loch zurück und befestigte das letzte Verbindungsstück. Eine Minute später spürte sie eine Hand an ihrem Knöchel. Sie blickte in Romans Gesicht hinunter und verstand den Einschüchterungsfaktor, den Lance beschrieben hatte. Ärger stieg in ihr auf. „Wollen Sie mal sehen?"

„Runter von der Leiter, junge Frau."

Sie straffte die Schultern. Der letzte Typ, der sie *junge Frau* genannt hatte, war eine Woche lang zum Putzdienst eingeteilt worden. Aber es war seine Leiter, seine Decke, seine Küche. Sie stieg herunter und er kletterte hinauf. Doria stand immer noch da, die Hände in die Hüften gestemmt, aber Rese sah sie nicht an. Wenn Roman an ihrer Arbeit etwas auszusetzen hatte …

Er stieg herunter und musterte sie. „Weißt du, wie schwierig es ist, eine solche Decke zu reparieren?"

Kein Kommentar zu ihrer Klempnerarbeit? „Ich mache so etwas, seit ich sechzehn bin."

„Und wie alt bist du jetzt? Achtzehn?"

„Vierundzwanzig", sagte sie, bevor ihr bewusst wurde, dass ihn das überhaupt nichts anging. „Und bevor ich selbst die Arbeiten ausgeführt habe, habe ich den Besten in dieser Branche zugesehen und von ihnen gelernt. Und als ich achtzehn war, eilte mir bereits der Ruf eines ausgezeichneten Zimmermanns voraus. Ihre Decke wird besser sein als alles, was Lance oder Chaz hinkriegen."

Sie hatte ihn mürrisch gesehen und gut gelaunt, aber wütend hatte sie ihn noch nicht erlebt.

Seine großen Hände ballten sich, als wäre er bereit für ein paar handgreifliche Argumente. „Glaubst du?"

„Ich weiß es." Sie richtete sich zu ihrer vollen Größe auf. Eigentlich hatte sie ihn nicht beleidigen wollen, aber ihr Sachverstand war nicht für einen Spottpreis zu haben. „Seien Sie froh, dass ich Ihnen das nicht in Rechnung stelle."

Er stieß die Luft aus. Dann starrte er sie an, als käme sie direkt aus dem Zoo.

Doria trat zu ihm und schob einen Arm in seinen. „Und bevor sie das Loch zumacht, holen wir den Kammerjäger."

„Klar. Und der wird uns auch keine Rechnung schreiben." Er funkelte sie an. „Warum lässt du nicht dieses Mädchen die Mäuse verjagen?"

„Ich mag keine Mäuse. Ich hasse Mäuse." Rese reckte das Kinn vor. „Und nach allem, was ich heute Morgen erlebt habe, werde ich die nächsten Nächte von Mäusen träumen."

In Romans Augen flackerte etwas auf. Ein breites Grinsen breitete sich auf seinem Gesicht aus, dann stemmte er die Hände in die Hüften und fragte sie: „Willst du meinen Sohn heiraten?"

Sie blickte zur Decke hoch. „Kann ich dann den Job zu Ende bringen?"

Roman lachte auf. „Klar. Reparier die Decke, heirate Lance und bring ein paar robuste Kinder zur Welt. Hier gibt's schon zu viele Jammerlappen." Er sah seine Frau an, die ihm einen Klaps auf die Brust versetzte.

Rese atmete langsam aus. „Ich muss noch die Holzlatten bestellen. Meinen Sie, Sie können so viel springen lassen?"

Geduld, Güte, ein sanftes Wort.
Werden sie den Menschen ausgetrieben, wenn sie zu eng beieinander leben?

Diese ersten Tage waren ein Segen, den ich nicht zu schätzen wusste. Dann kam Mama Benigna nach Hause.

Jetzt heißt es Marco hier, Marco dort. Wie konnte mir nur entgangen sein, dass mein Mann sogar übers Wasser gehen kann? Bis zu dem Moment, als wir zu seiner Mutter zogen, schien er mir eigentlich ganz menschlich. Wir sind zwar zusammen eingezogen, aber Marco lebt nicht hier.

Marco tut wichtige Dinge für wichtige Leute, Leute mit Geld, die ihn durch das ganze Land schicken. Und während er fort ist, habe ich Mama. An Mama

Benigna ist nichts Gutartiges. All die Dinge, die ich nicht weiß! Wie man einen Haushalt führt, wie man näht – dass ich zu genau arbeite, obwohl die Kleidung, die wir flicken, pro Stück bezahlt wird. Wie man Mahlzeiten zubereitet – vor allem das. „Wo ist die Sauce?" Alles muss ertränkt werden, um essbar zu sein. Wie sehr ich mich doch nach den dankbaren Blicken sehne, die ich früher erhielt.

Wenn ich ausgehe, pfeifen die Wölfe auf der Straße. Mama meint, ich würde es darauf anlegen. Kann ich denn etwas dafür, wenn es so aussieht, als wäre ich alleinstehend? Wenn Marco zaubern könnte, wäre er vielleicht ab und zu in der Nähe. Aber er hat mich gewarnt, dass er wegen seiner Arbeit oft unterwegs sein muss, und ich mache ihm keine Vorwürfe deswegen. Um seinetwillen tue ich, was ich kann. Für ihn und für das Wesen, das in mir heranwächst …

Nur mit Mühe schleppte sich Antonia in die Gegenwart zurück. Lance war gekommen, um ihr weiter vorzulesen, aber sie konnte es noch nicht hören, und stattdessen hatte sie ihm erzählt, wie sie nach New York gekommen war. Ihre Worte waren langsam und quälend, aber sie beschrieb den Wohnblock in Manhattan, Mulberry Bend, wo Marcos Familie fünfzehn Jahre lang wie die Ratten gehaust hatten, weil sie es nicht besser wussten. Sie konnten die Sprache nicht sprechen, konnten die Formulare nicht lesen. Dann, nach einer Weile, lernten sie es, aber sie blieben trotzdem dort, weil es ihre Welt geworden war.

„M…ein Leben war k…ultivierter. Du h…ast es gesehen." Sie schloss die Augen und stellte sich die sanften, mit Weinstöcken bedeckten Hügel vor, die im goldenen Dunst der Abendsonne lagen.

„Ich habe es gesehen, Nonna."

„S…olche Schönheit." Tränen traten ihr in die Augen und rannen über ihr Gesicht. Sie wusste nicht, um wen sie weinte, und es spielte auch keine Rolle. Der Kummer brauchte keine Erklärung.

Nach einer Weile drückte Lance ihr die Hand. „Soll ich weiterlesen?"

„N…och nicht." Widerwille hatte sich wie lähmende Angst auf sie gelegt. Ihr früherer sechster Sinn? Oder einfach der Wunsch einer alten Frau, sich an das zu klammern, was sie einmal geglaubt hatte?

Nachdem sie die Bestellung für die Holzlatten bei einer Firma, die sie kannte und der sie vertraute, aufgegeben hatte – schließlich stand ihr guter Ruf auf dem Spiel –, ging Rese auf die Internetseite der Pension. Während sie noch darauf wartete, dass der betagte PC von Lance die Seite öffnete, fragte sie sich, auf welche materiellen Dinge er eigentlich Wert legte. Gitarren. Und seine Harley. Sie wischte eine Staubschicht vom Monitor, während sie auf das Steinzeitmodem wartete, dann drehte sie sich auf dem quietschenden Stuhl und blickte sich in der Wohnung um. Jeder der Jungs war hier vertreten.

Ricos Schlagzeug nahm den Platz in der Ecke ein, an der Wand dahinter signierte er Poster von Gruppen, darunter auch eines von ihnen dreien in dem Club, den Lance ihr gezeigt hatte. Ein silbernes Kreuz aus Jamaica hing in der Kochecke neben einer einfachen Webarbeit einer blinden Frau, die Chaz als Kind gefürchtet hatte, die er jetzt aber liebte. Über der Tür ein Wimpel der Yankees für Lance und Rico; jeweils für den ewigen Optimisten und den Schwarzseher.

Die gerahmten Gemälde an den Wänden hatten sie von Straßenkünstlern gekauft. Stars Gemälde war für Lance also nicht so ungewöhnlich gewesen, wie sie gedacht hatte. Er konnte zufällige Schönheit entdecken – und wusste sie zu schätzen.

Die teuersten Gegenstände waren der Verstärker und alles, was dazugehörte: Ricos Schlagzeug, Lance' vier Gitarren und Chaz' Saxophon, Keyboard, Xylophon und eine Sammlung hölzerner Flöten. Wieder wurde ihr bewusst, welche Rolle die Musik als wichtiges Bindemittel für die Freundschaft in dem Leben der Jungs gespielt hatte.

Sie wandte sich wieder zu dem Bildschirm um und klickte die Reservierungen auf ihrer Seite an. Die Woche, die sie hier zu verbringen geplant hatten, hatte sie geblockt und die nächste ebenfalls freigehalten – was gut war, denn inzwischen waren sie bereits neun Tage fort. Wenn ein Foto von Lance auf der Website abgebildet gewesen wäre und sie die eingehenden Anrufe angenommen hätten, wäre die Pension wahrscheinlich schon ausgebucht. Aber sie hoffte, dass sie noch etwas Luft hatten.

Für ihr Küchendeckenprojekt brauchte sie mindestens noch zwei Tage, wenn erst einmal die Holzlatten angebracht waren, damit der Putz trocknen und die Grundierung aufgetragen werden konnte. Also würde sie dann den größten Teil der zweiten Woche verbringen.

Rico war schlecht gelaunt und nervös. Sie hatte nach ihm gesehen, als sie in die Wohnung gekommen war, und musste Lance zustimmen: Er knurrte. Wenn Ricos Arm bewegungslos bliebe, wäre das so, als würde man einem Löwen einen Maulkorb anlegen. Und er war wegen Star schon kribbelig genug. Wo war Star überhaupt?

Rese nahm den Umschlag zur Hand, der mit der Post gekommen war. Dem Absender nach zu schließen, war es ein Scheck von Stars Treuhandvermögen. Sie musste ihnen diese Adresse mitgeteilt und außerdem ihre Zahlungen von vierteljährlich auf monatlich geändert haben. Diese Möglichkeit hatte sie, aber sie machte nur selten davon Gebrauch, weil sie nicht vernünftig mit dem Geld umgehen wollte. Vielleicht hatten Rico und sie Pläne geschmiedet. Schwer zu sagen, was jetzt daraus werden würde. Rese runzelte die Stirn. Wie konnte sie nach Sonoma zurückkehren, während Star in New York City herumirrte? Sie wusste, dass sie nicht für Star verantwortlich war, aber wer kümmerte sich dann um sie?

Rese rieb sich die Schläfen. Vor allem war da Antonia. Sie hätte vielleicht den Verdacht gehabt, dass diese Frau Lance manipulierte, wenn sie nicht selbst die zärtliche Verbindung zwischen den beiden gesehen hätte. Antonia musste sich noch einer Sache stellen, und sie wollte, dass er ihr dabei half. Das verstand Rese nur zu gut.

Was Lance betraf, war er so sehr ein Teil dieser Familie, dass er vergessen zu haben schien, warum sie hergekommen waren: um die Sache mit der Pension zu klären, damit sie wieder heimfahren konnten. Wenn sie ihn daran erinnerte, würde er sie wahrscheinlich zurückschicken, aber sie wollte nicht allein fahren. Nicht, dass sie Angst hatte, er würde nicht nachkommen … doch, sie hatte Angst davor. Zu viele Menschen brauchten ihn, und zu viele Dinge geschahen. Es war beinahe eine Verschwörung.

Sie sah sich die Buchungen auf der Internetseite an. Die meisten Reservierungen gab es für später in der Saison. Gegen Ende des Sommers kamen die Menschen in Scharen wegen der beginnenden Weinernte. Aber einige Zimmer waren über die nächsten Wochen gebucht – vier in der folgenden Woche, in der sie eigentlich hatten zurück sein wollen, es jetzt aber vielleicht nicht schaffen würden.

Entschlossen formulierte sie eine Nachricht an die Gäste, die Zimmer für die nächste Woche bestellt hatten, und teilte ihnen mit, dass sie aufgrund eines familiären Notfalls momentan keine Reservierungen entgegennehmen konnten. Mit der Familie war die von Lance gemeint, aber der Notfall war ihrer. Sie schaffte es nicht, ohne ihn. Dann entschuldigte sie sich noch für die Unannehmlichkeiten und schrieb die Anzahlungen gut. Es war noch so früh, dass die Unterkünfte in Sonoma nicht ausgebucht sein würden. Sie würden etwas anderes finden.

Es ging ihr gegen den Strich, dass private Dinge ihre beruflichen Pläne störten, aber die Tatsache, dass ihr jede Stornierung leichter von der Hand ging als die vorige, beunruhigte sie noch mehr. Eigentlich müsste sie enttäuscht sein, sich um ihre Zukunft, ihre Pläne Sorgen machen. Hatte sie ihre Vision verloren? Hatte sie überhaupt jemals eine gehabt?

Rese meldete sich von ihrer Internetseite ab. Es war schließlich nicht so, als ob sie schon jahrelang in das Unternehmen Frühstückspension investiert hätte. Wenn ihre Konkurrenz sie aus dem Geschäft drängte, dann … was schon? Romans Meinung über ihre Arbeit war ihr wichtiger gewesen. Irgendetwas stimmte daran nicht.

Sie schaltete den Computer aus, stand auf und streckte sich. Lance war bei Antonia, also ging sie über den Flur und klopfte an die Tür. Zu wissen, dass er sich keine Gedanken über seine Verpflichtungen in der Pension machen musste, würde es ihm erlauben, sich auf das zu konzentrieren, was er zu erledigen hatte. Dann konnten sie entscheiden, was sie als Nächstes tun würden.

Lance wartete, während Nonna noch weinte. Sie sollte die ganze Sache vergessen. Zwei, drei Absätze am Stück brachten sie bereits an den Rand ihres emotionalen Durchhaltevermögens, und jetzt wich sie Nonnos Brief sogar ganz aus. Aber sie redete, erzählte ihm Dinge, die er noch nie gehört hatte, von Zeiten aus ihrem Leben, über die sie bislang geschwiegen hatte, die sie aber jetzt weitergeben musste, so als hätte sie Angst davor, was Marco sagte, könnte die Realität dessen zerreißen, was sie mühsam Wort für Wort beschrieb.

Er wollte nicht, dass sie unter alldem litt. Selbst jetzt würde er alles vergessen, die vollgeschriebenen Seiten von Nonno zu den anderen Dingen legen, zu den Akten und Sybils Brief aus Sonoma, Dinge, die er aus Nonnas Blickfeld entfernt hatte. Er würde alles wegpacken und loslassen. Beinahe wünschte er, genau das tun zu können. Etwas stimmte nicht, und er war sich sicher, dass sie beide es spürten. Ausnahmsweise wollte er dem Ärger aus dem Weg gehen, aber Nonna würde ihn nicht lassen.

Er stand auf, als es an der Tür klopfte, und sah überrascht, dass Rese davorstand.

Sie fragte leise: „Wie geht es ihr?"

Er warf einen Blick über die Schulter. „Es ist schwer." Dabei fuhr er sich mit der Hand durchs Haar. „Tut mir leid, dass es so lange dauert."

„Darüber wollte ich mit dir reden."

Er lehnte sich in den Türrahmen. „Ich weiß, dass wir zurückmüssen."

„Die Reservierungen für nächste Woche habe ich storniert."

„Was?" Er ließ die Schultern hängen, als ihm die Konsequenzen bewusst wurden. „Ich wünschte, du hättest mich vorher gefragt."

„Es war meine Entscheidung."

Seine auch, wenn sie Partner waren, aber er war ja mit seinen Gedanken sowieso nicht bei der Pension. Er ging mit ihr auf den Flur, zog die Tür hinter sich zu und rieb sich das Gesicht. „Immer denke ich, gleich haben wir es geschafft, und dann …"

„Passiert etwas." Sie klang nicht genauso wie Papa, aber von dem hatte er die gleiche Botschaft erhalten.

Er seufzte. „Stimmt."

„Vielleicht hat es ja einen Grund."

„Ja?" Das war eine neue Reaktion bei Rese.

Sie trommelte mit den Fingern auf ihren Oberschenkel, ein seltenes Zeichen für Unbehagen. „Lance … als Rico mit dem Motorrad verunglückt ist, kam mir der Gedanke, dass es vielleicht gar kein Unfall war."

„Du meinst, jemand wollte ihn umnieten?"

„Nein. Das nicht. Nur dass es einen Grund dafür gibt, so wie du gesagt hast, auch wenn die Dinge schlimm aussehen."

Scheinbar hatte Ricos Unfall etwas in ihr ausgelöst.

Sie atmete hörbar aus. „Ich weiß, dass es seltsam klingt. Aber ich dachte, der Anblick des Krankenwagens würde mich lähmen. Aber als ich den Wagen dann sah und sie Rico einluden, wurde mir mit einem Mal bewusst, dass alles Teil eines größeren Zusammenhangs ist."

Er glaubte daran, dass alles einen tieferen Sinn hatte. Aber manchmal wollte er, dass die Dinge klein, unwichtig waren. Willkürlich. Er war ein wandelnder Widerspruch, der versuchte, in Gottes Kopf zu schauen, wehrte sich aber dagegen, dass dieser Geist alle Bereiche seines Lebens durchdrang. Im Lichte von Rese' neu gewonnener Erkenntnis sah er seinen Widerwillen.

„Vielleicht sollte sogar die Nacht mit Mom damals so passieren."

Sein Beschützerinstinkt wehrte sich gegen diesen Gedanken, aber gegen ihre Schlussfolgerung konnte er nichts einwenden. Wenn Ricos Unfall einen tieferen Sinn hatte, warum dann nicht die Rettung von Rese?

Sie runzelte die Stirn. „Wäre es nicht passiert, hätte es beim nächsten Mal vielleicht funktioniert."

Vor seinem geistigen Auge tauchten all die Gefahren auf, in denen Rese damals schwebte; auf vielfältige Weise hätte sie umkommen können: ein kleines Mädchen allein mit einer Mutter, die sie liebte, aber der man nicht trauen durfte. Aber warum war sie überhaupt in diese Situation geraten? Damit Gott sich darin zeigen konnte? Seine erste zynische Reaktion wich einer gewissen Freude darüber, dass Rese ihrem Glauben einen neuen Ausdruck verlieh. Dieser Glaube war noch ganz frisch und zart, und er konnte sich noch daran erinnern, wie er sich anfühlte.

„Oder Mom hätte sterben können. Dann hätte ich nicht die Gelegenheit gehabt, etwas für sie zu tun."

Dieser selbstlose Gedanke durchbohrte ihn. Wie hatte er nur so abstumpfen können? „Du bist toll."

„Das sagst ausgerechnet du? Wo du doch für so viele Menschen da bist und so viel für sie tust."

Hatte er das? „Darum geht es wohl, vermute ich." Sie waren vielleicht Spielfiguren, aber sie waren Spielfiguren mit dem unwiderstehlichen Drang, den nächsten Schritt zu tun, vorwärts zu marschieren, um auf irgendeine Weise etwas zu bewirken. „Du meinst also, es gibt einen Grund, warum wir immer noch hier sind?"

„Hast du das Gefühl, dass du hier schon fertig bist?"

Er schüttelte den Kopf. Aber er hatte nicht erwartet, dass sie es spüren würde. „Ich dachte, du wirst unruhig und suchst dir Beschäftigungen, damit dir die Decke nicht auf den Kopf fällt."

Sie antwortete mit einem Achselzucken. „Manchen Dingen kann ich einfach nicht widerstehen, im wahrsten Sinn des Wortes."

Er zog die Augenbrauen hoch. „Ach ja?"

„Alten Häusern. Struppigen Hunden."

„Einem Mann mit Ohrring." Er führte ihre Finger an seine Lippen.

„Du musst noch mal mit Michelle sprechen. Baxter könnte ein Problem sein."

Die nüchterne, praktisch denkende Rese. Aber er wusste es besser. „Das einzige Problem mit Baxter ist, dass er sich nach so viel weiblicher Zuwendung vielleicht nie mehr für mich interessieren wird."

„Auch wieder wahr." Sie deutete mit dem Kinn auf Antonias Tür. „Bleibst du noch lange?" In ihrer Frage schwang ein Hauch Sehnsucht mit, so schwach, dass er ihn beinahe nicht bemerkt hätte.

Er stieß die Tür hinter sich auf. „Ich will Nonna nur noch Gute Nacht sagen." Beinahe lautlos verschwand er in Nonnas Zimmer und stellte fest, dass sie schlief. Er hoffte, dass sie eine gute Nacht hatte, und vielleicht konnten sie morgen weiterlesen. Oder auch nicht. Die Geschichte, die sie ihm erzählt hatte, war spannend, und er wollte mehr davon hören. Bisher hatte er sie als seine Nonna gekannt, aber jetzt, durch ihre angestrengten Worte, lernte er die junge Frau kennen, die sie einmal gewesen war, und das betrachtete er als Vorrecht. Vorsichtig beugte er sich vor und berührte mit seinen Lippen sacht ihre Stirn. „*T'amo*, Nonna."

„Das weiß sie." Sofie hatte hinter ihm das Zimmer betreten, und gemeinsam trugen sie Nonna ins Bett.

Kapitel 23

Mit singendem Herzen durchquerte Lance den Flur. Rese war zu ihm gekommen und hatte ihn gestört, was sie sonst nie tat. Sie hatte ihn sozusagen gebeten, zu ihr zu kommen. Das war gut. Das war sehr gut. Ihre Verpflichtungen hatten sie den ganzen Tag voneinander ferngehalten, und es war Zeit, das zu ändern. Er fiel in den alten, vertrauten federnden Schritt, als er zu seiner Wohnung hinüberging, voller gespannter Erwartung auf einen Abend mit einem Glas Wein, einer schönen Frau …

Er öffnete die Tür. Rese und Rico saßen mit einem Stapel Karten am Tisch. So viel zur Romantik. Er setzte sich und musterte Rico, der seine Karten in der rechten Hand hielt, den Arm am Oberkörper festgebunden und sein offenes Hemd über die Schultern gelegt.

„So kann dir wenigstens keiner in die Karten gucken."

Rico warf ihm einen finsteren Blick zu.

Hatte er diesen Augenblick gewählt, um wieder gesellig zu sein? Oder hatte Rese erkannt, welches Feuer sie geschürt hatte, und sich daran erinnert, dass man besser nicht mit Streichhölzern spielte? Oder hatte er sich das alles nur eingebildet? „Was spielt ihr?"

„Five Card Draw. Sie hat das beste Pokerface, das ich je gesehen habe."

Lance lachte laut auf. „Das kann man wohl sagen."

Sie legte zwei Karten ab. „Geber nimmt zwei."

„Von oben", sagte Rico.

Sie hob den Blick. „Glaubst du etwa, ich schummle?"

„Ich gehe nur auf Nummer sicher."

„Ich habe noch nie beim Pokern betrogen."

Lance lehnte sich auf seinem Stuhl zurück. „Wie oft hast du das denn schon gespielt?"

„Ein paar Mal. Brad und ein paar der anderen Jungs waren mehr für Stud Poker, aber ich bevorzuge Draw."

Er schüttelte den Kopf. „Basketball und Poker. Was gibt es sonst noch, was ich nicht weiß?"

„Du wolltest Michelle anrufen." Rese arrangierte ihr neues Blatt in der Hand.

„Da drüben ist es drei Stunden früher. Teil aus."

„Ruf Michelle an. Dann gebe ich dir Karten."

Der schroffe Befehlston, der ihn am Anfang geärgert hatte, amüsierte ihn jetzt. Bereitwillig stand er auf und nahm sein Telefon vom Ladegerät. Er hatte Michelles Nummer abgespeichert, als er Baxter in ihrer Obhut gelassen hatte. Komisch, dachte er, er hatte ihr seinen Hund überlassen, ohne ihren Nachnamen zu kennen. Manche Menschen waren so; man spürte es einfach. Und auch wenn Baxter keine besonders gute Menschenkenntnis besaß, hatte er kein großes Theater gemacht.

Lance lehnte sich an die Spüle und wartete das mehrmalige Klingeln ab, bis der Anrufbeantworter ansprang und er eine Nachricht hinterlassen konnte. „Hi, hier ist Lance. Wir können noch nichts Genaues sagen, aber wenn Baxter ein Problem ist –"

„Hi", überraschte Michelle ihn. „Nein, er ist kein Problem. Er kommt sogar mit, wenn ich meine kranken Freunde besuche. Er ist der Renner."

„Dann ist er gut gelaunt? Kein Schmollen und Seufzen?"

Michelle lachte. „Ich muss dich enttäuschen, er ist ziemlich zufrieden."

Verräter. „Das ist gut. Ich weiß nur noch nicht, wie lange wir hier noch brauchen."

„Kümmere dich in Ruhe um deine Angelegenheiten. Deinem Hund geht es gut."

Er legte auf und setzte sich. Als Rese die Augenbrauen hochzog, sagte er: „Er hat seinen Namen in Benedict geändert."

Sie verdrehte die Augen. „Komisch, wie sehr Tiere sich an ihre Besitzer anpassen."

„Autsch."

„Freundlich, anpassungsfähig ..." Rese baute zwei Stapel Plastikchips vor ihm auf. „Dein Mindesteinsatz."

Er warf einen Chip in die Mitte und lehnte sich dann zurück, während sie die Karten mischte und ihm an Ricos Stelle sein Blatt austeilte. Er nahm die Karten. „Bist du dir sicher, dass es mit der Pension für dich so in Ordnung ist? Du könntest auch schon ohne mich zurückfahren."

„Es hat keinen Sinn, wenn ich allein zurückgehe. Ohne dich kann ich eh keine Gäste aufnehmen."

„Das hast du doch vorher auch getan."
„Da hatte ich auch Chaz und Rico und Star."
Rico versteifte sich. „Können wir jetzt weiterspielen?"
Lance eröffnete mit einem Chip.
Rese warf zwei in die Runde. „Ich will sehen und erhöhe um eins."
Lance und Rico wechselten einen Blick. Rico sah ihren Einsatz, und Lance warf noch einen Chip auf den Tisch und sagte: „Ich ziehe drei."
Rico schob mit dem Zeigefinger drei Karten vom Stapel. „Rese?"
„Ich passe."
Rico zog die Augenbrauen hoch. „Keine Karte?"
„Genau."
Lance setzte sich wieder. Sie hatte den Einsatz erhöht und keine Karte gezogen. Hmm. Er betrachtete seine beiden Buben und warf noch zwei Chips in die Mitte. Rese zog mit und erhöhte ebenfalls um zwei. Rico zögerte lange, bevor er mitging. Vielleicht hatte er etwas Niedriges und hoffte auf einen Bluff. In dem Fall waren die beiden Buben besser, als sie aussahen.

Lance hielt zwei Chips in der Hand, um mitzugehen, und beobachtete Rese, ob sie sich vielleicht verriet. Ihre Miene ließ nichts durchblicken. Kein triumphierendes Grinsen, keine Selbstzufriedenheit. Keine Unsicherheit. Er legte die beiden Chips auf den Stapel zurück und nahm dann fünf in die Hand. „Ich erhöhe um drei." Nur um zu sehen, ob sie das aus der Ruhe bringen würde.

Sie hatte die Chips in der Hand, noch bevor seine auf dem Tisch lagen. „Ich sehe deine Erhöhung und erhöhe um fünf." Die Chips landeten auf dem Haufen in der Mitte.

Rico warf seine Karten hin.

Lance schürzte die Lippen. Weitere fünf Chips auf ein Paar Buben. Er hatte schon jetzt viel zu viel riskiert. Wenn er jetzt ausstieg, würde er ihre Hand nicht sehen, aber fünf Chips waren ein hoher Einsatz, um seine Neugier zu befriedigen. Bluffte sie? Wenn nicht, was war, wenn er mitzog? Wenn es tatsächlich ein Bluff war … was lernte er *daraus*? Er spielte mit dem halben Stapel Chips, den er noch hatte. Sollte er sie herausfordern? Oder aussteigen. Er sah seine Buben an, aber um die ging es nicht. Er legte seine Karten verdeckt vor sich auf den Tisch und erwiderte den Blick von Rese. „Ich glaube dir."

Immer noch nichts außer einem kleinen Flackern in den Augen, als sie ihre Karten zusammenschob und auf den Stapel legte, damit er austeilen konnte. Dann zog sie die Chips im Pot zu sich und stapelte sie systematisch auf. Noch immer nichts, als er die Hand nach dem Kartenstapel ausstreckte, um zu mischen. Er hatte nicht bezahlt, um die Karten sehen zu dürfen. Er musste mischen und geben. Keine Chance. Er fächerte die obersten Karten auf und ließ sie fallen. Dann kippelte er mit seinem Stuhl nach hinten und starrte Rese an.

Selbst jetzt, wo er gegen die Regeln verstieß, behielt sie die Ruhe.

Rico fuhr sich mit der Hand übers Kinn. „Du steckst in der Klemme, Mann."

Lance lachte. „Ich hatte nie vor, mit Rese Barrett zu pokern. Mensch-ärgere-dich-nicht war für mich brutal genug." Und wenn er den Rest dieses Lebens und die ganze Ewigkeit mit ihr verbringen konnte, würde das reichen.

Sie reckte das Kinn vor. „Du gibst."

Die Tür ging auf und Chaz kam herein, leerte seine Münzen in die Geldschale und setzte sich, während er mit einem lauten Stöhnen die Beine ausstreckte.

Lance ließ einen Arm über die Rückenlehne seines Stuhls hängen. „Langer Tag?"

„Guter Tag. Produktiv, lohnenswert." Er blickte in die Runde. „Aber warum bin ich eigentlich der Einzige, der arbeitet?"

Lance zuckte mit den Schultern. „Bei uns anderen reicht das gute Aussehen."

„Ich arbeite", sagte Rese.

Rico stand auf und holte sich etwas zu trinken aus dem Kühlschrank. Die Unterhaltung würde baden gehen, wenn er die Bemerkung zu ernst nahm.

Aber dann klopfte es an der Tür. Chaz wollte aufstehen, aber Lance bedeutete ihm sitzen zu bleiben. „Lass mich, du Mühseliger und Beladener." Er öffnete die Tür und wappnete sich.

In etwas gewickelt, das wie der bunte Schal eines Zauberers aussah, rauschte Star mit einem koboldhaften Blick an ihm vorbei und begrüßte Rese mit einer Pirouette und Luftküssen. Bevor sie reagieren konnte, ging Star weiter zu Chaz, fuhr mit den Fingern durch sein Haar und landete schließlich bei Rico, der wie ein dunkler Pirat in der Ecke stand.

Mit einem neckischen Lächeln huschte sie zu ihm und bemerkte dann den Arm, der unter seinem Hemd quer über der Brust lag. Sie riss die Augen auf. „*‚Bekümmernis hängt sich mit Lieb an dich, und mit dem Missgeschick bist du vermählt.'* Was ist denn mit deinem Arm passiert?"

„Ich habe dich gesucht, *chiquita*", sagte er. „Aber stattdessen habe ich ein Auto gefunden."

Sie streckte die Hand aus. „*‚Oh Nacht, die jeden Trost zerstört'* –"

Rico trat einen Schritt zurück. „Hör auf mit dem Mist."

Da war der unschuldige Blick wieder.

Rese stand auf. „Wir haben überall nach dir gesucht, Star."

Star fuhr herum. „Warum dem Mond folgen, wenn man doch weiß, dass er morgen wieder aufgehen wird, noch strahlender und voller, weil er verdunkelt war?"

Ricos Blicke waren mörderisch. Star hatte ihn tiefer verletzt, als ihr bewusst war.

„Star ...", versuchte Rese es noch einmal.

Aber Star hob die Hand. Zitternd und blass wandte sie sich an Rico. „Sprich dein Urteil über mich. Soll ich bleiben oder gehen?"

Lance schloss die Augen.

„Hier ist kein Platz für dich."

„Rico." Lance und Chaz sagten es gleichzeitig, aber Star wirbelte mit einem funkelnden Blick herum und lief, ohne zu zögern, auf die Tür zu.

Rese sprang auf. „Warte! Star!"

Aber Star öffnete die Tür und ging.

Während Rese ihr auf den Flur hinaus folgte, wandte Lance sich an Rico. „Ich habe dir doch gesagt, dass sie Probleme hat."

„Jeder hat Probleme, Mann." Rico knallte sein Bier auf die Küchenzeile und ging auf und ab. „Maury hat sie gewürgt. Maury hat sie geschlagen. Und sie wäre wieder zu ihm zurückgegangen. Ich habe sie nie angerührt. Wenn sie den Unterschied nicht sieht, dann gibt es keinen." Seine Augen funkelten vor Wut. „Überhaupt keinen."

Lance nickte. Er hatte versucht, Rico zu warnen, er solle vorsichtig sein und die Augen offen halten. So gewieft, wie er war, hatte sie ihn trotzdem fertiggemacht, und er hatte es nicht kommen sehen. Star war das nicht bewusst. Oder vielleicht doch. Vielleicht war das ihre Art, sich zu wehren.

Rico ging weiter und fuhr dann herum, die gesunde Hand ausgestreckt. „Gibst du jetzt etwa mir die Schuld?"

Lance schüttelte den Kopf. Die Situation war eindeutig. Wenn sie schuldbewusst zurückgekommen wäre oder wenigstens zugegeben hätte, dass sie ihn verletzt hatte, wäre es anders ausgegangen. Aber wie Rese gesagt hatte: Entweder wusste Star es nicht oder es war ihr egal. Und seitdem er als Kind seine blutende Hand auf den Schnitt in Ricos Handfläche gepresst hatte, ließ er einen Blutsbruder nicht im Stich.

„Star, komm wieder rein und sprich darüber." Rese folgte ihr den Gang hinunter.

„Ich habe nicht die Befugnis zu sprechen." Star lief die Treppe hinunter.

Rese beschleunigte ihre Schritte, um sie einzuholen. „Rico ist aufgebracht. Das war doch zu erwarten. Aber wir können –"

Star war beim nächsten Treppenabsatz angelangt. „Du hast doch gehört, was er gesagt hat: Hier ist kein Platz für mich."

„Er ist nicht der Einzige, der hier etwas zu sagen hat. Es betrifft uns alle." Wenn Star jetzt verschwand, wie sollte sie dann wieder nach Sonoma zurückkommen? Wie konnten sie alle heimfahren? „Warte, Star."

Star war unten angekommen. „Die Schicksalsgöttinnen haben gesprochen."

„Es gibt keine Schicksalsgöttinnen." Rese lief ihr nach. „Und Rico ist nicht Gott. Gib ihm einfach die Chance zu –"

„Ich habe ihm eine Chance gegeben." Sie atmete tief ein. „Und Gott interessiert mich nicht." Sie stapfte den Hausflur entlang, riss die Tür auf und lief in die Nacht hinaus.

Rese starrte hinter ihr her. Sie hätte es wissen müssen. Star konnte man nicht zurückhalten. Das hatte noch nie funktioniert. Der Friede, den sie aus Moms Worten in der Klinik gezogen hatte, und die Freude, die sie mit Rico erlebt hatte, waren offensichtlich nicht genug.

Rese erklomm die Treppe und wunderte sich darüber, dass es ihr immer noch etwas ausmachte, dass Star nun wieder fort war.

Lance winkte Rese neben sich aufs Sofa, als sie allein wieder hereinkam. Letzteres wunderte ihn nicht, und er bezweifelte, dass sie etwas anderes erwartet hatte. Aber es konnte schwierig werden, wenn Rico weitersprach – und das tat er.

„Sie weckt in einem das Bedürfnis, ihr zu helfen, und dann holt sie das Messer raus, wenn man nicht hinsieht."

Rese blickte zu Rico auf. „Du weißt nicht, wo sie war."

„Ich weiß, wo ich war. Wo wir alle waren. Die Frage ist, was man daraus macht, *chiquita*." Er schob den gesunden Arm in den Ärmel seines Hemdes und ließ die andere Seite über der Schulter hängen. „Es geht darum, wie man seine Freunde behandelt und wie man mit seinen Feinden umgeht. Sie hat die Entscheidung getroffen, nicht ich." Er ging zur Tür und stapfte hinaus.

Langsam stieß Lance die Luft aus. Eigentlich konnte Rese nichts dagegen sagen. Sie hatte sich ähnlich geäußert, als Star das letzte Mal abgehauen war. Und sie hatte mehr Erfahrung mit Stars Verhalten als Rico.

Sie rieb sich die Stirn. „Warum tut sie das? Ich verstehe es einfach nicht."

Auf der anderen Seite des Raumes schlug Chaz die Augen auf. Er hatte still gebetet, während sich die ganze Szene abgespielt hatte. Jetzt war seine Miene angespannt.

„Menschen tun Dinge aus den unterschiedlichsten Gründen, Rese." Er schwieg einen Moment, dann sagte er langsam: „Derselbe Geist, der Jesus von den Toten auferweckt hat, hat auch heute noch Macht über uns Menschen."

Lance schluckte. Über so etwas hatte er mit Rese noch nie ausführlich gesprochen.

Rese erhob sich und ging ein paar Schritte auf und ab. „Und das … das *Ding*, das ich in dem Tunnel gespürt habe, war das echt?"

Wie kam sie denn jetzt darauf? Lance schlug ein Bein über das andere und ließ das Fußgelenk auf seinem Knie ruhen. „Das war Angst, Rese. Walter gehörte zu der Krankheit deiner Mutter. Jemand, der für dich als Kind real wurde, wenn du mit ihr allein warst."

Sie drehte sich wieder zu ihm um. „Ich habe ihn dort unten gespürt."

Lance streckte die Hand nach ihr aus. „Irgendetwas vielleicht. Aber es ist nicht gut, der Sache voreilig einen Namen zu geben." Er zog sie wieder neben sich auf die Couch.

Sie schüttelte den Kopf. „Ich glaube das nicht."

„Die Mächte der Finsternis sind real", sagte Chaz. „Aber man darf sie nicht hinter jedem Busch wittern."

„Oder Weinregal", fügte Lance hinzu.

Sie blitzte ihn an. „Da war etwas, und es war nicht das Skelett deines Urgroßvaters."

„Ururgroßvater."

Sie warf ihm einen finsteren Blick zu und wandte sich dann an Chaz. „Ist Star krank?"

„Ich weiß es nicht." Er hob die Hände. „Aber ich weiß, dass sie Hilfe braucht."

Kapitel 24

Zwei Tage später erzitterten die Wände. Die Fenster bebten. Haare flogen und der Schweiß lief. Rico schlug auf seine Trommeln, wobei er jedes Mal, wenn er seine Position veränderte, zusammenzuckte und sein linker Arm die Arbeit von zweien erledigte – nicht schön, aber unbezähmbar, um sich seine Verletzung und Wut und vielleicht ein bisschen Reue von der Seele zu spielen. Lance hatte ihn früher schon so gesehen, und es gab nur einen möglichen Weg der Kommunikation. Er stöpselte seine E-Gitarre ein und fügte sich in Ricos Rhythmus ein, bevor er die ersten Töne und Worte eines Liedes anstimmte, das er in ihrer dunklen Phase geschrieben hatte.

Schrei. Flehe. Lass dein Herz doch bluten.
Was macht es schon? Was bringt es denn?
Der Schmerz wird dadurch nicht besiegt.
Wenn die Hoffnung flieht, wo fängst du an?
Wie kannst du wichtig sein? Was bringt es dir?
Nichts, was du tust, besiegt den Schmerz …

Mit jedem Tag, den die Erde sich dreht,
verbrennt jemand, verbrennt jemand.
Mit jedem Herz, das vor Habgier schwillt,
blutet jemand, blutet jemand.
Aber niemand kann den Schmerz besiegen …

Ricos Stimme fiel ein, und zum ersten Mal seit langer Zeit fanden sie ihre Harmonie, er und Rico in der perfekten Verbindung von Tonlage und Dynamik. Sie sangen die zweite Strophe und den Refrain, dann die dritte und vierte Strophe. In der Konfrontation, Auge in Auge, absorbierte Lance die Wut und die Enttäuschung und die Kränkung, fügte Strophen hinzu, die er noch nicht geschrieben hatte, Worte, die mit der Musik kamen.

Siehst du den Hunger in den Augen eines Kindes?
Chips oder Chili – ist das alles, was du gut findest?
Was macht es schon? Was bringt es denn?
Bist du unter Geistern herumgelaufen,
die Hand ausgestreckt für eine milde Gabe?
Aus dem Weg, aus dem Weg;
Siehst du nicht, dass ich nichts habe?
Schrei. Flehe. Lass dein Herz doch bluten.
Was macht es schon? Was bringt es denn?
Nein, nein, es kann den Schmerz nicht besiegen …

Und als ihm die Worte ausgingen, übernahmen die Instrumente. Der Klang betäubte seine Ohren. Sein Unterarm schmerzte. Acht Minuten. Zehn. Vierzehn. Er spielte, bis Rico auf seinem Hocker keuchend in sich zusammensackte.

Lance wartete, selbst außer Atem. In der Vergangenheit hatte er schon gesehen, wie Rico die Dinge verarbeitete, aber seine Hand ließ den Drumstick baumeln und dann fallen. Er sagte ein Wort auf Spanisch, das so ziemlich alle seine Gefühle zusammenfasste.

Lance setzte die Gitarre ab. „Du brauchst eine Dusche, Mann."

Lance brauchte ihm gar nicht erst näherzukommen, um zu wissen, dass Rico das Gift aus seinem Körper geschwitzt hatte. Rico zog sein Hemd aus, wischte sich damit über den Kopf und stolperte ins Badezimmer.

Während er duschte, erhitzte Lance Öl in einer Pfanne, briet die Kochbananen, die er heute Morgen gekauft hatte, wärmte etwas Reis auf und würzte ihn mit Sofrito – einer Mischung aus Koriander, Knoblauch, Oregano und gemahlenem Paprika.

Als Rico wieder erschien, war er ausgehungert, genau wie Lance es vorhergesehen hatte. Er schlang die Mahlzeit in sich hinein, lehnte sich anschließend zurück und seufzte. „Du hattest recht."

Lance verschränkte die Arme auf der Tischplatte. „Womit?"

„Es war nicht wirklich ihr Ding. Sie hat sich nur daran angehängt."

„Aber es war doch trotzdem gut, Rico. Was hat Saul zu eurem Sound gesagt?"

Rico hob den Blick, ohne den Kopf zu bewegen. „Was spielt das jetzt noch für eine Rolle?"

Lance stieß langsam den Atem aus. Er hatte bereits schon einmal gesehen, wie Rico eine Art Operation an seinem Herzen vorgenommen hatte – sie war der Grund, warum es für seinen Vater Juan keinen Platz mehr dort gab. Erst vor zwei Tagen hatte er Star rausgeworfen, und jetzt hatte er sich mit dem Schlagzeugspielen von all dem Ballast befreit. „Was willst du jetzt machen?"

Rico zuckte mit den Schultern und blickte auf seinen Arm hinunter, der immer noch ruhiggestellt war. „Das werden wir ja sehen, nicht wahr?" Dann richtete er sich auf. „Aber du nicht. Du wirst nicht hier sein."

Er hatte recht. „Rico …"

„So ist das Leben nun mal, Mann. Es kommt auf dich zu, und wenn du nicht aus dem Weg gehst, überfährt es dich eben."

Diese Erklärung war so gut wie jede andere.

„Wo ist Rese?" Rico sah sich im Zimmer um, als fiele ihm erst jetzt auf, dass sie allein waren.

„Sie hat Papa angespornt, alle Projekte in Angriff zu nehmen, die er hat schleifen lassen. Ich bin nicht sicher, ob es ein Wettkampf ist oder eine gemeinsame Aktion von Verbündeten, aber sie bauen ein Regal für Dom, während sie darauf warten, dass der Putz in der Küche trocknet." Lachend schüttelte er den Kopf. „Papa musste zugeben, dass ihre Reparaturen an der Holzkonstruktion besser waren als alles, was er bislang gesehen hat."

Rico grinste. „Dann ist sie jetzt kein Mädchen mehr."

Lance lachte. „Ich bin mir nicht sicher, ob er so weit gehen würde. Aber er hat mir gestern Abend gesagt, dass ich meinen Kopf einschalten und sie heiraten soll."

„Weiß er, dass das gegen deine Überzeugung ist?"

Lance wippte auf seinem Stuhl nach hinten. „Ich überlege, ob ich meine Überzeugungen ändern soll."

Rico schüttelte den Kopf. „Klar."

Kein Wunder, dass Rico ihm nicht glaubte. Wie oft hatte er schon beobachtet, dass seine Beziehungen zerbrochen waren. Er kannte den Moment, in dem Lance umdrehen und die Flucht ergreifen würde. „Diesmal ist es anders." Lance ließ die Stuhlbeine auf den Boden aufsetzen. „Ich setze mich zu Nonna. Willst du ihr hallo sagen?"

„Ich war gestern bei ihr. Aber da hat sie geschlafen. Ich glaube, sie weiß nicht, dass ich da war."

„Doch, sie hat es gemerkt." Wenn irgendjemand im Schlaf sehen konnte, dann war es Antonia Seraphina Michelli. Und sie würde Rico auf keinen Fall verpassen.

Obwohl sie wusste, dass er das Alter Ego ihres Enkels war, mochte sie den dürren Jungen vom ersten Tag an, als Lance ihn mit nach Hause gebracht hatte. Er war wie eine streunende Katze gewesen, schreckhaft und nach Liebe hungernd. Sie hatten in ihrer Küche Trost und Zuflucht gefunden und hatten sie zum Lachen gebracht oder ihr Dinge geschenkt. Den Schmuck seiner Mutter hatte Rico zurückgeben müssen, aber die Vogelnester und Murmeln und Zeichnungen hatte sie behalten und Ricos Gaben gleich neben die von Lance gestellt.

Lance war erst später, als er schon älter war, bewusst geworden, dass dies eine ungewöhnliche Situation war. Er hatte Rico adoptiert und war davon ausgegangen, dass die anderen es auch tun würden. Und das hatten sie, sodass sie in jeder entscheidenden Hinsicht Ricos Familie geworden waren. Mama hatte ihn vollgestopft, und Papa bekam von ihm genauso viel Hilfe wie von seinen Söhnen, als Gegenleistung für die billige Miete. Auch Chaz half, nachdem er auf der Bildfläche erschienen war, und jetzt trug Rese ihren Teil dazu bei, die Rechnung zu begleichen.

Obwohl sie das nie schaffen würden. Wenn Papa alles eingetrieben hätte, was sie ihm schuldig waren, hätte er schon vor langer Zeit in den Ruhestand gehen können. Aber mit seinen dreiundsechzig Jahren war er ihnen immer noch ein Vorbild. Arbeite fleißig und sei großzügig. Und rede nicht darüber.

Ich bin hochschwanger, als Marco mir sagt, dass meine Strafe abgesessen ist. Sein Vater hat als Maurer an einem Wohnhaus in der Bronx gebaut. Der Bauherr steht kurz vor dem Ruin, und Gustavo Michelli ist kein Narr. Er hat das Gebäude als Bezahlung für seine Arbeit akzeptiert. Ich höre nur, dass wir den Wohnblock verlassen werden, der in den vergangenen acht Monaten mein persönliches Gefängnis war.

Ich stoße einen Freudenschrei aus und umarme Marco. Mir ist egal, ob seine Mutter finster dreinblickt. An ihre ständige finstere Miene habe ich mich inzwischen gewöhnt. Ihr Marco, ihr Augapfel, hat ohne ihr Wissen einen Snob aus dem Norden geheiratet. Mein Kugelbauch wird zwischen uns zusammengedrückt und das Baby tritt. Marco lacht, dann löst er sich von mir, aus Rücksicht auf seine Mama.

„Wir steigen auf, Mama."

Plötzlich kann ich nicht mehr atmen. Sie kommt mit? Aber natürlich tut sie das. Das Haus gehört ihrem Mann. Ich habe Papa Michelli oft genug gesehen, um zu wissen, dass sie verheiratet sind, aber ich kann es ihm nicht verübeln, dass er so weit weg ist. Wer will schon das verbitterte Wesen um sich haben, mit dem ich jeden Tag fertigwerden muss?

Wie sein Papa ist auch Marco immer noch viel zu oft weg, und mein Herz leidet ohne ihn, aber wenn er da ist, zeige ich mich von meiner besten Seite. Welcher Mann will schon zu einer zänkischen Frau nach Hause kommen? Er redet nicht viel über seine Arbeit, aber ich frage ihn auch nicht aus. Ich bin nur froh, dass er Arbeit hat.

Es würde mich umbringen, ihn um Almosen anstehen zu sehen oder mir bei einem kommunistischen Arbeiterstreik Sorgen um ihn zu machen. Mir tun diese Leute leid, aber ich habe nicht den Wunsch, zu ihnen zu gehören. „Wann ziehen wir um?"

„Das Gebäude ist noch nicht fertig. Zwei Monate dauert es bestimmt noch."

Ich kann meine Enttäuschung nicht verbergen. Ich will nicht, dass dieses Baby hier geboren wird. „Oh." Mein Tonfall verrät mich.

Mama Benigna schlägt zu. „Jetzt beklagt sie sich. Gustavo reibt sich bei seiner Arbeit auf, und sie beklagt sich."

Wenn irgendetwas ihn aufreibt, dann sicherlich nicht ich. Wie gerne ich das laut sagen würde! Aber ich habe mir geschworen, dass ich Marco nicht in einen Loyalitätskonflikt bringen werde, so wie sie es ständig tut. Wegen ihr bedauere ich, dass ich mir jemals eine Mama gewünscht habe. Aber ich werde den Augenblick nicht verderben. Marco muss wissen, was er mir mit seinem Geschenk gegeben hat: Hoffnung.

Antonia merkte, dass es schon wieder geschehen war, dass ihre Gedanken abgeschweift waren, während Lance geduldig an ihrer Seite wartete. „*Io l'ho fatto.*" Die Entschuldigung kam ihr ausnahmsweise ohne Zögern über die Lippen.

„Kein Problem."

Seine Augen waren sanft. Sie hatte sie auch schon wütend gesehen und voller Tränen, hungrig und rebellisch. Sie hatte ihn rechtschaffen zornig erlebt, aber meistens hatte sie ihn mit dem Blick gesehen, den sie auch jetzt bei ihm sah. Er hatte den Brief in der Hand, aber er wartete auf sie und fragte sich, ob sie es ertragen konnte. Sie hatte ihn lange genug vertröstet.

„L…ies.“

Er hob das Papier. „Sicher?“

Nein, aber sie klammerte sich an die Hoffnung in ihrer Erinnerung und nickte.

Lance las.

„Weil Vittorio im inneren Zirkel war, spielte ich mehr die Rolle eines Feldmarschalls als die eines einfachen Soldaten. Ich hatte beides schon gemacht und mochte normalerweise die letztere Rolle lieber, aber Vittorio war diskret, was sicher auch ein Grund dafür war, dass Jackson ihn eingeweiht hatte. Das funktionierte jetzt in beide Richtungen.

Obwohl er von mir wusste, dass die Bank Dreck am Stecken hatte und Jackson noch viel mehr, machte Vittorio seine Arbeit für seinen Chef. Es gelang ihm besser, als ich gedacht hatte, und ich überlegte, ihn der Agentur zu empfehlen, wenn wir heil aus der Sache herauskamen. Mehr als ein Agent ist aus ähnlich zwielichtigen Situationen rekrutiert worden. Und offen gestanden mochte ich den Mann, obwohl ich zugeben muss, dass du und Quillan mir noch sympathischer waren. Es wurde zu einer Priorität, euer aller Wohlergehen zu gewährleisten. Dabei habe ich versagt, auch wenn ich nicht verstand, warum.

Ich hatte die Operation einfach gehalten, denn ich habe früh die Erfahrung gemacht, dass Einfachheit am besten funktioniert – ein Grund, warum ich jedem heimlichen Treffen immer eine Tarnung vorzog. Vittorio sah das genauso. Seine Aufgabe war es aufzuschreiben, was er mitbekam, ohne sich über die Nützlichkeit dieser Informationen Gedanken zu machen. Daten, Zeiten, Transaktionen, Treffen. Er würde für mich beobachten, und ich würde entziffern, was er mir gab. Ein einfacher Plan, der funktioniert hätte – wenn ich die Informationen bekommen hätte.“

Lance blickte auf. „Das müssen die Umschläge sein, die ich im Keller gefunden habe.“

Antonia mühte sich zurück in die Gegenwart. „Um…schlä…ge?“

Er zuckte zusammen. „Ach, das spielt keine Rolle.“

„L…ance.“

Er schüttelte den Kopf. „Wenn du dich nicht daran erinnerst, vergiss es einfach.“

Sie funkelte ihn an. „Sag es m…ir.“

Er seufzte. „Im Keller mit dem Geld. Ich habe sie dir gezeigt. Dann hast du dich aufgeregt und eine Szene gemacht.“

Frechheit! Sie gab ihm einen Klaps auf die Hand. „Z…eig sie m…ir.“

„Nonna.“

Sie warf ihm einen Blick zu, der keinen Widerspruch zuließ. Vorher war es vielleicht ein Schock gewesen, aber jetzt war es Marco, ein Teil von ihm, von dem er nie gesprochen hatte. Und Papa. Die ganzen Jahre über hatte sie ihn verurteilt, hatte ihn in ihrem Herzen vergraben, weil sie sich für die Liebe geschämt hatte, die sie immer noch für ihn empfand. All die Jahre…

„Also gut.“ Lance stand auf. „Aber wenn du mir wieder einen Schrecken einjagst, ist Schluss. Dann verbrenne ich alles.“

Lance ging in seine Wohnung. Rico musste ausgegangen sein, denn die Wohnung war leer und völlig still, abgesehen von dem Ventilator an der Decke, der in seiner Halterung hin und her wackelte, während die Rotorblätter die Luft herumwirbelten. Er holte die Kiste, die er nach Nonnas kleinem Schlaganfall weggeräumt hatte. Beim ersten Mal hatte er sie damit überrascht – das war dumm gewesen –, aber jetzt fragte sie danach. Vielleicht sah sie inzwischen den Sinn hinter alldem, so wie Rese es tat.

Er nahm die Kiste und hielt sie einen Augenblick in der Hand, bevor er wieder zu Nonna hinüberging. Als er sie ihr auf den Schoß stellte, fühlte sich die Kiste merkwürdig schwer an, oder vielleicht war es das Gewicht seiner eigenen Angst. Er wollte keinen neuerlichen Rückfall riskieren.

Die Umschläge lagen ganz unten. Als er ihr dabei geholfen hatte, den Deckel zu öffnen, nahm er zuerst die Dinge heraus, die er ihr schon einmal gezeigt hatte, und suchte in ihrer Miene aufmerksam nach Anzeichen für Stress, als er ihr die Umschläge reichte. Diesmal schien sie

sie wie alte Freunde anzunehmen, ohne Angst davor, welche Botschaft sie wohl enthielten. Er hätte Gottes Timing abwarten sollen. Wann würde er es endlich lernen, nicht immer seinen eigenen Willen durchzusetzen?

Nur widerwillig schien sie sich von ihrem Tagebuch zu trennen, aber schließlich legte sie es beiseite und betrachtete die Umschläge. Sie las die Namen, die darauf standen. „D…das ist Papas Handsch…rift." Als sie Arthur Jacksons Akte sah, verhärteten sich ihre Züge.

Lance kniete sich neben sie. „Ist das zu viel Aufregung für dich, Nonna?"

Sie sah ihm ins Gesicht. „Du wirst sch…on sehen, wenn ich m…ich aufrege."

Er drückte ihr die Hand. „Dein Papa war vielleicht in etwas verwickelt, was unrecht war, aber als er es gemerkt hat, hat er das Richtige getan. Er hat mit Nonno zusammengearbeitet."

Sie nickte. „Arthur J…ackson hat Papa umg…ebracht."

Lance zuckte mit den Schultern. „Vielleicht. Aber es war nicht seine Idee."

Ihre Stirn zog sich zusammen. Verwirrung lag in ihrem Blick.

Er holte den Brief heraus, den er von Sybil bekommen und den sie aus dem Safe ihres Vaters kopiert hatte, ein Stück Familiengeschichte. Über die Zeit, als ihr Urgroßvater einen Killer engagiert hatte – nur dass der Mörder sich an Arthur Jackson gewandt, ihn informiert und ihm seine Dienste angeboten hatte.

Nonna las den Brief, wobei sie den Kopf hin und her bewegte, eine stumme Leugnung. Sie riss den Blick von dem Blatt Papier los. „W… er?"

Wieder zuckte Lance mit den Schultern. „Der Typ wusste, dass Nonno ein Bundesagent war. Vielleicht hat er auch rausgefunden, dass Papa die undichte Stelle war, aber angefangen hat es mit Nonno."

Jetzt standen eindeutig Sorgenfalten auf ihrer Stirn. Der Brief bebte. Er umfasste ihre faltige Hand. „Bleib bei mir, Nonna."

Aber ihr kamen die Tränen. Er zog ihr den Brief aus der Hand und legte ihn zusammen mit den Umschlägen in die Kiste. Dann nahm er die Kiste von ihrem Schoß, ließ aber ihre persönlichen Dinge neben ihr liegen, obwohl sie die Sachen scheinbar ganz vergessen hatte.

Ihre bebenden Lippen bewegten sich, und sie flüsterte: „Marco", mit einer solchen Verwirrung und Verzweiflung, dass es ihm beinahe das Herz brach.

Warum taten sie das hier? Was brachte es? Wütend hob Lance das Kinn. *Keine Schlaganfälle mehr, keine Schocks mehr, keinen Schmerz mehr, Herr. Dein Joch ist so schwer.* Sah er denn nicht, dass sie die Belastung nicht aushielt? *Ich nehme dieses Joch auf mich. Leg es mir auf und schenke Nonna Frieden.*

Wieder fühlte er sich wie ausgehöhlt, aber diesmal rang er im Geiste, wie Jakob mit dem Engel gerungen hatte. *Diese Sache machen wir zwischen uns aus, Herr.* Und er würde nicht nachgeben.

Kapitel 25

Im Laufe der nächsten drei Tage beobachtete Rese, wie Lance' Angehörige sich um Antonia kümmerten und ihr die Würde der Dinge ließen, die sie selbst tun konnte, während sie dafür sorgten, dass sie alles hatte, was sie brauchte. Konnte sie das nicht auch für Mom tun? Sie wusste vielleicht nicht, was die Ärzte und Pfleger wussten, aber wenn die neuen Medikamente etwas Frieden und Klarheit in Moms Geist brachten, konnte sie ihr wieder ein Zuhause geben, eine Familie, auch wenn sie nur aus der Tochter bestand, die sie nicht hatte behalten wollen.

Obwohl Antonia in den vergangenen Tagen meistens geschlafen hatte, sah zwischendurch immer jemand nach ihr, und die Kinder brachten ihr selbst gemalte Bilder und Plüschtiere und hielt ihr ihre Schrammen hin, damit sie pustete. Rese wusste das alles, weil Lance jetzt seine Tür und die von Antonia offen stehen ließ. Er wollte jederzeit verfügbar sein, um ihr vorzulesen oder bei ihr zu sitzen, auch wenn sie ihn wieder vertröstet hatte. Vielleicht waren sie auch fertig, und Lance war es nur nicht bewusst. Oder sie sammelte sich, wie er meinte, um emotional wieder zu Kräften zu kommen.

Rese seufzte. Seine Geduld war bewundernswert, aber sie waren jetzt seit zwei Wochen hier, und auch wenn sie die nächste Woche freigeschaufelt hatte, musste sie – falls nötig – die drei Buchungen für die letzte Juniwoche unbedingt rechtzeitig stornieren, damit die Gäste noch eine andere Unterkunft fanden. Wenn sie neue Reservierungen nicht geblockt hätte, wäre die Pension vielleicht voll, aber darüber wollte sie sich jetzt nicht den Kopf zerbrechen. Lance musste seine Angelegenheiten hier zum Abschluss bringen, sonst konnte er sich nicht auf ihr Unternehmen konzentrieren. Und ihre Aufgabe war es, dafür zu sorgen, dass er dieses Ziel nicht aus dem Blick verlor.

Eine Schar Kinder drängte sich durch Antonias Tür auf der anderen Seite des Ganges, und sie kicherten und stießen sich gegenseitig an. Rese konnte nicht auseinanderhalten, welche Kinder zu welchen Eltern gehörten, und wusste nicht einmal, wie sie hießen. Aber als Nicky sich aus der Gruppe löste, hereingelaufen kam und auf ihren Schoß kletterte, spürte sie eine Freude, die sie nicht verbergen konnte.

Lance schüttelte den Kopf. „Ich bin jetzt wohl überflüssig geworden."

Rese lächelte. „Es gibt ein paar Dinge, die man nicht mit 25 Cent kaufen kann." Aber sie war ebenso erstaunt darüber wie Lance.

Nicky kuschelte sich an sie und schickte so ein warmes Gefühl durch ihren Körper.

„Schön, oder, Nick?" Er wuschelte dem kleinen Kerl durchs Haar. „Den Platz finde ich auch gut."

Wieder eine Welle der Wärme. „Hast du nichts zu tun?"

Er lehnte sich zurück und fixierte sie mit einem langsamen Lächeln.

Vinnie kam und klopfte an den Türrahmen, und der Geruch von Tabakrauch breitete sich im Raum aus.

Lance machte eine kurze Kopfbewegung. „Was gibt's, Vinnie?"

„Nichts. Ich wollte nur deine Freundin sehen."

Lance zog die Augenbrauen hoch.

Seine Freundin. Rese wandte ihre Aufmerksamkeit Vinnie zu. „Ja?"

Der alte Mann schlurfte näher. „Das Regal, das du für Dom gebaut hast – wie stehen die Chancen, dass ich auch eins kriege?"

Sie lächelte. „Ist gut geworden, nicht wahr?"

Lance verschränkte die Arme und sah zwischen ihr und Vinnie hin und her.

Sie konnte sich vorstellen, was er dachte. „Ich muss es erst mit Roman besprechen."

„Lass dich nicht abwimmeln. Ich habe mehr Zeug als Dom, und besseres noch dazu. Seine alten Trophäen?" Vinnie schnaubte verächtlich. „Ich habe eine signierte Sinatra-Puppe."

Rese nickte. „Ich werde sehen, was ich tun kann."

„Und drei Alben, alle signiert. Die sollten auch nicht in einer Kiste versteckt sein."

„In Ordnung."

„In Ordnung." Er nickte. „Ich muss." Dann wandte er sich an Lance. „Du solltest sie heiraten."

Lance zuckte mit den Schultern. „Ich arbeite dran."

„Arbeiten." Vinnie hob fragend die Hände. „Was gibt es da zu arbeiten?"

„Ich habe nur noch einen Versuch." Lance warf ihr einen Blick zu. Er hatte genau die Reaktion ausgelöst, die er beabsichtigt hatte. „Den darf ich nicht leichtsinnig verschwenden."

Vinnie hob wieder die Hände und ging.

„Lance …" Diese Gelegenheit war so gut wie jede andere, um ihn nach seinen Fortschritten zu fragen, aber Monica kam rein, um Nicky abzuholen, und dann erschien Jake, Tonys und Ginas ältester Sohn, mit einem abgewetzten Gitarrenkoffer. Als er sein Instrument hervorholte, um mit Lance zu spielen, vermutete sie, dass er es tat, um Zeit mit seinem Onkel zu verbringen, aber auch um beim Spielen weiterzukommen. Als sie den beiden zusah, spürte sie, wie wichtig der Einfluss von Lance auf den Jungen war.

Würde er jemals hier wegziehen wollen? Würden sie ihn überhaupt lassen? Wenn sie selbst schon hin- und hergerissen war, wie musste es ihm dann erst gehen? Aber sie hatte eine Pension zu führen und Entscheidungen zu treffen, was die Versorgung ihrer Mutter anging. Auch sie hatte Verpflichtungen.

Und sie vermisste Baxter. Sie vermisste die Art, wie er seinen Kopf auf ihren Schoß legte und sie mit einem Blick ansah, der zu sagen schien: „Wo warst du?" Sie vermisste das ungeheuer weiche Fell zwischen seinen Ohren und die Art, wie seine Pfoten sich um ihren Arm legten, wenn sie ihm den Bauch kraulte. Und obwohl Michelle der Meinung war, dass der Hund ohne Lance auskam, wusste Rese, dass bei seinem Herrchen etwas in ihm zum Leben erwachte, das kein anderer Mensch auslösen konnte.

Es war dasselbe, was er in ihr weckte. Sie beobachtete ihn und Jake eine Weile, dann stand sie auf. „Ich gehe spazieren." Vielleicht fand sie Star, und wenn sie zurückkamen, hatte Lance vielleicht fertig gepackt und war bereit zur Abreise. Antonia würde ihnen zum Abschied winken, ebenso wie all die anderen, mit tränenreichen Umarmungen und Küssen. Rese spürte einen Stich. Würde sie diese Menschen tatsächlich vermissen?

Draußen standen die Bäume in vollem Laub, und der Boden war von Schatten und Sonnenschein gefleckt, während die Luft, die an den Restaurants vorbeiwirbelte, nach Saucen und Käse und Abgasen roch. Passanten grüßten sie, und sie musste darüber lachen, dass sie am Anfang geglaubt hatte, sie brauche Pfefferspray. Obwohl das Viertel an die schlimmsten Stadtteile angrenzte und nachts Dinge geschahen, die man ignorieren musste, war es an diesem goldenen Nachmittag eine Enklave der Sicherheit, der Beziehungen, des Lebens.

Carmine, dessen Nase verheilt war, saß auf einem Plastikstuhl vor dem Süßigkeitenladen, wo er sich mit einem anderen Herrn unterhielt und die Straße beobachtete. Dann waren da Joe Palese und Vinnie Avenzzana, die Muscheln mit Zitrone aßen. Und die Besitzer des Pastageschäfts, die ihre Fenster putzten und mit dem beinahe hundertjährigen Priester von der Kirche auf der anderen Straßenseite plauderten.

An der Ecke rauchte ein untersetzter Mann in Schürze eine Zigarette und sah sie näher kommen. Eine noch korpulentere Frau kam aus dem Laden und versetzte ihm einen Hieb gegen den Arm. „Was guckst du da, alter Mann?"

„Eine Frau ist so alt, wie sie aussieht. Ein Mann ist erst alt, wenn er aufhört sich umzusehen." Er zwinkerte, als sie vorbeiging.

In einem anderen Leben hätte Rese sich angegriffen gefühlt, aber diese Menschen waren echt. Und so verrückt es auch war – sie fühlte sich ebenso echt.

Was war, wenn Lance bleiben wollte? Würde sie in der Lage sein, sich hier zu Hause zu fühlen? Sie kam an einem kleinen Geschäft voller Kitsch vorbei, an einer christlichen Buchhandlung und einem halben Dutzend Lebensmittelhändler. Wenn Lance bei ihr gewesen wäre, hätte jeder einzelne Besitzer ihnen einen Gruß zugerufen.

Ja, sie könnte hier leben, aber was war mit ihrer Mutter? Der Pension? Mit Star?

Sie überquerte die Straße, blieb vor der Kirche stehen und blickte an ihr hoch. Die Architektur lenkte Augen und Herz himmelwärts. Aber als sie Lance darauf hingewiesen hatte, hatte er nur mit den Schultern gezuckt. „Das stimmt, aber Christus ist auch hier auf der Straße, mit hochgekrempelten Ärmeln, und arbeitet in seinem Reich."

„Und warum hat es dann nicht funktioniert?"

„Renovierung", hatte Lance gesagt. „Ein neuer Weg im Alten."

Und Chaz hatte es eine „Unkraut-und-Weizen-Situation" genannt, die nötig sei bis zu dem Zeitpunkt, an dem ihre Arbeit die Ernte einbrachte und die Spreu verbrannt wurde.

Während sie noch dort stand, durch die Schönheit der Bleiglasfenster von dem Straßenkönigreich abgelenkt, kam Sofie aus der Kirche. Sie hielt kurz inne und kam dann auf Rese zu. „Hi."

Rese erwiderte die Begrüßung. „Ich mache einen Spaziergang."
„Kann ich mitkommen?"
Sie zuckte mit den Schultern. „Klar."
„Habt ihr irgendetwas von Star gehört?"
Rese schüttelte den Kopf. „Manchmal ist sie wochenlang weg oder sogar Monate."
„Es ist also ein Verhaltensmuster."
Rese beobachtete, wie ein braun gestreifter Buchfink über den Gehweg hüpfte und dann losflog. „Lance glaubt, sie will sich selbst verletzen. Weil sie sich dann irgendwie besser fühlt."
Sofie nickte. „Das ist eine krankhafte Störung, die normalerweise auf tiefer gehende Probleme hinweist."
„Sie hat Probleme." Aber hatten sie die nicht alle? Rico hatte recht, dass es letzten Endes darauf ankam, was man daraus machte. Und trotzdem … was war, wenn Lance und Chaz recht hatten? Was, wenn irgendeine böse Macht sie trieb? Wie Walter, der Mom Dinge einflüsterte. Rese fröstelte. „Ich hätte sie aufhalten sollen."
Sofie berührte sie am Arm. „Das konntest du nicht."
Unwillkürlich wandte Rese sich zu ihr um und stellte überrascht fest, dass Sofies sonst so verschlossenes Gesicht sie ganz offen ansah.
„Die Menschen schlagen einen bestimmten Kurs ein, und kein Mensch kann daran etwas ändern. Es muss von hier kommen." Dabei legte sie eine Hand auf ihr Herz, und zwei Pulsschläge später sagte sie: „Vor sechs Jahren habe ich versucht, mir das Leben zu nehmen."
Wie angewurzelt blieb Rese stehen. Nachdem sie selbst einen Mordversuch überlebt hatte, konnte sie sich nicht vorstellen, wie jemand sich das Leben nehmen konnte. Aber als Sofie einfach weiterging, setzte sie sich auch wieder in Bewegung.
Sofie verschränkte die Arme. „Jeder kannte den Grund, aber niemand hat die Verletzung gesehen, die mich umbrachte. Ich habe das Gesicht gewahrt, weißt du, und zu allen Küssen und Umarmungen und allen Bemerkungen gelächelt. ‚Die Zeit heilt alle Wunden.' ‚Es ist besser so für dich.' Und ein paar weniger freundliche. ‚Wenn man in den Himmel spuckt, kriegt man es ins Gesicht.'" Sie lachte und seufzte dann. „Du kannst den Schmerz von Star nur sehen, wenn sie ihn dir zeigt."
Sie hatte ihn ihr gezeigt, immer wieder in all den Jahren, in denen sie zusammen aufgewachsen waren. Und Rese hatte sie im Arm gehalten

und sie beruhigt und ihr gesagt, dass alles gut werden würde. Aber es war nicht gut, denn sonst würde sie nicht immer noch davor weglaufen – oder direkt darauf zu, wie Lance vermutete.

„Ich wünschte, sie würde zurückkommen. Wir können nicht mehr lange hierbleiben."

„Dann geht Lance also wirklich weg?"

Sofie wusste von der Pension; warum fragte sie dann noch? Rese nickte. „Sobald er hier fertig ist."

„Er ist der Beste von uns allen", sagte Sofie.

„Aber er selbst hält sich für einen Versager."

Sie lachte. „Ich weiß. Aber er ist trotzdem etwas Besonderes." Sie sah Rese an. „Liebst du ihn?"

Rese schluckte den Kloß in ihrer Kehle runter. Sie hatte versucht es zu leugnen, aber wie konnte sie das? Jeder, der ihn kannte, liebte ihn. Wie hatte sie nur glauben können, sie würde es nicht tun?

Celestina im Arm zu halten, ist unbeschreiblich. Dieses Leben, dieses Wunder, das Marco und ich gezeugt haben! Er nimmt den Nachtzug, um rechtzeitig zurück zu sein, und jetzt ist sie hier, und er ist es auch.

Marco presst die Lippen auf meine Wange. „Geht es dir gut, Cara mia?"

„Wie kannst du mich das nur fragen? Sieh sie dir doch an." Aber es rührt mich, dass er an mich denkt, wo doch seine Tochter gerade auf die Welt gekommen ist. Wie Nonno gelächelt hätte. Und Papa. Die Tränen bleiben mir in der Kehle stecken, und Marco bedeckt meinen Mund mit seinem, um den Verlust wegzulieben, damit nur noch Platz für Freude ist.

Er ist meine Stärke. Meine Liebe und mein Leben. Ich kann beinahe vergessen, was war. Beinahe ...

Antonia blickte auf, als Rese und Sofie zusammen eintraten. Sie nahm ihre Küsse entgegen, Sofie so natürlich wie ihr Atem und Rese, die am Anfang so steif gewesen war.

„Der Monsignore hat angeboten, eine Messe für dich zu lesen", sagte Sofie.

„Buono." Antonia nickte. Vielleicht bewirkte es ja etwas.

„Anna und Mary Elizabeth beten für dich." Sofie setzte sich in den

Sessel von Lance. Antonia hatte sich während der Reise, die sie gemeinsam durch ihr Leben unternahmen, angewöhnt, ihn als seinen Sessel zu bezeichnen. Es war egoistisch, ihn so lange in Beschlag zu nehmen. Sie sollte Marcos Brief zu Ende lesen und die Sache abschließen.

Sofie erzählte ihr das Neueste von den Menschen, mit denen sie den Großteil ihres Lebens zusammen Gottesdienst gefeiert hatten. Sie alle hatten versprochen, für sie zu beten. Aufmerksam hörte sie zu und lächelte. Aber als Sofie zu Ende gesprochen hatte, wandte sie sich an Rese, die so unaufdringlich wie ein Pfeiler im Hintergrund stand. „Hol L…ance."

Rese nickte, und als sie gegangen war, wandte Antonia sich an Sofie. „Sie h…at L…ance erobert."

„Vielleicht", sagte Sofie.

Lance unterbrach seinen Unterricht, als Rese hereinkam und ihm sagte: „Antonia will dich sehen."

Sie schien ihn nur ungern zu stören, aber er und Jake hatten schon eine produktive Zeit miteinander verbracht.

„Gut." Jake schüttelte seine Hand aus.

„Du hast deine Hornhaut verloren." Er brauchte es nicht zu sagen. Jake spürte es selbst. Seine eigenen Fingerkuppen würden immer verhornt bleiben, aber die von Jake waren noch so zart, dass man sie immer wieder erinnern musste.

Jake runzelte die Stirn. „Ist doch egal, oder?"

Lance boxte ihn gegen den Arm. „Was meinst du damit: Ist doch egal?"

Jake stieß ihn beiseite. „Du gehst doch sowieso wieder."

„Und in Manhattan gibt es keine Gitarrenlehrer?"

Unentschlossen zuckte Jake mit den Schultern.

„Was ist das für eine Einstellung? Wo ist dein Hunger?" Er wollte, dass Jake sich selbst etwas erarbeitete.

„Warum soll ich bei irgendeinem Idioten lernen, wenn du –" Jake schüttelte den Kopf. „Ach, egal. Geh zu Nonna."

„Wenn ich was?"

„Es ist egal."

Lance stellte seine Gitarre in den Ständer. „Ich könnte was, Jake?"
„Mich mitnehmen."
Nachdenklich ließ Lance die Ellbogen auf seinen Knien ruhen und betrachtete seinen Neffen, Tonys Sohn, eingehend. Er hatte schon jetzt die breiten Schultern und die großen Hände seines Vaters. Und Augen, die für sein Alter viel zu erfahren waren, wie viele andere Kinder von Opfern, weil sie das Antlitz des Bösen gesehen hatten, bevor sie verstehen konnten, was es bedeutete.
„Deine Mom braucht dich, Jake."
Er verdrehte die Augen.
„Komm schon. Das weißt du."
„Wen interessiert das schon." Er funkelte Lance an. „Sie hat doch jetzt diesen Typen."
Lance zog die Augenbrauen hoch. „Welchen Typen?"
„Sie hat sich schon zweimal mit ihm getroffen. Irgendein Arzt, mit dem sie zusammenarbeitet."
Lance warf Rese einen Blick zu. Sie hatte ihn gefragt, was er davon halten würde, wenn Gina nach vorne blickte, und ob er ihr Vorwürfe machen würde. „Zweimal klingt nicht gerade besonders ernst", versuchte er den Jungen und sich selbst zu beruhigen. „Es sei denn, man ist ein Michelli." Er grinste. „Dann ist es eine feste Sache."
Jake blickte finster drein. „Jedenfalls haben sie feste geknutscht."
„Du hast ihnen nachspioniert?"
Jake lehnte sich auf dem Sofa zurück, sodass seine Gitarre quer über seinem Bauch lag. „Sie waren draußen auf der Veranda."
„Und dein Kopf hing zufällig aus dem Fenster?"
Jake verschränkte die Arme. „Okay, ich habe geguckt – und wenn schon. Sie ist meine Mutter."
„Deshalb hat sie Respekt verdient. Und es gehört sich nicht, dass du ihr nachspionierst."
„Dann sollte sie aber auch nicht auf der Veranda rumknutschen."
„Vielleicht wollte sie dir ja nur den Anblick ersparen."
„Er ist ein Idiot."
„Woher weißt du das?"
„Ein Arzt?" Sein Tonfall war sarkastisch.
Klar, im Vergleich zu einem Polizisten … Im Vergleich zu Tony … „Erstens weißt du nicht, ob es was Ernstes ist. Auch wenn sie rumknut-

schen", fügte er hinzu, als Jake widersprechen wollte. „Und wenn es was Ernstes ist, kannst du trotzdem nicht einfach weglaufen."

„Das hast du doch auch getan."

Lance runzelte die Stirn. „Wäre Tony Michelli denn weggelaufen?"

„Dad hätte ihn k.o. geschlagen."

Stimmt.

„Aber Dad ist nun mal nicht hier." Jakes Stimme überschlug sich.

„Dann überleg, was er an deiner Stelle tun würde."

„Du meinst, ich soll ihm eine reinhauen? Ihm die Brille zerschmettern?"

Ein Arzt mit Brille. Der Gina küsste. „Du kannst ihn nicht schlagen. Tony hätte mit fairen Mitteln gekämpft."

Jakes Brustkorb hob und senkte sich unter seinen verschränkten Armen. „Ich will keinen neuen Dad."

„Dann sag deiner Mutter, wie es dir geht."

Jake wandte den Blick ab.

„Was?"

Der Junge schluckte. „Sie ist so traurig, weißt du? Und ich will es nicht noch schlimmer machen."

Das war der Jake, den er kannte. „Sie würde wissen wollen, dass es schwer für dich ist, Jake. Vielleicht könnt ihr irgendeine Lösung finden. Du könntest den Typen kennenlernen."

Mit einem finsteren Blick schob Jake die Gitarre zur Seite.

„Außerdem: Wenn es für dich schwer ist, ist es für deine Brüder auch schwer. Daran musst du auch denken. Tony hat immer auf mich aufgepasst."

Jake hörte ihm zu. Vielleicht gefiel ihm nicht, was er hörte, aber er ließ es sich sagen. Lance erhob sich. „Und jetzt geh und sieh nach, was deine Cousins machen."

Jake hatte das Bewegungstempo einer Schnecke angenommen, aber er gehorchte. Als er die Tür hinter sich geschlossen hatte, trat Lance neben Rese, verschränkte seine Finger mit ihren und sagte: „Willst du auch rumknutschen?"

Sie schnaubte, aber er sah, wie der Puls an ihrem Hals flatterte, und er küsste diese Stelle. Dann suchte er ihren Mund und küsste sie. Gina blickte nach vorn, und Rese hatte ihm gesagt, er müsse sein eigenes Leben leben. Und dies schien ein guter Zeitpunkt, um damit anzufangen.

„Antonia braucht …"

„Ich weiß." Aber auch er hatte Bedürfnisse. Er vergrub seine Hände in ihrem weichen Haar und küsste sie weiter. Wusste sie denn nicht, dass das Leben zu kurz war? Oder machte es ihr gar nichts aus? Dass man in dem einen Augenblick da sein konnte und im nächsten nicht mehr?

Als er gesagt hatte, dass er sie liebte, war es sein Ernst gewesen, aber sie hatte es nicht hören wollen, also würde er es nicht noch einmal sagen. Er würde einfach ... Das Verlangen überfiel ihn so plötzlich, dass er das Gleichgewicht verlor. Jetzt. Warum nicht? Aber er zog sich zurück, schwer atmend, und es war beinahe Wut, die seine Stimme rau klingen ließ. „Du spielst meinem Herzen ganz schön übel mit, Rese."

„Lance, ich …"

Sanft legte er seine Finger auf ihre Lippen, weil er ihre Ausreden nicht hören wollte. „Ich muss gehen." Weil jede Faser seines Körpers danach schrie, sie mit in sein Zimmer zu nehmen und alles dafür zu tun, dass sie ihn auch liebte, bevor es zu spät war. Er ging hinaus, aber er musste alle seine Kraft zusammennehmen, die er hatte.

Mit hämmerndem Herzen starrte Rese ihm nach. Sie hatte ihm sagen wollen, dass sie ihn liebte, doch dann hatte er sie daran gehindert. Jetzt saßen die Worte in ihrer Kehle fest, und sie konnte sich nicht daran erinnern, wann sie diese Worte das letzte Mal ausgesprochen hatte. Sie war sich nicht einmal sicher, dass sie ihrer Mutter in jener Nacht geantwortet hatte; sie hatte solche Angst gehabt.

Dad hatte keine Worte gebraucht oder gewollt. Ihre Beziehung wurde durch die Arbeit bestimmt, durch die herausragenden Leistungen, die sie gemeinsam erbrachten, durch die einzigartige Herausforderung, die jeder Auftrag beinhaltete, durch die tiefe Befriedigung, wenn sie eine Arbeit erledigt hatten. Darüber hinaus … war eigentlich nichts gewesen. Zwei Menschen, jeder in seiner eigenen Welt, die sich einen Raum teilten. Er konnte etwas wie die Sache mit Mom nicht geheim halten und eine wie auch immer geartete Beziehung zu ihr haben. Oder vielleicht wollte er einfach nur seine Ruhe haben.

Lance war immer da. Selbst wenn er mit gesenktem Kopf – die Gitarre im Arm – und einen Bleistift im Mund dasaß und an einer Melodie oder einem Text arbeitete; obwohl ganz konzentriert, bezog er sie mit einem Blick oder Lächeln mit ein. Wenn sie in ihrer Werkstatt war, nahm sie ihn kaum wahr, reagierte kaum auf ihn. Das war ihre Art geworden, die Welt auszusperren, die Jungs und ihren Groll zu vergessen oder was auch immer es war, woran sie nicht denken wollte.

Lance sperrte andere nicht aus, er machte sich angreifbar. Sie waren Gegensätze, aber sie hatten sich einen Weg in die Realität des jeweils anderen gebahnt. Sie schätzte seine Fähigkeit, mit allen Menschen in Beziehung zu treten, und sei es nur durch eine Kleinigkeit, aber es war eine Gabe, die ihr völlig abging.

Jetzt konnte sie über ihren Plan, eine Pension zu führen, nur lachen. Die Villa renovieren? Ein Kinderspiel. Gäste bewirten? Unmöglich. Sie beherrschte die Kunst, andere zu ignorieren. Lance war derjenige, der Beziehung herstellte. Aber gemeinsam konnten sie es schaffen – wenn sie nur endlich zurückkehren würden.

Kapitel 26

„Ich verspreche dir, Carissima, ich hatte nie die Absicht, Vittorio zu opfern. Sein Tod war mein schwerwiegendstes Versagen, und ich habe diese Last mit mir herumgetragen. Es gab immer ein Risiko; für mich selbst habe ich das akzeptiert. Die Machenschaften der skrupellosen Männer zu unterwandern, die ich überführen wollte, erfüllte mich wie nichts anderes. Ein Ausrutscher, ein falsches Wort und sie würden mich töten. Aber das waren die Leute, denen ich das Handwerk gelegt habe, geliebte Antonia, Männer wie jene, die deinen Papa getötet haben. Das war der Grund, warum ich meine Arbeit begonnen habe und warum ich sie geheim gehalten habe, sogar vor dir."

Lance schluckte. Ein Vermächtnis des Schweigens. Kein Wunder, dass es auch ihm so leichtfiel, Dinge zu verschweigen.

„Die Agentur wollte deine Aussage als Augenzeugin. Aber der schnellste Weg, die Ermittlungen zu beenden, war es, die Zeugin zu beseitigen, in diesem Fall ein Mädchen, das zu viel gesehen hatte und eins und eins zusammenzählen konnte. Ich musste dich wegbringen und dafür sorgen, dass du in Sicherheit warst, bis wir unsere Anklage auf soliden Boden stellen konnten.
Aber Arthur Jackson arbeitete mit einer Effizienz, die mir zeigte, dass seine Taschen tiefer waren, als wir gedacht hatten. Weder die Presse noch die Polizei berichtete über den Mord. Selbst die Befunde des Gerichtsmediziners wurden revidiert. Es gab keine Ermittlungen, obwohl das Haus von Jacksons Polizisten durchsucht wurde; Vittorios Beweise wurden konfisziert."

Da irrte er sich, dachte Lance. Sie waren im Keller versteckt gewesen. Wenn Nonno Marco zurückgegangen wäre, um dort nachzusehen, hätte er vielleicht doch etwas gegen Jackson in der Hand gehabt.

„Ohne die Berichte über die Transaktionen war unser Einsatz eine Pleite, aber ich wusste, dass Jackson trotzdem versuchen würde, dich zum Schweigen zu bringen. Dein Vater und Großvater lebten nicht mehr, aber du warst ein ungelöstes Problem, und Jackson mochte keine ungelösten Probleme. Weil ich ver-

sprochen hatte, deine Sicherheit zu gewährleisten, sah ich nur einen Weg, das zu erreichen. Ich musste die Rolle, die ich angefangen hatte, zu Ende spielen."

Lance blickte zu Nonna hinüber. Nonno Marco hatte ihr einen neuen Namen gegeben, ein neues Zuhause, ein neues Leben – weil er ein schlechtes Gewissen hatte und sich dazu verpflichtet fühlte. Nachdenklich runzelte er die Stirn. Hätte Nonno der jungen Frau, die unter Schock stand und zutiefst trauerte und die er zu beschützen geschworen hatte, die Wahrheit sagen sollen? In einer gesetzlosen, skrupellosen Welt, die er nur zu gut kannte?

„Was wäre gewesen, wenn er dir erzählt hätte, dass er die Verantwortung trug, Nonna? Was hättest du getan, wenn du gewusst hättest, dass er für den Tod deines Vaters mitverantwortlich war?"

Sie wurde blass. „Ich h…ätte ihn geh…asst."

„Dann war es doch besser, dass du es nicht wusstest."

Sie ballte die Hände zu Fäusten, und ihr Unterkiefer zuckte, während ihr der Speichel an den Mundwinkeln herunterlief. Sie sah ihn scharf an. „Ich h…abe Papa die Sch…uld gegeben."

Lance legte den Stapel Papiere zur Seite. „Du wärst nicht mit Nonno gegangen, wenn du es gewusst hättest." Es hätte keine Ehe, kein gemeinsames Leben für die beiden gegeben. Ihn würde es nicht geben. Sie hätte vielleicht nicht einmal überlebt. Lance sah in ihr verzerrtes Gesicht und nahm den Kampf darin wahr. Würde sie alles rückgängig machen, wenn sie es könnte?

Ihre Stimme war wie das Rascheln getrockneter Blätter. „Geh w… eg."

Voller Sorge beugte er sich vor. Er konnte sie jetzt unmöglich allein lassen. „Bitte lass mich hierbleiben."

Tränen liefen ihr über die Wangen. Wegen Nonnos Schweigen hatte sie Vittorio für schuldig gehalten und diese Schande hatte sie zeitlebens belastet. Er hätte ihr die Wahrheit sagen können, aber in all den Jahren, die sie zusammen waren, hatte er es nicht geschafft. Nonnos ganzes Leben war eine Täuschung gewesen, bei der er jede Rolle gespielt hatte, die nötig war, um seine Ziele zu erreichen – war sogar seine Ehe mit Nonna nur Täuschung gewesen?

Lance sank auf die Knie und hielt sie im Arm, während sie leise weinte. Mama kam mit einem Teller Suppe herauf, aber sie stellte sie nur ab und ging wieder. Später würde er sich etwas anhören müssen, aber im Augenblick ruhte sein Kopf an Nonnas Schulter und er teilte ihre Tränen mit ihr.

Warum hatte Nonno diese Lebensbeichte hinterlassen? Was nützte es jetzt noch, all das zu offenbaren? Das war nicht der Mann, den er gekannt hatte, der fürsorgliche, lachende Nonno, sein Großvater. Oder war selbst das eine Rolle gewesen, die er gespielt hatte? Hatte der Betrug ihn aufgefressen, waren die Rollen miteinander verschmolzen, bis er selbst nicht mehr wusste, wer er war? Selbst Papa hatte das gesagt. War das, was hier stand, Marco Michellis wahre Identität? Ein Schrei nach Verständnis? Das Bedürfnis, die Karten auf den Tisch zu legen? Lance schluckte seine Empörung herunter. Nonno hatte sich für ein Leben der Täuschung entschieden. Und Nonna hatte es nicht durchschaut.

Rese schlenderte mit Monica über den überdachten Markt und atmete den Duft von frisch gerolltem Tabak, von Käselaiben, Olivenfässern und getrocknetem Fisch ein, der aussah wie etwas, das sie sich an die Wand genagelt hätte. Bei dem Stand des Metzgers schwenkte ein junger Mann sein Beil und rief dabei so laut, dass alle es hören konnten: „Ach, wirklich? Du rufst ja schon die Telefonvermittlung an, damit es jemanden gibt, der nicht auflegt, wenn du dran bist!"

Der Mann drei Stände weiter brüllte zurück: „Und du sprichst aus lauter Verzweiflung sogar mit dem Anrufbeantworter." Die Männer um sie herum lachten. Rese schüttelte den Kopf. Männer waren halt Männer, aber aus irgendeinem Grund fand sie das vor allem lustig.

„Was kann ich für dich tun, meine Hübsche?", wurde sie an der Fleischtheke von einem kräftigen Mann mit grauen Schläfen gefragt.

Rese rückte Nicky auf ihrer Hüfte zurecht und sah zu Monica hinüber. „Ich gehöre zu ihr."

Monica trat näher und begutachtete das Kalbfleisch. „Habt ihr noch was Frischeres als das da?"

Rese ging weiter, während die beiden sich über die Qualität des Fleisches stritten, das in ihren Augen völlig in Ordnung ausgesehen hatte – allerdings hätte sie ohnehin nicht gewusst, wie Kalbfleisch aussieht, egal ob frisch oder nicht. Die Aussicht auf ein Abendessen mit Monica war zwar furchteinflößend, aber es war wenigstens klar, dass der Abend nicht in ein Verhör ausarten würde, weil Bobby und Monica lieber über sich selbst redeten. Auch wenn Monicas diverse Zipperlein wenig Unterhaltungswert hatten, waren Bobbys Erzählungen von Leuten, die er am Telefon hatte, wirklich witzig. Bobby stand gerne im Rampenlicht, und wenn er in Fahrt kam, war ein Abend mit ihm das reine Comedyprogramm.

Auch ihre Kinder erzählten Geschichten; jedes von ihnen schien wild entschlossen, sie noch mehr zu beeindrucken als der Vorredner, offenbar eine Eigenart, die sie von ihrem Vater geerbt oder abgeschaut hatten. Sie setzte Nicky auf ihre andere Seite, während sie die Auslagen betrachteten, und versuchte ihn außerhalb der Reichweite all der Dinge zu halten, die lecker aussahen, und mancher, die weniger appetitlich waren.

„Brot holen wir bei Terranova." Monica schob den Riemen ihrer leinenen Einkaufstasche über ihre Schulter. „Das von Addeo ist gut, aber zu langweilig. Bei Terranova ist es manchmal ein bisschen angebrannt, und Bobby mag das lieber." Trotz der vielen Zankerei kannte Monica die unzähligen Vorlieben von Bobby ganz genau und entsprach ihnen gerne. Entweder war er der wählerischste Mann der Welt, oder Monica ging darin auf, ihm jeden Wunsch von den Lippen abzulesen.

Im Gegensatz dazu äußerte Lucys Mann Lou kaum jemals eine eigene Meinung. Tagsüber war er ein Schadensachverständiger und am Abend ging er zum Bowling. Er aß, was Lucy ihm vorsetzte. Allerdings hatte sie auch recht gehabt, was Lucys Kochkünste betraf. Sie hatte zwar nicht die Genialität von Lance, aber sie konnte mit einem Herd umgehen. Sie und Lou würden heute Abend einen gewissen Ausgleich bieten, aber mit ihrer Familie verdoppelte sie beinahe die Kinderschar.

Wenigstens hatten sie und Lance ... Sie hielt inne. Gerade hatte sie gedacht, dass sie beide wenigstens keine Kinder mit in die Gesellschaft brachten, aber war das gut? Nicky hatte seinen Kopf an ihren Hals geschmiegt, und seine kleine Hand hielt sich an der anderen Seite fest, eine unbewusste Umarmung im Schlaf. Bevor sie Lance' Familie begegnet war, hatte sie nie über Kinder nachgedacht. Ihr Blickfeld war so eingeengt, ihre Identität so klar definiert, jede weibliche Neigung so entschlossen unterdrückt gewesen, dass sie kaum wusste, was sie mit dem schmelzenden Gefühl in ihrem Innern anfangen sollte.

Monica sprach davon, im Restaurant zu kochen anstatt in ihrer eigenen Küche. „Da unten passen wir besser um den Tisch. Oder wir können zwei benutzen. Wir können den Kindern ihren eigenen Tisch geben und zur Abwechslung Erwachsenengespräche führen."

Rese nickte. „Es ist praktisch, ein Restaurant zu haben."

Lance hatte einen Großteil der Vorräte verbraucht, sodass die Regale mit Tomaten und Oliven, Öl und Essig, getrockneten Pilzen und Pasta ziemlich leer geräumt waren. Eigentlich hatte er vorgehabt, mit Antonia über die Zukunft des Restaurants zu sprechen, aber Rese war sich nicht sicher, wie weit er damit gekommen war. Ohne Lance und Nonna, hatte Lucy gesagt, würde das Restaurant nicht mehr dasselbe sein. Rese hatte nicht mit der Wimper gezuckt. Wenn Lance vorhatte, Antonias Restaurant zu übernehmen, dann hätte er es gesagt.

Aber er konzentrierte sich ganz auf Antonia und darauf, den Brief zu Ende zu lesen, damit sie abreisen konnten. Warum dauerte es nur so lange, die paar Seiten zu lesen? Und warum war es eine solche Anstrengung? Antonia war zerbrechlich, und Lance wollte sie auf keinen Fall aufregen, aber wenn es so schlimm war, warum lasen sie es dann überhaupt?

Lance behielt den Inhalt für sich, und das war auch in Ordnung so. Sie brauchte nicht die Geheimnisse anderer Menschen zu kennen. Sofies Geständnis hatte sie erschüttert, selbst ohne die Einzelheiten. Wenn jemand, der so klug, so hübsch und so beliebt war, derartig verzweifeln konnte, welche Hoffnung gab es dann noch? Sie wünschte beinahe, sie wüsste nichts davon. Dann müsste sie nicht einsehen, dass jeder Mensch Probleme hatte, dass kein Weg daran vorbeiführte. Ein bisschen Heimlichtuerei war vielleicht gar nicht so schlecht. Sie wollte nicht, dass man ihr Dinge vorenthielt, die wichtig waren. Große Dinge. Lebenswichtige Dinge.

„Und jetzt Ravioli zum Mittagessen." Monica steuerte auf Borgattis Geschäft zu. „Mehr wollen die Kinder nicht." Sie zuckte mit den Schultern. „Also kriegen sie, was sie wollen."

Die Vorstellung, dass Kinder eine solche Macht hatten, war seltsam. Zwischen den bizarren Kombinationen, die ihre Mutter zusammengestellt hatte, und den Dosen und Fertiggerichten, die Dad gekocht hatte, war Rese nie der Gedanke gekommen, sich zu fragen, was sie eigentlich essen wollte – was für Lance ein echtes Problem gewesen war, als er in der Pension erschienen war. Wie konnte es sein, dass sie keine Meinung hatte?

Jetzt war es beinahe genauso schwierig, weil alles, was er zubereitete, so gut war. Sie würde nicht nachgeben, wenn es darum ging, welches Holz für ein Geländer besser war oder welche Steine man wiederverwenden konnte, aber beim Kochen hatte er eindeutig mehr Erfahrung, als sie Einfälle hatte. Aber sie hatte gelernt, ihrer Wertschätzung Ausdruck zu verleihen.

Sie und Monica gingen zurück und plauderten ganz zwanglos miteinander, etwas, das Rese bei ihrer Ankunft hier nicht für möglich gehalten hätte. Monica war dominant, aber unter der rauen Schale verbarg sich ein fürsorglicher Kern. Wie Lance es gesagt hatte, neigte sie dazu, andere zu sehr zu bemuttern, so wie Doria es auch tat. Aber es gab Schlimmeres, dachte Rese.

Sie trug den dösenden Jungen für Monica nach oben und legte ihn in sein Bett, und die Wärme in ihrem Innern nahm zu, als sie sah, wie er sich zusammenrollte und sich dem Schlaf überließ. Wie es aussah, war auch Monica reif für ein Nickerchen, also ging Rese wieder runter und stellte überrascht fest, dass die Tür zu Lance' Wohnung geschlossen war, obwohl die von Antonia offen stand. Es war jedoch nicht abgeschlossen. „Lance?" Sie trat in die Wohnung und blieb wie angewurzelt stehen.

Er stand neben dem Tisch über Star gebeugt, die zusammengekauert und zitternd auf einem Stuhl saß, ihre Haare an den blonden Wurzeln abgehackt. Ihr Kopf sah so bleich und verletzlich aus, dass sich Rese der Magen zusammenzog. Leise schloss sie die Tür und blickte sich nach den anderen um.

„Rico arbeitet. Chaz auch."

Sie hielt sich nicht damit auf zu fragen, woran Rico arbeitete oder warum er nicht hier war, um zu sehen, was seine Zurückweisung bewirkt hatte. Lance legte Star die Hände auf die Schultern, als ein Schauer sie durchfuhr. Ihre Augenhöhlen waren grau wie Regen, und ihre Lippen aufgeplatzt und blutig.

Rese blickte zwischen ihr und Lance hin und her und suchte in seinem Gesicht nach Antworten, während sie näherkam.

„Sie ist auf irgendeinem Entzug", sagte er leise.

„Das kann nicht sein. So was macht sie nicht …" Rese ging vor Star in die Hocke und nahm die eisige Hand mit den abgekauten Fingernägel in die eigene. „Hallo, Star."

Star wiegte sich hin und her. *„,Wenn Gnade Mörder schont ... schont ... verübt sie Mord.'"* Sie begann zu zittern und schlang die Arme um ihren Oberkörper. „Schont ..."

Lance nahm die zusammengefaltete Decke vom Sofa und legte sie Star um die Schultern, obwohl es im Zimmer ohnehin schon zu warm war. Rese zog die Decke vorne zusammen und griff dann wieder nach Stars Hand. „Brauchst du einen Arzt?" Vielleicht hatte sie sich irgendeinen tödlichen Virus zugezogen oder eine Lebensmittelvergiftung.

„,Wenn Gnade Mörder schont ...'"

„Sieh mich an, Star." Nur ein flüchtiger Blick streifte sie.

Star versuchte aufzustehen, ließ sich aber gleich wieder auf den Stuhl fallen und kratzte sich dann. Rese zog Stars Hände von den aufgekratzten Stellen an ihren Oberarmen fort. So hatte sie ihre Freundin noch nie gesehen. Aufgebracht, ja, und untröstlich, aber nie von Sinnen.

„Das Schlimmste hat sie hinter sich", sagte Lance.

Er konnte unmöglich recht haben. „Sie nimmt doch keine Drogen." Star vermied doch sogar Konservierungsstoffe! Aber was konnte es sonst sein? Sie war fünf Tage fort gewesen, ein Zeitraum, der nicht lang genug war, um so auszusehen.

„Am besten bringst du sie hier weg."

„Weg?" Rese starrte ihn an. Er wollte sie rauswerfen?

„Bring sie nach Hause."

Rese sah ihn fragend an. „Nach Sonoma?"

„Sie ist offensichtlich völlig am Ende. Es kann gut sein, dass es jemanden gibt, der meint, sie wäre ihm was schuldig."

Star wirkte vielleicht anziehend auf Männer mit miesem Charakter, aber echten Schwierigkeiten war sie immer aus dem Weg gegangen – bis jetzt? „Was meinst du mit schuldig?"

„Hat sie ihren Scheck abgeholt?"

Rese schüttelte den Kopf. „Er liegt auf der Kommode."

„Drogen gibt es jedenfalls nicht umsonst. Irgendeine Gegenleistung wird da schon erwartet."

„Sie würde keine Drogen nehmen." Aber selbst in ihren eigenen Ohren klang das Argument nicht mehr sehr überzeugend. „Können wir sie nicht hierbehalten?"

„Was meinst du, wie lange das gut geht?"
„Ich rede mit Rico. Er wird –"
„Es ist nicht wegen Rico." Lance zog sie hoch und ein Stück zur Seite. „Du weißt doch, wie sie ist. Sobald es wehtut, läuft sie weg. Und selbst wenn Rico sich Mühe gibt, wird es schmerzhaft sein. Sie sind beide verletzt."
„Ich kann nicht glauben, dass sie –"
„Bring sie nach Sonoma. Sie kann in der Pension wohnen."
„Lance, ich kann nicht –"
„Du hast dein Ticket für den Rückflug. Und für Star kannst du den Scheck nehmen."
„Was ist, wenn sie ihn nicht unterschreibt?"
„Dann nimm eine Kreditkarte. Ich gebe dir meine."
Sie schüttelte den Kopf. „Nein, ich will nur …" *Nicht ohne dich abreisen.* „Aber Rico wird ihr doch helfen, wenn er sie so sieht?"
„Wahrscheinlich. Aber das lasse ich nicht zu."
Sie konnte nicht fassen, dass er das gesagt hatte, und ihre Miene musste das deutlich zeigen.
„Du weißt nicht, womit wir es hier zu tun haben." Er zog sie noch ein Stück weiter von Star weg. „Angenommen, du hast recht und Star hat das hier nicht selbst zu verantworten."
Rese schluckte. „Mit Sicherheit nicht. Drogen sind ein absolutes Tabu für sie."
„Dann überleg mal, was das heißt."
Sie schüttelte den Kopf.
„Komm schon, Rese."
Aber sie wusste es wirklich nicht.
„Jemand hat etwas in ihr Getränk getan und ihr dann einen stärkeren Cocktail verabreicht. Ich vermute Heroin, aber es könnte auch Meth oder Crack sein. Und zwar keine Einsteigerdosis."
Rese atmete aus. „Warum? Star wehrt sich doch nicht. Du hast selbst gesagt, dass Sex für sie wie eine Droge ist."
„Es geht nicht darum, was sie will. Es gibt Raubtiere und Gruppen da draußen, die Frauen wie Star bei lebendigem Leibe auffressen. Sucht bedeutet Kontrolle."
„Du glaubst, sie ist süchtig?"
„Noch nicht, sonst wäre sie nicht hier. Aber was passiert beim nächs-

ten Mal? Und wenn Rico sich einmischt, könnte ihn das sein Leben kosten. Denk an sein Temperament."

Sie schloss die Augen, nicht willens, das zu glauben. Drogen waren für Star tabu, denn sie waren seit ihrer Geburt der Grund für alle ihre Probleme. Wenn sie diese Regel über Bord geworfen oder wenn jemand sie dazu gezwungen hatte, dann würden die Folgen schrecklich sein.

Lance packte sie an den Schultern. „Bring sie nach Hause."

Sie hatte keine Wahl, aber es fiel ihr trotzdem schwer. „Und was ist mit dir?"

„Ich bin nah dran, das spüre ich. Sobald ich alles Nötige hinter mich gebracht habe –"

„Oder es passiert etwas anderes." Sie spürte Panik in sich aufsteigen.

„Nicht." Zärtlich hob er ihr Gesicht und küsste sie. „Ich liebe dich. Ich will mit dir zusammen sein. Nichts kann daran etwas ändern."

Sie klammerte sich an sein Hemd, als würde es etwas nützen, sich festzuhalten. „Ich liebe dich auch." Die Worte waren ihr entschlüpft, bevor es ihr bewusst wurde, und sie verfehlten ihre Wirkung nicht. Lance strahlte wie die aufgehende Sonne.

Er zog sie an sich und küsste ihren Hals, ihre Wange, ihr Ohr, und atmete in ihre Haare. „Jetzt will ich nicht mehr, dass du fährst."

„Du kannst nicht beides haben, Kumpel." Aber sie umarmte ihn ohne Zurückhaltung. Sie wollte, dass er alles nahm, was in ihrem Herzen war. Er war ihr Herz. Aber dann sah sie Star an, wie sie die Decke in den Händen zerknüllte und sich hin und her wiegte. Die Wirklichkeit holte sie ein: Star, ihre Mutter, andere Verpflichtungen, andere Situationen. Die Kontrolle über ihr Leben hatte sie nicht, aber sie konnte tun, was richtig war, und vertrauen.

Schweren Herzens brachte Lance sie zum Flughafen. Beinahe hatte er gehofft, es gäbe keinen Flug mehr, aber nachdem sie Rese' Ticket gegen einen ungeheuerlichen Aufpreis in die nächsthöhere Kategorie umgebucht hatten, waren ihnen zwei Plätze in der ersten Klasse sicher, die einzig verfügbaren von LaGuardia nach San Francisco – mit freundlicher Genehmigung von Stars Treuhandvermögen.

Star war immer noch sehr unruhig, und er fragte sich, ob dies bei den Sicherheitskontrollen nicht zu Schwierigkeiten führen würde, aber wahrscheinlich sorgten die Erste-Klasse-Tickets oder auch die generelle Merkwürdigkeit des Lebens dafür, dass sie die Passkontrolle ohne Zwischenfall hinter sich ließen. Inzwischen hatte Rese ihre Fassung wiedererlangt. Aber ihr Geständnis und ihre Worte leuchteten immer noch wie eine Fackel in seinem Innern.

Er hatte es geschafft. Er hatte gewonnen. Rese liebte ihn – und sie gab es sogar zu. Am liebsten hätte er wie Bobby gejohlt, wäre herumstolziert wie Tony, hätte gesungen und getanzt und der ganzen Welt erzählt, dass Rese Barrett ihn liebte. Aber mitten in diesem Gipfelerlebnis musste er sie ziehen lassen. Wie hätte er Star sonst in Sicherheit bringen und Rico vor Schlimmerem bewahren sollen?

Und sich selbst, denn Ricos Kämpfe waren auch seine Kämpfe, und er hatte schon genug, mit dem er fertigwerden musste. Wie lange würde es wohl noch dauern, bis Nonnas Angelegenheit erledigt war, bis sie Frieden über allem Vergangenen fand und er zu Rese nach Sonoma reisen konnte? Er wusste genau, welche Stelle er wählen würde, den Picknickplatz, an dem sie ihre erste katastrophale Verabredung gehabt hatten, die ihn beinahe seinen Job gekostet hatte und für die er wochenlang hatte büßen müssen. Er würde sie mit der Harley dorthin fahren und es musste Sonnenuntergang sein. Er stellte sich vor, wie die Hügel mit einem Flickenteppich aus Wiesen und Weinbergen bedeckt waren, die vom Wind geneigten Bäume, wo sie ihre Lederklamotten ausbreiten und sich setzen würden.

Plötzlich sah er, wie Rese sich umdrehte. „Lance! Monica rechnet zum Essen mit uns."

„Ich kümmere mich darum." Ihre Besorgnis rührte ihn. Inzwischen war seine Familie für sie keine Bedrohung oder Last mehr.

„Und sag Rico Bescheid."

„Das mache ich." Aber als Rese auf den Punkt zuging, an dem er sie nicht mehr begleiten konnte, hielt er sie am Arm fest. „Warte."

Hinter ihr machten Passagiere einen Bogen um sie, als er ihre Hände in seine schloss. „Nur … noch einmal."

„Was?"

„Ich möchte es noch mal hören."

Sie verdrehte die Augen, aber ein zartes Lächeln zuckte um ihre Mundwinkel. „Ich liebe dich, Lance."

Er spürte neue Kraft und beugte sich vor, um sie zu küssen. „Vergiss das nicht."

„Das Gleiche gilt für dich."

„Das weißt du doch." Er hatte es ihr mehr als ein Mal deutlich gemacht.

Ihre Finger lösten sich voneinander. Sie musste gehen. Es war richtig so. Er hoffte nur, dass mit Star alles klar ging. Sie war so zierlich, so zerbrechlich.

Glücklicherweise hatte Star sich nicht dagegen gewehrt, mit Rese abzureisen. Die Angst hatte sie fest im Griff, so fest, dass sie sich in ihr Schicksal fügte, ohne Widerstand zu leisten.

Kapitel 27

In den zwei Tagen, die sie jetzt wieder in Sonoma waren, hatte Star kein Wort gesagt. Sie hatte abwechselnd geschlafen und getobt, aber sie sagte nichts, wenn Rese versuchte, mit ihr zu reden. Jetzt saß sie zitternd und schweigsam im Regenwaldzimmer und trank Tee mit einem Strohhalm. In den zwei Tagen hatte sie drei Mahlzeiten zu sich genommen, das Essen wie ein Wolf heruntergeschlungen und es dann alles wieder von sich gegeben.

Nicht einmal ihre mangelnden Kochkünste konnten daran schuld sein, sagte Rese sich, als sie eine Untertasse mit Minutenreis vor sie stellte, der ausnahmsweise einmal nicht die Konsistenz von Kleber hatte. „Versuch das hier."

Ein metallischer Geruch umgab Star. Mit spröden Augen blickte sie auf. „Danke."

Überrascht setzte Rese sich ihr gegenüber aufs Bett. Eigentlich hatte sie keine Reaktion erwartet, aber sie konnte an ihrem geröteten Gesicht sehen, dass Star vielleicht bereit war zu reden und es ihr möglicherweise anschließend besser gehen würde. Sie wartete, ohne nachzubohren.

„Er hat gesagt, ich hätte das gewisse Etwas – was einen zum Star macht."

„Wer hat das gesagt?"

„Faust."

Aha. „Und wer ist Faust?"

Stars Gesicht zog sich zusammen. „Jemand, dem ich geglaubt habe."

Rese seufzte.

„Er hat mich singen und tanzen gesehen. Er sagte, ich könnte ein Star werden, und das wollte ich doch immer – ein Star sein. Weißt du? Wirklich ein Star sein." Ihre Stimme brach.

Rese wusste nicht, was sie erwidern sollte. Nichts von dem, was sie ihr in der Vergangenheit gesagt hatte, hatte irgendetwas bewirkt. Und das Einzige, was wirklich helfen würde, hatte sie auf die Palme gebracht. Also sagte sie: „Es tut mir leid."

Star rieb sich die Einstichwunde an ihrem Arm und runzelte die Stirn.

„Lance glaubt, er hat dir Drogen gegeben."
„Was denn?"
„Er vermutet Heroin."
Star stieß ein Winseln aus und krallte die Finger in die Reste ihrer Haare, die aussahen, als hätte jemand sie mit einer Säge abgeschnitten.
„Jetzt ist das Zeug raus. Es ist aus deinem Körper weg." Wenigstens hatten das Zittern und die Hysterie, die Magenprobleme und die Erschöpfung nachgelassen, wie es schien.
Rese stand auf und zog Stars Hände weg. Dann strich sie sanft über die unförmigen Stoppeln. Keine rosigen Locken mehr. „Was ist mit deinen Haaren passiert?"
Star sprang auf. „Es hat sich angefühlt, als wäre etwas darin. Ich habe etwas krabbeln gespürt." Sie fröstelte.
Schwer zu sagen, ob sie sich das nur einbildete oder sie sich tatsächlich etwas eingefangen hatte. Rese malte sich lieber nicht aus, wo Star in den fünf Tagen, die sie fort gewesen war, geschlafen hatte.
„Sie sind überall herumgekrabbelt, und da war ein Messer, also habe ich sie weggeschnitten."
Gott sei Dank hatte sie nur die Haare abgeschnitten.
„Faust war erbost." Star packte sich an die eigene Kehle. „Er sagte, meine Haare gehörten ihm. Ich hätte ihn betrogen."
Ihn betrogen? *Jemand hat ihr eingeredet, dass sie ihm etwas schuldig ist.* Star hatte schon öfter das große Los gezogen, aber Faust – oder wie auch immer er hieß – schlug sie offenbar alle.
„Er ist auf mich losgegangen, aber ich hatte das Messer. Ich bin bis zur Tür gekommen." Sie fing an zu zittern.
Lance hatte recht. Es war gut, dass sie nun aus der Schusslinie war. Sie wollte sich gar nicht ausmalen, was passieren würde, wenn ein solcher Kerl sie suchen kommen würde. Rese nahm ihre Hände und zog sie aufs Bett.
Star rollte sich zusammen und stöhnte laut auf. „Dieses verhasste Leben. Warum kann es nicht enden?"
„Schhh." Rese tröstete sie wie ein Kind.
„Weißt du, was das Schlimmste ist?" Star schluchzte auf. „Sie sind weg. Ich kann sie nicht mehr finden."
„Wer?"
„Die Feen. Die Farben."

Ihre Hand erstarrte.

„Ich habe sie gesucht, Rese, überall. Vielleicht waren es die Drogen, ich weiß nicht." Tränen flossen ihr über die Wangen, und ihre Worte kamen nur stoßweise heraus.

Rese drückte Star die Hand. „Vielleicht ist es besser so."

Ihre Augen waren ganz feucht von den Tränen. „Wie kann das sein? Ich brauche sie doch."

Rese streichelte die ausgefransten Haarspitzen, die jetzt wie ein abgeerntetes Feld vom Kopf abstanden. „Weil du auch ohne sie ein Star bist. Du leuchtest wie ein Stern."

Star schloss die Augen. Ihre Schultern hoben und senkten sich, während sie die aufsteigenden Schluchzer niederkämpfte. Dann senkte sich der Schlaf auf sie. Rese nahm den Reis mit nach unten, stellte ihn in den Kühlschrank, ging in ihr eigenes Appartement und rief Lance an.

Gleich am ersten Abend hatte er angerufen, um ihr zu sagen, dass Rico erleichtert und wütend und traurig zugleich war. Aber sie konnte die Erleichterung in seiner Stimme hören und vermutete, dass Rico darüber hinwegkommen würde. Chaz betete für sie.

Am zweiten Abend hatte Lance angerufen, um ihr zu sagen, dass Mama völlig außer sich war. Wie konnte er sie allein nach Hause schicken? Was war an der Sache mit Nonna so wichtig, so geheimnisvoll, dass er seine Zukunft und ihre Enkel aufs Spiel setzte? Er hatte ihre Schimpftiraden so wortgetreu nachgeahmt, dass Rese laut gelacht hatte. Und dann hatte sie ihn so sehr vermisst, dass es wehtat.

Michelle hatte Baxter zurückgebracht. Und was für ein Trost es war, wenigstens den Hund von Lance um sich zu haben. Er hatte solch ein liebes Wesen. Während sie die Telefonnummer eintippte, sah sie zu Baxter hinüber, der auf dem kleinen Teppich neben ihrem Bett lag und lächelte. Die Gäste würden einfach damit leben müssen.

Lance nahm ab und sie sagte: „Hi."

„Das ist nicht fair. Ich wollte dich anrufen."

„Gleiche Chance für alle."

Er lachte. „Ich könnte schwören, Lancelot hatte es einfacher, als er um Guinevere geworben hat."

„Und jetzt überleg mal, was es ihm gebracht hat."

„Ich hatte gehofft, du würdest die Geschichte nicht kennen."

„Ich habe den Film gesehen."

„Welche Fassung?"
„Sie enden alle ziemlich ähnlich."
„Okay, schlechtes Beispiel."
Sie lachte.
„Du kannst unmöglich so früh schon schlafen gehen."
„Ich dachte, ich erspare es dir, bis Mitternacht aufzubleiben."
„Ich rede dich gerne in den Schlaf, dann habe ich dich unter Kontrolle."
„Erzähl mir lieber was Neues."
„Gut. Papa hat mir einen Job angeboten."
Ihr Atem stockte und weigerte sich, einen Rhythmus zu finden.
„Jemand geht in den Ruhestand und Papa hat mich für die Stelle vorgeschlagen. Rese?"
„Er muss davon überzeugt sein, dass du der Richtige dafür bist. Das ist doch toll, Lance." Er hatte doch immer Lorbeeren gewollt.
„Ich habe ihm gesagt, dass ich schon eine Stelle habe, sobald Nonna und ich fertig sind."
Die Luft entwich in einem kräftigen Strom.
„Du hast doch nicht etwa geglaubt, dass ich Ja sage, oder?" Seine Stimme klang belustigt.
„Lance Michelli …"
„Ich wünschte, ich könnte dein Gesicht sehen."
„Und ich würde dir dann den Rücken zudrehen."
„Ich würde dir den Rücken massieren."
Das aufwallende Gefühl, das ihre Knie ganz weich werden ließ, war nicht fair. „Ich rufe aus einem bestimmten Grund an, Lance."
„Du hast mich durch ein mexikanisches Zimmermädchen ersetzt?"
„Hör auf."
„Was ist los?" Er wurde ernst.
Sie erzählte ihm von Star und dass sie diese Feenerscheinung nicht mehr hatte. „Meinst du, es war euer Gebet?"
„Es ist Gottes Macht, das glaube ich ganz fest. Rese – bete weiter für sie."
„Sie wird mir den Kopf abreißen."
„Bete im Stillen. Sie braucht unsere Hilfe, Rese, sonst wäre sie nicht zu uns zurückgekommen. Und sie weiß genau, dass du gläubig bist."
Rese sank in ihre Kissen. „Ich glaube nicht, dass ich das kann."

„Bete einfach für ihren Schutz."

„Wird sie nicht noch mehr leiden, wenn sie sich nicht mehr in diese Feenwelt flüchten kann?" Baxter hob die Vorderpfoten auf die Bettkante und legte den Kopf darauf. Liebevoll rieb sie seinen Hals und seine Schultern.

„Es muss wehtun, sonst sucht sie weiter dort Trost, wo er nicht zu finden ist, anstatt sich an dich und Rico zu wenden."

„Rico!"

Baxter hob den Kopf und leckte ihr die Hand ab.

„Rico hat sie nicht angerührt, und glaub mir, das ist ihm schwergefallen. Er hat sie in seine Musik, in seine Seele gelassen. Er hat ihr im Park Sonette vorgelesen!"

Daran hatte sie nicht gedacht. Vielleicht hatte Lance recht. Sie erinnerte sich an Ricos Gesicht an dem Abend, als sie Star gesucht hatten, die nackte Hoffnung in seinem Blick. Star hatte ihn verletzt. Aber war es nur Stars Schuld?

Sie presste eine Hand auf ihre Wange und erschrak dann, als Baxter aufs Bett sprang, sich an sie kuschelte und seinen zotteligen Kopf quer über ihre Taille legte.

„Was ist? Was ist passiert?"

Sie lachte. „Du hast mir nicht erzählt, dass Baxter ein Kuscheltier ist."

„Was?"

„Er ist gerade zu mir ins Bett geklettert."

„Das ist nicht dein Ernst."

„Ich bilde mir also nur ein, dass dieses große haarige Ding hier neben mir liegt?"

„Er ist in deinem Zimmer?"

„Stimmt."

„Und er ist in dein Bett geklettert."

„Eher gesprungen, würde ich sagen."

„Er weiß, dass er das nicht darf. Hol ihn mal an den Apparat, ich will mit ihm sprechen."

Sie hielt Baxter das Telefon hin und hörte Lance sagen: „Runter, Baxter!"

Baxter jaulte und sah sie mit einem melancholischen Blick an. Sanft strich sie ihm über den Kopf. „Ist schon gut."

„Rese!“

Sie hielt sich den Hörer wieder ans Ohr. „Tja, zu spät. Es gefällt ihm hier.“

„Sag ihm, er soll runtergehen.“

„Du bist eifersüchtig.“ Sie hörte, wie er ausatmete, und biss sich auf die Unterlippe.

„Du machst meine ganze Erziehung zunichte.“

„Dann musst du eben herkommen, bevor er völlig verzogen ist.“

„Rese.“

„Geh schlafen, Lance. Ich muss mich um einen Hund kümmern.“

Er knurrte. Lance, nicht Baxter. Sie legte auf und machte es sich neben dem Tier bequem. Eigentlich hatte sie nicht vorgehabt, ihn auf ihr Bett zu lassen, aber jetzt bereitete es ihr ein unbändiges Vergnügen. „Ja.“ Sie kraulte Baxters Ohren. „Dieser Lance sollte besser bald hier auftauchen, was, Kumpel?“ Baxter stieß einen tiefen Seufzer aus und sie lachte.

Als sich meine Hochzeit mit Marco jährt, sitze ich mit unserem erstgeborenen Kind auf dem Arm und einer Dosis Selbstmitleid da und denke an Nonna Carina, an die Gewalt, die sie ertragen musste, und das Baby, das sie verloren hat. Carina Maria DiGratia hatte Quillan Shepard in einem Bergarbeiterlager in den Rocky Mountains geheiratet. Sie heiratete einen Mann, vor dem sie sich beinahe ein bisschen fürchtete, damit er sie beschützte, und er ließ sie aus Angst im Stich.

Und ich denke an Nonno Quillan, der sie bis zu seinem letzten Atemzug geliebt hatte, an die quälende Reue wegen seiner Flucht damals, obwohl er sie all die Jahre danach wirklich geliebt hatte.

Eine Träne fällt auf Celestinas Finger, der um meinen geschlungen ist. Ich hebe sie hoch und trockne die Träne an meiner Wange. Im Traum macht sie eine saugende Mundbewegung, und ihr winziges Kinn hüpft dabei auf und ab, während ich sie hin und her, hin und her wiege, ihr Nacken verschwitzt in meiner Armbeuge. „Wir sind nicht verlassen“, sage ich ihr. Dabei sage ich es mehr zu mir selbst.

Schritte. Ich blinzle die Tränen fort. Mama Michelli reicht mir ein Telegramm, und schon ihre Miene sendet eine Botschaft, mit der sie meine

Schwäche verurteilt, weil ich so etwas Verschwenderisches wie ein Telegramm von meinem Mann nötig habe. Abwertend blieb sie stehen, aber ich habe den längeren Atem als sie, und schließlich geht sie. Mit dem Baby im Arm öffne ich umständlich das Telegramm.

ICH WEISS, HEUTE IST EIN TAG DER GEMISCHTEN GEFÜHLE. WÜNSCHTE, ICH WÄRE DA, UM DICH IN DEN ARM ZU NEHMEN. LA MIA VITA ED IL MIO AMORE. MARCO.

Mit geschlossenen Augen presse ich seine Nachricht an mein Herz. Da ist die Trauer wegen Papas Ermordung, wegen Nonnos Tod und wegen all dessen, was ich verloren habe. Die Erinnerung an eine eilige und wirre Zeremonie. Und da ist Marco und etwas, das wirklicher ist als Worte. Als meine Stimme durch die Tränen in meine Kehle dringen kann, sage ich zu Celestina: „Siehst du, Cara? Papa ist hier …"

Von der Erinnerung gestärkt, sagte Antonia: „I…ch bin so w…eit."

„Gut." Lance blätterte weiter, und sie wusste, dass er die Sache so schnell wie möglich hinter sich bringen wollte, jetzt, wo Rese wieder in Sonoma war. Sie kannte den Schmerz des Getrenntseins. Aufhalten sollte sie ihn nicht. Es war gut, dass er seinen eigenen Weg ging, dass er seinem Herzen folgte. Bis jetzt hatte er zu viel für andere gelebt und zu wenig für sich selbst.

„Die Agentur hat unsere eilige Eheschließung ohne Papiere ermöglicht, indem sie dem Richter meine Identität bestätigt und die Notwendigkeit unserer Verbindung erklärt hat. Sie dachten vielleicht, du würdest aussagen, oder zumindest war ihnen klar, dass sie dich beschützen mussten. Was mich betraf, wurde die Rolle echt. Das hatte ich nicht eingeplant, mein Mädchen. Du hattest die Gabe, den Spieß umzudrehen, und wie."

Da. Das war Marco. Ein Lächeln umspielte ihre Lippen.

„Obwohl ich dich zu oft und zu lange allein ließ, warst du meinem Herzen nie fern. Dadurch war alles, was ich tat, gefährlicher, denn jetzt hatte ich etwas zu verlieren. Mit jedem Kind wuchs die Last, aber ich wusste, dass ich das tat, was ich tun musste, wozu ich geboren war. Gott hatte mich dafür geschaffen,

die Gewalt zu bekämpfen, den Verfall aufzuhalten. Meinen Kindern ein besseres Leben und dir ein sichereres Zuhause zu ermöglichen.

Dafür nahm ich jeden Auftrag an, der mir angeboten wurde. Ich werde dir nicht von all den Fällen erzählen, die ich bearbeitet habe, aber der eine, der wichtig war, geschah, bevor ich nach Sonoma kam. Er ist mir dorthin gefolgt und hat alles verursacht, ohne dass ich es wusste."

Lance hielt inne und las den letzten Satz noch einmal, um sich zu vergewissern. Er passte zu dem Brief von Sybil, in dem es geheißen hatte, dass die Probleme in Sonoma mit Nonno Marco angefangen hatten und nicht mit Vittorio oder Arthur Jackson. Jemand war zu Jackson gekommen, jemand, der seine Dienste als Killer angeboten hatte.

„Und jetzt kommen wir zu dem Grund, warum ich dir erzähle, was ich während unseres ganzen gemeinsamen Lebens vor dir geheim gehalten habe."

Lance blickte Nonna an, die erschreckend still geworden war. Wenn sie jetzt aufhören mussten, würde er platzen, aber er würde es tun, wenn sie es so wollte. Aber sie blinzelte ihm kurz ihr Einverständnis zu.

„Ich habe mir selbst die Schuld an Vittorios Tod gegeben, wenn auch nicht unmittelbar, weil ich nicht rechtzeitig dort war, nachdem ich begriffen hatte, dass die Falle gestellt war. Es wunderte mich, dass Jackson uns durchschaut hatte, und ich konnte es mir nicht anders erklären als damit, dass Vittorio einen Fehler gemacht hatte. Aber es war nicht Vittorio."

Sie schloss die Augen, und der Kummer ließ tiefe Falten auf ihrer Stirn erscheinen. Er las weiter.

„Einer meiner ersten Aufträge war es, die junge New Yorker Camorra zu unterwandern."

Er stieß die Luft aus, die er angehalten hatte. Er und Papa hatten richtig geraten.

„Weil ich ein paesano war und außerdem mit der Familie verwandt, war ich ein perfekter Kandidat für diese Aufgabe. Ich hatte keine nennenswerte Ver-

gangenheit, die Don Agosto hätte entdecken können. Ich war jung genug, um hungrig zu wirken, mutig genug, um nützlich zu erscheinen. Er stellte mich ein und gab mir den Auftrag, Schutzgelder einzutreiben. Du erinnerst dich bestimmt an den Zwischenfall mit meinem zweibeinigen Hund."

Geschichten über den zweibeinigen Hund hatte er schon gehört, aber nicht im Zusammenhang mit geheimen Missionen.

„Nicht jeder wusste den Schutz zu schätzen, den diese Zahlungen brachten, und ich war derjenige, der die Wut dieser Leute abbekam. Aber ich verschaffte mir eine Position in der Organisation, arbeitete dort zwei Jahre lang und verdiente mir Vertrauen und Verantwortung, während ich auf den richtigen Zeitpunkt wartete. Ich gab weiter, was ich weitergeben musste, aber das meiste, was ich sah und lernte, behielt ich für mich. Ich vertraute niemandem, weil ich wusste, dass wir bei jemandem wie Agosto Borsellino nur eine Chance haben würden."

Lance las, wie sein Großvater den Anführer der Camorra zu Fall gebracht hatte, sodass der hinter Gittern landete. Aber im Gefängnis wurde er von rivalisierenden Sizilianern getötet, die auf eine Gelegenheit gewartet hatten, dem Boss der Camorra, der in ihr Gebiet eingedrungen war, das Handwerk zu legen. Es war der Stoff, aus dem Geschichtsbücher oder Filme sind.

„Verbittert wegen des Mordes an seinem Vater folgte mir Don Agostos Sohn Carlo nach Sonoma. Er … hat deinen Papa umgebracht, aber eigentlich war ich derjenige, den er wollte."

Er blickte auf, weil er sicher war, dass Nonna ihm ein Zeichen geben würde aufzuhören. Ihre Augen waren geschlossen und ihre Stirn lag in Falten, aber sie sagte nichts, also fuhr er fort.

„Du warst immer noch Jacksons Zielscheibe; daran zweifelte ich nicht. Aber erst als ich Carlo in der Kanalisation erschoss, wusste ich, dass es mein Handeln gewesen war und nicht das von Vittorio, das uns zum Verhängnis geworden war. Jetzt war es mehr denn je meine Pflicht, dich zu beschützen. Du warst so tapfer, so entschlossen, und so wahr Gott mein Zeuge ist, ich hatte

mich unsterblich in dich verliebt. Aber, meine geliebte Antonia, ich hatte die Macht der Vendetta vergessen."

Vendetta. Lance hatte Witze darüber gemacht und Rese mit dem Gedanken aufgezogen. Jetzt wurde ihm bewusst, dass das Ganze kein Witz war.

Nonna sagte: „Lies."

„Don Agostos zweiter Sohn, Paolo, war nach einem Mord, über den die Medien ausgiebig berichtet hatten, verschwunden. Dadurch gewann ich etwas Zeit, um mir eine Strategie zu überlegen, bevor der Tod seines Bruders ihn aus seinem Versteck lockte. Obwohl ich wusste, dass er skrupellos war, betete ich, dass mir andere Faktoren nützlich würden.

Und Gott war treu. Paolo Borsellino musste um seine Macht kämpfen, als er zurückkam. Er hatte keine Zeit, eine fehlgeschlagene Vendetta zu führen, während seine eigene Macht auf dem Spiel stand. Don Agosto hatte seinen zweiten Sohn nicht so begünstigt, und in Paolo brannte das Feuer der Rache nicht so stark wie in Carlo.

Als ich einen Waffenstillstand vorschlug, erkannte er den Vorteil. Ich würde der Agentur nicht verraten, was ich über ihn und seine Machenschaften wusste, und er würde mich und meine Familie in Ruhe lassen. Es war in unser beider Interesse, diesen Pakt zu halten, und ich war überzeugt, er würde es tun. Es passte mir nicht, dass er seine Macht ausbauen konnte, weil ich seine Methoden kannte, aber ich machte meine Arbeit woanders, nach bestem Wissen und Gewissen.

Er hatte seine Familie, ich hatte meine, Kinder und Enkel. Die Vendetta hätte für immer begraben sein können – wenn Don Paolo nicht verhaftet und eingesperrt worden wäre. Ich hatte nichts damit zu tun, auch wenn er mir das nicht glaubte. Oder vielleicht stand die Sache einfach zu lange zwischen uns. Die Vendetta hat eine eigene Kraft. Wenn sie einmal begonnen wurde, musste sie auch beglichen werden."

Lance' Kehle war trocken. Nein ... Er warf Nonna einen Blick zu, aber ihre Augen sahen ihn entschlossen an.

„Lies ...", hauchte sie.

„Ich bin schon lange nicht mehr bei der Agentur, und selbst Polizist bin ich schon seit Jahren nicht mehr. Ich hatte beinahe vergessen, wie es ist, mit halb wachem Verstand zu schlafen und auf jedes Geräusch zu achten, jeden

Luftzug. Ich bin ein alter Mann. Ich könnte morgen sterben. Und ich denke nur an dich.

Ich habe meine Arbeit geheim gehalten, denn wenn ich etwas davon offenbart hätte, hättest du Fragen danach gestellt, was damals in Sonoma wirklich geschehen ist. Ich konnte den Gedanken, dir wehzutun, nicht ertragen. Aber als heute Morgen der Anruf kam, wusste ich, dass es ein Fehler war, es dir nicht zu sagen."

Anruf? Was für ein Anruf?

„Wie sollst du auch verstehen, was ich jetzt tun musste?"

Seine Kehle war wie zugeschnürt. Es konnte nicht sein, dass Nonno das wirklich sagte.

„L...ance." Nonna berührte ihn am Arm.

„Antonia – die Menschen, die ich liebe, leben unter einem Dach, und wie der Anrufer erklärt hat, wäre es eine Tragödie, wenn etwas das Gebäude zerstören würde und ihr alle darin umkämet. Nichts ist mir wichtiger als die Familie, von der ich nie gedacht hatte, dass ich sie haben könnte, bis ein Versprechen mir die Augen geöffnet hat. Eine Familie, die weiterleben wird, wenn ich nicht mehr bin. Du siehst also, Cara, dass ich eine letzte Rolle spielen muss."

Ihre Hand umschloss seine. Er wollte aufhören, aber ihr Griff zwang ihn weiterzulesen.

„Ich habe mein Leben lang dem Bösen, das unschuldige Menschen tötet, ins Auge geschaut. Ich habe es nachgeahmt und bekämpft. Heute werde ich ihm entgegentreten. Denn nichts hält das Böse auf außer einem persönlichen Opfer. Du musst wissen, meine Teuerste, dass meine Zeit mit dir mehr war, als ich jemals hätte erwarten können. La mia vita ed il mio amore."

Nonna schrie auf und ihre Blicke trafen sich in einer schmerzvollen Erkenntnis. Sie hatte es nicht kommen sehen. Keiner von ihnen hatte das erwartet. Nonno Marcos Tod war kein Unfall gewesen. Dieses Wissen drehte ihm den Magen um. *Das Böse, das unschuldige Menschen tötet.* Vom Grab aus hatte Nonno ihm einen Namen gegeben: *Vendetta.*

Kapitel 28

Welch grausamer Schmerz in Milz und Knochen.
Welch gebrochenes Herz, das allein weint.

Nonno Quillan bleibt an Nonna Carinas Seite, bis sie ihren Leichnam in die Erde senken, und seine herzzerreißende Totenwache ist ein Zeugnis seiner Liebe. In meinem eigenen kindischen Kummer kann ich den Anblick kaum ertragen. Wenn das Liebe ist, wie kann ein Mensch sie überhaupt ertragen?

Nonno nimmt meine Hand. „Alles, was kostbar ist, hat seinen Preis, Antonia. Du musst die Kosten überschlagen und dich entscheiden …" Überschlagen und entscheiden …

Aber wie konnte sie etwas überschlagen, was sie nicht wusste? Wie konnte sie sich entscheiden, wenn Gott nicht gerecht war? Er war nicht … gerecht. War nicht … Ihr wurde schwindelig. *Marco.* Sie hatte es nicht gewusst; wie hätte sie es auch wissen sollen? *Oh, Marco …* Umgebracht wie Papa. Ermordet. Die Last dieser Erkenntnis presste die Luft aus ihren Lungen, das Leben aus ihrem Geist.

Sie hatte nicht die Kraft, um wütend zu sein. Sie hatte für gar nichts Kraft. Unverwandt starrte sie die Wand an und wünschte, sie könnte zurück in den Mutterleib kriechen … oder ins Grab.

Marco …

Misstrauisch gegenüber Gott, hatte sie ihr Vertrauen in Fleisch und Blut gesetzt, und Marco hatte es auf seinem Altar der Pflicht geopfert. Für sie, ja, und für ihre Kindeskinder. Oh, der Schmerz, die Schuld. *Überschlage die Kosten.* Hatte Marco das getan?

Wo konnte sie sich verstecken? Die Kosten waren zu hoch. Zu hoch.

„Nonna?" Nach ihrem Aufschrei hatte sie sich an einen Ort zurückgezogen, an den er nicht vordringen konnte. Es sah anders aus als ein

Schlaganfall, aber was wusste er schon? „Nonna, sprich mit mir!" Keine Reaktion. „Nonna." Die Panik raubte ihm den Atem. Es war ihr Wunsch gewesen, dass dies alles ihr Geheimnis blieb, aber das ging zu weit. Er nahm den Brief und ging nach unten.

An der Tür sah Mama, wie aufgelöst er war, und sofort erschrak auch sie. „Was ist los? Was ist passiert?"

„Geh bitte und sieh nach Nonna. Sie braucht vielleicht einen Arzt."

Mama schlug die Hände über dem Kopf zusammen. „Nonna!"

„Ich muss mit Papa sprechen."

Sie schob ihn förmlich ins Zimmer, in dem Papa vor dem Fernseher saß. „Mach das aus. Lance hat dir was zu sagen." Dann eilte sie hinaus.

Ohne zu zögern, schaltete Papa den Fernseher mit der Fernbedienung aus und wartete.

Er hatte sich bisher keine Gedanken darüber gemacht, wie Papa es aufnehmen würde zu erfahren, dass Nonno ermordet worden war. Er selbst war ja auch noch wie vom Donner gerührt. Wie sollte er ihm diese Ungeheuerlichkeit beibringen? Sein Vater war ja gänzlich unvorbereitet?

„Willst du nun reden oder nicht?"

„Papa …"

Aber dann kamen Bobby und Monica hereingestürmt und Lucy und Lou mit ihrem Cousin Martin aus Jersey, und alle redeten durcheinander: „Was ist passiert? Was ist denn los?" Mama musste Alarm geschlagen haben.

Lance versteckte den Brief hinter seinem Rücken, weil dessen Inhalt nicht ungehört verhallen sollte. „Nonna geht es nicht besonders gut." Er hätte erst gar nicht versuchen sollen, die Sache mit Papa unter vier Augen zu besprechen. In diesem Haus konnte das gar nicht funktionieren.

„Was ist mit ihr?"

„Ist es ein Schlaganfall?"

„Hat jemand den Krankenwagen gerufen?"

Papa hob die Hände. „Mama ist bei ihr. Und jetzt raus mit euch." Er sah Lance mit einem Blick an, der ihn auf dem Boden festzunageln schien, und als alle anderen gegangen waren, hing dieser Blick immer noch wie ein Echo in der Luft.

Lance wünschte, er hätte Nonna nicht allein gelassen. Aber Mama würde sich um sie kümmern, und Papa hatte das Recht darauf, die Wahrheit zu erfahren. Auch wenn Nonna es anders gesehen hatte – sollte er als einziger Sohn von Marco nicht entscheiden dürfen, was zu tun war?

Er schob das Kinn vor. „Was hast du da?"

Lance gab ihm den Brief. „Von Nonno. Er hat ihn für Nonna in einem Schließfach hinterlassen, aber du weißt ja, was sie von Banken hält, also hat sie ihn bis jetzt nicht abgeholt."

Papa schien nicht recht zu wissen, was er damit anfangen sollte. Lance sagte zu ihm: „Du musst wissen, was darin steht." Den Teil der Geschichte, der sich in Sonoma abgespielt hatte, hatte er ihm bereits erzählt. Aber als Papa die ersten Absätze überflog, sagte Lance: „Nonno wurde ermordet."

Sein Vater hob den Blick und starrte ihn mit offenem Mund an. „Wovon redest du?"

„Es steht alles in dem Brief. Es ist sein Abschiedsbrief an Nonna." Ganz bewusst hatte er sich der Bedrohung gestellt.

Papa runzelte die Stirn und sah auf die Seiten, die er in der Hand hielt.

Lance fuhr sich mit gespreizten Fingern durchs Haar. „Es ist die ganze Geschichte – das, was ich dir erzählt habe, und noch mehr. Marco war Geheimagent und es war kein Unfall, Papa."

Sein Vater schluckte, als er die erste Seite las, dann die nächste und die nächste. Lance sank auf den Fußhocker. Erst jetzt wurde ihm die Wahrheit so richtig bewusst. Nonno ermordet. Ein alter Mann. Ein Großvater. Warum? Sein Rücken bebte, als Schmerz und Verwirrung sich in Wut verwandelten.

Nonno, Vittorio, Quillan – Tony. Es war zu viel. Wie konnte jemand das alles einfach so hinnehmen? Er ballte die Hände zu Fäusten und drängte Papa in Gedanken weiterzulesen, während jeder Absatz ihn dem Ende näher brachte, dem Ort, von dem es kein Zurück mehr gab.

Seine Kehle zog sich zusammen, als Papa sich mit dem Handrücken über die Augen fuhr. Seit Tonys Tod hatte Lance ihn nicht mehr weinen sehen. Er hätte ihn irgendwie vorbereiten sollen, ihn nicht damit überfallen dürfen. Unschuldig kaute er auf seiner Lippe. Vielleicht hätte er es besser machen können, aber wie auch immer er es sagte, die Botschaft war dieselbe. Nonno hatte sich für sie geopfert.

„Was tun wir jetzt?“ Lance flüsterte beinahe.

Papa war am Ende angelangt, starrte aber weiter unverwandt auf die Zettel in seiner Hand, während sein Unterkiefer sichtbar arbeitete. „Tun?“

„Wegen der Sache hier.“ Lance tippte mit dem Finger auf den Stapel Papiere.

„Nichts.“ Papas Stimme klang rau.

„Papa, es … stimmt; es muss wahr sein. Nonno hätte sich das nicht ausgedacht. Er hätte Nonna nicht diesen Brief geschrieben, wenn es nicht wahr wäre. Er hat ihn in einem Schließfach deponiert. Das ist kein Witz.“

Papas Kopf drehte sich von einer Seite zur anderen. Lance konnte die Gefühle, die ihn umtrieben, nur erahnen. Er hatte seinen Sohn durch einen Gewaltakt verloren. Und jetzt auch noch Nonno.

„Papa.“

„Lass es auf sich beruhen.“ Seine Stimme war wie ein Friedhof, voller toter Hoffnungen.

Das hatte er nicht erwartet. Wut vielleicht. Und Trauer. Aber nicht diesen Fatalismus … „Du weißt, dass ich das nicht kann.“ Das Einzige, was er nicht konnte, war, nichts zu tun. Etwas musste geschehen.

„Was glaubst du denn, was du tun kannst? Das hier ändern?“ Papa krallte die Finger um die Zettel. „Glaubst du, du könntest ungeschehen machen, was vor zweiundzwanzig Jahren geschehen ist?“

Lance schüttelte den Kopf. Wieso sollte er jetzt wieder etwas unternehmen? Würde Papa nicht …? Müsste er nicht …? „Papa, ich …“

Sein Vater blickte auf, und seine Augen waren voller Schmerz. „Versuch nicht, den Helden zu spielen. Du bist nicht Tony.“

Es traf ihn wie ein Schlag in die Magengrube. Er hatte die Deckung aufgegeben und es traf ihn, wo es wirklich wehtat. „*Du bist nicht Tony.*“

Rese ging in den Garten, den Lance so schön angelegt hatte: Sommerblumen und Stauden entlang der gepflasterten Gehwege, aber sie wucherten nicht so wild wie früher. Die erhöhten Beete dufteten nach den Kräutern, die er zweifellos genau kannte. Die Gäste, die heute Abend kamen, würden es sicherlich auch genießen.

Michelle hatte bereits geplant, die Party dort zu veranstalten, noch bevor sie und Star unerwartet zurückgekehrt waren. Trotz der Lage, in der Star sich befand, konnte sie Michelle die Bitte kaum abschlagen, nachdem sie während ihrer Abwesenheit die ganze Zeit Baxter versorgt und auf die Pension aufgepasst hatte. Aber selbst nach zwei Wochen mit Lance' Familie graute ihr bei dem Gedanken an eine neue Horde Menschen.

Sie konnte sich zwar oben mit Star verstecken, aber … das war feige. Lance wäre enttäuscht. Wenn er hier wäre, würde er sie dazu bringen, sich unter die Leute zu mischen. Bei diesem Gedanken huschte ein Lächeln über ihr Gesicht.

Sie war isoliert gewesen, zuerst dadurch, dass Mom die Nachbarn gegen sich aufgebracht hatte, dann dadurch, dass sie allein mit ihrem Vater gelebt und jeden Tag mit derselben Handvoll Jungs zusammengearbeitet hatte. Sie hatte mit Hausbesitzern und Subunternehmern zu tun gehabt. In der Schule war sie nie mit Mädchencliquen durch die Gänge gelaufen, hatte keine Pyjamapartys veranstaltet und war auch nie zu einer eingeladen gewesen. Sie war eine unabhängige Maschine geworden – sie war da, wenn Star sie brauchte, aber sie selbst brauchte niemanden.

„Eigentlich", sie blickte auf Baxter hinunter, „war die Zeit mit Lance' Familie die intensivste Interaktion, die ich je hatte."

Baxter wedelte mit dem Schwanz.

„Ich vermisse sie." Sie vermisste *ihn*. Nachdenklich ging sie in die Hocke und schlang die Arme um Baxters Hals, während sie den Duft von Geißblatt, Rosen, Bougainvillea und den Hundegeruch in sich aufsog. Was sie wirklich wollte, war der Duft von frisch geschlagenem Holz, aber Michelle und ein paar andere würden bald eintreffen. Es wäre unhöflich, sich mit einer Säge in der Werkstatt zu vergraben.

Lance gegenüber wäre ihr das egal gewesen. Es wäre ihr nicht einmal bewusst gewesen. Aber jetzt, nachdem er ihre Schwächen bloßgelegt hatte, schien es ihr nicht richtig, wieder in alte Gewohnheiten zurückzufallen. Sie blickte zum Kutscherhaus hinüber, das Lance renoviert hatte, indem er die ursprünglichen Steinmauern abgestützt und eine Glaskuppel und große Fenster eingebaut hatte, dazu die Unterteilung in Schlafzimmer und Bad. Sie musste lächeln, als sie sich an ihren Streit über die Armaturen erinnerte, an ihren Widerwillen, das veranschlagte

Budget zu überziehen, und seine verständnislosen Antworten. Sie hatte sich unmöglich verhalten. Aber Lance hatte etwas an sich, das ihre schlimmsten Seiten zum Vorschein brachte – und ihre besten.

Er machte sie einfach zu … mehr.

Sie ging zum Kutscherhaus, spähte durch das Glas neben der Tür und sah die Gitarre in der Ecke lehnen. Wie lange würde es dauern, bis ihre Klänge wieder zu hören waren und sein Rasierwasser in der Luft hing? Wie lange, bis sie wieder im Geschäft waren und ihre Küche ihm gehörte? Der Gedanke daran schmerzte. Wie konnte es sein, dass Hoffnung ebenso wehtat wie Kummer?

Baxter drückte sich an sie und winselte. „Ich weiß." Sie hockte sich wieder hin und vergrub das Gesicht in seinem Fell.

Als Michelle sie so sah, lachte sie. „Dieser Hund wird mehr umarmt als jeder Mensch."

Rese blickte auf. Michelles Gesicht war breit und schlicht mit einer runden Nase, dicken Augenbrauen über den Augen, die zu tief lagen und eng beieinanderstanden, einem großzügigen Mund, der über einem markant gespaltenen Kinn kaum ins Auge fiel. Alles an diesem Gesicht strahlte eine unwiderstehliche Wärme und Freundlichkeit aus. Eine Freundin, die man gerne an seiner Seite hat.

„Hast du etwas dagegen, wenn wir das Essen in der Küche aufbauen? Dann können die Leute in den Garten durchgehen."

„Das ist kein Problem. Mach es so, wie es für euch am besten ist." Sie zweifelte nicht daran, dass Michelle alles regeln würde. Das war noch etwas, das auch in ihrem Gesicht zu lesen war – Kompetenz, neben Mitgefühl und Kameradschaft.

Die Gäste kamen zu zweit oder dritt, und erstaunlicherweise begegnete sie der größer werdenden Gesellschaft mit weniger Unbehagen, als sie erwartet hatte. Sie brachten die bodenständigen Gerichte, die sie von Evvys Beerdigung kannte. Kein Vergleich zu Lance' Kochkünsten. Aber da sie keine anständige Mahlzeit mehr zu sich genommen hatte, seit sie nach Sonoma zurückgekehrt waren, bediente sie sich ohne große Zurückhaltung.

Es wurden ihr so viele Menschen vorgestellt, dass sie froh darüber war, bei den Michellis den Umgang mit großen Gruppen geübt zu haben. Die Kinder, die im Garten spielten, erinnerten sie an Lucys und Monicas Kinderschar. Die Ruhe der letzten Tage war wunderbar gewesen, aber die kleinen Stimmen, die lachten und sich gegenseitig zuriefen, waren es auch. Sie musste sogar bei einem Spiel mitmachen, bei dem eigentlich alle nur herumliefen und sich fangen mussten.

Als sie davon genug hatte, ließ sie sich auf eine Bank fallen, die Lance aus den Weinbergen der Umgebung geborgen hatte, und sah zu ihrer Überraschung, dass Star heruntergekommen war. Neben Michelle, die einen Teller für sie füllte, sah sie wie ein Gespenst aus. Wie lange würde es wohl dauern, bis Michelle auf Gott zu sprechen kam und Star die Flucht ergriff? Aber eine andere Frau gesellte sich zu ihnen, und während sie sich unterhielten, leerte Star ohne Zwischenfälle ihren Teller.

Rese mischte sich nicht direkt unter die Leute, aber sie redete mit jedem, der sie ansprach. Kein großer Smalltalk, aber es war in Ordnung so.

„Dieser Ort ist wundervoll", sagte Michelle, nachdem die meisten Gäste gegangen waren. „Er hat so eine einladende Atmosphäre."

Rese blickte sich um und versuchte die Villa aus dem Blickwinkel eines Außenstehenden zu sehen, anstatt mit ihrer eigenen genauen Kenntnis so vieler Einzelheiten. Einladend und wundervoll. Warum nicht?

„Ich kann immer noch nicht fassen, dass du das alles selbst gemacht hast."

„Lance hat das Kutscherhaus umgebaut."

„Und wo ist er?" Sie blickte sich um, als hätte er sich dort irgendwo versteckt.

Rese seufzte. „Er muss immer noch einiges mit Antonia klären." Sie hatte vor ihrer Abreise erzählt, was sie vorhatten, aber seitdem war so viel passiert.

„Na ja." Michelle ließ die Hände in den Schoß fallen. „Sieht so aus, als könnten wir mit dem Aufräumen beginnen."

Sollte sie nicht erleichtert sein? Während Michelle stapelweise Geschirr in die Küche trug und abspülte und einige andere Frauen das übrig gebliebene Essen in Dosen und Tüten füllten, verspürte sie den Wunsch, sie würden noch etwas bleiben.

„Ihr beide könnt das doch sicherlich gebrauchen, oder?", fragte Jackie und stellte das Essen in den Kühlschrank.

„Klar, danke." Rese nickte. Wie es schien, genoss Star die Gerichte der anderen mehr als das, was sie so kochte. Das Einzige, was sie relativ erfolgreich zustande brachte, waren fünf Frühstücksgerichte, die sie gelernt hatte, als sie vorgehabt hatte, ohne ihn weiterzumachen. „Möchtet ihr vielleicht einen Milchkaffee?“ Und jetzt war sie sich beinahe sicher: Etwas in ihr hatte sich verändert. Das war nicht die alte Rese. Sie zeigte auf Lance’ extravagante Kaffeemaschine. „Sie ist das einzige Küchengerät, das ich wirklich benutzen kann.“

Jackie sagte, sie müsse gehen. Aber die schlanke, rothaarige Karen, die mit Star und Michelle zusammengegessen hatte, sagte: „Oh, gerne. Koffeinfrei, wenn es geht.“

„Für mich auch.“ Deb setzte sich zu Karen.

Michelles Augen glänzten feucht. „Danke für das Angebot.“

Rese zuckte mit den Schultern. Es war keine große Sache, aber andererseits irgendwie doch. Wahrscheinlich war es das erste Mal, dass sie auf andere Frauen zuging, die erste Freundschaftsgeste, die sie seit Langem gemacht hatte, vielleicht sogar die erste überhaupt in ihrem Leben. Lance’ Schwestern mussten auf sie abgefärbt haben.

An diesem Abend hatte es für sie schon so viele Überraschungen gegeben, darum wunderte sie sich nicht darüber, dass Star hereinkam und sich zu ihnen setzte, dem Anschein nach ruhig und aufmerksam. Von dem, was sie aus dem Internet über Heroinentzug erfahren hatte, würden Stars Symptome noch anhalten, aber nachdem sie den ganzen Tag geschlafen hatte, unterhielt sie sich jetzt über Shakespeare und Monet, Sonette und Impressionismus und über ihren eigenen Malstil, den sie Michelle erstaunlicherweise im Kutscherhaus vorgeführt hatte.

Entweder es war kein Heroin gewesen, wie sie vermutet hatten, oder Stars Genesung war ein mittleres Wunder. Rese machte für alle noch einen zweiten Kaffee und überließ den anderen die Unterhaltung. Es war halb zwölf, als die Frauen schließlich gingen und Star sich nach oben zurückzog, und erst um Mitternacht fiel ihr auf, dass Lance noch gar nicht angerufen hatte.

Seine Gedanken drehten sich im Kreis, wie ein Kreisel an einer Schnur, aufrechtgehalten durch die Zentrifugalkraft seiner Wut. Es war wie damals, als sie Stunden und Tage lang darauf gewartet hatten, bis Tony aus dem Geröll befreit war. Irgendwie mussten sie sich geirrt haben, es würde alles gut ausgehen. Sie hatten so fest damit gerechnet, ihn lebend zu bergen. Aber mit jeder Stunde, die verging, war ein Stück Hoffnung gestorben und hatte stattdessen Wut hervorgebracht. Und die Wut hatte ein Ventil gebraucht.

Er konnte den Atem der Anti-Kriegs-Demonstranten riechen, als er sich zwischen ihnen mit ihren Bannern hindurchgedrängt hatte. Er hatte Tonys Bild bei sich gehabt und war in einem Streifenwagen gelandet. Die Gefühle waren berechtigt gewesen, aber er hatte gegen den falschen Feind gekämpft.

Er hatte seine Wut auf die Werkzeuge gerichtet, nicht auf das Böse, das sie antrieb. Warum war Tony da gewesen, hatte die Stelle eines anderen eingenommen und seine Schicht übernommen? Es war wie der ultimative Zufall erschienen, aber das war es nicht. Es war Absicht, Gott hatte es zugelassen. Für seine Zwecke.

„*Versuch nicht, den Helden zu spielen. Du bist nicht Tony.*"

Nicht Tony. Nicht. Tony.

Papa hatte recht. Er war nicht der breitschultrige, jede Aufmerksamkeit auf sich ziehende, Respekt heischende Held, den die Welt anerkannte.

Er schluckte. Den Brief hatte er Papa aus der Hand gerissen, war nach oben gegangen und auf die Feuertreppe hinausgestiegen. Die Sterne waren am Himmel erschienen und wieder verblasst, und bei Tagesanbruch entwirrte sein Verstand die Tatsachen und legte sie einzeln nebeneinander.

Nonno war ermordet worden, weil er seine Pflicht getan hatte. Seinetwegen waren Vittorio und, indirekt, auch Quillan gestorben. Tony war Polizist geworden, weil er dem Vorbild seines Großvaters gefolgt war. Und auch ihn hatte die Pflicht das Leben gekostet. Lance kam sich vor wie Hiob, dessen Familie vernichtet wird. Und wozu? Um gegen das Böse aufzustehen. Um etwas zu bewirken.

Er knirschte mit den Zähnen. Zweiundzwanzig Jahre lang hatten sie geglaubt, es wäre ein Unfall gewesen. Er war sechs Jahre alt gewesen, als Nonno in seinem Auto umgekommen war, aber diese sechs Jahre hatte er an der Seite seines Großvaters verbracht, der Jüngste mit dem Ältesten.

Dann waren da die Geschichten. Nonnos Großzügigkeit und die kluge Art, wie er Menschen geholfen hatte, ohne dass es wie Almosen aussah. Sein weites Herz. Sein breites Lachen. Eine Stimme, die einen Stein erweichen konnte, aber ohne Toleranz für jegliche Grausamkeit.

Er verachtete Tyrannen und bekämpfte jeden, der die Schwachen ausnutzte. Er hatte das Gesetz geliebt und ihm aufopferungsvoll gedient. Aber er war auch ein Produkt der Tyrannei, der seiner Familie in Neapel entflohen war. Er wusste, dass es Zeiten gab, in denen die Behörden nicht helfen konnten oder wollten, in denen ein Mann aufstehen und sagen musste: Es reicht. Diese Zeiten waren die Zeiten der *Vendetta*.

Nonno – Polizist, Geheimagent, verdeckter Ermittler – hatte den einzigen Weg gewählt, den er wählen konnte. *Nichts hält das Böse auf außer einem persönlichen Opfer*. Aber jemand hatte den Unfall so überzeugend geplant, dass selbst seine eigene Familie nie Verdacht geschöpft hatte. Es hatte überhaupt keine Ermittlungen gegeben. Bestand jetzt, zweiundzwanzig Jahre später, überhaupt Hoffnung?

Die Sonne vergoldete die Fenster. Mit steifem Rücken, weil er die ganze Zeit an die Mauer gelehnt gesessen hatte, das Eisengeländer in seine Schulter gedrückt, hob Lance den Kopf. Er hatte es gewagt, Gott am Fußgelenk zu packen, hatte geschworen, nicht loszulassen, und hatte verlangt, das Joch möge auf seine Schultern gelegt werden. Das Hämmern in seinem Kopf nahm zu, bis es ihm vorkam, als zerspringe sein Schädel.

Eine *Vendetta* – eine Familienfehde. Wie sollten sie diesem mörderischen Teufelskreis jemals entkommen?

Kapitel 29

Lance rührte sich, als Rico das Fenster neben ihm öffnete. „Was machst du denn da, Mann?"

Lance blickte über seine Schulter. „Du bist früh auf."

Rico lehnte sich an das Fensterbrett. „Chaz macht seine Auslieferungen. Er hat angerufen und gesagt, dass du auf der Feuertreppe sitzt, und ich soll rausfinden, warum."

Lance löste sich von der Wand und streckte sich. Von jetzt an konnte es schwierig werden zu erklären, warum er etwas tat. Mühsam stand er auf und kletterte durch das Fenster in die Wohnung zurück.

Rico musterte ihn. „Hast du da draußen geschlafen?"

„Nicht geschlafen."

Nachdenklich runzelte Rico die Stirn und zeigte auf den zerknitterten Brief. „Von Rese?"

Lance blickte auf die Seiten hinunter. „Der ist nicht an mich gerichtet." Obwohl er es in gewisser Weise doch war. Marco hatte ihn vielleicht an Nonna geschrieben, aber die Last lag nicht auf ihren Schultern.

Eine *Vendetta*. Carlo Borsellino hatte damit angefangen. Zu schwach und ohne Rückgrat, um den Mafioso zu bedrohen, der Agosto ermordet hatte, hatte er seine Wut gegen den Mann gerichtet, der seinen Vater überführt hatte. Carlo war gestorben, aber die Fehde ließ sich nicht aufhalten. Durch Nonnas Heirat gehörten Vittorio und Quillan zur Familie. Nur einer hatte eine Kugel abbekommen, aber die Fehde hatte auch Quillan das Leben gekostet.

Vielleicht war es ein Fehler von Nonno gewesen, mit Paolo Frieden zu schließen. Menschenleben waren ausgelöscht worden. Konnte er einfach so tun, als wäre nichts geschehen? Lance runzelte die Stirn. Die Borsellinos hatten eine Zerstörung in Gang gesetzt, die seine eigene Familie bedroht hatte, ohne zu wissen, warum. Vittorio, Quillan, Marco, Tony. Was würde geschehen, wenn er nichts unternahm? Würde die *Vendetta* weiter an den Michellis nagen?

Wer war der Nächste – Jake, der schon jetzt durch Tonys Tod zerstört war? Oder er selbst? Oder Rese? Was, wenn er das Leid über sie gebracht hatte, so wie Marco es auf Antonia übertragen hatte? Sein Herz zog sich zusammen. Wie konnte er nach Sonoma zurückkehren, nach dem, was er jetzt wusste?

Als Ricos prüfender Blick sich in seine Gedanken einschlich, richtete Lance sich auf. „Ich bin spät dran für die Kirche."

Rico drängte ihn nicht, aber ihm war klar, dass das letzte Wort noch nicht gesprochen war. Lance wusste nur nicht, wem er diese Last anvertrauen konnte und wohin das alles führen würde. Er hatte es Papa erzählt, aber Papa hatte sich für den Weg des geringsten Widerstands entschieden, einen ausgetretenen Pfad, den er selbst nur zu gut kannte. Lance spürte, dass es nicht der richtige Weg war, aber …

Vendetta. Was wusste er über Fehden? Er hatte seinen Anteil an Kämpfen gehabt, aber sie waren von Angesicht zu Angesicht auf offener Straße ausgetragen worden. Ein einfaches Problem; eine einfache Lösung. Dieses Problem war nicht einfach, und er war sich nicht sicher, ob es überhaupt eine Lösung dafür gab.

Erschöpft ließ er sich in der Kirchenbank nieder und versuchte, sich auf die Musik zu konzentrieren, aber seine Gedanken kamen nicht zur Ruhe. Jeder Schritt, den er gegangen war, hatte ihn hierhergeführt. Von dem Augenblick an, als Nonnas Finger auf dem Umschlag ihn nach Ligurien geschickt hatte, als Conchessa seinen Weg nach Sonoma gelenkt hatte, als er Rese' Schild im Fenster gesehen und Nonnas Kiste auf dem Dachboden gefunden hatte, hatte er es gespürt.

Er starrte auf das Kreuz auf dem Altar. Wie konnte er sich weigern, die Sache zu Ende zu führen? Er hatte verlangt, dass Nonnas Last auf seine Schultern gelegt wurde, bevor er wusste, wie diese Last aussah. Aber es war nicht nur Nonnas Last, sondern sie alle waren betroffen, solange die Fehde nicht beendet wurde.

Er verließ die Kirche, um sich auf den Heimweg zu machen, aber auf dem Gehweg blieb er stehen. In einem himmelblauen geblümten ärmellosen Kleid saß Stella in Stützstrümpfen und Schuhen mit Gummisohle. Neben ihrem Fuß lag ein Knäuel Wolle, und die Nadeln klapperten gefährlich in ihren knorrigen Händen. „*Buon giorno*", sagte sie mit einem Zahnlückenlächeln.

„Guten Morgen, Stella. Kann ich dir eine Frage stellen?"

Sie hielt in ihrer Handarbeit inne. „Was für eine Frage?"

„Wie beendet man eine generationenübergreifende Familienfehde, eine *Vendetta*?“

Sie stieß einen kehligen Laut aus und sagte: „Die Rache ist mein, spricht der Herr, aber manchmal ist sie auch mein oder dein.“ Sie zeigte mit der Stricknadel auf ihn.

Lance streckte die Hand aus, um den kleinen Hund zu streicheln, der an seinem Schuh schnüffelte und dann an seinem Bein hochsprang. Sein Fell war drahtig, nicht so weich wie das von Baxter. „Erfordert eine *Vendetta* Rache?“

„Das Blut schreit zum Himmel.“

Erschrocken machte der Hund einen Satz und lief auf dem Gehweg ein Stück weiter.

„*Das Blut schreit zum Himmel.*“ Er hatte die Schreie gehört, als er dort gestanden hatte, wo Tony gestorben war. Im Gegensatz zu allen anderen, die um den Tisch herumsaßen und den armen Tony beklagten – inzwischen selbst Papa –, konnte er die Sache nicht auf sich beruhen lassen und nach vorne blicken, wie Rese gesagt hatte. Nonno Marcos Blut schrie auch zum Himmel und das von Vittorio und Quillan. „Wie hört es auf?“

„Um eine so lange Fehde zu beenden, braucht es ein großes Opfer.“

Nichts hält das Böse auf außer einem persönlichen Opfer. Aber Nonnos Tod hatte es nicht beendet. Die Borsellinos dachten vielleicht, es wäre vorbei, aber das Böse war immer noch da – weil sie nie bezahlt hatten. Die Wut entflammte wieder neu. „Was für ein Opfer?“

Sie zuckte mit den Schultern. „Das musst du schon selber wissen.“

Er spürte einen Druck auf seiner Brust, schob die Finger in die Taschen seiner Jeans, sagte „*Grazie*“ und ging weiter.

„*Prego*.“ *Klick, klick* machten ihre Nadeln sich wieder an die Arbeit.

Als er am Abend darauf auch nicht anrief, griff Rese zum Hörer. Vielleicht wollte er ihr die Gelegenheit geben, die Initiative zu ergreifen. Sie tippte die ersten Zahlen ein und zögerte dann.

Was, wenn etwas passiert war? In Gedanken ging sie alle Möglichkeiten durch. Sein Leben war nicht gerade langweilig, und sie waren beide nicht immun gegen Katastrophen. Etwas konnte geschehen sein, etwas, das er ihr nicht sagen wollte.

Hatte Roman ihn überredet, den Job anzunehmen? Sie schüttelte den Kopf. Nein. Dann hätte er sie angerufen. Hatte Antonia noch einen Schlaganfall gehabt? Rese ließ das Telefon sinken. War er im Krankenhaus und hielt Wache? Was, wenn Antonia im Sterben lag? Rese drückte die rote Taste.

Dads Tod war das Schlimmste gewesen, was sie jemals durchgemacht hatte, schlimmer noch als der Anschlag ihrer Mutter auf ihr Leben. Nachdem Dad in ihren Armen verblutet war, hatte sie sich vollkommen abgekapselt. Sie konnte nicht gut mit dem Tod umgehen, selbst mit Evvys und Ralphs friedlichem und vom Alter her zu erwartenden Heimgang. Wenn Antonia …

Rese schüttelte den Kopf. Wenn er mit ihr sprechen wollte, würde er anrufen. Aber jetzt überschlugen sich ihre Gedanken. Sie stieg in ihr Bett, in der Absicht zu schlafen – was ihr aber lange nicht gelang.

Star war am nächsten Morgen vor ihr auf und backte nach dem Rezept von Lance Crêpes, immer noch ruhig und offensichtlich hungrig. Rese schleppte sich auf einen Stuhl. Der Duft des Teigs in der Pfanne und des sauren Beerensirups ließen nostalgische Erinnerungen in ihr aufsteigen. Sie dachte daran, wie Lance an ihrem Herd gestanden hatte. Die Fliesen unter ihren Füßen fühlten sich kühl an, aber irgendwie schien die Küche immer warm zu sein, selbst an einem nebligen, bewölkten Morgen wie diesem. Wahrscheinlich eine Illusion, aber was schadete das schon.

Rese schaltete die Espressomaschine ein. „Möchtest du einen?" Sie war nicht koffeinsüchtig, wie Star es ausdrückte, aber nach einer Nacht wie der vergangenen …

Star schüttelte den Kopf. „Ich bin nicht diejenige, die heute Nacht wie ein Aufziehmännchen hin und her gelaufen ist."

Rese warf ihr einen Blick zu. „Habe ich dich gestört?"

Star zuckte mit den Schultern. „Wenigstens war es nicht die Poliermaschine."

Rese drehte sich überrascht um. „Ich dachte damals, du hättest geschlafen." Es war das erste Mal gewesen, dass er sie geküsst hatte, und sie war nach oben gestapft, um professionelle Distanz zu fordern. Ha! Und dann hatte sie die Nacht damit verbracht, die Holzböden zu polieren, bis sie vor Erschöpfung zusammengebrochen war. „Ich dachte, du bekämest nie etwas mit, wenn du schläfst."

„‚Es gibt vieles über mich, was du nicht weißt'", ahmte Star mit perfektem Tonfall das Musical *Music Man* nach – noch ein Lieblingsstück von ihr. Star liebte Geschichten, in denen unmögliche Dinge geschahen. Rese hatte verächtlich geschnaubt, als ein kleiner mickriger Haufen Kinder mit Instrumenten, die sie nicht spielen konnten, sich in eine riesige Marschkapelle verwandelt hatte, aber Star hatte gesagt: *„Du verstehst das nicht, Rese. Du verstehst es einfach nicht."*

Sie goss Milch in den Aufschäumer. „Dann erzähl mir etwas, was ich nicht weiß." Denn Stars Leben war wie ein offenes Buch.

„Ich habe die Biologiearbeit zum Halbjahr absichtlich verhauen, weil du die ganze Woche über jeden Abend lange mit deinem Dad auf der Baustelle warst."

Rese drehte sich um. Das war die schlechteste Note, die sie jemals in einer Arbeit geschrieben hatte, aber Stars war noch schlechter gewesen. Es war im letzten Schuljahr gewesen, und sie hatte bereits gewusst, dass sie nicht zum College gehen würde, und so war der Schulabschluss reine Formsache. „Mir waren die Noten völlig egal, Star."

„Es wäre dir nicht egal gewesen, wenn meine besser gewesen wäre als deine."

Rese starrte sie an. „Das glaubst du nicht wirklich, oder?"

Star erwiderte den durchdringenden Blick.

Rese sagte: „Ich habe mich nie mit dir verglichen."

„Weil du dachtest, das brauchst du nicht."

Rese atmete hörbar aus. „Wovon redest du?"

Star drehte sich wieder zum Herd um. „Es spielt keine Rolle."

Entschlossen ließ Rese die Milch stehen und trat neben sie. „Was sagst du da? Dass du nicht dein Bestes gegeben hast, nur weil du dachtest, ich müsse besser sein?" *Zwanghaft konkurrenzsüchtig.* Hatte sie Star das Gefühl gegeben, weniger wert zu sein – oder sie für weniger wert gehalten?

„‚Denn nichts erscheint übel denen, die siegen.'"

„Ich habe nie versucht, gegen dich zu gewinnen. Ich wollte nie, dass du dir … minderwertig vorkommst."

Star kicherte. „Als müsstest du das versuchen. Das ist der Witz, verstehst du nicht?" Sie fuhr herum. „Ich habe dich gewinnen lassen."

Sie spürte Verärgerung in sich aufsteigen. „Gewinnen wobei?"

„Beim Leben."

Rese lehnte sich an die Küchenzeile. „Gib mir nicht die Schuld an deinen Problemen, Star. Ich war immer für dich da, jedes Mal."

Star schluckte. „Ich weiß." Sie wendete den Crêpe in der Pfanne. „Die starke, zuverlässige Rese."

Unmöglich zu sagen, ob es sarkastisch gemeint war.

Rese rieb sich übers Gesicht. Wenn sie geschlafen hätte, wäre ihr diese Unterhaltung vielleicht mit etwas Taktgefühl gelungen. Aber da sie völlig übermüdet war, würde sie es mit Sicherheit vermasseln. „Was habe ich dir denn getan?"

„Habe ich gesagt, dass du mir etwas getan hast?" Star ließ den Crêpe auf einen Teller gleiten, löffelte die Füllung in einer Linie auf die Mitte und schlug die Ränder darüber.

Rese bemerkte unwillkürlich, wie gleichmäßig golden und weich er war. „Ich glaube, das ist hier die entscheidende Botschaft. Dass du wegen mir nicht strahlen konntest."

„Nicht ‚konnte', Rese." Star träufelte von dem dunkelroten Sirup über den Pfannkuchen. „Ich habe es einfach nicht getan."

„Ich habe dich nie zurückgehalten, sondern dich immer unterstützt."

Star warf den Kopf in den Nacken und sang: *„‚Mich hält kein Faden, keine Schnur, ich tanz aus eig'nen Kräften nur.'"*

„Ich bin also Stromboli und du Pinocchio?"

Star stellte den Teller vor ihr hin, eine Gabe, die Rese ignorierte. Sie hatte Lance in New York zurückgelassen, um sich um Star zu kümmern, und das war der Dank dafür?

Star ging zurück zum Herd. „Michelle hat mir erzählt, dass du dein Leben Gott übergeben hast."

„Ich habe auch versucht, es dir zu erzählen, aber du bist abgehauen." *Und hast Lance beim Abschied geküsst.*

Star goss eine Kelle Crêpeteig in die Pfanne. „Dann siehst du vielleicht, wie es ist, wenn man beherrscht wird."

Rese ließ sich auf den Stuhl fallen, schnappte sich ihre Gabel und stach in den Pfannkuchen. „Ich habe dich nie beherrscht und wollte es auch gar nicht."

„Aber warum solltest du sonst mit mir befreundet sein wollen, Rese?"

Rese starrte sie an und die Antwort erstarb auf ihren Lippen. Obwohl

Star sich jetzt mit ihrem eigenen Crêpe an den Tisch setzte und zu essen begann, war Rese jeder Appetit vergangen. „Wenn du glaubst, dass ich dich nur kontrollieren will, warum bist du dann meine Freundin? Oder bist das überhaupt?“ Denn es war in diesem Augenblick schwer zu erkennen.

„Ich vermute, so funktioniert es für uns beide.“ Star verschlang ihren Crêpe. „Du der Superstar und *‚ich habe weder Witz noch Wort' noch Würde.'*“

Das war jetzt wirklich zu melodramatisch. Rese schob ihren Teller von sich. „Was willst du von mir, Star?“ Nach siebzehn Jahren, in denen sie alles gegeben hatte, was sie besaß, fragte sie sich das.

Star zog den Teller zu sich und machte sich über Rese' Crêpe her. „Ah. Was *du* von *mir* willst, ist das Rätsel.“

Rese zwang sich zu einem neutralen Tonfall. „Ich *will* gar nichts.“

„Und erwartest und verlangst nichts. Das habe ich mir gedacht.“

„Das meine ich nicht.“ Rese stützte ihre Ellbogen auf den Tisch. „Du bist meine Freundin. Das bist du schon seit Jahren. Was erwartest du, dass ich sage?“

Star fuhr mit dem Finger durch den Sirup und leckte ihn ab. „Ich erwarte und verlange nichts.“

Rese schloss die Augen und atmete hörbar aus. „Seit wann bin ich der Feind?“

Als Star nicht antwortete, öffnete Rese die Augen.

Tränen liefen Star über die Wangen, und sie hatte die Arme um sich geschlungen und wiegte sich vor und zurück. „Ich weiß nicht. Ich spüre es nur.“

Rese streckte die Hand aus und umfasste Stars Hand. „Es ist nicht wahr.“

Star schniefte. „Kann ich trotzdem bleiben?“

Rese hätte ihren Frust beinahe laut herausgeschrien. „Natürlich. Es hat sich doch nichts geändert.“

„Gut.“ Star stand mit einem strahlenden Lächeln auf. „Ich gehe malen.“ Dann ging sie. Rese vergrub das Gesicht in den Händen. Vielleicht waren die Drogen doch noch nicht aus ihrem Körper verschwunden. Es konnte schließlich sein, dass ihre vorgeburtliche Sucht sie besonders sensibel gemacht hatte oder …

Oder war Star zum ersten Mal wirklich ehrlich gewesen?

Das Telefon klingelte und eilig griff sie danach, in der Hoffnung, Lance' Stimme zu hören. Aber es war die Psychiatrie und die schrullige Stimme von Dr. Jonas.

„Gut, dass ich Sie erwische, Rese. Ich wollte fragen, ob wir uns treffen können, um über Ihren Antrag auf Aufhebung der gerichtlichen Verfügung zu sprechen, damit Sie die Versorgung von Elaine übernehmen können."

Selbstverständlich. Natürlich war sie dazu in der Lage, sich noch eine weitere Abhängigkeitsbeziehung aufzubürden. Sie kam schließlich prima mit so etwas zurecht. Rasch schob Rese den Gedanken beiseite. „So bald wie möglich. Danke."

Diesen Prozess hatte sie in Gang gesetzt, noch bevor sie Sonoma verlassen hatte. Mit dem Antrag, den sie gestellt hatte, wollte sie erreichen, dass Moms Zustand neu beurteilt wurde, sodass sie die komplette gesetzliche Betreuung übernehmen konnte. Dad hatte getan, was er tun musste, weil er ein Kind schützen musste, was viel von seiner Zeit in Anspruch genommen hatte und weil Moms Zustand außer Kontrolle geraten war. Aber Dr. Jonas war zuversichtlich, dass sie auf die neuen Medikamente gut ansprechen würde. Alles war möglich.

Rese schloss die Augen und stellte sich ihre Mutter vor, und sie war enttäuscht darüber, dass selbst der Gedanke an sie noch immer emotionale Wunden aufbrach. Dies war die Mutter, die sie liebte, die Frau, die versucht hatte, sie zu töten. Lance hatte signalisiert, dass er sie kennenlernen wolle, aber er war nicht hier. Sie seufzte, aber im Geiste sah sie die Psychiatrie vor sich und malte sich aus, wie ihre eigene Zukunft aussehen könnte. Sie würde alle Hebel in Bewegung setzen, um ihre Mutter nach Hause zu holen, aber was würde sie tun, wenn sie sich als inkompetent erwies? Würde sie dann zu ihrer Mutter ziehen?

Stellas Worte verfolgten Lance noch immer, als er an Nonnas Bett saß. „*Das Blut schreit zum Himmel.*" So wie Nonna aufgeschrien hatte, als sie die Wahrheit erkannt hatte? Er hatte gehofft, der Arzt würde etwas finden, was nicht stimmte, dann hätten sie sie ins Krankenhaus bringen und das Problem lösen können. Aber da sie einen emotionalen Schock erlitten hatte, der keine körperliche Verschlechterung mit sich gebracht hatte, konnte die Medizin nichts für sie tun. Das Beste für sie war, sie hier zu behalten, wo sie glücklich und gut versorgt war – in ihrem Zuhause bei ihrer Familie.

Mama hatte ihn gebeten, bei Nonna zu sitzen, während sie Unterricht gab. Monica, Lucy und Sofie hätten alle viel zu tun, hatte sie behauptet, aber Lance durchschaute sie. Papa hatte ihr gesagt, sie solle ihn beschäftigen, damit er keine Dummheiten machte. Das wäre vielleicht ein Problem gewesen, wenn er eine Ahnung gehabt hätte, was er hätte tun können.

Er las den Brief immer wieder. Beim ersten Mal hatten sie ihn nur zögernd und in kleinen Häppchen aufgenommen, aber jetzt ging er jede Seite durch, wie Nonno sie geschrieben hatte, bis die Angst und der Kummer darin ihn ganz erfüllte. Obwohl gealtert, war Nonno gesund, voller Leben und voller Güte gewesen. Was war das für ein Hass, der einen solchen Mann hatte vernichten wollen?

Es war einfach nicht zu verstehen. Aber die bohrende Frage, die ihn nicht losließ, war, wieso Nonnos Opfer nicht genug gewesen sein sollte. Er brauchte Antworten, unbedingt.

Zögernd nahm er Nonnas Bibel vom Nachttisch und ein Stapel Fotos von ihren Kindern und Enkeln, der vorne in dem Buch lag, ergoss sich auf seinen Schoß. Er betrachtete die Fotos, von denen die meisten vor etlichen Jahren aufgenommen worden waren. Das Lächeln, die gekämmten Haare, Kinder in Pose und wohl erzogen – na gut, seine eigene Miene war ein wenig rebellisch –, sie alle starrten ihn erwartungsvoll an. Und in gewisser Weise fühlte er diese Erwartungen immer noch auf sich ruhen.

Nachdenklich schloss er die Augen, als ihm Nonnas tiefe Liebe bewusst wurde und mit ihr der Verlust. Er nahm Nonnas Hand. Womit beschäftigten sich wohl ihre Gedanken? Mit ihren Erinnerungen, so wie vorher? Oder waren jetzt selbst ihre Erinnerungen zu schmerzlich?

Wie konnte Gott von ihr erwarten, dass sie das alles ertrug? Und warum sollte sie wegen etwas leiden, das sie nicht einmal gewusst hatte? Eine junge Frau voller Potenzial und Träume, bis Marcos Leben das ihre berührt hatte. Er hatte es nicht gewusst, aber er hatte ihr Tod und Verlust gebracht. Und jetzt waren sie alle davon betroffen. *Herr …*

Aus irgendeinem Grund dachte er an Gina, den müden Kummer, der in letzter Zeit in ihrem Gesicht stand. Tony war niedergestreckt worden, aber Gina bezahlte dafür. Eine grimmige Erkenntnis ballte sich in seinem Magen zusammen. Marco hatte vielleicht keine Wahl gehabt. Tony hatte es nicht gewusst, bevor er Gina geheiratet hatte, aber …

Lance vergrub das Gesicht in den Händen und unterdrückte ein Stöhnen. Wenn er nicht in der Vergangenheit gegraben hätte, diese alte Fehde nicht entdeckt hätte – aber das hatte er, und damit kam die Verantwortung. Er wusste nicht, wie er die *Vendetta* beenden sollte, aber es war jetzt seine Aufgabe, es zu tun.

Er starrte auf die Bibel, die aufgeklappt auf seinem Schoß lag, und sein Blick fiel auf einen Vers, als wäre er erleuchtet. *„Dazu hat euch Gott berufen. Denn auch Christus hat für euch gelitten, und er hat euch ein Beispiel gegeben, dem ihr folgen sollt.“*

Lance hatte sich nach einer Aufgabe gesehnt, die ihm einen Sinn und eine Identität gab. Und jetzt lag sie ihm zu Füßen. Er wollte die Herausforderung annehmen und sagen: „Hier bin ich.“ *Hier bin ich.*

Er erschrak, als er eine Berührung an der Schulter spürte. Rico stand mit aschfahlem und schmerzverzerrtem Gesicht hinter ihm, die Augen voller Panik, und hielt seinen vom Verband befreiten Arm. Lance schleppte sich wieder in die Realität zurück und bemerkte die frische Schwellung an Ricos Hand und Handgelenk. „Was hast du gemacht?“

Rico zuckte mit den Schultern in seiner typischen „Ich hab's vermasselt“-Geste, die Lance so gut kannte.

„Du hast den Arm benutzt? Rico, hast du damit Schlagzeug gespielt?“ Er hatte die Klänge über den Flur hinweg gehört, war aber davon ausgegangen, dass Rico wieder den einarmigen Banditen gab. Offenbar reichte ihm eine Hand nicht. Es war nicht zu übersehen, dass er Schmerzen hatte. Was hatte er sich nur dabei gedacht?

„Ich musste es versuchen, Mann. Ich wollte es unbedingt wissen.“

„Es ist noch zu früh.“ Wie konnte er glauben, eine oder zwei Wochen … Aber Lance kannte die Rastlosigkeit, die Ungeduld, die Rico immerzu in Bewegung sein ließ, die Schläge und Rhythmen, die ihm durch den Kopf gingen, so wie Melodien und Texte ihn manchmal fest im Griff hatten. „Wie schlimm ist es?“

„Fühlt sich an, als wäre was gebrochen.“

„Dann ab ins Krankenhaus. Geh und lass dich röntgen.“

Als Rico seinen Arm bewegte, verzog sich sein Gesicht vor Schmerzen. Lance nahm vorsichtig das Handgelenk und umschloss es mit beiden Händen. Er beugte den Kopf und wie von selbst kam ein Gebet über seine Lippen, eine Bitte um Gnade und Geduld, um Hilfe und Heilung. Schließlich schlug er die Augen auf und ließ Ricos Arm los.

„Danke, Lance. Erstaunlich, dass du aus jeder Not ein Gebet machst, scheinbar hast du einen guten Draht nach oben. Bilde ich es mir nur ein, oder hat der Schmerz tatsächlich nachgelassen?“ Rico strich über seinen Arm. Sein Atem ging ruhig, entspannt. Er zögerte kurz, dann umarmte er Lance. „Fährst du mich jetzt ins Krankenhaus, damit sie mir einen neuen Verband verpassen?“

Lance nickte und warf einen letzten Blick auf Nonnas Bibel. Wenn es seine Aufgabe war, diese *Vendetta* zu beenden, dann musste er wissen, was von ihm erwartet wurde. Während er noch überlegte, wurde ihm bewusst, wie unsicher sein Leben geworden war.

Kapitel 30

Augenblicke
wie Tautropfen
glänzen und sind fort

Marco lacht, als ich ihm sage, dass er in Uniform todschick aussieht.

„Es kommt mir vor, als würde ich ein Schild tragen: ‚Sieh mich an, ich bin Polizist.'"

„Aber natürlich", sage ich. „Und was ist daran verkehrt?"

Er sieht mich merkwürdig an und tätschelt dann meine Schulter. „Nichts. Gar nichts."

Ich zupfe seinen Ärmel zurecht und bemerke die Venen, die unter seiner Haut hervorstehen, die Zeichen des Alters, die allmählich erscheinen. Es ist ungewöhnlich, dass jemand in seinem Alter zur Polizei geht, und seine plötzliche berufliche Veränderung belustigt mich. „Keine Lust mehr, das Geld reicher Leute anzulegen?" Ich necke ihn mit seinem alten Ausspruch, obwohl ich nach all den Jahren immer noch nicht weiß, was er eigentlich getan hat, als er für seine Kunden auf Geschäftsreise war.

Er nimmt mich in den Arm. „Keine Lust mehr, von dir getrennt zu sein, meine Süße." Er küsst mich auf die Nase. Ein alter Narr ist er, aber ich liebe ihn. Ich weiß nicht, was ich mit ihm anfangen soll, wenn er so oft abends zu Hause ist. Jetzt, wo die Kinder groß sind, beansprucht das Restaurant einen großen Teil meiner Zeit. Aber ich liebe das, was ich mir aufgebaut habe, trotz Mama Benignas Beleidigungen – obwohl sie jeden Tag dort isst.

Sie ist das Kreuz, das ich für das Geschenk ihres Sohnes trage, und in meinen besseren Augenblicken bin ich dankbar dafür, dass sie ihn geboren hat. Vor allem bin ich jedoch dankbar dafür, dass sie ihm nichts von sich selbst mitgegeben hat. Ich drehe Marco um und richte seinen Kragen unter dem silbernen Haaransatz. Er sieht immer noch gut aus, und bei dem Gedanken macht mein Herz einen Satz.

„Marco."

Er sieht über die Schulter und ich sage: „Warum fahren wir nicht einmal irgendwohin?"

Er dreht sich ganz zu mir um. „Wohin möchtest du denn gerne?"

„Ich weiß nicht. Du bist schon überall gewesen. Such einen Ort aus und nimm mich dorthin mit."

Er lacht. „Und was ist mit deinem Restaurant?"

„Ich hänge ein Schild ins Fenster, so wie alle anderen es auch machen: Bin im Urlaub. Zweite Flitterwochen." Ich ziehe seine Krawatte fester. „Weil die ersten ... schwierig waren." Ich wünschte, ich könnte diese Tage voller Kummer ungeschehen machen und die Braut sein, die Marco verdient hat.

Er hebt mein Kinn und küsst mich. „Jedes Mal, wenn ich nach Hause komme, ist es, als wäre ich in den Flitterwochen."

Antonia rührte sich, und sie erkannte, dass Lance neben ihr saß. Beinahe wäre sie aus dem Ort aufgetaucht, an dem ihre Erinnerungen lebten, aber sie war entschlossen, dort zu bleiben, und tauchte wieder ein.

Als ich Lance das erste Mal im Arm halte, weiß ich es. Dieses Baby ist mein Herz. Wie kann das sein, wo ich doch meine eigenen fünf gehalten habe und siebzehn andere Enkel? Aber dieser Sohn von Roman, Dorias Kind, bemächtigt sich meiner Seele. Jetzt verstehe ich, Nonno. Er hatte mich gewarnt, aber ich kann dem Sog dieses Säuglings auf meinem Arm nicht widerstehen. Ja, manche Liebe ist ein Teil der Seele.

Sie hatte gesehen, wie er seine ersten Schritte gemacht hatte, nicht einen, sondern gleich drei. Das war Lance, immer auf der Suche nach mehr. Während Doria anderen kleinen Füßen Jazz und Ballett beibrachte, hatte Lance sein eigenes Schwanken und Fallen entwickelt. Und Antonia hatte ihn hochgehoben und wieder auf die Füße gestellt.

Ich drücke ihm den Dollar als Geburtstagsgeschenk in die Hand, aber ich weiß, dass kein Geschenk ersetzen kann, was er in sich trägt. Die anderen gehen locker damit um, aber Lance ist nicht wie sie. Auf seinem Gesicht liegt ein Strahlen, das ich kaum ertragen kann. Dieses Kind, das mein Herz ist, liebt Gott noch mehr ...

Und wegen ihm hatte sie Frieden mit Gott geschlossen, der sie so schrecklich geprüft hatte. Sie konnte sich nicht dem einen widersetzen, der dieses Kind in ihr Leben gebracht hatte. Sie konnte nicht vertrauen, aber sie hatte sich nicht zwischen Lance und den Heiland gestellt. Sie hatte seinen Glauben geschützt und genährt, um seinetwillen … und um ihrer selbst willen.

Und was hatte es genützt? Lance fragte: „Nonna?" Aber die Gegenwart war schmerzlicher als die Vergangenheit. Sie würde ihn nicht anhören; sie konnte nicht.

Lance spürte den Schmerz. Das hier war echt. Keine Frage. Er musste eine Rolle spielen, und wie Nonna musste er es allein tun. Er hatte den gehetzten Blick in Ginas Gesicht gesehen, hatte Nonnas Kummer in sich aufgesogen. Wenn er sich dafür entschied, diese Sache zu erledigen, wollte er Rese da nicht mit reinziehen. Sein Kopf fühlte sich matschig an, seine Glieder schwer wie Blei. Sein Inneres war aufgewühlt, wenn er daran dachte, wie es ihr vorkommen musste, wie es sich anfühlen würde.

Aber wenn er das Werkzeug war, musste er seine persönlichen Wünsche, Hoffnungen und Träume dem unterordnen. „*Wenn einer mit mir gehen will, so muss ich für ihn wichtiger sein als seine Eltern, seine Frau, seine Kinder, seine Geschwister, ja wichtiger als das eigene Leben. Sonst kann er nicht mein Jünger sein.*"

Ein tiefes Verlangen nach Rese packte ihn, aber an sie zu denken, lenkte ihn ab und schwächte ihn. Er rieb sich das Gesicht und sah die schlafende Nonna an, deren Brust sich in flachen Atemzügen hob und senkte. Sie war mit dieser Sache zu ihm gekommen, weil es für sie zu viel gewesen war. Und jetzt wartete sie, schwebend zwischen Vergangenheit und Gegenwart, einer Vergangenheit, die er aufgedeckt hatte, und einer Gegenwart, der sie sich nicht stellen konnte. Er musste handeln. Aber wenn er erst einmal den Fehdehandschuh aufhob, würde es kein Zurück mehr geben.

Rese folgte der Sozialarbeiterin wieder nach unten. Die Beurteilung des Hauses erfolgte offenbar nur oberflächlich, und die Frau schien wenig beeindruckt von der vielen Arbeit und der Liebe zum Detail, die nötig gewesen waren, um eine so angenehme und authentische Umgebung zu schaffen. Aber die Wohnbedingungen einer psychisch kranken Frau, die zu ihrer stabilen, selbstständig tätigen Tochter zog, standen vielleicht nicht sehr weit oben auf der Prioritätenliste des Landes – andererseits ließen sie aber in dem ganzen Vorgang keinen Schritt aus, um die Sache zu beschleunigen.

Rese führte sie in den Garten, damit sie das Grundstück und das Kutscherhaus kurz ansehen konnte. Kein Waffenlager, kein Drogenlabor. Nicht einmal mehr eine Leiche im Keller. Darum hatte sich Lance gekümmert. Aber Rese hielt es trotzdem für besser, den Tunnel nicht zu erwähnen. Sie wollte ihn nicht aufschließen und zeigen.

Als die Frau gegangen war, zog Rese sich ins Haus zurück und versuchte zu entscheiden, was sie tun sollte. Drei Tage ohne ein Wort von Lance? Irgendetwas war geschehen – wieder einmal. Sie wollte ihn nicht stören, aber vier offene Reservierungen mussten bearbeitet werden. Sollte sie stornieren und so den Gästen Zeit geben, etwas anderes zu finden, oder sollte sie bestätigen und davon ausgehen, dass er hier sein würde, wenn sie ihn brauchte?

Was, wenn er nicht kam und sie mit Star als Aushilfe klarkommen musste? Sie war die halbe Nacht lang auf und ab gegangen und hatte sich ausgemalt, was alles passiert sein könnte, aber sie konnte sich keinen einzigen Grund denken, warum er nicht anrief. Natürlich, sie hatte auch nicht angerufen, aber nur, weil sie Angst davor hatte, nicht zu wissen, was sie sagen sollte. Lance wusste immer, was er sagen sollte. Wie viel leichter war es für sie, wenn er einfach da war und ihr die Worte ohne jede Mühe entlockte.

Jetzt stand sie allein in der Küche, die Arme verschränkt, und überlegte. Bei dem morgendlichen Nieselregen hatte Star sich in die Werkstatt zurückgezogen, um zu malen, und war auch dort geblieben, als die Sonne herausgekommen und in Richtung Westen gewandert war. Rese hätte schnitzen können, während Star malte, aber auch wenn sie einen zarten Waffenstillstand geschlossen hatten, wollte sie ihr nicht zu sehr auf die Pelle rücken. Baxter lag vor dem Ofen, und außer den unbestätigten Reservierungen forderte nichts ihre Zeit oder Aufmerksamkeit.

Sie seufzte. Was war, wenn er darauf wartete, dass sie anrief? Er hatte seine Gefühle deutlich gemacht, und sie war diejenige gewesen, die sich Zeit gelassen hatte. Jetzt, wo sie getrennt waren, hoffte er vielleicht –

Ach, was wusste sie schon von diesen Dingen? Sie ging zum Telefon, und gerade als sie zum Hörer griff, klingelte es. Ha!

Sie nahm ab und Erleichterung durchströmte sie, als sie Lance' Stimme hörte. „Ist alles in Ordnung?" Sie schlang einen Arm um ihren Oberkörper. „Ich war schon ein bisschen besorgt." Angespannt, panisch, verrückt vor Angst.

„Rese …" Seine Stimme klang belegt. „Setz dich, Liebling, damit wir reden können."

Liebling? Ihre Knie wurden weich. Sie rutschte an der Wand hinunter und wartete, aber er sprach so lange nicht, dass ihr Herz anfing zu hämmern wie eine Trommel. „Was ist los?"

Er seufzte. „Ich weiß nicht, wo ich anfangen soll."

Ihre Glieder wurden ganz taub und ihr Kopf füllte sich mit Nebel. Aus der Ferne hörte sie seinen zittrigen Atem, und ihrer fühlte sich genauso an. „Du kommst nicht." Sie umklammerte den kühlen Hörer. „Ist es das, was du mir sagen willst?"

„Es gibt etwas, das ich tun muss. Wenn es einen anderen Weg gäbe, würde ich ihn gehen. Aber alles läuft darauf hinaus, Rese."

„Wovon redest du, Lance?"

„Es ist besser, wenn du es nicht weißt."

Besser …? Wie konnte er das nur sagen, wo er doch von all den Dingen wusste, die man vor ihr geheim gehalten hatte – Dinge, die wichtig waren, entscheidende Dinge? „Du kommst also, wenn du es erledigt hast?"

„Wenn es erledigt ist … dann sehen die Dinge vielleicht ganz anders aus."

Für jemanden, der sich sonst so gut ausdrücken konnte, war das unglaublich unklar. „Was für Dinge?"

Er atmete langsam aus. „Alles."

Sie presste eine Hand auf ihren Bauch und fragte sich, wann der Schlag sie getroffen hatte. Und er hatte recht. Manchmal ist es besser, wenn man es nicht wusste. Sie hatte nicht gedacht, dass er Schluss machen würde, dass er sie fallen ließ wie … „Hast du mich an deiner Wand verewigt?"

Er stöhnte. „So ist das nicht."

„Ich verstehe." Klar wie Kloßbrühe.

„Rese, Gott –"

„Tu das ja nicht." Die Wut hatte sich eingeschlichen wie eine Schlange und verschlang die Angst und das Mitgefühl mit einem Biss. „Wenn du deine Meinung geändert hast, gut, aber dann übernimm wenigstens die Verantwortung dafür."

Seine Stimme klang wund und müde. „Du hast recht. Es tut mir leid."

Die Wut kochte hoch. „Kein Problem. Ich will sowieso keine Pension führen." Wenn in diesem Augenblick Gäste da gewesen wären, hätte sie sie vor die Tür gesetzt. Die letzten Monate waren ein einziger Fehler gewesen.

Lance erwiderte nichts darauf. Dem Mann der vielen Worte fielen keine ein.

Sie legte auf und sah auf die Uhr. Dann wanderte ihr Blick nach draußen, wo das Abendlicht schräg in ihren Garten fiel. Selbst wenn er lange auf der Baustelle blieb, würde er schon zu Hause sein, wenn sie Sausalito erreicht hatte. Sie ging hinaus, ließ den Motor ihres Lieferwagens aufheulen und raste zur Einfahrt raus. Zum Glück kühlte die Fahrt ihren Zorn zu einer gleichmäßigen Glut herunter, die sie leicht unter Kontrolle bringen konnte, und als sie dort ankam, war sie ganz gefasst.

Mit einem erstaunten Blick öffnete Brad die Tür und atmete Zigarettenrauch aus.

Sie wehrte die Rauchwolke mit der Hand ab. „Ich dachte, du hättest aufgehört."

Er blickte auf die Kippe zwischen Daumen und Zeigefinger hinunter, schnipste sie in die Einfahrt und zuckte mit den Schultern. „Zählt ein Monat?"

„So viel wie dreißig Tage."

Sein Lächeln ließ Falten auf seiner sonnengebräunten Haut erscheinen. „Was machst du hier, Rese?"

„Ich wollte auf etwas zurückkommen, was du gesagt hast."

„Aha." Mit einem Lachen winkte er sie herein. „Möchtest du was zu trinken? Bier, Sprudel, Kaffee?"

Sie schüttelte den Kopf, dann sah sie sich um, während sie durch das Wohnzimmer in die Küche ging, von der aus man auf die Terrasse gelangte. „Du hast hier drin gute Arbeit geleistet." Es war kein großes Haus, aber er hatte Wände rausgenommen, sodass es eine großzügige

Atmosphäre ausstrahlte – moderner, als sie es gemacht hätte, aber Dad hatte sie mit historischen Gebäuden verdorben, bevor sie einen eigenen Geschmack hatte entwickeln können.

Brad folgte ihr durch die Räume. „Mir gefällt es. Für mich allein brauche ich nichts Größeres."

Nein, in großen alten Villen sollte man nicht allein leben. Sie wandte sich um. „Brad ..." Die Worte blieben ihr im Halse stecken. Es gab so viele gemeinsame Erlebnisse, die zwischen ihnen standen, und viele davon waren unschön – was ebenso sehr ihre Schuld war wie seine. Zwanghaft konkurrenzsüchtig. Sie legte die Hände auf die Küchentheke, fuhr mit gespreizten Fingern über die glatte Fläche und fragte sich, wie viel Verantwortung sie für all das trug, was sie ihm und den anderen vorgeworfen hatte.

Er stützte die Ellbogen auf und sah ihr in die Augen. „Was ist los?"

Sie konnte es nicht tun. Warum hatte sie geglaubt, sie könnte hierherkommen und ... Sie richtete sich auf. „Als wir das letzte Mal miteinander sprachen, hast du etwas Interessantes gesagt."

„Ich gebe mir Mühe, andere Leute nicht ständig zu langweilen."

Sie blickte in sein Gesicht mit den grünen, attraktiven Augen neben der rundlichen Nase.

Die Falten um seinen Mund hatten sich vertieft und zuckten jetzt belustigt. „Ich habe dich noch nie nervös gesehen." Seine Miene wurde weicher.

Sie reckte das Kinn vor. „Ich bin nicht nervös."

„Dann eben sprachlos."

Sie hob die Hände und ließ sie dann wieder fallen. „Warum glauben Männer immer, sie wüssten, was in meinem Kopf vor sich geht?"

Das Licht in der Küche ließ die silbrigen Strähnen an seinen Schläfen aufleuchten. „Ich würde nie im Leben versuchen zu erraten, was in deinem Kopf vor sich geht. Das würde ich sowieso nicht herausfinden. Von Anfang an habe ich dich nicht verstanden. Aber das macht nichts. Denn wenn du gekommen bist, um mein Angebot anzunehmen, dann freue ich mich."

„Welches Angebot, Brad?"

Die Adern in seiner Stirn pochten. „Welches ...?"

Sie beugte sich vor und küsste ihn auf den Mund. Er wich nur ein paar Zentimeter zurück, die Lippen vor Überraschung geöffnet, und sein Blick wanderte von ihrem Haaransatz zu ihrem Kinn und wieder hinauf. Er nahm ihren Ellbogen und zog sie um die Theke auf seine Seite. „Damit hatte ich nicht gerechnet."

„Hat es dir denn gefallen?"

„Was meinst du?"

Wut flammte auf. „Ich kann das nicht gut beurteilen."

Er beugte sich über sie und drückte seine Lippen auf ihren Mund. Er war größer als Lance, muskulöser, und als seine Arme sie umfingen, schob er ihren Hals weiter zurück. Er roch nach Rauch, und sie erinnerte sich an jeden Streit und Kampf.

Er löste sich von ihr. „Was soll das, Rese?"

Dad hatte diesem Mann all die Dinge anvertraut, die er ihr nicht hatte erzählen wollen. Mit Brad hatte er mehr Zeit verbracht als mit jedem anderen Menschen. Sie hatten miteinander geredet. Seit ihrem zwölften Lebensjahr hatte Brad, der vom Alter her zwischen ihr und Dad stand, zu ihrem Leben gehört. „Weißt du noch, was du gesagt hast, als ich dich gefragt habe, ob es noch andere Geheimnisse gebe, von denen ich nichts wüsste?"

„Mmm ..."

„Du hast gesagt, du wärest in mich verknallt gewesen."

„Ja, klar." Er schluckte. „Du bist zwar steinhart, aber deshalb bist du nicht unattraktiv." Er neigte den Kopf ein wenig. „Ganz im Gegenteil."

Schmerz und Wut packten sie, als sie ihn wieder küsste.

„Du übernimmst gerne die Kontrolle, oder?"

Sie unterdrückte den Wunsch, einfach wegzulaufen. „Interesse?"

Er zog sie näher und küsste sie leidenschaftlich. „Du bist hier nicht der Boss."

„Gut." Sollte er seinen Willen bekommen. Was kümmerte es sie? Seine Arme und sein Mund verschafften ihr eine grimmige Befriedigung. Sie war nicht unattraktiv, sondern begehrenswert. Aber darum ging es nicht.

Brad packte sie an den Schultern. „Was erwartest du?"

„Du bist der Boss."

Seine Brust hob sich. „Auf jeden Fall hast du mich ganz schön überrumpelt. Ich weiß nicht ..."

Sie half ihm nicht. Er hatte so lange gewinnen wollen und sie musste sich sicher sein.

Er holte tief Luft. „Du machst mich fertiger als alle Frauen, die ich kenne. Selbst meine Ex."

Sie sah ihn mit großen Augen an. „Ex? Ex...frau?"

„Kurz und lange her. Bevor ich bei deinem Dad angefangen habe."

Waren sie nicht ein schönes Pärchen mit ihren Geheimnissen?

„Aber darum geht es nicht." Sein Griff lockerte sich. „Ich weiß nicht, was du vorhast, Rese." Prüfend sah er sie an. „Ich könnte es so deuten, wie es aussieht, aber … ich kann nicht." Er ließ die Hände sinken und steckte die Hände in die Hosentaschen.

Sie wartete.

„Ich sage nicht, dass ich nicht daran gedacht habe. Aber …" Er wandte den Blick ab, sah sie dann aber wieder an. „Du bist Vernon Barretts Tochter."

Eine Welle der Erleichterung.

„Er ist nicht mehr da und du bist jetzt eine Frau, aber …" Er schüttelte den Kopf. „So ist das nun mal."

Sie lächelte. „Dann bin ich bereit, über unsere Partnerschaft zu reden."

„Geschäftlich?"

„Ausschließlich." Als er sie ungläubig anstarrte, zuckte sie mit den Schultern. „Du hattest die Bemerkung gemacht und …" Niemals wieder würde sie eine Partnerschaft unter anderen Bedingungen eingehen.

Er ließ die Schultern hängen. „War das ein Test?"

„Na ja …"

„Und du hättest nicht fragen können?" Er stemmte die Hände in die Hüften.

„Wärest du dir sicher gewesen?" Und würde sie glauben, was er sagte, ohne es mit eigenen Augen gesehen zu haben?

Er presste die Lippen aufeinander. „Okay, ich hätte mich wahrscheinlich schon gefragt."

„Da wir das jetzt geklärt haben, lass uns über die Bedingungen reden."

„Hast du was dagegen, wenn ich meinen Puls erst mal ein bisschen runterbringe?" Er ging zum Kühlschrank und holte eine Wasserflasche heraus.

„In Ordnung", sagte sie. Sie würden reden, wie Brad und Dad es getan hatten, von Mann zu Mann.

Als er sich wieder zu ihr gesellte, unterdrückte sie den Drang, die Kontrolle über ihr Leben zu übernehmen. „Zuerst einmal: Die Villa verkaufe ich nicht." Sie musste irgendwo leben, und sie hatte dort hervorragende Arbeit geleistet. „Aber ich habe ein paar Dinge, die ich flüssig machen kann."

Lance schlug sich mit dem Telefon aufs Knie. Die letzten beiden Stunden über hatte er dem Drang widerstanden, sie noch einmal anzurufen und ihr alles zu erklären, damit sie es verstand. *Ich wollte dir nicht wehtun. Ich wusste nicht, dass es so kommen würde.*

In der Absicht, ihr wenige Tage später zu folgen, hatte er sie heimgeschickt. Er hatte den Brief zu Ende lesen wollen, damit die Sache für Nonna zu einem Abschluss gebracht wurde und sie beruhigt war; das Ende hatte er nicht geahnt. Hätte er Rese warnen, sie vorbereiten sollen? Vielleicht hatte er das ja, indem er sie seine Fehler, sein Versagen hatte sehen und hören lassen, seine jämmerliche Geschichte. Sie dachte, das wäre der Grund. Ein weiterer Strich an seiner Wand.

Sein Herz zog sich zusammen. Er hatte Rese nicht angelogen. Ein Leben an ihrer Seite hatte er sich gewünscht und wünschte es sich immer noch. Er hatte sie in sein Innerstes gezogen, und sie jetzt herauszureißen, tat so weh wie ein Messer in einer offenen Wunde. Aber er wusste nicht, was ihn erwartete, welche Risiken er würde eingehen müssen.

Die ganze Nacht hatte er über Nonnos Leben gegrübelt, über den Mann, der sich für Gerechtigkeit und Recht eingesetzt hatte, einen Mann, der gütig und humorvoll war. Die Sinnlosigkeit seines gewaltsamen Todes hatte ihn überwältigt.

Wie bei den Menschen, die nur ihrer Arbeit nachgegangen waren, als die zwei Türme eingestürzt waren. Welche Erklärung konnte es dafür geben?

Ja, er würde diese *Vendetta* beenden. Aber er würde Rese dabei nicht in Gefahr bringen. Wie konnte er erwarten, dass sie, die aus einer ganz anderen Familie, aus einer anderen Kultur stammte, ihn verstand? Das konnte er nicht.

Das war der Grund, warum er ihr die Wahrheit vorenthielt. Das und die Angst, dass sie ihn umstimmen könnte. Er betrachtete das Telefon in seiner Hand und stöhnte. Wie gerne hätte er ihr gesagt, dass er sie liebte. Warum hatte er nicht wenigstens das gesagt? Er schüttelte den Kopf. Sie würde ihm nicht glauben. Es war besser, wenn er einen klaren Schnitt machte, aber obwohl er seit Tagen kaum etwas gegessen hatte, war der Schmerz in seinem Magen kein Hunger. Langsam legte er das Telefon aus der Hand, während sich in seinem Innern die Angst breitmachte.

Sie hatte es zu einfach ausgedrückt. „*Wenn du deine Meinung geändert hast, gut, aber dann übernimm wenigstens die Verantwortung dafür.*" Was änderte es schon, ob es Gottes Plan war oder sein eigener? Für Rese machte das keinen Unterschied. Sosehr es auch schmerzte, daran konnte er nichts ändern. Er wünschte, er hätte Ricos Fähigkeit, seine Gefühle mit chirurgischer Präzision zu durchtrennen, aber das konnte er nicht.

Er ging in Nonnas Zimmer und setzte sich zu ihr. Sie war wach, reagierte aber nicht auf seinen Gruß. Sie schien schwächer zu werden; vielleicht war der Mord an Nonno der letzte Schlag, den sie nicht abwehren konnte. Würde sie lange genug leben, um das Ende mitzubekommen? Seine Wut wich einem Gefühl des Verlustes, das ihn schier überwältigte. „Nonna." Er nahm ihre Hand. „Ich werde diese *Vendetta* für die Michellis beenden, egal, was es kostet."

Ihre Hand zitterte in seiner, aber sie sagte nichts und sah ihn auch nicht an. In ihren Gedanken war sie irgendwo für ihn nicht zugänglich. Gott hatte sie gebraucht, um seine Aufmerksamkeit zu erlangen, aber jetzt war es eine Sache zwischen Gott und ihm. *„Wer mir nachfolgen will, der darf nicht mehr sich selbst in den Mittelpunkt stellen, sondern muss sein Kreuz auf sich nehmen und mir nachfolgen."*

Kapitel 31

„Habe ich dir in letzter Zeit mal erzählt, was ich von meinem Vater halte?“ Rico lehnte mit düsterer Miene am Maschendrahtzaun des Sportplatzes. Es war nicht leicht für ihn, dorthin zurückzukehren, woher er kam, und Lance wusste das Opfer, das er brachte, durchaus zu schätzen. Es war nicht sehr wahrscheinlich, dass Juan irgendeinen Borsellino kannte, aber da er im Knast gesessen hatte und in Drogengeschäfte und Hehlerei verwickelt war, hielt Lance es für möglich.

Er krallte die Finger in den Zaun zwischen ihnen, während der Schweiß auf seiner Brust trocknete. „Wusste er irgendwas?“

„Nada. Nix.“

Lance umklammerte den Ball. „Nicht mal eine Kontaktperson?“

Rico zuckte mit den Schultern. „Er sagt nichts, Mann.“

Zweiundzwanzig Jahre waren eine lange Zeit. Obwohl er mehrere Borsellinos im Telefonbuch gefunden hatte, war die Familie in der Stadt möglicherweise nicht mehr im Geschäft, und der Einzige, der unmittelbar für Nonnos Tod verantwortlich war, lebte vielleicht gar nicht mehr. Er wusste nicht, was er tun würde, wenn er erfuhr, wer das war, aber wenn es in diesem Tempo weiterging … Er schüttelte den Kopf.

„Tut mir leid, Mann.“ Rico hatte nicht nach dem Warum gefragt, sondern Juan einfach die Frage gestellt.

„Schon gut.“ Lance seufzte. Dem Brief von Nonno hatte er nicht genügend Informationen entnehmen können. Wenn er davon ausgegangen war, dass jemand die *Vendetta* wieder aufnahm und zurückschlug, warum hatte er dann nicht irgendeinen Hinweis hinterlassen? Er war bei allen anderen Dingen gründlich gewesen.

„Spielen wir jetzt oder was?“, rief Bobby.

Lance warf seinem Schwager einen Blick zu. Er war sich nicht sicher, aber er vermutete, dass Bobby den Auftrag hatte, ihn aus dem Haus zu locken, damit er mit dem Grübeln aufhörte. Aber er grübelte nicht. Er dachte nach und betete, vor allem Letzteres, wenn der Kummer und die Sehnsucht ihn packten, wenn Angst und Enttäuschung ihn zu ersticken drohten.

Sport war keine gute Idee gewesen. Er spürte, wie sein Körper ihn im Stich ließ, vielleicht vom wenigen Essen, vielleicht von den Kopfschmerzen. Er hatte genügend Beziehungen beendet und müsste eigentlich mit dem Ablauf vertraut sein. Aber diese Wunde schloss sich nicht.

„Hey." Bobby hob fragend die Hände.

„Ich muss weg." Lance winkte ihm zu und ging durch das Tor zu Rico. Es hatte eine Woche gedauert, um von Juan zu erfahren, dass er nichts wusste. Eine Woche voller Sorge um Nonna, um Rese, um das, was er tun sollte. Es musste irgendeinen Hinweis geben. *Herr* …

Und dann kam ihm ein Gedanke, eine Erinnerung: Tony, der eine Kiste getragen hatte, als er und Gina ausgezogen waren. Eine Kiste. Lance hielt den Atem an. Vielleicht … er schluckte.

„Wieso hast du es so eilig?" Rico beeilte sich, mit ihm Schritt zu halten.

„Ich brauche etwas."

Rico legte den Kopf schief. „Du hast diesen Blick drauf, Mann."

„Ich muss zu Gina."

Rico warf ihm einen Blick zu.

„Nicht das, was du denkst." Rico hatte sich nach Stars Abreise mit einer Reihe von Rendezvous getröstet, aber Lance hatte etwas ganz anderes im Sinn. Und außerdem wäre die Frau seines toten Bruders wohl kaum die Richtige für ihn, um sich zu trösten. Was dachte Rico sich nur?

Als er die Treppe zur U-Bahn erreicht hatte, stand Rico immer noch da. Lance blieb stehen.

Rico wandte sich halb um. „Was ist?"

„Musst du nicht wohin?"

„Klar, Mann. Wir gehen zu Gina."

Lance wägte die Situation ab, er wollte Rico nicht in Gefahr bringen, andererseits war ein Besuch bei Gina doch etwas völlig Harmloses. Und gegen einen Gefährten auf seiner Fahrt in die Innenstadt war nichts einzuwenden.

Soweit er wusste, arbeitete Gina sonntags nicht, also standen die Chancen, dass sie zu Hause war, recht gut. Als sie bei dem Reihenhaus ankamen, öffnete Gina die Tür. In ihren dunkelblauen Caprihosen und einer gelb-blau gestreiften Bluse sah sie frisch und hübsch aus. Ihre

Haare hatte sie zu einem Pferdeschwanz gebunden, und auch wenn ein paar graue Strähnen zu sehen waren, wirkte sie sehr mädchenhaft.

„Hallo, Gina." Er gab ihr einen Kuss auf die Wange.

Jemand trat hinter sie, und Lance blickte in das schmale Gesicht des Arztes, mit dem sie ausging. „Hallo." Lance streckte die Hand aus. „Lance Michelli." Er wusste, warum Jake dem Typen eine reinhauen wollte, auch wenn er nichts Aufdringliches an sich hatte. Er gehörte einfach nicht hierhin.

„Das ist Darryl Boyle", sagte Gina, den Doktortitel ließ sie weg. „Mein Schwager und sein Freund Rico." Sie wandte sich den beiden zu. „Was macht ihr hier?"

„Abgesehen davon, dass ich nach Tonys Familie sehe?" Das Unbehagen und die Traurigkeit, die über ihr Gesicht huschten, ließ ihn seine Bemerkung sogleich bereuen. „Ich habe mich gefragt, ob du noch die Kiste mit den Sachen von Nonno Marco hast."

Sie runzelte die Stirn. „Du meinst die alten Sachen aus seiner Wohnung?"

Lance nickte.

Sie zuckte mit den Schultern und winkte die beiden herein. „Ich habe nichts davon weggeworfen, das heißt, wenn … Tony es nicht getan hat, müsste alles noch hier sein."

„Tony würde die Sachen nicht wegwerfen." Er hatte immer gerne in Nonnos Medaillen und Fotos gekramt und wieder und wieder die Mütze aufgesetzt, bis sie ihm passte. Bestimmt hatte er jeden Artikel in dem Album auswendig gekannt, aber Lance konnte sich nicht daran erinnern, ob irgendetwas darin gestanden hatte, das mit der *Vendetta* zu tun hatte.

Gina raufte sich die Haare und brachte ihre hübsche Frisur damit durcheinander. „Ich vermute, in der Kammer."

„Das bezweifle ich."

Sie blickte über die Schulter.

„Sehen wir in seinem Arbeitszimmer nach."

„Lance …"

Er war schon an der Tür, als ihm bewusst wurde, dass sie Tonys Büro in ein Spielzimmer für die Kinder umfunktioniert hatte. Es sollte nicht wehtun. Es war beinahe vier Jahre her. Die Kinder brauchten mehr Platz als … Tony.

Er folgte ihr zur Kammer.

Sie schaltete das Licht ein. „Ich hoffe, du erkennst die Kiste wieder."

Aber er hatte sie bereits auf einem der hinteren Regale entdeckt. Zielstrebig schob er sich zwischen Schlafsäcken und Sportsachen und anderen Dingen hindurch, dann hielt er sie in Händen.

„Ich habe sie für Jake aufgehoben." Ihr Tonfall war sanft, aber es war ihr Ernst. Tony war Papas ältester Sohn gewesen, und Jake war seiner. Alle Erbstücke wurden dieser Geschlechterfolge entsprechend vermacht.

„Ich suche etwas Bestimmtes." Obwohl er nicht wusste, was. „Ich brauche es vielleicht für eine Weile, aber du bekommst es wieder."

Er hörte, wie Rico sich mit Darryl unterhielt.

Sie lächelte. „In Ordnung, natürlich. Willst du die Kiste rausholen?"

Er schüttelte den Kopf, setzte sich auf einen zusammengerollten Schlafsack und stellte sie sich auf den Schoß. „Ich stelle sie ins Regal zurück, wenn ich fertig bin."

„Möchtest du einen gesüßten Tee? Darryl hat mir gezeigt, wie man ihn in Georgia macht."

„Nein, danke." Vorsichtig nahm er den Deckel von der Kiste und war froh, dass er sich eine Bemerkung verkniffen hatte. Gina brauchte nicht noch mehr von seinem Sarkasmus.

Er hätte so gerne in Erinnerungen geschwelgt, aber nun hatte er schon Ginas Rendezvous gestört, deshalb überblätterte er hastig die Fotos und Auszeichnungen und Verdienstorden und nahm das Erinnerungsalbum heraus. Es enthielt Artikel über Nonno und andere im Polizeidienst, aber nichts über das FBI oder die Borsellinos.

Er nahm die dicke Trennpappe heraus, stellte sie auf den Boden und arbeitete sich bis zum Grund der Kiste vor. Mit klopfendem Herzen zog er einen großen Umschlag heraus, an den er sich nicht erinnerte. Tony war wohl der Meinung gewesen, er sei für seinen kleinen Bruder nicht interessant, als sie gemeinsam den Inhalt der Kiste durchgesehen hatten, aber mit wachsender Unruhe zog Lance jetzt den Umschlag heraus. Es konnte unwichtig sein. Aber Lance glaubte nicht, dass Nonno ihnen keinen Hinweis hinterlassen hatte. Wenn er sich die Mühe gemacht hatte, Nonna den Brief zu hinterlassen, dann musste er erwartet haben, dass jemand etwas deswegen unternahm. Warum sonst hätte er sein Geheimnis nicht mit ins Grab nehmen sollen?

Lance zog den metallenen Verschluss auf und öffnete die Lasche des Umschlags. Er sah nur den oberen Zentimeter Schrift auf der ersten Seite neben dem Foto, bevor seine Finger so heftig zu zittern anfingen, dass er den Umschlag kaum wieder verschließen konnte. Er legte ihn auf den Boden, packte die anderen Dinge wieder in die Kiste und stellte sie auf das Regal zurück.

Rico sah aus wie ein Welpe mit einem Blasenproblem, als Lance mit dem Umschlag in der Hand herauskam. Er sprang sofort auf und ging zur Tür.

Gina blickte von ihrem Tee auf. „Hast du es gefunden?" Er wusste, dass sie für ihr Leben gerne gefragt hätte, was es war, aber noch lieber wollte sie die unbehagliche Situation beenden.

Lance gab ihr einen Kuss auf die Wange. „Danke. Ich bringe es dir wieder zurück."

Sie tätschelte seine Wange. „Alles in Ordnung?" Ihr Blick war voller Sorge.

„Klar."

Sie sah ihn ein bisschen zu lange an. „Gut. Komm vorbei, wann immer du magst. Jake wird traurig sein, dass er dich verpasst hat."

Aber sicherlich froh, Darryl nicht begegnet zu sein. Hatte Gina es so arrangiert? Egal. Das war ihre Sache.

Sie gingen auf den Bürgersteig, und bevor Lance es sich versah, riss Rico ihm den Umschlag aus der Hand.

„Was machst du?"

„Mach ihn nicht auf."

„Warum nicht?"

Lance streckte die Hand aus. „Das ist mein Problem."

Rico runzelte die Stirn. „Bei uns gibt es kein ‚mein'."

„Diesmal schon." Lance griff nach dem Umschlag, aber Rico machte einen Schritt zurück.

Selbst mit seinem am Oberkörper festgebundenen Arm wirkte er kämpferisch. „Du machst das nicht allein, Mann."

„Was soll ich nicht allein machen?"

„Denkst du, ich bin blind? Dass ich nicht sehe, wie du leidest und hungerst?"

„Ich hungere nicht."

Rico umklammerte den Umschlag.

Lance seufzte. „Das ist nicht dein Kampf, Rico. Er geht vielleicht nicht gut aus.“ Wenn man sich mit einer Verbrecherfamilie einließ, war das meistens der Fall.

„Es geht aus, wie es ausgeht.“

Seine Brust zog sich zusammen. „Rico …“

Aber er öffnete den Umschlag und zog die Papiere heraus.

Rese war allein in der Werkstatt, als der Schmerz sie überrumpelte. Sie hatte ihn früher erwartet, aber er hatte nicht zugeschlagen. In den neun Tagen, seit Lance angerufen hatte, war sie ununterbrochen an der Arbeit gewesen und hatte den Plan vorangebracht, auf den Brad und sie sich geeinigt hatten, und damit hatte sie den Plan, den sie und Lance geschmiedet hatten, zunichtegemacht.

Alle Buchungen waren storniert, das Geld zurückgezahlt, die Internetseite gelöscht. Sie hatte nicht genug Ahnung, um die Sache mit dem Wein zu regeln, aber die Silberzertifikate hatten beinahe fünfmal so viel eingebracht wie ihren Nennwert, und das war genug, um die Konkurrenzfirma zu gründen – *Plocken & Barrett*, Renovierungsexperten. Sie hatte vielleicht mit *Barrett's Renovierungen* ihren guten Namen verkauft, aber sie bezweifelte nicht, dass sie ihn wieder zurückgewinnen konnten. Brad hatte zwar nicht darauf bestanden, aber sie hatte ihren Namen an zweite Stelle gesetzt, um die offensichtlichen Auswirkungen auf ihren Wettbewerb so gering wie möglich zu halten. Dass der Name Barrett Bestandteil war, würde ihnen Türen öffnen, aber sie wollte nicht vor Gericht gezerrt werden.

Nachdem sie den Vertrag ausgefochten hatten, hatten sie über Vernon Barrett geredet, ihren Vater und Helden. In vieler Hinsicht war er das für Brad auch gewesen. Sie waren beide tief von ihm geprägt und ihm in seinem Streben nach Vortrefflichkeit und seinem seltenen, aber gerechten Lob überaus ähnlich. Am Ende des Abends hatten sie sich die Hände gereicht und sie war nach Hause gefahren, überzeugt davon, dass sie es mit der ganzen Welt aufnehmen konnte.

Aber in der Stille ihrer Werkstatt, während sie ihre Arbeit machte, die sie liebte, hatte der Schmerz sie überfallen. Warum hatte sie es nicht kommen sehen? Sie hätte sich vorbereiten können, hätte den Tatsachen ins Auge sehen können. Aber nein. Wellen tiefer Verletzungen schlugen über ihr zusammen.

Verletzung und Wut und Verwirrung. Was hatte sie nicht bemerkt? War sie wirklich nur eine weitere Eroberung? Vielleicht war es für ihn genug gewesen, dass sie sich verliebt hatte. Sie musste ein schwieriger Fall gewesen sein, wenn Sybil der Maßstab war. Die war vom ersten Tag an um ihn herumgestrichen und war offensichtlich nicht die Erste, die ihn unwiderstehlich fand.

Jetzt konnte sie nicht so tun, als hätte sie es nicht gewusst. Wie viele Leute hatten ihr von Lance' Eroberungen erzählt? Sogar Lance selbst. Vielleicht hatte er versucht anders zu sein, aber letzten Endes hatte er sich aus dem Staub gemacht, bevor er versagen konnte. Der Gedanke machte sie wütend und unendlich traurig zugleich. Und das Ungerechteste war, dass sie irgendwo in diesem Schmerz das schreckliche Gefühl hatte, dass etwas nicht stimmte.

Lächerlich, aber ... das Gefühl ging nicht weg, eine Sorge, die so furchtbar war, dass sie ihr den Atem nahm.

„Rese?"

Der Stechbeitel zitterte in ihrer Hand. Sie blickte auf und sah Michelle im Türrahmen stehen.

„Star hat gesagt, dass du hier bist." Michelle hielt eine Hundeleine hoch. „Kann ich mir Baxter ausleihen?"

Rese blickte auf den Hund hinunter, der bei der Aussicht auf einen Spaziergang mit dem Schwanz wedelte, obwohl er zu ihren Füßen liegen blieb. Lance hatte kein Wort darüber verloren, wer ihn bekommen sollte. „Klar. Er will bestimmt raus."

Sie hatte ein Arabeskendesign für einen Schrank fertiggestellt und gar nicht bemerkt, wie die Stunden verstrichen waren. Baxter musste es leid sein, neben ihr zu liegen, obwohl er nicht protestiert hatte. Michelle würde ihn auf dem Weg zu den Bedürftigen von Sonoma mitnehmen, denen sie Toilettenpapier und Zahnpasta oder Windeln und Suppe brachte. Er schien ihre Ausflüge zu genießen, und alle mochten ihn – was sollte man an ihm auch nicht mögen?

Rese kraulte seinen Kopf. „Geh schon."

Er rappelte sich auf. Sie hatte sich gewundert, dass er nicht sofort aufgesprungen war und Michelle begrüßt hatte, aber er schien den Kummer zu spüren, der sich wie ein dichter Schleier auf sie legte. Vielleicht fühlte er sich auch genauso schmerzlich wie sie von seinem Herrchen verlassen. Aber im Gegensatz zu ihr hatte er nicht die Fähigkeit, dieses Gefühl in Wut oder Taten zu lenken.

„Ist alles in Ordnung?" Michelle sah sie mit besorgter Miene an.

Rese wich der Frage aus. „Wie kommt es, dass du mit allen Leuten so gut auskommst, Michelle?" Vielleicht hatte sie, ohne es zu wissen, etwas getan, das ihn vertrieben hatte.

Michelle richtete sich auf, nachdem sie die Leine an Baxters Halsband befestigt hatte, und zuckte mit den Schultern. „Ich sehe Jesus in ihnen." Ihre Miene wurde weicher. *„‚Was ihr für einen von meinen geringsten Brüdern getan habt, das habt ihr für mich getan!'* Ganz einfach."

Einfach. „Versuchst du immer das Beste in den Menschen zu sehen?"

Michelle lachte. „Also, das ist schwieriger. Vor allem bei denen, die gemein sind. Nein, ich sehe nur das, was sie mir zeigen wollen, und versuche sie so zu mögen, wie sie sind."

„Und wenn sie deine Liebe nicht erwidern?" Ihre Stimme brach beinahe, aber sie fing sich wieder, ohne den Schmerz hinter den Worten zu zeigen.

Michelle zuckte mit den Schultern. „Manche Menschen sind so verschlossen, dass sie keine Beziehungen aufbauen können."

Rese musterte ihr Gesicht, aber wenn sie es persönlich gemeint hatte, ließ sie es sich nicht anmerken.

„Andere suchen so verzweifelt, dass sie nicht sehen, was vor ihren Augen ist. Aber wir geben unser Bestes."

Rese nickte. „Stimmt." Sie hatte alle ihre Kraft darauf verwendet, das Beste zu geben, die Beste zu sein. Aber es war offensichtlich nicht genug, und jetzt fragte sie sich, ob es jemals genug gewesen war.

„Gott mit dir, Rese. Ich bringe Baxter nachher wieder." Michelle winkte mit der Leine.

Und Gott mir dir, Michelle, denn irgendwann, wenn du nicht damit rechnest, könnte jemand dich so sehr enttäuschen, dass du ihn nicht mehr lieben kannst, sosehr du es auch versuchst.

Die Akte enthielt einen minuziösen Bericht über Paolo Borsellino, seine Söhne Leon und Matteo, mehrere Cousins, einen Neffen und zwei Kollegen. Die Verbrechen und schmutzigen Geschäfte waren in allen Einzelheiten aufgelistet und mit Daten versehen, obwohl sie wahrscheinlich verjährt waren, da die Informationen mehr als zweiundzwanzig Jahre alt waren und es dabei nicht um Mord ging.

Den einen Mord, von dem er wusste, hatte Nonno nicht aufgeführt. Wie auch, wenn er selbst doch das Opfer war.

Lance saß neben Rico auf der Feuertreppe und schirmte die Zettel mit seinem Körper gegen die leichte Brise ab. Das Geräusch einer Harley mehrere Blocks entfernt ließ Ricos Kopf hochfahren, aber nicht einmal davon ließ Lance sich ablenken. Mit den Informationen in dem Umschlag hätte Nonno alle Borsellinos hinter Gitter bringen können, aber er hatte den Waffenstillstand eingehalten. Warum? Wegen seiner Verbindung zur Familie? Aus irgendeinem Gefühl der Ehre oder Schuld, weil er Don Agosto verraten und dieser daraufhin ermordet worden war? Möglich, wenn man bedachte, wie schuldig er sich nach Vittorios Tod gefühlt hatte. Er und Nonno waren sich diesbezüglich sehr ähnlich, denn sie beide trugen die Last der Entscheidungen anderer.

Wenn Nonno diese Informationen öffentlich gemacht und die Drohungen gegen seine Familie bekannt gegeben hätte, dann hätte man doch bestimmt etwas tun können. Oder war ihm das Risiko zu groß gewesen? Wie konnte er sie alle beschützen und wie lange? Weil er seinen Feind zu gut kannte, hatte Nonno die Risiken abgewägt und sich selbst geopfert, um die zu schützen, die er liebte.

Aber er hatte dies zurückgelassen, damit der Gerechtigkeit Genüge getan werden konnte, wenn das Verbrechen begangen wurde. Er musste damit gerechnet haben, dass jemand den Umschlag zu den Behörden bringen würde. Nonnas Brief hätte eine Suche ausgelöst, und vielleicht war die Mappe leicht zugänglich gewesen, bis jemand sie mit Nonnos anderen Sachen weggepackt hatte.

Tony – hatte Tony die Akte gelesen? Er war bei der Polizei gewesen. Ohne den Brief hätte er das alles nicht mit Nonnos Unfall in Verbindung gebracht, aber selbst ein frischgebackener Polizist würde Beweise für Verbrechen erkennen. Lance wusste nicht, wie lange die Dokumente in der Kiste gelegen hatten, aber Tony hatte sie ihm nie gezeigt. Hatte Nonno ihm erzählt, dass die Borsellinos tabu waren? Konnte Tony es gewusst haben?

Ricos Magen knurrte. „Sollen wir was essen?“

Lance schüttelte den Kopf. Nonno könnte von Tony erwartet haben, dass er alles wie ein Puzzle zusammensetzte. Wie konnte er auch wissen, dass sein Enkel tot sein würde, bevor der Brief gefunden wurde? Vor zweiundzwanzig Jahren hätten sie vielleicht ermittelt, hätten den Fall untersucht. Aber wie standen die Chancen, dass man jetzt noch etwas beweisen konnte? Er seufzte. Auch wenn es hoffnungslos erschien, musste er irgendwo anfangen. Er schob die Unterlagen wieder in den Umschlag und stand auf. „Ich bringe das hier zur Polizei. Du kannst nicht mitkommen, Rico. Sie sollen nicht wissen, dass du etwas damit zu tun hast.“

Rico widersprach nicht. Mit irgendetwas zur Polizeiwache zu stiefeln, war nichts für ihn. Tony, klar, wer hatte Tony nicht gemocht? Und Rico wusste, dass Juan jeden Ausflug ins Gefängnis verdient hatte, aber abgesehen davon misstraute er dem System von Grund auf.

„Ich kann mir nicht vorstellen, dass sie es ernst nehmen werden. Was können sie damit anfangen?“ Rico deutete mit dem Kinn auf den Umschlag

„Vielleicht nichts. Wahrscheinlich nichts. Aber ich muss es trotzdem versuchen.“ Lance kletterte durchs Fenster ins Haus und ließ Rico kopfschüttelnd zurück.

Er hätte auch eine Polizeiwache irgendwo in der Bronx aufsuchen können, aber er hatte sich anders entschieden und fuhr mit dem Zug in die Innenstadt zu Tonys alter Wache. Dort angekommen ging er zu dem Beamten am Empfang und fragte nach Tonys früherem Partner Seabass.

Der Beamte zog die Augenbrauen hoch, als er den Spitznamen hörte, und zeigte ihm den Weg zu Sebastian Gamets Büro. Lance klopfte an und ging hinein.

„Michelli!“

„Du bist zum Detective befördert worden.“

„Letztes Jahr.“ Der Mann erhob sich hinter seinem Schreibtisch und reichte ihm die Hand. Ein halbes Baguette mit einem Berg Zwiebeln darauf lag auf seinem Schreibtisch und verbreitete einen angenehmen Duft. „Wie geht's? Keinen Ärger in letzter Zeit?“

Klar. „Ich tue, was ich kann.“

Gamets rötliche Augenbrauen zogen sich unter den abenteuerlich quer gekämmten Haaren zusammen. „Ich vermisse es, Tony mit seinem kriminellen kleinen Bruder aufzuziehen."

„Nicht kriminell. Ich bin nicht vorbestraft."

Gamet legte den Kopf schief. „Geht's dir gut? Du siehst ein bisschen ... abgemagert aus."

Wo sollte er anfangen? „Mir geht es gut. Aber ich will dir etwas zeigen." Er hielt ihm die Borsellino-Akte hin sowie die letzte Seite von Nonnos Brief.

Gamet las alles sorgfältig durch. „Marco Michelli ist ein Verwandter von dir?"

„Mein Großvater."

„Stimmt, das hat Tony mir erzählt. Er war bei der Polizei."

„Später. Am Anfang FBI. Hat in schwierigen Zeiten verdeckt ermittelt."

Gamet nickte. „Wenn man verdeckt ermittelt, sind alle Zeiten schwierig."

„Er hat die Borsellinos, eine Camorra-Familie, unterwandert. Hat den Boss hinter Gitter gebracht, wo die Mafia ihn dann erwischt hat."

„Das kommt vor."

Lance setzte sich auf die Kante des Schreibtischs. „Die Borsellinos haben daraus eine *Vendetta* gegen Marco gemacht. Einer der Söhne, Carlo, ist ihm nach Sonoma gefolgt, hat seinen Kontaktmann getötet und versucht, auch ihn umzubringen. Marco hat Carlo in Notwehr erschossen."

Gamet ließ seine Cola im Glas kreisen und hörte zu, wenn er auch nicht unbedingt überzeugt schien.

„Der nächste Sohn, Paolo, hat mit Marco einen Waffenstillstand vereinbart. Sie würden die Familie des jeweils anderen in Ruhe lassen. Paolo musste sich etablieren und Marco hatte gesehen, dass sie vor Mord nicht zurückschreckten."

Gamet biss in sein Baguette und kaute nachdenklich.

„Jahre später wurde Paolo verhaftet und verurteilt. Wie in dem Brief steht, muss er gedacht haben, Marco hätte etwas damit zu tun, und da hat er von seiner Zelle aus den Befehl zu dem Anschlag gegeben."

Gamet runzelte die Stirn. „Haben wir eine Akte über den Mord?"

Lance schüttelte den Kopf. „Wir dachten, es wäre ein Autounfall gewesen. Es sah ja auch aus wie ein Unfall."

Nachdenklich musterte Gamet ihn. „Aber jetzt glaubst du, dein Großvater wurde in dieser *Vendetta* umgebracht."

Lance nickte. „Der Brief wurde an dem Tag geschrieben, an dem Marco starb. Lies die Seite. Er hat einen Drohanruf erhalten und ist losgezogen, um sich dem zu stellen."

Gamet schürzte die Lippen, während sein Blick über Marcos Brief wanderte. „Das ist ein mögliches Szenario. Es könnte aber auch sein, dass sein Auto verunglückte, bevor er dort ankam, oder dass er sich mit jemandem getroffen und die Sache geklärt hat und auf dem Heimweg verunglückt ist. Glaub mir, solche ironischen Zufälle kommen vor."

So hatte Lance es noch nicht gesehen und er glaubte es auch nicht, aber er musste zugeben, dass es theoretisch so gewesen sein könnte.

Gamet legte die Unterlagen hin, ging um den Schreibtisch herum und packte Lance' Schulter. „Wenn das stimmt, hast du zu Unrecht zwei Menschen verloren, die dir etwas bedeutet haben. Du weißt, dass Tony mir wichtig war. Er war nicht einmal im Dienst an jenem Morgen, sondern hat einem der Jungs einen Gefallen getan."

Der Gedanke an den Mann, der an seiner Stelle zu dem Zeitpunkt an jenem Ort hätte sein sollen, hatte ihn immer geplagt. Aber jetzt glaubte er das auch nicht mehr. Gott wusste, was zu geschehen hatte. „Kannst du irgendetwas damit anfangen?"

„Ich werde es nicht gleich abtun, aber viel ist es nicht."

„Aber du siehst es dir an? Suchst dir Marcos Akte raus, ob es irgendetwas darin gibt … irgendetwas?"

„Ich sehe es mir an, Lance. Keine Ermittlungen nach dem Unfall?"

Er seufzte. „Ich glaube nicht."

„Und es ist zwanzig …"

„Zweiundzwanzig Jahre her."

„Und kein Verbrechen registriert. Nicht einmal ein ungeklärter Fall."

Lance schüttelte den Kopf.

„Das ist so, als wollte ich ein Kaninchen aus dem Hut zaubern. Was soll ich als Beweise benutzen?"

Lance ließ die Schultern hängen. „Ich weiß. Es ist nur …" *Eine* Vendetta. Sein Kopf drehte sich und er rieb sich die Augen.

„Alles in Ordnung?"

Er schluckte. „Ich brauche wohl was zu essen."

„Wenn das so ist …" Gamet griff nach dem halben Baguette.

Lance winkte ab, als sein Magen sich umdrehte. „Nein, danke."

Gamet legte das Baguette wieder beiseite. „Wir haben ein paar gute Leute verloren, Lance, aber du musst aufhören, hinter jedem Busch ein Geheimnis zu wittern, nur um jemandem die Schuld zu geben."

„Ich habe nicht danach gesucht." Er wandte sich zur Tür um. „Sag Bescheid, wenn du etwas herausfindest."

Gamet ließ sich auf seinen Stuhl sinken und nahm das Baguette wieder in die Hand. „Mach ich."

Aber Lance konnte an seinem Tonfall erkennen, dass nichts dabei herauskommen würde. „Nimm die Borsellinos unter die Lupe, okay?"

Er lehnte sich auf seinem Schreibtischstuhl zurück. „Und dann?"

„Sieh einfach nach, ob sie noch im Geschäft sind."

„Polizeiakten sind kein öffentlicher Besitz."

„Und grüß Sara von mir."

Gamet legte seufzend den Kopf schief. „Verschwinde."

Kapitel 32

„Ich bin sehr zuversichtlich“, sagte Dr. Jonas. „Dadurch, dass sie nicht auf Chlorpromazin und andere Behandlungen angesprochen hat, war es nahezu unmöglich, Elaines psychotische Schübe zu kontrollieren. Aber das Clozapin hat deutliche Wirkung gezeigt. Es ist wunderbar, das mit anzusehen.“

Rese blickte in Dr. Jonas' Weihnachtsmannaugen, immer noch leicht nervös beim Anblick der bürstenartigen Augenbrauen darüber. „Es geht ihr also besser?“

„Sie macht sich hervorragend.“

„Will sie mich sehen?“

Seine stoppeligen Schnurrbarthaare standen ab, wenn er lächelte. „Da bin ich mir sicher. Manchmal ist es wegen ihrer negativen Symptome – also ihrer unangemessenen Ausdrucksweise – schwierig, genau festzustellen, was sie will. Wir müssen das Ganze im Blick haben, die Erregung, Schlafroutine, wie gut sie isst und kommuniziert. Sie war immer viel ruhiger, wenn Vernon zu Besuch kam. Nach seinem Tod kehrten ihre Wahnvorstellungen wieder zurück, bis wir die Dosierung anpassen konnten. Es ist keine exakte Wissenschaft, aber man lernt, worauf man achten muss.“

„Aber sie kommuniziert?“

„An manchen Tagen ist sie ziemlich gesprächig und einigermaßen klar.“ Er faltete die Hände vor seinem Bauch. „Ich bin überzeugt davon: Wenn sie keine Wahnvorstellungen hat, ist sie weder für sich selbst noch für Sie eine Gefahr – solange die medikamentöse Behandlung fortgeführt wird.“

Rese verdaute diese Information. Das war es doch, was sie hatte hören wollen, oder nicht?

Er beugte sich vor. „Sie ist nicht geheilt, sondern ihr Zustand ist unter Kontrolle. Sie verstehen den Unterschied?“

Sie nickte. „Wenn ich ihr die Medikamente gebe, könnte sie mit mir nach Hause kommen?“

„Es ist sehr wahrscheinlich. Sie müssen entscheiden, ob es machbar ist. Es wäre eine einschneidende Veränderung in Ihrem Leben."

Beinahe hätte sie losgelacht. Als wäre irgendetwas in ihrem Leben so, wie sie es sich wünschte. „Es ist nur, dass ich jetzt wieder arbeite. Als ich den Prozess eingeleitet hatte, dachte ich, ich könnte da sein, in der Pension. Aber jetzt bin ich wieder in der Baubranche tätig. Einen Teil meiner Arbeitszeit verbringe ich zu Hause, aber meistens bin ich auf der Baustelle."

Er nahm die Hände von seinem Bauch. „Sie braucht jemanden, der sie betreut. Auch wenn diese Person nicht rund um die Uhr im Einsatz ist, muss sie wenigstens vor Ort sein. Mit den Versicherungsleistungen könnte eine Pflegekraft finanziert werden, oder –"

„Ich habe eine Freundin, die bei mir wohnt. Meist malt sie im Garten. Mom könnte bei ihr sitzen."

Er nickte. „Das würde ihr bestimmt gefallen."

„Ich rede mit Star."

„Gut. Haben Sie von der Kreisbehörde schon etwas gehört?"

„Ich hatte die Umfeldprüfung, und sie haben sich ein Bild von mir gemacht und festgestellt, dass ich keine Vorstrafen habe. Jetzt müssen sie sich nur noch vergewissern, dass ich keine Familienangehörigen auftreibe, um den Staat auszunehmen oder die Versicherungsgesellschaft zu betrügen."

Er lachte. „Sie stellen fest, ob Sie als Betreuungsperson geeignet sind."

Sie schluckte. „Bin ich geeignet?"

Seine Augen wurden so weich, dass sie am liebsten auf seinen Schoß geklettert wäre, wenn sie fünfzehn Jahre jünger wäre. „Ich glaube, Sie sind ausgezeichnet geeignet."

Die Worte rührten sie beinahe zu Tränen, aber sie war es gewohnt, solche Regungen zu unterdrücken.

Er sagte: „Ich habe das in meinem Bericht auch zum Ausdruck gebracht, obwohl die nächsten Jahre uns einen Hinweis geben dürften."

Daran brauchte sie nicht erinnert zu werden. „Damit werde ich mich dann wohl auseinandersetzen, wenn es so weit ist."

„Sie haben viel von Ihrem Vater."

Sie lächelte schwach. „Das Beste von beiden?"

Er beugte sich über den Schreibtisch und umschloss ihre Hände mit seinen. „Das glaube ich."

Ihre Kehle war wie zugeschnürt, aber sie presste die Worte hindurch: „Ich warte also, bis die Genehmigung kommt, und dann …" Plötzlich kam ihr ein Gedanke. „Sollte ich Mom fragen, ob sie überhaupt bei mir leben will? Sie ist schon so lange hier, dass es ihr vielleicht schwerfällt …"

„Wollen wir nachsehen?"

Gemeinsam gingen sie in das Besuchszimmer. Rese blickte auf, als die Krankenschwester Mom aus einem anderen Raum hereinführte. Sie wollte sich keine zu großen Hoffnungen machen. Vorsichtig half die Schwester ihrer Mutter in einen Sessel, während Dr. Jonas in der Nähe blieb. Rese atmete tief durch und setzte sich. „Hi, Mom."

Sie blickte auf. „Es ist nämlich ein sehr schlechtes Gefühl, ein sehr schlechtes Gefühl."

Der Arzt nickte aufmunternd, also streckte Rese ihre Hand aus und berührte die Hand ihrer Mutter. „Mom? Vielleicht ist es möglich, dass du bei mir in Sonoma wohnst. Würde dir das gefallen?"

Sie wandte sich an Dr. Jonas. „Kenne ich die Frau?"

Es war, als hätte jemand sich auf ihren Brustkorb gesetzt.

„Was glauben Sie, Elaine? Erkennen Sie Ihr Mädchen?"

Rese konnte den Blick, der sie prüfend ansah, bevor er weiterwanderte, kaum ertragen. „Ich habe die Wahrheit gesagt. Ich habe sie gesagt. Aber er ist fort, fort, fort."

Die Tränen brannten. Also gut, sie war ein Mensch. Es tat weh, dass Mom sie nicht erkannte, aber daran musste sie sich gewöhnen. Vielleicht mit der Zeit …

„Was hast du mit meinem kleinen Mädchen gemacht? Sie haben sie irgendwohin gebracht, wo ich sie nicht finden kann, und das Gefühl ist jetzt sehr stark; es ist sehr stark, und wenn du wartest, dann werden sie dich auch holen, du wirst ja sehen."

„Ich bin hier, Mom. Ich bin es, Rese." Wenigstens wusste sie, dass sie eine Tochter hatte.

„Theresa?"

Es war wie ein Sonnenstrahl in ihrer Seele – und welches schönere Geschenk hätte sie sich zu ihrem fünfundzwanzigsten Geburtstag wünschen können? „Das stimmt." Sie konnte es kaum erwarten, dass Mom sie nach so wenigen Besuchen erkannte. „Möchtest du mitkommen und für immer bei mir wohnen?"

„Ja."

Das Wort war klar und unbelastet von wirren Gedanken. Auch wenn es vielleicht eine willkürliche Äußerung war, wäre sie am liebsten auf die Knie gesunken und hätte den Kopf auf den Schoß ihrer Mutter gelegt.

„Wenn es dir weiter so gut geht und alle einverstanden sind, dann machen wir das, in Ordnung?"

Moms Finger hatte unentwegt gezuckt, seit sie sich gesetzt hatte. Sie antwortete nicht. Zweimal war zu viel verlangt. Rese sah zum Arzt und dann wieder zu ihrer Mutter. „Bis bald, Mom."

Dankbar verabschiedete sie sich von dem Arzt und fuhr nach Hause, während sie ihre Gefühle kaum im Zaum halten konnte. Es würde nicht einfach sein, aber sie würde es hinbekommen. Voller Vorfreude schluckte sie die Tränen hinunter. Fünfzehn Jahre des Verlusts wurden nun Tag für Tag ersetzt.

Star war auf dem Dachboden und legte ein Puzzle. Das Bild zeigte eine Vielzahl bunter Schnecken, die in Form und Größe beinahe identisch waren und sich nur in Farbnuancen voneinander unterschieden.

Die reine Tortur, dachte Rese, als sie sich über das Bild beugte. „Star? Wie es aussieht, kann ich Mom vielleicht hierherholen."

In der Vergangenheit hätte das gereicht, und Star wäre für mehrere Tage von der Bildfläche verschwunden, aber Rese hoffte, dass die Verbindung, die sie bei ihrem Besuch in der Klinik zwischen den beiden gespürt hatte, helfen würde. Star hatte viele ihrer eigenen Probleme auf Mom projiziert, aber als sie sich nach all den Jahren wieder begegnet waren, hatte zwischen ihnen ein Augenblick des Verstehens und Erkennens stattgefunden.

Irritiert sah Star sie an. „Du meinst hierher?"

Rese nickte. „Ihre Medikamente haben eine Menge bewirkt. Dr. Jonas meint, sie sei nicht mehr gemeingefährlich. Sie selbst ist auch einverstanden und … ich würde es gerne versuchen."

Star blinzelte. *„,Dann wär's gut, man tät es eilig.'"*

Sie schien es ernst zu meinen, aber das war noch nicht alles. Rese setzte sich zu Star auf den Boden. „Jetzt, wo ich wieder arbeite, kann ich nicht immer hier sein. Könntest du auf sie aufpassen, also einfach bei ihr sein, wenn ich nicht da bin?"

Wieder blinzelte Star. „Du bittest mich, die Verantwortung für Elaine zu übernehmen?"

Rese schluckte. „Es ist viel verlangt, das weiß ich. Aber ich dachte ..."

„Ja. Ich passe auf deine Mutter auf, wenn du arbeitest."

Rese ging in die Hocke. „Wirklich? Es macht dir nichts aus?"

Star schüttelte den Kopf. „Ich bin sowieso hier." Seit sie zurückgekehrt war, hatte sie das Grundstück nicht verlassen.

Rese stützte sich mit ihren Handflächen auf ihre Beine. „Das ist super. Ich meine, du kannst Nein sagen ..."

„Ich habe Ja gesagt." Star nahm ein Puzzleteil in die Hand. „Was würdest du sagen, welche Farbe das hier hat?"

Rese betrachtete das Puzzleteil. „Überwiegend blau."

Star starrte auf die gegenüberliegende Seite des Dachbodens. „Elaine hat die Farben gesehen."

Rese nickte. „Ja."

„Ich frage mich, was sie jetzt wohl sehen wird."

„Sie wird dich sehen, Star."

Unbeirrt legte Star das Puzzleteil zu den anderen Teilen ähnlicher Farbe.

Rese suchte nach irgendwelchen Anzeichen für Unmut. Ihre Kehle zog sich zusammen. „Und noch etwas: Wenn ich anfange, psychotische Schübe zu bekommen, hast du die Verantwortung für uns beide."

Plötzlich sah Star sie an. Rese wappnete sich schon für eine oberflächliche oder sarkastische Bemerkung, aber Star sagte nur: „Warum bist du wieder arbeiten gegangen?"

Das hatte sie nicht erwartet, aber offenbar war heute der Tag, an dem alle Gefühle hochkamen. Es war drei Wochen her, dass sie in der Küche miteinander geredet hatten, aber es hätte genauso gut heute Morgen sein können. „Weil Lance nicht zurückkommt."

„Das heißt, wir führen keine Pension mehr?"

Sie schüttelte den Kopf. „Eher ein Heim für Außenseiterinnen."

Stars Gesicht erhellte sich vor Vergnügen, dann warf sie den Kopf in den Nacken und lachte. Rese stimmte in ihr Gelächter ein, und dann konnten sie beide nicht mehr aufhören, bis sie keuchend auf dem Boden lagen und sich die Bäuche hielten. Als sie wieder einigermaßen sprechen konnte, rollte Star sich auf die Seite und ihre Blicke begegneten sich. „Hasst du ihn?"

„Ich weiß nicht. Im Moment tut es einfach nur weh."
„Ich wusste es nicht."
„Jetzt weißt du es."

In den anderthalb Monaten, seit sie den Brief zu Ende gelesen hatten, quoll Nonnas Zimmer über von Blumen, Karten und Gebeten. Menschen kamen vorbei und hinterließen kleine Zeichen der Liebe und Hochachtung, auch wenn Nonna nicht darauf reagierte. Wenn sie kamen, um sich zu setzen und ein paar Worte zu sagen oder um sie zu baden oder zu füttern oder ihre Kleider oder Laken zu wechseln, bemerkte Lance an jeder Person etwas Strahlendes, Helles.

Selbst Papa war nicht grob, wenn er Nonnas Hand hielt und ihre Finger küsste, sondern fragte sanft: „Wie geht es dir, Mama?" Er betete nicht laut, aber Lance spürte seine Gebete. Sie redeten nicht, aber er fühlte, dass Papa ihn in einem neuen Licht sah. Er hatte gedacht, Lance hätte längst aufgegeben, aber das war nicht möglich.

Einmal hatte er den Job erwähnt, aber Lance hatte seinen Anteil an der Miete damit verdient, dass er bei zwei Partys allein Musik gemacht, mit Chaz bei einer Hochzeit gespielt und verschiedene Aushilfsjobs im Viertel gefunden hatte. Den Großteil seiner freien Zeit verbrachte er bei Nonna, obwohl es den Anschein hatte, dass er immer weniger für sie tun konnte.

Körperlich gesehen gab es keinen Grund für die Verschlechterung ihres Zustandes. Sie aß und trank, was man ihr gab, konnte sich mit fremder Hilfe bewegen, aber sie sprach kein Wort und zeigte auch keinerlei Interesse. Eine Krankenschwester war gekommen und hatte sie untersucht, aber auch sie fand keinen Grund für die Entwicklung. Es waren der Schock und der Kummer, die ihr den Lebensmut raubten. Noch nie zuvor hatte er gesehen, dass sie aufgegeben hatte, aber jetzt war es so weit gekommen.

In dem Sessel neben ihrem Bett knirschte Lance mit den Zähnen. Er hatte so gehofft und dafür gebetet, dass sie wieder zu Kräften kam und dass Detective Gamet Antworten fand. Beides war nicht geschehen. Gamet hatte die Akte mit Bedauern zurückgegeben. „Ich kann die Mittel nicht zur Verfügung stellen. Wir haben so schon zu viele ungeklärte Fälle."

„Und was ist mit den Borsellinos?"

Gamet hatte die Frage nicht gefallen. „Lass die Finger davon, Lance. Mach was aus deinem Leben." Aber als er sich nicht von der Stelle gerührt hatte, hatte Gamet die Fäuste auf den Schreibtisch gestützt. „Ich sage nur so viel: Paolo Borsellino? Er wurde wegen Schutzgelderpressung, Verschwörung und Mord zu lebenslänglicher Haft verurteilt."

Nicht für die Verschwörung zum Mord an Nonno, und der Täter selbst lief vielleicht noch frei herum. Die *Vendetta* war noch immer nicht beendet, aber niemand schien zu erkennen, was auf dem Spiel stand. Wütend und schlecht gelaunt hatte Lance das Büro des Detektivs verlassen. Jedes Mal, wenn er sich an irgendeine Behörde wandte, landete die Sache wieder unbearbeitet bei ihm.

Im Laufe der nächsten Woche hatte er Häuser und Büros und Erholungsorte ausfindig gemacht; Autos, Boote, Schulen und Kirchen – wichtige Orte im Leben der Borsellinos. Meistens war er allein, aber manchmal auch mit Rico zusammen durch das trendige Manhattan und die protzigen Viertel Chelsea und Long Island gezogen. Obwohl er keine Ausbildung hatte, schien er ein Naturtalent in Sachen Überwachung zu sein – das war doch interessant.

In gewisser Hinsicht ermittelte er jetzt verdeckt für Nonno, so wie Vittorio für ihn die Augen offen gehalten hatte. Nach der ersten Woche seiner Nachforschungen hatte er angefangen, seinen Feind kennenzulernen. Und dafür war Sofies Kleinwagen völlig ungeeignet. Er hatte Saul Samuels angerufen. Als Gegenleistung dafür, dass er bei der Bar-Mizwa seiner Nichte gespielt hatte – zusammen mit Rico, der, so gut es ging, die Trommeln und das Becken bearbeitete – durfte er Sauls silbernen Mercedes benutzen. Saul fuhr ihn ohnehin nur äußerst selten.

Jetzt saß er mit Rico vor einem Stadthaus in Chelsea. Zuerst hatte er Drogenhöhlen und Bandenführer erwartet. Aber obwohl die Familie so angefangen hatte und zweifellos noch immer von illegalen Geschäften profitierte, waren die Borsellinos zu dekadentem Luxus aufgestiegen und hatten sich Ansehen erkauft.

Über seine eigene Familie musste er innerlich lachen. Sie steckte noch immer in ihrem vierstöckigen Haus, während seine Tanten und Onkels glaubten, sie hätten es zu etwas gebracht, weil sie in einen Vorort im

Norden gezogen waren. Aber hinter seinem Lachen kochte er, nicht, weil diese Leute hier mehr hatten, sondern weil sie ihren Wohlstand auf dem Blut seiner Familie errichtet hatten. „Es ist obszön, Rico."

„Stimmt. Der Lohn der Sünde." Er grinste schief. „Wenn Juan nicht so dumm wäre, hätte ich hier aufwachsen können."

„Wenn du hier aufgewachsen wärst, dann wärst du einer von ihnen."

Rico wurde ernst. „Das war doch nicht ernst gemeint, Mann."

Lance wandte sich wieder dem Haus zu, aus dem gerade eine Frau kam, die zweite Frau von Ricky Borsellino junior, und ein Taxi rief. Er hätte dem Taxi folgen können, aber er wusste schon, dass sie ihre Tochter vom Karatetraining abholte.

Das Problem beim Beschatten war, dass die Leute, die man beobachtete, allmählich real wurden. Jetzt gab es Gesichter zu den Namen, Gesichter von Frauen und Exfrauen, Kindern und Stiefkindern und Enkeln. Wie Nonno war er in ihre Welt eingetaucht, war mit ihnen in die Kirche gegangen, hatte ihnen beim Friedensgruß die Hand gegeben. Und sie hatten keine Ahnung, wer er war.

Kapitel 33

Stars Haare waren wieder gewachsen und bildeten eine weiche Kappe aus Locken um ihren Kopf, der an Rese' Schulter ruhte. Der Garten war jetzt, Ende August, im Abendlicht eine wahre Augenweide, mit Bündeln aus Astern, Chrysanthemen und Fuchsien – die Namen hatte Rese von Star gelernt. Um die Werkstatt herum reckten Goldraute und Bartfaden sich der tief stehenden Sonne entgegen. Sie hatte gelacht, als Star die Decke ausgebreitet und sie aufgefordert hatte, sich zu setzen, aber jetzt war sie froh, dass sie aus der Werkstatt gezerrt worden war, wo sie gewissenhaft ihre Arbeit gemacht hatte.

Star hielt das aufgeschlagene Buch auf den Knien. „*‚Einige werden groß geboren, einige erlangen Größe, und einigen wird Größe hinterhergeworfen.‘*"

Und einige konnten ihre Größe nicht einmal erkennen, wenn sie mit der Nase darauf gestoßen wurden, dachte Rese mit einem Ziehen in der Brust. Sie schob den Gedanken beinahe aggressiv beiseite und zwang sich, ihre Aufmerksamkeit auf etwas anderes zu richten. Wie konnte es so lange dauern, einen Termin für eine Anhörung zu bekommen, damit eine überflüssige gerichtliche Verfügung außer Kraft gesetzt wurde und sie Mom endlich nach Hause holen konnte? Sie hatte ihren Teil der Auflagen schon vor Wochen erfüllt.

„Du hörst mir ja nicht zu." Star sah sie an.

„Ich habe über Mom nachgedacht und daran, ob wir jemals erfolgreich durch diesen bürokratischen Sumpf waten werden." Auch wenn ihrer Mom meistens gar nicht bewusst war, dass sich ihre Situation ändern könnte. Rese seufzte. „Tut mir leid."

Star legte das Buch auf ihre Brust und schloss die Augen. „Hörst du das?"

Sie lauschte. Vögel zwitscherten. Das Klicken von Baxters Krallen und das Tappen seiner Pfoten, als er zu ihnen herübergelaufen kam, ihren Hals und ihr Kinn leckte und sich dann auf ihr anderes Bein fallen ließ. Rese streichelte ihn automatisch. „Was soll ich denn hören?"

„Wie das Leben verstreicht."

„Hm."

Star schlug die Augen auf. „Ich habe etwas fertig gemalt, und ich möchte, dass du es dir ansiehst."

Das war ein regelrechter Rekord. Als sie noch Kinder waren, hatte Star immer Angst davor gehabt, irgendein Kunstwerk als fertig zu bezeichnen, und die meisten ihrer Gemälde waren unvollendet geblieben. Da sie nicht wollte, dass jemand ihre Arbeiten sah, bevor sie fertig waren, hatte Rese immer nur einen flüchtigen Blick darauf werfen können. Aber seit dem Bild, das sie für Lance gemalt hatte, hatte Star sechs Bilder auf Leinwand fertiggestellt und sie ihr allesamt gezeigt.

Etwas an ihrem Tonfall klang diesmal jedoch anders. „Ist es auf dem Dachboden?" Star hatte sich den Raum dort oben als Studio eingerichtet, obwohl er sie an die Nachmittagssessions mit Lance und Chaz und Rico erinnern musste, als sie das Mikrofon genommen und ihre Stimme gefunden hatte. Vielleicht waren diese Erinnerungen ja sogar der Grund dafür, dass sie dort sein wollte.

Star stand auf. „Ja, aber bleib sitzen."

Gut, da Baxter sich mit den Vorderpfoten weitergerobbt hatte, so dass er jetzt mit Kopf, Hals und Schultern auf ihrem Schoß lag. „Du bist einfach unersättlich", sagte sie zu dem Hund, während sie auf Star warteten.

Nach wenigen Minuten kam Star mit einer mittelgroßen Leinwand wieder und zeigte sie ihr. Rese betrachtete die Collage aus Musikinstrumenten, umgeben von einem Rahmen aus Eindrücken von U-Bahn-Tunnelwänden. Während sie das Bild betrachtete, erkannte sie plötzlich Ricos Haare und sein Gesicht, das sich aus den Schatten und Linien der verschiedenen Trommelabbildungen oben rechts herausschälte. Das Gesicht würde jedem auffallen, der lange genug hinsah, aber Star musste wissen, dass sie Rico erkannte hatte. „Das ist toll, Star."

„Ich schicke es ihm."

Rese blickte von dem Gemälde zu Star auf. „Wirklich?"

„Er muss es ja nicht behalten." Ein kleines Zittern in der Stimme verriet sie.

Rese sagte: „Er wäre verrückt, wenn er es nicht täte." Obwohl er ein bisschen verrückt gewesen war; die ganze Sache war verrückt gewesen, aber ihr und Star ging es jetzt gut. Warum sollte sie in der Wunde herumstochern?

Nachdem er die Borsellinos so eingehend studiert hatte, bis er sagen konnte, wo sie sich mittwochmittags aufhielten, mit wem sie sich trafen und was sie zu Mittag aßen, war deutlich geworden, dass ein Teil der Seriosität und Anständigkeit eine Illusion war. Lance hatte erraten, welche Familienmitglieder das Familien-„Unternehmen" aktiv kontrollierten, wer von ihnen nur Handlanger war und wer gar nichts damit zu tun hatte.

Aber er wusste nicht, wer für den Mord an Nonno verantwortlich war. Und er würde es auch kaum erfahren, ohne in das Innere der Geschäfte vorzudringen, so wie Nonno es getan hatte. Aber so dumm zu glauben, dass ihm das gelingen würde, war er nicht.

Wenn der Anschlag ein Machtspielchen gewesen war, dann vermutete er, dass Paolos Sohn Leon oder sein Cousin Gerard dahinter steckten. Sie hatten die größten Häuser, die schönsten Spielzeuge, den fiesesten Charakter. Aber das war reine Spekulation und es bedeutete auch nicht, dass einer von beiden höchstpersönlich Nonnos Auto präpariert hatte.

Er hatte sie beobachtet und dabei war seine Wut immer größer geworden, aber was hatte es genutzt? Er hatte keine Antworten, keine Weisung bekommen. Lance ballte die Fäuste. Er war Nonnos Beispiel gefolgt und hatte beobachtet und gewartet. Er hatte aktuelle Informationen gesammelt, aber nichts, was unbedingt belastend war oder von Seabass oder anderen als Beweis akzeptiert werden würde.

Aber er hatte es mit einer Organisation zu tun, die von Nonnos Schweigen profitiert und ihm dann ein Messer in den Rücken gerammt hatte. Lance fröstelte, als ihm ein neuer Gedanke kam. Eine *Vendetta* erforderte keine direkte Vergeltung. So wie sie alle unter der *Vendetta* gegen ihre Familie gelitten hatten, so würden die Borsellinos leiden, egal, wen der Schlag traf. Er hatte Rese erzählt, dass der ganze Körper litt, wenn ein Körperteil litt, aber so hatte er es nicht gemeint. So hatte er es nie gemeint.

Konnte er jemanden ins Visier nehmen und ausschalten? Er wusste, welche Männer immer noch Schutzgelder erpressten, welche wahrscheinlich getötet hatten, wenn nicht Nonno, dann andere. Er wusste, wer seine Frau betrog, wer seine Kinder schlug. Er konnte den Schlimmsten von ihnen wählen und der Welt einen Gefallen tun. Nicht nur für seine Familie, sondern um all jener willen, die immer noch durch Drogen oder Pornografie oder Schlimmeres verletzt wurden.

Er hatte keine Angst davor zu sterben, aber damit wäre die Fehde nicht beendet. Es graute ihm, als er daran dachte, was vielleicht erforderlich sein könnte.

Er würde sein Feind werden. Wie jene, die Tony getötet und die Nonno auf dem Gewissen hatten. Sein Geist wand sich. *Nein, Herr.* Mochte es Stolz sein oder Arroganz, aber er war nicht das Böse, das er hasste. Das war er nicht! Mit geballten Fäusten schüttelte er den Kopf in wütender Verweigerung und wies diese Möglichkeit von sich.

Dann war er ganz still, ganz leer. Er atmete kaum, wagte kaum, sein Gesicht zu zeigen … weil er wusste, dass er das Zeug dazu hatte. Kein Verlust hatte so sehr geschmerzt wie die Erfahrung, bloßgestellt zu werden.

Chaz hatte den Eifer von Lance gesehen. Dadurch waren sie sich näher gekommen und waren trotz ihrer Wesensunterschiede Freunde geworden. Für Lance gab es keine halben Sachen. Er hatte sich auf den Straßen von Jamaika verausgabt, in Teilen von Kingston, die eher der Hölle ähnelten, und hatte den Mühseligen und Beladenen beigestanden – manchmal unter persönlichen Gefahren.

Chaz hatte ihn eines Abends zurückgetragen, blutend und zusammengeschlagen, nachdem er gegen eine Massenvergewaltigung eingeschritten war. Lance hatte die Frau, die er verteidigt hatte, nicht gekannt und auch nicht gezählt, wie vielen Gegnern sie ausgeliefert war. Aber er hatte die Gewalt, die man ihr entgegenbrachte, mit seinem Körper abgefangen, sodass sie fliehen konnte. Dass er nicht gestorben war, betrachtete Chaz als Wunder.

Chaz hatte ihn vor Entrüstung brennen sehen und vor Mitgefühl weinen. Er hatte über die Freude gestaunt, die ihn überkam, wenn der letzte Nagel eingeschlagen war und eine Familie nicht länger auf der Straße schlafen musste. Wenn er einem Kind einen Teller Suppe in die Hand drückte, war das eine Handreichung der Liebe.

Deshalb war er nicht gänzlich überrascht, als Mama an die Tür klopfte, ganz außer sich. „Er isst nicht; er sagt kein Wort." Mama rang die Hände.

„Lass mich mal sehen." Chaz folgte ihr über den Flur dorthin, wo Lance mit Nonnas Bibel auf dem Schoß saß und angespannt konzentriert war. Er wollte aus der Sache, mit der er sich so intensiv beschäftigte, nicht herausgerissen werden. „Keine Sorge, Mama. Er ist in Ordnung."

„In Ordnung?" Sie hob die Hände. „Ist es in Ordnung, der eigenen Mutter nicht zu antworten, wenn sie mit einem spricht?" Sie zuckte mit den Schultern. „Aber gut. Ich gehe." Dass sie sich Sorgen machte, war kein Wunder. Sie kannte das Gesicht, das er zu Hause zeigte. Sie hatte ihn nicht draußen in der Welt gesehen, wo er den Armen mit Eifer und Gründlichkeit gedient hatte, und sie hatte nicht die Augenblicke miterlebt, wenn etwas in ihm arbeitete.

Chaz wusste nicht, was derzeit in Lance brannte, aber als Mama gegangen war, hockte er sich auf den Boden. „Sieh mich an, Mann."

Lance hob den Blick von der Bibel auf seinem Schoß.

„Willst du darüber reden?"

„Weißt du, was Abraham sagte, als Gott ihn aufforderte, seinen Sohn Isaak zu töten? Ich bin bereit." Lance schluckte. „Er hat gesagt: Ich bin bereit."

Chaz, der hinter die Worte sah, nickte. Was glaubte Lance, das Gott von ihm verlangte?

Lance lehnte sich in dem Sessel zurück. „Gott hat zu ihm gesagt: Nimm das Kind, das du liebst, für das du gebetet und auf das du so lange gewartet hast, den Sohn, an dem meine Verheißung hängt. Nimm ihn wie ein Tier und schlachte ihn. Mach aus deinem Herzen eine Mördergrube."

Chaz sagte: „Gott musste wissen, dass nichts zwischen ihnen stand, nicht der geliebte Sohn, nicht einmal die Verheißung, die er selbst gegeben hatte. Gott musste wissen, dass Abraham alles tun würde, um ihm zu dienen."

„Selbst etwas, das so unrecht zu sein scheint?"

„Was ist los, Mann?"

Sein Blick war durchdringend. „Seit meiner Kindheit, habe ich nach Gottes Willen gefragt. Ich habe die Möglichkeiten und Gelegenheiten gesucht, all die kleinen Dinge zu tun. Aber insgeheim wollte ich immer etwas Großes, etwas Radikales erreichen."

Chaz nickte. Das wusste er. Der Hunger stand Lance ins Gesicht geschrieben.

„Aber jetzt …" Lance wandte den Blick ab. „Was ist, wenn ich es nicht tun kann?"

„Was musst du denn tun?"

Lance antwortete nicht.

Chaz runzelte die Stirn. „Was ist es, Mann?"

Lance schüttelte den Kopf. „Es war alles geplant, alles, was geschehen ist, sogar Tony …"

„Gott lässt uns alle Dinge zum Besten dienen." Er war froh, dass Lance das endlich einsah.

Aber Lance schloss die Augen, und der Schmerz zeichnete sein Gesicht. „Ich glaube, ich weiß, was Gott vorhat. Aber ich weiß nicht, wie ich es machen soll."

Chaz legte eine Hand auf seine Schulter. „Seine Gnade genügt, und seine Kraft ist in den Schwachen mächtig."

Lance atmete langsam aus und nickte. „Danke."

Chaz stand auf. Lance hatte nichts zu verbergen. Sein Eifer für Gott war nicht vorgespielt. Aber trotzdem: Leidenschaft konnte auch gefährlich sein.

Rese parkte den Lieferwagen neben der Villa, und Hoffnung stieg in ihr auf. Auf der Fahrt hatte Mom nichts gesagt; ob aus Angst oder Bestürzung oder vielleicht sogar Glück, konnte sie nicht sagen. Als Kind hatte sie gelernt, jede Nuance in Moms Gesichtsausdruck zu lesen, um zu erraten, was als Nächstes geschehen würde. Aber jetzt hatten die Medikamente oder ihr Zustand das beinahe unmöglich gemacht. Oder sie musste einfach wieder lernen, die Zeichen zu erkennen.

„Mom? Wir sind zu Hause."

Ihre Mutter starrte aus dem Fenster, während Rese sich unter den Ästen des rot gefärbten Ahornbaumes hindurchduckte. Die Besitzer des Weinbergs hatten die letzten goldenen Tage abgewartet und sich dann in den Höhepunkt des Jahres gestürzt, die Traubenlese. Wenn die

Dinge sich nicht geändert hätten, würde das eine volle Pension bedeuten, durchgehend gebucht von Anfang September bis mindestens Mitte Oktober. Mit einem Kloß im Hals ging sie um den Wagen herum und half Mom beim Aussteigen. Wie hatte sie nur annehmen können, sie könnte zusammen mit den Besuchern der Pension in einem der Gästezimmer wohnen? Zum Glück war sie zur Vernunft gekommen.

Als sie sich dem Eingang näherten, öffnete Star die Haustür und stand dort in einem blauen Kleid, Ohrringen aus Pfauenfedern und einem grünen Schal im Haar. Moms Schritte waren unsicher, bemerkte Rese, als sie ihr die Verandastufen hinaufhalf.

Star lächelte selig und hielt die Tür auf. „Willkommen zu Hause, Mom."

Rese fuhr zusammen. Star nannte nicht einmal ihre eigene Mutter Mom.

Als sie ins Haus gingen, spürte Rese die Verwirrung ihrer Mutter. „Du erinnerst dich wahrscheinlich nicht daran", sagte sie. „Es ist ein neues Haus, das ich renoviert habe, wie Dad es mir beigebracht hat." Selbst wenn Mom nicht verstand, dass Dad gestorben war, hatte es keinen Sinn, das Thema zu vermeiden. Zu vieles war bislang unausgesprochen geblieben.

Sie führte ihre Mutter durch das vordere Wohnzimmer ins Esszimmer, aber schon nach wenigen Minuten huschten ihre Blicke hin und her und ihre Stirn lag in Falten, während ihre Finger hektisch zuckten.

„Eins, zwei, drei, vier. Jetzt gibt es keine mehr. Eins, zwei. Eins ..."

Es war zu viel für sie. Rese hatte gedacht, sie wäre weniger verwirrt, wenn sie alles gesehen hatte, aber vielleicht war ein einziger neuer Raum genug für den Anfang. „Komm mit nach oben. Ich zeige dir dein Zimmer."

„Das Rosenzimmer", erinnerte Star sie, als sie die Treppe hinaufstiegen. Sie hatte die Creme- und Rosatöne des Raumes als beruhigend bezeichnet und Rese bezweifelte, dass Mom Einwände haben würde. Wenn sich irgendwann herausstellte, dass sie ein anderes Zimmer bevorzugte, konnte sie ja immer noch umziehen.

Mom zählte die Stufen bis oben, dann sah sie aus, als wollte sie umdrehen und wieder hinuntergehen. Wollte sie jetzt schon wieder weg?

„Dies ist dein Zimmer." Rese führte sie in das Zimmer am Ende des Gangs. Die Pfosten des Himmelbetts waren mit rosa Seidenrosen und cremefarbenem Organza umwickelt. Es war der femininste von allen Räumen, und wenn sie darüber nachdachte, müsste es eigentlich zu Moms Wesen passen. Es sei denn, ihr Geschmack hatte sich geändert. Konnte sie überhaupt noch in solchen Kategorien denken?

Rese half ihr in den Sessel am Fenster, damit sie über den Olivenbaum hinweg in den Garten sehen konnte. Dann trat sie zurück, überrascht, als Star sich neben Mom auf den Boden kniete. Für einen Moment umfasste sie Moms Knie, zärtlich, fast ehrfurchtsvoll, bevor sie sie liebevoll anlächelte und sich erhob.

„Ich mache Tee. Grünen Tee mit Pfefferminze.“ Sie rauschte hinaus und strich auf dem Weg flüchtig über den Arm von Rese.

Als Star fort war, fuhr Rese mit den Fingern zärtlich über Moms feines weißes Haar. Es hatte beinahe die gleiche Farbe wie Stars blasser Wuschelkopf, und sie stellte sich vor, wie sie alle gemeinsam auf einem Foto aussehen würden. Mutter, Rese und die kleine Schwester. Nicht, wie sie es sich in der Vergangenheit ausgemalt hätte, aber in Ordnung. Mehr als nur in Ordnung.

„Ich hoffe, dass du hier glücklich sein wirst.“ Sie erwartete keine Antwort. Glücklich war etwas, das ihre Mutter nicht einschätzen konnte. Gefühle durchströmten sie ohne kausalen Zusammenhang. Aber das war eben so. Sie stand neben ihrer Mutter, bis Star mit dem Tee heraufkam, drei Tassen in einer Hand wie eine Kellnerin.

Rese nahm eine und überließ es Star, ihre Mutter zu bedienen. Mit einem Lächeln hielt sie Star ihre Tasse hin. „Auf uns drei Verrückte.“

Star kicherte und stieß mit der Tasse an. „Die tollste Narrheit.“

Narrheit vielleicht. Toll auf jeden Fall. Sie trank einen Schluck und sah dann auf die Uhr. „Brad wartet auf mich.“

„Dann geh. Wir lesen Sonette und segnen deine schwieligen Hände.“

Rese lachte. „Gut. Ich kann den Segen gebrauchen, wenn ich mit Brad und den anderen arbeite. Sie halten es für einen guten Witz, dass sie mich wieder im Boot haben.“ Das Merkwürdige war, dass dahinter echte Zuneigung zu spüren war.

„Oh, die Nöte einer holden Maid.“

„Klar. Maid.“ Rese warf einen Blick auf ihre Mutter und hätte beinahe gefragt, ob sie zurechtkommen würden, aber dann beherrschte sie sich. „Ich bin vor Einbruch der Dunkelheit wieder da.“

Kapitel 34

Chaz trug das große flache Paket in die Wohnung. Rico saß an seinem Schlagzeug, spielte aber nicht. Fast erschrocken blickte er auf, da er offenbar tief in Gedanken gewesen war. „Etwas für dich, Mann." Chaz stellte das Paket auf die Kante. Von wem es war, sagte er nicht, sonst hätte Rico es vielleicht zertreten oder angezündet, bevor er wusste, was darin war.

Rico und Lance waren schon seit einiger Zeit wie Katzen in einem Gewitter, reizbar und nervös. Irgendetwas braute sich zusammen, und zwar etwas, das Chaz beunruhigte, aber neben seinen Jobs und der freiwilligen Mitarbeit in der Gemeinde und einem Jugendzentrum in der Bronx hatte er nicht herausfinden können, was es war.

„Soll ich es aufmachen?"

Die Adern in Ricos Stirn pochten. „Okay."

Sein Arm war besser geheilt, als alle erwartet hatten, aber er saß an seinem Schlagzeug, und Chaz konnte genauso gut den Verpackungskarton und die Luftpolsterfolie aufschneiden, aus denen der Geruch von Ölfarben entwich. Den unteren Rand des Kartons hielt er mit den Füßen fest, griff hinein und holte die Leinwand heraus. Dann betrachtete er das Gemälde und die sternförmige Signatur, bevor er es zu Rico umdrehte.

Während Rico das Bild ansah, liefen lebhafte Reaktionen auf seinem Gesicht ab. Er murmelte etwas Unverständliches, aber sein Blick blieb unverwandt auf die Leinwand geheftet. Dann stand er auf und ging um das Schlagzeug herum. Behutsam nahm er die Leinwand und betrachtete sie aus der Nähe. „Das macht sie also jetzt."

„Das hat sie vorher auch schon gemacht."

„Das wusste ich gar nicht mehr." Rico runzelte die Stirn.

„Sie hatte etwas in der Art im Kutscherhaus."

Ricos Augen verengten sich. „Eine Gartenlandschaft."

„Ja." Und Lance, der in die Blätter hineingearbeitet war, aber daran erinnerte Chaz ihn nicht.

Rico schüttelte den Kopf. „Sie ist verrückt, Mann."

„Vielleicht sind wir alle ein bisschen verrückt."

Rico lachte. „Vielleicht sind wir das." Er ging mit dem Bild auf das Zimmer zu, das er und Chaz sich teilten. Entweder es würde dort hängen, wenn Chaz schlafen ging, oder es würde ein wie auch immer geartetes destruktives Ende finden.

„Wo ist Lance?", rief Chaz, bevor Rico durch die Tür entschwunden war.

Rico antwortete, ohne sich umzudrehen: „Im Restaurant."

„Er kocht?" Hoffnung stieg in ihm auf.

„Heißt nicht, dass er auch was isst." Rico verschwand im Schlafzimmer.

Chaz roch die würzige Brühe schon im Flur, aber wie Rico bezweifelte auch er, dass Lance viel davon essen würde. Es war merkwürdig, dass jemand, dem Essen so viel bedeutete, all das plötzlich von sich wies. Er hatte nichts gesagt, in der Hoffnung, dass das, womit Lance zu kämpfen hatte, vorübergehen würde, aber wenn überhaupt, war es seit ihrer Unterhaltung nur noch schlimmer geworden.

Lance drehte sich am Herd um. „Arbeitest du nicht?"

„Heute Abend werde ich in einem unglaublich teuren Restaurant bedienen und meinen exotischen Charme einsetzen, um fette Trinkgelder zu erbeuten."

Lance lächelte, aber es war ein angespanntes Lächeln. Er wandte sich wieder dem Topf zu, zerrieb ein kleines getrocknetes Blatt zwischen den Fingern, ließ das Pulver in die Masse rieseln und rührte sie dann um. Als er den Löffel beiseitelegte, zitterte seine Hand. Wie lange war es her, dass er etwas Vernünftiges gegessen hatte? Etwas verzehrte ihn und auch die entspannte Freundschaft zwischen ihnen.

Während Lance früher beinahe unangenehm offen gewesen war und alles, was er dachte und fühlte, gezeigt hatte, stellte Chaz erschrocken fest, dass er jetzt alles verbarg. „Willst du darüber reden?"

Lance riss sich aus seinen Gedanken, als hätte er bereits vergessen, dass er nicht allein war. Er schluckte, schüttelte aber den Kopf. „Es gibt nichts zu reden."

Nun, wo Lance wusste, was zu tun war, hatte er den nächsten Schritt initiiert. In gewisser Weise würde es schwieriger sein, als er zuerst gedacht hatte, aber es gab keine Unsicherheit. Insofern spürte er Erleichterung.

Er ging zuerst in Nonnas Zimmer und blieb neben ihrem Bett stehen. Ihre Augen waren geschlossen. Die Suppe, die er gekocht hatte, stand halb gegessen auf ihrem Nachttisch. Ihr ging es derzeit auch nicht viel besser als ihm. Mama hatte ihm angedroht, ihn zwangszuernähren, wenn er nicht endlich etwas aß, aber es fiel ihm schwer, irgendetwas herunterzubekommen.

Vielleicht würde sich das ändern, wenn die Sache erledigt war. Er hob Nonnas Hand hoch, aber darauf reagierte sie nicht. Ihre Augen waren geschlossen und vielleicht schlief sie, vielleicht aber auch nicht. Er presste seine Lippen auf ihre papierne Haut und das Netz aus Venen, das wie eine Landkarte ihrer Lebensjahre war. „Auch wenn du mich nicht hören kannst, Nonna, will ich dir sagen, dass ich es für dich ebenso wie für mich tue. Ich tue es für uns alle."

Ihre Augenlider zuckten, öffneten sich aber nicht. Ihre Zustimmung brauchte er nicht. Seine eigenen Zweifel waren einem leuchtenden Vertrauen gewichen. Inzwischen war ihm klar, was er tun musste, und er zauderte auch nicht, als er zwei Stunden später seine Taschen ausleerte und durchsucht wurde. Er würde nicht nur tun, was verlangt war, sondern er würde es gerne tun. Der Gedanke stärkte ihn für den Augenblick, in dem er eine schusssichere Scheibe zwischen ihnen, Auge in Auge Paolo Borsellino gegenübersaß.

Der Mann war verschrumpelt, weißhaarig und voller Narben und er hatte den Blick eines Menschen, der im Leben sein Lehrgeld bezahlt hatte. „Du bist Michelli?"

Lance nickte. „Marcos Enkel."

Der Mann schluckte. „Hat er dich geschickt?"

„Wir wissen beide, dass das unmöglich ist." Obwohl es in gewisser Weise stimmte.

Paolo wandte den Blick ab. „Was willst du?"

Lance blickte sich in dem trostlosen Raum um, mit den schäbigen Stühlen und dem matten Glas, das die Freien von den Unfreien trennte. „Hören Sie viel von Ihrer Familie, in Briefen oder vielleicht bei Besuchen?" Er nannte jeden Einzelnen der Borsellinos, der in dem

Bericht erwähnt war, und fügte dann Frauen und Kinder hinzu, die er gefunden und beschattet hatte. Fragte der alte Mann sich wohl, auf wen er es abgesehen hatte?

Als Lance in Paolos Gesicht sah, stockte ihm plötzlich der Atem. Es würde nicht einfach sein, überhaupt nicht einfach. Er dachte daran, wie Nonna sich immer mehr entfernte, wie das Wissen um den Mord an Marco ihr die Hoffnung raubte, die Kraft, sogar das Leben. Und er dachte an all die Jahre mit Nonno, die er verloren hatte. Er hatte den Mann, den er so verehrte, kaum gekannt. Und das tat weh.

„Sie haben mir etwas Wertvolles genommen, etwas, das nicht ersetzt werden kann. Das Leben von Marco Michelli, meinem Großvater."

„Du kannst uns gar nichts beweisen."

Gegen die plötzlich aufflackernde Wut ankämpfend sagte er: „Das muss ich auch nicht. Ich kann die *Vendetta* weiterführen."

„Tja, Jojo is tot. Du bist zu spät dran. Neun Jahre zu spät."

Lance zuckte nicht einmal mit der Wimper, als er das hörte. Das war die Antwort auf alle seine Nachforschungen, und sie bedeutete gar nichts. „Wir reden von der *Vendetta.* Es spielt keine Rolle, wer für Sie die Drecksarbeit gemacht hat. Ich habe Adressen, Telefonnummern, Tagesabläufe. Ich kann es wie einen Unfall aussehen lassen." Er hatte sich hundert verschiedene Szenarien ausgedacht. Oder er konnte einfach das Muster der Borsellinos nachahmen.

Paolo saß schweigend da und starrte ihn an, und nur ein Lid zuckte.

Und jetzt kam es drauf an. *Herr.* „Ich könnte die Fehde fortführen." Er schluckte die Galle, die in seiner Kehle aufstieg, herunter und verbannte alles aus seinem Kopf, denn wenn er es nicht täte, würde er die Flugzeuge sehen, die in die Türme rasten, und Tony mitten drin. Er würde sehen, wie Nonnos Auto ins Schleudern kam und ausbrannte. Vittorios Körper, der von Kugeln getroffen war, und Nonno Quillans Herz, das im Tunnel einfach aufgehört hatte zu schlagen. Er würde das Böse sehen, das seine Familie getroffen hatte, anstatt die ausgestreckte Hand Jesu, der ihn auf das Wasser hinausrief. „Aber ich bin hergekommen, um Ihnen zu vergeben."

Paolo zuckte auf seinem Stuhl zurück, als hätte jemand ihn geschlagen. Mit einem unsicheren Lachen schüttelte er den Kopf, das verstummte, als das Lächeln von seinen Lippen verschwand. Dann presste er die zitternden Lippen aufeinander. „Manche Dinge … bedauert man."

Lance schloss die Augen, als die Erkenntnis und der Schmerz ihn überwältigten.

Paolo sagte: „Ich habe ihm nicht den Respekt erwiesen, den er mir gezeigt hat."

Nonno hätte den Mann nie achten können. Aber er hatte seinen Teil der Abmachung gehalten. Lance öffnete die Augen, sagte aber nichts.

„Ich habe ihn entehrt."

Du hast ihn ermordet.

„Meinst du immer noch, was du gesagt hast?"

Mit einer Kraft, die größer war als seine eigene, nickte Lance. „Um meiner Familie willen und um meiner selbst willen vergebe ich Ihnen."

Paolo streckte eine bebende Hand aus und berührte die Glasscheibe und Lance presste seine Hand dagegen. Paolo kämpfte gegen die Schluchzer an, aber sie bemächtigten sich seiner trotzdem. „Bete für mich zu Gott. Er hört mich nicht so gut."

Klar, mach es mir noch schwerer, Herr. „Er hört Sie."

„Ach ja?"

„Wieso sonst sollte ich wohl hier sein?" Es konnte genauso gut sein, dass die Gebete dieses Mannes alles ans Tageslicht gebracht hatten. Es spielte keine Rolle, wer er war oder was er getan hatte. Vor Gott war jeder von ihnen ein Nichts. Und sein Ein und Alles.

Paolo lehnte sich zurück und riss sich nur mit Mühe zusammen. Er sagte nichts mehr, auch Lance nicht, als er aufstand. Sie sahen sich noch ein letztes Mal an, dann verließ er das Gefängnis und fuhr nach Hause, während die Tränen über sein Gesicht liefen und er eine innere Leere verspürte, die er kaum ertragen konnte.

Wie leer alles ohne die Erinnerungen war. War sie tot? Vielleicht war das die Hölle, wenn man sich an niemanden erinnerte. Kein Gesicht, keine Stimme. Keine Szene, die sich vor dem geistigen Auge abspielte. Alles fort.

Sie hatte ihr Herz verschlossen, hatte die Faust gegen den Himmel erhoben, und alles, was gut und schön war, was ihr Freude bereitet hatte, war in der Dunkelheit verschwunden. Sie fühlte sich mehr allein, als sie es jemals gewesen war.

Müde. Schrecklich müde. Trotzdem musste sie am Leben sein, sonst würde sie nicht die Anstrengung jedes Gedankens spüren. Dann war es nicht die Hölle, sondern die Dunkelheit der Seele. Ein Tal der Tränen. Das Tal des Todes.

Und geht es auch durch dunkle Täler … Wie gut sie diese Dunkelheit kannte. Wie sie von ihr verfolgt und auf die Probe gestellt wurde.

Fürchte ich mich nicht, denn du, Herr, bist bei mir. Lange dachte sie darüber nach; dann erkannte sie in ihrer Verzweiflung, was sie bislang nicht gesehen hatte: wie sie beschützt worden war. Gott hatte sie nie verlassen.

Du beschützt mich mit deinem Hirtenstab. Selbst als sie ihm nicht vertrauen konnte, hatte er sie nicht vom Weg abkommen lassen.

Du lädst mich ein und deckst mir den Tisch vor den Augen meiner Feinde. Du begrüßt mich wie ein Hausherr seinen Gast und gibst mir mehr als genug. Sie hatte nicht nur überlebt, sondern auch ein erfülltes Leben geführt.

Deine Güte und Liebe werden mich begleiten mein Leben lang. Güte und Liebe? Güte? Ja. Güte, Freude und Barmherzigkeit. Geschenke, die sie nicht verdient hatte, nicht verdiente. Niemand war ihr etwas schuldig und es gab nichts, worauf sie ein Anrecht hatte, außer auf den Platz vor dem Thron, wo sie den Einen anbeten würde, den sie jetzt von ganzem Herzen vermisste.

In deinem Haus darf ich für immer bleiben. Wo war die Angst? Die Wut? Wo war die Not? In alldem hatte er genügt.

Antonia hörte, wie jemand hereinkam, und spürte, dass er an ihrem Bett stehen blieb. Sie schlug die Augen auf und sah in sein Gesicht. Wie kam es, dass er so ausgezehrt aussah? „L…ance?“

Er war sich nicht sicher, wer von ihnen beiden überraschter war. Er hatte die Hoffnung auf eine Reaktion aufgegeben, doch jetzt sprach sie mit ihm. Mit seinem Glück würde er sie wahrscheinlich so aufregen, dass sie sich gleich wieder zurückzog, aber er nahm ihre Hand und setzte sich neben sie. „Es ist erledigt, Nonna.“

Sie sah ihn fragend an, denn sie verstand nicht, bis er ihr Wort für Wort erklärte, was er durchgemacht hatte, während sie sich zu ihnen zurückgekämpft hatte. Er konnte beinahe ihre Gedanken lesen: *Du hast ihm vergeben? Dem Mann, der Nonnos Tod befohlen hat?* Er erwartete Wut, aber alle Wut in ihr schien ausgebrannt zu sein. In ihrem Blick lagen Ergebung und sogar Annahme.

„Ja. Gut." Sie gab ihm ein Zeichen, näher zu rücken, küsste seine Wangen und er lehnte seinen Kopf auf ihre Schulter. So blieben sie lange; dann hob sie sein Gesicht an.

Er versuchte nicht zu zeigen, was es ihn gekostet hatte, aber wann hatte er jemals etwas vor ihr verbergen können?

„Lance", flüsterte sie. „Ich w…ill deine P…ension sehen."

Plötzlich wurde seine Hand kalt. Sie hatte ihn anscheinend nicht verstanden. „Sie gehört nicht mir." Falten bildeten sich auf seiner Stirn, als er daran dachte, was er verloren hatte.

Sie ließ nicht locker. „Ich w…ill …"

„Nonna …", stöhnte er. „Das geht nicht. Es ist Rese gegenüber nicht fair. Und du bist nicht kräftig genug, um irgendwohin zu reisen." Sie waren beide durchs Feuer gegangen. Aber Feuer konnte Stahl härten, und er sah den Blick in ihren Augen, den er nur allzu gut kannte.

„Ich werde wieder kräftig." Dann drückte sie seine Hand. „Bring m…ich nach Hause."

Zitternd holte er Luft. Und er hatte gedacht, das Schlimmste sei vorbei.

Kapitel 35

Rese klemmte sich die Zeichnungen und eine Kiste mit neuen Stechbeiteln unter den Arm und stieg aus dem Lieferwagen. Sie lachte, als Baxter angelaufen kam und seine Pfoten auf ihren Bauch legte, um dann seinen warmen Hundeatem direkt in ihr Gesicht zu pusten. In letzter Zeit hatte er erst angefangen, so an ihr hochzuspringen, und sie sollte es ihm wirklich abgewöhnen, aber es war einer Umarmung so ähnlich, dass sie stattdessen seinen Kopf kraulte. „Hallo, mein Junge. Hast du mich vermisst?" Sie beugte sich über sein Gesicht und er streichelte ihr Kinn mit seiner samtigen Zunge.

Das Abendlicht fiel schräg durch die kahlen, verzweigten Bäume. Die Beete im Garten rochen immer noch schwach nach blassem Grün und trockenen rotbraunen Zweigen. Die Weinstöcke um das Kutscherhaus hatten Trauben getragen, aber sie hatten eine sehr feste Haut gehabt und waren zum Essen zu sauer – eine Sorte, aus der man Wein machte, vermutete sie, also hatte sie sie nicht gepflückt. Weder sie noch Star hatten Interesse daran, Wein oder Gelee oder sonst etwas daraus zu machen.

Energisch schob sie Baxter fort und schloss die Tür des Lieferwagens ab. Und dann erstarrte sie, als ein Taxi in die Einfahrt bog. Panik stieg in ihr auf. Hatte sie vergessen, eine Reservierung zu stornieren? Hatte sie für das neue Jahr schon eine Buchung angenommen? Wer besuchte denn schon im Januar eine Weingegend? Aber ihre Panik verwandelte sich in Wut, als das Taxi vor der Villa hielt und sie sah, wer ausstieg.

Natürlich hatte er nicht angerufen; sie hätte ihm die Reise erspart. Gut, dann würde sie ihm jetzt die Mühe ersparen, seine Taschen auszupacken … doch dann ging er um den Wagen herum und öffnete die Tür für Nonna Antonia. Rese sackte in sich zusammen, als die alte Frau sich an ihrem Rollator hochzog. Während sie Lance ohne Weiteres befohlen hätte, wieder in das Taxi zu steigen, konnte sie das seiner todkranken Großmutter wohl kaum antun.

Abgeschirmt vom Lieferwagen konnte Lance sie nicht sehen, aber Baxter hörte, spürte oder roch sein Herrchen. Während Lance den Fahrer bezahlte, der ihre Taschen aus dem Kofferraum geholt hatte, sprang Baxter auf ihn zu. Lance drehte sich um, als er das freudige Bellen des Hundes hörte, kniete sich hin und schlang die Arme um das Tier.

Blanke Wut schnürte ihr die Kehle zu.

Nachdem er sich lange mit seinem Hund beschäftigt hatte, stand Lance auf. Er zog den Wollmantel um Antonias schmale Schultern, ließ das Gepäck in der Auffahrt stehen und half ihr langsam zum Haus. Baxter führte sie an, der Verräter, als wäre nicht sie es gewesen, die in den vergangenen Monaten seinen Kopf gekrault und seine einsamen Seufzer besänftigt hatte.

Antonias Zustand hatte sich offensichtlich verbessert, aber mit seiner lose hängenden Lederjacke und der zu weiten Jeans sah Lance aus, als wäre er von innen heraus aufgefressen worden. Vielleicht war das der Grund, warum sie ihm nicht einfach die Kiste mit den Stechbeiteln an den Kopf warf. Sie stapfte zum Haus, ließ aber keinen Zweifel darüber aufkommen, was sie von seinem Überraschungsbesuch hielt.

Ein melancholischer Ausdruck hatte sich auf Antonias Gesicht gelegt, als sie an dem Haus hinaufsah, aber Lance drehte sich um und sah sie mit einem Blick an, den sie nicht einmal analysieren wollte. „Was willst du?" Die Harley würde sie sofort hergeben, aber Baxter bekam er nur über ihre Leiche.

„Ich hätte anrufen sollen."

Der leichte kühle Wind wehte die Haare aus seinem Gesicht, als er mit der Hand auf das Haus zeigte. „Nonna wollte es sehen, um …" Er wankte. „Kann sie vielleicht ..." Seine Knie gaben nach und er sank zu Boden.

Baxter lief zu ihm, stupste ihn an und leckte seinen Kopf, aber Lance rührte sich nicht. Rese starrte ihn an, wie er so mit dem Gesicht nach unten auf dem weißen Schotter ihrer Auffahrt lag, die Hand ausgestreckt, als wäre er durch eine Wüste gekrochen, um dorthin zu gelangen. Hin und her gerissen zwischen Sorge und Wut, blickte sie von ihm zu Antonia auf.

„Was fehlt ihm?"

Antonia riss sich von dem Anblick des Hauses los und schien erst jetzt zu bemerken, dass er zusammengebrochen war.

Rese hockte sich hin und rüttelte ihn an der Schulter. „Lance?" Nichts. „Ist er krank? Er sieht so dünn aus."

„N…icht krank.“ Antonia schüttelte den Kopf. „Von Gott verzehrt.“

Was? Rese warf ihr einen düsteren Blick zu und fuhr sich dann mit der Hand übers Gesicht. Sie selbst fühlte sich auch aufgezehrt. Das Leben musste nicht so kompliziert sein, wie Lance es machte. Sie stieß ihn noch einmal an, aber er reagierte auch nicht, als ein neuerlicher Windstoß das Haar in seinem Nacken hochwehte.

Da sie ihn schlecht in der Auffahrt liegen lassen konnte, legte sie die Sachen ab, die sie unterm Arm trug, griff unter seine Arme und rollte ihn auf den Rücken. Keine Regung. Sie erwog, ihm eine Ohrfeige zu geben, aber wie damals am Strand konnte sie sich dann doch nicht dazu durchringen. Zähneknirschend zog sie ihn hoch und schleppte ihn zur Veranda. Dabei staunte sie, wie leicht er war. Vielleicht war er wirklich verzehrt worden.

„Oh Unheil!“ Star eilte die Treppe hinunter und fasste Lance am Fußgelenk an, aber Rese bemerkte ihren Blick, der zu Antonia und an ihr vorbei zu der leeren Auffahrt wanderte, auf der Suche nach … Rico? Rese schnaubte. Ein Delinquent, der plötzlich auf der Matte stand, war völlig ausreichend, um alles in Unordnung zu bringen.

Mit Stars Hilfe trug Rese Lance durch die Tür und legte ihn in ihr eigenes Bett, da es das Einzige war, das man ebenerdig erreichen konnte. Er rührte sich nicht, und nicht einmal seine Augenlider flatterten, aber er atmete, also ließ sie ihn dort und ging wieder hinaus, um Antonia zu holen.

Die Augen der alten Frau waren trüb geworden, und Rese wollte sie in den Arm nehmen und ihr versichern, dass alles gut werden würde, unabhängig davon, welchen Wahnsinn Lance ihr zugemutet hatte. Was hatte er sich dabei gedacht, sie den ganzen Weg hierherzuschleifen? Aber das war eben Lance. Er dachte nicht nach.

Sie hob ihre Sachen auf und half Nonna die Stufen zur Veranda hinauf, während Star ihr mit dem Rollator folgte. Lance war leicht gewesen, aber Antonia wog fast gar nichts. Oben angekommen sah Antonia sich auf der Veranda um, als vermisste sie etwas, vielleicht eine Schaukel oder ein Möbelstück, an dem Erinnerungen hingen. Als Rese dieses Haus gekauft hatte, hatte sie gespürt, dass es eine interessante Geschichte hatte. Damals hätte sie nie gedacht, dass sie so viel davon erfahren oder die Menschen kennenlernen würde, die sie erlebt hatten.

Star stellte den Rollator vor ihr hin und Rese half Antonia, sich daran festzuhalten. Dann richtete Antonias Blick sich auf die Tür und ihre Arme zitterten.

Bitte, bitte bekomm keinen Schlaganfall.

Rese konnte sich kaum vorstellen, wie diese Rückkehr für Antonia sein musste, nachdem sie als Mädchen vertrieben worden war und in all den Jahren ihr Zuhause kein einziges Mal mehr gesehen hatte. Ganz zu schweigen von dem Kummer und der Gewalt, die ihrer Familie in diesen Mauern zugefügt worden waren. Während Rese das Knallen von alten Weinkorken im Keller versehentlich für Schüsse gehalten hatte, erinnerte Antonia sich vielleicht an die echten Schüsse.

Aber dann würde Antonia noch einen Schock erleben, wenn sie erwartete, dass die Dinge so waren wie in ihrer Erinnerung. Um den Schlag abzumildern, sagte Rese: „Es sieht vielleicht nicht mehr so aus wie früher. Das Haus war schwer beschädigt, und ich habe mir ein paar Freiheiten erlaubt." Einige Wände entfernt, neue Böden gelegt, neue Regale angebracht, neue Zierleisten, Farbe und Teppiche, aber immer beharrlich am Original orientiert.

Antonia nickte, als sie eintrat, und Tränen liefen ihr über die leicht gepuderten Wangen. Bei dem Anblick wich Rese' Wut. Sie konnte nun wirklich nicht Antonia die Schuld geben. Und selbst wenn sie das Haus hatte sehen wollen, wie Lance gesagt hatte. Es wollen und wirklich tun … Lance konnte ihr eben nichts abschlagen.

Antonia hob den Kopf. „Lance?" Ihm galt ihre ganze Aufmerksamkeit, selbst in diesem ersten Augenblick zu Hause. Er wusste wirklich, wie man anderen die Show stahl.

„Hier entlang." Sie ging voran durch den Flur in die Küche, wo die alte Frau wieder stehen blieb und schluckte. Rese wurde wütend, als sie über die missliche Lage der alten Frau nachdachte – Lance hatte sie hierher geschleift und war dann ohnmächtig geworden, sodass sie jetzt den Schock des Wiedersehens allein überstehen musste. Nicht allein, schwor Rese. Sie würde tun, was sie konnte, um den Stress für Antonia zu verringern. „Er ist hier drin."

Antonia blickte durch die Tür. „N…onnos Zimmer." Ihre Mundwinkel zitterten.

Während Star in der Nähe blieb, schob Rese Antonia durch den schmalen Türrahmen in das Zimmer, das ihrem Gesichtsausdruck nach zu schließen ebenfalls voller Erinnerungen war.

Lance lag so da, wie sie ihn hingelegt hatten, die Augenhöhlen eingefallen, der Atem flach. Eine Welle der Sorge überkam sie. „Braucht er einen Arzt?“

Antonia schlurfte zum Bett, und ihre Hände auf dem Rollator erinnerten Rese an Evvy, auch wenn die knorrigen Knöchel fehlten. Sie sah mit gerötetem Gesicht auf Lance hinunter.

Rese schluckte. Das alles konnte sie gar nicht gebrauchen. Sie hatte doch inzwischen ihr inneres Gleichgewicht gefunden.

Antonia schüttelte den Kopf. „Lass ihn ausruhen. V…ielleicht isst er jetzt wieder etwas.“

Essen? Aber so unglaublich es auch klang, er schien wirklich seit einer Ewigkeit nichts mehr gegessen zu haben. Lance – für den eine gemeinsame Mahlzeit eine solche Bedeutung hatte. „Hat er etwas Schlimmes?“

„Ja.“ Nonna nickte. „Das Sch…limmste, was ich je ges…ehen habe.“

Die Angst traf sie wie ein Messer. Wenn Lance hierhergekommen war, um zu sterben, würde sie ihm das nie verzeihen.

Antonia schwankte, und ihr Blick trübte sich wieder.

Ich renne in Nonnos Zimmer und wecke ihn. „Komm, Nonno. Beeil dich. Es gibt Ärger. Wir müssen uns verstecken.“

Arthur Jacksons Gesicht, erhellt von einem Streichholz in der Auffahrt; ein anderer Mann, der sich im Schatten versteckt – Carlo Borsellino. Heimliche Schritte, dann Schüsse! Angst füllt meine Lungen. Der Tunnel. Wir müssen uns im Keller verstecken. Beeil dich, Nonno! Aber …

War der Tunnel noch da? Ja, Lance hatte Nonno gefunden und beerdigt. Die Zeiten überschnitten sich, und sie hatte Mühe, sie auseinanderzuhalten. Mussten sie sich verstecken? Und wo war Papa?

Plötzlich legte sich eine Hand auf ihre Schulter. „Warte, ich hole dir einen Sessel.“

Rese. Die Freundin von Lance. Und dort im Bett lag Lance und nicht Nonno. Die Angst verschwand, aber sie sank auf den Sessel, überwältigt von allem. Wie war sie nur nach all den Jahren hierhergekommen?

Und dann sah sie Lance an, der dort lag, wo Nonno gelegen hatte. Ach. Es war nicht vorbei. Noch nicht.

Es hätte geholfen, wenn Star aufgehört hätte zu lachen. Nachdem Rese Antonia in den Ohrensessel zu Lance ins Zimmer gesetzt hatte – früher ihr eigenes, aber das sollte offenbar erstmal nicht sein, da weder Lance noch Antonia die Treppen gehen konnten – stapfte sie in den Garten hinaus, bevor sie noch etwas tat, was sie später bedauern würde. Sie hatte viel Arbeit in die Wände gesteckt und hatte nicht vor, später die Löcher zu reparieren, die ihre Fäuste dort hinterließen.

„Ich muss eine Liege besorgen, die ich für Antonia ins Büro stellen kann, bis Lance wieder aufstehen kann“, sagte sie zu Star, dann blieb sie mitten auf dem gepflasterten Weg stehen. „Oder vielleicht sollte ich beide ins Kutscherhaus bringen.“

„Sie ist schrecklich alt, Rese.“

„Er aber nicht.“

Star holte sie ein. „Er sieht nicht so aus, als könnte er ihr helfen, wenn sie fällt oder so.“

„Warum musste er auch hier auftauchen, ohne vorher etwas zu sagen.“

„Und was hätte er bitteschön sagen sollen?“ Ihre Augen funkelten vor Belustigung.

„Das ist nicht witzig, Star! Ich wünschte, ich könnte ...“

„Hast du Antonias Gesicht gesehen?“

Rese seufzte. „Ja.“

„Solch entzückter Kummer.“

„Ich weiß. Es muss für sie schrecklich und schön zugleich sein.“ Ihr Brustkorb zog sich zusammen. Vielleicht war es wirklich Antonia gewesen, die herkommen wollte. Vielleicht hatte Lance das sagen wollen: *„Denk nicht, dass es meine Idee war; ich bin nur wegen Nonna hier.“*

„Ruf Michelle an und frag sie, ob sie ein Klappbett hat, und sag ihr, dass es gut gepolstert sein muss.“ All die Schlafzimmer mit den hochwertigen Betten waren für eine neunzigjährige Schlaganfallpatientin nicht erreichbar. Sie hätte einen Aufzug einbauen sollen. Vielleicht würde sie heute Nacht an dem Schacht arbeiten. Schlafen würde sie ebenfalls nicht.

„Ich sage Mom, dass die beiden da sind, damit sie nicht denkt, sie bildet sich das ein." Rese ging nach oben zu ihrer Mutter, die vor dem einzigen Fernseher im Haus saß.

„Mom, wir haben Besuch."

Ihre Mutter nickte. Aber das konnte auch eine unwillkürliche Bewegung gewesen sein.

Nur für den Fall fügte sie hinzu: „Es sind ein Mann und seine Großmutter."

Mom wandte den Blick nicht von dem Naturfilm im Fernseher ab, sondern fing wieder an zu nicken, während ihre Finger zuckten. „Sie haben nur Wasser. Wasser ist alles, was sie haben."

„In Ordnung. Geht es dir gut?"

Nicken und zucken. „Gut. Gut. Mir geht es gut."

Rese ging hinaus und lehnte sich an die Wand. Dann ließ sie den Kopf so ruckartig dagegenfallen, dass sie den dumpfen Aufprall hörte. Was geschah hier? Lance im Haus zu haben, war wie ein albtraumhaftes Déjà-vu-Erlebnis. Sie hatte ihn beim ersten Mal nicht hierhaben wollen, aber er hatte sich um alle ihre Einwände herumgeredet. Jetzt machte er sich nicht einmal die Mühe zu reden; er fiel ihr einfach vor die Füße.

Kein anderer hätte das geschafft. Und sie glaubte auch nicht, dass ihm nichts fehlte. Er sah noch schlimmer aus als Star, als sie ihre Freundin nach Hause gebracht hatte. Oder als Mom. Um wie viele kranke Seelen sollte sie sich denn noch kümmern?

Das Ganze hatte sie so aufgeregt, dass sie Michelle umarmte, als diese mit dem Klappbett und einer zusätzlichen Schaumstoffauflage erschien.

Michelle zog die Augenbrauen hoch. „Was ist denn los?"

Rese warf ihr einen düsteren Blick zu. „Unerwartete Gäste. Lance und seine Großmutter."

„Oh." Michelles Miene erhellte sich. „Wo ist er? Ich habe ein paar schöne Anekdoten über Baxter für ihn."

Sie überlegte, ob sie Michelle bitten sollte, den Hund zu verstecken, tat es dann aber nicht. „Tut mir leid. Er ist in meiner Auffahrt ohnmächtig geworden und noch nicht wieder zu sich gekommen."

Michelle klemmte das Polster unter ihr Kinn. „Ohnmächtig?"

Rese holte das Klappbett aus Michelles Auto. „Antonia sagte, er sei von Gott verzehrt worden. Was immer das bedeuten soll."

„Sieh mal einer an. Deshalb hatte ich immer das Gefühl, dass ich für den Mann in besonderer Weise beten soll."

Rese starrte sie an. „Wie bitte?" Bei all den Menschen, um die Michelle sich kümmerte, hatte sie sich Gedanken um einen Mann gemacht, der fast fünftausend Kilometer entfernt war und den sie kaum kannte?

„Ich hatte das Gefühl, dass er meine Gebete brauchte."

Rese erinnerte sich lebhaft an die vielen Nächte, in denen sie keuchend aufgewacht war, voller Sehnsucht nach ihm auf eine Weise, die tiefer war als ihr eigener Verlust. Gefühle, die jetzt ihre Wut noch steigerten.

Michelle blickte zum Haus hinüber. „Kann ich ihn sehen?"

Aus einem unverständlichen Beschützerinstinkt heraus runzelte Rese die Stirn. „Warum nicht? Aber er ist ziemlich am Ende."

Sie trug das Klappbett in ihr Büro, wo Antonia schlafen würde. Star nahm Michelle das Schaumstoffpolster ab, und dann gingen sie ins Schlafzimmer, wo Antonia bereits saß. Lance hatte sich überhaupt nicht gerührt. Sie hatte ihn noch nie schlafen gesehen, aber sie bezweifelte, dass diese Bewusstlosigkeit normal war, selbst für Lance. Alles in ihr zog sich zusammen. Sollte er nicht irgendein Lebenszeichen von sich geben, jetzt, wo vier Frauen ihn anstarrten?

Michelle legte eine Hand auf seinen Kopf und schwieg eine Weile, dann nickte sie und zog die Hand weg. Sie bückte sich und tätschelte Baxters Kopf, aber der Hund wich nicht von der Bettkante. Rese fand einen kleinen Trost darin, dass er nicht aufs Bett geklettert war. Eine Frage der Erziehung, nicht der Vorliebe, wie sie wusste. Selbst bewusstlos hatte Lance noch mehr Kontrolle über den Hund als sie. Warum hatte er das Tier dann verlassen und sie und ihre Pläne und …

Sie hockte sich neben seine Großmutter und atmete einen Duft wie Winterrosen ein. „Was ist wirklich mit ihm los, Antonia? Er hat zu mir gesagt, es gebe etwas, das er tun müsse, aber er sieht so …" Wie sah er aus? Eigentlich nicht krank, sondern ausgemergelt und auf jeden Fall erschöpft. Sie spürte einen Stich. Immer wieder tauchte Lance ohne Vorwarnung und ohne Erklärung in ihrem Leben auf. Und Wut und

Kränkung machten sie verletzlich. Sie musste einen klaren Kopf behalten.

Antonia schien mit Mühe in die Wirklichkeit zurückzukehren und in ihrem Blick leuchtete Erkennen auf. „Es hat h…ier angefangen. In diesem Z…immer." Sie sprach langsam, aber viel deutlicher als beim letzten Mal, als Rese sie gesehen hatte. Manchmal suchte sie nach Worten, aber sie sprach hartnäckig weiter. Einen großen Teil der Geschichte kannte Rese, aber nicht das, was geschehen war, nachdem sie und Star New York verlassen hatten.

Antonia hielt ihre Gefühle kaum zurück, als sie ihnen erzählte, dass Marco ermordet worden war, aber als sie sagte, Lance habe sich von Gott dazu berufen gefühlt, die *Vendetta* zu beenden, wäre Rese beinahe ausgerastet. Wie konnte er das glauben? Aber sie hatte seine Wut gesehen, die unverarbeitete Trauer und sein Bedürfnis, sich zu beweisen.

War es wirklich eine Überraschung, dass er Vergeltung wollte? Ihre Kehle zog sich zusammen. Und jetzt? Hatte er deshalb gesagt, er würde nicht herkommen und alles würde anders sein? Mit rauer Stimme sagte sie: „Hat er sie beendet?"

Antonia nickte. Rese sah von Star zu Michelle, deren Mienen ihre eigene Sorge widerspiegelten. Selbst wenn er glaubte, sie würde ihn verstecken, konnte sie es von ihnen nicht erwarten.

Antonia holte Luft, und ihre Lippen bewegten sich mühsam, um die richtigen Worte zu finden. „Er hat g…ebetet und gef…astet. Und als er Gottes W…illen erkannt hatte, hat er Paolo Borsellino vergeben."

Star begriff als Erste. „Er hat die *Vendetta* mit Vergebung beendet?"

Antonia nickte wieder. „Er ist z…um Gefängnis gegangen und hat Paolo v…ergeben."

Endlich verstand Rese. Und mit dem Verstehen kamen die Erleichterung und die Wut. Sie drehte sich um und starrte ihn an. Lance hatte das Richtige getan, sogar etwas Großes. Gottes Willen hatte er gefunden – diesen großen, alles umfassenden Sinn – und sie hatte er dafür weggestoßen, nur um ihn erfüllen zu können.

Mit einem Ruck erwachte Antonia und setzte sich in dem Klappbett auf. In dem unheimlichen Dämmerlicht einer Nachtlampe im Bad sah sie sich in dem Raum um, der sie umgab. Fremde Möbel standen in Nonnos Arbeitszimmer, sein Schreibtisch war nicht mehr da und stattdessen stand dort ein Computer. Ihr Bett stand zwischen diesem Gerät und einem Mischmasch aus Dingen, die an einer Wand aufgetürmt waren. Sie betrachtete die schemenhaften Stapel, bis ihr ein Schimmer in einer Ecke ins Auge fiel. Etwas … Vertrautes.

Angezogen, beinahe gegen ihren Willen, ließ sie die Beine über die Bettkante hängen und schob die Füße in ihre Schuhe. Dann erhob sie sich mühsam und blieb einen Moment lang stehen, um das Gleichgewicht zu finden. Ihr Rollator stand an der Wand, und ihre Brille war in der Nähe, vermutete sie. Aber sie ging mit drei schlurfenden Schritten auf die Ecke zu und kramte in dem Durcheinander, bis ihre Finger den Gegenstand erreicht hatten.

Obwohl sie alles verschwommen sah und das Licht nur ein schwaches Glimmen war, wusste sie es, als ihre Finger es berührten. Sie nahm alle Konzentration zusammen, zog es heraus und berührte liebevoll den silbernen Kopf, den Nonnos Hand umfasst hatte, während der Walnussschaft seinem Bein Halt gab, das in seinen besten Jahren verkrüppelt worden war.

Ah, Nonno. Sie wusste Bescheid über Glieder, die nicht mehr ihren Dienst taten. Aber während sie sich mit ihrem kräftigeren Arm auf den Gehstock stützte, schlich sie an Lance vorbei, der in dem Bett schlief, das dem von Nonno ähnelte, in die Küche, die sich so sehr verändert hatte. Die Erinnerungen kamen hoch: Papa am Tisch, Nonna Carina, die Nonno mit einem Löffel Sauce lockte. Freunde und Verwandte. Sogar Mama war dort, die Papa einen Kuss auf die Lippen gab und dabei einen Lippenstiftfleck hinterließ, den sie lachend abzuwischen versuchte, während Papa nach ihrer langen Perlenkette griff und sie näherzog, weil er mehr wollte.

Sie konnte sich nicht mehr daran erinnern, dass jemals jemand in dieser Küche unglücklich gewesen war. Außer einmal.

Das Herz zog sich ihr zusammen, und sie starrte lange auf die Tür zur Speisekammer. *Oh, Nonno.* Sie schluckte. *Papa.* Langsam ging sie an der Tür vorbei und hinaus ins Dunkle. Der samtene Himmel war mit Sternen übersät, und die Luft war eine kalte Hand, die nach ihr griff. Alles schien so nah. Ein Schuppen, der nicht dorthin gehörte. Das Haus nebenan. Hecken und Zäune. Keine Felder voller Weinstöcke. Die wenigen Reben, die noch da waren, hatte niemand abgeerntet. Das tat besonders weh.

Der Bewegungsmelder an der Gartentür führte sie zu ihnen. Diese Weinstöcke waren mehr als hundert Jahre alt. Die Trauben, die sie getragen hatten, hätten einen seltenen Tropfen ergeben. Mit klopfendem Herzen berührte sie das knorrige Holz, die frischen Blätter und Ranken, die verschrumpelten Früchte. Diese Weinstöcke an der Garage hatten gekämpft, um zu überleben – so wie sie selbst.

Sie umklammerte Nonnos Stock und erinnerte sich an die Energie, die sie gebraucht hatte, um wieder auf die Beine zu kommen. Lance hatte sich gesträubt, weil er Angst hatte, die Reise könnte zu viel für sie sein … und weil er einfach Angst hatte. Es war schwer, wenn man sich etwas so sehnlichst wünschte. Das wusste sie, und doch … das Leben lag in der Sehnsucht und in der Wertschätzung dessen, was man hatte.

Sie drehte sich um und betrachtete das alte Haus, das sie mit solch großem Bedauern verlassen hatte. Veränderung war unvermeidlich. Zu Hause in Belmont hatte sie Kinder und Enkel und Urenkel, ihre Freunde und Nachbarn, ihre Kirche. Jeden Riss in der Wand, jedes Geräusch, das durch ihr Fenster drang, kannte sie. Hier, wo sie früher mit allem vertraut gewesen war, mit dem Wind in den Weinbergen, den Steinen auf dem Boden, dem Tempo und dem Puls eines jeden Tages, hier war inzwischen alles anders.

Sie starrte zum Fenster hinauf, von dem aus sie die nächtlichen Geräusche gehört hatte, die sie vor der Gefahr gewarnt hatten. Sie hätte in jener Nacht sterben können, aber sie war nicht gestorben. Sie war mit dem Leben davongekommen, hatte ihre Familie großgezogen, hatte ihr Restaurant geführt und war alt geworden. Und jetzt war sie hier, uralt und schwer krank, ihre Tage von Gott gezählt.

Ja … vielleicht war es Zeit, etwas Neues zu lernen.

Rese schleppte sich in Jeans und Rollkragenpullover die Treppe hinunter und versuchte, gelassen zu wirken, aber es gelang ihr nicht. Star hatte Mom geweckt, und Rese konnte sie in der Küche hören.

„Wurstbrötchen, Mom?“ Als kannte Star die Antwort darauf nicht.

In ihrer seltsamen monotonen Sprechweise sagte Mom: „Wurstbrötchen für die Königin."

Rese gesellte sich zu ihnen, während Star die in Plastikfolie verpackten Wurstbrötchen aus der Kühltruhe holte und in die Mikrowelle tat. Nachdem sie die Lücke in Lance' Kücheneinrichtung entdeckt hatte, war Star losgezogen und hatte ein Mikrowellengerät gekauft, mit dem sie nun meistens ihre Mahlzeiten zubereitete.

Rese warf einen Blick auf die Tür zu ihrem Appartement. „Irgendein Lebenszeichen von ihnen?"

Star gab die Garzeit ein. „Ich habe Stimmen gehört."

„Du nicht auch noch."

Star drehte sich kichernd um. „*‚Oh, welch ein edler Geist ist hier zerstört!'*"

Rese drehte sich um, als die Tür hinter ihr aufging und Antonia herauskam, gestützt auf ihren Rollator.

Star stellte einen Teller für Mom auf den Tisch und leckte sich dann die Finger. „*‚Welch schlechte Köchin, die den eig'nen Finger nicht ablecken mag.'*"

„Eine schlechte Köchin … wohl wahr." Antonia lächelte.

„Frühstück für die Königin", sagte Mom in ihrer vertrauten Rolle.

„Er ist wach." Im Vorbeigehen tätschelte Antonia Rese' Arm. Sie vermutete wohl, dass sie mit dem Mann in ihrem Bett sprechen wollte.

Zögernd ging Rese durch die Tür in den Flur, den sie für Lance einmal zur Tabuzone erklärt hatte. Seltsam, wie die Dinge sich änderten. Sie klopfte und öffnete dann die Tür zum Schlafzimmer. Er lag auf einen Ellbogen gestützt da, also hatte er die Nacht überlebt. Er sah ein bisschen besser aus, wenn auch zerknittert und zerknirscht.

Er sagte: „Ich hatte nicht vor, dein Bett zu besetzen", aber seine Augen sagten noch viel mehr.

Innerlich weigerte sie sich, seine Reue zur Kenntnis zu nehmen. „Ich hatte keine Lust, dich die Treppe hinaufzuschleppen."

Langsam setzte Lance sich im Bett auf, und unter dem T-Shirt wirkte sein Oberkörper eingefallen. Sie hasste die Sorge, die sich in ihr breitmachte. Für wen hielt er sich, dass er ihre Gefühle so manipulieren konnte?

Unschlüssig verschränkte sie die Arme. „Was genau erwartest du jetzt von mir?"

Sein Adamsapfel bewegte sich auf und ab. „Ich erwarte gar nichts."

Klar. Als wüsste er überhaupt, was das bedeutete. Sie ging ganz in den Raum. „Du tauchst einfach ohne Erklärung hier auf, nicht mal ein Anruf. Ich hätte dir gesagt, dass dieses Haus nicht mehr für die Öffentlichkeit zugänglich ist."

Die „Öffentlichkeit" nahm er wie einen Schlag auf.

Sie ließ ihren Tonfall weniger schroff klingen, aber der nächste Teil ihrer Botschaft würde ihn noch härter treffen. „Ich führe keine Pension mehr. Mit Brad zusammen habe ich eine Firma gegründet. Und ich habe die Silberzertifikate benutzt, um das Ganze zu finanzieren." Warum fühlte es sich nicht gut an, ihm seine Illusionen zu rauben?

Er nickte stumm, ohne jede Verurteilung, obwohl das Geld streng genommen vielleicht ihm gehörte.

Sie atmete hörbar aus. „Ich sehe, dass dies hier für Antonia wichtig ist, und offensichtlich ist genug Platz." Obwohl dieser Platz ihr gehörte. „Wir haben unseren festen Tagesablauf, aber ..." Sie stemmte die Hände in die Hüften. „Ihr könnt bleiben. Eine Weile jedenfalls."

Mit Augen, die genauso hohl waren wie seine Stimme, sah er sie an. „Es gibt hier nichts für mich zu tun."

Sie warf ihm einen finsteren Blick zu. „In deinem Zustand kannst du gar nichts tun. Es ist vielleicht sehr religiös, dich zu Tode zu hungern, aber offensichtlich ist es nicht gesund."

Seine Augenbrauen zogen sich zusammen. Was nützte es, ihm Vorwürfe zu machen? Sein Glaube war schon immer so radikal gewesen. Was machte es da schon, dass er aussah wie Johannes der Täufer mit Ohrring? Plötzlich hätte sie am liebsten losgeheult.

„Star macht Wurstbrötchen warm. Willst du –" Sie drehte sich um, als jemand sie am Arm berührte. „Oh. Mom, das ist Lance." Sie hatte vergessen, diesen Teil der Geschichte zu erwähnen.

Sein erstaunter Blick wanderte von ihr zu ihrer Mutter. Er schob die Beine über die Bettkante und stand auf, wenn auch ein wenig unsicher. Dann nahm er Moms Hand zwischen beide Hände. „Es freut mich, Sie kennenzulernen, Elaine. Ich habe lange darauf gewartet."

Die Ernsthaftigkeit in seiner Miene schmerzte. Rese wandte sich ab. „Komm, Mom, wir lassen Lance in Ruhe, damit er sich fürs Frühstück fertig machen kann."

Kapitel 36

Er machte wirklich einen großartigen Eindruck. Auf der Türschwelle in Ohmacht zu fallen; ihr Zimmer zu belegen. Nicht, dass es eine Rolle spielte. Er hatte seine Chance gehabt und sie vergeben. Erst einmal konnten sie bleiben, aber dann würden sie abreisen müssen. Er atmete langsam aus. Warum hatte Nonna das nur verlangt?

Als er ins Bad ging, bemerkte er ein Klappbett, das im Büro aufgestellt war. Dort musste Nonna letzte Nacht geschlafen haben. Er seufzte. Er hatte erwartet, dass es nicht einfach werden würde, aber mit einer solchen Demütigung hatte er nicht gerechnet. Vor Rese zusammenzubrechen? *Also bitte, Herr.*

Er schloss die Badezimmertür ab und lehnte sich dagegen. Ihm war schwindelig. Tiefgefrorene Wurstbrötchen. Er stieg in die Dusche und hoffte, dass er nicht wieder ohnmächtig wurde. Er brauchte die Dusche zwar nicht unbedingt, aber er hatte in seinen Sachen geschlafen.

Die Dusche fühlte sich in den Gelenken gut an, und die Erschöpfung saß nicht mehr so tief in seinen Muskeln wie vorher. Was am meisten schmerzte, war die Tatsache, dass Rese wieder versuchte, so hart zu sein. Er trocknete sich ab, putzte seine Zähne und fuhr sich mit den Fingern durchs Haar. Dann zog er die Jeans und das Sweatshirt an, die auf der Kommode gelegen hatten. Vielleicht hatte Nonna ihre Sachen ausgepackt.

Er schob die nackten Füße in seine Schuhe und ging hinaus. Als er den Geruch von aufgetauten Wurstbrötchen wahrnahm, wurde ihm fast schlecht. Hoffentlich konnte er es herunterwürgen. Wenigstens eins. Und dabei nicht aussehen wie ein Idiot. *Herr, so viel bist du mir wirklich schuldig.* Obwohl er wusste, dass das nicht stimmte.

Nonna saß mit Star und der Mutter von Rese am Tisch, und er setzte sich auf den einzigen noch freien Platz. Während Star ihm einen Teller zuschob, bemerkte er, dass Rese gar nicht da war.

„Sie ist zur Arbeit gegangen", erklärte Star.

Ah. Mit Brad. Ihrem Partner. Er nahm das Brötchen in die Hand, beäugte die braune fettige Sauce, die in die pappige Hülle floss. Er führte es zum Mund, riss sich zusammen und biss hinein. Wenn er niemandem zur Last fallen wollte … Er kaute, schluckte und schaffte es, das Wurstbrötchen nicht wieder von sich zu geben.

Als er fertig war, fragte Star: „Möchtest du noch eins? Eins ist noch da."

Er hatte schon eins zu viel gegessen. „Hast du auch Obst?"

„Pfirsich?"

„Gerne."

Star nahm einen Pfirsich aus einer Schale und legte ihn vor Lance auf den Tisch. Er zögerte bei dem Gedanken, die Frucht als Ganze zu nehmen und hineinzubeißen, denn es bereitete ihm Unbehagen, selbst einem Stück Obst gegenüber so unzivilisiert zu sein. Star legte ein Küchenmesser auf seinen Teller. Er wusste nicht, ob sie seine Gedanken erraten hatte, und er wollte es auch gar nicht wissen. Dann schnitt er eine dünne Scheibe ab und löste sie von dem Stein, sodass der Duft aufstieg. Einen Augenblick ließ er sich die Zeit, diesen Duft wahrzunehmen, ohne zu essen. Erbärmlich, aber notwendig, wie wenn man einen Kranken langsam wieder an Nahrung gewöhnt.

„Rese weiß nicht, was sie davon halten soll, dass du hier bist", sagte Star.

Er nickte. Das war offensichtlich und wohl auch verständlich. Er hatte ihr das Gleiche wieder angetan, vielleicht sogar absichtlich. Eigentlich hätte er anrufen und fragen können, ob er Nonna herbringen durfte, aber das hatte er nicht, denn wenn er alles richtig machte und es nicht funktionierte, welche Ausrede hatte er dann? Vor Gott konnte er leer und gebrochen dastehen, aber vor Rese? Er war ein Mann und halber Italiener. Abgesehen von der Ohnmacht. Das war original Lance Michelli.

„Sie ist fort", sagte ihre Mutter. „Fort, fort."

Die Worte sanken in seine Magengrube. Er hatte gesagt, er wäre bereit zu akzeptieren, dass er die Beziehung mit ihr in den Sand gesetzt hatte, aber er hatte nicht geglaubt, dass es so weit kommen würde, und selbst jetzt war er zu stolz, es zuzugeben. Aber er war der Feuerstein für ihren Stahl, der schon allein durch seine Anwesenheit zum Glühen gebracht wurde. Die Dresche von heute Morgen hatte er erwartet, als sie ins Zimmer gekommen war, aber sie war nicht ganz so hart wie früher. Er hob den Pfirsichschnitz hoch und biss hinein. Der würzige Saft füllte seinen Mund. Intensiv, aber leichter als die Überlastung durch das Würstchen.

„Fort, fort", sagte Elaine. „Das Grün ist beim Grün. Das Blau ist beim Blau. Aber das Braun …" Sie blickte auf. „Wissen Sie es?"

Er lächelte die Frau an, die Rese so ähnlich sah. „Ich wünschte, ich wüsste es." Dann wandte er sich an Star. „Ich will nicht, dass Rese auf ihr Bett verzichten muss. Ist jemand im Kutscherhaus?"

„Nein, aber …" Sie sah zu Nonna hinüber.

Er drehte sich um. „Hast du was dagegen, wenn wir dort draußen wohnen, Nonna? Dann kann Rese ihr Zimmer wiederhaben."

Sie zuckte mit den Schultern. „Gut. *Bene.*" Heute Morgen hatte sie eine gesunde Gesichtsfarbe und ihre Miene war friedvoll. Er hatte sorgfältig auf sie Acht geben wollen, um sich zu vergewissern, dass die Anstrengung, diesen Ort wiederzusehen, nicht zu viel für sie war. Aber stattdessen war er ohnmächtig geworden.

Star schnitt eine Scheibe von seinem Pfirsich ab und aß sie.

Er überließ ihr den Rest und trat ans Fenster. „Nonna kann das Schlafzimmer im Kutscherhaus haben. Ich stelle das Klappbett ins andere Zimmer."

Star zuckte mit den Schultern. „Wie du willst."

Es musste sein. Er konnte nicht noch eine Nacht im Zimmer von Rese verbringen, und wenn er ihr aus dem Weg ging, wäre es für sie beide vielleicht nicht ganz so schwer. Er hatte den Verdacht, dass Nonna mehr als ihre eigene Genesung hier suchte, aber sie wusste ja nicht, wie verbissen und halsstarrig Rese sein konnte.

Rese stieg die Leiter zum Dach des Bauprojekts hinauf, für das sie ein Angebot gemacht hatte, mit dem sie sich gegen ihren Hauptkonkurrenten durchgesetzt hatten. Es war immer noch ein Schock für sie, *Barrett's Renovierungen* als etwas zu sehen, das mit ihr nichts zu tun hatte. Die Firma wurde von keinem Barrett mehr vertreten, obwohl ihr Dads Ruf noch vorausging.

Wenn sie wenigstens versuchen würden, den Maßstäben ihres Vaters gerecht zu werden, hätte sie keine Probleme damit, aber nachdem sie mit eigenen Augen gesehen hatte, wie diese Firma arbeitete, war ihr

Entschluss, eine Alternativfirma zu gründen – *Plocken & Barrett* – gerechtfertigt gewesen. Brad hätte genauso gut ein Barrett sein können, nach all dem, was er von Dad gelernt hatte und wonach er sich nach wie vor richtete. Sie respektierte ihn mehr, als ihr bewusst gewesen war. Und das beruhte auf Gegenseitigkeit.

Aber als er auf seine Knie gestützt aufblickte, wünschte sie, er würde sie noch nicht so lange kennen, denn sein „Was ist los?“ beinhaltete mehr, als sie zu sagen bereit war. Vielleicht war es der Gurt um seine Hüften oder die Schräge des Daches, aber vor ihrem geistigen Auge tauchte plötzlich die Szene auf, in der Lance aufs Dach geklettert war, um sie vor den Bussarden zu retten. Und jetzt hatte sie die Frage vergessen, wegen der sie heraufgekommen war.

„Rese?“

„Was?“

„Ich vermute, du bist aus einem bestimmten Grund hier raufgeklettert.“ Er war in seiner eigenen Welt und sie hatte ihn gestört.

„Hm …“

„Ist alles in Ordnung?“

„Natürlich.“ Sie stand auf dem First und dachte daran, wie Lance allen Mut zusammengenommen hatte, um den Schornstein loszulassen. Sie war geradezu beleidigend gewesen. Was hatte er nur in ihr gesehen? Aber er hatte seine eigenen Vorstellungen gehabt, und dann blieb ihr plötzlich die Luft weg. Die Villa.

Er und Antonia gemeinsam hier draußen. Hatte er beschlossen, mit ihr um die Villa zu kämpfen? Zurückzuholen, was Antonia verloren hatte? Er sah nicht so aus, als wäre er zu einem Kampf in der Lage, aber er hatte sie schon öfter getäuscht. Vielleicht war alles nur eine Masche, damit sie ihn wieder aufnahm. Sie konnte keinen Besitzanspruch anmelden, wenn sie sich alle auf dem Grundstück aufhielten und beide Parteien eine Besitzurkunde hatten. Aber es fühlte sich irgendwie nicht richtig an.

Brad berührte sie am Ellbogen. „Hallo?“

„Ich …“ Sie fröstelte.

„Bewunderst du die Aussicht?“

„Nein, ich … ich …“

„Und stehst mir dabei im Weg rum?“

„Oh. Tut mir leid.“

Brad schien nichts davon zu merken, dass der Wind kühler geworden war, als er eine Zigarette aus der Packung in seiner Hemdtasche schüttelte. „Woran denkst du?"

„An nichts."

„Hast du es dir anders überlegt?"

„Nein. Es hat nichts mit dir oder der Firma zu tun. Ich sollte wieder an die Arbeit gehen."

Immer noch hielt er sie am Ellbogen fest, und selbst das ließ sie an Lance denken.

„Warum ist deine Ehe in die Brüche gegangen, Brad?"

Er zog die Augenbrauen hoch. „Abgesehen davon, dass meine Frau durchgeknallt und nervtötend war?"

Rese zog eine Grimasse. Er hätte genauso gut sie beschreiben können.

Er zuckte mit den Schultern. „Wir haben wohl nicht gut zusammengepasst, nehme ich an, sondern uns gegenseitig in den Wahnsinn getrieben."

„Und du hast niemanden gefunden, der besser zu dir passt?"

Er steckte sich die Zigarette in den Mund und betätigte sein Feuerzeug. „Ich habe ja auch nicht gesucht."

„Warum nicht?"

„Weil … es nicht dasselbe gewesen wäre."

Sie starrte ihn an. „Du liebst sie immer noch."

Er zog an seiner Zigarette, lange und langsam. „Manchmal ist das eben so."

„Ist sie verheiratet?"

„Sie war es eine Zeit lang. Nummer zwei hat noch weniger lange gehalten. Aber wenigstens brauchte ich dann keinen Unterhalt mehr zu zahlen." Er starrte auf die Zigarette in seiner Hand. „Obwohl sie das nicht daran hindert, mich nach Geld zu fragen, wenn sie knapp bei Kasse ist."

Rese sah ihn prüfend an. „Und gibst du ihr dann was?"

Er warf ihr einen Blick zu. „Ich habe ja genug. Ich wollte nur nicht, dass mir das Gericht vorschreibt, was ich tun muss."

Rese stemmte die Hände in die Hüften. „Wie kommt es, dass ich von alldem nichts weiß?"

„Du warst nicht gerade zugänglich." Langsam atmete er den Rauch durch die Nase aus. „Vernon meinte, es würde sich vielleicht irgendwann auswachsen, aber …"

„Was sollte sich auswachsen?“

„Dein Drang, alles zu kontrollieren, es mit der ganzen Welt aufzunehmen, was auch immer.“

Ihr fiel die Kinnlade herunter. „Das hat er gesagt?“

Brad hob eine Hand. „Jetzt reg dich nicht auf.“

Aufregen. Dad hatte sie für einen Kontrollfreak gehalten, und Brad sagte, sie solle sich nicht aufregen? „Was hat er sonst noch über mich gesagt?“

„Du seist das größte Naturtalent – der begabteste Handwerker –, dem er jemals begegnet sei.“

Diesen Teil kannte sie, wenn auch nicht wortwörtlich.

„Er war unheimlich stolz auf dich, Rese. Das waren wir alle.“

Plötzlich hatte sie einen Kloß im Hals. „Klar.“

„Na ja, es gab ein paar Typen, die dich nicht ausstehen konnten.“ Er zog an seiner Zigarette. „Aber du warst wie unser Maskottchen. Auf der einen Seite ist es einem peinlich zuzugeben, dass es süß ist, auf der anderen tut man alles, um es zu beschützen.“

Ihre Augen verengten sich. „Beschützen? Und was war mit all den Streichen?“

„Du hättest nur sagen müssen, dass sie dir was ausmachen. Aber du warst hart im Nehmen. Die größte Herausforderung, die es für die Jungs gab.“ Er lachte.

Verbissen knirschte sie mit den Zähnen. „Man sollte meinen, erwachsene Männer hätten es nicht nötig, kleine Mädchen zu ärgern.“

„Wenn du sie auf dem Kieker hattest? Du hast sie bei Vernon schlecht aussehen lassen, und das, wo er der strengste Vorgesetzte der Welt war.“

„Ich habe nicht ...“ Aber es stimmte schon, sie hatte jeden Fehler, den sie fand, gepetzt. Konnte sie etwas dafür, dass sie ein so gutes Auge hatte?

Er wurde wieder ernst. „Ich hätte Sam und Charlie allerdings gefeuert.“

Die Röte stieg ihr ins Gesicht. Er wusste davon?

„Das Problem war, dass du deinem Dad nichts davon erzählt hast. Und es war nicht meine Aufgabe, es ihm zu sagen, wenn du die Sache anders regeln wolltest. Aber ich habe dafür gesorgt, dass Vernon sie mit in seine Crew nahm, als du die andere bekommen hast.“

Sie starrte ihn mit offenem Mund an. Er hatte auf sie aufgepasst, als sie die Position bekommen hatte, die er hatte haben wollen?

„Vernon konnte ziemlich blind sein."

Tränen brannten in ihren Augen. Aber sie würde auf keinen Fall zulassen, dass sie ihr über die Wangen liefen.

„Er hatte keine Ahnung, dass ich mich in dich verknallt hatte, als du ungefähr achtzehn warst." Er schnipste die Asche von seiner Kippe.

Sie kaute auf ihrer Lippe. „Warum?"

„Wahrscheinlich habe ich eine Schwäche für schwierige Frauen."

Sie funkelte ihn an.

„Meine Frau hatte gerade wieder geheiratet und ..." Er drückte den Zigarettenstummel an einer Dachpfanne aus und ließ ihn dann in die Dachrinne fallen. „Ach, ich weiß nicht."

Rese schüttelte den Kopf. „Es ist so, als hätten wir alle in unterschiedlichen Welten gelebt. Keiner hat dem anderen irgendetwas Wichtiges mitgeteilt."

Er nickte. „Also: Erzählst du mir jetzt, was los ist?"

Die Worte blieben ihr beinahe im Halse stecken. „Es ist nichts – Lance ist wieder da."

„Der Typ mit der Schaufel?"

Lance hatte im Garten gearbeitet, vielleicht mit einer Schaufel, als Brad aufgetaucht war. Sie nickte. „Ich bin mir nicht sicher, was ich davon halten soll."

„Was willst du denn?"

„Ich weiß nicht." Unter seinen prüfenden Blicken wand sie sich.

„Dann musst du es herausfinden."

Sie schnaubte. „Und das sagt ein Mann, der seine Exfrau liebt und nichts deswegen unternimmt?"

„Zu lange her."

„Feigling."

Er zog eine Grimasse. „Ich brauche keine Ratschläge von einem Würstchen."

Sie verschränkte die Arme. „Selbst, wenn ich recht habe?"

„Hast du schon mal nicht recht gehabt?"

Sie schluckte. „Vielleicht. Manchmal."

„Ich wünschte, ich hätte das ein paar Mal auf Band."

Sie schob das Kinn vor. „Du warst stur und unflexibel."

„Und du? Warst du Wachs in meinen Händen?"

Sie hob die Hände. „In Ordnung. Waffenstillstand. Ich steige runter. Du hast schon genug Zeit verschwendet."

Er grinste. „Ja, klar."

Als sie die Leiter erreicht hatte, fiel ihr ihre Frage wieder ein und sie rief sie ihm zu. Er brüllte die Antwort zurück, und sie schwang ein Bein über die Leiter und erinnerte sich daran, wie das scharfkantige Aluminium beinahe ihre Seite aufgeschlitzt hatte, als sie Lance zeigen wollte, wie viel Mumm sie hatte. Sie verdrehte die Augen. Sie war nicht halb so abgebrüht, wie sie tat.

Die Crew ging um halb sechs heim. Etwa eine Stunde später kam Brad zu ihr. „Komm, wir machen Schluss."

Aber sie hatte bei der Arbeit mit dem Holz Frieden gefunden, wenn auch keine Antworten, und konnte noch nicht aufhören.

„Ich mag es nicht, wenn du allein auf der Baustelle bist." Er sagte es nicht, aber sie wusste, dass er an mögliche Unfälle dachte.

Wenn sie diesen Gedanken zuließ, würde sie eine Panikattacke bekommen, aber das kam nicht in Frage. „Ich passe auf." Hastig setzte sie ihre Schutzbrille wieder auf. „Du brauchst mich nicht zu beschützen." Ihr Maskottchen. Es wurmte sie, aber andererseits …

Er zuckte mit den Schultern, wohl wissend, dass es nichts nützte, zu widersprechen. „Bis morgen früh dann."

Sie nickte und legte das nächste Brett auf.

Lange nachdem Brad gegangen war, fuhr sie die anderthalb Stunden nach Hause. Im Haus war es still, und sie schlich hinein, sorgfältig darauf bedacht, im Dunkeln nirgends gegenzustoßen. Sie würde nach den beiden sehen und dann schlafen gehen. Als sie durch die Küche ging, stellte sie überrascht fest, dass die Tür zu ihren Privaträumen offen stand. Aber dann sah sie, dass beide Zimmer leer waren. Der Schock angesichts dieser Tatsache war ebenso groß wie bei seiner Ankunft hier. Sie ballte die Fäuste. Er war der grausamste, gedankenloseste Mann, der ihr je begegnet war.

Nur weil sie gesagt hatte, die Dinge hätten sich geändert, bedeutete das nicht – Warum war sie so lange auf der Baustelle geblieben? Um zu beweisen, dass er ihr egal war? Sie lockerte ihre Fäuste. Gut, dann war er also weg. Wahrscheinlich hatte er ein Taxi gerufen und seine Großmutter zum Flughafen gebracht, um anschließend mit seiner Harley ohne Helm, aber dafür mit seinem Hund quer durch das Land zu fahren. Sein Hund!

Das Haus wirkte schrecklich leer. Kein Baxter, der über den Küchenfußboden tappte; kein Baxter, der an ihre Beine stieß; kein Baxter, der sich auf ihrem Bett zusammenrollte. Verzweifelt ließ sie sich aufs Bett fallen. Kein Baxter; kein Lance. Sie hatte ihn vertrieben, indem sie ihm die Veränderungen an den Kopf geworfen hatte: ihre Partnerschaft mit Brad, das Ende der Pension.

„*Es gibt hier für mich nichts zu tun.*" Sein Gesicht hatte alles gesagt.

Und dabei war es das Tun und Agieren, was Lance eine Bedeutung gab. Aber sie hatte ihm klargemacht, dass er ihr nichts mehr bedeutete. Hatte er gewartet, in der Hoffnung, dass sie nach Hause kommen würde und er sich verabschieden konnte? Aber nicht einmal das hatte sie ihm ermöglicht.

Zerknirscht vergrub sie das Gesicht in den Händen. Hatte er denn nicht überlegt, dass Antonia vielleicht mehr Zeit brauchte? Sie schloss die Augen. Vielleicht konnte er es einfach nicht länger ertragen. Und sie konnte es auch nicht. Brad hatte gesagt, sie solle endlich herausfinden, was sie wollte. Aber jetzt spielte es keine Rolle mehr.

Sie rollte sich im Bett zusammen, ohne ihren Schlafanzug anzuziehen, und bemerkte, dass die Bettwäsche frisch gewaschen war. Sie roch nicht nach Lance, sondern nur nach Sommerfrische. Er oder Star hatte jede Spur von ihm weggewaschen. Und jetzt weinte sie und tränkte das Kissen mit Tränen und lautlosen Schluchzern.

Kapitel 37

Lance ließ die schlafende Nonna im Kutscherhaus zurück und ging mit Baxter in die Steinküche der alten Villa, wo er einmal an etwas ganz Besonderem hatte mitwirken wollen. Diese Pläne hatten sich in seiner Abwesenheit geändert, aber er hatte immer noch den Drang, etwas zu tun. Obwohl es vielleicht ihre Routine durcheinanderbrachte, hoffte er, es würde den anderen nicht zu viel ausmachen, wenn er kochte. Selbst zu essen fiel ihm schwer, aber Mahlzeiten für andere zuzubereiten, fühlte sich immer noch richtig und gut an.

Die Speisekammer war gut gefüllt mit den meisten nicht verderblichen Nahrungsmitteln, die er noch bestellt hatte. Er nahm Mehl und Backpulver heraus und suchte im Kühlschrank nach Eiern – genug für Windbeutelteig. Als Füllung würde er Pfirsiche karamellisieren. Schlagsahne wäre natürlich schön gewesen.

Sollte er welche holen? Aber die Harley war laut. Er war gestern damit gefahren, überrascht, dass sie überhaupt angesprungen war, bis Star ihm sagte, dass sie die Maschine ein paar Mal angeworfen hatte, damit sie gut geschmiert blieb. Rese hatte entweder nicht daran gedacht oder gehofft, dass das Ding einen langsamen und qualvollen Tod sterben würde. Nachdem der Motor lief, hatte er sich seine Gitarre auf den Rücken gebunden, hatte Baxter zu sich gepfiffen und war losgefahren. Aber egal, wie viele Meilen sie zurücklegten, wie viele Stunden sie auf dem kalten Hügel saßen, während er eine neue Ballade für seine jetzige Lebensphase schrieb, sein Herz hatte ihn zurückgerufen.

Er fuhr sich mit der Hand über die Augen, denn ihm war wohl bewusst, dass er verlieren konnte. Nonna hatte Rese alles erzählt, und es änderte nichts. Sie hatte genug von seiner Art Probleme. Aber er war waghalsig genug, es trotzdem weiter zu versuchen.

Als er die Dusche in ihrer Wohnung hörte, backte und füllte er ihren Windbeutel und stellte ihn auf den Tisch. Dann lief er mit Baxter an seiner Seite durch den frischen, nebligen Morgen, um zu sehen, ob Nonna wach war. Sie kam gerade aus dem Schlafzimmer, als er eintrat, fertig gewaschen und angezogen, nur ihre Strickjacke war falsch geknöpft.

Der lange silberne Zopf hing ihr auf dem Rücken. Mama hätte ihn hochgesteckt, aber er hielt das nicht für wichtig. „Guten Morgen, Nonna." Er gab ihr einen Kuss auf die Wangen.

Sie blickte ihm in die Augen. „Bring m…ich nach unten."

„Nach unten?"

Sie ging zu der Falltür, die in den darunter liegenden Tunnel und Keller führte. War das ihr Ernst? Sie hatten auf dem Weg hierher bei Nonnos Grab angehalten, während die Uhr im Taxi weitergelaufen war, und er hatte ihr gezeigt, wo er Quillan Shepard begraben hatte und wo andere ihren Vater beerdigt hatten. Mit Tränen in den Augen hatte sie ihm gedankt, aber sie war nicht zusammengebrochen, und er hatte ihre Erleichterung und den Frieden gespürt, den dieser Abschluss ihr brachte.

Jetzt war unter ihnen der Ort, an dem Nonno Quillan gestürzt war, wo sie ihn zuletzt lebend gesehen hatte in der Nacht, als sie aus ihrem Zuhause vertrieben worden war. Warum wollte sie das alles noch einmal durchleben? Aber ihre Miene ließ keinen Widerspruch zu. Er sagte: „Wir brauchen eine Lampe."

„Da d…rin." Sie zeigte auf das Schlafzimmer.

Er seufzte und holte die Taschenlampe, die er vor Monaten aus der Werkstatt von Rese entwendet und im Kutscherhaus behalten hatte, um den Tunnel ohne ihr Wissen zu inspizieren. Nonna entging aber auch gar nichts. Er holte die Lampe heraus und gab sie ihr. „Bist du dir sicher?"

Sie nickte.

Er hockte sich hin und drückte auf den Verschluss. Dann hob er die quadratische Platte aus Steinfliesen hoch und sah hinunter. Das schwarze Loch hatte ihnen beiden eine Menge Ärger gebracht, aber wenn Nonna dort hinunterwollte, würde er mit ihr in den Tunnel steigen. Allein würde sie die Treppe nie bewältigen, denn sie war beinahe so steil wie eine Leiter, und er war nicht gerade bei besten Kräften, aber er würde es versuchen. Gut, dass sie so zierlich war.

Außerordentlich vorsichtig trug er sie hinunter und stellte sie auf ihre Füße.

Sie drehte sich um und blickte hinauf. „Beim l…etzten Mal wurde ich auch get…ragen."

„Nonno Marco?“

Sie nickte. „Als ich nicht g…ehen wollte, hat er mich h…ochgehoben und weggesch…leppt.“

„Die beste Methode, mit widerspenstigen Frauen umzugehen.“

Sie kicherte.

Baxter winselte oben an der Lukenöffnung. Während sein Ururgroßvater in dem Tunnel gelegen hatte, war er standhaft geblieben und hatte den Hund nicht hineingelassen, weil er nicht wollte, dass die Knochen bewegt wurden. Jetzt pfiff er leise und Baxter kletterte herunter. Lance stieg noch einmal hinauf, um Nonnas Rollator zu holen, dann vergewisserte er sich, dass sie sich gut festhielt.

Sie starrte in den Tunnel hinein, und jede Leichtfertigkeit wich, als er den Lichtstrahl geradeaus richtete; dann setzte sie sich langsam in Bewegung. Sie kamen an das Tor und gingen hindurch. An der Stelle, wo er Quillans Skelett gefunden hatte, blieb sie stehen. Die Lampe stand immer noch an der Wand, ausgetrocknet und nutzlos, nachdem sie ihren Treibstoff verbrannt hatte und erstorben war. Sie neigte den Kopf und er konnte ihre Miene nicht sehen, aber sie sich vorstellen.

„Alles in Ordnung?“

„So … sinnlos“, murmelte sie. „Armer N…onno.“

„Du warst zum Schluss bei ihm.“

Sie seufzte. „Papa hatte niemanden.“

„Er hatte Gott. Er ist gestorben, um dich zu beschützen.“

Sie nickte. „Sie w…ussten, dass er kommen würde.“

„Er musste es tun.“ Denn wenn es darauf ankam, musste ein Mensch tun, was nötig war. Egal, was es ihn kostete.

Der Wein war noch da, obwohl Rese das Geld, das unter den Regalen versteckt gewesen war, ausgegeben hatte. Aber das war ihm gleichgültig. Er hatte gelernt loszulassen. Und vielleicht war die Lektion noch nicht zu Ende.

Rese blieb vor dem Tisch stehen und starrte ungläubig auf den Teller. Der satte Pfirsichduft der Füllung in der knusprigen Hülle packte sie wie eine Faust. Wie konnte das dort sein, wenn er nicht …

Ihr Blick ging ruckartig zum Fenster. Kein Lebenszeichen im Kutscherhaus. Hatte er Antonia nach oben getragen? Sie eilte hinauf und sah nach, aber die einzigen bewohnten Zimmer waren die von Star und Mom, und beide schliefen tief und fest. Also hatte Star das Frühstück nicht gemacht, selbst wenn sie eins von Lance' Rezepten ausprobiert hätte – nur dass er ihnen keins gegeben hatte.

Sie ging wieder in die Küche hinunter. Hatte sie es sich eingebildet? War dies der erste psychotische Schub? Es konnte doch sein, dass sie in ihrer Not eine Schwelle überschritten hatte, eine Grenze durchbrochen und ihre eigene Realität erschaffen hatte, in der Lance immer noch wunderbare Dinge kochte und sie wie Geschenke hinterließ, die sie finden sollte. Würde sie das Gebäck schmecken? Würde das die Illusion verfestigen?

Misstrauisch sah sie den Windbeutel an, so als wäre seine Anwesenheit eine Art Test. Wenn sie widerstand, würde er dann verschwinden? Konnte sie Lance verscheuchen, bevor er sich festsetzte wie Walter? Was wäre gewesen, wenn Mom ihren unsichtbaren Freund nicht immer eingeladen hätte? Was, wenn sie auf ihre kontrollsüchtige Tochter gehört und sich geweigert hätte mitzuspielen? Vielleicht hätten sie dann alle glücklich zusammen leben können.

Entschlossen wich Rese vom Tisch zurück, erst einen, dann noch einen Schritt. „Ich werde es nicht essen. Ich werde nicht glauben, dass es Wirklichkeit ist." Noch ein Schritt, und plötzlich öffnete sich die Speisekammertür hinter ihr. Mit einem Aufschrei drehte sie sich um, aber es waren nur Antonia, die erschöpft und verweint aussah, und Lance, der die Verkleidung an der hinteren Wand wieder befestigte, gegen die sie einmal voller Panik im Dunkeln von der anderen Seite aus gehämmert hatte.

Den Tunnel hatte sie völlig aus ihren Gedanken verdrängt, und als die Erinnerung an diese schreckliche Erfahrung jetzt wieder hochkam, verfinsterte sich ihr Blick. Antonia kam aus der Speisekammer, schwer auf ihren Rollator gestützt. Eine gute Stütze, aber nicht, um durch einen schwarzen Keller zu laufen, wo alles Mögliche lauern konnte. Rese fröstelte.

Obwohl ihre Miene eine Erklärung verlangte, blickte Lance an ihr vorbei. „Du hast dein Frühstück gar nicht gegessen."

„Nein, ich …" Sie blickte auf das Gebäck, das unschuldig auf dem Tisch stand und kalt wurde, dann funkelte sie ihn an. „Wo wart ihr?"

Er gab die offensichtliche Antwort. „Wir sind durch den Tunnel vom Kutscherhaus herübergekommen."

„Ihr habt dort drüben geschlafen?"

„Hat Star dir das nicht erzählt?"

„Ich habe sie noch gar nicht gesehen." Dabei stemmte sie die Hände in die Hüften. „Findest du es nicht viel zu gefährlich, mit Antonia in den Tunnel zu steigen?"

„Es ist m…eine Schuld. Ich wollte es unbedingt." Antonia ließ sich auf einem Stuhl nieder und machte sich über den mit Pfirsichen gefüllten Windbeutel her, während Lance die Tür zur Speisekammer schloss.

Angriffslustig verschränkte Rese die Arme. „Offensichtlich geht es dir besser." Jedenfalls stand er aufrecht da, obwohl sie vorhin wegen ihm beinahe in Ohnmacht gefallen war.

„Ich weiß nicht, warum ich ohnmächtig geworden bin. Der Flug oder irgendwas."

„Oder irgendwas."

Er wandte den Blick ab, offenbar nicht gewillt zu streiten. Und warum war sie auf Streit aus? Sie hatte die ganze Nacht damit zugebracht, seine Abreise zu betrauern. Jetzt war er da, und sie machte ihm nur Vorwürfe. „Ich dachte, du wärest fort."

„Du hast doch gesagt, dass wir bleiben können." Er runzelte die Stirn und warf einen Blick zu Antonia hinüber.

Rese folgte seinem Blick, aber Antonia aß selbstständig, wenn auch langsam, Bissen für Bissen. Eine deutliche Verbesserung. Offensichtlich konnte sie sich auf eine Sache konzentrieren und sie erreichen. Aber was wollte sie erreichen?

Lance ging zum Herd. „Ich mache dir einen neuen."

Rese hätte ihm beinahe gesagt, er solle sich keine Mühe geben, aber seine Hand zitterte, als er die Schüssel mit dem Teig nahm. Was hatte er sich nur angetan? Andere glaubten auch an Gott und dienten ihm, ohne dabei körperliche oder seelische Schäden davonzutragen. Aber Lance? Lance musste daraus eine Leidenserfahrung machen.

Der Zorn von Rese war spürbar, obwohl sie ihn unterdrückte. Ihre Miene war vollkommen stoisch. Er wünschte, sie würde ihm etwas an den Kopf werfen, schreien, kreischen, oder ihn mit ihren Fingernägeln bearbeiten, aber nein, sie zeigte ihm die kalte Schulter.

Er platzierte den knusprigen, noch heißen Windbeutel auf einem vorgewärmten Teller und füllte ihn mit karamellisierten Pfirsichen, stäubte Puderzucker darüber und betete. Rese bedankte sich, als er das Frühstück vor ihr hinstellte und sich eine eisige Kälte im Raum ausbreitete.

Er sah Baxter an, der scheinbar mit ihm fühlte, aber seinen eigenen bevorzugten Status nicht in Gefahr bringen wollte. Neben Rese saß er auf dem Boden und sagte mit seinem Blick: „Aus diesem Sumpf musst du dich selbst wieder rausziehen."

Um ihretwillen hatte er Schluss gemacht. Wie konnte er wissen, was Gott vorhatte? Es hätte ganz anders kommen können und dann wäre sie in Gefahr gewesen. Er hatte getan, was er tun musste, aber ihm fiel auf, dass die Bibel über die Reaktion der Frauen auf die Taten der Männer schwieg. Wie hatte Sarah reagiert, als Abraham ihr gesagt hatte, er würde auf einen Berg hinaufsteigen und ihren Sohn opfern? „In Ordnung, Schatz, aber sei zum Abendessen zurück"? Und Abraham und Sarah hatten damals schon hundert Ehejahre hinter sich. Lance und Rese dagegen hatten zwei abgewiesene Heiratsanträge und eine Menge Missverständnisse und Meinungsverschiedenheiten vorzuweisen.

Rese hatte wirklich einen klaren Schnitt gemacht; ein neuer Partner, ein neues Ziel, die Pension geschlossen – sie brauchte ihn überhaupt nicht mehr. Warum also konnte er nicht loslassen? In den Augenblicken, bevor er bewusstlos zusammengesackt war, hatte er gewusst, dass Gott noch nicht mit ihm fertig war. Aber Rese war es vielleicht.

Star lächelte ironisch, als er ihr einen Windbeutel reichte. Sie verpasste nichts und fand seine prekäre Lage offensichtlich amüsant. Gestern hatten sie geredet, und sie hatte ihm erzählt, dass man Rese die Vormundschaft für ihre Mutter übertragen hatte und dass Elaine sich eingewöhnt und sogar positiv entwickelt hatte, seit sie bei ihnen wohnte. Elaine war im Haus herumgewandert und hatte hin und wieder eigene Bemerkungen eingeworfen.

Rese hatte es also erreicht, ihrer Mutter ein Zuhause zu bieten. War das ein gutes Zeichen für ihn? Wenn Rese ihrer Mutter Elaine vergeben konnte – aber er würde lieber nichts unterstellen. Mit ihrer Mutter ging Rese vollkommen anders um als mit dem Rest der Welt. Vor allem mit ihm.

Als Star danach fragte, hatte er ihr erzählt, dass Rico das Bild in seinem Zimmer aufgehängt hatte, dass er jeden Tag damit aufwachte und eine Menge Zeit damit verbrachte, über die Komposition nachzudenken. Sie bohrte nicht nach, sondern sagte nur: „Danke, dass du mich aus New York weggeschafft hast. Ich weiß, das war nicht schön." Aber sie schien das alles hinter sich gelassen zu haben. Und sie wirkte glücklich. Aber war Rese es auch? Im Augenblick jedenfalls nicht.

Als er Elaine das Frühstück gegeben hatte, setzte er selbst sich auch und zwang sich zu essen, ohne dabei lächerlich zu wirken. Aber noch bevor er seinen Windbeutel angerührt hatte, stand Rese schon auf und brachte ihren leeren Teller zur Spüle.

„Ich mach das schon", sagte er, aber sie wusch den Teller selbst ab. Und natürlich verlor sie kein Wort über das Essen. Das würde ja Zustimmung signalisieren. Kurz darauf war sie weg. Er legte den Kopf in den Nacken und schloss die Augen.

„*‚Wie schüttelte mich Frost, wie dunkel war's!'*", murmelte Star vor sich hin.

„Und kein Tauwetter in Sicht", antwortete er.

„A...lles zu seiner Zeit." Nonna nickte wissend.

Aber Elaine sagte: „Sie ist fort, fort, fort."

Sosehr sie es auch versuchte, Rese konnte sich nicht überwinden, länger als bis Feierabend zu bleiben. Brad fragte sie sogar, ob sie noch weiterarbeiten wollte, und das wäre ihre Chance gewesen, Ja zu sagen. Aber sie fuhr heim und schlich sich ins Haus, wo ihr ein so köstlicher Duft entgegenschlug, dass ihr das Wasser im Mund zusammenlief. Lance und Antonia standen gemeinsam am Herd und kochten, wie sie aus der Unterhaltung schloss, die aus der Küche drang, während im Hintergrund leise Musik spielte. Star hatte im Esszimmer die Tische zusammengestellt und mit Seidenrosen und Kerzen geschmückt. Es war so, als wäre sie in eine Ausgabe von *Schöner Wohnen* gestolpert.

Wortlos ging Rese vorbei, um sich zu waschen und umzuziehen, dann wappnete sie sich und gesellte sich zu den anderen in die Küche. Wegen der Oper, die auf der teuren Stereoanlage lief, die Star mit dem Geld von ihrem Treuhandkonto gekauft hatte, hörte Lance sie nicht hereinkommen. Rese beobachtete ihn dabei, dass er für Mom ein Stückchen Käse von einem Teller nahm, der neben ihm bereitstand, wenn sie ihm die ausgestreckte Hand hinhielt.

Mom steckte sich den Käse in den Mund und ging zur Wand, wo sie stehen blieb, eine Hand hoch erhoben. „Das Muster ist sehr wichtig. Wenn man es nicht versteht. Immer grün zu grün. Grün zu grün."

Als Lance Nonna einen Zweig hinhielt, an dem sie riechen sollte, nickte sie, und er zerrieb ihn über dem Topf. Wieder einmal schien sich alles auf ihn zu konzentrieren, und bevor sich das richtig anfühlen konnte, versuchte Rese, sich wieder in ihr Zimmer zu schleichen. Aber Lance drehte sich um und sah sie. Warum mussten seine Gefühle immer so offensichtlich sein? Und was sollte sie damit anfangen?

Ein Klopfen an der Küchentür lenkte ihre Blicke ab. Rese machte die Tür auf und Michelle umarmte sie – das hatte sie sich selbst zuzuschreiben, nachdem sie das letzte Mal, als Michelle hier gewesen war, damit angefangen hatte. Auch Baxter kam angelaufen und wollte an Michelle hochspringen, aber Lance sagte seinen Namen in einem Tonfall, der ihn stattdessen Platz nehmen und mit dem Schwanz wedeln ließ.

„Duftet es nicht köstlich hier?" Neugierig ging Michelle zum Herd und lobte übertrieben die Gerüche, die von ihm aufstiegen.

Genau was Lance brauchte – jemand, der wegen seiner Kochkünste in Verzückung geriet. Er gab das Lob an Nonna weiter, aber Rese wusste, wie er jede Anerkennung für das Essen, das er zubereitete, in sich aufsog. Was auch immer ihm das Essen verleidet hatte, das Kochen schien ihm keine Mühe zu bereiten. Sie wusste nicht, was sie von alldem halten sollte, und es war jetzt sowieso nicht ihr Problem. Warum dachten alle, sie wäre für die Lösung aller Probleme zuständig?

„Ich kann noch einen Teller decken", sagte Star.

Was? Rese verschränkte die Arme. Hatte sie eigentlich auch noch was zu sagen? Sie hatte viel gearbeitet. Sie war müde.

„Wie kann ich Nein sagen, wenn zwei professionelle Köche gemeinsam am Werk sind?"

Oh nein, nicht professionell. Da war immerhin die Kleinigkeit einer fehlenden Urkunde.

Michelle wandte sich zu ihr um. „Langer Tag?"

Ja, ich habe tatsächlich gearbeitet. Wie nett von dir, dass wenigstens du es bemerkt hast. Rese biss sich auf die Zunge und nickte.

„Ich bin vorbeigekommen, weil ich dich um etwas bitten wollte. Eine Art Gefallen."

Fantastisch. Rese wartete.

„Um was für einen Gefallen geht es denn?", fragte Star.

„Ich kenne ein junges Mädchen, das in Schwierigkeiten ist. Sie spricht nicht viel Englisch, und ich bin mir nicht sicher, was ihre Aufenthaltsgenehmigung betrifft. Aber ich dachte an euch mit den vielen Zimmern hier. Es wäre auch nicht für immer. Nur bis sie ihr Baby bekommen hat oder eine andere Bleibe findet."

Baby? „Du machst wohl Witze." Die Worte waren heraus, bevor Rese sie zurückhalten konnte.

Star kicherte.

Rese holte tief Luft und sammelte sich. „Ich meine …" Was meinte sie denn?

Michelle ließ sich von ihrer Reaktion nicht beeindrucken. „Wir könnten etwas von unserer Gemeinschaftskasse beisteuern für Essen und Windeln."

„Essen und Windeln", sagte Mom von ihrem Platz an der Wand aus.

Rese runzelte die Stirn. „Windeln kommen nach dem Baby oder gleichzeitig. Ich meine, wenn sie etwas anderes gefunden hat."

Schon wieder kicherte Star.

Mom verließ ihren Platz und streckte ruckartig die Hand nach einem weiteren Stück Käse aus. Lance reichte ihr eins und drehte sich wieder zum Herd um. Star und Antonia sahen zu, wie sie wieder zu ihrer Wand zurückging. Niemand schien auf Michelles Bitte zu reagieren. Warteten sie alle darauf, dass sie das Offensichtliche aussprach? *Wir sind nicht auf Babys eingestellt oder auf Fremde oder …*

Rese lehnte sich kraftlos gegen den Tisch. „Wir müssen darüber reden."

„Natürlich." Michelle wischte den Einwand mit einer Handbewegung fort. „Ich weiß, dass meine Bitte etwas plötzlich kommt, aber sie wohnt im Moment in einem ziemlichen Loch, und das kann für das Baby doch nicht gut sein, oder?"

Eine Last senkte sich auf sie. Sie konnte nicht noch einen bedürftigen Menschen aufnehmen. „Ich bin mir nicht sicher …" Sie blickte von

Mom zu Star und von Antonia zum Rücken von Lance und wünschte sich, sie könnte auf der Stelle für ein, zwei Tage ohnmächtig werden.

„Essen wir doch erst mal“, sagte Lance.

Der Schweinebraten mit Safranreis in einer leichten, würzigen Sauce, die knackigen grünen Bohnen und eine Art Fladenbrot waren fantastisch, aber es fiel ihr beinahe ebenso schwer wie Lance, das Essen herunterzuzwingen. Obwohl sie zwei Köche und drei belegte Gästezimmer hatte, hätte sie am liebsten geschrien: „Ich führe keine Pension!“

„Es wäre das Beste“, sagte Michelle. „Maria ist mit Gastarbeitern hergekommen, aber ein paar von ihnen sind weitergezogen. Jedenfalls hausen sie mit sieben Personen in einem Zimmer, sechs Männer und sie, und sie hält sich bedeckt, was den Vater des Kindes betrifft.“

Rese schloss die Augen. Sie verstand Michelles Sorge, aber sie hatte ihre eigenen Sorgen. Was war mit den Plänen, die sie gemacht hatte? Mit Brad zu arbeiten, sich um Mom zu kümmern, Star ein Dach über dem Kopf zu bieten, solange sie es brauchte.

„Und da sie erst sechzehn ist …“

„Sechzehn!“ Rese und Star wechselten einen Blick über den Tisch. Rese hatte darauf gewartet, dass ihre Freundin ausrastete, aber stattdessen blickte Star immer ernsthafter drein. Rese las die Botschaft in ihrer Miene. Wie viel konnte ein schwangeres sechzehnjähriges Mädchen verkraften?

Aber darum ging es nicht. Sie würden ein Baby im Haus haben, und wie konnte Maria arbeiten und für die Kinderbetreuung bezahlen? Und dann war da noch Mom. Was war, wenn es ihr zu viel wurde? Und was, wenn Star ging? Rese musste arbeiten, sonst hatten sie kein Einkommen.

Während der ganzen Mahlzeit hatte sie es vermieden, Lance anzusehen, aber wie Baxter, der an einer Wunde knabberte, sah sie ihn jetzt an und fragte: „Was meinst du?“ Obwohl sie sich am liebsten die Zunge abgebissen hätte, bevor sie ihm den Eindruck vermittelte, seine Meinung sei gefragt und er könne sich hier häuslich einrichten.

Er versuchte zu verstehen, was sie wollte, aber als sie ihm keinerlei Hinweis gab, zuckte er mit den Schultern. „Nonna mag Babys.“

Antonia nickte, und ihr Mund verzog sich zu einem Lächeln.

Rese wandte sich an Michelle. „Maria könnte abgeschoben werden.“

„Wahrscheinlich wird sie vorher das Baby bekommen. Der Termin ist bald."

„Wie bald?"

„Ich würde sagen, keinen Monat mehr."

Rese fiel die Kinnlade herunter.

„Ziemlich kurzfristig, ich weiß", gab Michelle zu.

Warum klangen ihre Argumente plötzlich alle wie Ausreden? Sie waren schließlich berechtigt. „Ich bin nicht viel hier. Das meiste würde an dir hängen bleiben, Star."

„Oft macht die Gelegenheit zu guten Werken, dass sie getan werden."

„Es könnte schwierig werden, überhaupt etwas getan zu kriegen, zum Beispiel zu malen."

Star breitete die Arme aus. „So ist die wankelmütige Natur des Schicksals nun einmal."

Und was konnte sie gegen eine solch wankelmütige Natur ausrichten? „Was ist mit einem Arzt und all den anderen Sachen für ein Baby?"

„Eine Hebamme aus der Gemeinde hat das übernommen. Ein Liebesdienst."

Was bedeutete, dass sie keine Rechnung schrieb, vermutete Rese, und wenn die anderen so großzügig waren, was war sie dann für ein hartherziger Rüpel?

Star zeigte mit der Gabel auf sie. „Du könntest eine tolle Wiege bauen, Rese, zum Beispiel mit dem Holz in der Werkstatt."

„Das Holz in der Werkstatt ist schon verplant." Aber vielleicht blieb etwas davon übrig, und sie hatte noch einige andere schöne Stücke. Sie konnte nicht fassen, dass sie tatsächlich anfing, sich für den Entwurf eines Kinderbettes zu begeistern.

Dabei hatte sie Maria noch nicht einmal kennengelernt. Aber andererseits war sie schon häufiger bereit dazu gewesen, Fremde in ihr Haus aufzunehmen. Vorübergehend und wirtschaftlich lukrativ und mit Lance, der sich darum kümmerte. Lance. Sie seufzte.

„Wir sagen dir Bescheid", sagte er, um den Druck aus der Situation zu nehmen.

Rese kochte, widersprach aber nicht.

„Ja, gut. Lasst mich wissen, was ihr beschließt." Michelle grinste von einem Ohr bis zum anderen, weil sie wusste, wie die Antwort lauten würde. Warum also nicht gleich Ja sagen?

Aber Rese schwieg. Es gab zu viele Unbekannte in der Rechnung. Antonia mochte vielleicht Babys, aber wie lange würde sie hier sein? Und was, wenn Michelle Verwendung für die anderen Gästezimmer fand? Wenn sie Maria aufnahm, würde dadurch ein Präzedenzfall geschaffen, sodass es beim nächsten Mal viel schwieriger sein würde, Nein zu sagen. Früher war sie gut darin gewesen. Sie hatte gelernt sich zu weigern. Sie konnte auch jetzt gleich Nein sagen. Aber sie tat es nicht.

Als Michelle gegangen war und Lance Antonia ins Kutscherhaus zurückbegleitet hatte, brachte Rese Mom zu Bett. Es war die Zeit, die sie gemeinsam verbrachten, da Star am Tag die Verantwortung hatte. Manchmal wollte sie reden, aber heute Abend ging Mom ins Zimmer und schaltete den Fernseher ein, ein Zeichen dafür, dass sie allein sein wollte.

Rese nahm es nicht persönlich. Alleinsein verstand sie. Und es würde vielleicht ein seltenes Gut werden. Nachdenklich ging sie wieder hinunter. Lance und Star räumten noch auf, wobei Star zwischen Tisch und Spüle hin- und herhuschte, während Lance bis zu den Ellbogen im Spülwasser steckte. Warum machte er den Abwasch und warum hatten sie keine Spülmaschine gekauft? Ach ja, sie hatte sie nicht genehmigt.

Inzwischen war die Oper durch Rockmusik ersetzt worden, und Star bewegte sich im Takt dazu, eine Rose zwischen den Zähnen, und tanzte durch die Küche. Lance warf Rese einen Blick zu, den sie erwiderte, bevor sie sich beherrschen konnte. Sie wollte nicht wieder mit dieser Art der Kommunikation anfangen, denn sie führte unwillkürlich zu anderen nonverbalen Formen der Verständigung.

Zähneknirschend schnappte Rese sich ein Geschirrtuch und nahm den Teller entgegen, den er ihr hinhielt. Die Muskeln und Sehnen seiner Unterarme zeichneten sich deutlich ab, während er arbeitete. Sie musste an Rico denken, aber sie fragte erst nach ihm, als Star ihnen eine Kusshand zugeworfen und sich in ihr Zimmer zurückgezogen hatte.

„Sein Arm ist ziemlich gut verheilt." Lance reichte ihr den letzten Teller. „Wenn er es nicht übertreibt."

„Ist das möglich? Dass Rico es nicht übertreibt?"

Lance legte den Kopf schief. „Möglich."

Sie trocknete sich die Hände und hängte dann das Handtuch über die Trockenstange, und als sie sich umdrehte, stand sie direkt vor ihm. Er hatte sie an der Küchenzeile in die Ecke gedrängt, und der Ausdruck auf seinem Gesicht machte sie fertig. „Denk nicht mal im Traum daran."

„Ganz und gar nicht möglich." Sein Blick wanderte zu ihrem Mund.

„Lance." Wenn er sie küsste, würde sie ihm eine scheuern. Und dann würde sie sich selbst ohrfeigen, weil sie sich eigentlich nach seinem Kuss sehnte.

Er schluckte. Sein Brustkorb hob und senkte sich. Aber er wich zurück, und sie trat aus der Ecke.

„Ich wollte dich fragen, ob du vielleicht bleiben könntest, bis Maria ihr Baby bekommen und etwas anderes gefunden hat."

„Dann nimmst du sie auf?"

Rese atmete frustriert aus. „Wie kann ich denn Nein sagen?"

„Das würdest du schon schaffen."

Sie ignorierte seine Bemerkung. „Vor allem nach Michelles Liebesdienst-Rede."

„Du hättest es sonst auch getan." Sein Blick erwärmte sie. „So bist du nun mal."

Rese wandte sich ab, und die Wut wich der Verletzung. „Es gibt ein Wort dafür – Fußabtreter."

„Du bist kein Fußabtreter."

Seine Hand schloss sich um ihren Ellbogen, und sie spürte den Schock den ganzen Arm hinauf. Er zog sie näher zu sich.

„Lance, ich schwöre, du wirst es bereuen, wenn du mich küsst."

„Das Risiko gehe ich ein."

Sie schnaubte. „Ich glaube dir nicht! Wie kannst du dir einbilden, ich will –" Ihre Stimme verriet sie. Sie ballte die Fäuste. „Wärest du überhaupt hier, wenn Antonia dich nicht dazu gebracht hätte?"

„Rese …"

„Antworte mir."

„Ich wollte es nicht noch schlimmer machen."

Sie lachte freudlos. „Weil es so gut war?"

Baxter blickte vom Boden zu ihnen hoch; offenbar spürte er die Anspannung zwischen ihnen und fühlte mit. Lance schob seine Hände um ihre Taille. „Rese, hör mir bitte zu …"

Auf keinen Fall würde sie ihn reden lassen. „Lass mich bitte los."

Sein Adamsapfel bewegte sich auf und ab. „Gut." Aber es dauerte drei angespannte Sekunden, bis er es tat.

Rese straffte die Schultern. „Du kannst dich als angestellt betrachten. Antonia kann umsonst bleiben.“ Sie war vielleicht nicht schizophren, aber sie hatte gerade bewiesen, dass sie verrückt war.

Kapitel 38

Maria war ungefähr so groß wie Star und hatte einen so dicken Bauch, dass sie aussah, als würde sie gleich platzen. Sie stand da in einer Jogginghose und einem abgewetzten Pullover, der sich so dehnte, dass er schon ganz durchsichtig war. Die Beine hatte sie gespreizt, um das Gewicht zu balancieren. Lance sprach es nicht aus, aber er bezweifelte, dass es noch einen Monat dauern würde, bis die Wehen einsetzten. Er hatte genügend schwangere Teenager gesehen, um zu erkennen, dass die Geburt unmittelbar bevorstand.

„Das ist also Maria." Michelle stellte sie den beiden vor.

Er und Rese waren an dem grauen, kalten Morgen allein hinausgegangen, um sie zu begrüßen, da sie das mit Elaine erst erklären mussten und Star nicht wollte, dass das Mädchen sich bedrängt fühlte.

Da sie keine Jacke anhatte, schlang Rese die Arme um sich. „Hi, Maria. Ich bin Rese, das ist Lance." Klar und einfach und mehr, als sie bei ihren vorigen Gästen herausgebracht hatte. Seine aalglatte Einmischung brauchte sie nicht mehr.

Maria blickte nicht auf und bewegte kaum die Lippen, als sie ein stark fremdländisch gefärbtes „Hallo" erwiderte.

Rese rieb sich die Arme. „Ich habe ein Zimmer für dich fertig gemacht. Ich hoffe, du hast kein Problem mit der Treppe."

Marias Gesicht war ein einziges Fragezeichen, und, ohne lange nachzudenken, übersetzte Lance. Rese drehte sich überrascht um.

„Weniger Englisch, als wir dachten." Er konnte ein Lächeln nicht unterdrücken. Letzte Nacht hatte er Gott um einen Ausweg gebeten, und hier war einer. Er schaltete wieder auf Spanisch um und fragte Maria, ob sie hineingehen wolle.

Sie nickte.

Michelle hob die Hände. „Dann lass ich euch mal allein, damit ihr euch ein bisschen kennenlernen könnt."

Rese sah sie mit einem Anflug von Panik an. „Meinst du nicht, es ist ihr lieber, wenn du noch ein bisschen dableibst? Bis sie sich an uns gewöhnt hat?"

„Mich kennt sie auch kaum besser als euch. Und du hast jemanden, der übersetzen kann.“ Michelle lächelte in Lance’ Richtung.

Er zuckte mit den Schultern. „Ich musste doch wissen, wie Rico mich genannt hat.“ Er wandte sich an Maria und sagte freundlich: „*Vamanos.*“

„Das glaube ich einfach nicht“, murmelte Rese leise, als sie ihnen ins Haus folgte.

Er war an dem ersten Morgen verzweifelt aufgewacht, weil ihm bewusst geworden war, dass Rese ihn nicht brauchte. Er war durchs Feuer gegangen, aber sie sah nur die ausgebrannte Hülle. Und sie hatte ihr Leben in die Hand genommen. Diese Sache mit der Sprache war nicht viel, aber vielleicht bedeutsam. Hatte Gott ihm in der Strömung einen Felsen geben? Mehr konnte er nicht verlangen.

Marias Augen weiteten sich, als sie sie in das Jasmingartenzimmer führten, das ganz in Weiß gehalten war mit einem eleganten Himmelbett, dessen Pfosten mit hauchdünnen Schleiern umwickelt waren. Sie sah völlig verwirrt aus und ein bisschen ängstlich.

„Sag ihr, dass es ihr Zimmer ist.“ Rese sprach leise, als könnte Maria sie belauschen.

Lance übersetzte Maria, was Rese gesagt hatte, aber sie verstand es immer noch nicht, also erklärte er ihr, dass sie hier schlafen und das angrenzende Bad benutzen konnte. Er hätte den Wandschrank erwähnt, aber sie hatte nichts weiter an Kleidung mitgebracht.

Als er fertig war, senkte sie den Blick und fragte auf Spanisch: „Was muss ich tun?“

Herr. Er holte langsam Luft und sagte in Worten, die sie kannte und verstand: „Ein starkes, gesundes Baby bekommen.“

Sie blickte immer noch nicht auf, nickte aber.

„*Tienes hambre*?“ Sie sah nicht aus, als könnte sie irgendwo etwas Essbares unterbringen, aber von Lucys und Monicas Schwangerschaften wusste er, dass sie trotzdem Hunger haben musste.

Sie schüttelte den Kopf.

Er erklärte ihr, dass die Küche unten sei und dass sie mit ihnen essen würde, aber sie könne sich auch etwas holen, wann immer sie wollte. „*Comprendes*?“

„*Sí*“, murmelte sie so leise, dass es beinahe nicht zu hören war.

Er berührte Rese am Ellbogen. „Komm, wir lassen ihr ein bisschen Zeit, sich einzugewöhnen.“

Rese folgte ihm nach draußen und ließ die Tür offen stehen. Maria hatte sich nicht gerührt, aber sie wollte ihr nicht das Gefühl geben, eingesperrt zu sein. Sie gingen hinunter.

Im Wohnzimmer sank Rese in einen Sessel. „Was hast du zu ihr gesagt?"

Er wiederholte es.

„Und was hat sie darauf gesagt?"

„Sie wollte wissen, was sie tun muss." Er vermutete, dass sie meinte, was man ihr tun würde. Es war eine Welt voller Leid. „Ich habe gesagt, sie soll ein gesundes Baby bekommen."

Rese nickte, aber er hätte nicht sagen können, was sie dachte. Sie hatte ihn wieder ausgeschlossen.

„Es ist wohl nicht schlecht, dass du hier bist."

Ein halbherzigeres Lob hatte er noch nie gehört. Aber was hatte er erwartet? Er war wieder ein einfacher Angestellter.

Sie schnaubte. „Ich kann genug Spanisch, um einem Arbeiter zu sagen, etwas noch mal zu machen, es zu korrigieren oder den Dreck wegzumachen. Ich glaube nicht, dass das viel helfen wird."

„Vielleicht versteht sie mehr, als wir denken."

Rese schüttelte den Kopf. „Sie muss schreckliche Angst haben."

„Ja." Und Rese wusste genug über Angst und Situationen, denen man hilflos ausgeliefert war. Es war kein Zufall, dass das Mädchen zu ihnen gekommen war.

Rese erhob sich aus dem Sessel. „Ich muss zur Arbeit."

Er hasste diese Worte. Nicht, dass sie einer Arbeit nachging, die sie liebte und beherrschte, und noch nicht einmal, dass sie zusammen mit Brad arbeitete, sondern dass es das Ende ihres gemeinsamen Traums so endgültig klingen ließ. Er versuchte, seine Enttäuschung nicht zu zeigen, aber es gelang ihm nicht.

Sie holte ihre Schlüssel und ging, ohne sich zu verabschieden. Gestern Abend hatte er sie bis an ihre Grenze gebracht. Sie würde ihm nicht noch einmal die Gelegenheit dazu geben. Nachdenklich gesellte er sich zu Nonna, Star und Elaine in der Küche und erklärte die Sprachbarriere, mit der sie es bei ihrem Gast zu tun hatten. Aber auch wenn keiner von ihnen Spanisch sprach, war das nichts im Vergleich zu der eingeschränkten Kommunikation zwischen ihm und Rese.

„Liegt es an mir?" Rese schob die Hände in ihre Jackentaschen. „Sehe ich dumm oder leichtgläubig aus?"

„Wohl kaum." Brad lachte.

„Ein englisches Wort, Brad. Und das hat ihr noch Mühe gemacht."

Er hockte auf dem Dach und stemmte sich gegen eine Windbö. „Dein Typ hat doch die Sache mit dem Spanisch im Griff. Ich würde mir bei ihrem Zustand mehr Sorgen wegen der rechtlichen Konsequenzen machen." Er zuckte mit den Schultern. „Es könnte auch ein Trick sein, was weißt du denn?"

„Sie ist sechzehn, Brad."

„Sagt wer?" Er warf eine kaputte Dachpfanne in die Kiste mit den Scherben.

Sie wollte sagen, dass sie Michelle vertraute, aber Michelle hatte selbst zugegeben, dass sie Maria kaum kannte. Was, wenn es ein Trick war, um sie in ihr Haus zu schleusen und ihr dann vorzuwerfen … ja, was? Rese runzelte die Stirn. „Du bist zu misstrauisch."

„Dann verklag mich."

Sie holte tief Luft und atmete dann langsam aus. „Ich bin hier raufgekommen, um mich besser zu fühlen, nicht schlechter."

„Ich finde nur, du solltest vorsichtig sein, wenn du alle möglichen Leute bei dir einziehen lässt. Was würde Vernon wohl davon halten?"

Rese versuchte sich Dad in der Villa vorzustellen. Nicht nur, dass ihr das nicht gelang, sie hatte nicht einmal ein besonders schlechtes Gewissen deswegen. „Weißt du was? Es spielt keine Rolle, was er davon halten würde. Ich vermisse ihn. Ich bin traurig darüber, dass er nicht mehr da ist." Selbst jetzt versetzte ihr der Gedanke noch einen Stich. „Aber es ist mein Leben; wichtig ist, was ich davon halte." Es war ein Schock, dass sie es tatsächlich glaubte.

Brad hockte sich auf die Fersen und musterte sie. Seine Hände waren schwarz von der Teerpappe, und an einem Knie war seine Jeans zerrissen. Sein Sweatshirt war dick, aber trotzdem musste er den Wind spüren, der aufgefrischt war. „Dann bist du jetzt wohl erwachsen, Schätzchen."

Sie warf ihm einen finsteren Blick zu. „Ich bin auch nicht heraufgekommen, um das zu hören."

Sein Telefon klingelte, und er sprach mit einem der Jungs im Gebäude. Rese fröstelte im Wind und schloss den obersten Haken ihrer mit Flanell gefütterten Jacke. Brad schob das Handy in seine Tasche zurück und blieb in der Hocke sitzen.

Rese runzelte die Stirn. „Hast du Angst?"

Er legte den Kopf schief. „Wovor?"

„Davor, deiner Ehe noch eine Chance zu geben."

Er legte die Unterarme auf die Knie. „Ich bereue es, dass ich dir davon erzählt habe."

„Und?"

Er wandte den Blick kurz ab, bevor er sie wieder ansah. „Ja. Ich habe Angst, wenn wir es noch mal versuchen und es dann nicht funktioniert …"

„Macht es dir zu schaffen, dass du denkst, es könnte funktionieren und du findest es nie heraus?" Sie schlang die Arme um ihren Oberkörper, weil sie fröstelte.

Seine Nase war vom Wind gerötet. Er schniefte. „Ja. So ist es."

Und was hatte dieses Verhör ihr gebracht? Warum glaubte sie, sie könnte aus Brads Leben etwas lernen? Er war mit seinen Entscheidungen zufrieden. Oder etwa nicht?

Sie stieg wieder hinunter und blieb schließlich bis nach Einbruch der Dunkelheit, weil sie die Schränke fertig bauen musste, damit der Elektriker die versenkten Lampen anbringen konnte, und mit dem letzten Schliff der einen Stelle am Geländer war sie nicht glücklich und … Als sie nichts mehr fand, was nicht bis morgen warten konnte, fuhr sie nach Hause, und etwas wie eine Vorahnung erfüllte sie.

Mit Mom und Star hatte sie die Sache einigermaßen im Griff gehabt. Selbst mit Moms Verwirrtheit war ihr Leben so unkompliziert gewesen, wie schon lange nicht mehr. Dann hatte Lance sie aus dem Konzept gebracht und jetzt Maria. Was hatte sie sich nur dabei gedacht? Vielleicht hatte Brad recht. Vielleicht sollte sie mehr wie Dad denken. Er wäre jetzt nicht in dieser Zwickmühle. Aber andererseits … vermisste sie die einsamen Abende vor dem Fernseher wirklich?

Ein Graupelschauer schlug gegen die Windschutzscheibe, als würde jemand Reis werfen. Ihre Scheibenwischer fuhren hin und her. Brad hatte das Dach gerade noch rechtzeitig fertigbekommen. Sie würde nicht wollen, dass er da oben auf den Dachpfannen herumlief, wenn es fror, und sie hasste Verzögerungen – außer, wenn sie dazu dienten, sich nicht mit einer Situation befassen zu müssen, mit der sie sich unter keinen Umständen befassen wollte.

Sie parkte den Lieferwagen. In der Fahrerkabine war es schön warm gewesen, aber der scharfe Wind, der ihr entgegenschlug, als sie die Tür öffnete, ging ihr durch und durch. Sie schlug die Wagentür zu, zog ihre Jacke unterm Kinn zusammen und rannte zur Küchentür. Noch bevor Rese die Türklinke anfassen konnte, öffnete sie sich und Lance zog sie hinein. Sie zog ihr Handgelenk aus seinem Griff und klopfte sich den gefrierenden Regen von Haar und Ärmeln.

„Zieh die Jacke aus und häng sie über den Stuhl." Lance schäumte einen Becher Milch auf, den er offensichtlich bereitgehalten hatte, und als sie ihre Jacke abgestreift hatte, drückte er ihr eine heiße Vanillemilch in die Hand und umschloss sie zärtlich mit seinen Händen.

Nicht gerade Angestelltenverhalten. Sie würde sich ihn als Pagen vorstellen. Oder als Sklaven. Beinahe hätte sie in ihre Milch gekichert, und das machte ihr mehr Angst als alles andere. Bekam sie etwa Fieber?

„Ich habe dir etwas zu essen aufgehoben."

„Ich habe schon gegessen."

Seine Enttäuschung war spürbar.

Sie glaubte nicht, dass sie den Hamburger bei einer Imbisskette gekauft hatte, um ihn zu ärgern. Der Grund war eher ihr Selbsterhaltungstrieb gewesen. Seine Kochkünste hatten schon jetzt eine Wirkung auf sie und sie musste sich dagegen wehren. Aber was für eine Ausrede hatte sie dann, die heiße Milch zu schlürfen, bis ihre Oberlippe von dem warmen, duftenden Trost bedeckt war?

Instinkt. Welches frierende, müde Tier würde es nicht genauso machen? Aber Lance würde es ausnutzen. Jeden Augenblick konnte er die Hand ausstrecken und sie an sich ziehen, und sie war nicht in der Verfassung zu widerstehen, denn Lance zu widerstehen war in ihrem Repertoire an Fähigkeiten nicht enthalten.

Sie hob das Kinn. „Wie geht es Maria?"

„Ich bin mir nicht sicher." Er nahm ihren leeren Becher und stellte ihn auf die Arbeitsplatte. „Sie hat nichts gegessen und ihr Zimmer auch sonst nicht verlassen. Star und ich haben ein paar Mal nach ihr gesehen, aber sie sagt nicht viel."

Rese schnaubte.

„Ich glaube, sie ist weiter, als Michelle denkt."

„Du meinst, es könnte jeden Augenblick losgehen?"

Er zuckte mit den Schultern. „Ich bin kein Experte, aber ich habe meine Schwestern und Cousinen und ein paar Mädchen im Viertel gesehen. Sie bekommen diesen merkwürdigen Blick, und ihrem Bauch nach zu schließen hat sich das Baby gesenkt."

Rese starrte ihn an. „Gesenkt?"

„In den Geburtskanal."

Sie stemmte die Hände in die Hüften. „Ich dachte, du wärst kein Experte."

„Das ist ein Teil des Lebens, Rese. Ich habe mitten drin gesteckt."

Es traf sie wie ein Schlag, und sie wandte den Blick ab. *Denk nicht über sein Leben nach.* Über die Menschen, die sie in ihre Familie aufgenommen hatten, in ihre Herzen, echte Menschen, eine echte Familie, zu der selbst jene gehörten, die nicht blutsverwandt waren. Sie hatte selbst mitten in seinem Leben gesteckt. „Meinst du, ich soll nach ihr sehen?"

„Wenn du willst. Sie ist wahrscheinlich im Bett."

Rese nickte. Was konnte sie schon sagen? Sie sprach nicht die Sprache des Mädchens, und wie es schien, sprach sie auch sonst eine Sprache, die niemand verstand.

Er nahm ihre Hände und wärmte sie an seinem Mund. „Gibt es noch etwas, das ich für dich tun kann?"

Sie schüttelte den Kopf.

„Irgendetwas anderes, was ich tun kann?" Seine Stimme klang rau.

„Lance ..." Es würde nicht funktionieren, wenn er darauf bestand, jedes Mal persönlich zu werden und –

„Ich liebe dich."

Tränen brannten in ihren Augen. „Das hast du schon mal gesagt."

Sein Blick war reumütig. „Es war mein Ernst."

Sie schloss die Augen und schüttelte den Kopf.

Sein Atem wärmte ihre Finger. „Ich weiß, dass ich dich gekränkt habe."

„Ich bin nicht gekränkt."

„Und es tut mir leid, Rese, aber ich habe getan, was ich tun musste."

„Musstest?" Sie funkelte ihn an.

„Ich wusste nicht, was Gott von mir erwartet. Aber du weißt, dass ich es tun musste."

„Aber ich war dabei entbehrlich. Unsere Pläne waren entbehrlich."

„Es tut mir leid." Er zog sie näher zu sich und umschloss ihr Gesicht mit seinen Händen. „Ich hatte es nicht so geplant. Wenn es nach mir ginge, wären eine Menge Dinge jetzt anders. Und vielleicht vermassle ich immer noch das meiste, aber ich gebe mir Mühe, wenigstens ein bisschen was hinzukriegen."

In dem Diamanten von seinem Ohrstecker funkelte das Licht in der Küche. Wo war die Verachtung, die sie empfunden hatte, als sie den Ohrring zum ersten Mal gesehen hatte? Wie hatte er ihre Abwehr und ihren gesunden Menschenverstand nur so wegfegen können? Sie wusste es doch besser.

Seine Augen wirkten jetzt einen Hauch dunkler. „Ich versuche, es wiedergutzumachen."

Nur Lance kam auf die Idee, dass er das konnte.

„Egal, wie lange es dauert und was du verlangst." Zitternd holte er Luft. „Wenn du es jetzt nicht glauben kannst, dann gib mir etwas Zeit. Damit ich die Gelegenheit habe, es dir zu beweisen. Mich als … treu zu erweisen."

Der Gedanke an seine Treue schnürte ihr die Kehle zusammen. War das nicht der Kern seines Wesens? War es nicht Treue gewesen, die ihn dazu getrieben hatte, alles für Antonia zu geben und, noch umfassender, alles für Gott? Bot er ihr etwas an, das dem Feuer nahe kam, das ihn ausgehöhlt hatte? Der Gedanke war erschreckend und verführerisch zugleich.

In einer leidenschaftlichen Geste legten sich seine Hände um ihr Gesicht. „Ich liebe dich. Und ich werde dich küssen."

Das Herz schlug ihr gegen die Rippen. „Das wird nichts ändern."

„Vielleicht nicht." Aber er fand ihren Mund und machte sie zur Lügnerin. Und zur Närrin, denn alles in ihr wollte reagieren, und dann würde sie seinen Kuss erwidern und er würde denken, dass er gewonnen hatte, und er würde recht haben.

Sie war noch nicht bereit nachzugeben. Sie hatte den Schmerz gefühlt, der dem Gefühl der Verzückung an Intensität in nichts nachstand. Aber sein Kuss wurde heftiger, und seine Arme umfingen sie, und sie wusste, wohin sie gehörte, wenn sie nur bereit war, das Risiko einzugehen.

Aber mit einer Kraft, die Vernon Barrett gutgeheißen hätte, löste sie sich von ihm und sagte: „Danke für die Milch."

Er schluckte. „Gern geschehen.“

Sie spürte seinen Blick in ihrem Rücken, während sie zur Tür ging. Mit einem Herzen, das zu zerbrechen drohte, zog sie sich um, duschte und zog ihre Flanellhose und das weiche tannengrüne Oberteil an. Mit ungeheurer Anstrengung richtete sie ihre Gedanken auf das Mädchen, das mit ihrem Kugelbauch und dem in den Geburtskanal gesenkten Baby oben in einem ihrer Gästebetten lag. Es kam auf die Perspektive an.

Vielleicht würde sie morgen anfangen, an der Wiege zu arbeiten. Sie seufzte. Wie war es so weit gekommen? Ach ja. Bedingungslose Liebe. War es nicht das, was Lance wollte?

Mit einem Ruck erwachte sie, als Star sie so heftig schüttelte, dass ihre Zähne beinahe klapperten. „Rese, sie hat das Baby bekommen!“

Sie schüttelte den Nebel aus ihrem Kopf. „Sie bekommt es? Sie bekommt es jetzt?“

„Sie hat es bekommen. Und sie schreit wie am Spieß.“

Sie fuhr hoch. Kamen die Schreie nicht von dem Baby? „Geh und hol Lance. Ich meine Antonia. Hol beide. Und dann ruf die Hebamme an.“ Obwohl sie nicht wusste, wozu das jetzt noch gut sein sollte.

Während Star zum Kutscherhaus lief, ging Rese im Laufschritt die Treppe hoch, blieb dann aber auf dem Treppenabsatz wie angewurzelt stehen. Der Geruch von Blut machte sie schwindelig und lähmte sie. Maria schrie, aber das Baby gab keinen Laut von sich.

Herr. Sie sank gegen die Wand und ein Schauer ließ ihre Knie weich werden. In ihrem Kopf drehte sich alles. Star rannte an ihr vorbei, dann folgte Lance mit Antonia auf dem Arm. Er musste sie in ihrem Nachthemd aus dem Bett gehoben haben, aber sie sagte ihm ganz ruhig, was sie brauchte: eine Kordel, eine Schere und warme Handtücher. Sie verschwanden in dem Zimmer.

Wieder hörte Rese Maria schreien, laut, herzzerreißend.

Der Nebel in ihrem Kopf lichtete sich. Sie wankte zur Tür. Blut lief über Marias Oberschenkel. Das Baby lag zusammengerollt auf dem durchnässten Laken, doch sein winziger Brustkorb schien sich nicht zu bewegen.

An den Bettpfosten gelehnt umfasste Antonia Marias Gesicht und sah sie so eindringlich an, dass die Schreie verstummten. In T-Shirt und Jogginghose, mit zerzaustem Haar und Bartstoppeln sank Lance auf das Bett und hob das Baby hoch, das immer noch mit einer röhrenförmigen Schnur und einer blutigen Masse verbunden war. Er hielt das Baby an seine Brust, beugte den Kopf darüber und betete – nein, schrie und flehte in Worten, die nicht seine waren, um Atem für das Neugeborene. Rese hatte selbst das Gefühl, keine Luft mehr zu bekommen. Wie gebannt hing ihr Blick an Lance und dem Baby. Da – jetzt – jetzt sah sie es: Die winzige Brust hob sich. Einmal. Noch einmal. Das Baby röchelte, Lance klopfte ihm auf den Rücken, sodass es Blut und Schleim spuckte – und dann holte es tief Luft und schrie. Rese, deren Beine ihr plötzlich wieder gehorchten, lief nach unten, um Schere und Schnur zu holen, dann wieder hinauf.

„Binde sie fest und kurz ab, aber n…icht zu kurz", wies Antonia sie an.

Lance hielt den Bauch des Babys hoch, während Rese mit ungeschickten Fingern die Kordel um die schwammartige Nabelschnur legte und zuzog. Sie sah in sein Gesicht, sah, dass die Intensität der Situation, die Sorge und jetzt die Erleichterung seine Hände zittern ließen.

„J…jetzt schneiden."

Rese befreite den neugeborenen Jungen von Nabelschnur und Plazenta. Star holte ein weiches weißes Handtuch aus dem Badezimmer, und Lance wickelte den Kleinen ein, sodass nur noch sein Gesicht zu sehen war. Dann legte er das Baby in Marias Arme.

Zum Glück brachte Carla, die Hebamme, Windeln und die nötigen Dinge für Maria und das Baby mit, da sie keine Zeit gehabt hatten, sich vorzubereiten. Rese besorgte saubere Laken und Decken und wartete, bis Maria es sich mit ihrem Sohn bequem gemacht hatte. Dann brachte sie Carla zur Tür. Jetzt, kurz vor Tagesanbruch, ging sie in ihr Zimmer, mit Star dicht auf den Fersen. Kein Wunder, dass Star auf der anderen Seite in ihr Bett kletterte. Sie waren, gelinde gesagt, beide mit den Nerven ziemlich am Ende.

Rese starrte zur Decke und ließ die ganze Szene noch einmal vor ihrem geistigen Auge ablaufen. Eins war sicher: Sie sollte nie die Verantwortung für eine Arbeit übernehmen, die etwas mit Blut zu tun hatte.

Star drehte sich auf die Seite. „Rese?“

„Ja?“

„Was ist da oben passiert?“

Rese drehte den Kopf, um sie anzusehen. „Der Kleine hat erst nicht geatmet – und dann, dann plötzlich …“

„Wenn ich raten müsste, würde ich sagen, es war dein launischer Gott.“ Star nahm die Hand von Rese, legte sie an ihre Wange und kuschelte sich an sie, wie sie es als Kinder getan hatten – Schwestern in allem außer der DNA. „Ich hoffe, Lance macht Frühstück“, sagte sie schläfrig. „Ich habe jetzt schon Hunger.“

Kapitel 39

Am Morgen machte Rese den Ofen auf und atmete den Duft der goldenen, brodelnden Spargel-Frittata ein. Baxter erhob sich von seinem Platz unterm Tisch, kam über die Fliesen herbeigelaufen und stupste sie am Bein. Rese schloss die Ofentür wieder und nahm seinen Kopf in beide Hände. „Guten Morgen." Gut gelaunt rieb sie seine struppige Schnauze und kraulte sein Gesicht und Ohren. Es war ein schöner Morgen. Obwohl seit dem Drama der letzten Nacht erst wenige Stunden vergangen waren, hatte sie selbst so tief und fest geschlafen wie ein Baby.

Star war noch im Bett; im Haus war alles ruhig. Sie hatte keine Geräusche aus der Küche gehört, und sie hätte glauben können, dass Lance die aromatische Frittata aus der Luft herbeigezaubert hatte. Aber das ließ sie wieder an die Ereignisse der letzten Nacht denken und sie schauderte. Wenn Lance nicht gewesen wäre – wenn seine Gebete nicht gewesen wären … War ihm bewusst, auf welche Weise Gott ihn gebrauchte, um das Leben von Menschen zu verändern? „*Vielleicht vermassle ich immer noch das meiste.*" Gott war anscheinend anderer Meinung. Oder vielleicht ging es gar nicht darum, ob man alles richtig machte. Vielleicht ging es darum, es zu versuchen oder zu wollen, die Welt mit Gottes Augen zu sehen und sie zu lieben.

Rese stieß langsam die Luft aus und sah sich in der Küche um, während sie versuchte, sich an ihre ersten Absichten zu erinnern. Sie lachte leise. Pläne änderten sich. Lebenswege berührten sich. Wunder geschahen.

Auf ihrer Hand spürte sie Baxters Zunge. Lächelnd blickte sie ihn an und öffnete die Tür, um ihn hinauszulassen. Dann sah sie Lance.

Er war bereit gewesen, sie aufzugeben, alles zu tun für den Gott, den er liebte. Aber sie ging hinaus, und auch wenn es Januar war, hüllte die Wärme der Sonne ihren Körper doch ein. Langsam ging sie auf ihn zu.

Als Lance sich umdrehte und ihr die Hand hinhielt, zögerte sie nicht. Sie zog ihn in ihre Arme, hob den Kopf und erwartete sehnsüchtig seinen Kuss.

Wie alles begann

Die Villa im Weinberg
ISBN 978-3-86827-180-5
528 Seiten, Paperback

Lance Michelli ist auf der Suche nach etwas – er weiß nur nicht genau wonach.
Seine schwer kranke Großmutter konnte ihm lediglich verständlich machen, dass er sich auf die Suche nach den dunklen Geheimnissen ihrer Vergangenheit begeben soll.

Diese Suche führt ihn erst nach Italien und dann ins Sonoma Valley, Kalifornien. Die wunderschöne Villa, in der seine Großmutter als Kind lebte, gehört inzwischen einer Frau namens Rese Barrett. Diese renoviert das Anwesen, um darin ein Bed & Breakfast zu eröffnen. Kurz entschlossen lässt Lance sich als Koch und Mädchen für alles einstellen. Vielleicht kann es ihm so gelingen, den Geheimnissen seiner Nonna auf die Spur zu kommen.

Zuerst geraten Lance und Rese immer wieder aneinander. Doch dann kommen sie sich trotz ihrer Unterschiede näher. Und bald muss Lance sich fragen, ob es wirklich so eine gute Idee war, Rese über seine Motive im Unklaren zu lassen. Wie wird sie reagieren, wenn die Wahrheit ans Tageslicht kommt? Hat er womöglich jede Chance auf eine Zukunft mit ihr verspielt?

Das Schweigen der Nacht
ISBN 978-3-86827-021-1
450 Seiten, Paperback

Jill und Morgan hatten kaum ihren Schulabschluss in der Tasche, als das Leben – und ihre Eltern – die Teenager auf grausame Weise auseinanderrissen. Inzwischen sind sie erwachsen, doch die Wunden der Vergangenheit sind nie wirklich geheilt.
Morgan ist ein erfolgreicher Geschäftsmann. Er hat wie kein Zweiter die Gabe, Probleme zu erkennen und zu lösen. Doch sein eigenes Leben bekommt er nicht in den Griff. Zu tief hat der Verlust seiner Jugendliebe ihn verletzt.
Jill ist Lehrerin und schenkt ihren Schülern all ihre Liebe. Insgeheim sehnt sie sich jedoch nach einem anderen Leben. Als ein unerwarteter Brief Jills geregeltes Leben ins Wanken bringt, bleibt ihr keine andere Wahl: Sie muss sich Morgan stellen und ihm gestehen, was vor all diesen Jahren wirklich geschah. Doch wie wird er reagieren, wenn er erfährt, dass sie sein Kind geboren und weggegeben hat?

Ein wunderbarer Roman über zwei gebrochene Herzen, die sich nach Heilung sehnen. Und die lange brauchen, um zu erkennen, dass Gott Gutes für sie bereithält – trotz all ihrer Fehler.

Weitere Romane bei FRANCKE

Linda Nichols
Geborgtes Leben
ISBN 978-3-86827-330-4
Seiten, Paperback

Mary Bridget Washburn verabscheut das Leben, das sie führt. Wie nur konnte aus dem kleinen Mädchen mit all den Hoffnungen und Träumen, das sie einmal war, eine Frau werden, die auf der falschen Seite des Gesetzes steht?

Fest entschlossen, sich ein neues Leben aufzubauen, flieht sie in die Kleinstadt Alexandria. Sie nimmt eine neue Identität an und bemüht sich, ein ruhiges, unauffälliges Leben zu führen. Doch dann reißt sie das herzzerreißende Gebet eines kleinen Mädchens aus ihrer Deckung – und schon bald ist sie für einen verwitweten Pastor und seine drei Kinder verantwortlich, die allesamt ihre eigenen Probleme haben. Aber ist Mary Bridget wirklich die Richtige, um diese Familie zusammenzuhalten? Sollte Gott tatsächlich ausgerechnet sie gebrauchen wollen, um den MacPhersons neue Hoffnung zu bringen? Und kann sie ihre Vergangenheit für immer unter Verschluss halten?

Linda Nichols
Sehnsucht nach Eden
ISBN 978-3-86827-179-9
432 Seiten, Paperback

Miranda DeSpain ist eine richtige Weltenbummlerin. Spanien, Italien, Frankreich – diese Länder lassen ihr Herz höher schlagen. Doch was niemand weiß: Ihre permanente Sehnsucht nach dem Neuen wurzelt in einer furchtbaren Tragödie. Mit 16 schwanger geworden, hatte ihre Mutter sie gezwungen, ihr Kind zur Adoption freizugeben. Nicht einmal sein Geschlecht durfte sie erfahren. Noch heute, Jahre später, treibt dieser Verlust Miranda um und lässt sie nirgendwo langfristig Fuß fassen.

Als Miranda unverhofft auf einen Hinweis stößt, der sie zu ihrem Kind bringen könnte, gibt es für sie kein Halten mehr. Ihre Spur führt sie direkt in das kleine Städtchen Abingdon. Die schrulligen Einwohner und die quirlige kleine Eden machen es ihr leicht, sich dort heimisch zu fühlen. Doch mit ihrer Suche kommt sie nur mühsam voran. Außerdem hat es der örtliche Polizeichef auf sie abgesehen. Er macht ihr das Leben schwer und verfolgt sie auf Schritt und Tritt.

Trotzdem gibt Miranda nicht auf. Sie weiß: Dies ist ihre letzte Chance. Dies ist ihre Gelegenheit, die Puzzleteile ihres Lebens zu einem vollständigen Bild zusammenzufügen und endlich nach Hause zu kommen.

Eine zu Herzen gehende Geschichte über Liebe und Gnade, Vergebung und die immerwährende Chance auf einen Neuanfang.

Linda Nichols
Sternstunden der Liebe
ISBN 978-3-86827-256-7
496 Seiten, Paperback

„Willst du mich heiraten?"
Lenore hätte nie gedacht, dass sie mit dieser einen Frage ihr ganzes Leben zerstören könnte. Aber so ist es. Denn ihr geliebter Daniel sagt Nein. Jetzt steht sie vor dem Nichts. Das Einzige, was ihr bleibt, ist ihr kleiner Sohn Scottie und die Hoffnung auf einen Neuanfang in einer fremden Stadt.

Lenore hat keinen Job, keine Ausbildung, keine Freunde. Doch während sie in tiefe Depressionen zu verfallen droht, treten bereits rettende Engel in ihr Leben. Menschen, die sich ihrer annehmen, die ihr auf die Füße helfen und sie mit einem Gott bekannt machen, dessen Pläne so viel größer sind als ihre eigenen. Plötzlich eröffnet sich Lenore die Chance auf ein überreiches Leben, von dem sie nie zu träumen gewagt hätte. Doch eine Lücke bleibt: Daniel.
Muss sie ihn wirklich für immer abschreiben?

Jenny B. Jones
Ein Sommer am See
ISBN 978-3-86827-222-2
320 Seiten, Paperback

Maggie Montgomery ist lebenslustig, mutig und unkonventionell. Ihr Job als Kamerafrau führt sie rund um den Globus. Doch ihre perfekte Welt steht Kopf, als sie wegen eines Notfalls in ihre alte Heimat zurückkehren muss. Nichts scheut die furchtlose Maggie so sehr wie Ivy, das Städtchen ihrer Kindheit, die Begegnung mit ihrem Vater und … den See.
Ihre 10-jährige Nichte Riley, ein unbändiger kleiner Wildfang, treibt Maggie bald an die Grenzen ihrer Belastbarkeit. Doch damit nicht genug, reißt sie die Freundschaft zu dem attraktiven Tierarzt Connor Blake in einen Strudel von Gefühlen, der ihr Angst macht. Denn die echte Maggie hat Angst vor der Liebe, Angst vor dem Leben und Angst vor sich selbst. Aber am meisten fürchtet sie die Erinnerung an den Abend, an dem ihre Mutter im See ertrank …

Ein tiefgründiger, aber auch humorvoller und temporeicher Roman, der zeigt, dass die herausforderndste und befreiendste Reise nicht auf den Meeren oder über den Wolken stattfindet, sondern in uns selbst – hin zu dem Menschen, als den Gott uns geschaffen hat.

Jenny B. Jones
Scheinbar verliebt
ISBN 978-3-86827-303-8
320 Seiten, Paperback

Lucy Wiltshire ist die Leiterin einer gemeinnützigen Einrichtung, die sich um junge Frauen kümmert, die aus dem Pflegesystem herausfallen. Als ihr größter Sponsor ihr plötzlich den Geldhahn abdreht, ist sie fest entschlossen herauszufinden, warum. Kampflos will sie nicht aufgeben, schließlich geht es um das Überleben ihrer Einrichtung und die Zukunft ihrer Mädchen.

Doch als sie den früheren Footballstar und Mitbesitzer von Sinclair Enterprises mitten auf der Tanzfläche einer Galaveranstaltung zur Rede stellt, kommt alles anders als gedacht. Woher hätte Lucy aber auch wissen sollen, dass diese Aktion ihr Leben noch mehr auf den Kopf stellen würde? Denn Alex Sinclair, der Kongressabgeordneter werden will und sich mitten im Wahlkampf befindet, macht ihr einen absolut verrückten Vorschlag. Sowohl Lucy als auch er könnten davon profitieren. Doch wie weit ist Lucy bereit, für ihre Mädchen zu gehen? Was, wenn dieser Plan sie mehr kostet, als sie zu geben bereit ist? Wenn mit einem Mal nicht mehr nur ihre Zukunft, sondern auch ihr Herz – und ihr Leben – auf dem Spiel stehen?

Charles Martin
Das Zirpen der Grillen
ISBN 978-3-86122-984-1
400 Seiten, Paperback

Zwanzig Dollar für ein Glas Limonade? Reese Mitch wird stutzig, als er den Erfolg bemerkt, den die kleine Annie Stephens mit ihrem Limonadenverkauf erzielt. Noch mehr interessiert ihn aber die Narbe, die sich über ihren Brustkorb zieht, erinnert sie ihn doch an ein dunkles Geheimnis in seiner Vergangenheit. Vor Jahren hatte Reese sich in die Idylle am Lake Burton geflüchtet, verfolgt von den Erinnerungen an seine Frau Emma. Mit ihr verband ihn eine einzigartige Liebe, die alles ertrug, alles glaubte, alles hoffte und allem standhielt. Die Begegnung mit der zauberhaften Siebenjährigen stellt Reese vor die Entscheidung seines Lebens: Will er dem Mädchen helfen, muss sich der Mann mit dem gebrochenen Herzen seiner geheimnisumrankten Vergangenheit stellen. Wird er den Mut dazu finden und in seinem Herzen Raum für Annie und ihre faszinierende Tante Cindy schaffen, bevor es zu spät ist?